KB164380

리빌드 월드 VI

Rebuild World
통치계 관리 인격

지은이 **나후세**
세계관 일러스트 **와잇슈**
일러스트레이션 **긴**
메카닉 디자인 **cell**

The advanced civilization that once dominated the world has crumbled away, and a long time has passed. People rallied the fragments of wisdom and glory scattered all over the world and spent a long time rebuilding human society.

"츠바키하라 빌딩에
잘 오셨습니다.
저는 이 빌딩 및 해당 구획의
관리 인격인 츠바키라고 합니다."

아키라는 바로 옆에서 갑자기 기척을 느꼈다.
그것은 전투라면 기습당해 죽을 정도로 치명적인 위치였다.

Rebuild World

>**올리비아** *OLIVIA*
구세계에서 만든 자동인형. 리온즈테일 사(社)
소속의 범용 인격. 이이다 상업구 유적에서 티오
르에 의해 기동했다.

>**츠바키** *TSUBAKI*
쿠즈스하라 시가지 유적 중심부에 존재하는 구
세계 도시의 관리 인격.

이번에는 어린애라니.

>Author : nahuse >Illustration : gin >Illustration of the world : yish >Mechanic design : cell

리빌드 월드 VI

The advanced civilization that once dominated the world has crumbled away, and a long time has passed.
People rallied the fragments of wisdom and glory scattered all over the world and spent a long time rebuilding human society.

Rebuild World

上 통치계 관리 인격

Author 나후세   Illustration 긴
Illustration of the world 와잇슈   Mechanic design cell

Contents

> 제145화 츠바키 ·············· 002
> 제146화 폐품과 어떤 배려 ·············· 020
> 제147화 구세계산 정보단말 ·············· 048
> 제148화 세릴의 유물 판매점 ·············· 068
> 제149화 헌터 랭크 조정 의뢰 ·············· 095
> 제150화 중심부의 몬스터 ·············· 118
> 제151화 유미나의 훈련 ·············· 140
> 제152화 하나의 중요한 국면 ·············· 163
> 제153화 유미나의 계기 ·············· 201
> 제154화 티오르의 한탄 ·············· 227
> 제155화 재구축 완료 ·············· 259
> 제156화 여자에게 약한 타입 ·············· 278
> 제157화 소망과 선택 ·············· 306
> 제158화 이이다 상업구 유적 ·············· 327
> 제159화 레이나와 토가미 ·············· 349
> 제160화 운도 실력 ·············· 374
> 제161화 종합 지원 시스템의 단점 ·············· 407
> 제162화 경쟁 상대 ·············· 431
> 제163화 배달부, 혹은 난입자 ·············· 468
> 제164화 티오르의 변이 ·············· 491
> 제165화 자동인형 ·············· 512
> 제166화 현실의 해상도 ·············· 537
> 제167화 시행의 방해물 ·············· 566

제145화 츠바키

　돈도 없고, 힘도 없어서, 언젠가 슬럼의 뒷골목에서 허무하게 죽어야 했던 소년은, 앞날이 깜깜한 미래에서 탈출하고 안전한 식사와 지붕이 있는 잠자리 같은 멀쩡한 생활을 꿈꾸며 헌터가 되었다.

　그래도 원래라면 허무하게 죽는 장소만 유적으로 바뀌는 최후를 맞이했을 것이다. 그러나 그곳에서 만난 신비한 여성, 알파와의 교류가 그 소년, 아키라의 미래를 바꾼다.

　알파가 아키라에게 바란 것은 한 유적의 공략. 그 대가로 아키라가 얻은 것은 알파의 서포트. 그 힘은 절대적으로, 평범한 소년을 단기간에 헌터로서 비약적으로 성장하게 했다.

　알파의 서포트 덕분에 아키라는 역전의 헌터와 비교해도 손색이 전혀 없을 만큼 강해졌다. 수많은 사람이 그 강함에 찬사를 보냈다. 아키라 자신도 이전과는 비교도 안 될 만큼 강해졌음을 이해했다.

　아키라는 몇 번이나 죽음을 무릅쓰고, 죽을 고비를 넘기고, 죽을힘을 다해 살아남아 승리했다. 그때마다 강해졌다. 그 강함은 진짜다.

　그런데도 아키라 자신의 실력은 알파의 서포트 덕분에 이룩한 실적에 한참 못 미친다. 남에게 빌린 힘을 휘둘러서 얻은 찬사는 아키라가 자기 힘을 과소평가하게 하고, 그 마음을 비뚤어지게 했다.

그리고 아키라는 슬럼의 양대 조직이 벌인 세력 다툼에 휘말렸다. 그 결과, 인형병기들이 벌이는 대규모 전투에 난입한 아키라는 알파의 서포트에도 도움받아 도시 방위대에서 채용해도 이상하지 않을 정도로 강력한 인형병기에 승리했다.

그 싸움 속에서, 아키라는 적인 로게르토에게 실력을 인정받았다. 경의도 받았다.

다만 그 실력은 알파의 힘이다. 자기 힘이 아니다. 그걸 아는 아키라는 남의 힘, 빌린 힘에 로게르토가 경의를 표하게 했다는 사실에 죄악감마저 들어서 침울해졌다.

그 뒤, 그 복잡한 감정을 정확히 모르면서도 어렴풋이 눈치챈 셰릴이 아키라를 끌어안았다. 그리고 고맙다고 말했다. 자신들은 아키라 덕분에, 그 힘 덕분에, 슬럼처럼 가혹한 환경 속에서도 빼앗기지 않고, 살해당하지 않고, 안심하고 살 수 있다고.

그 말로 아키라는 마음을 바꿀 수 있었다. 남에게 빌렸으면서 자기 것처럼 오해받는 힘이라도, 자신이 구하겠다고 말한 사람을 구할 수 있다. 그렇다면 지금은 그걸로 되지 않겠냐고, 지금의 자신도 그 정도는 된다고, 긍정적인 의미로 받아들일 수 있었다.

기운을 차린 아키라가 헌터 활동을 재개한다. 지금의 아키라는 알파의 서포트가 있어도 알파가 원하는 유적을 공략할 수 없다. 언젠가 그것을 실현하기 위해서, 더 강한 힘을 얻어야만 한다.

아키라의 헌터 활동은, 아직 갈 길이 멀었다.

◆

　미하조노 시가지 유적 소동에서 벌어들인 6억 오름으로 새 장비 일체를 주문한 아키라는, 그것이 도착할 때까지 헌터 활동을 한동안 중단했다.

　그동안 슬럼의 대규모 항쟁에 휘말리는 등 다른 소동도 여럿 있었지만, 헌터 활동을 다시 시작할 준비는 끝났다. 새로운 장비와 더불어 대형 황야 사양 바이크도 구해서, 아키라는 현재 쿠즈스하라 시가지 유적 중심부를 향해서 바이크로 황야를 질주하고 있다.

　유적 외곽부까지 얼마 남지 않았을 즈음, 알파가 이동 루트 변경을 지시했다. 그 지시에 따라서 바이크의 진로를 크게 튼 아키라가 의아한 표정을 짓는다.

　『알파. 저쪽이 아니야?』

　그렇게 말한 아키라의 시선이 가는 곳에는 쿠가마야마 시티에서 건설한 기지가 있다. 이전에는 가설 기지였던 이 기지도 지금은 건설이 다 끝나서, 쿠즈스하라 시가지 유적 중심부 공략의 전선 기지로서 기능하고 있었다.

　그 전선 기지에서는 유적 중심부를 향해서 후방 연락선이 깔렸다. 지금도 더 깊은 곳을 향해서 연장 공사가 이어지고 있었다.

　유적 중심부에서 활동할 정도로 실력이 있는 헌터에게, 외곽부에 서식하는 몬스터 따위는 아무런 방해물도 안 된다. 하지만 무

너진 고층 빌딩과 잔해가 쌓여 이동 경로를 가로막는 열악한 육로
는 그러한 헌터들에게도 방해물이 된다.

　나아가 더 갈수록 멀쩡하게 이동할 수 없는 환경 속에서 중심부
의 강력한 몬스터가 덮쳐든다. 살아서 돌아가지 못할 확률은 비약
적으로 올라간다.

　그러한 이유도 있어서 경비대가 몬스터를 제거하고 노면이 잘
포장되어서 이동하기도 편리한 후방 연락선은 유적 중심부를 슬
쩍 보고 싶은 자들에게는 안전을, 중심부에서 유물을 수집하는 실
력자들에게는 편한 이동 경로를 제공함으로써, 유료인데도 불구
하고 수많은 헌터가 오가고 있었다.

　아키라도 당연히 그 후방 연락선을 거쳐 중심부로 갈 줄 알았
다. 그러나 알파는 평소처럼 웃으며 고개를 가로젓는다.

　『후방 연락선은 쓰지 않을 거야. 내가 안내하는 장소는 특수해
서 말이지. 다른 루트가 더 유리해. 그리고 후방 연락선은 경비가
잘되는 만큼, 누가 거기를 지났는지 철저히 기록되거든. 그 대처
도 겸하는 거야.』

　『즉, 미발견 유적에 갈 작정으로 행동하는 게 좋다는 거지?』

　그렇다면 엄청난 유물을 기대할 수 있을 것 같아서, 아키라는
그 기대감을 얼굴에 드러내고 웃었다. 알파도 웃는 얼굴로 동의를
표한다.

　『그런 거야. 자, 가자.』

　『알았어!』

　아키라는 바이크의 속도를 높여 그대로 쿠즈스하라 시가지 유

적에 돌입했다.

유적 외곽부는 수많은 헌터가 유물을 수집하면서 나름대로 잘 정리된 상태에 가깝다. 그 덕분에 아키라가 이전에 야라타 전갈 무리와 싸웠을 때도 아무렇지도 않게 바이크로 주행할 수 있었다.

하지만 그것도 외곽부의 바깥쪽에 가까운 영역만이다. 중심부로 가면 갑자기 열악한 길로 바뀐다.

역전의 헌터들이 서식하는 몬스터의 강함과는 다른 이유로 통행을 꺼릴 만큼, 길이 없다시피 한 상태다. 지면에는 잔해가 널렸고, 나아가 똑 부러진 것처럼 자빠진 빌딩이 거대한 벽이 되어 앞길을 가로막고 있다.

그 가혹한 비포장 길을, 아키라는 알파의 뛰어난 운전 기술로 억지로 뚫고 나간다. 자잘한 잔해는 황야 사양인 대형 바이크의 출력으로 쳐낸다. 얇은 벽은 미리 총으로 쏴서 무르게 한 다음에 뚫고 나간다. 키보다 큰 잔해의 산은 다른 잔해를 점프대로 삼아 뛰어넘는다.

나아가 바닥에 누운 고층 빌딩의 측면을 주행하고, 내달려서, 통행 불가의 기준과 개념을 망가뜨리며 유적 중심부로 향했다.

그렇게 안 하면 진행할 수 없을 만큼 엉망진창인 이동 루트에, 아키라가 무심코 쓴웃음을 흘린다.

『정말 차로 가기 어려운 곳이네.』

아키라는 알파가 제안해서 다음 헌터 활동으로 돈을 벌 곳을 쿠즈스하라 시가지 유적 중심부로 정했을 때, 알파에게 바이크 구매를 추천받았다. 차량으로 이동하기 어려운 곳이 있다는 이유로.

알파가 득의양양하게 미소를 짓는다.

『그렇지? 바이크가 있어서 다행이야.』

『맞는 말이야.』

어렵다는 것은 불가능하지 않다는 의미이기도 하다. 만약 황야 사양 차량으로 왔다간 더 터무니없는 이동 방법을 강요했을지도 모른다. 아키라는 그렇게 생각하고, 바이크 덕분에 비교적 멀쩡한 길로 간다고 감사히 여겼다.

쿠즈스하라 시가지 유적 중심부를 향해 길도 아닌 길을 바이크로 이동하던 아키라가, 겨우 멀쩡한 지면과 재회해서 무심코 한숨을 쉰다.

『이제야 멀쩡한 길이 됐네. 꽤 깊숙이 들어왔다는 뜻일까?』

유적이 황폐해지는 이유는 여러 가지가 있지만, 명색이 구세계의 산물인 튼튼한 빌딩이 무너지고 사방에 잔해가 쌓이는 원인은, 대규모 전투밖에 없다.

당연히 그 전투란 유물을 찾아 유적에 온 헌터들과 유적에 서식하는 몬스터들에 의한 것이다. 몬스터끼리 싸우는 경우도 있지만, 유적이 심하게 황폐해지는 주된 이유는 되지 않는다.

아키라도 헌터로서 그 정도는 알게 되었고, 이 근처가 비교적 무사한 것은 헌터들이 여기까지 도달하는 일이 드물어서 그렇다고 생각했다. 즉, 여기가 유적 중심부라고 판단했다.

값비싼 유물이 있을 법한 건물을 찾아서 아키라가 주위를 둘러본다. 그러자 비교적 무사한 폐빌딩이 늘어선 풍경 너머로 거대한 벽이 보였다.

그것은 무수히 많은 고층 빌딩이 옆으로 연이어진 곳이었다. 그 폐빌딩 사이사이는 전부 잔해로 완전히 빈틈없이 차서, 빌딩 전체가 하나의 벽으로 된 것처럼 보이기도 한다.

그렇듯 무수히 많은 폐빌딩과 대량의 잔해로 구성된 높고 긴 벽을 보고, 아키라가 문득 생각한다.

『뭔가, 도시의 방벽 같은걸. 쿠즈스하라 시가지 유적엔 그런 것도 있나?』

겨우 중심부에 도착했다고 여긴 아키라가 숨을 내쉬고, 주위를 둘러보고, 방벽처럼 거대한 건조물에 대한 소감을 말하는 동안에도, 바이크는 멈추지 않고 유적의 안을 나아가고 있었다. 정확히는, 그 거대한 벽을 향해 가속했다.

그것을 눈치챈 아키라가 괴이쩍은 표정을 짓는다.

『알파. 뭐 하는 거야?』

『뭐긴, 목적지로 이동하고 있어.』

『여기가 아니야?』

『아니야. 도착했다고 말하지 않았잖니? 조금 더 가야 해.』

『조금 더…….』

아키라가 그 조금 더 간 곳으로 시선을 돌린다. 방벽처럼 거대한 벽이 있다. 그리고 그제야 깨닫고 허둥댔다.

『알파?! 아무리 그래도 저걸 넘는 건 무리잖아?!』

『무슨 소리를 하는 거니? 내가 운전하는걸? 간단해.』

멀쩡한 지면 덕분에 충분히 가속한 바이크의 속도는, 이미 최고 속도에 근접했다. 이제는 멈출 수 없다. 그러나 이대로 직진하면 벽에 격돌한다. 강화복을 입었다고는 하나, 아키라의 감각으로는 부딪힌 순간에 몸이 곤죽이 될 것 같다.

아키라는 무심코 체감시간을 조작했다. 의식 속 시간이 천천히 흐르기 시작하고, 벽이 다가오는 속도가 느려진다. 하지만 그것은 의식 속에 불과해서, 현실에서는 속도가 조금도 안 줄어든 것을 아키라도 알았다. 얼굴을 굳히며 소리친다.

『간단하면 반드시 성공시키라고?! 반드시야?!』

『물론이야. 나만 믿어. 갈게.』

필사적인 얼굴을 한 아키라와는 대조적으로, 알파는 여유로운 태도로 자신만만하게 웃고 아키라를 봤다. 그리고 훈련을 겸해서 아키라도 바이크를 조금 운전하게 하던 것을 그만두고, 바이크의 운전을 완전히 장악한다.

다음 순간, 알파의 신들린 조작으로 제어된 바이크가 진로를 억지로 틀면서 지면의 아주 작은 요철과 잔해를 이용해서 날아올랐다.

관성으로 차체가 직진하는 도중에 진로를 억지로 변경하면 균형이 급격히 무너진다. 나아가 타이어가 지면에서 떨어짐으로써 일시적으로 조작할 수 없게 된다. 원래라면 이 시점에서 대형 사고를 피할 수 없다. 아키라의 얼굴도 더욱 딱딱해졌다.

하지만 그것을 전부 계산하고 움직인 알파에게는 사고가 발생할 원인이 하나도 없다. 얼핏 보면 통제를 잃은 듯한 바이크가 허공을 가르고, 그대로 옆에 있는 폐빌딩 벽면에 착지한다.

나아가 속도를 떨어뜨리지 않고 계속 달려서, 차체에서 봤을 때 옆으로, 다시 말해 지면에 대해 수직으로 진로를 틀어 질주한다. 그리고 그대로 폐빌딩 측면에 뛰어오른 다음, 전방에 있는 방벽 같은 거대한 벽에 착지하고, 하늘을 향해 달려간다.

아키라는 강화복의 신체 능력과 사격 반동을 이용해 고층 빌딩의 측면을 뛰어서 내려간 경험이 있다. 하지만 이번에는 역방향. 더군다나 바이크를 타고, 그때보다 빠르다. 도저히 못 참고 얼굴을 실룩이고 있다.

『알파! 이 바이크에 벽을 달리는 기능이 있었어?!』

『벽면 주행 기능을 탑재했냐는 의미라면, 없어.』

『그러면 어떻게 달리는 거야?!』

『자세 제어와 선회 성능 향상, 급가속과 급정지 실현을 위해서, 이 바이크의 타이어에는 강력한 접지 기능이 있어. 그걸 내 운전 기술로 응용하면 간단해.』

『그런 뜻으로 물어본 게 아니야! 즉, 벽을 달리는 기능은 없다는 거잖아?! 떨어지면 어쩔 거야?!』

필사적인 얼굴을 한 아키라에게, 알파가 웃으며 당부한다.

『아키라가 날뛰어서 균형이 망가지지 않으면 괜찮아. 그러니까 날뛰면 안 된다?』

아키라는 갑자기 허둥대는 것을 멈추고 균형을 유지하는 데 전념했다. 그런 보람이 있어서, 바이크는 무사히 거대 벽 등정에 성공했다.

방벽처럼 이어지는 폐빌딩 집합체의 옥상에, 알파가 바이크를 능숙하게 조작해 착지한다. 이제 살 것 같아진 아키라는 무심코 안도해서 숨을 훅 내쉬었다.

『죽는 줄 알았어…….』

『어머, 괜찮아. 내 운전 기술이라면 있을 수 없는 일이지만, 만약 바이크가 벽에서 떨어져도 강화복의 접지 기능이 있어. 단시간이라면 공중 보행도 가능하니까, 추락사하는 일은 없는걸.』

『그런 문제가 아니야.』

죽지 않더라도, 무서운 건 무서운 거다. 그만큼 아키라의 한숨을 겸한 안도의 숨은 깊었다.

『그래서? 여기가 목적지야?』

『조금 더 가야 해. 봐.』

바이크로 천천히 옥상 가장자리로 이동한 아키라에게, 알파는 그렇게 말하고 벽 너머의 광경을 손으로 가리켰다. 그 광경을 본 아키라의 얼굴이 놀라움으로 물든다. 그곳에는 전혀 풍화되지 않은 구세계 도시가 펼쳐져 있었다.

『이런 데 이런 장소가 있었다니…….』

아키라가 놀라면서도 신기하게 여긴다.

지금껏 아키라는 이것과 비슷한 광경을 저 멀리 쿠즈스하라 시가지 유적의 풍경에서 봤었다. 즉, 이렇게 전혀 훼손되지 않은 구세계 도시는 유적에서 더 깊은 곳, 최고 중심부 근처에 있을 것으로 생각했었다.

이 주변은 유적 중심부라고 해도 유적 전체에서 보면 아직 중간 정도로, 외곽부에 가까운 위치라고 해도 과언이 아니다. 실제로 바로 앞, 벽을 넘기 전의 경치는 폐허가 된 도시라고 말할 수밖에 없는 상태다.

그 정도밖에 안 떨어진 장소에 이만한 도시가 펼쳐져 있다니, 아키라는 믿기지 않았다.

놀라는 아키라와는 대조적으로, 알파는 놀란 기색을 하나도 보이지 않는다. 가볍게 말한다.

『자, 가자.』

『어? 어어…… 으헉!』

벽을 올라온 이상, 다음에는 내려가야 한다. 그 정도는 알지만, 그 가벼운 말을 신호로 바이크가 옥상 가장자리에서 아무렇지도 않게 벽을 내려가기 시작하는 바람에, 아키라는 무심코 소리를 질렀다.

그런 아키라의 모습을, 조금 떨어진 장소에서 소형 비행 기계가 관찰하고 있었다. 그것을 아키라는 눈치채지 못했고, 알파는 아무 말도 하지 않았다.

방벽 같은 빌딩 집합체를 넘어서 구세계 도시로 들어선 아키라는, 그 광경에 압도당했다.

디자인이 세련된 빌딩은 신성한 분위기마저 내고 있다. 옛 시대의 건조물이지만, 현대 기술을 한참 초월한 궁극의 건축 기술로 지어진 건물은 그 모습에서 과거가 아니라 미래를 느끼게 한다. 그것이 질서 정연하고 아름답게 늘어선 광경은, 아키라에게 성역에 발을 들인 듯한 감각마저 들게 했다.

이곳의 건물에 침입해서 유물을 강탈하는 건 경비 기계의 존재와는 관계없이 나쁜 일 아닐까. 헌터로서 여기에 유물을 가지러 온 아키라지만, 그렇게 생각하게 할 정도의 설득력이 이곳에는 있었다.

『알파. 앞으로 어떻게 할 거야?』

그래도 알파가 여기서 유물을 수집한다고 하면 어쩔 수 없다. 그렇듯 자신을 설득하는 구실을 만드는 감각으로, 아키라는 알파에게 물어봤다.

그러나 알파의 대답은 아키라의 예상에서 크게 빗나갔다.

『목적지에 도착하면 유물을 수집할 예정이야.』

『어? 여기가 아니야?』

『여기가 맞아. 하지만 엄밀하게 말하면 저기야.』

그렇게 말하고 알파가 손짓으로 가리킨 곳에서는 이 도시 중심에 우뚝 선 거대 빌딩이 보였다.

『덧붙이자면, 주변 건물 안에도 유물이 한가득 있을 것 같다고 유물을 수집해선 안 돼. 주위 분위기를 보면 알겠지만, 이 일대는 경비 기계도 매우 강력해. 지금의 아키라라도 힘들어』

『그래? 뭐, 알파가 그렇게 말하면 포기하겠지만…….』

주변 건물이 안 된다면 중심에 있는 거대 고층 빌딩은 더더욱 안 되는 게 아닐까? 아키라는 그렇게 생각했지만, 그 의문을 구석으로 치웠다. 알파가 그렇게 말한다면 믿고 따른다. 아키라는 그러기로 결심한 바가 있었다.

사실이라면 좋고, 거짓말이어도 좋다. 아키라의 마음속에서 산처럼 높이 쌓인 알파에 대한 부채가, 아키라에게 그것을 긍정하게 했다.

아키라와의 잦은 대화로 아키라를 다루는 데 익숙해진 알파도 그것까지는 모른다. 말을 잘 듣는 낌새지만, 마음속에 불만이 쌓이면 문제라며 득의양양하게 웃고 말을 덧붙인다.

『안심해. 경비 기계의 강함은 별개로 쳐도, 주변 건물에서 유물을 수집해도 의미가 없거든. 저 빌딩에 가면 다 챙겨가지 못할 정도의 유물을, 한 번에, 안전하게, 문제없이 구할 수 있으니까.』

『오, 굉장한걸! 좋아. 조금만 가면 돼. 가자!』

단숨에 기분이 좋아진 아키라를 보고, 알파도 만족스럽게 웃는다. 아키라와 알파는 그대로 목적지인 고층 빌딩을 향해 나아갔다.

아키라와 알파가 지나친 도로의 양쪽 가장자리에서는 이 도시의 경비 기계들이 위장을 풀고 모습을 드러내고 있었다. 그리고 100기가 넘는 그 기계들은, 일부는 비행하고, 일부는 도로와 건물 측면을 주행해서 아키라와 알파가 앞으로 갈 길로 먼저 질러간다.

외부인이 도적으로 변한 순간, 곧바로 제거할 수 있도록.

목적지인 고층 빌딩에 다가간 아키라는 그 빌딩의 측면에 노면이 있고, 그것이 지금 달리는 도로와 이어진 것을 알아챘다.

지상과 연결된 부분은 곡면이어서, 이대로 가도 벽과 충돌할 우려가 없다. 그러나 모종의 방법으로 수직 주행이 가능한 차량이 아니면 무조건 추락하는 도로이기도 하다.

바이크는 그대로 빌딩 측면의 도로를 타기 시작한다. 수직 도로이지만 노면은 잘 정비되어서, 달리기 편하다는 의미에서는 아무 문제도 없다. 폐빌딩 측면도 여유롭게 타고 올라가는 알파의 운전이다. 이제는 아키라도 추락을 걱정하지 않았다.

그 도중, 아키라는 맞은편에서 오는 차와 엇갈렸다. 운전석도 없이 자율 주행이 가능한 컨테이너처럼 생긴 차로, 아키라의 바이크와 마찬가지로 수직 도로를 아무렇지도 않게 달리고 있다. 아무것도 모르는 사람이 얼핏 보면 중력의 방향을 확실하게 착각할 광경이다.

『알파. 구세계의 차는 수직 벽을 달리는 게 기본 사양이야?』

『지역과 시대에 따라 달라. 여기선 그런 거겠지.』

그런 건가. 그렇게 생각하며 아키라는 더 나아간다. 빌딩 벽면에 포장된 도로는 상층에 있는 거대한 화물 출입구로 이어졌다. 곡면 도로를 따라서 그대로 빌딩 안으로 들어가고, 잠시 바이크를 세워서 슬쩍 숨을 내쉰다.

『이번에는 진짜 도착……한 게 맞지?』

『그래. 도착했어.』

다 챙길 수 없을 정도로 많은 유물을 기대하고 얼굴에 웃음을 띤 아키라에게, 알파가 조금 진지한 얼굴로 당부한다.

『아키라. 여기는 아키라가 내 말만 잘 들으면 안전할 장소야. 그러니까 무슨 일이 있어도 당황하지 말고 침착하게 있어.』

『알았어.』

여기는 유적의 중심부, 구세계의 영역, 지극히 위험한 장소다. 그 정도는 말을 듣지 않아도, 아키라는 알파의 지시를 철저히 따를 작정이었다. 그러나 그때 의문을 느낀다.

(안전할 장소라고……?)

내가 있으면 괜찮다. 평소 그렇게 말하는 알파가 하는 말치고는 이상하다고, 아키라는 뭔가 석연찮은 기분이 들었다.

하지만 그 작은 위화감도 다음 순간에 싹 날아간다. 아키라는 바로 옆에서 갑자기 기척을 느꼈다. 그것은 알아채지 않는 게 신기할 정도로 가깝고, 전투라면 기습당해 죽을 정도로 치명적인 위치였다.

무슨 일이 있어도 당황하지 마라. 그 말에 따라서 아키라가 천천히 옆을 본다. 그곳에는 한 여성이 서 있었다.

(어느새?! 입체영상? 단순히 확장시야에서 그렇게 보이는 건가? 아니야. 실체야! 정보수집기 반응으로도 여기 있어! 그렇다면 왜 알아채지 못했지? 여기는 유적 안이야! 나는 똑바로 경계하고 있었어! 아니, 그런 것보다도, 알파가 아무 말도 안 한 이유가 뭐지? 설마, 알파도 못 알아챈 거야?!)

갖가지 생각이 오가서 혼란 상태인 아키라를, 그 여성은 무표정한 얼굴로 보고 있었다. 그 이상으로는, 아키라에게 해를 끼치려는 듯한 일은 아무것도 하지 않는다. 그렇다면 아키라도 조금씩 차분해진다.

"어……."

아키라는 별다른 의미가 없는 말을 흘리며, 나름대로 상황을 파악하려고 했다.

여성은 구세계에서 만든 것으로 보이는, 검정 바탕의 드레스를 입었다. 헌터로는 보이지 않고, 이런 장소에 있다면 지난번 미하조노 시가지 유적에서 본 세란탈 빌딩의 관리 인격에 가까운 존재일 것이다. 그 정도는 아키라도 추측했다.

하지만 그게 다였다. 아키라도 여성의 표정에서 자신이 환영받지 않은 것을 알지만, 상대는 아무 말도 없이 자신을 가만히 바라보기만 한다. 세란탈 빌딩 때는 상대가 나가라고 했지만, 지금은 그런 말도 없다. 타인과 소통하는 능력이 부족한 아키라는 어떻게 반응해야 좋을지 전혀 몰랐다.

『알파. 어떻게 하면 돼?』

『그러네. 일단은…….』

"일단은 이쪽에서 초대한 것이 아님을 자각하고, 예의 바르게 있으면 돼요."

자신과 알파의 염화를 제삼자가 들었다는 사실에, 아키라가 경악을 드러낸다. 알파의 표정에는 놀라움이 없다. 그러나 불쾌함은 있었다.

그리고 그 여성에게도, 알파에 대한 불쾌함이 있었다.

그제야 아키라가 깨닫는다. 무표정하게 자신을 보던 상대는, 시선을 알파에게 돌리며 불쾌함을 드러내고 있었다.

(틀림없어! 알파가 보여……! 어떻게 된 일이지?!)

여성이 시선을 다시 아키라에게 돌리고, 표정을 불쾌함에서 무표정으로 돌렸다. 그리고 고한다.

"츠바키하라 빌딩에 잘 오셨습니다. 저는 이 빌딩 및 해당 구획의 관리 인격인 츠바키라고 합니다."

"아, 그래요."

"안내하겠습니다. 이쪽으로 오세요."

츠바키는 그렇게 말하고 빌딩 안쪽으로 나아갔다. 아키라가 살짝 어리둥절하면서 알파를 본다.

"알파?"

『아키라. 가자.』

"그, 그래."

아키라는 알파와 함께 츠바키를 따라간다. 의문은 많이 생기지만, 지금은 나중으로 미뤘다. 지금은 괜히 물어봐서 더 혼란에 빠질 여유가 없었다.

빌딩 안을 나아가며 주위를 둘러보자, 밖에서도 본 자율형 컨테이너가 여러 대 눈에 띄었다. 그냥 바닥을 달리는 것도 있고, 천장을 달리는 것도 있었다.

지금 와서는 아키라도 그걸 보고 놀라지 않는다. 그러나 천장을 주행하던 컨테이너가 도중에 비행하고, 그대로 빌딩 밖으로 나가는 것을 보고 문득 생각한다.

(하늘을 나는 강한 몬스터가 습격해서 위험하다고 하지 않았던가? 아니, 습격하는 쪽이니까 괜찮나?)

자신은 지금 그런 것들이 드나드는 장소에 있다. 그리고 그것들이 츠바키를 공격하지 않은 이상, 츠바키도 같은 편이다. 나아가 스스로 관리 인격이라고 밝혔으니까, 그것들을 관리하는 입장이라고 생각할 수 있다. 아키라는 그런 데까지 생각이 미치고, 자신의 앞을 걷는 츠바키에 대한 경계를 강화했다.

그때 츠바키가 딱 멈추고, 아키라를 향해 돌아봤다. 아키라는 무심코 움찔하고 반응했다. 하지만 츠바키는 아랑곳하지 않고 무표정한 얼굴로 옆을 손으로 가리켰다. 그곳에는 츠바키가 발걸음을 멈추면서 열리기 시작한, 거대한 문이 있었다.

"저기입니다. 용건이 끝나는 대로, 신속히 물러가 주시길 바랍니다."

아키라가 알파에게 시선을 돌린다. 알파는 말없이 끄덕였다. 먼저 아키라가 바이크를 타고 그쪽으로 가고, 알파가 뒤따른다. 그리고 문 너머로 들어갔을 때, 알파가 잠시 돌아봤다. 그 시선이 향하는 곳에서는 츠바키가 짜증이 짙게 밴 불쾌한 얼굴로 알파를 보고 있었다.

문이 닫히고, 시선이 차단된다. 그래도 츠바키는 그 너머를 쭉 보고 있었다.

제146화 폐품과 어떤 배려

아키라가 츠바키에게 안내받아 간 곳은 츠바키하라 빌딩 안쪽에 있는 커다란 창고였다.

창고는 고층 빌딩 안에 있다는 것이 믿기지 않을 정도로 넓다. 천장도 높고, 그 높이에 걸맞게 대형 선반이 질서 정연하게 대량으로 늘어서 있는데, 저 너머가 콩알만 하게 보였다.

그 선반에는 상자가 빽빽하게 들어차 있다. 내용물은 전부 어지간한 유적에서는 찾아볼 수 없는 값비싼 유물이다. 지금도 손상이 하나도 없는 상태를 유지하는 구세계 도시. 그 건물 내부의 창고에 있는 유물. 그것이 한가득. 팔면 돈이 얼마나 될지, 아키라는 상상할 수 없었다.

다 챙겨가지 못할 정도의 유물을 구할 수 있으니까 다른 건물에서 유물을 수집해도 의미가 없다. 그곳에는 알파가 말한 그대로의 광경이 있었다.

아키라는 그 광경에 압도당하고, 눈앞에 펼쳐진 대량의 유물에 기뻐했다. 그러나 그 환희도 곧바로 의문과 곤혹에 휩쓸려 사라진다.

이 도시에 관해서. 이 빌딩에 관해서, 이 장소에 관해서. 그리고 무엇보다도 츠바키에 관해서. 아마도 알파와 면식이 있고, 더군다나 사이가 나빠 보였다는 점. 하나같이 궁금한 것밖에 없다.

알파와의 관계를 망가뜨리지 않으려고 불필요한 건 묻지 않는
다. 그렇게 결심했던 아키라도 이것만큼은 무시할 수 없었다. 이
럴 때 아무것도 안 물어보는 게 오히려 이상하다는 변명을 핑계로
삼아서, 지금까지는 굳게 다물었던 입을 조금 느슨하게 풀었다.

"알파. 슬슬 이것저것 설명해 주면 좋겠는데."

설명을 요구하지만, 구체적으로 뭘 알고 싶은지는 일부러'생략
한다. 그렇게 하면 말하고 싶지 않고, 말할 수 없고, 설명할 수 없
는 내용은 알파가 알아서 생략하겠지. 아키라는 그렇게 생각하고
나름대로 말을 잘 골랐다.

아키라의 그 말에, 알파는 평소처럼 웃는 얼굴로 대답한다.

『알았어. 하지만 설명은 작업하면서 하자. 오래 머물러서 그녀
를 불필요하게 화나게 해도, 말썽거리만 늘어날 거니까.』

아키라는 고개를 끄덕이고 곧장 작업을 시작했다. 대량의 유물
중에서 챙겨갈 물건을 물색하며 알파의 설명을 듣는다.

『간단히 설명하자면, 그녀와 협상해서 폐품을 받기로 한 거야.』

선반에 있는 상자 안에는 다양한 유물이 있다. 그리고 그 상자
자체도 구세계의 유물이다. 챙겨가면 돈이 된다.

『폐품이라고 해도, 품질에 문제는 없어. 계절에 따른 상품 교체.
규정 기간이 경과한 비품의 정기 교환. 그런 이유로 폐기된 물건
이야.』

반투명해서 내용물이 보이는 상자도 있다. 불투명하지만 알파
의 서포트로 내용물이 반투명하게 보이는 물건도 있다. 알파가 내

용물을 모르는 상자도 있다.

『물론 폐품이라고 해서 자기 구역에 멋대로 침입한 강도에게 순순히 내줄 의리는 없어. 겉으로는 예의가 바르더라도, 돈이 없다는 이유로 상품을 훔치려는 상대에게도 말이야.』

구세계에서 만든 의류도 있다. 일상복인지 작업복인지 아키라가 판별할 수 없는 것도 있다. 코트도 있다. 안에 입는 옷도 있다. 속옷인지 벨트인지 끈인지 잘 모르는 물건도 있다.

『예의가 바르고, 노리는 것은 처음부터 폐품. 그래야 비로소 협상이 가능해지는데, 그것도 일반적으로는 불가능해. 협상이 성립하는 기본 조건으로, 그것을 밀어붙일 무력, 강함이 필요해. 순순히 내놓으면 피해가 소량의 폐품으로 끝나고, 그 피해는 교전했을 때 발생하는 피해보다 확실하게 적은, 그 정도의 강함이 말이야.』

유리나 플라스틱 같은 투명 소재의 케이스 안에 금속이나 고무, 세라믹 같은 질감으로, 육면체나 팔면체, 모래 알갱이 같은 물체가 들어간 것도 있다. 그것이 장식품인지 실용품인지는 아키라도 모른다.

『그리고 아키라도 이제야 그 정도로 강해졌어. 그래서 여기 온 거야.』

블레이드 종류도 찾았다. 구세계 블레이드의 성능은 아키라도 잘 안다. 이건 팔지 않고 자기가 쓸 생각으로 많이 확보한다. 총기류도 없는지 찾아봤지만, 그건 발견하지 못했다.

『용건이 끝나는 대로, 신속히 물러가 달라. 그녀는 그렇게 말했지만, 그선 간단히 말해 쓰레기 정도는 줄 테니까 얼른 꺼져라, 라는 뜻이야.』

"그런 건가. 그러면 화내기 전에 가야겠네."

좌우지간 설명받은 내용에 아키라는 만족했다. 물론 의문은 아직 많이 남았다. 하지만 그 추궁을 참을 수 있을 정도로는 알 수 있었다.

계속해서 챙겨갈 물건을 물색하며, 터무니없이 많은 유물을 다시금 둘러본다.

"그건 그렇고, 이게 전부 폐품이야? 폐품이면 버리는 거지? 아까워. 아니, 애초에 폐품이 왜 이렇게 많아?"

『항시 일정한 거주자가 있다는 것을 전제로 하는 시스템이니까. 그런 상태로 아무도 사지 않고, 쓰지 않고, 그런데도 만들고 진열하고 정기적으로 철거하는, 그런 일을 반복하다 보면 이 정도는 금방 쌓여.』

"만드는 걸 멈추면 되잖아. 아깝지 않아?"

『그것을 실행하는 시스템은 아키라가 낭비로 여기는 행동에 의문을 느끼지 않는 거야. 그러니까 쭉 계속하는 거고.』

"쭉?"

『그래. 그것을 통괄하는 관리 인격도 기본적으론 똑같아. 그러니까 아키라가 아깝다거나 무의미하다고 여기는 시스템이라도 멈추려고 하지 않아. 그 행동을 의문으로 느낄 만큼 고도의 자유 영역을 지닌 관리 인격이라도, 멈출 권한이 없으면 멈출 수 없어. 권한이 없으니까.』

"그런 거야?"

『그런 거야. 뭐, 예외는 있어. 자신의 업무 내용에 의문이 생길 정도로 성장한 고도의 관리 인격이 규칙보다 자신의 사정을 우선할 정도로 인격을 비대하게 키워서, 자신에게 주어진 권한과 규칙을 무시해서 행동하게 된다면, 여러 가지 변화가 생기겠지.』

"변화? 예를 들면?"

『그래. 현대의 인간을 상대로 장사하기 시작할지도 몰라. 대기업이 콜론을 주고 구세계 제품을 살 수 있는 것도 그런 일례일지도 모르겠는걸. 구세계 기업의 관리 인격이 현재의 기업으로서 창업하고, 현재의 통화로 영업하기 시작할 가능성도 있어. 통기련을 구성하는 기업에 남몰래 숨어들었을지도 몰라.』

"오, 구세계 기업이라. 뭔가 굉장한걸."

『그럴 가능성이 있다는 이야기야. 자, 손을 멈추지 마.』

"어이쿠."

알파는 어떻게 그런 걸 아는지. 애초에 어떻게 해서 츠바키와 협상했는지. 그쪽으로 생각이 쏠리지 않도록, 아키라는 작업에 집중했다.

유물을 가져갈 준비를 마친 아키라가 바이크에 올라타고 다시 기운을 북돋운다.

"좋아. 이제 돌아가기만 하면 돼. 잘 운반할 수 있겠지?"

그렇게 말하고 돌아본 아키라가 보는 곳에는 바이크에 결속한 커다란 짐이 있었다.

유물이 있는 상자 여러 개를 튼튼한 벨트로 한데 모아서 묶고,

바이크의 서포트 암이기도 한 총좌로 붙들게 했는데, 짐이 너무 많아서 딱 봐도 전체적인 무게 중심이 엉망이다. 그것을 수직 벽도 타는 바이크의 힘으로 타이어를 바닥에 밀착시킴으로써, 차체의 자세를 억지로 유지하고 있었다.

어쩐지 불안한 눈치인 아키라에게, 알파가 자신만만하게 웃어 보인다.

『안심해. 내가 운전하니까 괜찮아. 이래 보여도 저 벽을 넘으려고 조금 줄였을 정도야.』

"그런가. 아, 맞아. 당연하지만, 돌아갈 때도 저 벽을 넘어야 하지. 안전하게 운전해 줘. 가자."

그대로 바이크로 천천히 전진하자 창고 문이 자동으로 열렸다. 츠바키는 아직 거기서 기다리고 있었다. 매우 아름답지만, 감정이 하나도 없는 얼굴을 한 상대와 눈이 마주쳐서 아키라가 조금 주춤거린다.

"아, 저기, 이만 가보겠습니다."

"가는 길에 조심하세요."

"그, 그럴게요."

아키라는 그대로 츠바키의 옆을 지나치려고 했다. 하지만 그때 츠바키가 아키라에게 말을 건다.

"하나 여쭙겠습니다. 통신대역을 그쪽과의 접속에 특화하는 처리가 이루어진 듯한데, 당신은 그래도 괜찮은 겁니까?"

"어?"

아키라는 츠바키가 무슨 소리를 하는지 이해하지 못해서 조금 괴이쩍은 표정만 지었다. 하지만 알파는 그렇지 않았다. 얼굴에서 웃음을 싹 지우고 츠바키에게 싸늘한 눈빛을 보낸다.

『경고한다. 더 이상 불필요한 행동을 할 경우, 적으로 보겠다.』

똑같은 눈빛으로, 츠바키도 알파에게 맞받아친다.

『충고한다. 여기는 내 관리 구획. 그쪽과 기본 권한에서 차이가 난다고는 하나, 협박하면 다 통할 것으로 여기지 마라.』

『경고했다.』

『해봐라. 나를 상대로 명령이 아니라 협상이 필요한 상태로, 그게 가능하다면.』

아키라에게는 이들의 대화가 들리지 않는다. 그래도 일촉즉발의 긴장감은 잘 전해졌다. 알파와 츠바키의 분위기에 눌려 시선을 이리저리 돌리며 초조해하기 시작한다.

알파와 츠바키는 그대로 한동안 아키라를 당혹스럽게 하면서 차갑게 서로를 노려봤지만, 먼저 알파가 움직였다. 츠바키에게 등을 돌리고 아키라에게 웃는 얼굴을 보인다.

『아키라. 가자.』

"그, 그래. 으헉!"

알파의 조작으로 바이크가 힘차게 달리기 시작한다. 그 탓에 흐트러진 자세를 아키라가 황급히 바로잡고, 알파는 아키라의 확장 시야 속에서 바이크와 나란히 달리듯 허공을 날았다.

잠시 후, 츠바키가 한숨을 푹 쉰다. 그리고 빌딩 안쪽으로 사라졌다.

츠바키의 관리 구획을 빙 에워싸는 거대한 벽, 폐빌딩으로 구성된 방벽을 넘어서, 아키라는 쿠즈스하라 시가지 유적의 황폐해진 곳으로 돌아왔다. 지뢰밭을 겨우 벗어난 감각에 숨을 내쉰다.

『있잖아, 알파. 아까 그 녀석이 말한 통신대역 어쩌고는 무슨 의미야?』

아키라는 물어보지 않는 게 좋을지도 모른다고 생각했다. 하지만 그 자리에서 이야기를 들은 이상, 아무것도 물어보지 않는 것도 오히려 이상하다는 감각으로, 여기까지 돌아왔다며 긴장을 풀고 입을 열었다.

알파가 평소처럼 웃으며 대답한다.

『아, 그거? 간단한 이야기야. 구영역 접속자로서 아키라가 보유한 통신대역은, 실제로 나와의 통신에 특화되고 있어.』

구영역 접속자인 아키라는 그 통신 능력으로 언제나 알파와 통신하고 있다. 그 부하는 아키라의 뇌를 단련하면서, 아키라의 통신 능력을 알파와의 접속에 최적화된 상태로 만들고 있다.

알파를 거친 통신 필터도 그 경향을 부추기고 있다. 이는 갑자기 고부하 정보를 취득한 탓에 뇌사하는 위험을 줄이는 데 도움이 된다. 알파와의 접속에 익숙해짐으로써, 대량의 정보를 안전하게 저부하로 주고받을 수 있게 되기 때문이다.

이로써 아키라는 알파에게 더욱 고품질 서포트를 받을 수 있게 된다. 그리고 이대로 알파와의 통신을 유지하는 한, 느리게나마 통신 특화가 계속해서 이루어진다.

그 설명을 들은 아키라는 고개를 살짝 갸웃했다.

『그게 뭔가 안 좋은 일이야? 나는 좋은 것밖에 없는 것처럼 들리는데.』

『그래. 좋은 것밖에 없어.』

『그러면 왜 그 녀석은 그런 소리를 한 거야?』

『그 부분은 감각적인 거겠지.』

알파는 그렇게 슬쩍 말하고, 먼저 아키라를 정보단말로 예를 들어 설명을 보충한다.

아키라의 통신 능력이 알파와의 접속에 완전히 특화될 경우, 구영역 접속자인 아키라는 쿠가마야마 시티만 연결되는 정보단말이 된다.

쿠가마야마 시티와의 통신은 매우 고품질이지만, 다른 도시와는 일절 연결되지 않는다. 나아가 필터를 통해 통신이 완전히 검열되고, 통신 내용은 도시 측에 훤히 드러난다. 통신의 자유가 극단적으로 제한된다.

물론 그것은 당연한 것처럼 정보단말이 존재하는 현대의 감각과 마찬가지로, 당연한 것처럼 구영역 접속자가 존재했던 구세계의 감각으로 생각했을 때의 이야기다.

아키라는 딱히 구세계의 여러 도시와 자유로이 연결해서 정보를 얻을 필요가 없다. 오히려 그것이 가능하다고 드러난 시점에서 본인이 구영역 접속자임이 알려지니까 위험해진다.

또한 알파의 서포트는 아키라의 생명줄이기도 하다. 그 품질을 항시 유지하고, 최대한 높이기 위해서라도, 통신 능력의 특화를 권장한다.

따라서 현재 아키라가 접속할 대상은 자신만으로 충분하다. 알파는 그렇게 결론을 내리고 설명했다.

아키라도 그것으로 납득했다.

『그런 거구나. 하긴, 그런 정보단말이라도 괜찮겠냐고 물어본 거라면 이해할 것 같아. 하지만 이미 끝난 일이야. 그게 싫다고 알파의 서포트를 못 받았다면 나는 진즉에 죽었을 거고, 앞으로 전부 내 힘으로 하는 것도 무리야. 나는 이대로가 좋아.』

『알아줘서 기뻐.』

알파는 아키라에게 웃는 얼굴을 보였다. 그러고 나서 일부러 조금 딱딱한 표정을 짓는다.

『그리고 그녀의 언동에 이유를 조금 더 덧붙인다면, 그녀는 아마도 아키라에게 자신과 접속할 용도로 통신대역을 개방해 주길 원했을 거야. 그렇게 하면 아키라와 밀담할 수 있으니까.』

『밀담?』

『그래. 아까도 말했지만, 아키라의 통신에는 내 필터가 걸려서 통신 내용이 나한테 훤히 드러나. 그녀가 남에게 들려주고 싶지 않은 이야기를 아키라에게 하려면 전용 대역이 필요한 거야.』

『헤에. 하지만 뭘 이야기하는데?』

『그러네. 조금 부정적으로 넘겨짚자면…….』

그렇게 말하고, 알파가 복잡한 표정을 짓는다.

『내 의뢰를 무시하고, 아키라에게 자기 의뢰를 우선해서 받게 하려고. 그걸 위한 협상일지도 모르겠는걸. 그러한 이야기는 내가 듣는 앞에서 할 수 없잖아?』

예상을 벗어난 이야기에 놀란 아키라에게, 알파는 의미심장하게 미소를 띠며 얼굴을 아키라에게 가까이 댔다.

『100억 콜론을 주고, 그것 말고도 이것저것 서비스해 줄 테니까, 그쪽의 만지지도 못하는 여자의 의뢰는 파기하고 내 의뢰를 받아줬으면 좋겠다. 우선해 주면 좋겠다. 츠바키가 그렇게 제안해도, 아키라는 꼭 거절해 줄 거야?』

그러자 아키라는 조금 쓸쓸하게 웃었다.

『무조건 거절할게. 알파한테는 신세를 많이 졌고, 빚이 수북하게 쌓였으니까 말이야. 그걸 갚기 위해서라도, 알파의 의뢰를 우선할 거야.』

『고마워. 기뻐.』

그렇게 말한 알파는 정말로 기쁜 듯이 웃었다. 그리고 또다시 조금 의미심장하게 미소를 짓는다.

『뭐, 설령 그렇더라도 그런 밀담을 아키라에게 제안하는 건 나도 싫어. 츠바키하라 빌딩에서 내가 언짢았던 건 그 탓이라고 생각해 두렴.』

『아, 그런 거였구나.』

알파와 츠바키가 눈싸움한 것은 서로가 그 점에서 견제했기 때문이다. 아키라는 그렇게 생각하고, 그쪽도 납득했다.

『뭐, 츠바키에게 의뢰를 받아도 별로 상관없어. 내 의뢰를 완수한 다음이라면 말이야.』

『한참 뒤에나 될 것 같은데?』

『그건 아키라가 하기 나름이잖아?』

『그렇지. 알았어. 열심히 해볼게.』

아키라가 알파의 의뢰를 완수할 때까지, 아직 길고 긴 여정이 필요하다. 그리고 앞으로 쿠가마야마 시티까지 무사히 귀환하는 것도, 긴 여정의 일부다.

그 길을 답파하기 위해서, 아키라와 알파는 웃으며 쿠즈스하라 시가지 유적 중심부를 나아갔다.

◆

물리법칙을 무시한 인테리어로 꾸며진 가상공간에서, 츠바키가 공중에 앉아 쿠즈스하라 시가지 유적의 일부, 자신이 관리하는 구획을 살피고 있다.

츠바키의 관리 구획은 폐빌딩 방벽에 에워싸인 도시만이 아니라, 그 주변의 넓은 영역도 포함된다. 즉, 무너진 폐빌딩과 잔해가 널린 폐허 부분도, 관리 방침이 다를 뿐이지 지금도 츠바키의 관리하에 있다.

때마침 아키라 일행은 지금 그 츠바키의 영역에서 나가려는 참이었다.

츠바키는 그 아키라 일행을 가만히 보고 있었다. 그리고 아키라 일행이 자신이 관리하는 구획에서 나간 것을 확인하고, 알파의 요청으로 아키라 일행을 관리 구획에 들일 때 실행했던 것을 완전히 그만뒀다.

◆

　쿠즈스하라 시가지 유적 중심부에서 유적 밖으로 향하는 아키
라가 화물의 안전을 위해서 올 때보다 더 천천히 나아가는 바이크
위에서, 별생각 없이 뒤를 본다.

　폐빌딩 방벽은 그토록 거대한데도 이미 더 보이지 않았다. 농도
는 낮아도 항시 존재하는 무색 안개가 먼 풍경을 가리기 때문이
다.

　그렇다면 쿠가마야마 시티에서 비교적 가까운 장소에 그런 구
세계 도시가 있어도 쉽게 발견되지 않을지도 모른다. 아키라도 한
번은 그렇게 생각했지만, 그다지 잘 납득할 수 없었다.

　『있잖아, 알파. 그런 도시가 이렇게 가까이 있는데, 왜 헌터한테
안 들키는 거야?』

　도달하기 어려운 쿠즈스하라 시가지 유적 중심부에 있다고는
하나, 그래도 유적의 최고 중심부나 다른 유적과 비교하면 무척
가까운 위치에 있다. 지금껏 발견되지 않은 것이 이상하게 여겨졌
다.

　『그렇게 큰 벽에 에워싸여서 들키기 어려운 건 알고, 하늘을 높
이 나는 게 위험한 것도 아는데 말이야. 벽 근처까지는 소형 항공
기라도 써서 저공비행으로 접근하고, 벽을 넘을 때만 높이 뛰면
어떻게든 될 것처럼 보이는데?』

　자신들은 바이크를 써서 억지로 넘었지만, 다른 헌터는 그런 수
단을 써도 될 것이다. 아키라는 그렇게 생각하고 슬쩍 신음했다.

알파가 웃으며 대답한다.

『그 벽을 그 수단으로 못 넘는 이유는 간단해. 아키라도 지금부터 체험할 수 있어.』

아리송한 표정을 지은 아키라의 확장시야에 몬스터 무리의 접근을 알리는 표시가 뜬다.

『저건…….』

『웨폰 독이야. 예전에도 싸웠잖아?』

그 무리의 웨폰 독은 가장 작은 것도 몸길이가 10미터는 되며, 20미터를 넘는 대형 개체도 있었다. 웨폰 독 하나하나의 몸에 달린 대포, 기관총, 미사일 포드 등의 무장도 그 체구에 맞춘 크기로, 그 위력을 확실하게 알려주고 있었다.

더불어서 숫자도 많다. 정보수집기와 바이크에 달린 색적장치의 경계 범위 밖에서 속속들이 나타나 무너진 건물이 널려서 이동하기 불편한 지면을 능숙하게 달리고, 도약하고, 하나같이 아키라를 향하고 있다.

『뭔가 크지 않아……?』

『중심부의 개체니까. 외곽부 근처의 소형 개체와는 달라.』

『뭔가 많지 않아……?』

『중심부의 무리니까. 외곽부 근처의 소규모 무리와는 달라.』

똑같은 웨폰 독 무리라도, 개체의 크기, 무장, 숫자, 나아가 무리의 통솔에 이르기까지, 외곽부의 무리와는 명확하게 다른 중심부의 무리를 보고, 아키라는 유적 중심부의 의미를 새삼스럽게 이해했다.

그리고 그 장소에 저공비행으로 접근할 수 없는 이유도 이해한다. 차폐물이 없는 공중에서 지상 몬스터의 집중포화로 추락하는 것이다.

『그렇군. 역시 중심부는 달라.』

아키라가 주행 중인 바이크 위에 서서 총좌에서 떼고 직접 들고 있던 SSB 복합총과 A4WM 유탄기관총을 겨눈다.

원래라면 발판이 매우 불안정해서 사격할 수 없다. 하지만 아키라는 가능하다. 강화복의 강력한 접지 기능과 알파의 경이로운 운전 기술은 평지나 다름없는 탄탄한 발판을 아키라에게 제공했다.

『바이크 운전은 나한테 맡기고, 아키라는 적 요격에 집중해. 시작하자.』

『알았어!』

아키라를 사거리에 넣은 대형 웨폰 독들이 차례차례 공격하기 시작한다. 빗발치는 포탄, 일자로 휩쓰는 총탄, 소형 유도 미사일의 반포위 집중 공격. 이로써 아키라를 그 주변과 함께 입체적으로 넓게 봉쇄해서 멸하고자 맹렬한 포화를 날렸다.

그 농밀한 공격에, 먼저 알파가 바이크의 속도로 대응한다. 주행은 고사하고 보행에도 적합하지 않을 만큼 황폐해진 지면에서 자빠진 빌딩의 측면이라고 하는 비교적 반질반질한 장소를 찾아내고, 그곳을 발판으로 삼아 급가속. 적의 공격 범위에서 아키라를 최대한 피신시킨다.

그래도 무리의 광범위 공격에서 완전히 빠져나갈 수는 없다. 그때부터는 아키라가 대응한다. 정신을 집중하고, 체감시간을 왜곡해서, 두 손에 총을 쥐고 요격 태세를 갖춘다.

빗발처럼 쏟아지는 포격에 섞여 옆에서 날아드는 포탄을 바이크 위에서 몸을 틀어 피하고, 무수한 총탄은 방호 코트의 포스 필드 아머의 출력을 높여 막으며, 유도 성능이 뛰어난 소형 미사일을 쏴서 떨어뜨린다.

나아가 대량의 유탄을 퍼부어 상대의 움직임을 굼뜨게 하고, 그것에 거물 사냥용으로 조정한 대형 총의 탄막을 퍼부어 분쇄한다.

중심부의 대형 웨폰 독 중에는 설령 머리가 날아가도 한동안 사격할 수 있을 정도로 생명력이 질긴 개체도 있다. 하지만 아무리 그래도 머리를 넘어서 몸의 태반도 날아가면 손쓸 도리가 없다. 생체 부분은 잘게 다져진 혈육이 되어 주위에 흩어지고, 무장 부분은 구멍이 송송 난 고철이 되어 지면을 나뒹굴었다.

웨폰 독들은 무리의 일부를 격파당해도 멀리서 부른 지원군으로 보충한다. 아키라는 더욱 농밀한 사격으로 그것에 대항한다.

그 결과, 포화의 밀도는 더욱 짙어지고, 주위에 주는 피해가 커져 나간다. 나아가 아키라는 고속으로 이동 중이다. 그것으로 탄이 더 광범위하게 퍼지고, 그 피해 범위를 급속도로 확대해 나간다.

그것은 쿠즈스하라 시가지 유적 중심부의 전투에 걸맞은 격전이었다.

대형 웨폰 독 무리와 교전한 아키라는 그 무리를 뿌리치지 않고 이 자리에서 섬멸하는 것을 선택했다. 무리가 끝까지 쫓아올 위험이 있기 때문이다.

아키라가 그 규모의 무리에 쫓기는 채로 쿠가마야마 시티에 접근할 경우, 그 무리를 도시로 끌고 왔다고 판단되어 방위대에 의해 무리와 함께 섬멸당할 것이다.

나아가 유적 외곽부에 다가갈수록 다른 헌터와 마주칠 확률도 높아진다. 그것은 아키라가 유적 중심부에 있었다는 사실이 들킬 위험을 높인다.

평소라면 상관없다. 하지만 지금은 츠바키에게 받은 폐품을, 어지간한 유적에서는 구할 수 없는 귀중한 유물을 운반하는 중이다.

그 유물을 팔아치울 때, 그 출처를 최대한 모르게 할 필요가 생긴다. 안 그러면 유물의 출처를 당일의 행동으로 추적당해서 츠바키가 있는 도시의 존재가 노출될 위험이 있기 때문이다.

폐빌딩 방벽에 에워싸인 구세계 도시의 장소가 널리 알려져서 헌터가 우르르 몰려가면, 츠바키는 틀림없이 격노할 것이다. 더군다나 그걸 아키라 탓으로 여길 것이다. 그 정도는 아키라도 상상할 수 있었다.

그것을 회피하기 위해서도, 오늘은 다른 헌터와 마주치는 것을 피하고 싶다. 그리고 이 자리에서 웨폰 독 무리를 섬멸하고 유적에서 몰래 빠져나가면, 아키라가 쿠즈스하라 시가지 유적 중심부에 있었다는 사실이 노출되기 어렵다.

그러한 이유로, 아키라는 다소 귀찮더라도 이 무리를 이 자리에서 해치우고 싶었다.

유물을 바이크에서 분리하고, 엉뚱한 탄에 맞지 않기를 기대하며 거리를 벌린다. 그리고 적 무리를 유도하고, 사격하고, 착실하게 숫자를 줄여 나간다.

유물을 떼어내 무게가 줄어든 바이크는 회피 능력이 향상되고, 아키라에게 더한 안전을 제공한다. 그만큼 아키라는 더욱 치열하게 공격한다. 값비싼 확장탄창을 아낌없이 사용하고, 농밀한 탄막으로 적의 커다란 몸뚱이를 분쇄해 나간다.

전투 상황은 아키라의 우위로 기울고 있었다. 그러나 아키라는 조금 괴이쩍은 표정을 지었다.

『있잖아, 알파. 이놈들은 왜 갑자기 이렇게 많이 튀어나온 거야? 여기 올 때는 없었잖아?』

『올 때와 갈 때는, 짐이 전혀 다르잖아?』

『……유물인가!』

『웨폰 독은 도시 경비를 위해 제조한 무장 생물이 야생화된 거야. 수상한 자는 감시하는 것으로 그치고, 절도범이라면 쫓아가도록 본능에 새겨진 걸지도 몰라.』

『절도범이라니…… 이 유물은 폐품이고, 받은 물건이잖아?』

못마땅한 얼굴을 한 아키라에게, 알파가 즐겁게 미소를 짓는다.

『아키라. 그런 걸 몬스터가 구분할 것 같니?』

아키라는 쓴웃음을 지었다. 그러나 그렇다면 다른 기대를 담아 웃는다.

『그렇다면 말이야. 이 녀석들도 저 유물이 휘말리지 않게 조심해서 공격하지는…….』

『아키라. 그런 걸 몬스터에 기대할 수 있을 것 같니?』

아키라는 다시 쓴웃음을 지었다. 그리고 그 웃음을 지우고 슬쩍 한숨을 쉰다.

『후다닥 해치울까……』

『그러자.』

모처럼 얻은 유물이 전투의 여파로 파괴되지 않게, 아키라는 웨폰 독 무리를 더욱 치열하게 공격했다.

아키라는 웨폰 독 무리를 순조롭게 줄이고 있었다. 적이 더 늘어나지 않게 되어서, 이제는 나머지를 없애기만 하면 된다.

그 도중, SSB 복합총을 난사하던 아키라가 조금 놀란 표정을 지었다. 난사해서 여러 웨폰 독을 한꺼번에 해치웠는데, 총탄을 무수히 맞고도 쓰러지지 않는 개체가 있었다.

(진짜 튼튼한 녀석인걸. 뭐, 유적 중심부니까 그런 개체도 섞이는 걸까.)

숨통을 끊지 못했다고는 하나, 그 개체만 상대할 수는 없다. 적은 아직 많이 남았다. 아키라는 무리의 주위를 선회하듯이 이동해 적의 포화를 피하면서, 무리 전체를 계속 공격했다.

웨폰 독이 서서히 쓰러지고, 그 사체로 쌓인 산이 추가로 총에 맞아 흩날려서 잔해의 산에 섞인다. 땅을 울리며 쇄도하던 덩치 큰 무리도 이제 얼마 남지 않았다.

하지만 적이 줄어들수록 아키라의 표정은 이상해졌다.

거듭 난사해서 적을 몇 번이고 한꺼번에 해치우는데, 어떻게 해도 한 마리만 쓰러지지 않는다. 다른 개체를 해치울 때 덩달아 총탄을 거듭 뒤집어쓰는데도, 유독 그 한 마리만 쓰러지지 않는다.

『알파. 뭔가 엄청나게 강한 녀석이 한 마리 있어.』

『그래. 그래도 우선 상대의 숫자를 줄이자. 튼튼하기만 하다면 마지막에 집중 공격하면 될 일이야.』

『그렇지. 알았어.』

SSB 복합총의 사격에 버티는 맷집은 경이롭다. 공격 자체는 다른 웨폰 독과 다르지 않다. 그렇다면 그 개체를 우선해서 격파할 이유가 없다. 무리 전체의 공격력을 떨어뜨려서 자신의 우위를 강화하기 위해, 아키라는 좌우지간 적을 해치워 나간다.

그리고 드디어 무리가 궤멸하고, 그 강력한 개체만이 남았다. 곧바로 아키라는 SSB 복합총으로 그 개체를 집중 사격한다.

퍼졌던 무리를 쓸어 버리려고 난사했는데도 다른 웨폰 독을 문제없이 격파하던 위력을 지닌 탄이, 고작 한 개체를 해치우고자 쇄도한다. 그 위력에 개체의 무장이 순식간에 산산이 부서졌다. 피부도, 그 안쪽의 살점과 함께 터져 나간다.

하지만 그런데도 완전히 해치우지 못했다. 아키라가 놀란 기색을 드러낸다. 그 개체의 표면, 벗겨진 생체 부품의 안쪽에는 금속 몸뚱이가 있었다.

『이 녀석, 기계형 몬스터였어?』

어쩐지 튼튼하더라. 그렇게 생각하고, 아키라는 오히려 납득했다. 또한 이전에도 미하조노 시가지 유적에서 비슷한 것을, 겉모습은 생물형인데 사실은 기계형이던 몬스터가 있었음을 떠올리고, 몬스터는 겉모습만으로 판단하기 어렵다고 다시금 이해했다.

그 거대한 기계 짐승, 정체를 드러낸 기계형 몬스터의 등이 열리고, 내부에 들어있던 무장이 나온다. 그것은 대형 레이저 건이었다.

대포, 총, 미사일 포드 등, 실탄 중심이던 다른 웨폰 독의 무장과는 다른 광학 무장의 포구에서 광선이 사출되어 일대를 쓸어 버린다. 고출력 에너지가 형성하는 빛의 칼날이 잔해를 가르고, 나아가 그 지점을 폭발시킨다.

그 위력은 무시무시해서, 잔해를 폭연과 함께 하늘 높이 날려 버려서 바이크를 탄 채로 몸을 숙여 레이저를 피한 아키라의 얼굴을 굳히게 했다.

『알파. 쿠즈스하라 시가지 유적 중심부엔 저런 게 다 있어?』

『그러니까 도시는 전선 기지에서 중심부를 향해 후방 연락선을 연장하는 거야. 대형 병기와 대규모 인원으로 중심부의 강력한 몬스터와 싸우기 위해서 말이야.』

『아하. 어쩐지…….』

알파에게 서포트를 받았다고는 하나, 슬럼의 대규모 항쟁에서는 인형병기 부대를 상대로도 잘 싸웠다. 그렇다면 중심부의 몬스터를 상대해도 괜찮겠지.

그렇게 생각하고 자신감이 생겼을 즈음에 그것을 난데없이 분지르는 몬스터가 출현하면서, 아키라의 표정에도 슬쩍 동요하는 기색이 섞인다.

한편, 알파는 평소처럼 여유롭게 미소를 지었다.

『저걸 자꾸 쏘게 했다간 자칫하면 이 소란이 유적 외곽부에도 알려질 거야. 아키라. 빨리 해치우자.』

『그래! 알았어!』

그 듬직한 말에 아키라도 기운을 차렸다. 알파를 따라서 웃고 투지를 드러낸다.

하지만 그 웃음도 금방 놀라움으로 덧칠되었다. 알파가 조작하는 바이크는 기계 짐승을 향해서 일직선으로 달리기 시작하고, 멋대로 움직인 강화복은 두 손에 쥔 총을 집어넣더니, 그 대신에 블레이드를 뽑는다.

그 블레이드는 츠바키가 있는 곳에서 구한 물건이다. 팔지 않고 직접 쓸 작정이어서 한 자루만 상자에서 꺼내 장비했었다.

레이저 건을 쏘는 상대에게 접근전을 시도하는 알파의 선택에, 아키라가 무심코 소리친다.

『알파?!』

『사격으로 해치우려면 시간이 오래 걸려. 저 튼튼함은 포스 필드 아머의 효과야. 안티 포스 필드 아머탄이 있다면 또 모를까, 없는 걸 찾을 순 없어. 자, 올 거야. 집중해.』

주행 중인 바이크 위에서 블레이드를 겨누는 아키라의 전방에서는 기계 짐승이 레이저 건을 쏘려고 준비 중이었다. 레이저 건은 고출력이어서 장시간 연사할 수 없고, 다음 포격까지 충전하는 시간이 필요하다. 그래도 아키라가 접근하기 전에는 한 번 더 쏠 수 있다.

포구에서 흘러나오는 빛이 아키라로 하여금 그 위력을 상상하게 한다. 이제는 도망칠 수 없다. 아키라도 마음을 굳혔다. 집중하고, 겨누고, 필승의 한순간을 놓치지 않기 위해서, 상대의 포구를 응시한다.

아키라가 겨눈 블레이드의 칼날이 빛나고, 푸르스름한 빛의 칼날로 변하기 시작한다. 자루에서 주입하는 과도한 에너지가 칼날을 부수고, 그러면서도 포스 필드 아머의 고정 효과가 흐트러지게 두지 않아서, 에너지 칼날로 변모한다.

수직 벽을 주행할 정도로 강력한 접지 기능이 낳는 바이크의 가속은, 일반인은 눈으로 좇지 못할 만큼 빠르다.

그것을 느리게 느낄 정도로 농밀한 시간이 천천히 흐르는 세계에서, 상대와의 거리가 좀처럼 줄어들지 않는 것에 짜증과도 흡사한 긴장을 느낄 정도로 집중하면서, 아키라는 그 순간을 포착했다.

기계 짐승이 레이저 건에서 노도와도 같은 에너지를 방출한다. 그와 동시에, 아키라도 블레이드를 휘둘렀다.

수평베기의 일격, 블레이드의 궤도에 따라 발생한 참격의 파동은, 기계 짐승이 방출한 에너지의 탁류를 갈랐다.

흩어져서 극도로 약해진 레이저에 아키라를 죽일 위력은 없다. 방호 코트와 강화복의 포스 필드 아머로 충분히 막을 수 있다. 흩어진 에너지가 빛이 되어 주변을 뒤덮는 가운데, 아키라를 태운 바이크는 그 빛을 가르고 더욱 전진하고, 기계 짐승과의 거리를 마저 좁힌다.

그리고 아키라는 기계 짐승과 스쳐 지나가며 다시금 블레이드를 힘껏 휘둘렀다.

블레이드가 기계 짐승의 금속 몸에 파고들고, 가르고, 불똥을 튀기고, 절단하는 소리를 낸다. 그러나 첫 번째 참격으로 태반의 에너지를 쓴 블레이드는 두 번째 참격을 버티지 못했다. 빛의 칼날이 부서지고, 사라진다.

그래도 베는 감촉이 아키라의 손에 잘 전해졌다. 바이크가 기계 짐승의 옆을 지나치고, 반전하면서 정지한다.

"해치웠나?!"

해치웠다고 확신할 수는 없다. 하지만 해치우지 못했다고 단언할 수도 없다. 아키라는 그런 속마음을 험악해진 표정에 드러내며, 움직임을 멈춘 기계 짐승을 본다.

아주 짧은 시간이 지나고 나서, 기계 짐승이 천천히 주저앉는다. 거대한 몸뚱이가 지면에 쓰러지는 큰 소리가 그 승패를 아키라에게 알렸다.

알파도 웃으며 승리를 알린다.

『해치웠어. 수고했어.』

아키라가 한숨을 쉰다. 승리의 실감은 아키라에게 환희보다도 피로를 더욱 짙게 남겼다.

자루만 남은 블레이드를 내던진다. 알파가 알려줄 것도 없이, 이미 망가져서 쓸 수 없을 게 뻔했다.

"좋아. 유물을 챙기고 돌아가자. 무사하겠지⋯⋯?"

『상자, 포장, 내용물 모두 구세계 물건이니까, 빗나간 탄을 조금 맞은 정도라면 무사할 거야. 아마도.』

마지막에 괜히 덧붙인 말에 아키라가 허둥대기 시작한다.

"아, 아마도?"

『아무리 나라도 확인해 보지 않으면 정확하게 알 수 없어.』

"이러고도 성과가 없는 건 제발 봐달라고!"

아키라는 서둘러서 유물이 있는 곳으로 갔다. 벨트로 한데 모아 묶은 상자는 전투의 여파로 벨트가 찢어져서 주위에 흩어져 있었다. 아키라는 무심코 비명 같은 소리를 질렀지만, 구세계의 상자는 내용물을 단단히 지켰다. 한도의 한숨을 푹 쉬고, 상자를 다시 모아서 바이크에 묶어 놓는다.

"유물이 무사해서 천만다행이야……. 좋아. 이젠 돌아가기만 하면 돼."

알파가 의미심장하게 미소를 짓는다.

『그러네. 여기는 아직 유적의 중심부. 또 습격당하지 않기를 기대하고, 나머지 귀로도 애쓰자.』

아키라가 떨떠름하게 웃는 얼굴로 알파를 본다. 놀리는 것임을 알지만, 말한 내용은 틀리지 않았다. 여기는 아직 유적의 중심부다. 비슷한 몬스터가 습격할 위험성은 충분히 남아 있었다.

그 뒤로 아키라는 열심히, 신중하게, 쿠즈스하라 시가지 유적에서 탈출했다. 애쓴 보람이 있어서, 몬스터와는 마주치지 않았다.

◆

가상공간에서 아키라 일행의 상황을 살펴보던 츠바키가 입을 연다.

"해치웠나."

아키라가 츠바키하라 빌딩으로 가는 길에 몬스터와 마주치지 않은 것은 츠바키의 소행이다. 알파가 먼저 시작한 협상이라고는 하나, 자신이 관리하는 구획에 출입하는 것을 허가했으니까 그 정도는 해준다는 구실로 몬스터를 제어하고 있었다.

그리고 아키라가 돌아가는 길에 웨폰 독 무리와 마주친 것도, 똑같이 츠바키의 소행이다. 자신이 관리하는 구획에서 나간 이상, 더는 그것들을 제어할 필요가 없다는 핑계로 몬스터를 해방했다.

또한, 웨폰 독과 비슷하게 생긴 기계 짐승은 츠바키가 관리하는 개체다. 웨폰 독 무리에 섞여서 리더가 되고, 츠바키의 관리 구획 주변에 있는 헌터를 집단으로 습격하게끔 설정했다.

아키라를 습격한 것도 그 설정에 따라 행동한 것에 불과하다. 그 자리에 있던 헌터를 습격했을 뿐, 아키라 개인을 노린 게 아니다. 또한, 아키라를 습격하지 않게끔 배려할 의리도 없다. 그러한 구실을 근거로, 결과적으로 아키라를 확실하게 습격할 것을 알면서도 무리를 막지 않았다.

그리고 아키라는 웨폰 독 무리에도, 기계 짐승에도 승리했다.

"뭐, 그 정도도 해치우지 못한다면 설명에 허위가 있었다는 뜻이다. 당연한가."

폐품을 줘서 얌전히 돌려보내는 배려가 필요할 정도로, 아키라는 강하다.

그것을 전제 조건으로 삼은 협상이다. 가령 그 전제가 잘못된 탓에 아키라가 죽어도, 그래서 알파가 격노해도, 츠바키는 상관없었다.

그 경우, 자신에게 허위 설명을 할 정도로 알파가 자신을 경시했다는 뜻이다. 그것은 인정할 수 없다. 츠바키도 전력을 다해 대처한다. 설령 알파와 같이 죽는 한이 있더라도.

최소한의 내용이긴 하지만, 아키라의 실력은 확인을 마쳤다. 폐품을 주는 판단은 타당했다. 그렇게 납득하고 사고를 한차례 마무리한 츠바키가 복잡한 표정을 짓는다.

"그나저나 이번에는 어린애라니, 아무것도 모르는 아이가 더 제어하기 쉽다는 뜻인가?"

배려할 필요할 정도로 강하고, 알파가 고용할 정도로 신용할 수 있다. 그리고 아이라는 점에서 틈새를 파고들기 쉬울 가능성도 있다.

그런 존재인 아키라에게, 츠바키는 흥미가 생겼다. 좋은 의미로도, 나쁜 의미로도.

제147화 구세계산 정보단말

쿠즈스하라 시가지 유적 중심부에 존재하는 구세계 도시, 그 중심에 있는 츠바키하라 빌딩에서 유물 수집을 무사히 끝마치고 2주 뒤, 아키라는 회수한 유물 일부를 배낭에 채워서 바이크를 타고 셰릴의 거점으로 향하고 있었다.

슬럼의 넓은 길을 나아가는 아키라에게 사람들이 길을 양보한다. 값비싼 황야 사양의 대형 바이크와 서포트 암 타입의 총좌에 달린 거대한 총은 보는 사람이 알기 쉬운 위압감을 줬다.

『역시 알아보기 쉬운 겉모습은 중요한걸.』

그렇게 말하고 조금 허탈하게 웃은 아키라에게, 알파는 의미심장하게 미소를 짓는다.

『그런가 보네. 이걸로 아키라에게 시비를 거는 사람이 줄어들면 내 고생도 줄어드니까 좋아.』

『그러네……..』

시시한 일로 문제를 일으키지 마라. 그렇게 당부한 것으로 느낀 아키라는 허탈한 웃음을 쓴웃음으로 바꿨다.

그대로 슬럼을 나아간 아키라가 셰릴의 거점 근처에서 바이크를 세운다. 주위의 활기에, 아키라는 조금 놀랐다.

슬럼에서는 신기하지도 않은 노점이 잡다한 상품을 늘어놨다.

그 근처에는 싸구려 유물을 파는 노점이 있다. 그 옆에는 핫샌드 판매점이 있고, 황야 요금이 아닌 적당한 가격으로 상품을 판매하고 있다. 거리에는 그러한 노점이 무수히 늘어서 있었다.

그리고 그 노점 하나하나에는 손님이 빠짐없이 있었다. 그곳에는 슬럼의 거리로 보이지 않는 활기가 있었다.

『뭔가 굉장한걸.』

그 거리를 바이크의 위압으로 손님들을 밀어내며 억지로 진입하는 것은 아키라도 좀 아니라고 생각했다. 그러나 여기에 바이크를 세워둘 마음도 생기지 않는다. 그렇다고 해서 어설픈 곳에 세워서 도둑맞거나 망가지게 하기도 싫다. 어떻게 할지 생각하고 있을 때, 카츠라기에게서 연락이 왔다.

"아키라. 슬슬 이쪽으로 올 때냐?"

"그래. 벌써 근처에 왔는데, 거점으로 가는 길목이 너무 붐벼서……."

"그렇다면 창고로 와. 거점 뒤쪽에 새로 지은 녀석이 있다. 그쪽 길이라면 비었을 거다."

"알았어."

아키라는 바이크를 제자리에서 돌려서 복잡한 거리를 우회해 창고로 향했다. 그리고 거점의 뒤쪽으로 돌아갔을 즈음에 예상과 다르게 큰 창고를 발견하고 조금 놀란다. 아키라가 기억하기로 이전에는 여기에 가옥이 십여 채 있었을 텐데, 그것들이 전부 철거되고 제법 큼직한 창고 하나가 세워져 있었다.

바이크를 타고 창고 안으로 들어간 아키라를, 카츠라기가 웃으며 맞이한다. 카츠라기의 동업자들도 함께 아키라를 기다리고 있었다.

"아키라. 기다렸다고. 그래서? 유물은?"

아키라가 바이크에 실은 배낭을 손짓하자, 카츠라기는 조금 낙담한 모습을 보였다.

"그게 다야? 오는 길이 붐벼서 지나갈 수 없다고 할 정도니까 예전에 너희 집 차고에서 가져왔을 때처럼 양이 많은 줄 알고 무척 기대했는데……."

"터무니없는 소리를 하지 마. 매번 그만큼 많이 유적에서 가져올 리가 없잖아."

"그렇겠지. 뭐, 그래도 그럭저럭 양이 되니까. 이걸로 질도 확실하면 문제없다. 네 감각으론, 얼마나 할 것 같지?"

아키라가 잠시 생각한다. 그때 알파가 웃으며 말한다.

『아키라. 최대한 크게 불러.』

"그렇군……. 10억 오럼이야."

카츠라기가 아키라의 대답을 농담으로 받아들이고 호쾌하게 웃는다.

"호탕하게 말하는걸! 그만큼 말했으니까! 기대해 보마! 좋아! 감정한다!"

그리고 카츠라기는 동업자들과 함께 곧바로 아키라의 유물을 감정하기 시작했다.

배낭에서 꺼낸 유물이 창고 바닥에 꼼꼼하게 놓인다. 카츠라기는 그 작업을 동료들에게 맡기고 아키라와 함께 전체를 둘러보고 있었다.

배낭에서 처음 나온 것은 구세계의 의류였다. 얇게 압축 포장된 물건이 깔리고, 상인들이 개봉하지 않고 내용물을 확인하면서 감정하고 있다.

"구세계에서 만든 옷이라……. 확실히 개중에는 비싼 것도 있고, 개봉하면 양도 많아질 테지만. 아키라, 저걸로 10억은 좀 아니잖아?"

"딱히 사라고 강요하진 않아. 너랑 약속해서 가져온 거니까."

다음에 가져오는 유물은 유물 판매점에서 취급할지 그냥 사들일지를 카츠라기가 정해도 된다. 아키라는 이전에 카츠라기와 그렇게 약속했었다.

"가격 협상이 안 되면 내 마음대로 하겠어. 셰릴에게 부탁하든지, 다른 데로 가져가든지 할게. 그러고 보니 셰릴은……?"

"셰릴은 유물 판매점 일로 바빠. 예상보다도 훨씬 번창해서 말이다. 거점 앞 거리가 혼잡한 것도 그 탓이지."

슬럼의 대규모 항쟁으로 무너진 창고에서 무사한 유물을 회수한 셰릴은 비올라의 조언에 따라서 유물 판매점을 좌우지간 서둘러 개점했다. 거점을 개조하고, 점원을 모으고, 점포의 형태만 갖춘 상태로 개점했지만, 그런데도 가게는 첫날부터 예상을 넘어선 성황을 보였다.

양대 조직의 궤멸은 슬럼의 유물 판매점에 큰 영향을 미쳤다. 두 조직이 항쟁 비용으로 산하에 있는 가게에서 돈과 유물을 강탈하는 바람에 태반이 정상적으로 영업할 수 없는 상태가 되었다.

나아가 항쟁 중에 쌍방의 보병이 상대 조직의 가게를 습격해서 가게가 통째로 날아간 곳도 많다. 어떻게든 살아남은 가게도 돈과 물건이 없는 상태로는 영업을 재개하는 데 시간이 걸린다. 이로써 슬럼의 유물 판매점은 거의 전부가 일시 휴점, 또는 폐점 상태가 되었다.

그러나 그런 상황에서도 유물 판매점을 이용하고 싶은 헌터들의, 암거래 상점에 대한 수요까지 사라지는 것은 아니다. 그런 상황에서 개장한 가게가 있다면 당연히 수요가 그곳으로 쏠린다.

정상적으로 영업하는 가게가 있다는 정보가 비올라의 공작으로 더 널리 퍼지면서, 좌우지간 한번 가보자는 정도의 감각으로 손님이 몰려들었다. 셰릴의 유물 판매점은 거점 앞 거리에 노점이 늘어설 정도로 번창하게 되었다.

그걸 들은 아키라가 감탄한 기색을 보인다.

"헤에, 그 정도로 번창하는구나. 굉장한걸."

"그래. 이래저래 돈이 들었지만, 그 분위기로는 투자금도 금방 회수하겠지. 이 성황이 얼마나 지속될지는 모르겠지만, 쭉 이어질 수 있도록 셰릴이 애써 줘야겠어."

가게가 커져서 이익도 커지면 경비도 강화해야 한다. 총도 필요하다. 탄도 필요하다. 강화복과 정보수집기 등 다양한 장비도 필요하다.

그리고 그것들의 조달은 카츠라기가 맡기로 했다. 높은 이익을 장기적으로 전망할 수 있는 새로운 판로에, 카츠라기는 얼굴을 활짝 폈다.

그동안에도 아키라가 가져온 유물의 감정 작업이 계속된다. 유물로 가득한 배낭에서 마지막으로 나온 것은 폭이 30센티미터쯤 되는 상자였다.

구세계에서 만든 것으로 추정되는 상자를 집은 남자는 내용물도 기대하고 상자를 열어서 안에 든 것을 하나 꺼냈다. 그것은 5센티미터쯤 하는 투명한 정육면체 안에 기하학적인 문양이 있는 팔면체가 들어간 물건이었다. 팔면체는 금속이나 세라믹처럼 보이는 광택을 띠었다.

남자는 그게 뭔지 몰라서 잠시 빤히 바라봤다. 하지만 갑자기 얼굴을 경악으로 물들이고 허둥대기 시작한다. 더군다나 너무 놀라는 바람에 그걸 손에서 떨어뜨리고 말았다.

남자는 무심코 괴성을 지르며 그것이 바닥에 떨어지기 전에 황급히 붙잡았다. 그리고 거친 숨을 몰아쉰다.

다른 사람들도 그 소란을 눈치챘다. 카츠라기도 그 자리로 뛰어갔다.

"이봐, 무슨 일이야?"

"카, 카츠라기…… 이, 이거…….'

카츠라기가 남자가 건넨 물건을 본다. 그러자 카츠라기의 표정도 갑자기 경악으로 물들었다. 게다가 상자 안에 비슷한 것이 아직 더 있음을 깨닫고 손을 떨었다.

"아키라…… 설마, 이거, 구세계산 정보단말이냐? 전부 진품이냐고?"

"그걸 잘 감정하는 것도 너희가 할 일이잖아? 뭐, 가짜라고 하면 가격 협상이 안 되는 걸로 치고 다른 데 가져갈 거지만."

카츠라기는 그 대답에서 아키라 자신은 진품으로 여긴다고 판단했다. 그리고 상자의 내용물이 전부 진품이라면 10억 오럼이라도 이상하지 않다고 생각해서 태도를 싹 바꾼다.

"10억 오럼이, 농담이 아니었나……. 기, 기다려! 제대로 조사하게 해달라고! 잠시 기다려. 조금만 기다려 보래도!"

구세계산 정보단말 감정은 카츠라기도, 이 자리에 있는 동업자들에게도 어렵다. 카츠라기는 곧바로 동업자들을 모아서 모두의 연줄을 총동원해 감정사를 찾기 시작했다.

감정용 기재와 감정사가 추가되어 혼잡해지기 시작한 창고에, 그 소란을 전해 들은 셰릴이 유미나와 함께 나타난다.

"카츠라기 씨. 오늘 아키라가 온다는 말은 못 들었는데요."

"오늘은 내 일로 오게 했으니까 말이지. 너는 유물 판매점 일로 바쁘니까, 나중에 전하면 된다고 생각했을 뿐이야."

"그런가요."

웃는 얼굴이면서도 불만이 많다고 명확하게 드러내는 셰릴의 분위기에, 카츠라기는 조금 쩔쩔매며 눈을 피했다.

"이봐, 감정은 어떻게……."

그리고 카츠라기는 얼버무리듯이 그 자리에서 이탈한다. 셰릴은 작게 한숨을 쉬었다.

아키라는 유미나가 나타난 것에 조금 놀랐다.

"유미나. 아직 여기를 경비하고 있었어?"

"그래. 그렇다고 해도 카츠야네는 철수했지만."

원래부터 카츠야의 팀이 받은 것은 3일짜리 단기 의뢰이기도 해서, 셰릴 측이 무너진 창고의 유물을 회수한 시점에서 의뢰를 끝내게 되었다.

유미나만 의뢰를 속행한 것은 셰릴과 연줄을 만들고 싶은 미즈하가 창고를 온전히 지키지 못한 보상이라는 명목으로 파견했기 때문이다.

셰릴은 속으로 거북함을 느끼면서도, 자기 사정을 별개로 치면 도란캄이 경비에 계속해서 참여하는 것은 환영할 수 있다며 미즈하의 제안을 받아들였다. 그리고 유미나를 자신의 경호원으로 삼았다.

유물 판매점에는 손님으로 여러 헌터가 온다. 암거래 상점의 손님이다. 헌터로서 윤리관에 다소 문제가 있는 자도 많다. 그리고 셰릴은 그러한 자들을 접객해야 한다.

도란캄 소속의 헌터가 곁에 있으면 문제를 일으키려는 자도 줄어들 것이다. 셰릴은 그렇게 생각하고 유미나를 자기 곁에 뒀다.

아키라가 그 경위를 듣고 납득한다.

"아하. 그래서 셰릴과 같이 있었구나. 그런데 유미나는 언제까지 여기 있는 거야?"

"그 부분은 미즈하 씨의 생각에 달렸어. 뭐, 사실 우리는 장기 휴가 중인데도 내가 멋대로 일하는 거니까, 아무리 늦어도 그 기간이 끝나면 돌아갈 거야."

"휴가 중이라니…… 안 쉬어도 괜찮아?"

"괜찮아……. 조금 그런 일이 있어서."

유미나는 대규모 항쟁에서 벌어진 전투 때 종합 지원 시스템으로부터 걸림돌로 판단되어, 카츠야와 함께 싸우는 것을 허락받지 못했다.

이대로 가면 휴가가 끝나도 카츠야와 따로 행동하게 될지도 모른다. 그런 마음에 시달린 유미나는 미즈하가 경비 연장을 부탁했을 때 자진해서 받아들였다.

강해져야 한다. 다시 카츠야와 함께 싸울 수 있을 만큼. 유미나는 쉴 수 없었다.

"그렇구나. 뭐, 무리하지 마. 내가 할 말은 아니지만."

"그런 소리를 하는 걸 보면, 아키라는 무리하는 거야?"

웃으며 그렇게 말한 유미나에게, 아키라가 쓴웃음 느낌으로 웃고 대꾸한다.

"그럭저럭. 나는 뭔가 그런 기회가 많아. 좋아서 그러는 게 아니지만."

"고생이 많구나."

밝게 웃는 얼굴로 아키라를 보던 유미나가 문득 생각한다. 아키라가 강한 이유는 그런 게 아닐까 하고.

"있잖아, 아키라……."

유미나가 그렇게 말했을 때, 셰릴도 아키라에게 말을 걸었다.

"아키라. 저 유물 말인데요……."

아키라가 유미나를 봤다가 셰릴을 봤다가 한다. 그리고 유미나가 셰릴을 우선하라는 태도를 보여서, 얼굴을 셰릴에게 돌렸다.

그것을 본 셰릴이 말을 잇는다.

"저 유물 말인데요. 카츠라기 씨가 안 사면 유물 판매점에서 취급해도 될까요?"

"글쎄. 의류는 다른 데서 팔아도 돼. 이렇게 말하긴 미안하지만, 지난번 유물의 대금도 아직 안 받았으니까……."

셰릴이 미안한 기색으로 머리를 숙인다.

"죄송해요. 팔리고는 있는데, 역시 금방 다 팔리는 건 아니라서요."

요노즈카역 유적의 존재가 아직 퍼지지 않았을 무렵에 수집한 유물은 질이 좋아서, 비싸게 팔리고 있다.

하지만 손님들에게도 예산이 있다. 그리고 트럭에 가득 실었을 정도로 양이 많다. 아무리 그래도 문을 열고 며칠 만에 다 팔릴 리가 없어서, 그 매출에서 아키라에게 줄 돈을 치르려면 시간이 얼마간 더 필요했다.

"아, 그건 괜찮아. 팔릴 때까지 기다릴게. 다만 지난번 유물 대금도 아직 안 받는데 유물만 또 주는 것도 조금 이상하다고 생각했을 뿐이야. 딱히 상품으로 내놓을 유물이 부족한 건 아니잖아?"

"네. 그 점에선 문제없어요."

"그렇다면 지금은 카츠라기가 감정하길 기다려야지. 하지만 의류 쪽은 왠지 벌써 흥미가 없어진 것 같으니까, 그건 다른 데서 팔아도 되지 않을까 생각했을 뿐이야."

카츠라기 일행의 흥미는 구세계산 정보단말에 집중해서, 같이 가져온 의류는 바닥에 둔 채로 방치 중이다. 아키라는 별생각 없이 의류 하나를 손으로 집었다.

"맞다. 유미나. 괜찮으면 몇 개 사 가겠어? 지금 여기서 사면 가게를 안 거치는 만큼 싸게 살 수 있을걸?"

"그래도 돼?"

"그래. 카츠라기네는 살 마음이 없어 보이니까 말이야."

구세계의 의류라고는 해도, 카츠라기 일행이 거들떠보지도 않는다면 별로 값비싼 물건이 아니겠지. 아키라는 그런 식으로 가볍게 생각했다. 그리고 셰릴에게 조용히 말을 건다.

"셰릴도 이걸로 새 옷을 짓는 게 어때? 어딘가의 기업 영애라고 했다며? 그렇다면 지난번에 지은 옷 하나만 입고 다니는 것도 이상하잖아. 여러 벌을 지어 봐."

"그러네요. 그렇게 할게요. 고맙습니다."

셰릴도 조용히 말하고 웃으며 대답했다.

그 뒤로 아키라는 카츠라기에게 미리 말하고 승낙받은 다음 의류 포장을 뜯었다. 판자 모양으로 단단히 압축된 포장이 풀려나면서 구세계에서 만든 질 좋은 의류가 모습을 드러낸다. 그러자 셰릴과 유미나는 진지한 얼굴로 옷을 고르기 시작했다.

상인 중 한 사람이 아키라에게 말을 건다.

"질이 참 좋은 유물이로군요. 어디서 찾았는지 여쭤봐도 되겠습니까?"

"유적이야……."

그런 건 안다고 말하는 것처럼 상인이 웃는 얼굴을 굳혔다.

알고 싶은 것은 그러한 의류를 어느 유적에서 찾았는지다. 구세계산 정보단말과 함께 찾았다면 그곳에 똑같은 유물이 아직 남았을 가능성이 있다. 즉, 의류와 비교해서 훨씬 귀중한 유물인 구세계산 정보단말을, 자기가 아는 헌터에게 가지러 가게 할 수 있다.

어느 유적에서 찾았는지 실수로 말하지 않을까. 상인은 그렇게 생각하고 아키라에게 말을 걸었다.

이야기를 듣던 셰릴이 웃는 얼굴로 끼어든다.

"누가 어디서 찾은 유물이든 상관없잖아요. 여기는 방벽 안의 가게가 아니에요. 아키라가 여기로 가져왔다는 것 말고는 알 필요가 없을 건데요?"

다른 누군가가 발견한 유물이니까 그 출처는 아키라도 모른다. 그러나 여기서는 아키라가 발견한 유물로 취급한다. 그것에 불만이 있다면 사라져 주길 바란다. 셰릴이 암암리에 경고한 그 상인은 딱딱하게 웃으며 고개를 끄덕였다.

"그, 그렇죠. 이만 물러나겠습니다."

상인이 후다닥 자리를 뜬다. 이를 웃는 얼굴로 지켜본 셰릴은 이어서 칭찬해 주길 바라는 얼굴로 아키라를 봤다.

아키라도 이번에 유물을 입수한 곳에 관해서는 아무에게도 말할 수 없다는 것을 잘 안다. 설령 상대가 시즈카나 엘레나, 사라일지라도 말이다.

그런 사정을 모를 텐데도 셰릴은 유물의 출처를 잘 얼버무려 주었다. 아키라는 그 사실에 감사하면서, 그것과는 별개로 셰릴에게 이상한 압박을 느껴 움츠러들었다. 어딘지 어색하게 웃으며 셰릴을 본다.

"아…… 잘했어."

"네."

셰릴은 기분이 좋았다.

카츠라기 일행이 있는 곳에서는 구세계산 정보단말 감정이 진행되고 있었다. 카츠라기가 진지한 얼굴로 감정사를 본다.

"그래서? 어때?"

"이 자리에 있는 기재로 확인한 바로는, 이게 가짜일 확률은 낮다. 여기서는 그렇게 말하는 게 한계겠군."

"진품이라고 보면 되겠지?"

"그건 단언할 수 없다고 했잖아. 같이 가져온 의류도, 이것이 있었던 상자도, 틀림없이 구세계에서 만든 거다. 그건 단언할 수 있지. 그러니까 이것도 진품이라고 말할 수 없다는 건, 당신도 알 거잖아."

"그 정도는 나도 안다고. 그러니까 잘 감정해 달라고 부탁하는 거잖아."

"여기에 반입한 정도의 기재로는 감정의 정확도에도 한계가 있어. 구세계산 정보단말은 귀중하니까 비싸게 팔리겠지. 그러니까 가짜도 나돈다. 다른 유물을 바탕으로 만든 정교한 가짜를 구분하긴 어려워. 그리고 목업일 가능성도 생각할 수 있지. 그렇다면 구세계산 정보단말로서는 가짜라도, 구세계의 유물이란 의미에서는 진품이야. 진위를 확인하긴 어려워."

흥분한 기미였던 카츠라기도 감정사가 엄격하게 보는 바람에 기가 죽어 침착함을 되찾았다. 감정사도 잠시 한숨을 쉬고 냉정함을 되찾는다.

"엄밀하게 감정하고 싶다면 번듯한 곳에 가져가는 걸 추천하겠어. 뭐, 그러려면 그 전에 저 헌터에게서 이 유물을 사들일 필요가 있겠지만 말이야. 진위가 불명확한 상태로 매수할 때 값을 얼마나 매겨야 할지 정하기 어려운 건 이해해. 하지만 그건 당신들이 할 일 아니겠어?"

"그건 뭐, 그렇지만⋯⋯."

"나는 이 자리에서 할 수 있을 만큼 감정했어. 이제는 그 결과를 당신들이 얼마나 믿을지에 달렸지. 감정서 정도는 써 줘도 되지만, 그걸 빌미로 나중에 따져도 받아주지 않겠어. 내가 할 말은 이게 전부다."

내가 할 일은 끝났다. 그렇게 말하는 것처럼, 감정사는 이야기를 마무리했다.

고민하는 카츠라기에게, 동업자가 괴이쩍은 얼굴로 묻는다.

"카츠라기. 이 유물은 셰릴 양이 준비한 거잖아? 그렇다면 고민할 필요도 없지 않겠어?"

아키라가 여기로 유물을 가져오는 건 셰릴의 사정으로 이루어지는 일종의 쇼. 감정사들을 부른 것도 그러한 쇼의 일부. 그렇게 여긴 동업자들은 심각하게 고민하는 카츠라기를 보고, 사실은 쇼가 아닐지도 모른다며 의심하기 시작했다.

카츠라기는 이 유물이 정말로 아키라가 찾은 것임을 알고 있다. 그리고 아키라 자신은 진짜로 여긴다는 것도 간파했다.

하지만 아키라의 눈썰미는 도무지 믿을 수 없다. 감정사를 부른 것도 그런 이유가 있기 때문이다. 그러나 차마 그렇게 말할 수는 없으니까 얼버무린다.

"구세계산 정보단말을 취급할 능력이 우리에게 있는지, 셰릴 양이 우리를 시험하는 것일 수도 있어. 그렇다면 가짜가 섞여 있어도 이상하지 않잖아? 안 그래?"

"뭐…… 그렇게 생각할 수도 있나."

동업자들은 그렇게 말하며 조금 복잡한 표정을 짓고서 서로 눈치를 살폈다. 카츠라기가 한 말은 나쁘게 받아들이면 셰릴이 카츠라기의 장사 실력을 의심하는 것으로 해석할 수도 있다. 사태를 얼버무리는 바람에, 카츠라기는 동업자들에게 다른 우려를 사고 말았다.

그리고 그 우려를 키우는 사태가 발생한다.

"들어갈게."

창고에 비올라가 나타났다.

창고에 나타난 비올라는 그대로 아키라의 앞에 오더니, 평소처럼 고약하게 웃는 얼굴로 아키라를 봤다.

"들었어. 구세계산 정보단말을 가져왔다며? 어디서 찾았어?"

"대답해 줄 의리는 없어."

이처럼 무뚝뚝한 아키라의 태도에도, 비올라는 웃음을 지우지 않고 계속해서 말한다.

"너무 그러지 마. 약속대로 이 가게를 잘 번창하게 했는걸?"

"너를 살려두길 잘했다고 생각하려면, 그 정도론 부족하단 뜻이야."

"엄격하구나."

비올라는 슬럼의 양대 조직이 맞붙은 항쟁에 아키라를 끌어들여서, 한 번은 아키라에게 죽을 뻔했다. 그리고 셰릴의 유물 판매점 사업을 돕는 조건으로 살려준 상태다.

너를 살려두길 잘했다고 생각하게 만들어 봐라. 죽이는 게 나았다고 생각한 시점에서 죽이러 갈 거다. 그런 소리를 한 상대에게 아직 너를 살려두길 잘했다고 여기지 않는다는 말을 들어도, 비올라는 아키라에게 이전과 비슷한 태도를 보였다.

그런 비올라의 태도에 놀라는 셰릴 앞에서, 비올라가 웃으며 이야기를 진행한다.

"그러면 살려둘 수 있게 애써 보실까. 아키라. 그 구세계산 정보단말 말인데, 일단 5억 오럼에 어때?"

"오, 5억?"

갑자기 매수를 제안한 것에, 그리고 그 금액에, 아키라가 놀라움을 얼굴에 드러낸다.

"그래. 일단 이 자리에서 5억을 바로 줄게. 추가금은 가게의 번창 상황을 봐서 조정. 이익이 나면 그만큼 추가금을 주겠어. 당연히 그쪽은 나중에 주겠지만. 어때?"

예상을 벗어난 제안에 신음하는 아키라 앞에서, 비올라가 이야기를 진행한다.

"나도 약속대로 가게를 번창시킬 작정이지만, 그러려면 값비싼 유물이 필요해. 그걸 제일 기대할 만한 사람은 아키라야. 그런 아키라가 돈이 더 안 들어온다는 이유로 유물 반입을 중지하겠다고 하면 큰일이거든. 그러니까 일단 이 자리에서 5억을 낼게. 그걸로 한동안 참아주지 않겠어? 가능하면, 아키라가 예전에 가져온 유물도 한꺼번에 쳐서 말이야."

"음. 5억이라……."

『알파. 어떻게 생각해? 나는 나쁘지 않은 것 같은데…….』

카츠라기에게 10억 오럼이라고 했지만, 그건 알파가 세게 부르라고 해서 말한 금액이다. 아키라 자신도 농담하지 말라고 웃어넘길 것으로 여기고 말한 액수다.

그 절반을 즉석에서 내겠다. 더군다나 나중에 추가로 돈을 더 얹어주겠다. 그러한 제안은 아키라에게, 오히려 뭔가 구린 구석이 없는지 반대로 의심하고 싶어지는 내용이었다.

알파가 웃으며 고개를 끄덕인다.

『좋을 거야. 또 뭔가 저지르면 죽이겠다고 했으니까, 꿍꿍이가 있어도 아키라에게 뭔가 하진 않을 거고. 돈은 있어도 곤란하지 않으니까, 받아두자.』

"알았어. 그러면 5억으로……."

"잠깐만 기다려 봐!"

그때 카츠라기가 이야기에 끼어들었다.

"아키라! 이 유물은 나한테 팔아야지?! 약속했잖아?!"

"어? 살 거야? 5억인데?"

아키라는 의아한 얼굴로 카츠라기를 봤다. 산다고 즉각 대답하지 못하고, 카츠라기가 입을 다문다.

"말했지? 가격 협상이 안 되면 내 마음대로 하겠다고. 약속했으니까 너희에게 먼저 가져온 거고, 똑같은 조건이라면 팔아도 되지만, 아무리 그래도 카츠라기한테 싸게 팔 의리는 없어."

카츠라기가 망설인다. 구세계산 정보단말이 전부 진품이라면, 5억 오럼을 낼 가치가 있다고 생각하고 있다.

그러나 즉석에서 5억을 낼 수 있는지는 별개다. 카츠라기 자신도 유물 판매점에 거액의 자금을 투자하고 있어서 그만한 여유는 없다. 다른 동업자를 끌어들여서 자금을 조달해야 한다. 먼저 그걸 설득할 수 있을지 어떨지 고민한다.

그리고 또 고민한다. 이 구세계산 정보단말이 진품이라는 보장이 없다. 가짜일 경우, 혹은 진품이어도 망가졌거나 가치가 심각하게 떨어질 경우, 동업자들을 끌어들여서 빚만 지게 된다. 감정사는 진품일 가능성이 크다는 말만 했다. 도박에서 돈을 다 날릴 확률이 존재했다.

결단할 수 없는 카츠라기를 보고, 비올라가 희미하게 웃는다.

"아키라. 6억에 살게."

"오오!"

"뭐?!"

아키라가 기뻐하고, 카츠라기가 허둥댄다. 셰릴과 유미나는 놀라고, 비올라는 웃음을 더욱 짙게 드러냈다.

카츠라기가 또 고민한다. 상대는 값을 올려 불렀다. 그러니까 유물은 진품이다. 그렇게 생각하는 한편, 비올라의 고약한 성질이 뇌리에 딱 꽂힌다. 6억을 주고 쓰레기를 사게 하려는 게 아닐까? 그런 두려움을 씻어낼 수 없다.

비올라가 성질이 매우 고약한 인물이라는 사실을, 주위 사람들에게 몇 번이고 들었다. 이것도 비올라의 작전인 게 아닐까? 그렇게 생긴 의심이 카츠라기의 결단을 굼뜨게 한다.

진품인가, 가짜인가. 상대는 그걸 알고 있는가. 카츠라기는 놀아나고 있었다.

한편, 비올라는 유물의 진위를 전혀 신경 쓰지 않았다. 진품이라면 잘된 일이고, 잘 이용해서 즐기려고 한다. 그리고 가짜라서 손해를 보더라도 그것은 유물 판매점의 손해다. 나아가 아키라가 가져온 유물 탓이다. 그렇게 아키라에게 쓸 핑곗거리로 삼자고 생각했다.

결과가 어느 쪽이든 잘 즐길 수 있다. 그렇게 생각하고, 비올라는 성질 고약한 웃음을 띠었다.

결국 카츠라기는 결단하지 못하고, 아키라가 가져온 구세계산 정보단말은 비올라의 손에 넘어갔다. 6억 오럼을 받고 기뻐하는 아키라를, 셰릴과 유미나가 복잡한 심경으로 본다.

셰릴은 또 6억 오럼을 손쉽게 벌어들인 아키라의 성공을 보고 다시 놀라고, 그런 아키라를 따라잡기 위해서 유물 판매점을 더욱 번창시키자고 의욕을 북돋웠다.

그리고 유미나는 그만큼 돈을 많이 버는 아키라의 힘에 흥미를 보였다.

아키라는 구세계산 정보단말을 탐색하기 쉬운 유적에서 우연히 찾은 게 아니다. 탐색하기 어려운 유적 어딘가에서, 어지간한 헌터는 발도 못 들이는 위험지대에 혼자 가서 유물을 수집하고 돌아왔다. 아키라는 그만한 힘을 가졌다.

자신에게 그런 힘이 있다면 다시 카츠야와 곁에서 함께 싸울 수 있다.

그렇게 생각하며 아키라를 보고 있었다.

제148화 셰릴의 유물 판매점

츠바키하라 빌딩에서 가져온 유물을 팔아 6억 오럼을 챙긴 아키라는 새 장비를 사러 시즈카의 가게를 찾아갔다.

"그래서 새 장비로 유물을 수집하고 왔는데요. 이 SSB 복합총은 역시 너무 커요."

"그건 뭐, 원래 그런 총이니까."

"위력에는 불만이 없어요. 유적의 대형 몬스터를 쉽게 해치우니까 무척 편리했어요. 하지만 이걸 들고 좁은 건물 안을 탐색하긴 조금 불편해서요."

시즈카가 추천한 총에 트집을 잡을 마음은 없다며, 아키라는 나름대로 열심히 설명했다. 시즈카는 그런 아키라의 태도를 조금 재밌게 여기며, 그 배려가 기쁘기도 해서 미소를 짓는다.

"총을 억지로 반품하러 온 게 아니라 새것을 사려고 온 거라면 환영할 거야. 그래서? 다음 총은 더 작은 걸 원한다고 보면 될까?"

"네. 그렇게 해주세요."

그대로 아키라는 시즈카와 새 총에 관해 상담하기 시작했다. 그리고 한동안 이야기한 결과, SSB 복합총을 추가로 2정 구매하게 된다. SSB 복합총의 성능 자체에는 만족하기도 해서, 이전처럼 대량의 총기류 리스트에서 고르는 수고를 덜어내고 확장 부품만 변경하기로 했다.

1정은 일반적으로 사용하기 위한 총이다. 위력에 특화한 거물 사냥용으로 대형 확장 부품을 결합한 기존과는 반대로, 위력을 최대한 떨어뜨리지 않고서 소형화하는 확장 부품을 단다. 이로써 비교적 좁은 장소에서도 총의 크기를 신경 쓰지 않고 싸울 수 있다.

나머지 1정은 유탄 등 일반적인 탄환과는 크기가 명백하게 다른 물건을 사용하는 전제로 개조한다. A4WM 유탄기관총으로 사용할 수 있는 유탄으로는 저지하는 정도밖에 못 하는 적이 있어서, 더 강한 위력을 추구한 선택이다.

시즈카가 조금 복잡한 표정을 짓는다.

"아키라. 이러면 탄약까지 다 해서 2억 오럼쯤 하는데……."

"괜찮아요. 아까 말한 유물 수집으로 돈을 벌었거든요."

아키라가 가볍게 말하자, 시즈카는 조금 다그치는 듯한 눈빛으로 아키라를 가만히 봤다. 아키라가 황급히 변명한다.

"아뇨, 아니거든요? 무리하진 않았어요. 그야 새 장비라면 괜찮을 것 같아서 예전보다 조금 더 위험한 곳에 간 건 사실이에요. 하지만 괜찮았어요. 대형 몬스터도 있었지만, 거물 사냥용 SSB 복합총 덕분에 편하게 잡았어요. 괜찮아요."

시즈카는 아키라를 물끄러미 보고 있다. 아키라는 쩔쩔매고 있었다.

"저기, 2억 오럼을 쓰는 것도 가져온 유물이 생각보다 비싸게 팔려서 그런 거고, 비싼 유물을 찾으려고 무리한 건……."

점점 변명하기 어려워진 아키라가 우물쭈물하자, 시즈카가 태도를 원래대로 돌리고 웃었다.

"아키라. 켕기는 구석이 없으면 그런 태도를 보이지 마. 걱정되잖니?"

시즈카가 웃는 얼굴을 보여서 아키라도 안도의 한숨을 쉰다.

"아, 그래요. 알겠습니다."

"거참, 자꾸 그러면 단골 대우를 못 해줘. 아직 위태로워."

"노력해 볼게요. 하지만 뭐, 무리하거나 무모하게 굴지 않으려고 이렇게 비싼 총을 사러 온 거니까 좋잖아요."

"아키라는 강해져서 안전하게 싸우고, 우리 가게는 돈을 벌고. 확실히 좋은 일이야."

농담하듯 웃는 시즈카에게, 아키라도 웃음으로 반응했다.

쿠즈스하라 시가지 유적 중심부, 거대한 웨폰 독이 무리를 짓고 다니는 위험지대에 자기 발로 찾아간 것은 잘 얼버무렸다. 아키라는 그렇게 생각했다.

그러나 시즈카는 아키라가 거물 사냥용 SSB 복합총을 완전히 활용하지 않으면 살아남을 수 없을 정도로 위험한 장소에 갔다는 것 정도는 간파하고 있었다.

그래도 무리하거나 무모하게 굴지 않았다는 것은 아키라의 본심이라고 보고, 지금은 무모함을 타이르는 말로 끝냈다.

"그렇다면 업체에 직접 주문해야 하니까 발주를 준비해야겠구나. 도착하면 알려줄게."

"네, 부탁할게요."

그리고 아키라를 위해서 총을 준비한다. 원하지 않아도 덮쳐드는 고난에서, 그것이 아키라를 지키는 힘이 되기를 기원하며.

◆

셰릴의 거점에서, 비올라는 어딘지 험악하게 보이는 웃음을 얼굴에 띠고 있었다.

그 비올라의 앞에는 아키라가 가져온 유물, 구세계산 정보단말이 늘어서 있다. 이미 비올라는 이 유물을 신뢰할 수 있는 곳에 상세한 감정을 의뢰한 결과를 받아봤다.

그 감정 결과가, 어떻게 보면 비올라에게도 너무 벅찼다.

"설마 전부 진품이고, 더군다나 보존 상태도 완벽할 줄은……."

비올라도 아키라가 일부러 가짜를 가져오는 짓은 안 할 것으로 여겼다. 그러나 누군가가 가짜의 출처를 위장하려고 유적에 숨긴 물건을 아키라가 멋도 모르고 가져왔을 가능성도 있다고 생각했었다. 또한 진품이라도 겉으로는 멀쩡해도 망가졌을 가능성도 충분히 생각할 수 있었다.

하지만 감정 결과는 그 생각을 전부 부정했다.

비올라가 감정을 의뢰한 곳은 비싼 감정료를 받지만, 여차하면 그 감정서만 붙여도 유물 매입가의 자릿수가 달라질 정도로 높이 평가받는 곳이다. 비올라도 이 감정 결과를 의심하지는 않는다.

감정기관에서는 감정료를 면제하고, 그 감정 결과를 바탕으로 한 가격으로 매입하겠다는 의사도 비올라에게 타진했다.

구세계에서 만든 정밀 기계를 감정하는 데 필요한, 고도로 숙련된 기술의 가치를 잘 모르는 사람에게는 터무니없이 비싼 감정료의 면제. 그리고 비올라도 타당하게 여길 정도의 매입가. 단순히 환금하기만 할 거라면 스스로 매입처를 찾는 번거로움을 생각해도, 그 제안을 받아들이는 게 더 좋다는 것을 비올라도 이해할 수 있었다.

하지만 비올라는 그 제안을 거절하고, 비싼 감정료를 내서 유물을 회수했다. 실제로 비올라도 몹시 망설였다. 하지만 돈이 아니라 욕심에 졌다.

이 구세계산 정보단말을 불씨로 쓰면, 얼마나 큰 소동을 일으킬 수 있을까.

그렇게 생각하면 더는 참을 수 없었다. 비올라는 자신의 본능에 거역할 수 없었다.

테이블 위에 늘어놓은 구세계산 정보단말을 보면서, 비올라는 앞으로의 계획을 생각하고 성질 고약한 웃음을 얼굴에 띠었다.

그때 비올라가 부른 셰릴이 찾아온다.

"비올라 씨. 중요한 이야기가 있다고 들었는데요……."

"그래. 아키라에게 사들인 이 구세계산 정보단말 말인데, 이걸 우리 유물 판매점에서 어떻게 다룰지, 그 부분을 잘 이야기해 보려고 말이야."

성질 고약한 웃음을 감출 생각도 없는 비올라를 보고, 셰릴은 얼굴을 조금 굳혔다.

비올라가 아키라의 의뢰로 유물 판매점 운영에 관여하는 건 사실이다. 그 수완은 셰릴도 인정하고 있다. 그러나 어디까지나 외부 협력자. 우리의 유물 판매점이란 말에서, '우리' 부분에 비올라는 포함되지 않는다. 셰릴은 그렇게 여기고 있다.

또한 아마도 비올라가 지금부터 할 이야기는 자신에 대한 모종의 언질과 같으며, 구세계산 정보단말 취급에 관해서 자신이 예상하지 못한 사태가 발생했을 때, 나는 똑바로 설명했다고 말할 구실로 써먹기 위함이라고 의심했다.

그러나 셰릴은 이야기를 안 들을 수 없다. 비올라의 맞은편 자리에 앉아 진지한 태도를 보인다.

"들어보죠."

"이 구세계산 정보단말 말인데, 내 선에서 감정을 끝냈어. 아키라가 가져온 물건인 만큼, 품질이 정말 좋아. 그걸 우리 유물 판매점에서 파는 건데 말이야. 뭐, 가게를 번창시키기 위해서 조금 손을 쓰려고 생각하거든. 우선……."

비올라의 설명을 끝까지 들은 셰릴은 그 내용이 타당하다고 판단했다. 사기극에 가까운 내용이지만, 자신들의 가게는 고작해야 슬럼의 암거래 상점. 이 정도 속임수는 허용 범위다. 생각하기에 따라서는 방범도 겸한다. 최악의 상황에도 비올라가 손님을 잘 구슬릴 수 있다. 그러니까 문제없다. 그렇게 생각했다.

물론 셰릴도 걱정하는 게 있었다. 그러나 막대한 이익을 전망할수 있는 이상, 그 이익을 다 날려 버리는 문제점을 지적하지 못하면 셰릴도 비올라의 방식을 인정할 수밖에 없다.

유물 판매점을 번창시켜서 아키라에게 인정받아야 한다. 그러기 위한 이익을, 비올라가 수상하니까, 분명 사고를 칠 거니까 같이 애매모호한 이유로 버릴 수는 없었다.

"알겠습니다. 그러면 그렇게 해주세요. 아키라를 위해서 애써보세요."

"물론이야. 애써 볼게."

셰릴이 다시 주의 깊게 비올라를 본다. 그러나 아무리 살펴봐도 성질 고약한 인물이라는 것만 알 뿐으로, 그 웃는 얼굴에 감춰진 의도는 전혀 이해할 수 없었다.

◆

아키라가 황야의 동쪽을 향해 바이크로 질주한다. 몬스터는 동쪽으로 갈수록 강해진다. 이미 쿠가마야마 시티 기준으로 평균적인 헌터로는 대적할 수 없을 만큼 강한 몬스터가 우글거리는 위험 지대에 진입했다.

아키라는 그렇듯 강력한 몬스터와 벌써 몇 번이나 마주쳤다. 물론 거물 사냥용으로 개조한 SSB 복합총이 있으면 대처할 수 있다. 대형 육식 동물을 포식하는 거대한 갑각충에 쫓기며, 그 장갑을 관통하는 위력의 총탄으로 격파한다. 갑각에 구멍이 크게 나고, 체액이 대지에 흩날렸다.

아키라가 바이크를 세우고 숨을 내쉰다.

"좋아. 정리했어. 이걸로 안을 조사할 수 있겠는걸."

아키라를 쫓아온 거대 갑각충은 구세계의 건물을 소굴로 삼고 있었다.

이름이 붙은 유적이 아니더라도, 구세계의 건조물은 황야에 얼마든지 있다. 그곳에 유물이 남아 있는 경우도 많다.

물론 건물의 규모가 작고 각지에 드문드문 있는 정도라서 기본적으로 유물 수집의 대상이 되지 않는다. 그러한 장소를 돌아다녀도 돈이 안 벌리기 때문이다. 헌터가 가지 않아서 몬스터가 늘어나고, 그곳에서 유물을 수집할 가치는 더욱더 떨어진다.

그래도 아주 드물게 비싼 유물이 남은 경우도 있다. 오는 사람이 적으면 유물이 발견될 확률도 낮아지기 때문이다. 그걸 기대하고 밑져야 본전처럼 복권을 긁는 감각으로 유물을 수집하러 가는 헌터도 종종 있다. 아키라도 비슷한 것을 기대하고 이 주변에서 유물을 수집하고 있었다.

갑각충이 소굴로 삼은 건물 안은 좁아서 대형 총기인 SSB 복합총을 쓰기 어렵다. 하지만 AAH 돌격총 등으로 대처할 수 있는 상대는 아니다. 그래서 밖에서 사격해 안에 있는 몬스터를 유인하고, 시간을 들여 다 해치운 참이었다.

아키라는 그것을 훈련 삼아 알파의 서포트 없이 했다. 바이크 운전도, 주행 중인 바이크에서 한 사격도, 전부 자기 힘으로 했다. 그러는 바람에 시간이 오래 걸렸지만, 어지간한 헌터는 해치우기는커녕 도망치기도 어려울 정도로 강력한 몬스터를 상대로, 아키라는 자기 힘만으로 승리했다.

반복된 훈련과 실전은 아키라를 착실하게 성장시켰다.

건물을 소굴로 삼은 갑각충이 전멸해서 다시 텅텅 빈 폐허 안을, 아키라가 바이크에서 내려 탐색한다. 소지한 총은 AAH 돌격 총과 A2D 돌격총뿐이다. SSB 복합총은 너무 커서 걸리적거리니까 바이크에 두고 왔다.

텅텅 빈 방에 테이블의 파편이 널렸다. 단면에는 갑각충이 갉아 먹은 흔적이 있었다. 아키라가 그걸 보고 끙끙댄다.

"알파. 이거, 여기 남은 유물도 먹었겠지?"

알파는 웃으며 동의했다.

『그런 것 같아. 소화하기 어려운 게 있기를 기대해 보자. 어쩌면 해치운 몬스터의 몸속에 있을지도 몰라. 찾아볼래?』

아키라가 조금 질색하는 표정을 짓는다.

"아니, 굳이 그럴 필요는 없겠지. 오늘은 유물이 목적이 아니니까 말이야."

쿠가마야마 시티에서 동쪽으로 멀리 떨어진 황야로 유물을 수집하러 온 아키라 일행의 목적은 유물이 아니라 유물 수집 작업이다. 츠바키하라 빌딩에서 구한 유물의 출처를 숨기기 위해서다.

구세계산 정보단말은 절대로 쉽게 찾을 수 없다. 그것을 팔려고 내놓으면 어디서 구했는지를 궁금해하는 사람이 반드시 나타난다. 그런 사람들이 이 주변이라고 생각하도록, 아키라는 일부러 멀리 나왔다.

주로 쿠가마야마 시티 주변에서 활동하는 헌터들의 실력으로는 얼씬도 할 수 없는 위험지대. 비록 유적으로 이름이 붙을 만한 장소는 아니지만, 그렇기에 구세계산 정보단말이 잠들어 있어도 너무 이상하지는 않은 곳. 덤으로 아키라가 훈련하기도 좋은 곳. 츠바키하라 빌딩에 간 날부터 한 달 정도, 아키라는 그러한 지역에서 이런 유물 수집 작업을 계속하고 있었다.

건물 안을 샅샅이 뒤졌지만, 유물 수집의 성과는 없었다. 빈 배낭을, 마치 유물로 가득 채운 것처럼 빵빵하게 부풀려 건물에서 나간다.

"알파. 오늘은 어디로 갈까?"

『그러네. 오늘은 미나카도 유적에 가자.』

"거기는 이미 멀쩡한 유물도 없는 주제에 몬스터만 득실거리지 않던가?"

『그러니까 가는 거야. 그렇게 헌터가 가지 않는 유적이니까 유물 재배치가 다시 시작되어도 눈치채는 사람이 없어. 그걸 아키라가 우연히 찾았다는 것으로 하자.』

"그렇군."

아키라는 바이크를 힘차게 밟았다.

동쪽 황야에서 유물 수집을 마친 다음에는 직접 도시로 돌아가지 않고, 유적에 들르고 있었다. 거기서 한동안 유물을 수집한 다음, 견인식 짐차를 조립해서 바이크에 달고, 구세계에서 만든 빈 상자를 실어서 도시로 돌아갔다.

요 며칠, 제법 많은 헌터가 아키라를 미행하고 있었다. 그 헌터들의 목적은 당연히 구세계산 정보단말의 출처다.

카츠라기의 동업자들은 그 출처를 셰릴로 여기고 있지만, 그것을 모두가 완전히 믿는 건 아니다. 또한 외부인들은 아키라라고 하는 헌터가 가져왔다는 정도만 안다.

아키라를 쫓아가면 자신도 구세계산 정보단말을 구할 수 있을지도 모른다. 상인들이 정보를 흘린 헌터도, 독자적으로 정보를 알아낸 자도, 그렇게 생각해서 아키라를 미행하려고 했다.

상대가 하수라면 힘으로 알아낼 수도 있다. 하지만 아키라를 상대로는 불가능하다. 그래서 뒤를 밟아 유물이 있는 곳으로 쫓아가려고 한다. 그러나 동쪽 황야로는 쫓아갈 수 없다. 몬스터가 너무 강해서 단념할 수밖에 없다.

따라서 실력이 부족한 헌터는 아키라가 도시로 돌아올 때 들르는 유적에 기대한다. 사실 진짜는 동쪽 황야가 아니라 다른 곳에 있는 유적일지도 모른다. 아니면 이 유적에서 발견한 것으로 위장하려고 구세계산 정보단말을 조금만 숨긴 게 아닐까. 그렇듯 여러모로 생각해서 동쪽 황야보다 비교적 안전한 장소를 탐색했다.

동쪽 황야. 각지의 유적. 그리고 기업의 영애로 가장한 셰릴. 이만큼 위장하면 유물의 진짜 출처가 쿠즈스하라 시가지 유적 중심부에 있는 츠바키하라 빌딩이라고는 아무도 생각하지 못하리라. 아키라는 그렇게 생각하며 유물을 수집하는 나날을 보내고 있었다.

◆

셰릴의 유물 판매점은 거점을 조금 개조, 확장해서 만들었으며, 취급하는 유물의 가격대가 다른 3개 층으로 나뉜다.

슬럼의 다른 암거래 상점에서도 평범하게 취급하는 싸구려 유물을 갖춘 저가층. 카츠라기의 동업자들과 시지마의 조직에서 반입한 유물 중에서 비교적 비싼 물건을 취급하는 중고가층. 그리고 비올라가 자기 연줄로 마련한 값비싼 유물과 아키라가 가져온 유물 등을 취급하는 고가층이다.

고가층의 인테리어는 방벽 근처의 고급 점포에도 뒤지지 않을 만큼 세련되었다. 또한 특별히 값비싼 유물을 취급하기도 해서 입장 제한이 있다. 한 번에 입장할 수 있는 손님의 숫자에는 상한이 있으며, 돈이 없어 보이는 사람은 애초에 들어갈 수 없다. 방 전체가 간이 금고에 가까운 구조인 것도 포함해서, 여러모로 고급 점포를 모방한 층이다.

그러한 슬럼의 고급 점포에 경호원을 데리고 아침부터 줄을 선 자들이 있었다. 몸에 걸친 고급 의류, 그리고 경호원들의 무장을 봐서 도시 하위 구획에서는 부유층에 속하는 사람들임을 알 수 있다. 즉, 원래라면 슬럼에 올 일이 없는 사람들이다.

그러한 사람들이 일부러 경호원도 대동하고 방문한 데는 당연히 그만한 이유가 있다. 개점 후, 고가층으로 안내받은 손님 세 팀은 자신들이 찾던 물건이 중앙에 전시된 것을 보고 하나같이 조금 놀란 기색을 드러냈다.

"설마 정말로 있을 줄이야……. 더군다나 이렇게 많이……. 믿기지 않는군."

슬럼의 암거래 상점에 구세계산 정보단말이 들어왔다. 그들은 이 정보를 입수하고 반신반의로 찾아온 손님들이었다. 실물을 보고도 여전히 믿기지 않는다는 표정을 짓고 있다.

구세계산 정보단말이 들어온 첫날이기도 해서, 오늘은 셰릴과 비올라가 접객에 나섰다. 셰릴이 공손하게 머리를 숙인다.

"본 점포를 찾아주셔서 감사합니다. 이 구역을 담당하는 셰릴이라고 합니다. 궁금하신 게 있으면 뭐든 편하게 물어봐 주세요."

한 손님이 셰릴의 복장에 주목한다. 구세계의 옷을 재료로 써서 새롭게 접객용으로 지은 옷은 값비싼 옷에 익숙한 사람들에게도 불신감을 주지 않았다.

그러나 그것이 유물의 질을 보장하는 건 아니다. 투명 케이스 안에 전시된 5센티미터 크기의 정육면체를 보다가 엄격한 눈으로 시선을 돌아본다.

"이게 소문으로 듣던 구세계산 정보단말이지? 무례한 질문이어서 미안하네만, 정말로 진품인가?"

셰릴이 허둥대지 않고 대답한다.

"본 점포에서는 보장할 수 없습니다."

"그렇다면 가짜라는 말인가?"

"진위 판단은 손님에게 요청하고 있습니다. 그 판단의 참고가 될 정보는 이쪽에서 열람하실 수 있사오니, 괜찮으시다면 이용해 주시길 바랍니다."

셰릴은 그렇게 말하고 케이스에 달린 전자 태그를 손으로 가리켰다. 남자 손님이 그 태그에서 자신의 정보단말로 정보를 불러들인다. 그리고 또다시 경탄했다.

"흑은옥(黑銀屋)의 감정서라……. 이 내용이 사실이라면 문제없어 보이는군. 하지만……."

흑은옥은 동부의 각 도시에 널리 전개하는 대형 유물 매입업체로, 그 감정 능력은 높이 평가받고 있다. 남자 손님도 그 흑은옥에서 감정한 것이라면 틀림없다고 여기고, 유물의 진위에 관해서는 사실상 진품이라고 확신했다.

그러나 그러고도 고민스러운 표정을 짓는다.

"5000만 오럼인가……. 비싸군."

케이스의 달린 전자 태그에는 5000만 오럼이라는 가격이 붙어 있었다. 시세보다 훨씬 비싼 금액이다.

그러나 터무니없이 비싼 값은 아니다. 애초에 시세로 살 수 있다면 여기 오지도 않았다.

구세계산 정보단말은 구영역에 접속하는 장치이기도 하다. 구세계 시대의 귀중하기 짝이 없는 정보를 입수하는 수단의 하나이며, 당연하게도 매우 귀중한 유물이다.

또한 기술 면에서도 가치가 매우 크다. 구영역에 대응한 검색 기술이 없어 단순한 통신대역으로 활용할 수밖에 없더라도, 현대의 통신망보다 훨씬 품질이 좋은 통신이 가능한 통신기임은 확실하다. 그 혜택은 다방면에 걸친다.

당연히 그렇게 귀중한 유물을 찾는 기업이 많으므로 쟁탈전이 벌어진다. 그리고 일반적으론 대기업이, 대기업의 힘을 행사해서 승리한다. 일반적인 유물 거래소라면 예약을 걸고 대기해야 하는 사례가 많으며, 힘이 별로 없는 기업의 손에는 언제까지고 차례가 돌아오지 않는다.

따라서 여타 중소기업에서 구세계산 정보단말을 입수할 때는 헌터 오피스의 제휴점이 아닌 유물 거래소 같은, 대기업의 입김이 잘 닿지 않는 곳에서 사들일 수밖에 없다. 당연히 시세로 정해진 가격으로는 살 수 없다. 그것은 그들도 잘 알았다.

5000만 오럼. 조금 비싸긴 해도, 일반적인 수단으로는 살 수 없는 귀중한 유물을 구할 수 있다고 생각하면 내지 못할 금액은 아니었다.

하지만 이 자리에 있는 남자가 혼자 판단해서 낼 수 있는 금액인 것도 아니다. 셰릴에게 확인을 구한다.

"미안하네만, 여기서 윗선에 연락하고 상담해도 괜찮겠나?"

"물론 괜찮습니다."

정보단말로 상사와 상담하기 시작한 남자 옆에서, 다른 손님이 미심쩍은 표정을 지었다.

"잠시 물어봐도 되겠나? 이쪽은 가격이 500만 오럼에 미감정 상태라고 하는데, 어떻게 된 일이지?"

"미감정 상품이므로, 이쪽은 가짜나 불량품일 가능성이 있습니다. 따라서 그만큼 가격을 낮췄습니다."

"왜 감정하지 않지?"

"흑은옥의 감정료는 비싼 편이므로, 모든 상품을 감정하는 것은 비용적인 측면에서 어렵습니다."

"감정을 맡긴 물건과 맡기지 않은 물건의 차이는?"

"본 점포에서 먼저 감정한 다음, 높은 확률로 진품이면서 상태가 좋은 물건을, 손님들을 위한 품질 보장을 겸해서 정식으로 흑은옥에 감정을 의뢰했습니다."

그렇게 정중하게 설명한 셰릴에게, 먼저 질문한 손님이 짓궂은 표정을 짓는다.

"그랬군. 외부에 감정을 맡기기 전에는, 설령 그것이 가짜에 불량품이라도 그 가능성 자체는 미지수란 말인가. 장사를 잘하는군."

셰릴이 얼버무리듯 웃는다.

"너무 그렇게 말씀하지 마세요. 진품일지도 모르는걸요? 도박해 보는 것도 괜찮겠죠. 도박이 싫으시다면, 감정을 끝낸 상품도 있습니다. 취향에 맞는 것을 골라 주시길 바랍니다."

그때 상사와 연락하던 남자 손님이 구매 상담을 마쳤다. 그리고 투명한 전시 케이스에 보관 중이던 구세계산 정보단말을 손으로 가리킨다.

"나는 도박이 싫어서 말일세. 감정이 끝난 물건을 가져가지. 이것과 이것과 이걸 주게."

셰릴이 정중하게 머리를 숙인다.

"대단히 감사합니다. 손님께서 가지고 오신 케이스로 운반하시겠습니까?"

"그래."

남자 경호원 한 사람이 미리 가져온 튼튼해 보이는 보관용 케이스를 바닥에 내려놓고 열었다. 셰릴이 전시 케이스에서 구세계산 정보단말을 세 개 꺼내서 케이스 안에 놓는다. 그러자 남자 손님은 정보단말을 조작해서 입금 처리를 마쳤다. 이어서 입금을 확인한 셰릴이 뒤로 물러나고, 남자 경호원이 보관 케이스를 닫는다.

이것으로 거래가 성립했다.

"나는 이만 가보지."

"이용해 주셔서 대단히 감사합니다."

셰릴은 다시 한번 정중하게 머리를 숙였다.

손님 한 팀이 나가고, 다음 팀이 들어온다. 손님이 사서 줄어든 물건은 비올라가 가지러 가서 보충했다. 셰릴은 새로 온 손님과도 비슷한 말을 주고받았다. 그 뒤로도 손님이 교대하고, 사거나 사지 않거나 했지만, 팔리는 것은 감정을 끝낸 상품뿐이었다.

고가층 손님이 몇 번이고 들어왔다 나갔지만, 미감정 상품에 트집을 잡던 손님은 아직 남아 있었다. 셰릴이 그 손님에게 미안한 기색으로 말한다.

"손님. 죄송하지만, 이번에 구매하시지 않을 예정이라면 슬슬 다른 손님께 입장을 양보해 주셨으면 합니다."

그렇게 퇴실을 보채는데도 그 남자 손님은 대답하지 않고 인상을 굳혀서 신음하고 있었다. 힘으로 내보낼 것을 고려하기 시작한 셰릴도 조금 딱딱해진 표정을 짓기 시작한다.

그리고 남자가 겉으로 봐서는 감정이 끝난 물건과 다를 바가 없는 듯한 미감정 상품을 손으로 가리켰다.

"하나 묻고 싶은데, 이 물건이 미감정 상태인 건 비싼 감정료 때문이지?"

"네. 그렇습니다."

"그렇다면 이 미감정 물건을, 내 선에서 감정해도 되겠나?"

그 말을 들은 셰릴은 눈짓으로 비올라에게 대응해 달라고 부탁했다. 비올라가 웃는 얼굴로 손님에게 대답한다.

"이 자리에서 감정하고 싶다는 의미라면, 이 상태로 부탁하겠어. 전시 케이스에 손대면 안 되는걸? 망가지면 곤란하고, 도난도 걱정되니까."

그 상태로는 완전히 감정할 수 없다. 사실상의 거부다.

"사들인 다음에 하겠다면, 이미 당신 물건이니까 마음대로 해도 좋아. 마음이 내킬 때까지 얼마든지 조사해 줘."

그렇듯 당연한 소리를 중간에 끼운 다음, 비올라는 사악하게 웃었다.

"사기 전에 하겠다면, 조건을 달겠어. 하나, 감정이 끝난 물건과 감정의 질을 맞추기 위해서, 흑은옥에 감정을 의뢰할 것. 둘, 감정료는 당신 부담. 이 조건으로 된다면 감정해도 좋아."

그것을 들은 남자는 희미하게 곤혹스러운 기색을 얼굴에 드러냈다.

처음부터 가짜를 팔 작정이라면 손님이 감정료를 부담하더라도 감정을 허락할 리가 없다. 그렇다면 정말로 자금 문제로 감정하지 못한 걸지도 모른다. 그렇게 생각하고 만다. 구세계산 정보단말이라고 하는 귀중한 유물을 손에 넣고 싶은 마음이, 그렇듯 유리한 쪽의 해석에 힘을 실어 줬다.

그리고 감정한 결과, 가짜나 불량품일 때는 사지 않으면 된다는 식으로 인식하고 만다.

"알았다. 그렇게 하지."

남자가 미감정 상품을 다섯 개 고른다. 호송원으로 호출된 데일이 튼튼한 보관 케이스를 가지고 나타난다. 셰릴이 케이스에 물건을 넣고 데일에게 건넨다.

"잘 부탁합니다."

"아, 알겠습니다."

데일이 긴장한 것을 보고, 남자 손님이 또다시 자기 입맛에 맞게 해석한다.

가짜를 운반하고 끝날 일이라면 이토록 긴장할 리가 없다. 그렇다면 진품이 섞인 게 아닐까. 셰릴도 도박이라고 했다. 가짜와 진품을 섞고 운이 좋으면 진품을 싸게 살 수 있는 겜블을 시키려는 작정이라면, 손님의 사행성을 부추기기 위해서도 처음에는 대박을 많이 넣지 않을까. 그렇게 기대하고 말았다.

그러나 데일이 긴장한 이유는 남자의 예상과 조금 달랐다.

슬럼의 대규모 항쟁 뒤에도 계속해서 셰릴에게 고용된 데일은 지금도 셰릴을 어딘가의 재벌 영애로 오해하고 있다. 이 유물 판매점에서 구세계산 정보단말이라고 하는 매우 귀중한 유물을 취급한다는 것을 안 뒤로는, 역시 그만한 물건을 다루는 존재라고 여기면서 오해가 더욱 커지고 있었다.

그러한 인물과 어떻게든 이만한 연줄을 만들 수 있었다. 이럴 때 실수해서 평가를 떨어뜨릴 수는 없다. 절대로 실수하지 않겠다. 데일은 주로 그런 이유로 긴장했다.

그 손님과 함께 점포를 나선 데일은 사전에 지시받은 대로 흑옥의 점포로 가서, 사전에 지시받은 대로 감정을 의뢰했다.

점포에 남은 셰릴과 비올라는 그대로 접객을 계속했다.

다음 날, 감정료를 부담하고 미감정 상품의 감정을 의뢰한 남자 손님은 비올라에게 감정이 끝났다는 연락을 받고 곧장 흑은옥으로 갔다.

안내받은 방에서는 흑은옥의 감정사와 비올라가 기다리고 있었다. 테이블에는 감정이 끝난 물건이 놓였다.

그리고 남자가 자리에 앉았을 때, 감정사가 비올라와 그 동행에게 감정 결과를 보고한다. 흑은옥은 감정을 의뢰한 다섯 개 중, 3개를 가짜, 2개를 진품으로 판단했다.

예상을 넘어선 결과에 남자가 무심코 얼굴에 웃음을 띤다.

"두 개나 진품이었나······! 그나저나 참 빨리 끝났군. 구세계산 정보단말을 감정하려면 시간이 오래 걸릴 줄 알았는데······."

그렇게 의아해하는 남자에게, 감정사가 정중하게 말한다.

"죄송하지만, 감정 시간에 불만이 있으셔도 대응하기 어렵습니다. 감정하는 데 걸린 시간이 1분이든 1년이든, 정해진 감정료에 준한 감정을 실시하고 있습니다."

"아, 아니야. 시간을 더 들여서 잘 알아보라고 불평한 게 아닐세. 빨리 끝났다면 나로서도 다행이야."

"감사합니다. 그래서 말인데, 어떻게 하시겠습니까? 이대로 저희에게 매각해 주시면, 7500만 오럼에 매입하겠습니다."

그때 비올라가 끼어든다.

"아니, 가지고 갈 거야."

"그렇습니까……."

감정사는 불필요한 말을 하지 않고 순순히 물러났다. 그리고 비올라가 웃는 얼굴로 남자 손님을 본다.

"그래서? 감정은 끝났는데, 어떻게 할 거야? 살 거야?"

"물론 사야지."

"그래? 그렇다면 1억 오럼이야."

"뭐……?"

남자의 반응에, 비올라가 성질 고약한 미소를 진하게 짓는다.

"설마 1000만 오럼으로 살 수 있을 줄 알았어? 농담하지 마. 하나에 500만 오럼은 미감정 상태일 때의 가격이야. 감정이 끝나면 가격도 달라져. 진품 하나에 5000만. 그게 두 개면 1억이야. 뭐, 가짜도 정교한 목업으로 치고 1만 오럼 정도는 받아야 할지도 모르겠지만, 그건 서비스해 줄게."

"감정료는 내가 냈는데……?"

"그래. 정말 고마워. 하지만 우리 상품이고, 당신 물건이 아니야. 아직 안 샀으니까. 당연하잖아?"

남자가 무심코 비올라를 노려본다. 하지만 비올라는 태연하게 웃었다.

"진품만 골라서 현명하게 살 수 있다고 생각한 것 같은데, 겜블은 그런 잔머리로 이길 수 없어. 평범하게 샀으면 이겼을 텐데, 안타깝게 됐는걸?"

손님의 사행심을 부추기기 위해서 처음에는 진품을 많이 넣는다. 모처럼 그렇게 잘 예측한 것을, 잔머리를 굴리는 바람에 망쳤다. 그런 소리나 다름없는 말에 남자가 이를 악문다.

"그래서 어쩔 거야? 살 거야?"

도발하는 듯한 비올라의 말에, 남자는 소리치려는 것을 필사적으로 참았다.

거점의 자기 방에서 휴식 중인 셰릴이 정보단말을 통해서 비올라의 보고를 듣고 있다. 그리고 그 내용에 조금 의아한 표정을 지었다.

"샀다고요?"

"그래. 이 상태로 안 사고 가면 비싼 감정료를 정말로 날린다고 생각했겠지. 뭐, 그래도 하나 사는 게 한계였지만."

미감정 상품 중에도 진품이 섞여 있다. 비싼 감정료도, 산 물건도, 그것을 확인하는 데 필요한 지출이었다. 그리고 경위가 어떻든 구세계산 정보단말은 손에 넣었다. 큰 손해는 아니다. 그런 식으로 변명을 생각해서 합리화했을 거라며, 비올라는 신나게 해설했다.

셰릴이 작게 한숨을 쉰다.

"적당히 해주셔야 하거든요? 악질적인 수법으로 돈을 많이 벌어도, 그 보복으로 실력을 행사할 정도의 원한을 사면 본전도 못 찾아요."

일단 그 악질적인 수법에 가담하고 있는 셰릴은, 미리 그 수법에 관해 미리 설명을 들은 바가 있어서 비올라가 너무 막 나가는 것을 걱정했다.

손님이 고르게 하고, 데일이 운반하게 한 미감정 상품은 전부 가짜다. 그런데도 흑은옥에서는 비올라와 손님에게 두 개는 진품이라는 감정 결과를 내놓았다. 이건 비올라가 수작을 부린 것이다.

진실도 모르고 가짜 상품 다섯 개를 운반한 데일은 지시받은 대로 그것들을 개별적으로, 비올라의 대리인 자격으로 감정을 맡겼다. 하지만 사실 뒤에서는 비올라가 진품 두 개를 개별적으로 감정을 맡겼다.

그 뒤로 흑은옥에서 감정 완료 연락을 받은 비올라는 두 개의 진품과 세 개의 가짜, 합계 다섯 개의 감정 결과를 개별적으로 지정해서 동시에 받음으로써, 손님이 직접 고른 다섯 개 중에서 두 개가 진품이었다고 인식하게 했다.

일단 미감정 상품으로 파는 것 중에도 진품은 있다. 그러나 감정이 끝난 것을 사는 것보다 미감정 상품을 전부 사는 것이 더 이득이 되지 않게 조정했다. 미감정 상품을 전부 사는 쪽의 기대치가 더 커서는 도박이 성립하지 않기 때문이다.

상업적인 도박판에서는 반드시 딜러가 승리하게 되어 있다. 그것은 여기서도 마찬가지였다.

하지만 지금이라면 5분의 2 확률로 진품을 손에 넣을 수 있다고 착각한 사람이 있고, 나아가 그 근거가 흑은옥의 감정이라면, 기대하는 사람은 더 늘어날 것이다. 5분의 2가 무리더라도, 지금이라면 5분의 1은 기대할 수 있다. 최악의 경우, 확률이 10분의 1 이하가 되더라도 평범하게 진품을 사는 것보다 기대치가 더 높다. 그렇게 생각하는 사람도 나타난다. 손님의 사행심을 부추기는 데는 충분하다.

이것만 해도 구세계산 정보단말을 평범하게 파는 것보다 돈이 더 벌린다. 하지만 비올라는 추가로 감정료에도 수작을 부렸다.

흑은옥의 감정료는 기본적으로 비싸다. 구세계산 정보단말처럼 귀중한 유물을 감정한다면 더더욱 비싸진다.

그래도 감정의 질을 도외시하면 감정료를 낮출 수 있다. 물론 그때는 기본적으로 간단히 조사해 보기만 하니까 진위를 잘 모르겠다는, 아무 쓸모도 없는 감정 결과를 받을 뿐이다. 그래서는 감정을 맡기는 의미가 없고, 돈만 날리게 되는 셈이다.

그러나 흑은옥에서는 비교적 저렴한 가격으로도 고정밀 감정 결과를 받는 경우가 있다.

우선 간단한 조사로 가짜임을 알 수 있는 조악품일 경우다. 현대의 정보단말로 비유하자면, 겉은 진품과 동등해도 속이 텅 빈 가짜 수준의 물건이라면 저렴한 간이 감정이라도 확실하게 가짜라는 신뢰성이 높은 감정 결과를 입수할 수 있다.

그리고 다음은 감정을 맡긴 것이 이미 한 번 제대로 감정을 끝낸 물건일 경우다. 더 엄격한 감정을 요구하는 재감정이 아니라 예전 감정 데이터를 유용한 간이 재감정이라면 감정료를 대폭 절감할 수 있다.

비올라는 이를 악용했다. 감정료를 부담하는 손님에게는 미감정 상품을 철저히 조사하는 비싼 대금을 받아내고, 흑은옥에는 조악한 가짜와 감정이 이미 끝난 진품을 감정하는 값싼 비용을 치러서 그 차액을 챙긴 것이다.

그리고 흑은옥에서는 불필요한 말을 일절 하지 않는다. 유물을 감정한 결과로 생기는 다툼에 엮이지 않기 위해서다. 정해진 감정료에 준한 감정 결과를 내놓고, 상황에 따라서는 매입을 타진한다. 그것 말고는 하지 않는다. 그런 흑은옥의 경영 방침을, 비올라는 올바르게 파악하고 있었다.

셰릴은 비올라가 그렇게 악질적으로 돈을 버는 걸 아니까 그것이 지나쳤을 때 생길 문제를 걱정하고, 일단은 너무 막 나가지 말라고 당부했다.

비올라도 그것을 알면서 웃으며 대답한다.

"괜찮아. 나도 그 정도는 잘 조절할 줄 알아. 실수한 건, 아키라의 총에 맞았을 때 정도야."

그게 정말로 괜찮은 걸까? 셰릴은 그렇게 생각하면서도 그때 있었던 일로 비올라의 협력을 얻을 수 있었기도 해서 괜한 말을 꺼내는 것을 꺼렸다.

비올라가 계속해서 말한다.

"그리고 나도 아키라에게 돈을 6억이나 썼으니까. 다소 악질적인 짓을 해서라도 더 많이 벌어야 해. 다음에 또 아키라가 유물을 가져왔을 때, 똑같은 수준의 돈을 낼 수 있게끔 하고 싶어. 그렇게 자금에 여유가 있을 정도로, 내가 유물 판매점을 잘 번창시켰다고 증명하기 위해서도 말이지."

그렇게 말하면 셰릴도 세게 나갈 수 없다.

애초에 아키라에게 6억 오럼을 준 것도 비올라의 자금력이지, 셰릴의 역량이 아니다. 나아가 그 6억 오럼은 유물의 대금이다.

아키라가 셰릴과 그 조직의 뒷배로서 받는 대가가 아니다.

자기 힘으로 아키라에게 대가를 줄 수 있게 될 때까지, 셰릴은 멈출 수가 없다.

"그런가요. 그렇다면 아키라를 위해서라도 유물 판매점을 열심히 번창시켜 봐요."

"그래. 힘내자. 이만 끊을게."

그것으로 비올라와의 통신이 끊겼다. 셰릴이 작게 한숨을 쉰다.

"정말로 애써야 해……. 할 일이 너무 많아."

이미 셰릴은 약소 조직의 보스가 아니다. 아키라라는 뒷배를 바탕으로 자릿수가 다른 수입을 창출하는 유물 판매점을 경영하는, 강력한 조직의 보스다. 조직에 들어오길 희망하는 사람도 쇄도하고 있다. 유물 판매점을 경영하면서 그 조정도 해야만 한다. 그 업무량은 차원이 다르게 늘어났다.

하지만 아키라를 위해서도 이 정도 일로 기죽을 수는 없다. 셰릴은 그렇게 결의를 새로이 다지고, 휴식을 마치고서 웃는 얼굴로 일하러 돌아갔다.

◆

셰릴에게 유물을 판 뒤로, 아키라는 정보 조작 목적으로 유물을 수집하는 나날을 보내고 있었다. 그동안 시즈카에게 주문한 새 총도 도착해서, 정보 조작 목적이 아닌 유물 수집을 재개할 준비도 끝났다.

슬슬 유물을 또 팔아도 될 무렵이겠지. 아키라는 그렇게 생각하고, 다시 셰릴에게 유물을 팔러 가기로 했다.

탄약류를 채운 것처럼 위장하는 배낭에 유물을 채워서 집을 나선다. 어제까지 그랬던 것처럼 동쪽 황야에 가고, 돌아오는 길에 히가라카 주택가 유적에 들르고, 평소처럼 견인식 짐차를 조립한다.

그리고 오늘은 빈 상자가 아니라 집에서 가져온 유물을 채워 짐차에 싣고, 셰릴에게 연락한 다음에 도시로 돌아갔다.

아키라가 셰릴의 창고에 들어가자 낯익은 얼굴이 아키라를 맞이하는데, 그중에 예상하지 못한 인물이 두 명 있었다. 한 명은 유미나. 경비 의뢰도 슬슬 끝났을 줄 알았는데, 아직 창고에 있었다.

그리고 나머지 한 명이 아키라를 보고 즐겁게 웃는다.

"안녕, 아키라. 오랜만이다."

그 인물은 도시 직원의 제복을 입은 키바야시였다.

제149화 헌터 랭크 조정 의뢰

유물 판매점에서 구세계산 정보단말을 팔기 시작한 셰릴이지만, 하나에 5000만 오럼이라는 가격 설정으로는 제아무리 수요가 많은 귀중한 유물이라도 금방 다 팔릴 리가 없다. 그런데도 물건을 찾는 손님이 많아서, 재고가 바닥을 드러내고 있었다.

간판으로 내건 주력 상품이 다 떨어지면 점포 전체의 활력도 떨어진다. 구세계산 정보단말처럼 좀처럼 찾아보기 어려운 물건을 구경하려고 반쯤 심심풀이로 고가층에 들어와 다른 유물을 사거나 미감정 상품에 손대는 손님도 줄어든다.

그래서 재고 부족을 구실로 감정을 끝낸 상품의 가격을 올려 대처했다. 현재의 가격은 1개 8000만 오럼. 이제는 셰릴도 팔릴 리가 없다고 여기는 가격 설정이다.

그래도 미감정 상품을 샀을 때의 기대치를 높이는 효과와 재고가 완전히 떨어지는 것을 방지하는 점에서는 의미가 있다. 기약 없이 재입고를 기다리는 것보다는 손님을 모을 수 있겠지. 그 정도의 생각으로 값을 매겼다.

다음엔 어떻게 할지. 비올라는 셰릴과 상담하며 속으로는 다른 생각을 하고 있었다.

(일주일이 지났는데도 떡밥을 물지 않네. 이건 틀린 걸까? 내가

먼저 접촉하는 것보다, 상대가 먼저 접촉하길 바라는데…….)

이번 공작은 성과 없이 끝났다. 비올라는 그걸 아쉽게 여기면서도, 작은 낙담으로 그쳤다.

수많은 공작을 모조리 성공시켜서 온갖 사태를 뒤에서 조종하는 것처럼 여겨지는 비올라지만, 성공 사례는 계획한 것 중에서도 아주 적은 일부에 지나지 않는다. 헛수고로 끝난 공작도 얼마든지 있다. 실패한 일은 겉으로 드러나지 않았을 뿐이다.

물론 그것은 비올라가 그만큼 대량의 공작을 항시 계획하고 있다는 뜻이기도 하다. 그런 점에서도 비올라의 고약한 성질이 짙게 드러나 있었다.

그대로 비올라가 셰릴과 향후 계획을 이야기하고 있을 때, 도시 직원이 나타났다는 보고가 올라왔다.

낚였다. 그렇게 생각하고, 비올라가 무심코 짙게 웃는다.

그러나 그 보고는 비올라가 기대한 것이 아니었다. 키바야시란 그 직원은 자신들이 아니라 아키라에게 볼일이 있었을 뿐이다.

비올라가 작게 한숨을 쉰다. 그리고 슬슬 아키라가 올 시간이기도 해서, 셰릴과 함께 창고로 갔다.

비올라와 함께 창고로 간 셰릴은 키바야시와 유미나가 같이 있는 것을 보고 조금 놀랐다.

이미 유미나와의 계약은 끝났다. 계약 기간에는 셰릴의 경호와 고가층 경비 등을 맡았던 유미나지만, 원래부터 이전 의뢰의 실패를 보상한다는 명목으로 미즈하가 억지로 끼워 넣었던 것이어서,

슬슬 충분하겠지 하는 도란캄의 판단에 따라 철수했다.

일단 도란캄도 정규 요금으로 경비 의뢰를 연장하지 않겠냐고 셰릴에게 타진하기는 했다. 하지만 아키라와 유미나의 접촉을 줄이고 싶었던 셰릴은 그것을 거절했다.

그런 유미나가 다시 나타난 것에 셰릴은 조금 놀랐지만, 도시 직원에게 인사하지 않을 수도 없다. 친근하게 대응한다. 그리고 키바야시에게 단순히 자신의 용무로 유미나가 동행 중이라는 말을 듣고, 도란캄이 도시에서 모종의 일을 받았다고 판단했다.

그 이야기를 듣던 셰릴이 키바야시가 왠지 모르게 흥미진진한 눈으로 보는 것을 눈치챘다.

"저기, 무슨 일이신가요?"

"응? 아아, 아무 일도 아니야. 거참, 아키라의 애인이 이렇게 예쁜 애였구나 하고, 잠깐 생각했을 뿐이다. 애인 맞지?"

"네. 애인이에요."

현재로서는 그런 설정에 불과하다. 그러나 셰릴은 아키라에게 그렇게 행세해도 된다고 허가받기도 했고, 그것을 기성사실로 만들기 위해서 활짝 웃고 대답했다.

키바야시도 흥겹게 웃는다.

"그런가. 그야 아키라도 이렇게 예쁜 애인을 위해서라면 힘을 쓰겠지. 잘된 일이야."

"고, 고맙습니다."

그렇게 대답한 셰릴의 표정은 수줍음과는 다른 이유로 조금 어색해졌다.

상대는 자신이 아키라와 사이좋기를 진심으로 바라고 있다. 셰릴은 그것을 알면서도, 어째서인지 기뻐할 수 없는 자신을 깨닫고 곤혹스러워했다. 동요도 살짝 느끼고 있었다.

"앞으로도 아키라가 힘껏 싸울 수 있게 격려해 달라고."

"그, 그럴게요."

셰릴의 표정이 이렇게 된 이유는, 무의식중에 깨달았기 때문이다.

아키라가 셰릴과 사귀지 않는다는 것 정도는, 키바야시도 간파했다. 그런데도 키바야시는 셰릴이 앞으로도 아키라와 좋은 관계이기를 진심으로 바라고 있다. 아키라가 슬럼에서 일으킨 소동의 원인에 셰릴이 깊이 연루되었음을 알기 때문이다.

귀찮은 일을 꺼리는 아키라가 그것을 허용해서라도 움직이는 상대로서, 아키라의 무리무식무모를 부추기는 요소로서, 키바야시는 셰릴을 높이 평가하고 있었다.

그리고 셰릴은 키바야시가 그렇게 성가신 인물임을 어렴풋이 눈치챘다. 자각해서 말로 표현하고, 다른 사람에게 설명할 수 있을 정도로 명확하게 깨달은 건 아니다. 그런데도 막연히 불안을 느낀다.

자신이 눈앞에 있는 인물과 친한 사이임을 아키라가 인식한 순간, 괜히 엮여서 귀찮은 일에 휘말리는 것이 싫다고 여긴 아키라가 키바야시와 묶어서 셰릴과 거리를 두는 게 아닐까. 문득 떠오른 그 불안을, 셰릴은 부정할 수 없었다.

"뭔 일 있어?"

"아뇨. 아무 일도 아니에요."

"그래? 아, 맞다. 연락처 정도는 교환하지. 아키라에게 무슨 일이 생기면 언제든지 연락해 줘."

"그, 그럴게요. 감사합니다."

이로써 셰릴은 쿠가마야마 시티의 간부급이라는 연줄을 얻었다. 도시 간부를 상대로 싫다고는 말할 수 없었다.

그 뒤, 아키라가 유물을 팔러 왔다. 그러나 환담할 겨를도 없이, 아키라는 키바야시를 따라서 유미나와 함께 자리를 떴다. 셰릴은 그것을 아쉽게 여기면서도 아키라의 유물을 확인하려고 건네받은 상자를 열었다. 그리고 놀란다.

"비올라 씨. 구세계산 정보단말은, 이렇게 많이 발견되는 물건인가요?"

비올라도 똑같이 놀라고 있다.

"이렇게 쉽게 찾아내는 물건이, 하나에 5000만 오럼으로 팔릴 리가 없잖니……."

"그렇죠……?"

아키라에게 받은 상자 안에는 다른 유물에 섞여서 구세계산 정보단말이 다수 있었다.

◆

가져온 유물의 취급을 셰릴에게 부탁한 아키라는 키바야시와 함께 거점의 응접실로 갔다. 유미나도 동행했다.

아키라의 맞은편에 유미나와 함께 앉은 키바야시가 흥겹게 말하기 시작한다.

"아키라. 요전번의 소동, 또 요란하게 저질렀다며? 말해 주지 그랬냐."

"너한테 말하면 어떻게 되는데?"

"내가 기뻐하지. 나는 이래 봬도 도시에서는 꽤 좋은 자리에 있다고. 비위를 맞추면 여러모로 득이 될걸?"

아키라는 노골적으로 질색하는 표정을 지었다.

그런 아키라의 태도에 유미나가 당황한다. 유미나도 도란캄 사무 파벌의 헌터다. 도시의 힘은 잘 알고 있다. 그 도시 간부급 직원이면 기본적으로 도란캄의 간부인 미즈하가 겸손을 떨어야 할 상대다.

유미나의 감각으로는, 그러한 상대에게 아키라 같은 태도는 엄금이다. 카츠야가 똑같은 태도를 보이면 때려서 말려야 할 정도였다. 가슴을 졸이며 키바야시의 눈치를 본다.

그러나 키바야시는 조금도 불쾌해하지 않았다.

"너는 여전하구나. 뭐, 그런 녀석이니까 나를 즐겁게 해주는 거겠지만."

키바야시의 그 반응에 놀라는 유미나가 보는 앞에서, 아키라가 다시 한숨을 쉰다.

"그래서? 갑자기 무슨 일로 왔어? 그 전에, 무슨 일이든 미리 연락해 줘."

"뭐가 어때서. 나랑 너 사이잖아?"

"그렇다면 더더욱 연락해 줘."

"너무한걸. 언제나 좋은 안건을 가져오는데."

"언제?"

"언제긴, 언제나 그랬지. 내가 너한테 안건을 가져오는 시점에 서는, 언제나 너를 위한 내용이었을 텐데? 돈이 잘 벌리는 일을 소개해 준다거나, 도시의 사정으로 거절할 수 없는 성가신 일이 있을 때는 단단히 준비할 수 있게 미리 연락해 준다거나 말이다. 그런 다음에 사태를 성대하게 키워서 나를 폭소하게 하는 게 너지. 안 그래?"

아니라고 단언하지 못하고, 아키라는 살짝 인상을 썼다. 그리고 작게 한숨을 쉰다. 그런 아키라를 보고, 키바야시는 유쾌하게 웃었다.

"그래서? 무슨 일이야?"

"아아, 오늘은 쿠가마야마 시티의 직원으로서 너에게 의뢰를 가져왔다. 미안하지만, 사실상 강제라고 생각해 달라고."

"또……?"

아키라는 다시 노골적으로 질색하는 표정을 지었다. 키바야시가 즐겁게 쓴웃음을 짓는다.

"그런 얼굴 하지 말라고. 사실상 강제인 건 맞지만, 평범한 헌터라면 두 손 들고 기뻐하고, 거절할 리가 없는 의뢰다. 뭐니 뭐니 해도, 헌터 랭크 조정 의뢰니까 말이지."

그 의뢰의 의미를 모르는 아키라가 괴이쩍게 여기는 앞에서, 유미나가 놀란 표정을 짓는나. 그 반응에 어리둥절한 아키라를 보고, 키바야시는 설명을 보충하기 시작했다.

 헌터 랭크는 그 헌터의 실력을 평가하는 것이다. 물론 단순히 평가라고 해도, 전투 능력이나 유물 수집 능력 등, 유능한 헌터로 보는 기준은 다방면에 걸친다. 일률적으로 볼 수는 없다.

 그래도 헌터 랭크가 같다면 종합적으로는 동급의 실력이 되도록, 일단은 헌터 오피스 측에서도 신경을 쓰고 있다.

 이로써 헌터를 고용하는 측은 상대의 능력을 파악하기 편해져, 실력에 맞는 보수를 계산하기 편해진다. 또한, 헌터 측도 자기 능력을 비교적 간단하게 상대에 알릴 수 있으므로, 과대평가나 과소평가가 아닌 적절한 대우를 받을 수 있게 된다.

 헌터 오피스는 그 평가 기준인 헌터 랭크의 결정권자로서, 헌터들에게 강한 영향을 미친다. 헌터 랭크는 잘못 다루면 강력하게 무장한 무법 집단으로 변모할 우려가 있는 헌터라는 존재를 효율적으로 관리하는 데 보탬이 됐다.

 그러나 그것도 헌터 랭크에 따른 평가가 올바르게 기능해야 가능한 이야기다.

 대상의 헌터 랭크에서 추측하는 실력과 실제 실력 사이에 작은 차이가 발생하는 정도라면 문제없다. 헌터 활동을 계속하는 동안에 수정, 조정이 이루어진다.

 하지만 그 차이가 헌터 랭크라는 평가 시스템을 왜곡할 수 있을 정도로 커지면 이야기가 달라진다.

 그 왜곡을 방치하면 제 기능을 하지 못하는 시스템에 대한 불신이 헌터 랭크의 의미를 사라지게 한다. 그 숫자에서 헌터의 명예를 추구하고, 헌터 랭크를 1이라도 올리기 위해서 사력을 다하는 자들에 대한 모욕이 되고, 분노를 유발한다. 그것은 헌터 오피스에 대한 불신이 되고, 동부의 통치에 큰 영향을 미치게 된다.

그것을 방지하고자, 헌터 오피스는 그 실력이 헌터 랭크에 비해 현저하게 뛰어난 헌터를 발견하는 즉시 해당 인물의 랭크를 적절한 수준으로 올리고 있다. 그러나 헌터 랭크는 그 헌터가 통기련에 공헌한 정도를 나타내는 측면도 있다. 대단한 성과도 없는 자의 랭크를, 강하다는 이유만으로 올릴 수는 없다.

그래서 헌터 랭크를 올리기 쉬운 의뢰를 알선하는 것으로 대응한다. 헌터 랭크 조정 의뢰란, 그 특별한 의뢰를 가리키는 말이다.

아키라는 키바야시에게 헌터 랭크 조정 의뢰의 설명을 한차례 듣고도 딱히 기뻐하는 기색을 보이지 않았다.

한편, 유미나는 놀라움을 드러냈다. 헌터 랭크 조정 의뢰의 알선은, 당신은 헌터 랭크 시스템에 영향을 줄 정도로 매우 강력한 헌터라고 헌터 오피스에서 직접 말해 주는 것과 같은 뜻이다. 단순한 헌터의 명예를 넘어서는 일이다.

유미나는 도란캄 소속의 헌터로서 그 의미를 잘 알았다. 그만큼 놀라움도 컸다.

아키라와 유미나, 일반적이지 않은 헌터와 일반적인 헌터의 반응 차이를 만끽한 키바야시가 당연히 그래야 한다며 즐겁게 웃는다.

"태도가 여전하군. 보통 헌터라면 기뻐 날뛰어도 이상하지 않은 일인데?"

"어차피 뭔가 속사정이 있을 거잖아?"

"있지."

"있어?"

"있다."

지금껏 경험한 바로 슬쩍 해본 말에 예상을 조금 벗어난 대답을 들어서, 아키라는 의아한 얼굴을 했다.

한편, 예상했던 반응을 본 키바야시는 그때부터 협상을 시작한다.

"알고 싶냐? 이 의뢰를 긍정적으로 받아주면 가르쳐 주마."

"거절할 수 없다며……?"

"기본적으론 그렇지. 하지만 뭐, 네가, 시끄러워, 내가 알 바 아니야, 하고 성질을 부리면 우리도 손쓸 방법이 없다."

의아한 얼굴을 한 아키라에게, 키바야시가 즐겁게 이야기를 계속한다.

"이 의뢰는 쿠가마야마 시티의 관할에서 이루어지는 거니까, 거절했다간 자칫하면 도시를 적으로 만들지. 하지만 그것도 활동 장소를 다른 도시로 옮길 각오가 있다면 어떻게든 된다. 그리고 너는 그런 소리를 할 수 있고, 그러고도 남을 녀석이지. 안 그러냐?"

아키라가 침묵한다. 슬럼의 뒷골목에서 뛰쳐나온 시절이라면 아키라도 그렇다고 단언할 수 있었다. 하지만 지금은 그렇다고 단언할 수 없을 정도로는 아키라도 이 도시에 있을 이유가 생겼다.

그러나 그것도 아니라고 대답할 만큼 강한 게 아니다. 그 흔들림이 아키라를 침묵하게 했다.

키바야시가 그런 아키라의 반응을 조금 의아하게 여긴다. 그리고 아키라의 기분에 맞춰서 이어지는 말을 조정한다.

"뭐, 기본적으로는 받아서 득만 보는 의뢰다. 거절할 이유도 없잖아? 그리고 속사정이 있기는 하지만, 그것도 딱히 어딘가의 누군가가 너를 해치려는 게 아니야. 들어보면 너도 납득할, 매우 알기 쉬운 이유다."

그리고 키바야시는 어딘지 득의양양하게 웃었다.

"그리고 내가 의뢰의 협상을 맡은 것도 다 너를 생각해서 그런 거다. 예전에도 말했지? 나는 네가 마음에 드니까 편의를 봐주겠다고. 요란하게 날뛰어서 즐겁게 해주길 바라는 건 사실이지만, 그것도 진심이다. 거짓말이 아니고, 거짓말이 아니었잖아?"

좋든 나쁘든 믿을 수 있는 그 말에, 아키라는 슬쩍 웃음을 터뜨리듯 표정을 누그러뜨렸다. 그리고 태도를 고친다.

"알았어. 긍정적으로 받아들일게."

"좋아."

이로써 의뢰가 성립했다. 키바야시도 아키라가 여기까지 와서 말을 번복할 사람이 아니라고 아니까 만족스럽게 웃었다.

"그러면 자세한 의뢰 설명은 나중에 하고, 속사정부터 이야기해주지. 그렇군. 우선은……."

키바야시는 잠시 자기 머릿속을 정리했다. 그리고 아무것도 아닌 것처럼 말하기 시작한다.

"슬럼의 양대 조직이 항쟁을 벌였지? 인형병기 간의 전투도 있었던, 그 요란한 소동 말이다. 너도 알다시피, 그건 도시에서 주도한 건데……."

그때 예상을 벗어난 말을 들은 유미나가 기침했다. 그 탓에 잠시 이야기가 멈춘다.

"키바야시. 그런 걸 이 자리에서 말해도 돼?"

"이 아이는 도란캄 사무 파벌 소속의 헌터다. 헌터로서 입방정을 떨지 않는 윤리와 양식이 가득하다고 믿지."

"애초에 왜 유미나를 데려왔어? 아니, 뭐든 이유가 있겠지만 말이야."

"헌터 랭크 조정 의뢰로 조금 말이지. 관계자로서 사정을 알아두는 게 좋을 거니까 데려왔다."

"흐응."

그 유미나는 키바야시에게 아무런 설명도 못 듣고 이 자리에 동행했다. 도시 간부급이 부탁하면 도란캄 사무 파벌 소속의 헌터로서는 거절할 수 없다. 군소리 없이 동석했다.

그러나 이번만큼은 입을 연다.

"아, 아키라…… 그 소동의 원인이, 쿠가마야마 시티였어? 아, 아키라도 알고 있었어?"

"처음부터 알았던 건 아니고, 막판에 가서 아마도 그럴 거라고 눈치챘을 뿐이야."

"그, 그래……?"

그 소동으로 대체 몇 명이 죽었는지, 유미나도 정확히는 모른다. 도시의 뉴스에서는 슬럼에서 다수의 사상자가 발생했다는 소식만 보도했다. 그래도 상당히 많은 사망자가 발생했다는 것 정도는 상상할 수 있다.

그 정도의 소동을 도시가 주도한 것을 알고도 태연하게 있는 아키라의 반응과 그것을 실시한 도시 측 관계자인 키바야시의 평범한 태도에, 유미나는 압도당했다.

키바야시가 유미나를 보고 어딘지 의미심장하게 웃는다.

"자리에서 물러나겠어? 딱히 무리해서 들려줄 마음은 없다. 너는 아키라의 친구 같고, 아무것도 안 알려주고 이것저것 시키는 것보다는 나을 것 같다고 생각했을 뿐이니까 말이니까."

"모르는 게 낫다는 말인가요?"

"섣불리 퍼뜨렸다간 곤란해지는 녀석도 있는 건 사실이지. 도란캄 사무 파벌이 도시와의 관계를 강화했다고는 해도, 그 실태를 아는 건 간부밖에 없을 거다. 말단에게 뭐든 다 알려주지는 않을 걸?"

유미나가 망설인다. 그리고 결론을 내렸다. 놀라서 허둥대던 표정을, 그 각오가 진지하게 덧칠한다.

"있을게요…….."

"알았다. 그러면 마저 이야기하지."

키바야시는 다시 이번 헌터 랭크 조정 의뢰의 속사정을 이야기하기 시작했다.

슬럼의 양대 조직이 시작한 항쟁은 야지마 중철과 요시오카 중공의 개입으로 두 기업의 신형 인형병기를 선전하는 자리가 되었다.

그러나 아키라 때문에 물거품이 된다. 두 기업이 기대하는 신제품은 그 성능을 숫자로 판단했을 때, 고작 헌터 랭크 30 정도인 자에게 패하는 성능밖에 없다는 처참한 평가를 받게 되었다.

물론 잘 아는 사람이 보면 그 평가가 잘못됐고, 단순히 아키라가 너무 강하다는 걸 알 수 있다. 하지만 잘 모르는 사람도 있다. 헌터 랭크 시스템이 정상적으로 기능하지 않은 폐해로, 역시 그 정도의 성능이라고 느끼는 사람도 많다.

야지마 중철의 백토는 대규모 부대 편제로도 요시오카 중공의 흑랑을 꺾지 못했다. 그 흑랑은 쿠가마야마 시티에서 활동하는 수준의 헌터도 못 죽였다. 그야 헌터 랭크 30 정도와 호각인 것은 오류겠지만, 기껏해야 그 정도겠지. 극단적인 수정이 필요한 특이 사례로 칠 정도는 아닐 것이다.

정말로 그렇게 여기는 사람도 있고, 사실을 알면서도 비난할 근거로 써먹는 다른 기업도 있다. 쿠가마야마 시티도 납품가를 깎는 근거로 이용하려고 한다. 야지마 중철과 요시오카 중공은 곤란한 처지가 되었다.

두 기업은 그 상황을 뒤집기 위해서, 쿠가마야마 시티에 압력을 행사해 아키라에게 헌터 랭크 조정 의뢰를 알선하기로 했다.

아키라의 실력이 헌터 랭크에 비해 현저히 뛰어난 건 사실이다. 두 기업의 요청은 간단히 통과되었다.

키바야시가 이야기를 마무리한다.

"뭐, 그런고로 아키라에게 헌터 랭크 조정 의뢰가 나온 건 주로 야지마 중철과 요시오카 중공의 사정이다. 내가 말하기도 뭐하지만, 네가 헌터 랭크 30이라는 건 너무 사기잖아. 무슨 농담인가 싶은 소리다."

"그런 소리를 해도……."

"딱히 네가 잘못했다는 건 아니야. 하지만 여러모로 오해를 부르는 건 사실이라고. 너도 경험한 적이 있지? 좋은 기회야. 이참에 최대한 올려 보라고. 너는 모르겠지만, 헌터 랭크를 50 정도로 올리면 탄약을 살 때 큰 혜택이……."

"알아. 한 발에 500만 오럼인 안티 포스 필드 아머탄을 500오럼에 살 수 있다는 거잖아?"

"뭐야. 알고 있었냐. 그런 것도 모르니까 그만한 장비를 갖추고도 헌터 랭크에 무관심한 줄 알았는데……."

실제로 그랬던 아키라는 침묵하고 흘려넘겼다. 그 대신 지금껏 조용히 이야기를 듣던 유미나가 입을 연다.

"저기, 키바야시 씨. 하나 여쭙고 싶은데요, 아키라는 그 정도로 강해요?"

"백문이 불여일견이라고 하지. 한번 보겠나?"

키바야시는 그렇게 말하고 정보단말을 꺼내 유미나에게 영상을 전송했다. 그것을 유미나가 종합 지원 강화복의 디스플레이 장치를 통해서 본다. 그것은 흑랑과 싸우는 아키라의 모습이 담긴 영상이었다.

그 터무니없는 내용에 할 말을 잃은 유미나의 앞에서, 아키라가 똑같은 영상을 보고 조금 괴이쩍은 얼굴을 한다.

"키바야시. 이건 어떻게 구한 거야?"

"응? 촬영 방법을 물어본 거라면, 너와 싸운 인형병기에서 구한 거다. 평가는 끔찍했다고 해도, 그 싸움은 야지마 중철과 요시오카 중공의 신형 인형병기의 선전장이었으니까 말이지. 기록이 잘 남았다고."

"이 영상이 돌아다니고 있어?"

"일단 도시의 내부 자료다. 세간에는 퍼지지 않았을 테지만, 관계자를 포함해서 이걸 본 녀석은 제법 많겠지."

"그런가……."

키바야시가 흥겹게 말한다.

"거참, 실제로 봐도 굉장한걸. 대단해. 처음 봤을 때는 폭소했거든? 인형병기는 강화복을 입고서 해치울 상대가 아니라고. 무리 무식무모도 정도껏 하라고 말이다."

알파에게 서포트를 받으며 사력을 다하는 자신의 싸움을 보고, 아키라도 확실히 굉장하다고 느꼈다. 그러나 한편으로는 자신의 실력이 아니라고 여기고, 그 영상이 자신의 실력을 증명하는 것으로 존재한다는 것에 복잡한 기분도 들었다.

그리고 유미나는 아키라의 실력에 그저 압도당했다.

헌터 랭크 조정 의뢰의 숨겨진 경위를 다 설명한 키바야시가 드디어 본론인 의뢰 이야기를 시작한다.

"그래서 의뢰의 내용 말인데, 헌터 활동의 장소를 쿠즈스하라 시가지 유적 중심부, 후방 연락선 주변으로 한정하는 것 말고는 세세한 지정 사항이 없다."

"무슨 뜻이야?"

"헌터 랭크를 올리는 게 주목적이니까 말이다. 기본적으로는 마음대로 해도 좋다는 거다. 몬스터를 해치워서 후방 연락선 연장에 공헌해도 좋고, 유적 중심부에서 유물을 수집해도 좋고. 마음대로 해라."

후방 연락선의 끝자락에서 성실하게 헌터 활동만 하면, 뭘 해도 헌터 랭크가 오른다. 그러니까 세세한 지정은 없다. 마음대로 하라는 소리를 들어도 곤란하다면 이쪽에서 일을 지시한다. 키바야시는 그렇게 말했다.

"유물을 수집할 거면 네가 모은 유물을 도시에서 전부 사들일 거다. 미안하지만 값을 후려칠 거야. 다만 그만큼 헌터 랭크가 잘 올라가지. 뭐, 그러라고 하는 의뢰니까. 그 점은 좋게 봐달라고."

그렇게 전제를 깔고서, 키바야시가 말을 꺼낸다.

"그리고 그 절충안으로, 아키라 너한테는 동행자를 한 명 붙일 거다."

"동행자?"

"그래. 다만 전력 면에서는 기본적으로 도움이 안 된다고 생각해라. 나쁘게 말하면 감시자지. 마음대로 해도 되는 만큼, 헌터 랭크가 올라가게 똑바로 성과를 내달라는 뜻이다. 그리고 의뢰 중에 수집한 유물을 다른 데 팔면 곤란하다는 이유도 있지."

그 설명을 듣고, 아키라도 일단 납득했다. 그러나 조금 복잡한 얼굴을 한다.

"뭘 말하고 싶은 건지 알겠지만, 유적의 중심부에 짐짝을 데려가라는 뜻이라면 그 녀석의 경호 수당을 받고 싶은데?"

"그건 이해한다. 다만 그 보수는 대부분 헌터 랭크를 올리는 내부 점수로 삼을 거다."

"아하, 그런 거군."

도시에서 파견한 인원을 잘 지켰다. 그것도 도시에 대한 공헌이다. 유물 수집이나 몬스터 토벌의 성과가 미묘해도, 그걸 이유로 헌터 랭크를 올리는 거겠지. 아키라는 그렇게 이해했다.

"그런 거다. 그리고 그 동행자가 유미나 양이다."

"어?"

"네?"

아키라와 유미나의 목소리가 겹쳤다.

유미나를 짐짝이라고 단언하고 말았다. 그렇게 생각한 아키라는 속으로 허둥대기 시작했다.

그리고 아무것도 들은 적이 없는 유미나는 더 허둥댔다.

"저, 저기, 키바야시 씨. 어떻게 된 일이죠?"

아키라도 그 반응에서 유미나가 아무것도 들은 바가 없음을 눈치챘다.

"키바야시. 어떻게 된 일이야?"

"뭐야, 유미나 양이 싫어?"

"그, 그런 건 아니지만……."

"뭐, 아는 동행자나 희망하는 사항이 있다면 말해. 내가 그 녀석과 협상하지. 다만 더 바라는 게 없다면 유미나 양으로 한다. 아, 내가 그렇게 정한 건 아니야. 상황적으로 그렇게 된 거지."

"그게 뭔데?"

"알려줘도 좋지만……."

키바야시는 그렇게 말하고 유미나를 봤다.

"도란캄 사무 파벌의 내부 사정과도 관계가 있는데. 듣고 싶나?"

듣지 않고 자리를 떠도 좋다. 키바야시는 유미나에게 다시 물어봤다.

유미나가 진지한 얼굴로 대답한다.

"들을게요."

"알았다. 그러면 이야기해 주마."

키바야시는 흥겹게 웃고는 유미나가 아키라의 동행자가 된 이유를 설명하기 시작했다.

야지마 중철과 요시오카 중공은 쿠가마야마 시티 도시 방위대의 인형병기 도입을 두고 경쟁하고 있지만, 방위대 장비의 납품 경쟁은 인형병기에 한정된 이야기가 아니다. 방위대에 납품하는 모든 장비에서, 어느 정도의 차이는 있어도 경쟁이 발생하고 있다.

유미나가 사용하는 종합 지원 강화복의 개발처인 기령에서도 도시의 종합 지원 시스템 도입을 추진하고 있었다.

종합 지원 시스템은 부대 전체의 효율화만이 아니라, 부대의 지휘계통을 현장에 없는 자가 제어하기 편하다는 점에서도 우수하다. 즉, 개인적으로 움직이는 헌터보다도 완전히 조직적으로 움직이는 자들의 사용에 더 적합한 부분도 많다.

슬럼의 대규모 항쟁에서는 카츠야 팀이 야지마 중철의 인형병기를 다수 격파하고, 종합 지원 시스템의 성능을 도시 측에 증명했다. 기령 측으로서는 반가운 상황이다.

물론 그 선전 효과도 아키라의 활약으로 반감했다. 강화복 선전의 의미에서는 아무리 생각해도 아키라의 전투 영상이 더 높이 평가받기 때문이다.

기령은 그 아키라가 자사의 강화복을 쓰게 하고 싶다. 그만한 헌터가 자사의 강화복으로 갈아타고 활약하면 큰 선전이 된다. 그래서 뭔가 연줄이 없을지를 생각했다.

흔한 수단으로는 본인에게 영업 공세를 펼친다, 장비 조달처를 공략한다, 친구를 통해서 추천하게 한다, 등이 있다.

본인에게 영업 공세를 펼치는 건 무리다. 기령은 아키라와 직접적인 연줄이 없다. 아키라는 헌터 오피스의 개인 페이지에도 자기 정보를 비공개해서 연락할 수도 없다.

장비 조달처를 공략하기도 어렵다. 시즈카의 가게는 강화복을 취급하지 않고, 발주가 기본이다. 기령의 영향력은 작다. 영업 공세를 펼쳐도 다른 기업과의 경쟁, 소모전이 된다.

그렇다면 친구가 추천하게 하는 것이 되는데, 원래라면 아키라의 교우관계는 좁아서 그쪽도 어려워야 하지만, 이번에는 유미나가 있었다. 도란캄 사무 파벌의 간부인 미즈하가 셰릴과 연줄을 만들고자 아키라의 곁에 보낸 인물이다.

기령은 개발 중인 강화복을 카츠야 팀에 제공한 경위로 미즈하와 연줄이 있다. 유미나를 아키라의 동행자로 끼워 넣는 것 정도는 간단했다.

키바야시가 그것까지 말하고, 유미나를 보고 웃는다.

"그런 경위가 있어서, 너는 아마 내일쯤 상사인 미즈하 씨한테 아키라의 동행자가 되라고 지시받고, 아키라에게 기령의 강화복을 권하도록 간곡히 부탁받을 거다. 거의 확정이지."

"하지만 제가 아키라에게 권하기만 한다고 해서 어떻게 될 일이 아닐 것 같은데요."

"괜찮아. 실패해도. 그쪽은 성공하면 땡잡았다고 생각하는 거겠지. 자사의 강화복을 사용하는 헌터가 랭크 조정 의뢰가 나올 정도의 헌터와 동행해서 함께 싸웠다. 그것만으로 일정한 선전 효과를 기대할 수 있으니까 말이다."

키바야시는 그렇게 슬쩍 대답하고, 이번에는 아키라를 본다.

"물론 그 선전도, 아키라가 이 동행자는 짐짝이었다, 전혀 쓸모가 없었다 같은 식으로 말하면 말짱 꽝이지. 하지만 뭐, 일반적으로 생각해서 친구에게 그런 소리를 하긴 어렵지 않을까?"

"아하."

헌터 랭크 조정 의뢰가 나온 헌터와 동행하고도 짐짝이 되지 않았다. 그것만으로도 강화복 성능의 선전이 된다. 그리고 유미나는 아키라가 불평하지 않게 하기 위한 인원으로도 적합했다.

속사정을 이해한 아키라와 유미나가 복잡한 표정을 짓는 가운데, 키바야시가 이야기를 정리하려고 한다.

"뭐, 나는 그쪽 사정은 아무래도 좋다. 생판 모르는 녀석이 동행자로 붙어서 성가시게 느끼는 것보다, 아는 사람이라면 아키라도 일하기 더 편하겠다고 생각했을 뿐이지. 유미나 양이 싫다면 말해라. 그걸로 이 이야기는 끝이다. 내가 다른 녀석을 준비하지. 어쩔거냐?"

"아니…… 그건, 딱히 유미나가 싫은 건 아니지만……."

전체적인 속사정을 알고 나서 유미나면 된다고 말하는 건 이상하지 않을까 싶어서 아키라가 망설인다. 그리고 고민한 끝에, 유미나에게 판단을 떠넘겼다.

"유미나. 어쩔래?"

"내가 정해도 돼?"

"그래. 억지로 데려갈 마음은 없지만, 거절할 이유도 없으니까."

결단을 상대에게 떠넘겼다는 의미에서, 아키라는 조금 비겁한 짓을 하고 있다. 그러나 친구로 여기는 상대를 자기 판단으로 귀찮은 일에 끌어들이려고 결단할 만큼, 아키라에게는 대인관계의 경험이 아직 부족했다.

그리고 유미나는 결단했다.

"그렇다면 부탁할게."

키바야시가 유미나의 결단을 웃으며 환영한다.

"정해졌군."

이로써 유미나는 헌터 랭크 조정 의뢰에 아키라의 동행자로 참여하게 되었다. 다른 누구의 의지가 아닌, 유미나 자신의 의지로.

제150화 중심부의 몬스터

황야 사양 차량으로 시즈카의 가게를 찾아간 아키라가 탄약을 대량으로 차 짐칸에 싣고 있다. 시즈카는 산더미 같은 탄약을 보고, 본인이 그것을 준비했는데도 그 양에 쓴웃음을 지었다.

"탄약값을 의뢰주가 부담한다고 해도, 또 엄청나게 샀구나."

아키라가 어딘지 득의양양하게 웃고 대답한다.

"괜찮아요. 많다고 곤란한 물건이 아니니까요. 그리고 상대의 사정으로 의뢰를 받은 거예요. 탄약이 떨어지는 걸 걱정하지 않고 쏠 정도의 우대는 있어도 되지 않을까요."

헌터 랭크 조정 의뢰를 받은 아키라는 키바야시와 협상해서 탄약값의 의뢰주 부담을 인정받자마자 곧바로 시즈카에게 탄약을 최대한 주문했다.

하지만 SSB 복합총으로 사용하는 비싼 탄은 시즈카의 가게에서 평소 취급하는 물건이 아니다. 따라서 발주가 기본이다. 그런데도 시즈카는 단기간에 최대한 많은 양을 준비했다.

"하긴 그래. 아키라는 여유롭고 안전하게 싸울 수 있고, 우리 가게의 매출도 돼. 좋은 일이야."

"네. 그러기 위해서라도 마음껏 쏠 거예요. 그러니까 추가 주문도 금방 있을 거예요."

"기대할게."

아키라와 시즈카도 모두 즐겁게 웃었다.

물자 적재를 마치고 운전석으로 돌아간 아키라에게, 시즈카가 웃는 얼굴로 당부한다.

"아키라. 이번 의뢰는 동행자도 있지? 아키라가 무리하지 않는 건 당연하지만, 그 사람도 무리하게 하면 안 된다?"

"알아요. 슬슬 다녀오겠습니다."

"잘해 보렴. 조심하고."

아키라는 가볍게 인사하고 차를 몰았다. 그것을 배웅한 시즈카가 한숨을 쉰다.

"쿠즈스하라 시가지 유적 중심부에서 하는 헌터 랭크 조정 의뢰……. 괜찮을까?"

그리고 조금 끙끙댄 다음에 낙관적으로 웃었다.

"뭐, 동행자의 경호를 겸한다고 했으니까, 괜찮겠지?"

아키라도 동행자의 안전을 생각해서 평소보다 신중하고 여유롭게 행동하겠지. 그만큼 무리하지 않을 것이다. 그렇다면 괜찮을 거라고 생각하며, 시즈카는 가게 창고에서 가게로 돌아갔다.

◆

쿠즈스하라 시가지 유적 중심부에서의 헌터 활동 준비를 마친 아키라는 전선 기지 근처에 바이크를 세우고 유미나를 기다리고 있었다.

짐칸에 탄약을 가득 채운 황야 사양 차량은 전선 기지 주차장에 댔다. 이로써 탄약을 보급하려고 집으로 돌아갈 필요가 없어졌다.

한동안 기다리자 유미나가 차를 타고 나타난다. 한눈에 황야 사양임을 알 수 있는 두꺼운 장갑을 지닌 병력수송장갑차다. 기관총 같은 무장은 탑재하지 않았다. 그 대신 지붕에 해치가 있고, 측면 문도 열린 부분이 발판과 방패가 되는 구조다.

이동 중에 몬스터가 습격했을 때는 탑승자가 자기 무장으로 대처한다. 어지간한 전투차량보다 탑승자가 더 강하므로, 차에 요구하는 건 공격력보다 방어력. 그런 요망에 부응한 차종이다.

유미나가 차에서 내리고 아키라에게 말을 건다.

"기다렸지? 어…… 오래 기다리게 했어?"

딱히 유미나도 약속 시간보다 늦게 온 게 아니다. 그러나 아키라의 분위기가 왠지 모르게 오래 기다린 느낌이어서, 조금 미안한 투로 말했다.

이전에 캐럴과 비슷한 말을 주고받은 기억이 있는 아키라가 웃으며 비슷하게 말한다.

"지금 막 왔어……라고 말하는 게 좋아?"

유미나가 조금 의아한 표정을 짓는다. 그리고 뭔가 재밌는 것처럼 웃었다.

"그러네. 그렇게 말해 주면 좋겠어. 내가 아키라를 기다리게 하는 바람에 헌터 랭크 조정 의뢰를 늦게 시작하면 큰일 나니까."

"그렇다면, 지금 막 온 참이야."

"나도 지금 막 온 참이야. 그러면 출발할까?"

마음 편히 가볍게 농담하는 듯한 대화를 웃으며 마친 아키라와 유미나는, 쿠즈스하라 시가지 유적 중심부를 향해 출발했다.

쿠즈스하라 시가지 유적의 전선 기지에서 뻗어나가는 후방 연락선은 쿠가마야마 시티에서 유적 중심부를 공략하려고 길게 연장한 도로다.

폭은 약 100미터, 양 측면은 몬스터의 침입을 막는 높은 벽으로 가로막혔다. 잘 정비된 노면은 거의 직선으로, 바닥에 널브러진 잔해는 어디에도 없다.

원래라면 유적 중심부는 무너진 빌딩 사이를, 길에 널린 잔해를 피하고, 몬스터도 상대하며 나아가야 겨우 도착하는 곳이다. 그 고난을 생략할 수 있는 후방 연락선은 유적 중심부를 목표로 잡은 헌터들에게 큰 지원이 되었다.

아키라도 그 혜택을 누리며 유미나와 함께 그 길을 바이크로 이동한다. 지난번에 츠바키하라 빌딩에 갔을 때의 고생은 대체 뭐였나 싶을 만큼 유적 안을 경쾌하게 이동하고 있었다.

"유미나. 네 차 말인데. 역시 유적 중심부에 가려면 보통은 그 정도의 차량이 필요한 거야?"

그 소박한 의문에, 이미 아키라와의 통신 연계를 마친 유미나가 통신으로 대답한다.

"음. 어떨까? 이 차는 내 강화복을 위해서 준비한 거니까."

"강화복에 차가 필요해?"

"그래. 아, 예전에 말했을지도 모르지만, 나는 종합 지원 강화복이란 걸 쓰고 있어. 그래서 그 지원 시스템을 움직이는 장치를, 이 차에 실은 거야."

기령에서 개발한 종합 지원 강화복은 종합 지원 시스템 사용을 전제로 하는 강화복이다. 사용하지 않으면 평범한 강화복이다.

그러나 그 시스템을 강화복의 제어장치에 탑재하는 것은 처리 능력의 문제로 어렵다. 그래서 별도로 고성능 연산장치를 준비해서 시스템을 운용한다. 유미나의 차에는 그 대형 연산장치가 실렸다.

그 이야기를 들은 아키라가 이상하게 여긴다.

"그거, 사용자에게 무진장 귀찮은 거 아니야? 그 무식하게 큰 연산장치를 일일이 운반해야 하는 거잖아?"

"원래는 부대 단위로 사용하는 거니까. 운반하기 불편하다는 결점이 있어도 부대 전체의 전투력을 향상한다는 이점이 더 크면 팔린다고 판단한 게 아닐까?"

"아, 그런 건가."

아키라는 그걸로 납득했다. 하지만 유미나는 쓴웃음을 짓는다.

"뭐, 나는 이번에 그걸 혼자 쓰지만. 상부의 지시로 말이야."

"고생이 많구나."

"진짜 그래."

그 목소리에 조직의 사정에 대한 감정을 담고, 아키라와 유미나는 즐겁게 웃었다.

후방 연락선을 따라 이동한 아키라 일행이 쿠즈스하라 시가지 유적 중심부에 도착한다. 현재도 연장 작업이 계속되는 후방 연락선의 말단 주변은 중심부의 강력한 몬스터가 후방 연락선에 침입하지 못하도록 엄중한 경비가 이루어지고 있었다.

중무장한 보병부대와 다수의 전차, 인형병기 등이 배치된 상황이 이곳에 발을 들인 헌터들에게 여기가 그만한 위험지대임을 잘 알려준다. 아키라는 평소와 똑같지만, 유미나는 약간 긴장한 기색을 보였다.

유미나가 차에서 내려 아키라의 근처로 다가와 앞으로의 행동 방침을 확인한다.

"아키라. 이제부터 어쩔 거야?"

"글쎄. 우선 적당히 돌아보자. 유물을 수집하더라도, 먼저 주위 지형이나 몬스터의 위험도를 적당히 파악하고 싶으니까."

"알았어. 방침은 그렇게 하자. 그리고 하나 더. 일단 확인하고 싶은데. 아키라, 나도 싸워도 되는 거지?"

"어? 안 될 이유가 없을 것 같은데. 확인하지 않으면 뭔가 문제라도 생겨?"

"아, 왜 있잖아. 내가 몬스터를 해치우면, 그만큼 아키라의 헌터 랭크를 올리기 어려워지잖아? 이건 아키라의 헌터 랭크 조정 의뢰니까, 일단 확인해 두는 게 좋을 것 같아서."

덧붙이자면 유미나는 의뢰의 동행자이면서 경호 대상이기도 하다. 당연히 앞으로 나서서 싸우는 만큼 위험해지므로, 너무 나서지 말라는 소리를 들어도 어쩔 수 없는 부분이 있었다.

"아, 그런 거야? 괜찮아. 걱정하지 말고 마음껏 싸워 줘."

"괜찮아?"

"그래. 그렇게 해서 내가 편해지면 고맙지."

"그렇다면 사양하지 않을게."

걱정거리가 사라진 유미나가 얼굴에 웃음을 띤다. 그러자 아키라가 조금 농담하듯 말한다.

"그리고 더 부탁하자면, 적이 조금 강하다고 생각되면 일찌감치 물러나. 나도 그럴 거지만, 경호하는 내가 먼저 도망치면 안 되니까."

"그렇다면 어쩔 수 없겠는걸. 알았어."

마치 아키라의 투정을 용서하듯이, 유미나도 농담하듯 미소를 지었다.

유적 중심부에서의 활동 방침을 정한 아키라 일행은 본격적인 유적 탐색을 시작했다.

유적 안의 커다란 십자로에서, 아키라가 별생각 없이 오른쪽으로 가려고 한다. 그러자 알파가 만류한다.

『아키라. 그쪽으로 가는 건 그만두자. 거리가 많이 떨어졌다고는 해도, 그쪽은 츠바키하라 빌딩이 있는 방향이야. 접근하지 않는 게 좋아.』

『그래? 알았어.』

아키라는 바이크의 진로를 반대쪽으로 돌렸다.

규칙적으로 늘어선 빌딩 사이에 격자처럼 깔린 도로는 폭도 넓어서, 바이크를 탄 아키라는 물론이고 유미나의 차량도 문제없이 통행할 수 있다. 노면의 열화도 적고, 주위 건물도 다소 금이 간 부분이 눈에 띄는 정도로 붕괴에는 이르지 않았다.

츠바키하라 빌딩 근처에서 본 건물을 장기간 방치하면 이렇게 되리라. 아키라에게 그렇게 생각하게 하는 광경이 펼쳐졌다.

한동안 나아가자 정보수집기가 다수의 몬스터 반응을 포착했다. 반응의 위치를 확대 표시한 아키라가 왠지 낯익은 그 모습을 보고 놀란다.

『알파. 탱크란튤라 무리가 보이는데…….』

그곳에는 무수히 많은 거미형 몬스터가 있었다. 털에 덮인 것도 있고, 금속 외골격으로 몸을 감싼 것도 있다. 평범한 다리가 달린 거미도 있고, 다리에 타이어 같은 것이 달린 개체도 있다. 몸길이가 1미터쯤 되는 소형도 있고, 5미터를 넘는 대형도 있다.

그리고 평범한 거미에는 절대로 있을 수 없는, 대포와 기관총과 미사일 포드 등의 각종 무장이 몸에 달려 있었다.

알파가 가볍게 해설한다.

『엄밀하게는 탱크란튤라란 이름은 현상수배급으로 인정된 변이종의 명칭이야. 그러니까 탱크란튤라 무리는 아닌걸. 저건 거미형 갑각기충 무리야.』

『즉, 탱크란튤라는 아닌 거지?』

『그래. 하지만 저게 변이종의 원형이었을지도 모르겠는걸. 저기서 한 마리가 황야로 나가면 똑같은 변이를 일으킬 확률이 있을 거야.』

『그렇군. 그러면…….』

바이크의 서포트 암에 단 거물 사냥용 SSB 복합총을, 아키라가 웃으며 조작한다. 바이크의 제어장치를 거쳐 대형 총의 총구가 전방에 있는 무리를 향했다.

『또 탱크란튤라가 되기 전에 해치워야지!』

대량의 총탄이 미니건급의 연사 속도로 쏟아져 나간다. 그 한 발 한 발도 위력은 어지간한 총탄을 뛰어넘는다. 그 맹렬한 탄막은 소형 거미를 흔적도 없이 날려 버리고, 대형 거미를 분쇄했다.

하지만 무리 전체를 날려 버리기에는 범위와 위력이 부족하다. 살아남은 거미들이 즉각 반격하기 시작한다. 기관총을 쏘고, 대포를 쏘고, 미사일도 쏴서 아키라를 날려 버리려고 한다.

아키라는 바이크를 능숙하게 움직여서 그것을 회피했다. 격자형으로 뻗은 도로를 거의 직각으로 꺾고, 적의 사선에서 크게 벗어난다. 거기에도 다른 거미들이 있었지만, SSB 복합총을 연사해서 격파한다. 그리고 그 잔해를 지나쳐 내달린다.

그런데도 아키라에게 쇄도하는 총탄의 빗발은 더욱 거세진다. 새로운 거미가 빌딩과 빌딩 사이에서, 그리고 빌딩의 측면, 옥상에서도 출현한다. 나아가 다리에 타이어가 달린 거미가 도로를 고속으로 주행해서 아키라를 뒤쫓는다. 그리고 그 거미들이 각자의 무장으로 아키라를 노린다.

일대는 순식간에 격렬한 포화에 휩싸였다.

아키라의 후방에서 주행하던 유미나는 전투가 시작되기 직전에 차를 급정지해서 빌딩 계곡을 휩싸는 포화에서 벗어났다.

차를 세운 것은 자동 운전도 담당하는 종합 지원 시스템이었다. 적의 규모를 통해서 이대로 전진하면 위험하다고 판단한 것이다. 그리고 그 판단이 옳았음은, 앞에서 펼쳐지는 격전의 광경이 증명하고 있었다.

유미나가 황당함과 감탄을 모두 얼굴에 드러낸다.

"저 안에 뛰어들다니……. 역시 헌터 랭크 조정 의뢰를 받게 할 정도의 헌터라는 거네."

그리고 표정을 굳혔다.

"아차, 나도 싸워야지."

그렇게 말하고 운전석에서 일어난 유미나는 차량 뒤로 서둘러 이동하고, 대형 총을 챙겨서 머리 위에 있는 해치를 통해 지붕으로 나갔다. 그리고 적 무리를 향해 총을 겨누고, 조금 대담하게 웃는다.

"아키라에게 팔고 싶은 장비라면, 그 성능을 잘 보여줘!"

유미나의 현재 장비는 기령이 이번 의뢰를 위해서 새로이 마련한 고성능 제품이다. 지금껏 사용했던 장비와는 가격대가 근본적으로 다른 물건으로, 헌터 랭크가 50인 사람이 사용해도 이상하지 않을 정도의 성능을 지녔다.

동행하는 유미나의 활약을 근거로 자사 제품을 아키라에게 추천하려면 그만한 장비가 필요하다. 기령에서는 그렇게 판단했다.

유미나가 방아쇠를 당긴다. 어지간한 강화복으로는 정상적으로 다룰 수 없는 대형 총에서 특대 위력의 탄환이 사출된다. 대기를 가르며 직진한 탄환은 그 엄청난 위력으로 눈에 보이는 궤적을 남기며 표적에 명중하고, 대형 개체를 날려 버렸다. 나아가 그 뒤에 있던 거미들도 관통해서 휩쓴다.

"위력이 엄청나……. 내가 이런 장비를 얻으려면 얼마나 많은 성과가 필요할까? 횡재했다고 할까."

유미나는 그 성능에 놀라면서도 조금 씁쓸하게 웃었다. 아키라에게 동행하니까 빌리는 걸 허락받은 장비의 질은 그대로 유미나 자신과 아키라의 실력 차이를 드러내는 것이기도 하다. 그렇듯 너무나도 큰 격차에 유미나는 실력 부족을 실감하고, 조금만 한숨을 쉬었다.

유미나가 계속해서 총을 쏜다. 적 무리가 조금씩이나마 확실하게 줄어든다. 당연히 적도 반격하지만, 튼튼한 차체는 그 공격에 버텼다. 또한 차량은 적의 공격을 자동 운전으로 피하려고 시도해서, 후퇴하면서 지그재그로 움직이고 있다.

그렇게 흔들리는 차체 위에서, 유미나는 개방하면 그대로 사격 시의 방패도 되는 해치에 몸을 숨기며 종합 지원 시스템의 조준 보정을 받아 효과적으로 적을 쏜다.

원래라면 부대 단위로 사용하는 연산 능력을 지금은 유미나 한 사람만을 지원하려고 쓰는 덕분인지, 그 지원에 따른 명중률이 높아서 유미나를 이 자리에서 짐짝으로 만들지 않았다.

하지만 한편으로는 거미형 갑각기충 무리가 아키라만이 아니라 유미나도 강적으로 인식하는 것을 의미하기도 했다.

아키라는 수많은 거미에게 쫓기며, 엄밀하게는 쫓게 하면서, 유적의 빌딩 계곡을 바이크로 내달리고 있었다.

적의 사격을 빌딩 모퉁이를 돌아서 피하고, 쫓아온 거미들이 빌딩 모퉁이에서 나타났을 때 거물 사냥용 대형 SSB 복합총으로 탄막을 퍼부어 격파한다. 가로로 훑는 농밀한 연사로 무수히 많은 거미가 거대한 블레이드로 쓸린 것처럼 위아래로 쪼개져 쓰러진다.

나아가 아키라 자신도 실내에서 싸울 때를 대비해 산 통상판 SSB 복합총을 쥐고, 근처 빌딩 측면에 달라붙은 거미들을 쏜다.

이 실내용이란, 거물 사냥용 SSB 복합총은 너무 커서 건물 안에서 쓰기 불편하다는 의미의 실내용이다. 통상판도 나름대로 크고, 위력도 강하다. 무수한 총탄을 뒤집어쓴 거미들이 온몸이 벌집이 되면서 떨어진다.

그 2정을 동시에 정확히 다루는 것은 지금의 아키라에게 너무 어렵다. 그러나 그 부분은 숫자로 대응한다. 탄약값은 의뢰주 부담. 지금은 아깝다는 말을 머릿속에서 지워서 과하게 연사하고, 떨어지는 명중률을 숫자의 폭력으로 보충했다.

그리고 아키라는 현재, 마음껏 퍼붓는 탄약에 도움받고 있다고는 하나, 자기 힘으로 유적 중심부의 강력한 몬스터 무리와 싸우고 있었다.

『낙승이라고 말할 순 없지만, 제법 어떻게든 되는걸.』

그 사실에 만족하고 무심코 웃는 아키라에게, 알파도 만족스럽게 미소를 짓는다.

『아키라도 그만큼 성장했다는 뜻이야. 이런 느낌으로 가자. 하지만 방심하면 안 되거든?』

『알았어. 애초에 이 녀석들 상대로 방심할 수 있을 만큼, 나는 아직 강하지 않으니까. 그 충고는 조금만 나중에 해줘.』

『알았어. 조금만 나중에. 그 정도로 짧은 기간에 그만큼 강해질 자신이 있다니, 정말 기대돼.』

알파는 그렇게 말하고 의미심장하게 웃었다. 아키라가 쓴웃음을 짓는다. 그러나 한번 내뱉은 말이 거짓말이 되지 않도록, 기운을 내서 호탕하게 웃고 받아쳤다.

『그래. 기대해 달라고.』

그리고 우선은 이 몬스터 무리를 해치워서 실력을 키우고자 더욱 치열하게 총을 쐈다.

그대로 아키라는 거미형 갑각기충 무리를 끌고 격자형 도로를 돌고 돌아서, 사격을 반복하고 무리의 숫자를 서서히 줄여 나간다. 일대를 다섯 바퀴 정도 돌았을 즈음에는 아키라를 쫓는 무리의 규모는 3분의 1 정도가 되었다.

탄약을 상당히 많이 소비했지만, 이제는 꼼꼼하게 섬멸하기만 하면 된다. 아키라가 그렇게 여겼을 때, 유미나에게 통신이 들어온다.

"아키라. 미안해. 먼저 후퇴하게 해줘. 제법 버텼다고 보지만, 더는 무리야."

초반에는 아키라가 무리를 대부분 끌고 갔다. 그러나 유미나가 애쓰면서 서서히 유미나를 표적으로 삼는 거미들이 늘어나더니,

마침내 유미나 혼자서는 대처할 수 없는 규모가 되고, 지금은 차 밖으로 나가서 공격하기도 어려운 상태가 되었다.

종합 지원 시스템은 꽤 오래전에 후퇴를 권하는 지시를 내리고 있다. 그런데도 유미나가 '조금만 더' 하고 버틴 결과였다.

"알았어. 지원은 필요해?"

"너한테 여유가 있으면 부탁할게. 무리라면 됐어. 후방 연락선 경비대가 있는 데로 도망칠 때까지는 장갑이 잘 버틸 거니까 괜찮아."

"알았어. 금방 갈게."

통신을 마친 아키라가 표정을 굳힌다.

『알파. 훈련은 끝났어. 서포트해 줘.』

『알았어. 얼마나 서포트할까?』

『전력으로 부탁해. 유미나를 경호하는 것도 일인데, 조금 게으름을 피운 것 같으니까. 이쯤에서 만회하러 가자.』

『알았어. 그렇다면, 쓸어 버리자.』

지금까지도 자기 힘으로 잘 싸우던 아키라에게, 이때부터는 알파의 서포트가 추가된다. 전투의 기준이 아키라의 훈련에서 적 섬멸로 바뀌었다.

제법 속도를 내던 바이크가 갑자기 진로를 억지로 반전한다. 타이어의 접지 기능으로 노면을 깨부술 것처럼 붙들고, 관성을 힘으로 상쇄해서, 반대 방향으로 가속했다.

그리고 아키라를 뒤쫓던 무리를 향해 돌진한다. SSB 복합총 3정이 동시에 최대 화력, 최대 효율로 공격하기 시작했다.

첫 번째는 아기라가 직접 든 통상편이다. 집중해서 체감시간을 조작하며, 적을 단단히 조준하고 쏜다. 나아가 지금은 알파의 서포트로 조준 보정도 받고 있다. 숫자로 명중률을 보충할 필요가 없다. 모든 탄환이 표적의 약점과 급소에 빨려들듯 명중하고, 적을 무자비하게 격파해 나간다.

두 번째는 바이크에 달린 거물 사냥용이다. 알파의 조작으로, 바이크에 연결된 서포트 암 총좌의 사격으로는 느껴지지 않을 만큼 정밀하게 적을 노리고 쏜다. 더군다나 그것을 얼핏 봐서는 기관총 소사처럼 여겨지는 연사로 실행한다. 위력과 정밀성을 겸비한 탄환의 탄막은 수많은 거미를 손쉽게 집어삼켜 분쇄한다.

그리고 세 번째는 바이크의 다른 서포트 암 총좌에 부착한 총이다. 거기서 날리는 것은 탄환이 아니라, 직경이 5센티미터쯤 되는 소형 미사일이었다. 총에 장착한 대형 확장탄창에서 체적을 무시했다고 볼 수밖에 없는 소형 미사일이 대량으로 공급되고, 연달아 날아간다.

무수히 많은 소형 미사일이 허공을 날아서 적을 덮친다. 직선인 사선으로는 노릴 수 없는 빌딩 뒤편에 있는 거미에도 무자비하게 쇄도한다. 한 발로는 해치울 수 없는 튼튼한 장갑으로 몸을 감싼 대형 거미도 차례차례 명중해서 격파한다.

일정한 유도성이 있다고는 하나, 아키라가 평범하게 쏴서는 이렇게 되지 않는다. 복잡한 궤도를 그리며 적의 포화를 헤집고 들어가는 알파의 제어가 없으면 성립할 수 없는 공격이었다.

아키라는 그렇게 SSB 복합총 3정으로 일제 공격을 계속하며 거미형 갑각기층 무리에 바이크로 뛰어들고, 파고들어서, 무리를 안쪽에서 분쇄해 나간다. 이 일대를 영역으로 삼은 대규모 무리를, 고작 혼자서 섬멸해 나간다.

그리고 아키라는 무리를 돌파했다. 그와 동시에 3정 모두 탄이 다 떨어졌다. 아키라가 지나간 길에는 죽은 거미가 쌓여서 생긴 무더기만이 남았다.

바이크를 세우고 숨을 고른 아키라에게 통신이 들어온다.

"여기는 후방 연락선 경비대다. 지원이 필요하다는 연락을 받았는데, 상황은?"

헌터가 쿠즈스하라 시가지 유적 중심부에서 자신들로는 대처할 수 없는 몬스터 무리 등에 습격받을 경우, 그것들을 끌고 후방 연락선 경비대가 있는 데로 도주하는 것은 허용된다. 중심부 공략을 촉진하기 위한 특례 조치다.

규모가 큰 반응이므로 상당히 큰 무리와 교전하는 거겠지. 이쪽으로 도망친다면 일찌감치 대처할 필요가 있다. 그렇게 판단한 경비대는 먼저 후퇴 중이던 유미나의 차량과 연락을 취했다. 그리고 유미나에게 아키라에 대한 지원을 부탁받았다.

아키라가 가볍게 대답한다.

"아니, 지원은 됐어. 마침 다 해치운 참이야."

"뭐야, 그랬냐? 알았다. 중심부의 몬스터는 강해. 조심하라고."

통신을 마친 아키라가 조금 복잡한 표정을 짓는다.

『조심하라니…… 그런 무리가 사방에 널렸으니까 조심해도 어쩔 수 없지 않을까?』

그 의문에 알파가 웃으며 대답한다.

『그러니까 헌터 랭크를 효율적으로 올릴 수 있는 거겠지.』

『그렇군. 그런 건가. 어쩐지.』

헌터 활동의 장소를 이 일대로 한정한 것. 그리고 키바야시의 기분이 좋았던 것. 아키라는 그 이유를 새삼스럽게 이해하고, 조금 씁쓸하게 웃으며 유미나와 합류하고자 바이크를 몰았다.

◆

아키라와 합류한 유미나가 머리를 숙인다.

"미안해. 나는 예상했던 것보다 발목을 잡은 것 같아."

유미나는 아키라가 금방 간다고 해서, 합류하고 함께 경비대가 있는 데까지 후퇴할 줄 알았다. 그러나 아키라는 나머지 몬스터 무리를 혼자서 다 해치웠다. 더군다나 유미나가 전선에서 이탈한다고 전한 지 얼마 되지도 않아서.

아키라가 강한 건 알았다. 하지만 그 인식은 예상보다 훨씬 어설펐다. 자신이 싸우는 동안, 아키라는 일부러 힘을 조절해서 싸운 것이리라. 아마도 유미나가 발목을 잡는다고 느끼게 하지 않으려고. 유미나는 그렇게 생각하고 조금 좌절하고 있었다.

그런 유미나의 반응에, 아키라가 조금 허둥대며 고개를 좌우로 젓는다.

"아니야, 그런 게 아니라고."

"하지만……."

"아, 그 뭐냐. 짐짝을 데려가게 할 거면 그 녀석의 경호 수당을 달라고, 내가 지난번에 그런 소리를 한 적이 있잖아? 그런 내가 유미나를 내버려두고 싸운 시점에서, 유미나는 발목을 잡은 게 아니야."

그 말에 완전히 동의할 수 있다면 유미나는 침울해지지 않았다. 그러나 아키라의 말이 진심이든, 아니면 단순한 배려든, 자신이 늘어져 있으면 아키라에게 불필요한 부담을 준다고 여기고, 유미나는 기운을 되찾은 것처럼 일부러 밝게 웃었다.

"그래……? 그렇다면 다행이야."

그런 유미나의 웃음을 보고, 아키라도 안심해서 웃는다.

"그렇다면 조금 이르지만, 돌아가 볼까. 첫날이니까, 오늘은 중심부의 감각을 익히러 왔다고 치고, 무리하지 말고 이쯤에서 끝내자."

"알았어. 돌아가자. 중심부의 감각이라……. 첫날 느낌으로는, 무진장 고생할 것 같다는 말밖에 할 수 없어."

"정말 그래."

동의하는 아키라에게, 유미나가 조금 의아한 얼굴을 한다.

"아키라도 그래? 마지막에는 그 무리를 혼자서 해치울 정도로 강한데도?"

"그건 딱히 내 힘인 게 아니니까."

"아키라의 힘이 아니면 뭔데?"

"그건 말이지. '이게 의뢰주가 부담하는 탄약의 힘이다!' 랄까? 그렇게 탄약의 양으로 밀어붙이는 싸움은, 자기 부담이면 절대로 무리야.”

농담조로 말했지만, 아키라는 진심으로 말했다. 엄밀하게는 무한정 쓸 수 있는 탄약만이 아니라 알파의 서포트도 포함해서 대담한 거지만, 자기 돈으로 산 게 아닌 탄약도, 알파의 서포트도, 자기 실력이 아니라는 의미에서는 아키라에게 똑같았다.

그것을 들은 유미나가 속으로 몹시 놀란다.

그건 탄약이 충분히 있다고 해서 어떻게 될 일이 절대로 아니다. 하지만 아키라는 그 정도의 일로 취급하고 있다. 유미나는 그 인식과 감각의 차이에서 근본적인 실력 차이를 느끼고, 무심코 씁쓸하게 웃었다.

“이러니까 아키라에게 헌터 랭크 조정 의뢰가 나온 거야. 그토록 강하면서 헌터 랭크가 30이었다니. 응, 사기가 맞아.”

“그, 그래……?”

웃는 얼굴로 단언한 유미나의 태도에, 아키라가 조금 당혹했다.

◆

아키라 일행은 쿠즈스하라 시가지 유적 중심부에서 오늘의 헌터 활동을 끝마치고 전선 기지로 돌아갔다.

“유미나. 내일도 같은 시간이면 될까?”

아키라는 대수롭지 않게 물어봤지만, 유미나는 당혹스러운 기색을 보인다.

“내, 내일?”

"내일모레가 좋아······?"

조금 의아한 기색인 아키라를 보고, 유미나가 생각한다.

아키라는 여차하면 쿠즈스하라 시가지 유적 중심부에 매일 가려고 한다. 유미나의 감각으로는 매일 제 발로 죽을 고비를 넘기러 가는 것과 다를 바가 없다. 확실하게 정신이 이상하다. 도저히 따라갈 수가 없다.

그러나 아키라의 감각으로 오늘은 오히려 일찍 끝냈다는 것도 이해할 수 있다. 그리고 똑같이 아키라의 감각으로 자신이 발목을 잡은 게 아니라면, 다음은 내일이라고 말하는 것도 이해하지 못할 일은 아니다. 또한, 동행자의 사정으로 아키라의 헌터 랭크 조정 의뢰를 늦추게 할 수도 없다.

그래도 끄덕일 수는 없었다.

"미안해. 아키라. 준비하는 데 시간을 2일 줄 수 있겠어? 기령에서 강화복을 빌린 사정도 있어서, 이것저것 준비해야 하거든. 장비와 차량도 정비해야 하고. 내 사정이라서 미안하지만, 가능하다면 말이야."

"그래? 알았어."

유미나가 진지하게 안도한다.

"고마워. 그래 주면 좋겠어."

이로써 아키라 일행은 1일 일하고 2일 쉬는 흐름으로 헌터 랭크 조정 의뢰를 속행하게 되었다.

그리고 오늘은 이쯤에서 해산하려던 타이밍에 키바야시가 나타났다.

"안녕, 아키라. 오늘은 수고했다."

"키바야시? 무슨 일로 왔어? 성과가 적다고 불평한다거나, 재촉하러 왔어?"

"그렇다면……?"

그렇게 말하고 흥겹게, 의미심장하게 웃는 키바야시를 본 아키라가 귀찮아 죽겠다는 듯이 한숨을 푹 쉰다.

"첫날이야. 오늘은 적당히 가볍게 하고 철수해도 되잖아. 그리고 헌터 랭크 조정 의뢰는 받았지만, 서둘러서 헌터 랭크를 올리란 말은 안 들었어. 천천히 할게."

그것을 들은 키바야시는 숨을 뿜더니, 그대로 큰 소리로 웃었다.

"좋은걸! 역시 너라면 그래야지!"

무심코 괴이쩍은 표정을 지은 아키라에게, 키바야시가 신나게 말을 잇는다.

"너 말이야, 거미형 갑각기충 무리를 뭉갰지? 그 녀석들은 그 일대를 영역으로 삼았는데, 무리의 규모가 너무 크고 강하기도 해서 그 주변에서 유물을 수집하고 싶은 헌터를 얼씬도 못 하게 했거든? 유물 수집에 방해되니까 조만간 적절한 부대를 파견해서 섬멸할 예정이었단 말이지."

키바야시는 그렇게 설명하고, 또 크게 웃었다.

"넌 그걸 혼자 뭉개고 왔으면서, 오늘은 적당히 가볍게 하고 철수했다니…… 좋아! 아주 좋아! 역시 그래야지!"

"고마워. 네가 폭소할 정도의 성과를 냈다면 다행이네."

그렇게 말하면서도 무뚝뚝한 아키라의 옆에서, 유미나는 조금 딱딱하게 웃었다.

역기 그건 그만큼 강한 몬스터 무리였다. 하지만 아키라는 그 무리를 거의 혼자서 해치워 놓고는, 오늘은 적당히 하고 철수했다고 말했다. 자신은 그런 사람과 앞으로도 동행해야 한다. 괜찮을까?

그렇듯 유미나는 불안을 느끼고, 도시 직원 앞에서 표정 관리를 제대로 하지 못했다.

키바야시가 더 말한다.

"맞다. 아키라. 그렇게 말한다면 그 정도로는 성에 안 차겠지. 후방 연락선 연장 작업에 참여하지 않겠어? 쿠즈스하라 시가지 유적의 더 안쪽에서 몬스터와 싸울 수 있거든? 인형병기로 싸우는 게 기본인 위험지대에서의 작업이지만, 너는 그 인형병기와 싸워서 이겼으니까, 조금은 마음에 들……."

"싫어!"

키바야시의 제안을, 아키라는 질색한 얼굴로 거절했다.

그 옆에서 유미나도 무심코 질색한 표정을 지었다. 상대는 도시 직원인데도, 표정을 도저히 숨길 수 없었다.

제151화 유미나의 훈련

 2일 동안의 준비 기간을 두고, 아키라는 유미나와 함께 다시 쿠스스하라 시가지 유적 중심부에 갔다.

 "음. 오늘은 어쩔까? 또 주변을 적당히 돌아볼까?"

 지난번에는 대규모 몬스터 무리만 격파하고 철수했다. 그런데도 키바야시가 폭소할 정도의 큰 성과였던 건 확실하다.

 그러나 적이 너무 강해서 일찍 철수할 수밖에 없었다는 건 사실이다. 중심부의 난이도 감각을 익혔다고 하기에는 너무 이르다. 이제는 한동안 주변 몬스터를 해치우며 돌아다니고, 중심부의 감각을 익히는 게 나을지도 모른다.

 아키라는 그렇게 여기고 넌지시 제안했다. 그러자 유미나가 조금 진지한 얼굴을 한다.

 "아키라. 밑져야 본전으로, 좌우지간 말은 해보자는 정도의 이야기인데, 오늘은 내 지휘에 따라서 움직이면…… 안 될까?"

 "응? 그러면 그렇게 할까."

 "어? 괜찮아?"

 아키라가 순순히 승낙해서, 제안한 유미나가 더 의아한 표정을 지었다.

 "그래, 괜찮아. 뭐, 너무 이상하게 지시하면 곤란하지만."

지난번에 아키라는 자기 입맛에 맞게 싸우는 바람에 유미나를 조금 위험하게 했다. 그것은 아키라가 생각하는 위험의 감각이 유미나와 크게 동떨어진 탓이기도 하다.

아키라는 과거의 잦은 사투와 너무 강력한 알파의 서포트 때문에 위기 상황에 대한 기준이 크게 어긋났다. 그건 아키라 자신도 알지만, 그래도 다른 사람과 얼마나 다른지는 모른다.

유미나와는 앞으로도 한동안 함께 행동할 것이다. 이참에 유미나의 감각을 아는 게 좋겠지. 유미나의 지휘에 따라서 움직이면 그것도 알 수 있을 것이다. 아키라는 그렇게 판단했다.

유미나가 웃으며 말한다.

"고마워. 물론 내 지시를 무조건 따르라고 할 마음은 없어. 뭔가 불만이 생기면 바로 말해 줘. 그 시점에서 아키라의 지휘에 따라 움직이겠다고 약속할게."

"알았어. 그러면 오늘도 잘 부탁해."

"그래. 잘 부탁할게."

아키라와 유미나는 서로에게 웃고, 바로 움직이기 시작한다. 오늘의 헌터 랭크 조정 의뢰가 시작되었다.

유미나의 지휘에 따라서 아키라 일행이 유적의 안을 나아간다. 도중에 몇 번인가 몬스터와 교전했지만, 둘이서 문제없이 물리쳐 나간다.

다음으로 한동안 이동했을 즈음, 이번에는 특정 범위에 있는 몬스터 토벌로 이행한다. 그쪽도 손쉽게 처리했다.

그 몬스터 중에는 거미형 갑각기층을 너무 포식한 탓에 악어로 부르기에는 너무 기묘한 형태로 변화한 대형 폭식 악어도 있었다. 온몸에 달린 대량의 무장이, 어중간한 헌터로는 절대로 맞설 수 없는 존재임을 알려주고 있었다.

하지만 그 폭식 악어도, 아키라 일행에게 집중포화를 맞고 터져 나갔다. 유적 중심부에 서식하는 것이 이상하지 않을 만큼 강력한 몬스터도, 지금은 아키라 일행의 적수가 아니었다.

주변 몬스터를 다 해치우고, 유미나는 한 빌딩 앞에서 차를 세웠다.

"아키라. 여기서 유물을 수집하자."

아키라 일행이 실내용 장비로 빌딩 안에 들어간다. 그러자 유미나의 정보수집기가 곧바로 주변을 조사하기 시작했다. 그 데이터를 바탕으로 종합 지원 시스템이 내부 지도를 자동 작성하고, 두 사람의 디스플레이 장치에 추가로 표시한다.

"오, 굉장한걸."

"편리하지? 바깥 상황도 알 수 있고."

차량의 색적장치는 지금도 색적을 수행 중이며, 그 결과를 외부 지도에 반영하고 있다. 빌딩의 내부 지도는 입체적이어서 알아보기 편하고, 미조사 부분도 외관에서 추정한 형태와 계단 등을 잠정적으로 표시하고 있다. 아키라 일행의 주변에서는 바닥의 상세한 형태도 알 수 있게 세밀하게 표시되었다.

그대로 아키라 일행은 빌딩 내부를 조사해 나간다. 방이 많고 다양한 물건이 있었지만, 그것들에는 손대지 않고 전체를 쭉 둘러

봤다. 몬스터도 있었지만, 대단한 상대는 아니었다.

"아키라. 가져갈 유물 말인데, 내가 골라도 돼?"

"그래. 그렇게 해."

그 뒤로는 유물을 빌딩 안에서 유미나의 차로 운반하는 작업을 반복한다. 차는 금방 꽉 찼다.

"이제 후방 연락선으로 잠시 돌아가자."

최대한 적재한 유물과 함께, 아키라 일행이 후방 연락선으로 귀환한다. 경비대의 옆을 지나서 깔끔한 도로가 나오는 데로 가자, 운반책으로 불리는 헌터들이 대형 트럭과 함께 대기하고 있었다.

유미나가 차 문을 열고 안에 있는 유물을 그들에게 보여준다.

"이거예요. 부탁할게요."

위험한 유적에서 안전한 도시로 유물을 운반해 돈을 버는 것이 운반책이 하는 일이지만, 쿠즈스하라 시가지 유적 중심부에 들어갈 실력은 없다. 비교적 안전한 후방 연락선 안쪽이 한계다.

그래도 아키라 일행이 유물을 도시로 운반하는 수고를 덜 수 있다. 차량에서 유물을 전부 내렸을 즈음, 유미나는 다음 작업을 운반책들에게 맡겼다.

"그러면 아키라. 또 가자."

그 뒤로 아키라 일행은 계속해서 빌딩과 후방 연락선 사이를 왕복하고, 다양한 유물을 운반했다.

가져갈 수 있는 것이라면 뭐든지, 의자나 선반이나 테이블도 챙긴다. 아무리 봐도 단순한 싸구려 의자 같은 물건을 보고서, 아키라가 슬쩍 신음한다.

"유미나. 이런 것도 가져가?"

"응. 아, 나도 딱히 비싸게 안 팔린다고 생각하지만, 그래도 가져가는 이유가 있어. 나중에 자세히 설명할게."

"그런가."

아키라는 일단 납득하고 작업을 계속했다.

그대로 유물을 계속해서 운반하자, 어느덧 해가 질 시각이 되었다. 아키라 일행은 오늘의 헌터 활동을 접고 귀로에 올랐다.

◆

쿠즈스하라 시가지 유적의 전선 기지로 돌아왔을 때, 아키라는 유미나에게 같이 식사하자는 말을 들었다. 잠시 할 이야기가 있으니까 식사도 겸해서. 그러한 제안을 거절할 이유도 없어서 따라간다.

전선 기지는 유적 중심부에서 활동하는 헌터들을 위한 시설도 갖췄다. 의료 시설, 식당, 유물 거래소 등이다. 다만 헌터증이 통행증을 대신해서, 후방 연락선을 사용한 이력이 없으면 들어갈 수 없다.

아키라 일행은 둘 다 문제없다. 다만 그곳에 아이가 있는 건 신기해서, 사람들의 눈길을 조금 끌고 있었다.

식당의 인테리어는 지극히 평범해서, 고급 레스토랑처럼 호화로운 분위기가 아니다. 유적에서 돌아온 헌터가 강화복을 입고 이용하는 것을 고려한, 어떤 의미로 보면 소박한 인테리어다. 그래도 구석구석 잘 청소해서 청결함을 잘 유지하고 있다.

그리고 메뉴에 있는 요리의 가격은 최소 1만 오럼이었다. 그 정도의 돈도 못 내는 미숙한 헌터는 썩 나가라. 그런 무언의 압박이 메뉴에 있었다.

아키라는 메뉴를 보면서 복잡한 얼굴로 끙끙대고 있다.

"끙…… 비싼걸."

그런 아키라를 보고, 유미나는 조금 재밌다는 듯이 웃었다.

"아키라. 그렇게 고민되면 내가 살까? 내가 부른 거니까."

"아니, 괜찮아! 이렇게 비싼 요리를 내가 번 돈으로 사 먹는 경험도 헌터에게는 중요하니까. 이런 기회를 늘려 봐야지."

"헤에, 그게 아키라의 헌터관이야?"

"뭐, 남에게 들은 거지만. 멀쩡한 헌터로 살고 싶으면 번 돈을 헌터 활동이 아닌 데도 쓰라는 말을 들었어."

"그렇구나. 왠지 알 것 같아. 나도 헌터 일을 하지만, 황야 말고 살아갈 장소가 없는 인생을 보내고 싶진 않으니까."

그리고 유미나가 밝게 웃는다.

"하지만 나는 경비로 처리해야지."

"경비? 도란캄의? 이런 식비도 경비 처리가 돼?"

조금 의아한 얼굴을 한 아키라에게, 유미나는 의미심장하게 웃고 대답했다.

"이번에는 말이야. 잠시 할 이야기가 있다고 했잖아? 그 관계로 조금 말이지. 뭐, 그 이야기는 먹으면서 하자. 자, 아키라도 빨리 골라."

유미나가 메뉴를 손으로 가리키고 요리 주문을 재촉한다.

"알았어. 끙……."

아키라는 다시 메뉴를 보며 신음하기 시작했다.

주문한 요리가 나왔을 때, 유미나가 이야기를 시작한다.

"아키라. 오늘은 유물을 수집했는데, 내 지휘는 어땠어?"

"어땠긴. 문제없었던 것 같은데."

"그래? 그렇다면…… 이렇게 물어보긴 뭐하지만, 만약 오늘 아키라가 지휘했다면 내가 지휘한 것보다 나았을까?"

"아니, 그렇진 않을걸. 나는 기본적으로 별생각 없이 하니까. 유미나처럼 척척 잘할 수 없을걸."

"그, 그래?"

조금 무례하게 물어봤다고 여겼던 유미나는 아키라가 아무렇지도 않게 대답해서 조금 당황했다. 그리고 이번에는 왠지 답답한 느낌으로 한숨을 쉰다.

"사실은 있지. 오늘 내가 지휘한 거 말인데…… 그건 내가 한 게 아니야. 그건 종합 지원 시스템의 지휘야."

유물 수집 장소 선정도, 몬스터 대응도, 챙길 유물을 고르는 것도, 운반책 준비도, 전부 종합 지원 시스템이 지시한 것이며, 자신은 거기에 따랐을 뿐이다. 유미나는 그렇듯 뭔가 자백하는 투로 말했다.

"그런 거였어?"

"그래. 그래서 그 지휘 내용은 내 실력이 아니야. 착각하게 해서 미안해."

"아니, 딱히 사과할 필요 없는데. 애초에 네가 종합 지원 시스템을 쓴다는 이야기는 처음부터 들었으니까. 사과할 일이 아니야."

아키라는 그 말을 들으며 유미나에게 조금 친근감이 들었다. 자신도 알파의 서포트를 받고, 그것을 다른 사람이 아키라의 실력으로 착각하기 때문이다.

물론 유미나와는 달리, 아키라는 그 사실을 실토할 수 없다. 그 미묘한 찜찜함과 친근감이 뒤섞여, 아키라는 유미나에게 다시금 호감이 생겼다.

조금도 신경 쓰지 않는 아키라의 태도를 본 유미나도 마음이 편해졌다. 종합 지원 시스템의 지휘 능력임을 미리 전달했으면 또 모를까, 의도적으로 그것을 감춘 것이다. 아무리 상부의 지시라고는 해도 조금 답답한 감이 있었다.

"그렇게 말해 주면 다행이야. 그래서 왜 그렇게 했냐면……."

그리고 유미나가 못마땅한 눈치로 얼굴을 조금 찡그린다.

"뭐…… 간단히 말해서, 종합 지원 시스템의 선전이었어."

그리고 한숨을 쉰다.

"그리고 왜 나한테 그런 일을 시켰냐 하면……."

잠시 말을 멈추고 다시 내쉰 한숨은 아까보다도 무거웠다.

"지난번에 내가 잘한 게 없어서 그렇단 말이지."

유미나에게 특별한 고성능 강화복을 대여한 것은 기령의 선전 전략이다. 헌터 랭크 조정 의뢰가 나올 정도로 우수한 헌터가 자사 제품을 쓰게 하기 위해서, 그리고 자사 제품을 사용하면 그만한 헌터에게도 뒤처지지 않게 활약할 수 있다고 선전하기 위해서다.

유미나에게는 그러기 위한 강화복을, 종합 지원 강화복의 개발 테스트 명목으로 제공 중이다. 따라서 거미형 갑각기충 대규모 무리와 싸운 데이터는 기령 측에도 전해졌다.

그 데이터를 열람한 기령 측은 유미나로는 아키라에게 자사 강화복의 성능을 전투 능력 면에서 선전하기 어렵다고 판단했다. 그래서 유미나에게는 전투가 아닌 다른 면에서, 종합 지원 시스템을 활용한 효율적인 유물 수집 등에서 아키라에게 선전하게 시키는 것으로 방침을 전환했다.

"뭐, 나도 빌린 강화복의 성능을 잘 선전할 정도로 활약하진 못했고. 그런 걸 부탁받아도 어쩔 수 없다고 보지만 말이야."

실제로 아키라는 종합 지원 시스템을 이용한 유미나의 지휘를 칭찬했다. 따라서 그 선전 방침은 틀리지 않았다.

그러나 유미나로선 자신의 실력 부족을 다시 지적받고, 확인하게 된 일이다. 카츠야의 곁에서, 카츠야에게 매달리지 않고, 카츠야에게 도움이 되어서 싸우고 싶다. 그러기 위한 강함을 찾는 유미나에게는 조금 힘겨운 일이었다.

"도란캄의 신인 헌터들은 실력도 별로 없으면서 좋은 장비를 빌리고 까불기만 한다고, 그런 악평이 있었어."

유미나는 조금 뜬금없이 말을 꺼냈다.

"하지만 카츠야는 노력해서 그 평가를 뒤집었어. 다른 사람들도 카츠야랑 함께 싸우고, 활약하고, 그건 틀린 거라고 인식하게 했어. 그런 악평은 뜬소문이라고 말이야."

그리고 그때까지 기쁜 듯 웃으며 말하던 유미나의 얼굴에 그늘이 진다.

"하지만 나는…… 아니었을까……."

유미나는 왠지 슬픈 기색으로 기운 없이 말했다. 모두에게는, 특히나 카츠야에게는 절대로 하지 않을 나약한 말을.

징조는 있었다. 그것은 유미나도 느꼈었다.

요노즈카역 유적에서는 아키라와 함께 싸우는 카츠야의 모습을 방관자 시점에서 보고, 자신과 함께 싸울 때보다 강하다고 느꼈다. 그리고 그때까지 자신은 카츠야의 발목만 잡은 게 아닐까 하고 생각하고 말았다.

과합성 스네이크 토벌전에서는 카츠야의 일갈로 동료들의 움직임이 빠릿빠릿해진 것을 보고 놀랐다. 하지만 놀란 사람은 자기 혼자였다. 현상수배급 토벌전의 긴장과 과도한 흥분, 그리고 도중에 고전하는 바람에 생긴 혼란만 아니었더라면 동료들이 당연히 할 수 있는 일이 아니었을까 하고 생각했다.

그것을 뒷받침하듯, 미하조노 시가지 유적에서 발생한 전투에서는 동료들이 카츠야와 완벽하게 연계하는 가운데, 자신은 거기에 따라가지 못하고 카츠야의 발목을 잡았다. 또한 슬럼에서 있었던 전투에서는 종합 지원 시스템이 카츠야와 함께 싸우는 데 부적합하다고 판단해서 후방으로 돌려지고 말았다.

그리고 지금, 자신은 아키라의 전투에도 따라갈 수 없다. 아키라보다 몇 단계는 성능이 좋은 강화복을 쓰는데도 불구하고, 전투

면에서의 선전을 기령이 포기하고, 다른 면에서 선전할 것을 지시할 정도로.

자신은 카츠야와도, 동료들과도 다르다. 강력한 장비의 힘으로 까불기만 하는, 악평 그대로의 사람이 아닐까. 그런 마음이 유미나의 입에서 나약한 말이 되어 흘러나왔다.

아키라는 유미나가 하는 이야기를 묵묵히 듣고 있었다. 이럴 때 유미나에게 잘 말할 정도로, 아키라의 대인 능력은 좋지 않았다. 조용히 이야기를 듣는다. 그것이 아키라에게 가능한 최대한의 배려였다.

그대로 한동안 두 사람 모두 침묵한다. 우울한 건 아니지만, 즐겁지도 않은 침묵이 깔린다.

그 분위기를 먼저 바꾼 건 유미나였다. 남은 울적함을 전부 토해내는 것처럼 숨을 크게 내쉬고, 일부러 밝게 웃는다.

"아, 그만두자. 분위기가 답답해졌지? 미안해."

그리고 분위기를 얼버무리려고 조금 억지로 화제를 바꾼다.

"그건 그렇고, 아키라는 역시 강하구나. 어떻게 하면 그렇게 강해져?"

"음. 그건 역시 장비와 훈련이 아닐까?"

"흔해 빠진 대답이네."

시시한 잡담을 즐기듯이 웃는 유미나에게 맞춰서, 아키라도 밝게 웃고 대꾸했다.

"흔해 빠졌다고 해도 말이지. 원래 그런 거잖아?"

"그러게 말이야. 하지만 그렇게 강하니까, 뭔가 비결이 있어도 되지 않을까? 뭔가 엄청난 요령이라든지 말이야."

"요령…… 뭐, 있기는 있어."

기분을 풀려고 물어본 거니까 그런 건 없다는 말을 들을 줄 알았던 유미나는, 뜻밖의 대답을 듣고 얼굴에 흥미를 드러냈다.

"어? 있어? 그러면 물어봐도 돼?"

"가속제라는 게 있지? 쓰면 시간이 엄청 느리게 가는 것처럼 느껴지는 거."

"응. 지각 간격 가속 조정제 말이지? 세계를 지각하는 간격인지 뭔지를 가속해서, 체감시간을 상대적으로 늘린다나 뭐라나……. 뭐, 정확한 원리를 아는 건 아니지만."

"나는 그 가속제를 안 써도 비슷한 걸 할 수 있어. 그게 강함의 비결이라고 하면 그렇다고 할 수 있겠고, 요령이라고 하면 요령이야."

유미나의 얼굴에서 웃음기가 사라진다. 그리고 진지한 눈으로 아키라를 봤다.

"자세히 물어봐도 돼?"

아키라와 동행하면 강한 이유를 알 수 있을지도 모른다. 그걸 알면 자신도 강해질지 모른다. 그렇게 되면 다시 카츠야의 곁에서 싸울 수 있을지도 모른다. 유미나는 그렇게 기대하고 아키라의 헌터 랭크 조정 의뢰에서 동행자가 되었다.

찾던 것이 진짜로 있다. 그것이 유미나의 분위기를 바꿨다.

"말해도 되긴 하지만, 조건이 있어."

"뭔데? 뭐든 말해 봐."

유미나에게 맞춰서 진지한 얼굴을 한 아키라가 표정을 슬쩍 풀었다.

"반쯤 농담으로 여기고 들어. 그런 건 불가능하다고 해도 곤란하니까."

그래서 유미나도 침착함을 되찾는다.

"알았어. 이상한 소리를 해도 웃지 않겠다고 약속할게. 이러면 될까?"

"그래."

아키라 일행은 식사하면서 담소하는 분위기로 돌아가, 비싸고 맛있는 요리를 먹으며 이야기했다.

유미나가 강한 비결을 물어봤을 때, 아키라는 곧장 알파를 떠올렸다. 하지만 그건 말할 수 없다. 들켜선 안 된다. 그래서 요령이라는 말로 얼버무리기로 했다.

얼버무리려고 하는 마음이 아키라의 말수를 조금 늘린다. 그리고 그것을 유미나가 매우 흥미롭고 즐겁게 들어 주어서, 아키라의 입이 조금 느슨해진다.

아키라가 강한 비결에 관한 이야기는 그대로 밤늦은 시간까지 이어졌다.

◆

자기 방으로 돌아온 유미나는 침대에 누워 오늘의 피로를 토해내듯 숨을 크게 내쉬었다. 그리고 아키라가 한 이야기를 떠올리고, 황당해하듯 슬쩍 웃는다.

"그야 그만큼 하면 당연히 강해지겠지."

유미나는 아키라가 한 이야기를 듣고 상대가 제정신인지 조금 의심하면서도, 한편으로 강하게 공감했다.

체감시간 조작 기술과 그 훈련법.

죽음을 실감할 때 발현한다는 의식의 폭주. 그것이 낳는 시간 감각의 모순을, 그때의 기억을 떠올림으로써 뇌를 속이고, 평상시에 재현한다. 그것이 가능해지면 죽음의 위기와는 관계없이 시간 감각의 모순만을 재현할 수 있게 된다.

강화복과 자기 몸의, 개별적인 동시 조작.

강화복을 입고 평범하게 움직이면 힘은 강해져도 빨리 움직일 수는 없다. 착용자의 움직임에 맞춰 움직이는 추종식 강화복으로는 먼저 움직인 몸에 따라가는 만큼 미세하게 느려진다. 신경 전달을 감지해서 몸과 똑같이 움직이는 감지식이라도 속도는 똑같으니까 본인보다 빨리 움직이지 않는다.

그래서 강화복을 자기 몸과 별개로 조작한다. 이로써 강화복의 초인적인 신체 능력을 살려서 신속하게 움직일 수 있게 된다. 당연히 몸에 주는 부담은 훨씬 커지지만, 그것은 회복약을 써서 보충한다.

그리고 그것을 체감시간 조작과 병용한다.

시간이 천천히 흐르는 세계에서는, 기본적으로 자기 몸을 천천히 움직일 수밖에 없다. 그것은 체감적인 것에 불과하기 때문이다

하지만 강화복을 조작해서 자기 몸을 억지로 움직이게 하면, 모든 것이 느려진 세계에서도 자신만이 평소처럼 움직일 수 있다.

물론 그런 짓을 했다간 일반적으로 신체에 주는 부하가 너무 커져서 죽을 위험이 있다. 그런데도 아키라는 강해지기 위해 계속했다. 그 엄청난 부하를 보충할 정도로 회복약을 다용해서 몸을 망가뜨리며 회복하는 짓을 반복하고, 그 상태로 움직여서 몸을 단련했다.

그 몸을 진찰한 의사가 초인이 되려고 하는 거냐고 오해할 정도로.

아키라의 이야기를 전부 떠올린 유미나가 다시 한번 한숨을 푹 쉰다.

"아키라가 보면 내 고민은 훈련이 부족하다는 말로 끝날 일인가."

터무니없는 소리를 하지 말라는 마음도 있다. 그러나 유미나는 마음이 편해졌다고도 느꼈다.

자신과 카츠야는 재능이 다르다. 그것은 유미나 자신도 인정한 참이다. 그런 자신이 카츠야와 똑같이 훈련해서 카츠야처럼 강해질 수는 없다. 그 재능의 차이를 메우려면 그만큼 혹독한 훈련이 필요하다.

도란캄 사무 파벌 소속의 헌터로서 부대 단위로 훈련하면, 카츠야와 함께 있으면 그럴 기회가 없다.

하지만 지금은 기회가 있다.

"기다려, 카츠야. 금방 쫓아갈게."

이미 나약한 소리를 할 여유는 없다. 이유도 없다. 강해지는 방법을 배웠다. 이제는 그것을 실천할 뿐이다.

그렇게 결심하고, 유미나는 기운을 내서 웃었다.

◆

아키라 일행은 쿠즈스하라 시가지 유적 중심부에서, 아키라의
주도로 몬스터를 토벌하는 날과 유미나의 주도로 유물을 수집하
는 날을 번갈아 계속하게 되었다.

오늘은 몬스터 토벌의 날. 건물에는 진입하지 않고 차량으로 이
동할 수 있는 길을 골라서, 중심부의 대략적인 지도를 작성하며
마주치는 몬스터들을 해치워 나간다.

강력한 몬스터가 서식하는 장소에서, 그 위협을 제거하며 정확
한 지도를 제작하는 것도 위험한 중심부에서의 유물 수집 효율
을 끌어올린다. 헌터 랭크 조정 의뢰의 성과로서는 충분한 내용이
다.

그 작업을, 아키라는 바이크를 타고서 하고 있다.

그리고 유미나는 그런 아키라를 뛰어서 따라가고 있었다.

강화복의 신체 능력이 있다면 두 다리로 바이크를 따라잡을 수
도 있다. 그러나 힘든 일인 건 사실이다. 또한 아키라는 바이크의
속도를 낮췄지만, 그래도 유미나보다 조금 빠른 속도를 유지해서
유미나에게 전력 질주를 강요하고 있다. 따라서 쉴 여유는 없었
다.

이건 유미나 자신이 희망한 일이다. 자신이 동행하는 동안, 아
키라에게 훈련을 봐 달라고 부탁한 것이다.

아키라는 조건부로 그것을 승낙했다. 그 조건이란 그만두고 싶어지면 꼭 말할 것, 그게 전부였다.

훈련을 계속할지 말지는 본인이 정하면 된다. 어떻게 보면 자상한, 다른 의미로는 엄격한 조건을, 유미나는 받아들였다. 그 결과가 이 혹독한 훈련이다.

유미나가 이를 악물고 달린다. 강화복을 통해서 착용자의 상태를 조사하고 있는 종합 지원 시스템은 유미나에게 자꾸 휴식을 권하고 있다. 그것을 무시하고 속행한다. 이미 자기 힘만으로는 언제 어디서 쓰러져도 이상하지 않은 상태다.

그런데도 종합 지원 시스템이 보조하는 강화복으로 자기 몸을 억지로 움직여 달린다. 바이크에 따라가는 속도로 몸을 혹사하는 부하는 커서, 유미나는 온몸이 갈리는 듯한 착각을 느꼈다.

이대로 그것을 계속하면 언젠가는 착각으로 끝나지 않게 된다. 하지만 그 부상을 미리 대량 복용한 회복약이 치료한다.

그래도 한계가 찾아온다. 몸에 남은 회복약을 다 소모하면 유미나는 더 움직일 수 없다. 종합 지원 시스템은 유미나의 의지를 무시하고 강화복을 움직이는 게 아니다. 신체 부하를 견디지 못하고 정신을 잃으면 쓰러지는 일만 남는다. 조금만 더 하면 그렇게 된다.

그 전에 아키라는 바이크의 속도를 낮춰서 유미나와 나란히 달리고, 개봉한 회복약 상자를 유미나에게 내밀었다.

유미나가 피로로 얼굴을 일그러뜨리고 손을 뻗는다. 그 동작에는 훈련 속행의 의지가 있었다. 그대로 회복약 상자를 움켜쥐고,

안에 있는 캡슐을 입에 가득 물듯 복용했다.

그 의지가 꺾이지 않는 한, 훈련은 속행한다. 아키라도 그걸 거든다.

추가로 복용한 전투용 회복약은 그 각성 효과로 유미나가 기절하는 것을 허락하지 않는다. 효과가 다 떨어지기 전에 추가 회복약을 제공한다. 나아가 아키라는 유미나와 일정 거리를 유지하며 유미나도 몬스터를 공격하게 한다. 그런 식으로 유미나를 아슬아슬한 한계까지 몰아붙인다.

임의로 만든 죽음의 땅을, 유미나는 계속해서 내달리고 있었다.

회복약을 다 삼킨 유미나가 기운을 북돋우려고 대담하게 웃는다. 달리면서 말이다.

"아키라! 회복약은 진짜 고마운데! 이렇게 비싼 걸 내가 많이 쓰게 해도 돼?"

"괜찮아. 말했잖아? 탄약값은 의뢰주가 부담한다고. 그건 사실 엄밀히 말하면 소모품 비용도 포함하는 거야. 에너지 팩이나 회복약, 강화복 수리에 쓰는 소재 카트리지도 말이지."

그렇게 말하고 아키라가 득의양양하게 웃는다.

"그러니까 많이 써도 내 지갑은 끄떡없어! 사양하지 말고 써."

"그렇게 말하다가, 의뢰주가 불평해도 난 모르거든?"

"내가 알 바 아니야. 애초에 이 의뢰는 단순히 잘 모르는 누군가의 사정으로 하게 된 거야. 탄약값을 부담하기 싫으면, 의뢰를 중단하면 될 일이잖아?"

피로가 짙게 드러난 얼굴로, 유미나도 웃으며 대답한다.

"맞는 말이네."

"뭐, 키바야시가 폭소할 정도의 성과는 이미 냈어. 조금은 너그럽게 봐주겠지."

아키라는 그 말을 남기고 다시 바이크를 조금 가속해 유미나의 앞으로 돌아갔다.

휴식이라고 할 수 없는 단순한 보급 같은 한때가 끝나고, 유미나는 다시 필사적으로 뛰기 시작한다. 당연히 단순히 달리기만 하는 게 아니라 주위도 경계할 필요가 있고, 몬스터가 출현하면 싸워야 한다. 달리면서 말이다.

이 훈련을 답파하면 강해질 수 있다고 믿고, 유미나는 필사적으로 뛰었다.

아키라가 후방에 있는 유미나를 본다. 진로에 몬스터가 있지만, 그쪽은 거들떠보지도 않고 정보수집기로 조준을 맞춰 사살하더니, 바이크의 진로를 조금 틀어서 그 사체를 지나친다. 아키라도 그 정도 일은 자기 힘으로 할 수 있게 되었다.

달리면서 대형 총을 겨누려고 했던 유미나는, 그 표적을 아키라가 해치우는 바람에 숨을 헐떡이며 총을 다시 내렸다.

『음. 알파. 속도를 조금 더 떨어뜨리는 게 좋을까?』

공중에 걸터앉은 것처럼 바이크와 나란히 움직이는 알파가 의미심장하게 웃는다.

『그러네. 그게 유미나를 걱정해서 하는 말이라면, 이 속도로도 잘 따라오고 있으니까 이대로 하는 게 좋다고 봐. 하지만 아키라의 개인적인 사정이라면, 마음대로 떨어뜨려도 되는걸?』

현재의 몬스터 토벌은 유미나의 훈련이면서, 아키라의 훈련이기도 하다.

바이크로 유적 안을 빠르게 이동하며 몬스터를 신속하게 발견하고, 즉석에서 해치워 바이크를 세우지 않고 진행한다. 그리고 동시에 유미나도 경호한다. 자신의 안전만이 아니라 상대의 안전도 완벽하게 확보해야 한다.

지금의 아키라는 그 상태를 자기 힘으로 장시간 유지하기 어렵다.

바이크의 속도를 올리면 더 어려워진다. 반대로 속도를 떨어뜨리면 쉬워진다. 바이크의 현재 속도는 더 빨라지면 유미나가 따라올 수 없다는 한계이면서, 더 빨라지면 아키라가 대응할 수 없다는 한계이기도 했다.

정 어렵다면 난이도를 낮춰도 좋다. 알파가 웃으며 하는 말을 들은 아키라는, 똑같이 웃어서 받아쳤다.

『그렇다면 이대로 유지할게. 유미나도 애쓰고 있으니까, 방해하면 안 되겠는걸.』

『그래?』

이것으로 아키라와 유미나의 훈련은 속도를 떨어뜨리지 않고 계속되었다.

종합 지원 시스템의 장치를 실은 차는 자동 운전으로 유미나를 뒤쫓고 있다. 유미나가 의식을 잃을 경우, 종합 지원 시스템은 강화복을 조작해서 유미나를 차로 대피시키고, 그대로 자동으로 철수한다.

날이 저물기 시작하고, 오늘의 헌터 랭크 조정 의뢰가 끝난다. 유미나는 녹초가 되면서도 종합 지원 시스템의 철수 지원 없이 그날 훈련을 마쳤다.

◆

오늘은 유미나의 주도로 유물을 수집하는 날이다. 작업 내용 자체는 지난번 유물 수집과 거의 똑같지만, 크게 달라진 게 하나 있었다. 유미나의 지시에 아키라가 일일이 질문한 것이다.

왜 그 길을 택했는지, 왜 그 건물을 유물 수집 장소로 택했는지 왜 그 유물을 가져가는지. 사정을 모르면 마치 시비를 거는 것으로 보일 만큼, 닥치는 대로 질문하고 본다.

이건 아키라가 종합 지원 시스템에 흥미가 있고, 이용을 검토한다는 뜻을 기령에 드러내기 위해서다.

자신이 종합 지원 시스템을 썼을 때 아무 근거도 없는 지시나 납득할 수 없는 판단으로 내놓은 지시에 따라 죽도록 위험한 곳에 끌려가긴 싫다. 그러니까 지시 내용이 타당한지 어떤지, 자세하게 확인해 보겠다.

그런 명목으로, 아키라는 초심자 같은 질문을 몇 번이고 했다.

유미나는 아키라의 질문을 종합 지원 시스템에 그대로 패스해서 대답했다. 간단한 내용이면 시스템도 금방 대답하지만, 개중에는 어려운 질문도 있다. 아키라가 몰래 알파에게 물어봐서 가장 적합한 판단이 매우 어려운 질문을 내놓을 때도 있다.

그 자리에서 대답하기 어려운 질문은 나중에 기령에서 대답을 내놓기로 한다. 아키라가 납득할 만한 대답을 내놓으면 종합 지원 시스템의 구매에 한 발짝 다가가는 셈으로, 기령 측도 분발해야만 한다.

또한 이 질의응답은 유미나가 아키라에게 종합 지원 시스템을 잘 선전하고 있다는 실적이기도 하다. 도란캄 사무 파벌에서, 아키라에게 잘 선전하고 있냐고 불평을 듣는 일도 없어진다.

나아가 아키라는 유미나에게는 그런 식으로 설명하면서도, 이 참에 헌터 활동의 기초 지식을 제대로 습득하려고 했다. 초심자 수준이어서 어떻게 보면 이상한 질문도, 종합 지원 시스템의 성능을 확인하기 위해서라고 말하면 얼마든지 할 수 있기 때문이다.

한편, 몬스터를 토벌하는 날에 하는 유미나의 훈련은 명목상 종합 지원 강화복 성능의 시연으로 치고 있다. 그 정도 일도 못 하는 강화복은 살 마음이 안 생긴다. 그런 아키라의 판단을 뒤집기 위해서 유미나가 애쓰는 것으로 처리했다.

아키라와 유미나는 기령의 선전을 본인들의 훈련을 위해 마음껏 활용하면서 헌터 랭크 조정 의뢰를 계속하고 있었다.

◆

쉬는 날에도 유미나는 혼자 훈련하고 있었다. 체감시간 조작 기술을 익히는 훈련이다.

그러나 이쪽은 애초에 훈련 내용부터 이것저것 모색하는 상태에 가깝다. 아키라에게 훈련 방법을 들었지만, 아키라도 자기는 그렇게 해서 잘됐지만, 다른 사람이 똑같이 해서 잘된다는 보장은 없다고 전제를 달았다.

아무튼 유미나는, 도란캄의 훈련 데이터에서 죽은 동료의 전투 기록을 꺼내 주관 시점에서 열람해 봤다.

실제로 사망한 자들의 영상은 매우 끔찍하다. 사망자의 섣부른 행동과 잘못된 판단을 체험해서 교훈으로 삼고, 훈련의 의욕을 키우기 위한 영상이다. 당연히 보는 사람의 마음을 뒤흔드는 내용밖에 없다.

아무튼 그걸 본다. 집중해서 본다. 자신이 거기 있다고 상상하며 본다. 놀라고, 식은땀을 흘리고, 강한 긴장과 공포마저 느끼며, 죽음이 임박한 광경을 계속해서 본다.

그러나 시간 감각이 틀어지는 일은 생기지 않았다.

"어려운걸……."

갈 길이 멀어 보인다. 그렇게 생각하고, 유미나는 한숨을 푹 쉬었다.

제152화 하나의 중요한 국면

셰릴의 유물 판매점, 그 고가층에 있는 노구치란 남자가 감정이 끝난 구세계산 정보단말의 가격을 보고 접객하는 여성에게 묻는다.

"실례합니다. 이건 지난번에 8000만 오럼이라고 들었는데, 지금은 5500만 오럼이군요. 가격이 많이 내려갔는데, 무슨 일이 있었습니까?"

"네. 지금까지는 재고가 부족해서 가격이 올랐지만, 재입고 예정이 잡혀서 간신히 이 정도로 적당한 가격까지 내릴 수 있었습니다."

그렇게 정중하게 대답한 점원에게, 노구치가 슬쩍 농담하듯 묻는다.

"대량으로 내놓는 걸 꺼려서 끌어안고 있던 재고를 비싸게 팔 수 없게 됐으니까, 그런 이유를 붙여서 방출한 게 아니고 말입니까?"

점원도 노구치의 농담을 슬쩍 흘려넘기듯 웃는다.

"아니요. 그러한 일은 절대로 없습니다. 본 점포와 관계가 돈독한 헌터를 통해서 물건을 들이는 겁니다."

"그렇군요. 그 헌터에 관해서 조금 알려주실 수 있습니까?"

"그건 부디 봐주시길."

"그렇겠죠."

손님과 점원의, 농담이 섞인 시시한 대화. 적어도 점원과 주위의 다른 손님들은 그렇게 받아들였다

노구치도 덩달아 웃고 있었다. 그리고 이것으로 농담은 그만두고 거래 이야기로 넘어가는 것처럼 태도를 슬쩍 바꾼다.

"그렇다면 적당한 가격으로 돌아왔으니, 이걸 하나 주시죠."

"이용해 주셔서 대단히 감사합니다."

그 뒤로 노구치는 구매한 물건을 보관 케이스에 넣고 나갔다. 가게를 나서고, 슬럼에 세운 차에 타서 도시의 방벽 쪽으로 이동한다.

그 차 안에서, 노구치가 비밀 회선으로 상사에게 연락한다.

"접니다. 그 가게에서 움직임이 있었습니다."

"듣지."

노구치가 통신 중인 상대에게 상황을 설명한다.

"네, 그렇습니다. 정말로 그 헌터를 통해 재입고한 건지, 아니면 가격을 높이려고 끌어안고 있던 재고를 방출한 건지는 현재로서 알 수 없습니다. 헌터가 재고를 풀지 않고 있었을 가능성도 있습니다. 그러나 어느 쪽이든 간에 그 가게에서 상당히 많은 구세계산 정보단말을 입수한 건 확실한 듯합니다."

"기대할 수 있겠나?"

"그건 제 입으로 말할 수 없습니다. 구획장님께서 판단하셔야 할 것 같습니다. 아무튼 입수한 샘플은 부서에 감정을 맡기겠습

니다. 그 뒤로는 다음 재입고가 있는지를 계속해서 확인하겠습니다. 유물의 질과 상정하는 양. 그 점을 바탕으로 판단해 주시길 바랍니다."

"알았다. 하지만 감정은 흑은옥에 개인 명의로 의뢰해라."

"흑은옥에서 이미 한차례 감정을 끝낸 물건입니다. 감정서도 있습니다. 질을 확인할 거라면 도시의 부서에 맡기는 게 낫지 않겠습니까?"

"도시의 부서에 감정하게 하면 정보가 유출될 우려가 있다. 또한 감정서가 그 유물의 감정서가 아닐 가능성도 있다."

"알겠습니다. 그러면 이만. 다시 연락하겠습니다."

노구치는 통신을 끊고, 곧장 흑은옥으로 이동했다.

◆

비올라는 아키라가 다시 가져온 구세계산 정보단말을 지난번과 똑같이 흑은옥에 감정을 의뢰했다.

그리고 일주일 뒤, 감정이 끝났다는 연락이 와서 캐럴을 데리고 흑은옥으로 간다. 예상대로 이번에도 전부 진품이었다. 감정서와 함께 물건을 수령하고, 캐럴에게 챙기게 해서 응접실을 나선다.

그대로 점포 출구로 이동하던 도중, 캐럴이 구세계산 정보단말을 넣은 튼튼한 보관 케이스를 흥미로운 눈치로 쳐다봤다.

"그나저나 아키라는 이걸 어디서 구한 걸까?"

캐럴이 알고 싶은 것은 장소가 아니라 방법이지만, 그건 입 밖에 내지 않는다. 값비싼 유물이 있는 장소가 궁금하다는, 헌터로서 지극히 당연한 의문만 입에 담았다.

비올라도 그 정도는 눈치챘지만, 괜한 소리는 하지 않는다. 웃으며 다른 소리를 한다.

"글쎄. 나도 모르겠어. 그러니까 캐럴이 아키라를 잘 농락해서 좋은 느낌으로 정보를 캐냈으면 좋겠는데. 그 부분의 진전은 어때? 슬슬 침대로 끌어들이긴 했어?"

"비밀."

"비밀은 무슨……."

부정하는 의미라는 건 비올라도 간단히 눈치챘다. 어딘지 황당해하는 표정을 짓는다.

캐럴도 그것을 들킨 걸 안다. 아랑곳하지 않고 대답한다.

"뭐가 어때서. 딱히 아키라를 농락하라고 네가 의뢰한 것도 아니니까. 내 페이스에 맞춰서 천천히 할 거야."

"정 그렇다면 의뢰할까?"

"안 돼."

웃으며 그렇게 대답하는 캐럴에게, 비올라는 대놓고 작게 한숨을 쉬었다. 그리고 분위기를 바꾸듯이 말을 잇는다.

"그렇다면 유물 판매점 일을 돕지 않겠어? 캐럴이 있어 주면 고마울 텐데."

"미안하지만, 나도 내 헌터 활동으로 바빠. 비올라의 취미에 자꾸 동참할 여유는 없어. 그 녀석들의 항쟁 때 제법 오랫동안 어울려 줬잖아? 이번에는 패스할래. 참아."

"하지만 유물 판매점 일을 거들면 아키라와 접촉할 기회도 늘어나는데?"

그렇게 말한 비올라에게, 캐럴이 웃으며 받아친다.

"아키라는 헌터 랭크 조정 의뢰를 받아서 한동안 가게에 안 온다며? 나도 알아."

비올라는 노골적으로 시선을 돌렸다. 서로를 간파하고, 간파당하는 것을 전제로 하는 악녀들의 가벼운 대화다.

비올라가 캐럴과 함께 점포 밖으로 나간다. 그러자 그곳에서 대기하는 사람이 있었다. 노구치다.

"비올라지? 쿠가마야마 시티의 관계자다. 잠시 할 이야기가 있다. 동행을 청하고 싶군."

낚였다. 비올라는 그렇게 여기고 속으로 흡족하게 웃는다. 하지만 겉으로는 정체 모를 상대를 슬쩍 경계하며 조롱하듯 웃는다.

"쿠가마야마 시티의 관계자? 어느 부서의 누군데? 쿠가마야마 시티에 사는 사람이라면 사방에 널렸는데?"

"자세한 소속을 밝히지 못하는 부서도 있다는 건, 슬럼의 양대 조직 일로 의뢰를 받았던 자네도 알 텐데?"

그런 부류의 이야기라고 노구치가 넌지시 밝히지만, 비올라는 상대를 조롱하는 듯한 태도를 바꾸지 않는다.

"그런 사람은 반드시 그쪽 전용 루트로 접촉해. 무슨 목적이 있는지는 모르겠지만, 그럴싸한 말로 나를 속일 수 있다고 여기진 마. 캐럴. 가자."

비올라는 그렇게 말하고 자리를 뜨려고 했다. 노구치가 혀를 찬다. 그러고 나서 제지한다.

"기다려. 그렇다면 저기서 이야기하지. 이거면 되겠나?"

노구치가 손으로 가리킨 장소를 보고, 비올라가 흥미로운 듯이 웃는다.

"좋은데? 정말로 저기로 데려갈 수 있다면 말이야."

"문제없다."

노구치가 손으로 가리킨 장소는 도시의 방벽과 일체화된 고층 빌딩인 쿠가마 빌딩의 상층에서도 관계자가 아니면 출입할 수 없는 도시 경영의 중심지였다.

노구치와 함께 쿠가마 빌딩에 들어간 비올라와 캐럴이 직원용 엘리베이터로 빌딩을 올라간다.

이 엘리베이터는 도시 직원을 포함해서 사용 이력이 기록되며, 외부인이 사용할 때는 접수처에서 신청 절차를 밟아야 한다. 그러나 노구치는 그것을 생략하고 두 사람을 태웠다. 그것은 노구치에게 그만한 권한이 있음을 증명하는 것이었다.

그 정도는 알겠지? 그런 의도를 시선에 담으며 노구치가 비올라에게 말한다.

"이로써 너도 내가 쿠가마야마 시티의 관계자인 것을 알았겠지. 물론 너는 처음부터 알았을 거다. 무슨 속셈인지 모르겠지만, 이렇게 번거로운 짓은 시키지 말아 줬으면 좋겠군."

"그렇지 않아. 나도 잘 확인하지 않으면 모르는걸."

"이번 이야기는 도시에서 겉으로 드러낼 수 없는 비밀이다. 그런 것도 모르나?"

도시에서 공작을 의뢰받는 우수한 정보상. 자신들의 자료에는 그렇게 기록된 인물의 시시한 반응에, 노구치는 조금 황당해하는 기색을 보였다.

하지만 노구치의 그 태도도, 비올라의 대답을 듣고 급변한다.

"그래. 몰라. 그건 거짓말이잖아?"

"무슨 뜻이지……?"

"슬럼의 양대 조직 문제는 겉으로 드러낼 수 없는 비밀이라도, 그 배후에는 쿠가마야마 시티가 있었어. 이번에는 다르지? 배후에 있는 건 도시 전체가 아니라 그 일부인 도시 간부들. 그것도 소수. 아마도 혼자, 이번에는 그 간부의 개인적인 의뢰와 협상. 대충 그런 거지?"

노구치가 침묵으로 반응한다. 단순히 부정해도 의미가 없다. 하지만 긍정하면 말실수를 저지른 게 된다. 그렇기에 침묵했다.

"게다가 도시 안팎으로 철저하게 숨기고 싶은 이야기지? 그러니까 도시의 첩보부를 쓸 수 없어. 양대 조직의 항쟁 때처럼 그쪽 루트로 나와 접촉하면 도시의 다른 간부에게 들킬 테니까. 안 그래?"

노구치는 계속해서 침묵으로 반응했다.

"아마도 지금부터 당신의 상사인 척하는 말단 부하를 만나러 가겠지? 그리고 그럴싸한 설명을 듣는 거야. 진짜 사정을 아무것도 모르고, 위에서 준 대본만 읽는 사람에게. 괜찮겠어? 그 사람은 연기를 잘해? 당신 같은 사람이나 잘 속는 수준이라면, 나한테는 의미가 없는걸?"

목적지가 있는 층에 도착한 엘리베이터의 문이 열렸다. 그러나 비올라는 내리지 않는다. 그 대신에 노구치에게 성질 고약한 미소를 지었다.

"그래서? 여기까지 동행했는데, 내가 내려도 의미가 있을 것 같아?"

비올라의 예상은 옳다. 노구치는 여기서 상사 역할을 맡은 인간에게, 이쪽의 의도를 감추고 허위를 많이 섞은 협상을 비올라와 하게 시킬 작정이었다.

그것을 완전히 간파당한 상대에서 서로가 쇼인 것을 알고 협상한다. 그것에 무슨 의미가 있는가. 그렇게 묻는 비올라에게, 노구치가 반대로 그 의미를 묻듯이, 정말로 알고 하는 소리인지 확인하듯 충고한다.

"호기심이 강한 사람은 일찍 죽을 텐데?"

"그건 무능할 때의 이야기야. 나는 괜찮아. 애초에 나는 모르는 게 더 위험해. 이미 이것저것 알고 있으니까."

비올라는 그 협상이 허위로 덧칠된 것임을 알면서도 일부러 뒤를 캐지 않고 제안을 받아들인다는 선택지도 있었다. 깊이 파고들면 목숨이 위험해지는 일에서 일부러 눈을 돌리는, 현명한 선택도 세상에는 존재하기 때문이다.

하지만 비올라는 대답한다. 그것이 현명한 선택이 되는 건, 그 정보를 감당하지 못하는 무능한 인간뿐이며, 자신은 다르다고. 아무것도 모르고, 아무것도 묻지 않고 움직이기만 하는 장기짝. 너희에게 편리한, 똑똑한 무능력자로 전락할 마음은 없다고. 은근슬쩍 그렇게 말했다.

노구치도 그것을 이해했다. 한숨을 쉬고 엘리베이터 문을 닫는다. 비올라를 내리게 할 의미가 완전히 사라졌기 때문이다.

1층으로 돌아가는 엘리베이터 안에서, 비올라가 즐겁게 웃으며 말한다.

"나랑 잘 이야기해 보고 싶으면, 이번 일에 관해서 본인의 의지로 판단할 수 있는 사람을 불러. 협상하는 곳에서 그 자리에 없는 누군가에게 일일이 물어봐서는, 나도 제대로 이야기할 수 없어."

"좋다. 단, 조건은 그쪽도 똑같다. 상관없겠지?"

"물론이야. 비밀 회선의 접속 코드를 줄게. 준비가 다 되면 연락해."

오늘 협상은 여기까지. 그 인식을 공유했을 때, 엘리베이터가 1층에 도착했다.

비올라와 캐럴이 내린 엘리베이터가 노구치만을 태우고 다시 올라간다. 그 노구치의 얼굴은 험악하다.

(저게 비올라인가……. 그래. 인물 평가에 성질이 고약하다고 적힐 만하군. 저 낌새로 봐서는 우리의 목적이 구세계산 정보단말인 것도 눈치챘겠지.)

그리고 노구치는 씁쓸하게 웃었다.

(뭐, 그 정도도 눈치채지 않고서는 이야기를 진행할 수 없나.)

너무 무능해도 다루기 어렵다. 자신들과의 협상에 버틸, 최소한의 유능함이 필요하다. 노구치는 그렇게 생각하고 마음을 바꾼 뒤, 비올라와의 협상 대책을 궁리한다.

비올라는 사전에 손에 쥔 상세한 정보를 바탕으로 협상을 유리하게 진행하려는 인물일 것이다. 먼저 그렇게 생각한다.

비올라는 이번에 아무것도 모르는 척하고 자신들과 협상할 수도 있었다. 하지만 그러지 않았다. 그것은 노구치가 아무 연락도 없이 나타나는 바람에, 평소처럼 미리 정보를 수집할 수 없었기 때문이다. 그것으로도 비올라가 사전에 정보를 쥐는 것을 중시하는 인물이라고 추측할 수 있다.

(그렇다면 그 녀석은 앞으로 있을 우리와의 협상에 대비해서 철저하게 정보를 수집하기 시작하겠지. 섣불리 시간을 주면 위험한가? 어떻게든 시간을 내도록 해야 하나…….)

도시 간부쯤 되면 몹시 바쁘다. 시간을 내기도 어려워진다. 도시 간부의 업무가 아닌, 개인적인 공작을 위한 시간이라면 더더욱 그렇다. 그것을 어떻게든 해결하기 위해서, 노구치는 급하게 연락을 넣었다.

엘리베이터에서 내린 캐럴이 못마땅한 기색으로 한숨을 쉰다. 그리고 손에 든 보관 케이스를 비올라에게 들이대듯이 슬쩍 들었다.

"비올라. 오늘 내 일은 이걸 운반하는 거였을 텐데?"

비올라가 웃으며 대답한다.

"알면서 말하지 않은 게 아니야. 보수를 더 줄 테니까 봐줘."

"어쩔 수 없네. 그러면 이번에야말로 돌아가자."

"아니, 기왕이면 잠시 더 따라와. 다시 흑은옥으로 갈 거야."

"왜?"

어리둥절한 표정을 지은 캐럴에게, 비올라는 정말 즐거운 눈치로 성질 고약한 웃음을 지어 보였다.

"이거면 한 마리 정도는 더 낚일 거 같으니까."

비올라는 노구치에게 이것저것 말해서 당황하게 하고, 경계하게 하고, 협상을 늦추게 했다. 하지만 그것은 협상을 연기하기 위한 게 아니다. 오늘 일을 상대가 우연으로 느끼게 하기 위함이다. 비올라가 도시의 인간이 떡밥을 물기만을 쭉 기다렸다고, 상대가 눈치채지 못하게 하는 수작에 불과했다.

애초에 비올라가 유물 판매점에서 구세계산 정보단말을 상품으로 내놓은 것도, 처음부터 도시 관계자를 유인하기 위해서였다. 돈이 목적이라면 즉석에서 매각하고, 그 자금을 써서 유물 판매점을 다른 안전한 방법으로 번창시켰을 것이다.

구세계산 정보단말은 매우 귀중하고 값비싼 유물이다. 그러한 물건이 슬럼 같은 데 있으면 그것을 노리고 또 인형병기가 습격해도 이상하지 않다. 그토록 위험한 물건을 근처에 두고, 그만한 위험을 허용하고, 비올라는 셰릴의 유물 판매점에서 구세계산 정보단말을 팔았다.

자신의 욕망에, 본능에 거역하지 못하고.

그리고 오늘, 비올라의 공작에 낚인 사람이 나타났다. 구세계산 정보단말이라고 하는 최고급 떡밥에는 도시 간부도 저항하지 못했다.

애초에 그러는 비올라조차 상대에게 떡밥만 **빼앗길** 우려가 있었다. 떡밥과 함께 물어뜯길 위험도 있다. 상대는 도시의 상층부다. 슬럼의 양대 조직 따위와는 급이 다르다. 그것은 비올라도 잘 안다.

그리고 알면서도, 그만둘 수 없다. 비올라는 그렇듯 몹시 성질 고약한 인간이었다.

◆

노구치가 비올라와 접촉한 지 3일이 지났다.

셰릴의 유물 판매점, 그 고가층에서는 오늘도 감정이 끝난 구세계 계산 정보단말이 진열되었다. 그곳에서는 그 물건이 적당한 가격으로 돌아왔다는 소식을 듣고 찾아온 손님도 있었다.

하지만 그 손님의 얼굴에는 경악과 곤혹이 드러나 있었다.

"이, 1억 오름……?!"

감정이 끝난 상품의 전자 태그에는 이제 팔 마음이 없다고 공언하는 것이나 다름없는 가격이 적혀 있었다.

다른 손님도 곤혹스러운 눈치로 조금 험악한 표정을 지었다.

"미감정 상품이 없어……. 이봐, 이게 어떻게 된 일이야?"

손님들이 따지고 들자 접객 여성이 조금 머뭇거리며 대답한다.

"미감정 상품은 전부 감정을 끝내서 없어졌습니다. 감정을 끝낸 상품의 가격에 관해서는, 윗선의 판단이므로 저도 자세한 사정은 모릅니다."

"하지만 재입고 예정이 있다고 들었는데?"

"저도 그렇게 들었습니다. 그리고 실제로 한때는 5500만 오럼까지 가격이 내려간 것도 사실입니다. 추가 상품의 감정도 금방 끝났다고 들었는데……."

점원에게 얻은 정보를 바탕으로, 손님들이 상황을 분석한다.

"그렇다면…… 새로 들어온 상품을 자신만만하게 감정을 의뢰했는데, 그게 대부분 가짜였다. 그래서 한번 내렸던 가격을 황급히 다시 올린 건가?"

"미감정 상품을 전부 감정한 것도, 그 손해를 메꾸려고? 그쪽에는 아직 상당수의 진품이 남았을 것으로 생각한 건가?"

그렇게 추측한 다음, 손님들이 1억 오럼짜리 상품에 눈길을 돌린다.

"그렇다면 여기 남은 것이 마지막 상품일 가능성도 있나. 그렇다면 1억 오럼이란 가격도 이해할 수는 있는데……."

기본적으로 대기업이 독점해서 다른 기업에는 돌아가지 않는 귀중한 유물. 이번이 그것을 자신들도 입수할 마지막 기회일지도 모른다. 손님들은 그렇게 생각하고 고민하고 있었다.

고가층의 손님들이 예상을 벗어난 가격 상승에 놀라고 허둥댈 무렵, 가게 앞에서는 다른 이유로 경악과 곤혹이 퍼지고 있었다. 도시의 공용차가 나타난 것이다. 그것도 일반 직원용이 아니라, 딱 봐도 간부급이 사용하는 고급차였다.

그 차가 멈추고, 뒷좌석 쪽의 문이 열린다. 대체 누가 왔는지, 그 당연한 의문에 주위 사람들이 주목한다. 하지만 아무도 내리지 않는다. 그 대신 모두가 주목하는 가운데, 가게에서 나온 셰릴과 비올라가 차에 탔다.

문이 닫히고, 차가 출발한다. 셰릴과 비올라를 태우고 사라지는 차를, 주위 사람들이 반쯤 넋이 나가서 바라봤다.

그 차 안에서, 비올라가 웃으며 셰릴에게 말한다.

"지금부터가 중요한 국면이야. 잘 부탁할게?"

"알아요."

차에 가지고 탄 보관 케이스를 보면서, 셰릴은 진지한 얼굴로 대답했다.

현금 수송용과 흡사한 그 케이스의 내용물은 고가층에 있는 상품 가격을 올린 이유다. 감정이 끝난 진품이지만, 가게에 내놓는 것을 급히 중지한, 재입고 예정이 있었던 구세계산 정보단말이 하나도 빠짐없이 담겨 있었다.

◆

도시의 공용차로 쿠가마 빌딩에 들어선 셰릴과 비올라는 빌딩 안 주차장에서 기다리던 노구치의 지시로 차를 갈아탔다. 창문이 없어 장갑차 같은 황야 사양 차량에 타고, 쿠즈스하라 시가지 유적의 전선 기지로 향한다.

그 도중, 차 안에서 노구치가 두 사람에게 넌지시 경고한다.

"자네들은 지금 쿠가마 빌딩 상층에서 누군가가 면회 중이다. 누구와 무슨 목적으로 만났다고 할지는 자네들이 마음대로 정해도 좋지만, 기본적으로 발설할 수 없는 인물과 목적으로 말하도록."

비올라가 웃고 대답한다.

"알아. 괜찮아. 안심해. 우리도 잘 얼버무릴 거니까."

노구치는 고개를 슬쩍 끄덕이고, 그 뒤로는 묵묵히 두 사람을 태우고 갔다.

전선 기지에 도착한 셰릴과 비올라는 인기척이 없는 통로를 지나 기지 안에 있는 한 방으로 안내받았다. 그리고 노구치에게 잠시 기다리라는 말을 듣는다. 그 뒤로 잠시 퇴실했던 노구치가 본인의 상사인 남자를 데려왔다.

남자는 셰릴과 비올라의 정면에 앉더니, 도시 간부의 위엄을 드러내며 이름도 밝히지 않고 셰릴을 매섭게 노려본다.

"이 협상 자리에 나오는 사람이 대리여서는 이야기할 수 없다는 자네들의 요망에 따라, 이쪽에서는 내가 왔다. 그렇다면 먼저 자네부터 말하게 하지."

뭘 말할지도 구체적으로 언급하지 않고, 남자는 셰릴에게 정답을 요구했다.

도시 간부인 자신을 협상 자리에 끌어낸 이상, 그 정도도 못 하면 마땅한 대가를 치르게 하겠다. 남자의 눈은 그것을 웅변처럼 말하고 있었다.

셰릴도 그것을 이해한다. 긴장이 단숨에 커진다. 그래도 웃는다. 이 거래가 성공하면 조직도, 유물 판매점도 비약적으로 성장할 수 있다. 헌터로서 급격히 성장 중인 아키라를 단숨에 따라잡을지도 모른다. 그런 마음으로, 셰릴은 마음을 굳게 먹었다.

"알겠습니다, 이나베 님."

눈앞에 있는 도시 간부의 얼굴과 이름을 알고 있다. 셰릴은 먼저 이 자리에 있는 것을 허락받는 최소 조건을 돌파했다.

그리고 여기로 가져온 보관 케이스를 이나베의 앞에 두고, 케이스를 열어서 내용물인 구세계산 정보단말을 보여준다.

예상보다 많은 양에 이나베가 조금 놀라고, 그것이 얼굴에 조금 드러났다. 하지만 그걸로 끝이다. 셰릴이 이 협상의 자리를 구세계산 정보단말의 거래로 생각했다면, 그것은 이나베가 요구하는 정답과 거리가 멀다. 그 정도의 이야기라면 이나베가 동석할 필요가 없고, 지난번에 노구치가 비올라에게 접촉했을 때 둘이서 처리하면 될 일이기 때문이다.

자신만만하게 케이스의 내용물을 보여주는 셰릴의 태도를 보고, 이나베가 속으로 낙담한다.

상대는 역시 자신과 이 물건을 거래하려고 온 것이리라. 물론 구세계산 정보단말은 귀중한 유물이다. 가격 협상으로 실랑이를 벌여도 이상하지 않고, 그때는 결정권이 없는 대리인과 이야기해도 소용없다. 그 정도의 생각으로 자신을 부른 것이리라. 이나베는 그렇게 판단하고, 벌써 이 협상에 대한 의욕을 잃고 있었다.

그러나 셰릴은 그런 이나베의 예상을 뛰어넘었다. 케이스의 내용물을 손으로 가리키면서, 꿋꿋하게 미소를 지으며 말한다.

"이 유물이 어디서 발견됐는지. 그 조정에, 우리가 협력할 수 있을 것으로 생각합니다. 이것이 발견된 장소가 이나베 님의 담당 구획이라면, 지금은 우다지마 님에게 뒤처지는 상황도 크게 개선할 수 있겠지요."

이나베가 놀라고, 매섭게 노려봤다.

전선 기지에서 이어지는 후방 연락선 덕분에, 도시는 쿠즈스하라 시가지 유적 중심부를 본격적으로 공략할 수 있게 되었다. 이미 수많은 유물이 수집되었고, 막대한 이익을 창출하고 있다.

도시 간부 중에서 그 수혜를 가장 많이 보는 사람은 예전부터 전선 기지 구축과 후방 연락선 연장을 추진했던 야나기사와다. 그러나 야나기사와는 그 이익을 대부분 전선 기지의 무력 향상과 후방 연락선의 추가 연장에 투입하고 있어서, 들어간 비용을 뺀 순이익의 의미에서는 미묘한 상태가 지속되고 있었다.

그 대신에 돈을 버는 것이 다른 간부들이다. 간부들끼리 조정해서 유적 중심부를 몇 개의 구획으로 나누고, 자신의 담당 구획에서 유물 수집을 추진하고 있었다.

야나기사와의 설비 투자 덕분에, 전선 기지는 후방 연락선을 유지하고 남을 정도의 전력을 갖췄다. 그리고 그것은 도시의 설비이므로, 다른 간부들도 문제없이 이용할 수 있다. 따라서 도시 간부들은 유적 중심부에서의 유물 수집을, 들어가는 비용을 아끼며 추진할 수 있었다.

이나베도 자신의 담당 구획에서 유물 수집을 추진하고 있다. 하지만 담당 구획의 평가 때문에 적대 파벌의 수장인 우다지마란 간부에게 크게 뒤처지는 상황이 계속되고 있었다.

야나기사와는 후방 연락선을 유적 중심부 쪽으로 연장하는 일에는 열정적이지만, 한편으로 범위를 넓히는 데는 전혀 힘을 쏟지 않았다.

후방 연락선을 큰 줄기로 삼아서 널리 뻗어나가는 가지. 유물 수집 장소로 통하는 루트에도 주력하면 유적 중심부에서의 유물 수집 효율도 확실하게 높아진다. 하지만 야나기사와는 그것을 다른 간부들이 여러 번 요청하는데도 알아서 하라는 듯 아무런 흥미를 보이지 않았다.

그러한 배경도 있어서, 간부들은 도시의 예산에서 자신의 담당 구획을 공략할 비용을 염출하려고 치열하게 다투고 있다.

그러나 이나베의 담당 구획은 큰 줄기인 후방 연락선에서 멀리 떨어졌고, 더군다나 서식하는 몬스터도 강하다. 나아가 조사 부대가 가져온 유물도 싸구려밖에 없다고 하는, 좋게 평가받지 못하는 장소였다.

일단 조사 범위를 더 넓히면 값비싼 유물이 발견될 가능성은 있다. 하지만 그 조사 비용도 공짜는 아니다. 후방 연락선에서 멀리 떨어진 탓에 전선 기지에서 지원받기도 어렵고, 강력한 몬스터가 다수 어슬렁거리며, 현시점에서는 대단한 유물도 찾지 못한 장소. 그 조사는 비용 대비 효율이 떨어진다고 해서, 자꾸 뒷전으로 밀린다.

그 탓에 우다지마의 담당 구획에만 우선적으로 예산이 돌아가고 있었다.

담당 구획을 둘러싼 경쟁에서 패한 결과라고는 하나, 이나베는 어떻게든 만회해 보려고 기회를 엿보고 있었다. 그런 이나베에게, 슬럼의 유물 판매점이 구세계산 정보단말을 팔기 시작했다는 정보가 들어왔다.

그리고 사람들이 매우 귀중한 유물을 찾는 가운데, 이나베는 다른 걸 원했다. 그것은 그 유물의 출처이며, 정확히는 그 정보를 조작할 수단이었다.

구세계산 정보단말이 이나베의 담당 구획에서 발견되면 구획에 대한 평가가 껑충 뛴다. 그리고 마침 그 유물의 출처는 아직 밝혀지지 않았다. 절호의 기회였다.

이나베가 다시 셰릴을 본다. 방금 셰릴이 한 말은 이나베의 상황을 전부 파악하고 대답한 것이나 다름없다. 고도의 정보 수집력으로 그것을 알아낸 건지, 아니면 탁월한 통찰력으로 간파했는지, 또는 둘 다인지. 그것까지는 이나베도 파악할 수 없다. 그러나 어찌 됐든 간에 앞에 있는 소녀가 자신과 직접 협상할 만한 인물임을, 이나베도 인정할 수밖에 없었다.

"그래서? 너희 요구는 뭐지?"

"우리를 지원해 주시길 바랍니다. 가능하면 이나베 님 개인이 아니라 쿠가마야마 시티의 의향으로서."

"참 크게 부르는군. 욕심이 너무 과한 거 아닌가?"

"에존트 패밀리와 해리어스의 사례도 있습니다. 똑같은 사태가 되풀이되지 않게끔, 처음부터 도시의 입김이 닿은 조직을 만드는 것도 나쁘지 않겠지요. 그 조직이 슬럼을 장악하게 하면, 앞으로의 통치 비용도 저렴해질 겁니다. 그 부분을 가미하면, 논의에 부칠 가치는 있을 것 같습니다만, 어떠신가요?"

이나베는 셰릴의 말을 어느 정도 인정했다. 양대 조직의 궤멸에는 비올라만이 아니라 아키라도 크게 관여했다. 그리고 셰릴은 그 양쪽과 접점이 있다. 이미 문을 연 셰릴의 유물 판매점을 포함해서, 슬럼의 암흑경제를 도시 측에서 효율적으로 관리한다는 의미에서는, 정말로 그럴 가치가 있었다.

이나베는 다음으로 셰릴이 구세계산 정보단말을 여기로 가져올 때 사용한 케이스에 눈길을 줬다. 그리고 일부러 애매모호하게 묻는다.

"그 케이스는?"

"이렇게 현금 운송용으로 쓰는 케이스를 볼 경우, 사람들은 대부분 안에도 현금이 있다고 상상할 겁니다. 저는 여기에 구세계산 정보단말을 가져온 게 아니라, 이나베 님에게 그것을 사러 왔다. 혹은 매입을 타진하러 왔다. 모처럼 기회가 생겼다면 그러한 의혹을 유도하는 것도 좋을 것 같으니까요."

셰릴의 유물 판매점에서 파는 구세계산 정보단말을 공급하는 사람은 이나베였다. 그렇게 오해할 수 있게끔, 이쪽에서도 신경 쓰고 있다. 그 정도는 지시하지 않아도 잘할 수 있다. 그런 의도가 담긴 셰릴의 대답을, 이나베는 올바르게 받아들이고, 평가했다.

"그런가. 그렇다면 하나 더 묻지. 사실 나는 자네가 아니라 아키라가 여기 올 줄 알았다. 하지만 자네가 왔지. 문제는 없겠지?"

매우 강력한 헌터로서 셰릴의 조직을 뒤에서 지원하고, 조직의 운영에는 직접 관여하지 않아도 사실상 조직을 지배하는 인물. 그리고 구세계산 정보단말의 출처를 아는 유일한 사람. 지금부터 셰릴이 이나베와 아무리 협상하더라도, 나중에 그 사람이 퇴짜를 놓으면 전부 물거품이 되는 중요 인물.

그 아키라가 여기에 없다. 그런데도 정말로 문제가 없겠냐고. 이나베는 그렇게 물어봤다.

허위는 용납하지 않는다. 그렇게 말하는 것처럼, 이나베가 셰릴을 가만히 본다.

"문제없습니다."

셰릴은 각오하고, 웃으며 대답했다.

그대로 한동안 이나베가 셰릴을 응시한다. 그래도 셰릴의 눈은 흔들리지 않는다. 이나베는 그것을 지켜본 다음, 태도를 누그러뜨렸다.

"좋아. 그렇다면 협상을 시작하지. 노구치."

"분부대로 하겠습니다."

이나베의 지시에 따라, 노구치가 비올라와 세세한 협상을 시작한다. 이나베와 셰릴은 부하의 옆에서 이야기를 들으면서 필요하면 개입하고 판단을 요청하면 판단을 내리는 책임자로서, 계속해서 협상 자리에 앉아 있다.

셰릴은 간신히 협상을 시작할 수 있어서 무심코 작게 안도의 한숨을 쉬었다. 이나베는 그런 셰릴의 모습을 조용히 관찰하고 있었다.

협상을 끝마친 셰릴과 비올라가 이나베의 부하를 따라서 방을 나선다. 황야 사양 차량으로 다시 쿠가마 빌딩으로 보내진 뒤, 도시의 공용차로 갈아타 거점으로 돌아갈 예정이다.

노구치도 뒤따라 방을 나서려고 한다. 하지만 그 전에, 조금 괴이쩍은 얼굴로 이나베에게 묻는다.

"구획장님. 주제넘은 것을 묻겠습니다만, 협상 대상을 저 셰릴이란 자로 삼아도 정말 문제없겠습니까?"

"아니, 문제는 있다. 낙관시할 수는 없다."

"그렇다면 왜?"

"문제는 있다. 하지만 그것을 이유로 협상을 엎어 버릴 정도는 아니다. 그게 전부다."

셰릴은 다 각오하고서 문제없다고 대답했다. 하지만 그걸 각오하고 대답할 필요가 있는 시점에서, 다수의 불안 요소를 내포한 문제가 있는 상황인 건 확실하다.

그러나 그런 각오를 보인 셰릴은, 그 문제에 대처할 수완도 나름대로 기대할 수 있을 것 같았다. 이나베는 그것을 가미하고 최종적으로 판단을 내렸다.

"뭐, 아키라라는 헌터도 여러모로 문제가 많은 인물인 것 같으니 말이다. 가령 이 자리에 동석했더라도 말을 잘 듣지 않고, 협상이 파탄날 위험도 있었다. 우리는 아키라와 직접 엮이지 않고, 셰릴을 통해서 협상하는 것도 좋은 방법이겠지. 불만이 있나?"

"아닙니다. 구획장님께서 그렇게 생각하셨다면 문제없습니다. 이만 가보겠습니다."

노구치는 인사하고 방을 나선다. 그리고 통로를 걸으며 정보단말을 꺼냈다.

"나다. 이나베 구획장의 일 말인데······."

방에 남은 이나베가 중얼거린다.

"누구와 뭘 이야기하고 있는지······."

호기심이 강하면 일찍 죽는다. 그것이 적용되지 않는 유능한 자들은, 살아남기 위해서, 승리하기 위해서, 항상 더 많은 정보를 원했다.

◆

쿠가마 빌딩 상층의 홀에서 입식 파티가 열렸다. 주최자는 쿠가마야마 시티. 방벽 안팎의 기업가들이 모여서, 안면을 트고, 우호를 다지고, 정보를 모으고, 사업의 기회를 넓히는 사교장이다.

도시 경제의 흐름에 놀아나는 약자들이 아니라, 그 흐름을 만들고, 조작하고, 지배하는 강자들이, 오늘도 겉으로는 평화로운 얼굴로, 담소라는 이름의 치열한 정보전을 벌이고 있다.

그 입식 파티에, 셰릴은 비올라와 데일을 데리고 참석했다.

평소처럼 여유롭게 미소를 띤 비올라와 겉으로는 태연한 척하는 셰릴과 달리, 데일은 노골적으로 긴장한 기색을 보이고 있다.

"셰, 셰릴 양. 나, 나는, 아니, 저는 어떻게 하면······."

익숙하지 않은 정장을 입은 탓에 붕 뜬 상태인 데일은, 자신이 이 자리에 어색한 사람임을 잘 알기에 몹시 허둥대고 있었다.

"오늘은 이 분위기에 익숙해져 주세요. 파티 참석자들에게 말을 거는 걸 자제하고, 무난하게 지내면 돼요."

"아, 알겠습니다."

"참석자와 섣불리 친해지려고 하지 마세요. 이 입식 파티에 참석한 경험이 있다. 파티 참석자가 이 자리에서 데일 씨의 얼굴을 본 적이 있다. 그보다 더한 것을 이 파티에서 바란다면, 다음은 없는 줄 아세요."

"아, 알겠습니다."

셰릴과 연줄을 만들면 도시 상위층 사람들과도 인연이 생길지도 모른다. 데일이 그렇게 기대한 것은 사실이다. 그러나 그 기대를 훨씬 초월하는 장소로 끌려가는 바람에, 데일은 이미 한계였다.

비올라가 접시에 적당히 요리를 담아 셰릴과 데일에게 건넨다. 그것을 먹은 데일은 너무 맛있어서 경탄하는 반응을 보였다. 한편, 똑같은 것을 먹은 셰릴은 이런 것도 익숙한 것처럼 차분함을 유지하고 있었다.

그런 셰릴의 태도를 보고, 비올라가 똑같은 요리를 먹으며 놀리듯 웃는다.

"맛있는걸, 셰릴."

"네. 무척 맛있어요."

셰릴은 아주 조금 대담하게 웃으며 대답했다.

일주일 전, 셰릴은 비올라를 따라서 쿠가마 빌딩 상층에 있는 고급 레스토랑인 슈테리아나에 갔다.

예술적일 정도로 아름답고 먹음직스럽게 담긴 요리가 놓인 테이블에서, 셰릴의 맞은편에 앉은 비올라가 성질 고약한 미소를 짓는다.

"자, 먹어."

"잘 먹겠습니다……."

셰릴이 진지한 얼굴로 요리를 입으로 가져간다. 하지만 그 표정도 포크에 찍힌 맛있는 덩어리가 혀에 닿은 순간에 확 펴졌다. 그 엄청난 맛이 셰릴에게서 영애의 연기를 벗겨냈다. 셰릴은 무심코 작게 소리를 냈을 정도다.

비올라가 짓궂게 미소를 짓는다.

"틀렸네."

그걸로 정신을 차린 셰릴은 분한 듯이 인상을 구겼다.

비올라에게 입식 파티 소식을 들은 셰릴은, 거기서도 통하는 영애의 태도를 훈련하게 되었다.

간단한 자세와 걷는 동작도 주위 사람들에게 그 인물의 태생과 성장을 알려준다. 그리고 입식 파티의 참석자는 기본적으로 도시의 부유층이다. 그런 사람들이 파티에 슬럼의 아이가 있다고 생각하지 않게끔, 철저한 훈련이 필요했다.

물론 셰릴도 그런 훈련을 자주적으로 하고 있다. 그 기술은 뛰어나서, 카츠라기의 동업자들은 대부분 이미 셰릴을 어딘가에서 기업을 경영하는 집안의 영애로 완전히 착각했으며, 데일도 완벽하게 속아 넘어갔다.

그러나 비올라가 보면 아직 유치한 수준이다. 입식 파티의 참석자들에게는 통하지 않을 우려가 있다고 판단해서, 셰릴을 조금 엄격하게 훈련하기로 했다. 그리고 그 수단으로써 셰릴을 슈테리아나로 데려갔다.

"셰릴. 그래선 안 돼. 그 입식 파티의 참석자는 이 정도 요리에 익숙한걸. 거기서 이런 반응을 보이면 좋은 집안의 아가씨로는 절대로 생각하지 않을 거야. 알겠어?"

셰릴이 조금 분한 듯이 인상을 쓴다.

"알아요. 죄송해요."

"그렇다면 훈련을 계속하자. 참고로 이 코스의 가격은 50만 오럼 정도야. 입식 파티의 요리도 비슷한 수준이라고 생각하렴."

"오, 50만인가요……."

"그래. 큰돈이지? 그러니까 어서 얼굴색 하나 변하지 않고 먹을 수 있게 되렴. 셰릴의 훈련이 끝날 때까지 매번 그만큼 돈을 내야 하니까."

셰릴이 다시 요리를 입에 넣는다. 슬럼의 식량에 익숙해진, 맛을 잘 모르는 둔감한 혀라도, 그 압도적이며 근본적인 미식으로 셰릴을 농락한다.

이를 악문 듯한 표정으로 더 먹는다. 이미 한번 경험했는데도 감동이 흐려지지 않는다. 오히려 그것을 두 번 입에 대기만 했는데도 고급이 된 혀가, 둔감한 미각으로는 느낄 수 없는 복잡하고 섬세한 맛을 더욱 민감하게 느껴 더 큰 감동을 셰릴에게 주기 시작한다.

과연 이 요리에 익숙해질 수 있을까? 셰릴은 무심코 그렇게 의심하고 말았다.

하지만 금방 결의를 새로이 다진다. 이나베와의 거래를 성공시켜서 조직을 발전시키기 위해서도, 그렇게 해서 아키라에게 인정받기 위해서도, 반드시 성공해야 한다. 셰릴은 그런 마음으로 절망적일 정도로 힘의 차이를 보여주는 맛에 저항했다.

갈 길이 멀어 보인다. 비올라는 셰릴의 모습을 보고 그렇게 생각하며 쓴웃음을 지었다.

어제까지 계속했던 훈련을 떠올리며, 셰릴이 입식 파티의 요리를 입에 넣는다. 무척 맛있게 느껴지지만, 그 훈련을 버틴 지금은 과도한 반응을 드러내는 일이 없다. 조금 대담하게 미소를 짓는 여유마저 보이고, 셰릴은 영애의 연기를 유지하고 있었다.

그 자리에 이나베가 찾아온다.

"셰릴. 오랜만이군."

"이나베 님. 참으로 오랜만입니다."

도시 간부와 친분을 위장하는 인사를 마친 셰릴은 지시하듯 비올라에게 시선을 돌렸다. 그러자 비올라가 고개를 숙인 다음 데일을 데리고 자리를 뜬다.

"저 남자는 누구지?"

"제가 고용한 헌터입니다. 공작용으로 동행하게 했을 뿐, 본인은 아무것도 모르죠. 제가 이 자리의 분위기에 익숙해지는 동안, 대신 눈에 띄게 하려고요."

"그런가. 뭐, 마음대로 해도 좋지만, 너무 이상한 사람을 데려와도 곤란하지. 그 점은 조심하라고 하마. 저 정도라면 상관없지만 말이다. 그러면 환담에 힘써 보실까."

"알겠습니다."

여러 의미를 지닌 공작용 환담. 이 입식 파티에서는 드물지도 않게 담소하면서, 셰릴은 좋은 집안의 아가씨처럼 미소를 지었다.

자리를 뜬 데일은 조금 떨어진 장소에서 셰릴과 이나베를 지켜보고 있었다. 그 얼굴에는 큰 놀라움과 강한 긴장이 드러나 있다.

"비, 비올라 씨. 저 사람은 분명······."

"그래요. 쿠가마야마 시티의 중진이죠. 이나베파로 불리는 파벌의 수장이네요."

"그, 그렇죠? 셰릴 양은 그런 사람과도 연줄이 있습니까······."

데일도 셰릴의 배경을 이것저것 상상해 봤었다. 하지만 도시에서도 손꼽히는 인물과 접점이 있는 사람일 줄은 도저히 상상할 수 없었다. 자신이 처음에 한 기대를 넘어서 조금 무서워질 정도인 셰릴의 힘에, 데일은 딱딱하게 웃었다.

그때 입식 파티의 다른 참석자가 친근하게 말을 건다.

"실례합니다. 처음 오신 분입니까?"

"어? 네, 그렇습니다."

"그것참 놀랍군요. 이 파티도 요새는 고정 멤버만 참석하는 게 걱정거리였는데 말이죠. 새로운 참석자라면 환영합니다. 아, 소개가 늦었군요. 저는……."

쿠가마야마 시티에서의 경제적 상위층을 주요 참석자로 삼는 이 파티에서도 서열이란 게 있다. 도시 간부 등은 그중에서도 서열이 높은 인물이며, 서열이 낮은 자들은 접점을 원해서 말을 걸기도 어렵다.

그 파티에서 딱 봐도 신참인 듯한 소녀가 도시 간부인 이나베와 친근하게 담소하고 있다. 당연히 눈길을 끈다. 이나베와 접점을 만들기 위해서도, 가능하다면 그 소녀와 접점을 만들고 싶다고 생각하는 사람도 생긴다.

그러나 이나베와 담소 중에 말을 걸 수도 없다. 그래서 먼저 다른 사람과 접촉한다. 소녀의 동행인 같지만, 이나베와 이야기할 때는 자리를 비우도록 지시받을 정도의 인물이라면 말을 걸어도 문제가 없겠지. 정보 수집을 겸한 잡담 상대로도 대하기 쉽다. 그렇게 생각하고, 그 참석자는 데일과 비올라에게 말을 걸었다.

신참에게 친절하게 말을 거는 참석자와 그 배려를 고맙게 여기는 자들의 환담. 겉으로는 그렇게 보이는 대화가 이어진다.

그러던 중, 셰릴을 완전히 착각한 데일의 말에 맞춰서 비올라가 살가운 미소를 띠며 환담에 독을 푼다.

"그래요. 네. 말씀하신 대로, 저희도 고생 끝에 겨우 이 파티에 참석할 수 있었답니다. 이것도 다 이나베 님의 장기적인 지원 덕분이죠."

"그것참 부럽군요. 저희도 꼭 덕을 보고 싶군요. 그나저나 그 유물도 이나베 님께서?"

"아, 글쎄요. 우리 같은 사람에겐 자세한 사항을 알려주지 않지만, 그럴 가능성은 있겠죠. 이나베 님께선 쿠즈스하라 시가지 유적 중심부의 유물 수집에도 관여하신다고 들었으니⋯⋯."

환담이 계속된다. 다른 장소에서 환담하는 이나베와 셰릴, 그리고 이 자리에서 그 고약한 성질을 발휘하는 비올라에 의해, 파티 참석자들에게 잘못된 정보가 퍼진다.

그 정보를 곧이곧대로 받아들이는 자도 있다. 의심하는 자도 생긴다. 진위와 관계없이 이용하려는 자도 나타난다.

그것은 어떻게 보면 도시 경제를 둘러싼 정보전의 주전장인 이 파티에서는 당연한 일이었다.

◆

미즈하를 따라서 쿠가마야마 시티에서 주최하는 입식 파티에 참석한 카츠야는, 조금 긴장한 기색을 보이고 있었다.

여기가 흔한 입식 파티 회장이라면 카츠야도 긴장하지 않는다. 자신들의 후원자를 포함해 방벽 안쪽에서 사는 사람들을 주빈으로 하는 자리에 출석하고, 주목받고, 칭찬받은 경험도 있다. 그러한 자리에서의 행동도 익숙해져서, 지금 와서 동요할 이유는 없었다.

하지만 미즈하가 이번 파티의 중요성을 거듭 설명해서, 카츠야도 이 파티가 기존의 파티와는 급이 다르다는 것을 이해했다.

파티 참석자 중에는 도시 간부와 기업의 중진도 포함된다. 그런 사람들의 눈 밖에 났다간 자신들이 말 그대로 목숨을 바쳐 쌓은 평가가 물거품이 된다. 그 과정에서 죽은 동료들의 노력도 헛수고가 된다. 미즈하가 거듭 설명한 덕분에, 카츠야는 이 파티에 진지하게 임하고 있었다.

"그러면 카츠야. 평소처럼 잘 부탁할게."

"네."

긴장을 살짝 드러내면서도 힘차게 웃고 대답하는 카츠야의 태도를, 미즈하는 무척 믿음직스럽게 느꼈다.

미즈하는 입식 파티의 참석자에게 카츠야를 선전하고 있었다. 이미 면식이 있는 사람에게 말을 걸고, 지인에게 자신들의 소개를 부탁하고, 담소하고, 교우를 키워 인맥을 넓혀 나간다.

고아원 출신의, 가난하면서도 양식이 있는 아이가 헌터가 되고, 방벽 안쪽에서 사는 선량한 사람들에게 후원받은 덕분에 자신의 재능을 꽃피워 성장해 나간다. 미즈하가 풀어놓은 이야기는 그 선의를 베푸는 위치에 있는 사람들을 만족시켰다.

또한 선의가 아니라 어디까지나 사업을 위한 투자인 척하는 사람도, 실제로도 그런 사람도, 눈앞에 있는 카츠야에게서 성과를 기대하기 충분한 재능과 장래성을 느끼고 호감을 품었다.

도란캄을 위해서, 사무 파벌을 위해서, 거기에 속한 카츠야를 위해서, 이 파티의 참석자들에게 후원을 끌어낸다. 미즈하의 계획은 그 성과를 내고 있었다.

새로이 후원자가 된 사람들과 환담하는 가운데, 카츠야가 셰릴이 있다는 걸 눈치챘다. 셰릴은 멀리 떨어진 곳에서 다른 파티 참석자와 이야기하고 있었다.

　"셰릴……?"

　그래서 미즈하도 셰릴이 있는 것을 알아챘다. 다른 사람들도 시선을 셰릴이 있는 쪽으로 돌렸다. 그러자 미즈하는 몹시 놀라고, 다른 사람들은 조금 의아해하는 선에서 놀랐다.

　"저건…… 이나베 씨로군요. 이야기 중인 상대는…… 처음 보는데요. 아는 분입니까?"

　"아뇨. 모릅니다. 처음 참가하는 분 같은데, 이나베 씨와 친근하게 이야기하고 있군요……. 미즈하 씨와 카츠야 군은 누군지 압니까? 아는 사이인 듯한데……."

　적절한 설명으로 답하지 못한 채, 미즈하의 말문이 막힌다.

　"아, 그게……."

　미즈하도 이 파티에 셰릴이 참석한 것을 보고 놀랐다. 하지만 그것만이라면 이미 셰릴을 어딘가 좋은 집안의 아가씨로 여겼기도 해서, 예상했던 것보다 신분이 높은 인물이라고 인식을 바꾸는 것으로 그쳤을 것이다.

　그러나 설마 도시 간부와 친근하게 이야기할 정도의 인물일 줄은 몰랐다.

　미즈하는 이전에 카츠야가 유미나를 쫓아서 슬럼에 있는 셰릴의 창고로 쳐들어갔을 때, 그 자리에 셰릴이 있는데도 불구하고 비하하는 발언을 했다가 셰릴의 심기를 불편하게 한 적이 있었다.

게다가 그 창고의 경비를 맡았는데, 실패해서 창고를 무너뜨리고 말았다.

그 부분을 어떻게 얼버무릴지, 미즈하가 고민한다. 자신들이 셰릴과 면식이 있는 건 사실이다. 하지만 도시 간부와 친한 사람에게 나쁜 평가를 받았을지도 모른다고 새로운 후원자가 여기게 할 수는 없다. 적절한 설명이 필요했다.

그것을 미즈하가 생각하는 사이, 카츠야가 평범하게 웃고 대답한다.

"네. 알아요. 셰릴이라고 하죠. 제 친구입니다."

"오호."

후원자들이 흥미진진한 기색을 보이는 가운데, 카츠야가 눈치도 없이 머리를 숙인다.

"죄송합니다. 잠시 자리를 옮겨도 될까요? 이 기회에 셰릴에게 인사하려고요."

"그래, 물론 상관없······."

"안 돼!"

미즈하는 황급히 카츠야를 말렸다. 그리고 조금 놀란 카츠야에게, 속으로 조바심을 내며 타이르듯 웃으며 말한다.

"네가 아무리 셰릴 양과 친해도, 그건 사적인 이야기야. 그리고 이 파티는 비즈니스 측면이 강해. 그러니까 비즈니스 측면에서 접점이 없는 사람이 도시 간부와 담소 중인 상대에게 말을 거는 건 예의에 어긋나. 셰릴 양한테도, 이나베 씨한테도 말이지. 카츠야. 이해해 주렴."

거짓말은 안 했다. 하지만 그 이상으로 셰릴이 도시 간부 앞에서 자신들에게 불평과 불만을 말했다간 큰일이 난다고 여기고, 미즈하는 왠지 모르게 압박감이 드는 웃음을 얼굴에 띠고 카츠야를 필사적으로 말렸다.

그래서 카츠야도 멈춘다.

"그, 그런가요……. 죄송합니다."

후원자들은 그 분위기를 보고, 카츠야와 셰릴의 연줄로 이나베와 연줄을 만드는 건 무리라고 판단했다. 젊은이를 타이르듯 말을 잇는다.

"그래. 자네도 황야에서는 굉장한 헌터겠지만, 여기는 황야가 아니야. 그 점에서 분수를 알아야겠지. 조심하게나."

"네……. 알겠습니다. 충고해 주셔서 고맙습니다. 저기…… 그렇다면, 어느 정도가 되어야 문제가 없을까요??"

"그 부분을 판단하기는 여러모로 복잡하지만. 자네는 헌터니까. 헌터로서 얼마나 성공하면 도시 간부에게 말을 걸어도 분수를 모른다고 여겨지지 않을지, 그걸 물어보는 걸까?"

"네."

카츠야는 진지하게 고개를 끄덕였다. 향상심이 넘치는 젊고 유능한 헌터의 태도에, 후원자들도 흔쾌히 설명한다.

"그렇군. 최소한 헌터 랭크가…… 50은 되어야겠지. 그만한 실력자가 되면 활동 장소를 더 동쪽으로 옮기는 자도 많아진다네. 몬스터도 강해지지만, 그만큼 돈이 벌리니까 말이지. 그러나 그것은 유능한 헌터가 쿠가마야마 시티를 떠난다는 뜻이기도 하고, 그래서 도시 간부가 직접 만류하는 일도 있다네. 그런 점에서도 헌터 랭크 50을 목표로 삼아야겠군."

"헌터 랭크도 중요하지만, 전투 능력에 특화된 헌터여서는 인형 병기 같은 걸로 대용하면 된다는 생각도 있어. 역시 유물 수집으로 실력을 알리는 게 제일 아닐까? 요새는 어떤 헌터가 유물 판매점에 구세계산 정보단말을 가져왔다는 이야기를 들었지. 그렇게 귀중한 유물을 찾을 수 있는 헌터라면 도시 간부도 인연을 만들려고 할 거야."

후원자들은 그 밖에도 카츠야에게 이것저것 이야기했다. 그것을 카츠야는 무척 흥미로운 기색으로, 진지하게 듣고 있었다.

결국 카츠야는 셰릴과 이야기할 기회도 없이 파티 회장을 뒤로 했다. 그것을 아쉽게 여기면서도, 우울해진 기색은 없다. 오히려 카츠야의 의욕은 훨씬 커졌다.

카츠야에게 셰릴은, 동료의 죽음에 너무 구애받았던 자신을 구해준 소중한 은인이다. 하지만 한편으로는 비밀이 너무 많은 인물이었다.

용모와 성격 등을 제외하면, 아마도 어딘가의 잘사는 집 딸일 것이라는 사실만 안다. 자신에 대해서는 아무것도 말해주지 않고, 카츠야가 궁금한 것은 장난치듯이 비밀이라며 알려주지 않는다. 어디의 누구이며, 어떤 신분인지는 상상할 수밖에 없다. 그렇듯 수수께끼가 많은 인물이었다.

하지만 오늘, 그 셰릴의 수수께끼가 어느 정도 밝혀졌다. 미즈하가 그 중요성을 거듭 설명한 입식 파티에 참석할 수 있을 정도의 인물이며, 나아가 도시 간부와도 친한 사이라는 것을, 카츠야는 알 수 있었다.

그렇다면 셰릴이 지금껏 자기 신분에 관해서 일절 말하지 않는 것도 납득할 수 있었다.

그 정도의 신분을 지닌 사람이 일개 헌터에게 솔직하게 말하면 어떻게 될지. 헌터 활동과는 아무 관계도 없는 교우관계를 헌터 활동 쪽으로도 이용하려고 하는 사람이 속출해도 이상하지 않다.

게다가 카츠야는 도란캄의 헌터다. 카츠야를 통해 도란캄에서 성가신 이야기가 들어올 것으로 여겨도 이상하지 않다.

그래서 셰릴은 자신의 신분과 그것을 상상하게 하는 부분에 대해서는 아무것도 말하지 않았다. 자신이 성공한 헌터로서, 개인적인 교우관계와는 상관없이 셰릴과 이야기할 수 있는 신분이 될 때까지는, 아무것도. 카츠야는 그렇게 생각했다.

그리고 이렇게도 생각한다. 자신이 그 파티 회장에서 도시 간부와 환담 중인 셰릴에게 스스럼없이 말을 걸 수 있는 신분이 된다면, 그것이 용납될 힘을 손에 넣는다면, 셰릴과 더욱 친밀해질 수 있다. 우연히 만날 수밖에 없는 셰릴과 평범하게 만날 수 있게 된다.

그러기 위해서도, 더 출세해야 한다. 카츠야는 그렇게 결의했다. 그것은 어떻게 보면 카츠야가 처음으로 느낀 욕망이었다. 다른 사람이 원해서가 아닌, 스스로 원해서 생긴 소원. 그렇기에 그 소원은 카츠야를 강하게 붙잡았다.

"미즈하 씨. 우선 다음 원정을 성공시키면 되는 거죠?"

"그, 그래. 맞아. 원정에서 큰 성과를 거두면 도시에서도 그만큼 주목할 거야. 쿠즈스하라 시가지 유적 중심부에서 유물을 수집하려고 강력한 헌터를 모은다는 이야기도 있고, 뛰어난 실력을 보여주면 도시 간부가 직접 권유하러 올 가능성도 있어."

"알겠습니다. 잘해 볼게요."

기합을 넣은 카츠야의 대답에 미즈하도 마음이 움직이고, 카츠야를 더욱 듬직하게 여긴다.

"그래. 잘해 보렴. 카츠야라면 괜찮아. 다들 카츠야를 응원하고 있어. 셰릴 양도 카츠야의 노력을 알면 응원해 주고, 알아줄 거야."

"네."

카츠야의 힘찬 반응에 미즈하도 만족하고, 카츠야를 장래를 더욱 기대했다.

자신이 왜 뜬금없이 셰릴을 언급했는지도 모르는 채로.

제153화 유미나의 계기

아키라의 헌터 랭크 조정 의뢰가 시작되고 2개월이 지났다. 오늘은 몬스터 토벌의 날. 쿠즈스하라 시가지 유적 중심부를 바이크로 달리면서 몬스터 무리에 총탄을 퍼붓는 아키라의 옆에는 똑같이 바이크로 유적을 달리며 적을 쏘는 유미나가 있었다.

임의로 만든 죽음의 땅에서 가혹한 전투를 거듭한 유미나의 실력은 본인도 놀랄 만큼 극적으로 향상되었다.

강화복의 힘으로 바이크를 쫓아가며 싸워도 더는 종합 지원 강화복의 성능 선전이 안 된다. 그것은 아키라도 잠시 바이크에서 내려 함께 싸웠을 때, 짐짝으로 부를 수 없을 만큼의 결과를 낸 것으로 증명되었다.

그 시점에서 유미나의 훈련 내용, 아키라에 대한 기령 제품의 선전은 지금의 유미나가 얼마나 아키라와 똑같이 할 수 있는지를 보여주는 방침으로 전환했다.

모델이 같은 바이크를 타고, 똑같은 확장 부품을 결합한 SSB 복합총을 가지고, 아키라와 함께 유적의 몬스터를 해치워 나간다.

아무리 그래도 전력을 발휘한 아키라와 똑같이 움직일 수는 없다. 알파의 서포트를 얻은 상태의 아키라와는 더더욱 비교할 수 없을 정도로 차이가 있다.

그런데도 유미나는 자기 힘으로 싸우는 아키라의 발목을 잡지 않는 움직임을 보여줬다. 헌터 랭크 조정 의뢰가 나올 정도의 인물과 동행하는 헌터로서 아무 손색이 없는 모습을 보여줬다.

상당히 넓은 범위를 영역으로 삼은 대규모 몬스터 무리가 두 헌터의 치열한 사격에 줄어들어 나간다. 고작 둘이서 자신들을 궁지로 몰아넣는 위협에 필사적으로 저항하지만, 전부 소용없는 짓이다. 차례차례 총에 맞아 쓰러지고, 그 사체가 도로에 널브러진다.

"그래서 말이지. 아키라. 내가 말하긴 뭐하지만, 나는 강해진 것 같아. 아, 물론 종합 지원 시스템의 보조가 있으니까 강해진 건 알거든."

"그 보조는 처음부터 있었으니까, 유미나가 강해졌다고 봐도 되지 않을까?"

실제로 적의 포화를 헤치면서 이렇게 잡담할 수 있을 만큼, 유미나는 강해졌다.

적의 사선을 조사하고, 그것을 회피하는 이동 루트를 계산한다. 바이크 조종의 일부를 맡겨서 어려운 운전을 실현해 보인다. 그렇게 해서 직격하면 무사할 수 없는 포격을 안전하게 피한다. 그것이 종합 지원 시스템의 힘인 건 사실이다.

그러나 그것만으로 어떻게 할 수 있는 건 아니다. 여기에는 비약적으로 성장한 유미나의 실력이 똑똑히 반영되었다.

"고마워. 그래서 있지? 나도 노력하곤 있지만……."

유미나도 자신의 실력 향상을 실감하고 있었다. 하지만 얼굴을 조금 찡그리고 푸념한다.

"그 체감시간 조작이란 건, 도저히 못 하겠어."

"내가 말하긴 뭐하지만, 단순히 그만큼 어려운 거라서 그런 게 아닐까?"

"그건 알지만 말이야."

아키라가 체감시간 조작이 가능하다는 건, 유미나도 의심하지 않는다. 아키라가 그런 거짓말을 할 사람 같지는 않다. 게다가 아키라는 가능하다고 알면서 전투 중인 모습을 보면, 지금 그걸 한다고 느껴지는 부분도 있기 때문이다.

"역시 영상만으론 안 되는 걸까? 주관 시점의 리얼한 영상을 아무리 봐도, 실제로는 그냥 영상인 걸 아니까 위험해, 죽겠다, 같은 느낌이 희박한 걸까?"

"그럴지도 몰라. 하지만 그걸 위해서 실제로 죽기 직전까지 갈 수도 없으니까."

"그러니까 말이야."

잡담하면서 아키라와 유미나는 총탄을 마구 퍼붓는다. 똑같은 총을 쓰니까 탄약을 둘이서 돌려쓸 수 있다. 같은 팀이니까 양도해도 문제가 없다.

탄약값을 의뢰주가 부담해서 비용 면으로 풍족한 환경에서, 오늘도 대량의 몬스터가 아키라 일행의 헌터 랭크를 올리기 위해 사체의 산으로 변했다.

"있잖아, 아키라. 체감시간 조작을 터득하는 요령이랄까, 뭔가 더 없어?"

"그런 소리를 해도 말이지. 할 말은 다 했을걸?"

"뭐든지 좋아. 나도 아키라가 한 이야기를 듣고 이것저것 시험해 봤는데, 왠지 막힌 느낌이 들어. 일단은 나도 똑같은 방식으로 시험해 봤다고 생각했는데, 내 훈련 방법이 아키라와는 달라서, 이걸 안 했다거나, 그걸 놓쳤다거나, 그런 게 뭔가 없을까? 아키라는 잘됐다며? 성공한 사람의 의견을 듣고 싶어. 조금만 더 생각해 줄 수 없을까?"

아키라가 신음한다. 유미나는 절대로 자신과 똑같이 할 수 없다고 아니까 대답을 고민한다.

유미나한테는 단순히 영상이라고 했다. 그것은 틀린 말이 아니다. 하지만 정확히는 자신의 확장시야에 알파가 있고, 그 알파가 예리한 검을 자신에게 겨누고 휘둘러서 죽는 상황으로 생과 사의 경계선을 재현했다. 주관 시점의 영상만 보는 유미나와는 재현도가 근본적으로 다르다.

또한 자신은 알파에게 체감시간 조작이 가능하게 된다는 말을 들었다. 그리고 알파가 그렇게 말한다면 가능할 것이라는 믿음도 자신이 터득하게 된 요인의 일부라고, 아키라는 어렴풋이 이해하고 있었다.

유미나는 그런 게 하나도 없다. 시각적으로는 실존하는 것처럼 보이는 알파와의 훈련도, 가능해지는 게 당연하다고 강하게 믿을 만한 말도 없다. 그리고 그것을 유미나에게 설명할 수도 없다.

뭔가 더 없을지 끙끙대던 아키라는, 체감시간 조작이 처음으로 성공했을 때를 다시 떠올렸다. 그리고 생각이 미친다.

"그러네. 내가 처음으로 체감시간 조작에 성공했을 때 말인데,

그 전날 밤에 꿈을 꿨어."

"꿈?"

"그래. 내가 죽는 꿈이야. 진짜 리얼한 꿈이었어. 그리고 꿈속에서 죽어서 깼는데, 그 꿈속에서는 세계가 천천히 움직였어. 그래서 다음 날에 그때 본 걸 재현하는 느낌으로 했더니 잘 풀리더라고. 요령이라고 해도 될지 모르겠지만, 뭔가 더 없냐고 하면 이것밖에 말할 게 없어."

"꿈…… 꿈이라……."

유미나가 무심코 쓴웃음을 짓는다.

"아무리 나라도 꿈의 내용까지는 애쓸 수 없어."

"그렇겠지."

잡담을 마무리한 아키라 일행이 몬스터 무리 격파로 의식을 돌린다. 얼마 후, 그 일대를 영역으로 삼던 몬스터는 모조리 격파되어 죽음을 맞이했다.

유미나와 함께 휴식을 시작한 아키라가 종합 지원 시스템의 장치를 실은 유미나의 차를 보고 문득 생각한다.

"유미나. 종합 지원 시스템 말인데, 유미나의 감각으론 아까 움직임 중에서 어느 정도가 시스템의 보조 덕분이야?"

"음. 그러네. 반쯤?"

자신의 비중을 늘리면 종합 지원 시스템의 성능을 낮게 잡는 것이다. 반대로 보조의 비중을 늘리면 자기 실력을 낮추는 것이다. 입장상 유미나는 그렇게 말할 수밖에 없었다.

하지만 아키라는 평범하게 감탄했다.

"오오, 대단한걸."

"그건, 나랑 종합 지원 시스템 중에서 뭘 칭찬한 거야?"

"둘 다야."

유미나가 웃는 얼굴에 씁쓸한 느낌을 더한다.

"입장상 고맙다고 말할게."

아키라는 의아해하는 표정을 지었다.

"아키라. 나는 이 강화복을 빌린 처지라서, 아키라가 종합 지원 시스템에 흥미가 있는 것처럼 말하면 그걸 상부에 보고해야 하는데, 방금 그건 전해도 되는 걸까?"

"뭐, 그 정도라면."

"고마워. 그리고 하나 더. 솔직히 말해서, 아키라는 이 종합 지원 시스템이 필요해? 아, 이 대화는 기록에 안 남길 거니까, 마음대로 말해도 돼."

"뭐, 솔직히 말하자면, 필요 없어. 있으면 편리할 것 같지만, 그건 종합 지원 강화복과 세트고, 게다가 부대에서 활용하는 거잖아? 나는 기본적으로 혼자 다니니까 말이지. 내 헌터 활동과는 안 맞을 것 같아. 차로는 들어갈 수 없는 유적에도 갈 작정이니까, 그건 좀."

"그거, 넌지시 전달하는 게 좋을까?"

"마음대로 해. 뭐, 그냥 나한테는 안 맞을 것 같다는 말이야. 좋은 물건이라고 봐. 그렇지. 셰릴네라면, 쓰면 무척 도움이 되지 않을까?"

"하긴, 또 인형병기가 창고를 습격하는 일만 생기지 않는다면 괜찮을 것 같아."

"그러게. 뭐, 아무리 그래도 또 그럴 일은 없다고."

그런 일도 있었다. 그렇게 가볍게 이야기할 정도로 그때 일을 과거로 치고, 아키라와 유미나는 즐겁게 웃었다.

◆

유미나는 오늘의 헌터 활동을 끝마치고 자기 방에서 쉬고 있었다. 멀리서 연락해 준 카츠야와 즐겁게 이야기하고 있다.

"헤에, 거긴 거기대로 큰일이구나."

"그래. 하지만 다른 도시의 풍경을 보거나, 쿠가마야마 시티 주변에 없는 몬스터를 보는 것도 조금 즐겁긴 해."

미하조노 시가지 유적 뒤의 긴 휴가를 마친 카츠야는 부대와 함께 원정을 떠났다. 도시 간 유통의 경비대에 참가해 각지 수송로의 정비 등을 실행하고 있다.

카츠야 팀에서 하는 일은 노면을 보강하는 작업이 아니라 유통 경로로 사용되는 도로 주변의 몬스터를 구축하는 등의 일이다. 도로 보수는 다른 업자가 한다. 그 경호도 한다.

또한 이동 중에 도시 간 수송차량에 경비원으로서 탑승할 때도 있다. 그리고 그 탓에 유미나는 카츠야와 동행하는 것을 허락받지 못했다.

마치 육상을 주행하는 화물선처럼 거대한 도시 간 수송차량은 도시의 방벽 안에 그대로 들어가는 일도 많고, 차량 내부에서는 기본적으로 방벽 안쪽과 동등한 경비 태세를 펼친다. 당연히 그런 장소를 경비하는 자에게는 실력만이 아니라 신용도 요구한다.

물론 신용 면에서는 문제가 없다. 유미나도 도란캄 사무 파벌 소속의 헌터다. 미즈하가 만든 도시와의 연줄로 문제없이 통과할 수 있다.

그러나 실력 면에서는 문제가 있었다. 도시 간 수송차량의 경비 원 수준에 도달한 것은 카츠야가 이끄는 부대에서도 상위권에 해 당하는 인원뿐. 미하조노 시가지 유적에서는 발목을 잡고, 슬럼에 서 벌어진 전투에서는 후방으로 밀려난 유미나 같은 사람은 해당 사항이 없다.

그래도 동행시키지 못하는 건 아니다. 그러나 그 경우에는 차량 의 경비원이 아니라 승객 자격으로 타야 하므로, 막대한 비용이 발생한다. 그렇게까지 해서 미즈하가 유미나를 카츠야와 동행시 킬 이유는 없다. 예산을 봐도 본인만 협상 담당으로 끼워 넣는 게 한계였다.

자신의 실력이 부족한 탓에 사랑하는 사람과 멀어진다. 자칫하 면 앞으로도 영원히. 그 우려와 감정도 유미나가 강함을 추구하는 이유 중 하나였다

그것을 잊는 한때를, 유미나는 즐겁게 웃으며 만끽했다. 서로의 근황을 섞어서 오랫동안 환담한다. 물론 아키라의 이야기는 하지 않는다. 쿠즈스하라 시가지 유적 중심부에 발을 들일 필요가 있는 의뢰를, 미즈하의 지시로 수행 중이라는 사실만 말한다.

그런데도 그 이야기를 들은 카츠야는 유미나를 걱정하는 투로 말했다.

"유미나. 괜찮아? 그 주변에는 무척 강한 몬스터가 있잖아?"

사랑하는 사람이 걱정해 준다는 기쁨, 카츠야를 걱정하게 할 정도로 약한 자신에 대한 우울함. 유미나는 그 전부를 느끼면서도 최근의 성장 덕분에 기쁜 느낌이 더 강해졌다. 밝게 웃는다.

"괜찮아. 중심부라고 해도 후방 연락선 근처니까. 위험할 때는 금방 도망칠 수 있어."

"그래도……."

"그리고 이렇게 말하긴 뭐하지만, 경호원도 있어. 안전은 잘 고려했어. 안 그러면 아무리 미즈하 씨의 지시라도 내가 거절할 거야. 괜찮아."

유미나의 밝은 목소리를 듣고, 카츠야도 걱정이 너무 심했다며 안도했다. 유미나에게 맞춰서 밝은 투로 대답한다.

"그렇구나. 그래도 유적의 중심부야. 조심해야 한다?"

"알았어. 걱정해 줘서 고마워."

그때 유미나가 문득 생각한다.

"맞다. 카츠야. 조금 물어보고 싶은데. 카츠야는 전투 중에 체감 시간이 이상해지는 걸 경험한 적이 있어? 왜 있잖아. 저기, 죽을 뻔할 때 느낀다고 하는 그거."

"왜 그런 걸 물어봐?"

"사실은 꽤 있다고 하면, 카츠야가 돌아왔을 때 때려 주려고. 카츠야, 내가 곁에 없다고 또 무턱대고 돌진하는 건 아니지?"

아키라에게 체감시간 조작 훈련 방법을 배웠는데도 잘 풀리지 않아서, 그 발현의 계기가 될 만한 이야기를 카츠야에게 듣고 싶었다, 라고 솔직히 말할 수도 없다. 그래서 유미나는 카츠야가 무모하게 굴지 않게끔 당부하는 의미도 겸해서 말을 조금 바꿨다.

그것을 곧이곧대로 받아들인 카츠야가 조금 주춤거리며 대답한다.

"아, 저기, 그게, 그 경험이라면, 그럭저럭 있다고 할까……."

"그럭저럭?!"

"아니야, 아니라고! 나도 그런 경험이 있지만, 그건 내가 위험했을 때가 아니라, 굳이 말하자면 동료가 위험했을 때……."

변명하는 느낌인 카츠야의 이야기를, 유미나는 흥미진진하게 듣고 있었다.

카츠야는 자신이 위험할 때가 아니라 다른 사람이 위험할 때, 극한의 집중력으로 자기 시간의 흐름을 무의식중에 왜곡한다. 위험하다는 기준이 자기가 아닌 다른 사람의 위험에 있다. 유미나는 그게 카츠야답다고 느끼고, 다른 의미로 납득했다.

한편, 카츠야는 얼버무리면서 셰릴을 떠올리고 있었다.

이전에 카츠야는 오락가락하는 본인의 컨디션에 관해 셰릴에게 상담했을 때, 자신이 동료를 너무 신경 쓰는 것이 원인이라는 말을 들은 적이 있었다. 동료를 너무 걱정한 나머지, 동료의 안부 확인에 의식을 너무 집중했다고. 그 탓에 그것만으로 한계에 달해서 멀쩡하게 움직일 수 없게 되었다고 말이다.

그리고 그것을 긍정하는 사건이 카츠야가 그 말을 믿게 했다.

그것은 지금도 계속하고 있는, 종합 지원 시스템의 활용이다.

종합 지원 시스템은 부대의 정보 관리를 위해서, 각 부대원이 착용한 종합 지원 강화복을 통해 부대원의 상태를 조사하고 있다. 그리고 그것을 대장인 카츠야에게 항시 전송하고 있다. 이것은 카츠야가 동료의 안부를 확인하는 수고를 대폭 경감하고 있었다.

종합 지원 강화복을 사용한 뒤로 카츠야의 컨디션이 무척 좋아진 것은 아마도 그 덕분이겠지. 역시 셰릴의 말은 옳았다. 카츠야는 그렇게 생각하고, 셰릴에 대한 신뢰를 더욱 키웠다.

"그러니까 그런 경험이 그럭저럭 있다고 해도, 걱정하지 않아도 돼. 종합 지원 시스템의 지시에도 나 혼자 적에게 돌진하라는 건 없어. 뭐, 있어도 무시하겠지만."

"그렇다면 됐어. 그건 그렇고, 카츠야도 조심해. 슬슬 돌아올 거라며? 재미있는 여행 이야기를 기대할게. 이제 시간이 늦었으니까 이만 끊을게. 카츠야. 잘 자."

"그래. 유미나. 잘 자."

유미나가 카츠야와의 통신을 끊는다. 마음 편한 시간을 보낸 것에 만족하고, 가볍게 숨을 내쉬었다.

그러나 그렇게 편해진 마음으로 잠들지는 않았다. 카츠야와 한 이야기를 떠올리며, 도란캄의 훈련 데이터에서 해당 데이터를 찾는다.

아키라는 본인의 위기를, 카츠야는 동료의 위기를 계기로, 체감 시간의 왜곡을 발생시켰다. 그렇다면 자신은? 그렇게 생각한 유미나가 자신의 계기로 선택한 것은, 카츠야의 위기였다.

그런 사태는 유미나에게 달가운 게 아니다. 하지만 그 데이터는 충분히 있다. 카츠야를 위해서, 그리고 더는 그런 사태가 생기지 않게끔, 지금은 굳이 활용하자. 유미나는 그렇게 결단하고, 카츠야가 죽을 뻔했던 광경을 제삼자의 시점으로 보는 데이터를 꺼냈다.

우선 과합성 스네이크 토벌전의 영상을 본다. 거대한 뱀을 혼자서 유인하는 카츠야의 모습을 다시 본다. 그때의 기억을, 감정을, 초조함을, 공포를 떠올리면서, 사랑하는 사람이 죽음의 땅을 질주하는 모습을, 유미나는 집중해서 응시한다. 마치 자신이 거기 있는 것처럼.

그날 밤은 유미나에게, 평소보다 몹시 길게 느껴지게 되었다.

◆

평소처럼 전선 기지 앞에서 유미나를 만나기로 한 아키라는, 오늘은 자신이 먼저 도착한 것을 조금 신기하게 여겼다.

입장상 아키라를 기다리게 할 수 없는 유미나는 언제나 아키라보다 먼저 왔다. 아키라도 그것에 맞춰서 약속 시간보다 조금 일찍 도착하도록 조정했다. 그래서 요새는 기본적으로 유미나가 아키라가 도착하는 것을 기다렸다.

그러나 오늘은 자신이 먼저 왔다. 약속 시간은 얼마 남지 않았다. 늦게 도착한다는 연락도 못 받았다. 무슨 일이 생긴 걸까. 아키라가 그렇게 생각했을 때, 약속 시간이 되기 일보 직전에 유미나의 차량이 보였다.

도착한 유미나가 조금 황급히 차에서 내린다.

"미안해. 아키라. 지각이야?"

"아니, 나도 방금 온 참이야."

그렇게 말하고 웃으며 맞이한 아키라가 안도해서 한숨을 쉬는 유미나의 얼굴을 보고 조금 걱정하는 표정을 짓는다.

"유미나. 혹시 몸 상태가 안 좋아?"

"그런 것 같지는 않은데. 그렇게 보여?"

"조금은."

그런 소리를 들으면, 유미나도 짚이는 구석이 없진 않다.

"실은 잠이 조금 부족한 느낌이 든다고 할까. 푹 잔 것 같지 않아. 그것 때문일지도 몰라."

그리고 말하진 않았지만, 그 원인도 짚이는 구석이 있었다.

체감시간 조작 훈련을 위해서라고는 하지만, 카츠야가 죽을 뻔한 영상을 몇 번이고 봤다. 당연히 지치기도 한다. 마음 편히 자기도 어려워진다. 그 탓에 정신적인 피로가 다 가시지 않은 것이리라. 유미나는 그렇게 생각했다.

아키라가 진지하게 유미나를 걱정한다.

"괜찮아? 몸 상태가 안 좋으면 오늘은 관둬도 되는데. 헌터 활동에선 컨디션 관리도 일이라고 하지만, 상태가 안 좋을 때는 있어. 무리하진 말자."

유미나는 고개를 가로젓고, 아키라가 걱정하지 않도록 밝게 웃었다.

"괜찮아. 이래 봬도 일에 지장이 안 생기게 몸 상태를 유지하고 있는걸? 그리고 오늘은 유물 수집의 날이야. 몬스터 무리와 싸울 예정도 없으니까."

"그래? 뭐, 네가 그렇게 말한다면……."

그렇게 말하면서도 아키라는 아직 걱정하는 기색을 보였다. 그래서 유미나가 일부러 활기차게 웃는다.

"아키라가 싫다면 그만둬도 되는데? 나는 동행자니까. 아키라의 판단에 따를게. 하지만 짐짝을 데려가게 할 거면 그 녀석의 경호 수당을 달라고 할 정도인걸. 이럴 때는 그 수당만큼 일해도 되지 않을까?"

그 말을 들은 아키라는 조금 놀란 뒤, 유미나에게 맞춰서 활기차게 웃었다.

"그렇지. 그러면 오늘은 유미나를 경호해 볼까."

"잘 부탁해."

농담하듯 웃은 두 사람은, 오늘도 쿠즈스하라 시가지 유적 중심부로 출발했다.

평소처럼 유적의 안을 나아가던 아키라 일행은 한 고층 빌딩을 유물 수집 장소로 택했다. 그대로 주변 몬스터를 해치우고, 밖에 댄 차량의 안전을 확보한다. 아키라가 몸 상태를 의심한 유미나도 아키라의 발목을 잡는 일 없이 무난하게 잘 싸웠다.

빌딩에 진입할 준비를 마쳤을 즈음, 아키라가 눈앞에 있는 폐빌딩을 올려다본다. 빌딩은 높고 폭이 넓으며, 지저분하긴 해도 벽에서 균열을 찾아볼 수 없고, 튼튼해 보였다. 값비싼 유물을 기대할 수 있는 반면, 몬스터가 많이 잠복했어도 이상하지 않은 장소로 보였다.

유미나의 몸 상태도 생각하면, 이런 장소는 꼼꼼하고 안전하게 진행하는 게 좋겠지. 그렇게 생각한 아키라가 제안한다.

"유미나. 오늘도 사전 데이터가 없는 상태로 지휘를 부탁해도 될까?"

종합 지원 시스템의 지휘는 방대한 데이터 해석으로 판단이 이루어진다. 따라서 당연히 현지 정보가 많을수록 정확하게 적절한, 효율적인 지시를 내릴 수 있다. 즉, 기존 유적일수록 정밀성이 올라간다.

그러나 그것은 미지의 장소에 갈 기회가 어지간한 헌터보다 훨씬 많은 아키라와 상성이 나쁘다고도 할 수 있다. 그래서 아키라는 종합 지원 시스템이 미지의 장소에서 활동할 때 얼마나 대응할 수 있는지를 확인한다는 명목으로, 유미나에게 사전 데이터가 없는 상태의 지휘를 몇 번인가 부탁한 적이 있었다.

그러자 그 상태에서의 지휘 내용은 뭐든지 신중해졌다. 현지의 대략적인 장소, 동부의 어디쯤인지도 명확하지 않으며, 어떠한 몬스터가 있는지도 전혀 모른다. 그러한 상태에서의 지휘니까 아주 당연하지만, 그 지휘를 배우는 건 아키라의 성장에 크게 공헌했다.

유미나가 웃고 대답한다.

"알았어. 유물의 데이터도 없이 할까? 그쪽도 무효로 하면 또 싸구려 의자나 테이블도 챙겨가게 될 것 같은데."

그 자리에 있는 물건을 닥치는 대로 챙겨가는 건 단기적인 유물 수집에서는 효율이 낮아도, 장기적인 유물 수집에서는 효율을 높이는 데 도움이 될 때가 많다.

비품이나 가구와 한 세트로 특정 유물이, 값싼 유물과 비싼 유물이 함께 발견되는 사례가 많다면, 다른 장소에서 똑같이 싼 유물을 발견했을 때 비싼 유물도 같이 있을 가능성이 커지기 때문이다.

그런 데이터를 수집하기 위해서, 그리고 그 데이터의 정밀성을 키우기 위해서, 처음 발견한 장소에서는 망가진 의자나 테이블이라도 일부러 챙겨간다. 집단의 장기적 활용을 전제로 하고, 나아가서는 각지에서의 폭넓은 운용을 기대하는 종합 지원 시스템에는, 설령 유물 자체의 가치는 떨어지더라도 그렇게 할 만한 의미가 있었다.

아키라가 조금 고민한다.

"음. 그러네. 지휘 내용에 영향을 줄지도 모르니까, 일단 그쪽 데이터도 무효로 해줘. 유물을 챙길 때 유효로 바꾸면 되겠지."

"알았어. 그러면 출발하자."

아키라 일행은 차량을 그 자리에 남기고, 실내용 무장으로 빌딩에 진입했다.

아키라 일행이 폐빌딩을 탐색해 나간다. 퇴로를 의식하면서, 우선 1층 조사를 마쳤다.

"꽤 넓은 것치고는 별로 대단한 유물이 없는데. 벌써 누군가가 조사한 뒤일까?"

"그럴지도 모르겠네. 뭐, 아직 1층이야. 위층을 기대하자."

"그래야겠어."

5층에 도달했다.

"왠지 몬스터가 많은 것 같아."

"동감이야. 간단히 해치울 수 있으니까 상관없지만, 조금 많은 걸."

10층까지 탐색을 마쳤다.

"역시 여기, 몬스터가 꽤 많은데. 유물도 비싸 보이는 물건이 전혀 없고. 여기는 꽝이야."

"그러네. 이제 돌아갈까? 종합 지원 시스템은 일단 속행을 지시하는데, 지금은 사전 데이터가 없는 설정으로 진행해서 그럴 거야. 몬스터 상대로 고전하지 않는다면 단순히 데이터를 수집하기 위해서 더 진행하는 게 낫다고 판단한 것 같아."

"그런가. 음……."

아키라는 조금 고민한 다음, 탐색을 속행하기로 했다. 유물 수집 장소로서 꽝일 뿐, 이곳의 몬스터를 상대로 고전하는 건 아니다. 몬스터 격파만으로 성과가 된다.

그리고 종합 지원 시스템의 성능 검증이라는 명목이 있는 이상, 그 정도로 후퇴하는 것도 조금 아니라고 여긴 것이다.

유미나도 아키라가 그렇게 정했다면 상관없었다. 그대로 탐색을 속행한다.

15층에 도달하자 달팽이처럼 생긴 몬스터 무리와 맞닥뜨렸다. 과거 유적 중심부에서 유물을 수집할 때도 몇 번인가 해치운 바가 있다.

아키라가 그 몬스터를 보고, 과거에 토벌된 현상수배급을 다시 떠올린다.

"저건 역시 소형 다연장포 마이마이군."

"그러네. 많이 닮았어. 그러고 보니 다연장포 마이마이를 토벌할 때, 아키라도 거기 있었어?"

"그래. 잡일꾼 같은 느낌이어서, 직접 싸운 건 아니지만. 저게 황야에서 성장하면 다연장포 마이마이가 되거나 하는 걸까?"

"그렇게 된다면, 저 무리가 유적 밖으로 나갔다간 다연장포 마이마이 무리와 마주치게 될지도 모르는 거구나. 보기 싫은걸."

"절대로 보기 싫어. 그러니까 절대로 마주치지 않게, 여기서 해치우자."

아키라가 웃고 총을 겨눈다. 유미나도 웃고 총을 겨눴다.

기습당한 달팽이들이 총탄을 대량으로 뒤집어쓰고, 그 껍데기를 파괴당해서 쓰러진다. 일부 달팽이는 껍데기에 달린 소형 레이저 포로 반격하지만, 그 사선에 들어가지 않는 위치에서 사격하는 아키라 일행에게는 맞지 않는다. 차례차례 파괴당한다.

그러자 남은 달팽이들이 바닥, 벽, 천장에 달라붙어서 껍데기 속에 틀어박혀 움직이지 않는다. 그 순간, 껍데기의 강도가 극적으로 상승하고, 총탄이 튕겨 나간다. 총탄이 명중하는 곳에 충격변환광이 발생했다.

그것을 해석한 종합 지원 시스템이 유미나의 시야에 지시를 띄운다.

공격 대상이 생체 포스 필드 아머를 사용. 에너지원은 대상 개체가 아닌, 달라붙은 건물로 추정. 사용 중인 총탄으로는 무력화가 곤란할 것으로 판단. 일시 후퇴하거나, 안티 포스 필드 아머탄 사격을 추천.

그 내용은 유미나와의 연동으로 아키라의 시야에도 표시되었다. 다만 아키라는 아랑곳하지 않고 사격을 속행하는 한편, 집중하고, 체감시간을 조작해서 정밀 사격으로 전환한다.

연속해서 사출된 탄환이 표적의 껍데기에서 똑같은 곳에 전부 명중한다. 그렇게 해서 부풀어 오른 충격은 포스 필드 아머로 방어하는 단단한 껍데기를 꿰뚫었다.

이동을 포기하고 레이저 포 사용도 멈춰서 건물에서 빨아들인 대량의 에너지를 포스 필드 아머의 강도 유지로 돌렸던 달팽이가 껍데기를 파괴당하는 바람에 공격을 재개하려고 한다. 다시금 레이저 포에 에너지가 공급되기 시작된다.

하지만 그 탓에 포스 필드 아머의 강도가 떨어졌다. 유미나가 그냥 쏘기만 해도 껍데기에 금이 가고, 구멍이 생기고, 탄환이 내부를 꿰뚫어 유린한다.

이제 달팽이들은 어쩔 수가 없다. 모든 개체가 격파될 때까지 시간이 오래 걸리지 않았다.

아키라가 총구를 내리고 한숨을 쉰다.

"유미나. 아까 화면에 뜬 지시 말인데, 그건 사전 데이터가 없어서 그런 거겠지?"

"아마도. 미지의 몬스터 취급이었을 거야. 우리가 격파한 데이터가 있을 때는 내용이 달랐잖아?"

"즉, 미지의 몬스터를 그만큼 빨리 해석한 건가. 대단하네……. 모른 척한 게 아니라면 말이지만."

그렇게 말하고 의미심장하게 웃는 아키라에게, 유미나는 쓴웃음으로 받아쳤다.

"그 부분은 의심하면 끝이 없으니까 믿어 주자. 입장상, 그렇게 말해둘게."

"그렇군. 무턱대고 의심하는 것도 안 좋나."

웃으며 흘려넘긴 아키라와 유미나가 더 나아간다.

"아키라. 아까는 체감시간 조작을 썼지?"

"그래. 알아볼 수 있어?"

"대충. 역시 쓰면서 쏘면 많이 달라져?"

"엄청나게 달라. 그냥 연사하면 강화복으로 단단히 고정하는 것 같아도 역시 총이 흔들리니까. 쏘면서 조준을 미세하게 조정할 거라면, 체감시간 조작을 쓰는 게 잘 맞아."

"그래? 좋겠다. 나도 빨리 체감시간 조작이 되면 좋겠어."

조금 티를 내는 유미나의 말투에, 아키라는 쓴웃음을 흘렸다.

"나한테 말해도 말이지. 뭐, 잘해 봐."

"그럴게."

아키라 일행은 마음을 다시 가다듬고 위층으로 올라갔다.

◆

　폐빌딩을 위로 더 위로 올라간 아키라 일행은 마침내 최고층인 30층에 도착했다. 그러나 그 표정에 성취감은 조금도 없다. 아키라도 유미나도 왠지 지긋지긋한 표정을 지었다.

　"여기까지 와서 그냥 돌아가기는 뭐해서 진행했는데, 몬스터는 늘어나지, 비싼 유물은 없지, 완전 꽝인데."

　"헌터 활동이니까. 그럴 때도 있어. 일단 아직 이 층이 남았으니까, 여기까지 왔으면 끝까지 조사해 보자."

　"그렇군. 알았어. 가자."

　아키라 일행이 밑져야 본전으로 생각하며 마지막 층을 탐색하기 시작한다. 대충 조사만 하고 돌아가자. 아키라는 그렇게 생각했었다.

　하지만 그때 알파가 지시한다.

　『아키라. 경계해.』

　지금껏 알파는 훈련이라며 유미나가 지휘할 때는 참견하지 않았다. 그런 알파가 경계를 지시해서, 아키라가 단숨에 분위기를 바꿨다.

　유미나도 아키라의 변화를 느끼고 경계를 강화한다.

　"아키라. 무슨 일이야?"

　"아니, 기분 탓일지도 모르지만……."

　알파가 지시한 구체적인 이유를 모르는 아키라는, 아무튼 그렇게 대답해서 얼버무렸다.

그러자 알파가 통로 너머를 손으로 가리킨다. 조금 뒤, 정보수집기가 그쪽에서 뭔가의 반응을 포착했다.

유미나도 그 반응을 알아챘다. 그리고 무심코 괴이쩍은 표정을 짓는다.

"어……? 이 반응은…… 사람?"

"그런 것 같은데. 다른 헌터인가?"

"잠깐만. 왜 다른 헌터가 우리보다 먼저 여기 있어? 몬스터가 그렇게 많았는데? 해치우고 여기까지 왔어? 하지만 몬스터의 사체는 없었는데?"

얼굴에 당혹한 기색을 드러낸 유미나에게, 아키라가 경계를 얼굴에 드러내고 말한다.

"그래, 신기한걸. 그러니까 일단은 경계하자."

"그러네……."

정체불명의 상대다. 그러니까 경계한다. 그렇듯 당연한 소리를 듣고, 유미나도 의식을 전환했다. 지금은 떠오른 의문을 미루고, 진지한 표정을 짓는다.

그리고 그 상대가 통로 모퉁이에서 나타났다. 아키라 일행을 알아채지 않고, 못마땅한 얼굴로 투덜대고 있다.

"여긴 뭐야……. 큰 빌딩이라서 기대했는데, 멀쩡한 물건이 없잖아. 응……?"

그 인물은 투덜대며 걷다가 마침내 아키라 일행을 알아챘다.

아키라 일행이 그 인물을 보고 놀란다. 상대는 자신과 나이가 비슷해 보이는 소년으로, 차림새로는 일단 헌터로 보인다. 그러나 그 장비는 쿠즈스하라 시가지 유적 중심부라고 하는 위험지대를 탐색하는 헌터로는 보이지 않을 만큼, 값싸고 조악해 보였다.

그런 장비로 어떻게 여기까지 왔는지. 아키라 일행의 머릿속에 의문이 떠오르고, 정체 모를 인물에 대한 경계가 커진다.

한편, 소년은 아키라 일행을 보고 놀라서 멍하니 서 있었다. 하지만 정신을 차리자마자 얼굴이 크게 일그러진다. 공포로.

"힉?!"

소년이 짧게 비명을 지르고 왼팔을 아키라에게 뻗었다.

총을 겨눴다면 아키라도 즉각 반응했을 것이다. 그러나 그건 빈손이었고, 나아가 상대의 표정이 적개심이 아닌 공포를 드러내는 바람에 아키라의 반응을 아주 조금 늦췄다.

그때 알파의 질타가 날아든다.

『피해!』

그래서 아키라도 즉각 움직인다. 상대의 행동은 모종의 공격 동작이다. 그렇게 이해하고, 팔을 뻗은 방향에서 온 힘을 다해 이탈한다. 유미나를 반쯤 끌어안고서, 그 자리에서 통로 옆길로 함께 뛰어들었다.

잠시 후 포탄이 통로를 가로지른다. 그리고 통로 끝 벽에 명중해서 폭발했다. 빌딩이 흔들리고, 발생한 화염과 연기가 통로를 지나 아키라 일행에게 도달한다. 그 정도의 위력이었다.

물론 아키라는 멀쩡하다. 포스 필드 아머를 갖춘 강화복과 방호 코트 덕분에, 그만한 폭발도 직격만 당하지 않으면 상처 하나 생길 일이 없다.

유미나도 멀쩡하다. 값비싼 강화복의 방어력과 함께 아키라가 유미나를 폭풍에서 지키듯이 감쌌기 때문에 다칠 요인이 하나도 없었다.

폭풍이 잦아들었을 즈음, 아키라가 숨을 내쉰다.

"유미나. 괜찮아?"

"으, 응."

아키라가 안심해서 웃는다. 그리고 유미나를 조심스럽게 떼어 놓고, 통로 그늘에서 상대의 낌새를 살폈다.

"도망쳤나……. 그 녀석은 대체 뭐였지?"

험악한 표정을 지은 아키라를 보고, 유미나도 조금 뒤늦게 정신을 차렸다. 고개를 몇 번인가 흔들고, 침착하게 상황을 파악하면서, 똑같이 험악한 표정을 지으며 묻는다.

"아키라. 어떻게 할래? 저 녀석을 쫓아갈까?"

아키라가 살짝 고민한다. 하지만 오늘의 자신은 유미나의 경호라는 판단이 아키라를 죽이려고 한 자를 즉각 쫓는다는 판단을 막았다.

"판단은 유미나에게 맡길게. 유물 수집 때는 유미나의 지휘로 움직이기로 했으니까."

"알았어. 그렇다면 쫓지 않을게. 오늘은 이만 귀환하자. 안전 제일이야. 몬스터만으로도 벅찬데, 다른 헌터까지 상대할 순 없어. 이래도 될까?"

"그래."

아키라와 유미나는 서로에게 고개를 끄덕이고, 폐빌딩을 신중히 내려갔다.

　그 뒤, 아키라 일행은 아무 일도 없이 지상으로 돌아와 그대로 귀로에 올랐다.

　후방 연락선에 진입해서 긴장을 푼 아키라가 괴이쩍은 얼굴로 옆에서 날고 있는 알파를 본다.

　『있잖아, 알파. 그 녀석은 대체 뭐야?』

　『나도 자세한 건 몰라.』

　『그렇겠지. 흠…… 그런데 그 녀석, 어디서 본 것 같은데…… 기분 탓인가?』

　『기분 탓이 아니야. 그 아이는 셰릴의 창고를 경비하던 아이 중 한 명이야.』

　아키라가 너무 뜻밖인 말을 듣고 놀란다.

　『어?! 왜 그런 녀석이 거기 있고, 우리를 공격한 건데?!』

　『그러니까 나도 자세한 건 몰라. 확실하게 아는 건 그 이름 정도야. 티오르라고 해.』

　『뭐가 어떻게 된 거야…….』

　영문 모를 상황에, 아키라는 그저 머리를 감싸기만 했다.

　유미나는 후방 연락선에 진입했을 때 운전을 자동으로 바꿨다. 그리고 화물칸으로 넘어가 차에 실린 종합 지원 시스템 장치에 직접 접속해서 아까 폐빌딩 30층의 데이터를 자세히 조사하고 있었다.

자신이 그 정체 모를 인물과 접촉한 시간은 한순간이었지만, 종합 지원 시스템이 뭔가 해석했을지도 모른다. 그렇게 생각하고 데이터를 열람한다.

유미나의 예상대로, 종합 지원 시스템은 거기 있던 인물, 티오르에 대해 해석했다.

하지만 예상을 벗어난 해석 결과를 보고, 유미나가 당혹함을 드러낸다.

"어떻게 된 일이지……?"

미지의 몬스터와 조우. 해석에는 그렇게 기록되어 있었다.

제154화 티오르의 한탄

어쩌다가 이렇게 됐지? 티오르의 머릿속에는 그런 한탄이 쭉 있었다.

◆

대규모 항쟁이 종결하고 며칠 뒤, 요란한 전투의 상흔을 짙게 남긴 슬럼에서, 티오르가 필사적으로 도망치고 있다. 그 뒤쪽에서는 티오르를 쫓는 자들의 노성이 울려 퍼지고 있었다.

"쫓아가! 절대로 놓치지 마! 죽여!"

"무리해서 생포하려고 하지 마라! 도망칠 것 같으면 그냥 죽여!"

명확한, 그리고 무자비한 살의가 짙은 목소리와 함께 총탄이 빗발친다. 뒷골목에 총성이 메아리치고, 탄환이 근처 벽에 구멍을 내며, 지면을 헤집는다.

티오르도 필사적으로 반격하지만, 상대는 다수. 전력은 절망적으로 차이가 난다. 견제 사격으로 적이 접근하는 것을 막는 게 한계. 더군다나 잔탄도 바닥을 드러내고 있다.

탄이 다 떨어지기 전에 총에 맞아 죽거나, 탄이 다 떨어진 다음에 잡혀서 고통받다 죽거나, 뇌리를 스치는 비참한 양자택일이 티오르를 상황적으로도, 정신적으로도 궁지에 몰아넣고 있었다.

아키라와 협상해서 셰릴에게 협력하게 된 비올라가 제일 처음 한 일은, 셰릴의 조직에 있는 배신자를 폭로하는 거였다.

돈을 받고 조직의 내부 정보를 판 자. 다른 조직과 몰래 내통한 자. 그런 자들의 자세한 정보가 셰릴에게 제공된다.

그 정보를 얻은 셰릴은, 그중에서도 묵과할 수 없는 자들만을 조직에서 추방했다.

자신들이 아직 약소 조직이던 시절, 가혹한 슬럼에서 살아남기 위해 어쩔 수 없이 저지른 일이라면 다소 관대하게 봐줄 수 있었다. 그 뒤로 아키라의 실력을 실감하고 태도를 바로잡은 자들도, 아키라의 힘을 올바르게 이해한 자들이라는 의미에서 죄가 작다면 넘어가 줄 수 있었다.

하지만 그런 게 아닌 자들은 도저히 용납할 수 없다. 추방하는 이유를 명시하고, 가차 없이 조직에서 쫓아냈다. 그 자리에서 죽이지 않은 것은 자비가 아니다. 슬럼의 뒷골목에서 비참하게 죽게 해서 배신자의 최후를 드러내는 것이 안팎으로 교훈을 줄 수 있다는 이유다.

그리고 조직에서 추방당한 자들의 목록에는 자루모가 이끄는 습격자들과의 싸움에서 거둔 성과를 바탕으로 조직의 무력 요원 가입이 예정되었던 티오르의 이름도 있었다.

그 정보를 얻은 시지마는 가장 먼저 티오르를 죽이려고 했다.

본인도 정확히 몰랐다고는 하나, 티오르는 창고의 유물과 아키라의 부재 같은 정보를 양대 조직에 흘렸다. 그리고 그것이 창고가 습격당하는 원인이 되었다. 그 공방에서 다수의 사상자를 낸 시지마 일파가 티오르를 살려두는 건 있을 수 없는 일이었다.

마침내 티오르가 시지마의 부대에 의해 궁지에 몰린다.

총에 맞아서 구멍이 난 몸을, 강화복으로 어떻게든 버텨서 움직이고 있다. 피를 흘리는 바람에 얼굴이 지독하게 파래졌다. 그 얼굴은 죽음의 공포로 더욱 추하게 일그러졌다.

지금은 폐허에 몸을 숨겼다. 간단히 들킬 곳은 아니지만, 여기에 숨어 있어도 상황은 좋아지지 않는다. 잔탄은 얼마 없고, 회복약은 다 썼다. 출혈은 멎지 않는다. 이제 끝장이다.

티오르도 그럭저럭 돈을 버는 헌터다. 어중간한 퇴물 헌터에게는 질 마음이 없다. 하지만 티오르를 추격하는 사람 중에는 창고가 습격당했을 때 함께 싸웠던 다른 소년 헌터들도 섞여 있었다. 자신들은 배신하지 않았다고 증명하기 위해서 시지마를 돕기로 한 것이다.

그 소년들이 티오르에게 범용 통신으로 말을 건다.

"티오르. 슬슬 포기하는 게 어때? 걱정하지 마. 함께 싸운 정을 생각해서 편하게 죽여 줄게."

"시, 시끄러워……!"

평상심을 잃은 티오르가 무심코 받아쳤다. 하지만 그것은 실수였다.

"있다. 단거리 통신 범위, 내 주위 50미터 이내의 어딘가야. 포위해."

"라저."

그 목소리를 마지막으로 통신이 끊긴다. 상대는 통신 범위를 의도적으로 좁히고 자신에게 말을 걸어 대답하기만을 기다리고 있었다. 그 범위에 자신이 있다고 확정하기 위해서. 티오르는 뒤늦게 그 사실을 깨달았지만, 이미 늦었다.

이제는 좁은 범위를 샅샅이 뒤지기만 하면 된다. 더는 도망칠 수 없다. 그 공포가 티오르의 정신을 더욱 압박하고, 소리치게 한다.

"빌어먹을……!"

격한 감정을 담아서 벽을 때린다. 남은 힘을, 기력을, 희망을, 전부 토해내서 바닥내는 것처럼, 소리를 크게 지르며 때린다.

"빌어먹을! 빌어먹을! 빌어먹을!"

그 손이 멈췄을 때, 티오르에게는 아무런 힘도 남지 않았다. 쓰러지듯 주저앉는다.

"빌어먹을……."

조금만 더 가면 잘 풀릴 줄 알았다. 셰릴의 조직에 들어가고, 성과를 내고, 인정받고, 사랑하는 사람과 좋은 관계가 된다. 그런 길이 열렸다고 여겼었다.

그랬는데 어쩌다가 이렇게 된 건지. 희미해지는 티오르의 의식에는, 그 말만이 떠올랐다.

그런 티오르에게 말을 거는 사람이 나타난다.

"안녕. 중상이로군, 티오르."

아무도 모르게 어느새 그 자리에 나타난 백의의 남자는, 슬럼에서 진료소를 경영하는 야츠바야시였다.

소년 헌터들이 주변을 뒤진다. 하지만 티오르의 모습은 찾아낼수 없었다. 찾아낸 것은 본인의 것으로 추정되는 총과 정보단말, 그리고 대량의 혈흔뿐. 티오르 자신은 홀연히 사라졌다.

마지막으로 티오르와 이야기한 소년이 피로 물든 정보단말을줍고 괴이쩍은 표정을 짓는다.

"통신이 연결된 건…… 이 단말이 맞아. 그 녀석은 여기 있었어. 그런데 어디 갔지……?"

다른 소년이 가볍게 말한다.

"거추장스러운 물건을 내팽개치고 도망친 거겠지. 근처에 있지않을까?"

"그렇겠지. 찾아볼까. 거참, 시지마네가 먼저 찾아내도 난 모른다고. 번거롭게 하고 말이야."

티오르는 시지마 일파에 찍힐 짓을 했다. 죽어도 어쩔 수 없다.

하지만 고통받다 죽을 필요는 없으리라. 그러니까 자신이 편하게 죽여 주겠다.

그것은 소년의 본심이었다.

소년들이 티오르를 찾는다. 뒤늦게 도착한 시지마 일파도 티오르를 찾기 시작한다.

하지만 아무리 찾아도 발견되지 않는다. 수색 범위를 넓히고 인원을 늘려도, 결국 찾아내지 못했다.

그대로 티오르는 홀연히 모습을 감췄다.

◆

야츠바야시가 경영하는 야츠바야시 진료소 지하에는 특수한 환자에 대응하기 위한 병실이 있다. 주로 치료비를 내지 못하고 그만큼의 임상시험으로 치료비를 상쇄하는 자들을 위한 곳, 실험장이다.

야츠바야시에 의해 구출된 티오르는 지금 그 병실 침대에 누워서 잠들어 있었다. 이미 부상은 완치했지만, 정신이 들 기미가 전혀 없다.

그 몸에는 온갖 기묘한 기구가 달려 있었다. 녹색 액체로 가득 찬 튜브의 바늘이 곳곳에 박혀서 그 액체를 티오르에게 천천히 주입하고 있다.

그런 티오르의 모습을 보면서, 야츠바야시가 기쁘게 웃는다.

"괜찮아. 자네 정도의 적합치라면 잘될 거야. 안심해 달라고."

야츠바야시는 이전에 티오르의 상처를 치료했을 때, 그 신체의 상세한 데이터도 함께 취득했다. 그리고 매우 희귀한 데이터를 발견해서, 티오르를 자신의 실험에 동참시킬 기회를 찾고 있었다.

야츠바야시도 나름대로 삐뚤어진 양심이 있다. 적합한 피험체를 찾았다고 해서 동의도 안 구하고 멋대로 실험하진 않는다. 동의는 꼭 받는다.

다만 돈이 없어서 치료비를 못 내는 사람을 공짜로 치료해 주는 대신, 임상시험으로서, 피험자로서, 실험에 협력하게 한다. 일부러 슬럼 같은 곳에 진료소를 연 것도 그런 이유 때문이다.

그런 야츠바야시는 티오르가 시지마 일파에 쫓긴다는 것을 알고, 그 기회가 왔다는 듯이 움직였다. 광학미채를 써서 티오르를 몰래 관찰하고, 기회를 살폈다.

그리고 생사의 경계를 오가는 티오르에게 제안한다. 부상을 치료하고, 안전한 장소로 후송해서 숨겨 주겠다. 그러니 대가로 임상시험에 협력해 달라.

다 죽어가던 티오르는 야츠바야시의 제안을 거부할 수 없었다.

"약속은 지키마. 그러니 자네도 약속을 지켜. 괜찮아. 자네의 출세에도 보탬이 될 거야."

야츠바야시는 무척 기분이 좋았다.

차라리 죽는 게 낫다. 세상에는 그런 일이 제법 있다.

편하게 죽여 주겠다. 소년 헌터의 선의를 거부한 티오르는, 그 선택 앞에서 기다리는 인생을 걷게 되었다.

◆

혼수상태에서 깨어난 티오르가 몸을 일으키고, 잠이 덜 깬 상태로 주위를 둘러본다.

"어……? 어디지?"

낯선 하얀 방의 침대에 앉아, 티오르는 놀라면서도 상황을 파악하려고 했다. 하지만 놀라움은 더욱 커질 뿐이었다.

두 팔에는 금속으로 된 매우 튼튼해 보이는 구속구를 찼다. 그러나 철판형 구속구는 손목 부분만 남아서 족쇄의 기능을 상실했다. 그 단면에는 뭔가 물어뜯은 듯한 자국이 있었다.

시야에는 뭔가 기호와 문자 같은 게 떠 있다. 하지만 그 기호의 의미는 모르고, 문자도 읽을 수 없다. 확장시야용 고글이라도 썼나 싶어서 머리에 손을 대지만, 아무것도 없었다.

"이게 뭐야……. 어떻게 된 거지?"

놀라움이 혼란으로 바뀌고, 여기에 영문 모를 상황에 대한 불안과 초조가 더해져, 티오르의 얼굴을 험악하게 일그러뜨린다.

그 감정이 이대로 여기 있어도 소용없다는 생각을 부채질했다. 티오르는 일어나서 아주 자연스럽게, 당연한 것처럼, 하지만 본인은 그 행동의 의미도 모르고 방문을 향해 왼팔을 뻗었다.

마침 그때, 티오르의 식사를 가져온 야츠바야시가 문을 열었다. 그리고 자신이 있는 쪽으로 왼팔을 뻗은 티오르를 보고 허둥댄다.

"으힉! 또냐?!"

"응? 너는……."

티오르는 그렇게 말했지만, 말을 더 잇지는 못했다. 곤혹스러운 얼굴로 야츠바야시를 본다.

왠지 모르게 아는 사람 같다. 지금의 티오르는 야츠바야시를 그렇게 인식하는 게 고작이었다.

티오르와 야츠바야시 모두 그대로 상황 고찰에 의식을 집중해서, 잠시 움직임을 멈췄다.

그리고 먼저 움직인 것은 야츠바야시였다. 무척 기쁘고 즐거운 듯이 웃는다.

"그 느낌으로 봐서는 의식이 잘 돌아온 것 같군. 아, 다행이야. 역시 찬찬히 적응시키고, 식사도 잘 챙겨주는 게 정답이었을까?"

"너는, 무슨 소리를⋯⋯."

"워워, 진정하라고. 기억은 어디까지 남았지? 여기가 어딘지 아나? 왜 여기에 있는지는 기억하고? 눈뜨기 전의 일을 떠올릴 수 있나?"

"어⋯⋯."

열심히 떠올리려고 한 시점에서, 티오르의 기억은 몹시 애매모호했다. 야츠바야시도 그것을 눈치챈다.

"그렇다면 자기 이름은 말할 수 있나?"

자신의 이름. 자기를 정의하는 부호를, 스스로 인식할 수 있는가. 대답하지 못하면 자의식마저 애매모호해질 수도 있는 질문에, 티오르가 대답한다.

"나는, 티오르야."

"좋아. 티오르. 우선 식사나 하자. 자네도 이것저것 알고 싶겠지. 대충 설명할 테니까, 먹으면서 들어 주게."

티오르에게 명확한 대답을 듣고, 야츠바야시는 실험의 성과를 느껴서 기분 좋게 웃었다.

"그리고 티오르. 슬슬 그 팔을 내려주지 않겠나?"

"어? 그래."

티오르는 시키는 대로 왼팔을 내렸다. 그리고 이상하게 여긴다.

(나는 왜 팔을 뻗은 거지……?)

자신이 한 일인데도, 티오르는 그 이유를 전혀 몰랐다.

식사하면서 야츠바야시의 설명을 듣던 티오르가 그 내용에 자극받아 서서히 이것저것 떠올리기 시작한다.

시지마 일파에 의해 죽을 뻔했다는 것. 그것을 야츠바야시가 구해준 것. 그 대가로 임상시험에 협력하기로 한 것. 그러한 기억을, 식판에 담긴 것을 먹으며 그러고 보니 그랬다고, 단순히 깜빡했던 것처럼 떠올리고 있었다.

"그래서? 부상은 다 나은 것 같은데, 임상시험은 뭘 하면 돼?"

"그래. 앞으로는 데이터 수집을 주로 할 거다. 그런고로 자네는 내 지시에 따라 헌터 활동을 해주게."

"헌터 활동이라. 뭐, 헌터니까. 시키면 하겠지만 말이야."

"장소는 쿠즈스하라 시가지 유적 중심부다."

티오르는 갑자기 사레가 들렸다. 그때 입에 넣었던 것이 바닥에 튄다.

"쿠즈스하라 시가지 유적 중심부?! 그런 데를 어떻게 가라는 건데?!"

"괜찮아. 유료이지만, 중심부로 통하는 후방 연락선이 있지. 통행료는 내가 내마."

"그런 뜻으로 한 말이 아니야! 그딴 곳의 몬스터와 싸울까 보냐!"

"그쪽도 괜찮다. 그러려고 자네한테 신체 강화 확장 처리를 했으니까."

"어?"

그 작은 놀라움이 티오르의 의식을 흔들었다. 그것으로 지금껏 아무렇지도 않게 하던 식사에서, 타성에 따른 자연스러운 작업과도 같은 감각이 잠시 사라진다. 그리고 기묘한 느낌이 들었을 때, 아까 입에서 바닥으로 튀어나간 것이 눈에 들어왔다.

괴이쩍은 얼굴로 그것을 손에 집은 티오르의 표정이 경악으로 물든다. 그것은 물어뜯긴 금속 블록이었다.

경악한 얼굴로, 티오르가 천천히 시선을 돌리고, 거기 있는 것을 본다. 식판 위에는 똑같은 금속 블록이나 세라믹 등, 누가 봐도 인간의 식사 같지 않은 것이 담겨 있었다.

"어……? 어……?"

티오르는 혼란에 빠졌다. 자신이 지금껏 그것을 아무렇지도 않게 먹은 것에. 그것을 보고, 입으로 옮기고, 의식하지 않고 먹은 것에. 무엇보다 명백히 이상한 사실을, 자신이 지금에야 깨달은 것에 혼란을 느꼈다.

그리고 야츠바야시는 그런 티오르의 반응을 매우 흥미롭게 보고 있었다.

"티오르. 괜찮나?"

"이봐, 나한테 무슨 짓을 한 거야?"

"무슨 짓이긴. 아까 말한 그대로다. 자네는 내 시술로 신체 강화 확장자가 되었다. 매우 강력한 확장자가 말이지."

너무 놀라서 넋이 나간 티오르에게, 야츠바야시는 설명을 겸해서 자신의 실험 성과를 신나게 이야기했다.

◆

야츠바야시의 차량이 후방 연락선을 따라서 쿠즈스하라 시가지 유적 중심부로 향하고 있다. 차량은 대형 병력수송장갑차를 개조해서 만든 이동 진료소다.

티오르는 그 진찰실에서 불안한 표정을 짓고 있었다.

"이봐, 정말로 괜찮은 거겠지?"

그 말을 들은 야츠바야시가 가볍게 대답한다.

"그걸 확인하려고 지금부터 유적에 가는 거 아닌가."

"그건 그렇지만."

"괜찮대도. 자네는 귀중한 피험자, 임상시험 협력자다. 나는 자네를 헛되이 죽게 할 마음이 추호도 없어."

안이한 말과 그 말보다 신용할 수 있는 근거를 듣고, 티오르는 슬쩍 체념을 담아 한숨을 쉬었다.

"발견한 유물은 전부 내 것. 그 약속은 꼭 지키라고."

"물론이지. 임상시험에 협력해 주는데 유물도 내놓으라곤 하지 않아. 그러니까 자네도 약속한 대로 임상시험에 협력해 주게. 지금 와서 도망치면 곤란하다고."

"나도 알아. 도망치지 않고, 협력도 할게. 거참, 그러려고 내 머리에 폭탄도 심었다며? 어떻게 도망쳐? 꼭 그래야겠어?"

"자네의 몸은 내가 특별히 확장 처리를 한 귀중품이니 말이야. 그 정도는 하지. 그 몸은 굉장할걸? 원래라면 그 신체 강화 확장 처리의 대금으로 100억 오름은 받아도 되는 수준이지."

야츠바야시는 득의양양한 기색으로 말했다. 그것을 들은 티오르가 야유하듯 웃는다.

"그렇게 굉장하다면 죽기 직전인 녀석을 협박해서 피험자로 만들 필요가 없잖아? 희망자가 쇄도할걸?"

그런 티오르의 야유에, 야츠바야시는 힘껏 고개를 끄덕였다.

"그러게 말이다. 왜 다들 싫어하는 건지."

그리고 못마땅한 투로 말을 잇는다.

"그야 아직 개발 중인 시술이긴 하지. 완전히 안전하다곤 말할 수 없어. 하지만 유적의 몬스터와 싸워서 죽는 것과 비교하면 싸게 먹히는 위험인데? 슬럼의 배급식도, 위험한 걸 어렴풋이 알면서도 그냥 먹는 주제에. 왜 이건 안 된다는 건지."

진심으로 하는 말이다. 그렇게 느낀 티오르는 질색하듯 얼굴을 찡그렸다. 그런 감각을 지닌 인간이 자기 몸을 개조했다는 걸 포함해서, 몹시 싫은 표정을 지었다.

"강해질 수 있다고 해서, 쇠나 플라스틱 같은 걸 먹는 몸이 되고 싶은 녀석은 없다고."

"그런가? 그렇다면 자재 카트리지를 직접 몸에 넣도록 하는 게 좋나. 하지만 그 부분을 변경하긴 어려울 텐데……. 원래부터 섭식을 기본으로 하는 형식이니까 구축 공정의 흐름이……."

야츠바야시가 그대로 사고를 개선 방법의 모색으로 이행한다.

그 모습을 본 티오르의 불안은 더욱 커졌다.

　후방 연락선을 따라서 유적 중심부에 도착한 티오르가 야츠바야시의 차에서 내린다. 장비는 미개조 AAH 돌격총과 야츠바야시와의 연락용 정보단말로 끝. 이곳을 찾는 헌터들의 기준으로는 자살 희망자와 다름없다.

　어울리지 않는 장소에 있다는 인식이, 티오르의 얼굴을 긴장으로 마구 일그러뜨렸다.

　"이봐, 정말로 괜찮은 거 맞지?"

　차에 남은 야츠바야시가 통신으로 대답한다.

　"그러니까 지금부터 그걸 확인하는 거다. 이론상 문제는 없어. 이제는 현장 시험의 결과에 달렸지. 자, 출발해. 잘해 보게나."

　"알았다고!"

　티오르는 하는 수 없이 출발했다.

　외곽부와는 다른 유적의 풍경에 티오르도 헌터로서 약간은 흥분한다. 그러나 그 정도의 흥분으로는 죽음의 땅에 발을 들이는 공포에 저항할 수 없다. 커지는 긴장감이 티오르의 호흡을 흐트러지게 한다.

　그런 티오르에게, 야츠바야시가 이번 임상시험의 주의사항을 다시 설명한다.

　"자꾸 말하는 거지만, 몬스터와 마주쳐도 절대로 공격하지 말게. 이 주변 몬스터는 그런 총으로 공격해도 통하지 않아."

　"거참 말이 많네. 그렇다고 해서 맨손으로 유적에 들어갈 수 있겠냐고."

"뭐, 총도 없이 유적에서 어슬렁거리는 모습을 다른 헌터가 목격하면 수상하게 여길 테니까, 억지로 빼앗을 마음은 없다. 쏴도 소용없다는 걸 이해하고, 쏘지 않도록 조심해 주게."

"그래. 애초에 총을 쓸 필요가 없도록, 네 실험이 잘되기를 빌겠어. 새로운 방식의 위장 기술이라고 했던가? 그게 잘 기능하면 몬스터가 공격하지 않는다며?"

티오르가 그렇게 말하고 자기 팔을 본다. 멀쩡하게 보인다.

"내 모습만 사라진 것처럼 보이진 않는데 말이지……."

"광학적인 위장이 아니니까 말이야. 애초에 안 보이기만 한다고 몬스터가 공격하지 않으면 고생할 일이 없지. 완전한 어둠 속에서도, 몬스터는 소리로도 열로도 진동으로도 적을 탐지한다. 물론 그것에 대응하는 위장 기능도 있지만, 자네의 위장은 그것을 뛰어넘는 것이야."

"그러냐."

티오르는 긴장을 얼버무리기 위해서 야츠바야시와 이야기하며 유적을 나아간다. 그리고 유물을 찾아서 적당한 건물 안에 들어갔다.

유적의 중심부는 강력한 몬스터가 서식하는 바람에 아직 사람의 손길이 안 닿은 장소가 널렸다. 값비싼 유물이 곳곳에 대량으로 남아 있다.

티오르가 적당히 고른 건물도 예외가 아니었다. 대충 들어간 방에서 갑자기 비싸 보이는 유물을 여럿 발견한 티오르가 무심코 소리친다.

"오오! 굉장해!"

어지간한 유적에서는 이미 찾아볼 수 없는 값비싼 유물을 보고 흥분하며, 활짝 웃고 배낭에 쑤셔 넣는다. 지금은 임상시험 중이라는 것도 잊고, 티오르는 이때를 만끽하고 있었다.

그때 등 뒤에서 소리가 난다. 그것으로 티오르의 흥분은 싹 날아갔다. 자신은 지금 유적의 중심부에 있다. 그 현실을 떠올리고, 티오르가 천천히 돌아본다.

그곳에는 몸에 기관총이 달린 거대 거미가 있었다. 그것도 여럿이, 바닥과 천장에 두 마리씩 있다. 나아가 거미들의 총구는 이미 티오르를 겨누고 있었다.

승산이 없다. 손쓸 수가 없다. 죽는다. 그 인식이 티오르를 경직하게 한다.

하지만 거미들은 그 상태로 티오르를 보기만 하고 아무것도 하지 않았다. 그리고 잠시 후, 아무 일도 없는 것처럼 사라졌다.

극도의 긴장에서 해방된 티오르가 바닥에 털썩 주저앉는다.

"뭐, 뭐지……?"

"좋아! 성공이다!"

무척이나 기뻐 보이는 야츠바야시의 목소리에 티오르는 정신을 차렸다. 그리고 성공이란 말에서 눈치챈다.

"방금 내가 공격받지 않은 게, 네가 말한 새로운 위장 기능의 효과란 거야?"

"그런 셈이지."

"괴, 굉장한걸. 대놓고 들켰는데도 공격하지 않는 건가."

"그런 기능이니까 말이다. 이로써 이론상의 효과를 현장에서도 확인할 수 있었다. 당연한 결과지만, 제삼자에게도 설득력이 있는 데이터를 취득한 건 무척 기쁘군."

이 결과는 티오르에게도 강한 설득력을 주었다. 야츠바야시에 대한 인상이 정체 모를 돌팔이 의사에서 매우 우수한 연구자로 탈바꿈한다.

"자, 티오르. 임상시험을 속행하지. 헌터 활동을 재개해 주게. 몬스터와 마주쳐도 먼저 자극하지 않으면 괜찮을 거다. 거듭 말하지만, 공격은 금물이야. 아무리 그래도 먼저 공격하면 반격할 테니까."

"알았어. 좋아! 해보자!"

이 장소의 유물을 배낭에 다 넣은 티오르가 새로운 유물을 찾아서 유물 수집 작업을 속행한다. 그 뒤로도 몬스터와 몇 번이고 마주쳤지만, 공격당하는 일은 없었다.

◆

임상시험을 겸한 유물 수집 작업을 마치고 야츠바야시의 이동 진료소로 돌아온 티오르가 바닥에 수북이 쌓인 유물을 보고 기쁨을 드러낸다.

"이, 이걸 오늘 하루 만에……! 유적 중심부에서, 유물을, 이만큼……!"

이만한 성과는 원래라면 자신에게 절대로 불가능하다. 그것을 아는 만큼, 그것을 가능하게 한 야츠바야시의 엄청나 기술에, 티오르는 놀라움과 기쁨을 감추지 못했다.

"굉장해! 굉장하다고 당신! 그 뒤로도 몬스터는 전혀 공격하지 않았어! 이러면 유물을 마음대로 수집할 수 있잖아!"

"기뻐해 주니 다행이군. 그러면 오늘은 돌아가 보실까. 다음 일도 이야기해야 하니까."

야츠바야시가 티오르를 달래고 차량을 출발시킨다. 두 사람 모두에게 큰 성과를 남기고, 티오르와 야츠바야시는 쿠즈스하라 시가지 유적을 뒤로했다.

슬럼의 야츠바야시 진료소로 돌아왔을 무렵에는 티오르도 침착함을 되찾았다. 그래도 오늘은 큰 성과가 있어서 기분이 매우 좋았다.

지하실에서 야츠바야시가 앞으로의 예정을 설명한다. 오늘처럼 유적에서 데이터를 2개월 정도 수집한 다음, 몸을 원래대로 돌리는 시술을 마쳐서 임상시험을 끝마친다. 그 설명을 들은 티오르는 무심코 희미한 불만을 얼굴에 드러냈다.

"어? 이 몸을 원래대로 돌릴 거야?"

"물론이지. 이런 기술의 가역성은 중요하거든? 평생 그대로인지, 원래대로 돌릴 수 있는지에 따라서 사용하는 진입 장벽이 크게 달라지니 말이다."

직원에게 매우 강력한 전투용 의체를 대여하는 민간 군사 기업에서도, 당연히 해당 직원이 퇴직하면 의체를 돌려받는다. 편의성 면에서도 원래대로 돌릴 수 있는지는 중요하다. 야츠바야시는 그렇게 해설한 다음, 티오르의 반응을 보고 쓴웃음을 짓는다.

"뭔가. 쇠도 먹는 몸에 불평했으면서, 원래 몸으로 돌아가는 건 싫은 건가?"

"아, 아니, 그건 ……."

"뭐, 그만큼 마음에 들었다면 기쁘지만 말이야. 하지만 몸은 원래대로 돌려야겠다. 아무런 후유증도 없이, 문제없이 원래대로 돌아갔다는 데이터도 필요하다고. 미안하군."

"그, 그래……."

아쉬워하는 티오르의 태도를 보고, 야츠바야시는 기분이 좋아졌다.

◆

오늘도 티오르는 쿠즈스하라 시가지 유적 중심부에서 유물을 수집하고 있었다. 벌써 일주일이나 계속하고 있다. 몬스터가 공격하지 않는다고 해도 처음에는 조심조심 유적 내부를 이동했지만, 이제는 익숙해졌다. 지금은 오히려 다른 헌터에게 들키지 않도록 조심조심 다니고 있다.

흉악한 몬스터의 소굴인 유적 내부, 그 몬스터가 자신만 공격하지 않는다고 하는, 헌터에게는 꿈만 같은 환경에서 유물을 수집하는 것이다. 티오르도 처음에는 의욕이 넘쳤다.

하지만 그 환경에 익숙해진 지금은 잡담에 열을 올릴 정도로 흥분과 긴장감이 희박해졌다. 이동 진료소에서 티오르의 데이터를 확인하고 있는 야츠바야시에게, 조금 험악한 소리를 낸다.

"이봐, 어떻게든 안 돼?"

"몇 번이고 말하는 거지만, 멀리 떨어진 다른 도시로 옮기는 게 제일일 텐데? 익숙하지 않은 장소에서 하는 헌터 활동은 고생이 많을지도 모르지만, 유물을 판 돈으로 장비를 조달하면 괜찮겠지."

첫날에 수집한 유물을 곧장 팔려고 한 티오르를, 야츠바야시가 말렸다.

수집한 유물은 자기 것. 마음대로 해도 좋다. 그 약속을 어길 셈이냐. 그렇게 말하고 티오르도 처음에는 불쾌함을 드러냈다. 그러나 말린 이유를 듣고 납득하고, 나아가 자신이 처한 상황을 다시금 이해해서 머리를 쥐어뜯게 되었다.

야츠바야시의 광학미채에 숨어 궁지에서 탈출한 티오르를, 시지마 일파는 결국 찾아내지 못했다. 아마도 어딘가 찾아내기 어려운 곳에서 죽었거나, 다른 도시로 도망쳤을 것이다. 어느 쪽이든 더 적극적으로 찾아도 소용없다. 그런 취급으로, 이미 수색도 접은 상태다.

그러나 그 티오르가 유물을 팔면, 헌터 활동이 가능할 정도로 팔팔한 상태로 쿠가마야마 시티에 있다는 사실이 드러난다. 그렇게 되면 시지마도 티오르를 방치할 수 없다. 티오르는 또 생명을 위협받을 것이다.

그래도 신체 강화 확장자가 된 지금의 티오르라면 시지마 일파 정도는 간단히 물리칠 수 있다. 그러나 그랬다간 더 강한 자가 온다. 그리고 최종적으로는 아키라가 죽이러 온다. 그때는 확실하게 죽는다.

그러니까 임상시험 동안에는 자신의 진료소에서 숨어 지내고, 그 뒤에는 유물을 챙겨서 다른 도시로 도망치는 게 낫다. 야츠바야시는 티오르를 그렇게 설득했다.

티오르도 사실은 그게 제일 좋다는 걸 알았다. 그러나 희망을 버릴 수 없다. 요 며칠 사이에 생긴 여유가 티오르를 끈질기게 만든다.

"나는 가능하면 쿠가마야마 시티에 남고 싶다고. 이봐, 정말로 무리인 거야? 굉장한 연구자잖아? 그 굉장한 기술로 어떻게든 안 되겠어? 그 뭐냐, 예를 들면 그 기술로 나를 더 강하게, 아키라보다 더 강하게 한다든지 말이야."

"임상시험이 끝난 뒤에, 손님으로서 내게 다시 신체 강화 확장 처리를 해 달라는 건가? 그건 상관없지만, 아키라가 얼마나 강한지는 자네도 알겠지. 그 아키라에게 이길 정도로 강해진다면, 나도 기술자로서 못 한다고는 말할 수 없지만, 개조비가 차원이 다르게 부풀어 오를 텐데? 추천하지 않겠어."

티오르가 침묵한다. 자신이 받은 개조 비용은 임상시험만 아니면 100억 오럼은 든다고 들었다. 그것을 넘어서는 금액은 현실적이지 않다. 도저히 불가능하다. 그런 마음에 무심코 인상을 썼다.

그러나 그래도 어떻게든 안 될지 생각한다.

"그렇다면⋯⋯ 협상이야. 시지마와 어떻게든 화해를⋯⋯."

"그것도 어렵지 않을까? 자네는, 엄밀히 따지면 시지마만이 아니라, 셰릴도, 그 배후에 있는 아키라도 적으로 돌렸다. 그 모두를 설득하는 건 무리겠지."

"그, 그렇지만⋯⋯."

"뭐, 그들의 관계를 생각했을 때, 아키라만 설득하면 어떻게든 되겠지만. 양대 조직에 아무렇지도 않게 싸움을 거는 인물이니 말이다. 협상하려고 만난다고 쳐도, 목숨을 구걸할 틈도 없이 눈에 띈 순간에 죽지 않을까?"

티오르가 다시 침묵한다. 자신은 그럴 리가 없다고 생각할 수 없었다.

야츠바야시가 말이 조금 지나쳤다고 여기고, 피험체의 비위를 맞추려고 든다.

"그러니까 아키라와 협상한다면, 자네가 직접 하지 말고 대리인을 고용해야겠지. 일단 짚이는 사람은 있다."

희망을 발견한 티오르가 푹 숙였던 머리를 힘껏 들었다.

"누군데?!"

"그 이야기는 오늘 임상시험이 끝나고 나서 하지. 길어질 것 같으니 말이야."

"⋯⋯알았어."

어떻게든 될지도 모른다. 티오르는 그런 희망을 품고, 얼굴에 웃음과 의욕을 되찾아 유물 수집을 계속했다.

티오르는 오늘도 수많은 몬스터와 마주쳤다. 그러나 들켜도 공격당하는 일은 없다. 야츠바야시가 만든 위장 기능의 대단함을 다시 실감하며, 정말 편리하다고 감탄했다.

그리고 공격당하지 않는다면 호기심으로 몬스터를 볼 여유도 생긴다. 강하고, 기괴하고, 무시무시한 존재. 하지만 구세계의 기술로 탄생하고, 그 기술을 현재로 전하는 존재로서, 호기심을 자극하는 존재이기도 하다. 이 기회를 살려서 자세히 본다.

티오르가 근처에 있는 거대한 곤충 같은 몬스터를 가만히 보자, 시야에 변화가 나타났다. 몬스터의 몸에 녹색 선으로 테두리가 생기고, 기호와 문자열이 확장 기능으로 표시된다.

야츠바야시의 진료소 지하에서 눈을 떴을 때부터 비슷한 일이 몇 번인가 있었다. 제아무리 티오르라도 지금에 와서는 이게 대상을 설명하는 무언가라고 눈치챘다.

그러나 여전히 문자와 기호의 의미를 모르겠다. 눈에 거슬리기도 했다.

"이봐, 내 시야에 나타나는 이 문자 말인데. 대체 뭐야?"

"안타깝지만, 나도 잘 모른다."

"모른다니. 이건 네가 개조해서 보이게 된 거잖아?"

"자네의 시각 정보는 데이터 수집의 일환으로 내 쪽에서도 기록하고 있는데, 거기에 그런 문자나 기호는 나타나지 않는군."

"그래?"

"그렇다. 즉, 망막에 비치는 게 아니라 뇌의 시각 처리 단계에서 추가된다고 추정할 수 있지. 뭐, 무언가의 오작용이겠지. 이것도 임상시험이라고 생각하고 참아 주게."

쓸모가 없는 확장 현실 기능에, 티오르는 한숨을 쉬었다.

◆

비올라는 캐릴을 경호로 동행시키고, 쿠즈스하라 시가지 유적 외곽부에서 거래 상대를 기다리고 있었다.

유적 중심부로 가기 편한 길이 개통하면서 외곽부에서 유물을 수집하는 헌터는 줄어들고 있다. 들르는 헌터가 줄어들면 토벌되는 몬스터도 줄어든다. 외곽부의 몬스터는 조금씩 늘어나고 있었다.

나아가 외곽부에 남은 유물도 고갈되고 있다. 그렇게 되면 중심부에 진입할 수 없는 실력밖에 없는 헌터들도 다른 유적에 가서 돈을 버는 게 낫다고 생각한다. 지금에 와서는 쿠즈스하라 시가지 유적 외곽부에서 헌터 활동에 전념하는 사람은 희귀해졌다.

그러한 곳을 거래 장소로 지정하는 인물은, 당연히 매우 문제가 있는 사람이다. 그런데도 비올라는 그곳에 왔다. 예상을 벗어난, 나아가 무척 재미있을 것 같은 거래 상대와 만나기 위해서.

그리고 약속한 시각에 그 거래 상대가 나타난다. 그 인물이 정말로 온 것에, 비올라는 즐겁게 웃었다.

"이름을 사칭한 가짜 호출일지도 모른다고 생각했는데, 당신, 정말로 살아있었구나."

"그래. 너 때문에 죽을 뻔했지만 말이야."

나타난 인물은 티오르였다. 비올라의 폭로 때문에 시지마 일파에 의해 죽을 뻔했던 것도 있어서, 비올라를 증오스럽게 노려보고 있다.

캐럴은 일단 티오르를 경계해서 비올라의 앞에 서려고 했다. 하지만 비올라가 손으로 제지해서 캐럴도 한 걸음 물러났다.

비올라가 티오르를 보고 뻔뻔하게 웃는다.

"미안해. 나한테도 사정이 있었거든. 그래서? 오늘은 무슨 일로? 아, 혹시 거래를 위장하고 나를 불러서 죽일 작정이야?"

가능하다면 그러고 싶다. 티오르는 그 마음을 얼굴에 강하게 드러내면서도 이를 악물고 침착함을 유지했다. 그리고 숨을 크게 내쉬고 평정심을 되찾은 다음, 진지한 얼굴로 말한다.

"의뢰야. 협상 대행을 부탁하고 싶어."

"협상이라. 셰릴과 거래해서 나를 노리게 않게 했으면 좋겠다. 덤으로 셰릴의 조직에 들어가고 싶다. 대충 그런 걸까?"

"그래. 할 수 있겠지?"

자신의 부탁을 쉽게 간파한 것에 속으로 당황하면서도, 티오르는 주춤거리지 않고 비올라를 반쯤 위협하듯 가만히 본다.

그 시선을 가볍게 흘리며, 비올라는 놀리듯 웃었다.

"그런 게 가능하다고 진심으로 생각한 거야? 당신, 자기가 무슨 짓을 했는지도 몰라?"

"주절주절 떠들지 말고, 못 하면 못 한다고 말해."

"어머, 거절해도 돼? 성공할지 어떨지는 몰라도, 그런 협상을 받아줄 사람은 나밖에 없을 텐데."

"못 한다며? 그렇다면 다른 수단을 쓸 거야."

"나 말고 다른 협상인한테 그게 가능할 것 같아? 누구한테 부탁하려고?"

"대답해 줄 의무는 없어."

비올라는 상대의 생각을 들여다보듯 미소를 띠고 티오르를 보고 있다. 티오르는 적개심을 짙게 드러내서 일그러진 얼굴로 비올라를 봤다.

한동안 그대로 입을 다물고 서로를 응시한다. 어지간한 사람이라면 속마음이 무의식중에 얼굴에 드러날 시간이 흘렀지만, 비올라는 성질 고약한 웃음으로 그것을 철저히 감췄다.

한편, 티오르의 속마음은 아주 조금 얼굴에 드러났다. 그 탓에 비올라에게 이것저것 간파당한다.

반쯤 자포자기 상태이지만, 상대는 비올라에게 셰릴과의 협상을 의뢰하는 것이 최종 수단이 아니다. 정말로 다른 수단이 있다. 그리고 그것은 협상이 아닌 다른 수단일 것이다.

비올라는 그것들을 간파한 다음, 재미있어질 것 같다며 즐겁게 웃었다.

"알았어. 그러면 보수 이야기를 하자. 받아도 되지만, 비싼데?"

다음에는 티오르에게 친근감을 드러내듯 쓴웃음을 짓는다.

"사실은 나도 그 대규모 항쟁에서 아키라를 화나게 했거든. 까딱하면 죽을 뻔했어."

"그래……?"

"그래. 큰일이었는걸."

아키라가 사무소로 쳐들어와 몸에 총구멍을 냈다. 캐럴의 적절한 응급처치 덕분에 목숨을 건졌지만, 다음에는 미간에 총구를 들이대고 유물 판매점에 협력하지 않으면 죽이겠다고 협박했다.

그것을 승낙해서 겨우 목숨을 부지했다. 티오르를 포함한 배신자의 정보를 셰릴에게 준 것도, 똑바로 협력한다는 걸 증명하지 않으면 아키라에게 죽으니까 어쩔 수 없었다.

비올라는 동정심을 유도하듯 박진감 넘치는 연기로 설명했다. 캐럴은 그 옆에서 웃음을 참고 있었다.

그리고 티오르는 홀랑 속았다. 비올라에 대한 원한이 사라진 건 아니지만, 단순히 돈으로 정보를 판 것과 죽이겠다고 협박당해 실토한 것은 인상이 크게 다르다. 비올라에 대한 적개심은 많이 줄어들었다.

"그래서 말이지? 나도 아키라에게 섣불리 말할 순 없어. 그리고 아키라를 배신한 너를 봐주고, 더군다나 조직에 넣으라는 건 너무 섣부른 짓이야. 그러니까 말을 꺼낼 타이밍이라거나, 화나지 않게 잘 설득할 준비라거나, 이것저것 수고가 들어. 그 비용을 포함해서, 공짜로는 안 돼. 얼마나 낼 수 있어?"

"돈은 없어. 그러니까 대신에 유물로 내겠어."

티오르는 그렇게 말하고 가져온 대형 배낭을 지면에 내려놓더니, 그대로 물러났다.

캐럴이 만약을 대비해서 혼자 그 배낭으로 다가가고, 배낭을 열어서 내용물을 확인한다. 그리고 안전을 확인한 다음 비올라를 불렀다.

비올라는 배낭에 가득한 유물을 보고 놀란 표정을 티오르에게 보였다.

"당신, 이만한 유물을 어떻게 구했어?"

"대답할 의무는 없어. 그래서? 이거면 어때?"

"부족한걸."

"뭐라고?!"

쿠즈스하라 시가지 유적 중심부에서 모은 유물을, 대형 배낭에 최대한 가득 담았다. 액수로는 충분하겠지. 그렇게 생각한 만큼, 티오르의 얼굴이 험악하게 일그러진다. 비올라에 대한 불신이 한층 커졌다.

그러나 비올라는 태연했고, 어이없다는 듯한 표정도 지었다.

"당신, 이게 얼마쯤 된다고 생각한 거야?"

"1억 오럼 정도는 될 거야······."

티오르도 유물을 보는 눈에 자신이 있는 건 아니다. 대충 부른 금액이긴 하다.

그래도 쿠즈스하라 시가지 유적 중심부에서 모은 유물이다. 그 정도는 되겠지. 그런 마음이 있어서, 감정가에서 다소 차이가 나더라도 충분한 액수라고 믿었다.

비올라는 그것을 쉽게 간파했다. 그러면서도 일부러 부정하지 않고, 뭘 모른다는 식으로 일부러 한숨을 쉰다.

"있잖아. 상대는 어중간한 헌터나 약소 조직의 보스가 아니거든? 아키라와 셰릴이야. 그런 두 사람과 화해하는 데 필요한 돈이, 그 정도 액수로 될 리가 없잖아. 인식이 너무 어설퍼."

정보단말을 꺼낸 비올라가 그것을 가볍게 조작한 다음 티오르에게 던진다.

"아키라의 전투 기록이야. 일단 도시의 기밀 정보니까 데이터는 복사할 수 없어. 보기만 해. 그것을 보고 인식을 고쳐. 어떤 상대와 협상하려고 하는지를 말이야."

정보단말을 받고 화면에 뜬 것을 본 티오르는 표정을 경악으로 물들였다. 티오르가 받은 것은 흑랑과 혼자 싸우는 아키라의 영상이었다.

"그, 그 녀석, 이렇게 강했어?!"

티오르의 머릿속에 있는 아키라의 실력은 창고를 습격한 인형 병기를 혼자서 해치웠을 때의 것이다. 그것만으로도 충분히 강하지만, 설마 그것을 간단히 뛰어넘을 정도로 강할 줄은 몰랐다.

비올라가 다시 티오르의 어설픈 생각을 지적한다.

"당신은 셰릴의 옷을 보고 어딘가 잘사는 집 아가씨라고 생각했겠지만, 그 옷의 가치를 똑바로 이해한 거야? 그건 구세계의 옷을 재료로 써서 새로 지은 옷이거든? 수선비만 해도 100만 정도론 안 돼. 상대는 그런 옷을 평범하게 입는 사람인걸?"

경악하는 티오르를, 비올라가 더욱 몰아세운다.

"그런 아키라와 셰릴에게 줄 화해금. 나아가 시지마 일파에 줄 위자료에 내 보수. 1억 오럼으로 될 리가 없잖아? 미안하지만, 그런 금액으로는 말도 못 붙여."

그 설명을 듣고 납득한 티오르가 표정을 굳히고 머리를 감싼다.

"그러면, 얼만데? 얼마나 마련하면 돼?"

"그러네. 유물로 낸다고 했으니까, 최소 열 배는 필요해."

"여, 열 배……."

"말해두지만, 그건 협상에 성공할지 말지를 떠나서 멀쩡하게 협상할 수 있는 최소한의 양이야. 그보다 부족하면 애초에 협상할 수 없어. 물론 양이 많을수록 협상이 잘 풀릴 가능성도 커져. 뭐, 아무리 많아도 반드시 성공한다고는 말할 수 없지만."

표정을 굳히고 고민하는 티오르의 반응을 보고, 비올라는 속으로 조금 놀랐다. 고민한다는 것은 가능할지도 모른다는 뜻이기 때문이다.

시지마 일파에 죽을 뻔한 실력밖에 없는 헌터가, 이만큼 많고 질도 좋은 유물의 열 배를 마련할 수 있다. 대체 어떻게?

미발견 유적이라도 발견한 걸까? 그것을 거래 재료로 삼지 않는 건, 말하면 유적의 정보만 빼앗긴다고 여긴 걸까? 아니면 유적의 미조사 부분을 찾아낸 걸까? 고민하는 건, 거기 남은 유물의 양을 걱정하기 때문일까?

비올라는 이래저래 생각하면서도 굳이 여기서 추궁하진 않았다. 티오르와 거래하는 것이 더 재밌을 것 같기 때문이다.

"그래서? 어쩔 거야? 나한테 의뢰하겠다면 이 유물은 계약금으로 받아둘게. 아키라에게 보여줄 보증금도 될 테니까. 당신을 셰릴의 유물 판매점에서 공급책으로 쓸 수 있다는 방향으로 설득하는 데 보탬이 돼."

티오르는 고민한 끝에 고개를 끄덕였다.

"알았어. 가져가."

"거래가 성립했구나. 그러면 우리는 가볼게. 나머지 유물을 마련하면 연락해. 많을수록 성공할 가능성이 커진다는 걸 잊지 마."

비올라는 그 말을 남기고 캐럴과 함께 귀로에 올랐다.

그것을 지켜본 티오르는 자신의 판단이 옳았는지 다시금 고민했다. 하지만 이미 줘버렸다고 반쯤 체념하고, 억지로 힘찬 표정을 지어서 의욕을 북돋웠다.

티오르와 충분히 떨어진 곳에서, 캐럴이 가볍게 웃음을 터뜨리고 표정을 흐트러뜨린다.

"거참, 비올라 때문에 조직에서 쫓겨난 아이가 그 비올라를 의지해서 조직으로 돌아오려고 한다니 말이야."

"그런 일이 있으니까 이 세상은 재미있는 거야."

"휘젓고 다닌 사람이 할 말이야?"

"당연히 말하지. 재미있잖아?"

두 악녀는 악녀다운 얼굴로 웃었다.

"그래서? 비올라. 저 아이의 의뢰, 진지하게 할 거야?"

"어머, 너무해. 나는 언제나 진지하게 일하는걸?"

"그래?"

비올라는 거짓말하지 않는다. 캐럴도 비올라가 거짓말한다고 여기지 않는다.

그러나 티오르가 구원받을지 어떨지는 그것과 별개의 이야기다. 그 해석은 두 사람 모두 공유하고 있었다.

제155화 재구축 완료

아키라 일행이 쿠즈스하라 시가지 유적 중심부에서 유미나의 훈련도 겸한 헌터 랭크 조정 의뢰를 계속하던 무렵, 티오르도 같은 장소에서 임상시험을 겸한 유물 수집을 계속하고 있었다.

야츠바야시가 만든 위장 기능 덕분에 위험한 유적에서 몬스터에 공격받지 않고 유물을 마음껏 챙길 수 있다. 그것으로 생긴 흥분은 이미 티오르에게서 사라졌다. 그 대신에 생긴 것은 유물을 최대한 많이 모아야 한다는 초조함이다.

야츠바야시는 티오르를 후방 연락선 끝까지 보내준다. 하지만 거기부터는 걸어야 한다. 유물을 운반하는 데는 한계가 있다. 차량 사용은 야츠바야시가 퇴짜를 놓았다.

티오르에게 시술한 위장 기능은 본인에게만 유효하며, 차에는 적용되지 않는다. 차가 공격당하고, 그대로 탑승자도 습격당할 위험이 있으니까 안 된다. 짐수레 사용도 똑같은 이유로 안 된다. 배낭도 너무 크면 위험할지 모른다. 그런 설명을 들었다.

그것이 진짜인지 아닌지는 티오르도 모른다. 그러나 야츠바야시가 안 된다고 하면 티오르는 어쩔 수가 없었다.

또한 티오르는 비올라에게 연락해서 의뢰의 진척 상황을 듣고 있었다. 그 내용에 따르면 지금은 준비 단계라고 한다.

셰릴의 유물 판매점에서 주력 상품은 아키라가 가져온 값비싼 유물이다. 그러나 그 아키라가 헌터 랭크 조정 의뢰를 받는 바람에 유물 공급이 정체 중이다. 의뢰 중에 발견한 유물은 전부 도시에 매각하는 계약이기 때문이다.

현시점에서는 큰 문제가 없다. 하지만 이대로 값비싼 유물 공급이 지연되면 유물 판매점 경영에 큰 지장이 생길 우려가 있다. 지금은 셰릴에게 말해서 그 위기감을 부채질하는 단계다.

그리고 위기감을 충분히 심었을 때, 값비싼 유물을 조건부로 많이 공급할 수 있는 인물이 있다고 전한다. 유물 판매점을 반드시 성공시키고 싶은 셰릴이라면 어지간해서는 그 조건을 받아들일 것이다.

그 인물이 티오르이며, 조건이 조직 복귀라는 것은 셰릴에게 아직 말할 수 없다. 위기감이 충분히 조성된 상태가 아니면 티오르의 말살을 우선할 위험이 있기 때문이다.

그러니까 아키라의 헌터 랭크 조정 의뢰가 끝나기 전에, 최대한의 질과 양을 갖춘 유물을 모아라. 비올라는 그렇게 설명을 마무리했다.

유물을 충분히 모으기만 하면 자신의 소원이 이루어질지도 모른다. 셰릴의 조직에 고용된 헌터로서 들어가 셰릴과 인연을 만들고, 그 뒤의 활동으로 배신을 만회해서, 셰릴과 가까운 관계가 될지도 모른다. 티오르는 그것에 희망을 보고 있었다.

하지만 그것에는 시간제한이 있다. 야츠바야시의 임상시험이 끝나면 유적 중심부에서 값비싼 유물을 모을 수 없게 된다. 아키라의 헌터 랭크 조정 의뢰가 끝나면 세릴이 자신의 복귀를 인정할 가능성이 대폭 줄어든다. 어느 쪽도 치명적이다.

시간이 없다. 그것을 절실히 느낀다. 서둘러야 한다. 그렇게 자신을 보챈다. 늦을지도 모른다. 그렇게 불안을 느끼고 만다.

티오르는, 초조해하고 있었다.

유적 중심부에서 유물 수집을 시작한 티오르는, 초조함 때문에 움직임이 몹시 엉성해졌다.

어차피 공격당하지 않는다. 그렇게 단정하고 몬스터를 경계하는 것도 내팽개친 채 유적 안을 뛰어다니며 닥치는 대로 유물을 긁어모으고 있다.

그래도 원래는 다른 헌터를 경계할 필요가 있다. 아키라도 유적 중심부에서 헌터 활동을 한다고 들었다. 다른 헌터에게, 특히 아키라에게 들키지 않도록, 원래라면 철저하게 경계해야 한다.

그러나 티오르는 그것도 내팽개쳤다.

몬스터를 청소하지 않아서 어지간한 헌터는 접근할 수 없는 곳이라면 다른 헌터에게 들킬 위험은 없겠지. 아키라도 그런 곳에는 쉽게 접근할 수 없을 것이다. 그렇게 단정하고, 후방 연락선에서 멀리 떨어진 장소에서 유물을 수집하고 있었다.

티오르는 초조한 나머지 잊고 있었다.

야츠바야시가 임상시험 중인 새로운 위장 기능은 몬스터가 공격하지 않게 하는 기능이다. 몬스터에 들키지 않는 건 아니다.

헌터들이 숫자를 줄이지 않아서 다수의 몬스터가 서식하는 장소에서 유물을 찾으면 다른 장소보다 더 많은, 더 다양한 몬스터와 마주치게 된다.

그리고 임상시험이란 그 기능의 효과를 검증하고 확인하기 위한 것이다. 아직 확인이 끝나지 않은 종류의 몬스터에도 통한다는 보장은 없다. 또한 이전에 공격하지 않았던 몬스터라도, 이미 확인이 끝났으니까 절대로 공격하지 않는다는 것은 아무도 보장하지 않는다.

그러나 티오르는 착각하고 말았다.

티오르는 유물 수집에 집중한 나머지, 유적에서 엉성하고 눈에 띄게 행동하고 말았다. 그래서 수많은 몬스터에 발각되었다.

그리고 어느 거리에서 거기 있던 대형 폭식 악어가 다른 몬스터와는 다른 움직임을 보인 것을, 티오르는 눈치채지 못했다.

통신을 통해서 야츠바야시의 노성이 날아든다.

"티오르! 도망쳐라! 그 녀석한테는 위장이 안 통해!"

"어……?"

티오르가 폭식 악어를 눈치챈다. 어지간한 차량은 한입에 꿀꺽 삼킬 듯 거대한 악어가, 자신을 향해서 돌진하고 있었다.

"아…………."

"뭘 하나! 빨리 도망쳐!"

폭식 악어는 너무 커서 건물 안에 들어갈 수 없다. 근처 건물로 도망치기만 해도 티오르는 무사할 수 있었다. 시간적인 여유도 있었다.

하지만 그럴 수 없었다.

몬스터는 공격하지 않는다. 그렇게 착각했을 때, 그것을 뒤집는 돌발 사태에 대한 놀라움. 그리고 유적 중심부의 강력한 몬스터가 힘껏 덤벼든다는 공포. 그것들이 티오르의 의식을 경직시키고 말았다.

적이 덮쳐든다. 그것을 보고 있다. 하지만 움직일 수 없다. 티오르는 그대로 우두커니 서 있었다.

그동안 상대와의 거리를 좁힌 폭식 악어가 티오르의 눈앞에서 아가리를 쩍 벌린다.

그 폭식 악어는 티오르의 확장시야에서 빨간 테두리가 쳐져 있었다.

◆

야츠바야시의 이동 진료소 침대에서, 티오르가 눈을 뜬다.

"……?"

왜 여기 있는지, 애초에 여기는 어딘지. 잠이 덜 깬 머리로는 그것조차 모르고, 티오르는 그저 곤혹스러웠다.

그때 야츠바야시가 말을 건다.

"일어났군. 괜찮나?"

완전히 깨어나지 않은 의식에 묘한 혼란이 겹쳐서 티오르의 반응을 느려지게 한다. 그러자 야츠바야시가 조금 험악한 얼굴로 질문을 바꾼다.

"자네의 이름은?"

"이름? 티오르야. 알잖아? 왜 그런 걸 물어봐?"

티오르가 괴이쩍은 얼굴로 되묻자, 야츠바야시는 표정을 부드럽게 풀었다.

"청각이 정상인지, 질문의 의미를 이해할 정도로 의식이 또렷한 상태인지, 그런 걸 확인하는 거다."

"아하, 그랬군."

"질문을 더 하지. 여기가 어딘지 아나?"

"어디긴…… 네 차잖아?"

"왜 여기 있는지는 아나?"

"왜긴…… 어라? 나는 유물을 수집하고 있었을 텐데……. 어?"

티오르는 가장 최근의 기억을 떠올리려고 했지만, 그걸로 끝이었다.

야츠바야시는 그런 티오르의 반응을 연구자의 눈으로 보고 있었다. 그리고 왠지 모르게 가벼운 투로 웃더니, 손에 든 단말을 조작한다.

"기억나지 않는 건가? 자네는 유적에서 폭식 악어에게 공격당하고, 그걸 격파했는데."

"아, 맞다. 나는 그 커다란 악어에게 공격당해서…… 어? 격파했다고?"

"그래. 나는 도망치라고 했는데, 자네는 폭식 악어와 맨손으로 싸웠지. 보겠나?"

티오르가 야츠바야시에게 받은 영상을 본다. 그 영상에서는 거대한 악어를 걷어차고, 때리고, 내던지고, 두들겨 패는 티오르가 있었다.

"거참, 무모하게 굴었군. 그야 내가 개조한 그 몸의 신체 능력이라면 가능하겠지만. 그렇다고 해서 일부러 위험을 무릅쓸 필요는 없잖나."

황당해하는 기색으로 가볍게 말하는 야츠바야시의 말도, 티오르의 귀에는 반도 들어오지 않았다. 그저 놀랍고, 혼란스러웠다.

"이걸, 내가……? 전혀 기억나지 않는데?"

"자네는 이성을 잃으면 기억을 잃는 인간인가? 위험하군."

티오르가 영상을 보면서 자신의 기억을 더듬는다. 반쯤 혼란에 빠진 머리로 영상 속 자신과 기억을 대조해 본다. 인상을 쓰고 신음하고, 그때의 기억을 필사적으로 떠올리려고 한다. 그 덕분인지 폭식 악어의 거대한 아가리가 눈앞에 육박한 것까지는 떠올렸다.

그러나 그 뒤에 있었던 일은 도저히 떠올릴 수 없었다.

"안 돼. 떠오르질 않아. 정말로 이걸 내가 한 거야? 이걸 봐도 실감이나 본 기억이 전혀 떠오르지 않아."

"뭐, 이건 자네 시점의 영상을 바탕으로 해서 데이터 해석을 위해 3인칭 영상으로 변경한 거니까 말이지. 기껏해야 재현 영상이다. 당연히 처음 보겠지."

"그렇구나. 아, 나는 이 뒤로 어떻게 됐어?"

"폭식 악어를 해치운 다음, 그 자리에 널브러졌지. 그 뒤에는 내가 거기까지 가서 여기로 운반했다. 그곳에 방치할 수는 없었으니까."

"몬스터가 그토록 득실대는 곳에는 어떻게 갔어?"

그런 티오르의 소박한 의문에, 야츠바야시가 조금 엄격한 눈빛으로 본다.

"몬스터가 광학미채를 간파하지 않기를 빌고, 벌벌 떨면서 애썼지. 자네가 내 지시대로 잘 도망쳤다면 그렇게 위험한 짓은 안 해도 됐는데?"

"미, 미안해."

이것만큼은 티오르도 멋쩍은 기색을 보였다. 그래서 야츠바야시도 태도를 원래대로 돌린다.

"사고도 발생했으니, 오늘 임상시험은 그만하지. 돌아가자."

티오르는 유물 수집을 계속하고 싶었지만, 싫다고는 말할 수 없었다.

도시로 돌아가는 길, 야츠바야시는 오늘의 임상시험 데이터를 정리하고 있었다. 현장에서 수집한 데이터는 아무리 사소한 것이라도 하나같이 귀중한 실험 데이터다. 다음 연구를 위해서 잘 보존하고 있다.

그러나 티오르에게 보여준 영상은 파기했다. 그 영상에는 임상시험으로서의 가치가 없고, 불필요했다.

◆

임상시험을 겸한 티오르의 유물 수집도 오늘이 마지막 날이 되었다.

지금까지 모은 유물은 이미 비올라가 지정한 최소한의 양을 넘어섰다. 그러나 많을수록 협상이 잘 풀린다는 말을 들었으니까 마지막까지 긴장을 풀 수는 없다.

티오르는 오늘도 열심히 유물 수집에 전념하려고 했다.

쿠즈스하라 시가지 유적 중심부에 도착하고, 값비싼 유물이 있을 법한 건물을 찾기 시작한다. 후방 연락선의 개통으로 나름대로 많은 헌터가 유물을 수집하게 되면서 후방 연락선에 가까운 장소의 유물은 줄어들었다. 그래서 다소 먼 곳에서 찾기로 한다.

티오르가 점찍은 곳은 한 고층 빌딩이었다. 값비싼 유물을 기대할 수 있는 반면, 몬스터가 많이 잠복했을 것처럼 보인다. 어지간한 헌터는 멀리할 듯한 분위기다.

그러나 몬스터가 공격하지 않는 자신이라면 괜찮을 것으로 판단하고, 가득한 유물을 기대하며 안으로 들어갔다.

하지만 그 기대는 꺾였다. 빌딩 안에는 예상대로 몬스터가 많이 서식했지만, 눈에 띄는 유물은 전부 싸구려였다. 값비싼 유물이 하나도 없다고는 할 수 없지만, 짊어진 배낭을 가득 채우는 것과는 거리가 멀었다.

그래도 더 위층에는 비싸게 팔리는 유물이 많지 않을까. 그렇게 생각해서 희망을 버리지 않고 빌딩을 올라간다. 그러나 마주치는 몬스터가 늘어날 뿐, 기대를 만족시키는 유물의 산은 하나도 보이지 않았다.

마침내 최고층인 30층을 다 조사했다. 그 결과는 티오르의 깊은 한숨이었다.

30층은 그 태반을 거대한 하얀 방이 차지하고 있었다. 벽과 바닥과 천장 모두가 새하얗고, 가구는 하나도 없다. 몬스터만 어슬렁거리는, 유물 수집으로 보면 최악의 장소였다.

낙담한 티오르가 빌딩을 나서려고 계단 쪽으로 돌아간다.

"여긴 뭐야……. 큰 빌딩이라서 기대했는데, 멀쩡한 물건이 없잖아. 응……?"

그렇게 푸념하면서 통로를 이동하던 티오르가 통로 저편에 있는 2인조를 알아챈다. 그것은 아키라와 유미나였다.

여기에 아키라가 있다. 자신을 보고 있다. 들켰다. 들키고 말았다. 의식이 그 인식을 따라잡은 순간, 티오르의 머릿속은 갑자기 솟아오른 온갖 기억, 생각, 감정으로 가득 찼다.

이렇게 몬스터가 득실거리는 장소에 다른 헌터가 있다는 놀라움. 아직 비올라의 협상이 끝나지 않았는데도 아키라와 마주치고 말았다는 공포.

야츠바야시가 말한, 아키라와 만나면 목숨을 구걸할 틈도 없이 눈에 띈 순간에 죽을지도 모른다는 예상. 비올라가 가르쳐 준, 흑랑과 혼자 싸우는 아키라의 강함.

그것들이 티오르의 정신을 압박하고 몰아붙이는 가운데, 티오르의 확장시야에 비친 아키라의 몸에 빨간 테두리가 생겼다.

그리고 떠올린다. 야츠바야시가 만든 위장이 통하지 않아서 자신을 공격한 폭식 악어도, 똑같이 빨간 테두리가 있었다는 것을.

죽는다.

그 감정에 휩쓸린 티오르는, 공포에 일그러진 표정으로 무심코 왼팔을 아키라에게 겨눴다.

다음 순간, 티오르의 왼팔에서 포탄이 발사된다. 사출된 포탄은 한순간에 통로 끝에 명중해 폭발을 일으켰다.

빌딩이 흔들리고, 폭발의 화염과 연기가 통로 끝에서 확 밀려온다. 포탄을 피하는 아키라 일행의 모습이 그 연기에 휩쓸려 사라졌다.

그리고 티오르 자신도 그 연기에 휩쓸린다. 하지만 티오르는 이성이 거의 날아가면서도, 아키라와는 정반대 방향으로 뛰었다.

(주, 죽을 거야……! 도, 도망쳐야 해……! 그 녀석에게서……! 빨리……!)

아키라를 쏘고 말았다. 이젠 아무리 발버둥 쳐도 협상할 수 없다. 도망치지 않으면 죽는다. 그런 마음에 필사적으로 달린다.

(내 팔……?! 대체 어떻게 된 거야……?!)

티오르는 야츠바야시 진료소의 지하실에서 왼팔을 방문에 겨눈 적이 있었다. 그 의미를 몰라서 자신도 이상하게 여겼던 행동의 이유를, 지금에야 이해한다.

자신은 방에서 나가기 위해, 문을 포격해서 부수려고 했다. 자신은 그럴 수 있다고, 무의식중에 알고 있었다. 그 사실에, 티오르는 전율했다.

통로를 달리던 티오르가 하얀 방에 들어간다. 그곳에는 전에 들어갔을 때와 똑같이 수많은 몬스터가 있었다.

하지만 이전과는 명확한 차이가 있었다. 티오르의 확장시야에서 모든 몬스터에 빨간 테두리가 생겼다.

(그럴 수가……?!)

빌딩 안에서의 포격, 나아가 그 포구를 드러낸 상태로 접근한 것이 몬스터들에게는 충분한 적대 행동이 되었다. 차례차례 티오르를 덮친다.

티오르는 황급히 왼팔의 포구를 몬스터에게 돌렸다. 하지만 포탄은 나오지 않는다.

(왜……?!)

티오르의 포는 단발식. 포탄이 다시 생성될 때까지 다음 탄을 쏠 수 없다. 티오르는 그걸 몰랐다.

그렇다면 오른손으로 AAH 돌격총을 연사한다. 그러나 당연히 하나도 통하지 않는다.

애초에 이 총은 헌터가 총도 없이 유적 중심부에 있으면 이상하니까 보는 사람을 속이려고 가져온 것이다. 다른 헌터에 대한 허세, 아마도 매우 강력한 확장 부품을 결합했을 거라고 여기게 하는 효과밖에 없는 총이라서, 중심부의 몬스터를 상대로는 아무리 쏴도 전혀 의미가 없었다.

이성을 잃기 직전인 티오르는 총을 내던졌다. 그리고 자신에게 뛰어든 기괴한 대형 짐승을, 반쯤 자포자기해서 때린다. 그것이 통한다고, 티오르 자신도 전혀 생각하지 않았다.

하지만 그 예상과 다르게 티오르의 주먹에 맞은 짐승은 머리가 우그러져서 즉사했다. 게다가 얻어맞은 충격으로 훅 날아간다.

"어……?"

티오르는 무심코 어안이 벙벙해졌지만, 추가로 몬스터가 딜러

들자 황급히 반격했다. 때리고, 걷어차고, 피하고, 밟는다. 티오르의 공격을 맞은 몬스터가 차례차례 일격에 숨이 끊긴다.

적의 사체가 늘어날 때마다 티오르의 얼굴에서 공포와 경악이 흐릿해진다. 그리고 그것들이 완전히 사라졌을 때, 티오르의 얼굴에 떠오른 것은 과도한 자신감을 드러내는 웃음이었다.

"하, 하하! 그래! 이 몸이라면 이길 수 있어! 사람 간 떨어지게 하기는!"

이전에 야츠바야시가 보여준 영상도 티오르를 부추겼다. 거대한 폭식 악어를 압도하던 자신의 모습. 전혀 기억하지 않지만, 그건 사실이었다며 기세등등하게 힘껏 웃는다.

"나는 그 커다란 악어도 해치웠어! 너희 따위에게 질까 보냐!"

계속해서 덤벼드는 몬스터들을 격파한다. 개중에는 강력한 개체도 있다. 아무리 그래도 모든 적은 일격에 죽이는 건 무리였다. 그래도 뼈아픈 일격을 먹여서 바닥에 때려눕혔다.

이길 수 있다. 쉽게 이긴다. 이게 내 힘이다. 그렇게 말하는 것처럼 티오르는 신나게 싸웠다.

하지만 그 여유가 방심을 낳았다. 커다란 흰색 폭식 악어가 방 안쪽에서 거리를 좁히는 것을 눈치채지 못했다.

이미 악어로 부르기 어려울 만큼 변이해서 거대해진 몸뚱이가 긴 다리들을 능숙하게 움직여 잽싸게 전진하고, 십자로 벌어진 아가리로 티오르를 물어 죽이려고 한다.

"헉?!"

눈치챘을 때는 이미 늦었다. 기이하게 생긴 폭식 악어는 거대한 머리를 뱀처럼 높이 쳐들고, 티오르를 머리부터 집어삼켰다.

무수히 많은 예리한 이빨이 티오르의 몸을 물어뜯는다. 닫힌 아가리에서 벗어난 것은 티오르의 두 무릎 아래와 왼팔 일부였다. 나머지는 아가리 안에 삼켜졌다.

그리고 티오르는 폭식 악어의 배 속에서 의식을 잃었다.

그러나 그것으로 끝이 아니었다. 얼마 후, 티오르를 삼킨 폭식 악어가 고통에 몸부림치듯 버둥거리기 시작한다. 그리고 그 배의 일부가 갑자기 폭발했다.

폭발로 생긴 큰 구멍에서 인간형 물체가 기어 나오듯 나타난다. 그것은 티오르였다. 포탄의 재생성을 마쳐서 폭식 악어를 안에서 포격하고, 그렇게 생긴 구멍에서 나온 것이다.

물어뜯긴 팔과 다리는 폭식 악어를 안에서 포식해서 얻은 소재를 바탕으로 이미 재생이 시작되었다. 그리고 어중간하게 재생해서 볼썽사나운 다리로 일어나, 오른손에 쥔 살점과 기계의 혼합물, 폭식 악어의 일부를 뜯어먹어서 재생을 촉진한다.

표정은 침착함 그 자체. 영문 모를 것을 먹는 혐오감은 조금도 드러나지 않는다. 가면처럼 보일 정도로 차분한 표정이었다.

그때 폭식 악어가 움직이기 시작한다. 몸통이 일부 날아간 정도의 부상은 생물형 몬스터의 비정상적인 생명력으로 버티고 티오르를 덮친다. 상처를 재생하면서, 숨통을 끊지 못한 사냥감을 이번에야말로 죽이기 위해서, 몸에서 팔과 입을 만들어서 티오르에게 덮쳐든다.

티오르도 폭식 악어가 아직 죽지 않은 것을 눈치채고 전투를 속

행한다. 거대한 몸뚱이에 덤벼들고, 때리고, 걷어차고, 물어뜯는
다.

폭식 악어의 다리와 팔이 날아가고, 다시 생긴다. 티오르의 다
리와 팔이 물어뜯기고, 다시 생긴다. 두 폭식자의, 서로를 포식하
는 듯한 전투가 시작되었다.

◆

이동 진료소에 남은 야츠바야시는 티오르의 몸에 삽입한 정보
수집기에서 수신하는 데이터를 해석하면서 매우 흥미진진한 표정
을 지었다.

"폭식 악어의 배에서 나온 건 이걸로 두 번째인가. 시스템의 침
식이 많이 진행된 것처럼 보이는데, 이래서는 티오르의 의식이 멀
쩡하게 돌아올까? 예전에는 가벼운 조정으로 됐는데…… 음."

야츠바야시는 조금 복잡한 표정을 짓고, 이전에 티오르가 폭식
악어에게 습격당했을 때의 데이터를 다시 봤다.

3인칭 시점에서 편집한 그 재현 영상에는 이번처럼 폭식 악어의
안에서 배를 찢고 나타난 듯한 티오르가 있었다. 티오르에게 보여
준 영상은 야츠바야시가 그 사실을 숨기려고 날조한 것이었다.

"전환하는 계기는 역시 정신적 부하가 한도를 돌파할 경우인
가? 복귀하는 수단은? 진정제 투여로 제어할 수 있으면 편하겠지
만…… 음."

신음하는 야츠바야시가 보는 화면 속에서, 티오르는 지금도 기

이하게 생긴 폭식 악어와 싸우고 있다. 왼팔의 포를 써서 포격하고, 나아가 오른손에서는 빛의 칼날을 만들어 상대를 벴다.

"이건…… 수집한 유물과 함께 먹혀서 재구축 때 유물의 기능도 흡수한 건가? 기술적으로는 흥미롭지만…… 이 기능은 필요 없군. 본래의 목적에서 벗어나. 하지만 이렇게 기본 시스템과 연관이 깊은 기능을 제거하는 건 골치 아프단 말이지."

야츠바야시가 그렇게 이것저것 생각하는 동안에도, 티오르의 전투는 계속되고 있었다. 그리고 결판이 난다.

승자는 티오르. 기괴하게 변이한 폭식 악어의 머리를 찢어발기고, 몸통을 포격해서 큰 구멍을 내고, 그런데도 재생하려는 상대를 걷어차고, 때리고, 물어뜯어서, 마침내 치명상을 준 시점에서 요란하게 날려 숨통을 끊었다.

"이겼나. 그러면 맞이하러 가보실까. 음……?"

야츠바야시가 티오르의 상태를 이상하게 여긴다. 티오르는 하얀 방의 아무것도 없는 곳을, 마치 무언가 보이는 것처럼 바라보고 있었다.

광학미채 등을 사용한 몬스터가 있어서 눈치챈 걸까? 야츠바야시는 그렇게 의심했지만, 데이터 수집용으로 티오르의 몸에 삽입한 고성능 정보수집기는 그곳에 아무것도 없다고 표시했다.

"광학미채? 아니, 아니야. 그렇다면 확장현실인가? 나한테는 안 보이는 무언가를 보고 있군. 티오르에게는 내가 모르는 문자나 기호 같은 것이 보인다고 했으니까, 뭔가 흥미로운 정보라도 표시된 걸까?"

야츠바야시가 그렇게 생각에 잠겼을 때, 티오르가 전송하던 데이터가 눈에 띄게 변화했다.

◆

　기이하게 생긴 폭식 악어를 해치운 티오르는 그 자리에 우두커니 서 있었다. 폭식 악어를 해치운 것은 시스템의 자기방어 행동이지, 티오르의 의지가 아니다. 그리고 그것이 끝나면 시스템에 자아를 침식당한 티오르는 제자리에서 이동하려는 생각조차 떠오르지 않는다.

　이전에 폭식 악어를 해치웠을 때도, 티오르는 똑같이 우두커니 서 있었다. 그리고 현장에 도착한 야츠바야시에 의해 이동 진료소로 운반되었다.

　주위에는 움직이는 것이 하나도 없다. 폭식 악어 말고 다른 몬스터는 전투의 여파로 죽었다. 이 자리에는 티오르만이 있었다.

　하지만 그런 티오르의 시야에서 움직이는 것이 나타난다. 그것은 구세계의 검정 드레스를 입은 여성이었다. 웃으며 티오르에게 다가오고 있다.

　폭식 악어와의 전투 중에도, 그동안 팔과 다리를 물어뜯겨도 전혀 변하지 않았던 티오르의 표정에, 희미하게나마 공포와 초조함이 명확하게 드러났다.

　시스템에 의식을 침식당한 티오르는 여성의 옆에 표시된 설명문의 의미를 이해할 수 있었다.

상위 권한에 따른 강제 접속. 통신 절단 불가. 구획 844 상위 관리체. 전력 차이, 무모. 승률, 없음. 통신 범위 밖으로의 즉각 대피를 추천.

티오르가 곧바로 뒤돌아서 뛰려고 한다. 여성과의 통신은 이 하얀 방을 통해서 이루어지고 있다. 누가 가르쳐 준 적이 없는데도 그것을 이해하고, 이 방에서 이탈하고자 뛰었다. 뛰려고 했다.

하지만 돌아보고 첫 번째 걸음에서 다리가 멈췄다. 눈앞에, 아까 그 여성이 있었다.

티오르의 확장시야 속에서 여성이 웃는다.

『갑자기 도망치려고 하다니, 예의가 없군요. 그야 피아 식별 부호를 속이고 있는 상대에게 예의를 따지는 것도 이상하지만요.』

그리고 티오르에게 손을 뻗는다. 확장시야 속에서, 그 손이 티오르의 이마를 통과하고, 손끝이 뇌에 도달했다.

『그에게 부탁하려고 했는데, 그는 돌아가 버렸으니까요. 뭐, 당신이라도 괜찮겠죠. 당신에게는 거슬리는 수행원도 없어 보이니까요.』

티오르는 움직일 수 없었다. 확장시야 속 존재가 막아도, 기껏해야 영상만 있는 존재다. 물리적으로 막을 힘은 없다. 그러나 움직일 수 없다.

『우리 편인 척하고 있었죠? 상관없어요. 당신에게 부탁하고 싶은 일과 일치하니까요. 더욱 잘 위장할 수 있도록, 나도 거들겠어요.』

움직일 수 없는 것은, 지금의 티오르를 유지하는 시스템이 이 여성에게 공격받고 있기 때문이다. 확장시야에 문자가 나타나고, 그 내용이 치명적인 것으로 바뀌기 시작한다.

추가 데이터 불러오기 중. 접속 기능 재구축 중. 지휘계통 재구축 중. 시스템 재구축 중. 최종 조정 실행 중.

여성이 티오르의 머리에서 손을 뺐다. 그리고 웃는다.

『그러면 잘 부탁할게요.』

그 말을 남기고 자리를 뜨려고 하던 여성이 발걸음을 멈추고 돌아본다.

『아, 자기소개를 안 했군요. 나는 츠바키라고 해요. 잘 있어요.』

츠바키는 그 말을 남기고 티오르의 확장시야에서 사라졌다.

그와 동시에 지금껏 경직했던 티오르의 몸이 움직이게 된다. 그 티오르가 가장 먼저 한 일은, 자기 머리에 손을 박아서 안에 삽입된 폭탄을 억지로 꺼내는 것이었다.

폭탄은 멋대로 끄집어내면 폭발하도록 설정되어 있었다. 폭탄이 티오르의 손에서 폭발한다. 손목이 날아가고, 녹색 피가 살점과 함께 흩날렸다.

하지만 티오르는 아랑곳하지 않았다. 그대로 폭식 악어의 사체를 먹어서 결손 부위를 재생하기 시작한다. 날아간 손이 다시 생기고, 다른 상처도 낫는다. 폭식 악어의 사체를 다 먹었을 즈음, 티오르는 상처 하나 없는 상태로 돌아왔다.

그런 티오르의 시야에는, 지금의 티오르가 어떤 상태인지를 알려주는 문자가 떠 있었다.

재구축 완료. 임무 개시.

제156화 여자에게 약한 타입

아키라 일행은 쿠즈스하라 시가지 유적 중심부에서 티오르와 마주친 뒤, 그날의 헌터 활동을 접었다. 그리고 후방 연락선을 따라서 유적을 나가려고 했을 때 키바야시에게 연락을 받는다.

잠깐 할 이야기가 있으니까 돌아가면서 전선 기지에 들렀으면 한다. 그런 소리를 들은 아키라 일행은 오늘은 이만 돌아가려던 참이라고 전하고, 그대로 전선 기지로 향했다.

전선 기지의 식당에 들어가자 키바야시가 테이블에서 손을 크게 흔들어 아키라 일행을 부른다.

"왔냐. 이쪽이다."

아키라는 유미나와 함께 키바야시의 맞은편에 앉는다. 그리고 키바야시의 들뜬 얼굴을 보고 질색하는 표정을 지었다.

"그래서? 무슨 이야기를 할 건데?"

"뭐, 그건 먹으면서 천천히 하자고. 내가 살 테니까 편하게 주문해 줘. 그나저나 오늘은 일찍 끝났군. 무슨 일이 있었나?"

"조금."

키바야시가 유미나에게 시선을 돌려 자세한 설명을 보챈다. 유미나는 동행자로서 설명한다.

"사실은 유적에서 다른 헌터에게 습격받았어요. 그래서 제 지휘로 만약을 대비해 철수했습니다."

그 말을 들은 키바야시는 흥미롭다는 듯이 놀란 표정을 지었다.

"헤에! 아키라를 습격하다니! 어디의 누군지는 몰라도, 참 무모한 녀석도 다 있군. 그 말투와 아키라의 분위기를 봐서는, 그 녀석은 아직 살아있는 건가. 그것참 미안한 짓을 했군."

"무슨 뜻이야?"

"그야 너는 유미나를 안전한 장소로 보낸 다음에 그 녀석을 죽이러 갈 작정이잖아?"

"어? 그랬어?"

살짝 놀라는 유미나에게, 키바야시가 나는 다 안다는 듯이 고개를 끄덕였다.

"당연하지. 아키라는 그런 녀석이다. 오히려 나는 아키라가 유미나를 여기까지 보낸 게 놀라운데. 아키라라면 그 자리에서 유미나에게 혼자 돌아가란 말만 남기고, 대답도 안 듣고 혼자서 돌격할 것 같은데 말이야. 왜 그러지 않았는지 신기할 지경이다."

유미나가 아키라를 슬쩍 본다. 하긴 그렇다며 조금 납득하면서, 그런데 왜 그러지 않았는지 이상하게 여기는 마음이 생겼다.

아키라가 얼버무리려는 것처럼 숨을 내쉰다.

"그런 건 아무래도 좋잖아. 키바야시. 본론을 말해."

"그래? 그렇다면 먼저 주문을 마치자고. 헌터 랭크 조정 의뢰의 경비로 처리할 수 있거든. 이런 이득은 잘 챙겨야지. 그 뭐냐, 지금부터 유적으로 돌아가도 너를 습격한 녀석을 찾긴 어려울 거다. 먹어 두라고."

키바야시는 그렇게 말하고 자기가 먹을 요리를 주문하기 시작했다.

그 태도를 보고 아키라도 김이 샜다. 슬쩍 한숨을 쉬고 메뉴에서 요리를 고르기 시작한다. 그리고 조금은 골탕을 먹이려는 것처럼, 닥치고 비싼 걸 주문했다.

세 사람이 주문한 요리가 다 나왔을 즈음에 키바야시가 본론을 말하기 시작한다. 내용은 헌터 랭크 조정 의뢰의, 활동 장소를 변경하라는 지시였다.

이이다 상업구 유적. 앞으로 한동안 거기서 활동하길 바란다. 키바야시는 가볍게 말한 뒤에 설명을 보충한다.

그 유적에 구세계에서 만든 자동인형이 있다는 정보가 들어왔다. 신빙성에 의문이 있는 정보지만, 실재한다면 매우 귀중한 유물이고, 또한 보존 상태에 따라서는 심각하게 위험한 유물이기도 하다. 그걸 확보하는 데 전념하길 바란다.

동행자는 없어도 되고, 별도로 팀을 짜도 상관없다. 아키라 혼자 움직여도 좋다. 탄약값을 의뢰주가 부담하는 대신 유물을 전부 도시 측에 매각하는 조건도, 변경하고 싶다면 이 자리에서 협상한다. 물론 변경하지 않고 가도 상관없다.

키바야시는 그러한 설명을, 도시 직원으로서 겉으로는 진지하게 했다.

아키라가 조금 미심쩍은 눈으로 키바야시를 본다.

"그래서? 그 이야기에는 어떤 속사정이 있는데?"

"이 이야기를 긍정적으로 검토하면 가르쳐 주마."

"또 사정이 있는 거야?"

"있지."

신나게 웃는 키바야시의 얼굴을 보고, 아키라는 한숨을 쉬었다.

"알았어. 그래서? 무슨 사정이 있는데? 이이다 상업구 유적에서 나한테 뭘 시키려는 거야?"

"아무것도 안 시킬 건데?"

"어?"

아키라가 무심코 괴이쩍은 표정을 짓는다. 키바야시는 그 반응을 원했다는 듯이 웃었다.

"까놓고 말해서 이이다 상업구 유적과 거기의 자동인형은 아무래도 좋은 거야. 이번 이야기는 아키라를 한동안 쿠즈스하라 시가지 유적에서 쫓아내기 위한 방편이니까."

무슨 뜻인지 모르겠다. 얼굴에 그렇게 적힌 아키라에게, 키바야시는 그 속사정을 이야기했다.

애초에 아키라의 헌터 랭크 조정 의뢰는 야지마 중철과 요시오카 중공의 사정으로 이루어지고 있다. 두 기업이 쿠가마야마 시티 방위대에 납품하려고 경합 중인 인형병기, 그것을 아키라가 격파하는 바람에 발생한 악평을 불식하기 위한 것이다.

사실 아키라는 헌터 랭크 조정 의뢰가 나올 정도로 실력이 엄청나게 뛰어난 헌터였다. 그렇다면 슬럼에서 벌어진 전투, 염가판 기체라는 한정적인 상황에서는 격파당해도 어쩔 수 없다. 그 해명과 변호에 설득력을 부여하려는 조치다.

그리고 아키라가 쿠즈스하라 시가지 유적 중심부에서 내놓은 성과로, 지금은 그 변명도 일정한 설득력을 지니게 되었다.

그래서 두 기업은 그 기회를 놓치지 않고, 신형 기체의 선전 제2 탄을 기획했다. 후방 연락선 연장 부대로서 자사의 인형병기로 대부대를 편성하고, 후방 연락선의 선봉에서 싸워서, 기체의 성능을 쿠가마야마 시티에 증명하기로 한 것이다.

도시 간 수송차량에서 쿠가마야마 시티로 수송된 기체는 조만간 전선 기지로 운송된다. 그곳에서 정비가 끝나는 대로 실행에 옮길 예정이다.

그것까지 다 들은 아키라가 아리송한 표정을 짓는다.

"그게 나하고 무슨 관계가 있어?"

"있지. 적어도 야지마 중철과 요시오카 중공은 아주 큰 관계가 있다고 생각했다. 모르겠어?"

모르겠다고 적힌 아키라의 얼굴을 보고, 키바야시가 즐겁게 웃는다.

"야지마 중철과 요시오카 중공은, 네가 또 선전을 방해하는 걸 원하지 않는 거야."

"아니, 방해할 마음은 없는데?"

"그만큼 경계한다는 뜻이라고. 네가 쿠즈스하라 시가지 유적에 있으면 또 예상을 벗어난 무언가가 일어나서 선전을 망치는 게 아닐까 하는 거지."

두 번째 실패는 허용되지 않는다. 다음 선전은 반드시 성공해야 한다. 그러기 위해서 두 기업은 힘을 합쳐 아키라를 몰아내기로 했다.

아키라가 현장에 없으면 무슨 일이 있어도 방해할 수 없다. 그러니까 한동안 아키라를 쿠즈스하라 시가지 유적에 얼씬거리지 못하게 하자. 그렇게 생각한 결과가 헌터 랭크 조정 의뢰의 활동 장소 변경이었다.

"이이다 상업구 유적에 자동인형이 있을지도 모른다는 이야기는, 너를 쿠즈스하라 시가지 유적에서 쫓아내기 위한, 단순한 구실이다. 쿠즈스하라 시가지 유적만 아니면 어디든 상관없는 거라고."

그러나 명목은 헌터 랭크 조정 의뢰의 활동 장소 변경이다. 그것에 적합하지 않은 유적에 가라고 지시할 수는 없다. 자동인형 이야기는 그 방편일 거라며, 키바야시는 말을 보탰다.

그것을 들은 아키라가 문득 생각한다.

"그러면 자동인형 이야기는 가짜 정보야?"

"아니, 가짜 정보라고 단정할 순 없어. 있을 수도 있고, 없을 수도 있지. 애초에 확정 정보가 아니라고. 이번 일에 유리한 정보를 찾다가 우연히 자동인형의 정보를 찾아낸 거겠지. 그래도 야지마 중철과 요시오카 중공에서 제공한 정보야. 나름대로 신빙성은 있을 거다."

"흐응."

있지도 않은 자동인형을 찾아서 유적 안을 하염없이 돌아다니는 건 싫지만, 정말로 있을 가능성이 있다면 상관없겠지. 아키라는 그렇게 판단하고, 이이다 상업구 유적의 탐색을 긍정적으로 생각했다. 그러고 나서 유미나에게 묻는다.

"유미나, 넌 어떻게 할래? 따라갈 거야? 아니면 그만둘래?"

"어떻게 하긴. 동행자니까 따라갈게. 이이다 상업구 유적은 쿠즈스하라 시가 유적 중심부보다 난이도가 낮다고 하니까, 짐짝이 될 일도 없을 테고."

"아니, 그런 게 아니라."

의아한 표정을 짓는 유미나에게, 아키라가 넌지시 말한다.

"키바야시가 동행자는 없어도 된다고 했잖아? 지금이라면 그만둘 수 있는데?"

유미나는 조금 놀란 얼굴을 했다. 그리고 그 표정에 희미하게나마 그늘진 모습을 보인다.

"아키라. 혹시, 내가 방해되는 거야?"

자신과 아키라의 실력 차이는 명백하다. 그리고 오늘은 아키라가 자신들을 습격한 헌터의 추격을, 자신의 지시에 따라 그만뒀다.

더 이상의 동행을 넌지시 거부하는 게 아닐까. 유미나는 아키라의 말을 그렇게 받아들이고 말았다.

그 대답에 아키라도 조금 놀랐다. 황급히 고개를 가로젓는다.

"아니, 아니야. 넌 위에서 지시해서 나랑 동행하는 거잖아? 이런 기회라도 아니면 그만두기 어려울 것 같아서. 적어도 자기 의지로 그만두겠다고 말하기 어려운 건 맞지?"

"뭐, 그렇지만······."

"더군다나 창고 경비 때부터 쭉 그랬잖아? 그때도 포함해서, 의뢰 때문에 원래 팀에서도 빠진 것 같고. 괜찮겠어?"

아키라는 유미나를 배려해서 말했다. 유미나도 그걸 눈치챘지만, 속에서 휘몰아치는 감정 때문에 금방 대답할 수 없었다.

원래 팀으로, 카츠야 곁으로 돌아가고 싶은 마음은 확실히 있다. 그러나 그러려고 아키라와의 동행을 그만둬도, 상사와 종합지원 시스템이 자신을 팀의 걸림돌로 판단한 이상, 카츠야의 팀으로 돌아가는 건 어려울 거라는 생각이 먼저 들었다.

그리고 카츠야의 팀으로 돌아가더라도, 지금의 실력으로는 카츠야의 발목만 잡는다. 그런데도 억지로 곁에 있으면 자신은 카츠야에게 일방적으로 도움만 받게 될 것이다.

그리고 의존하게 된다. 지금껏 카츠야가 구한 여러 사람과 똑같이. 그런 건 싫었다.

오래전부터 카츠야와 함께 있었던 건, 카츠야에게 의존하기 위해서가 아니다. 그렇게 생각하고 싶었다.

유미나에게 있어서 상사의 지시로 아키라와 동행하고 있는 상태는, 좋게 말하면 자신이 카츠야의 곁에 있을 수 없는 상황에서 벗어날 힘을 얻는 수단이며, 나쁘게 말하면 그 상황에서 눈을 돌리기 편한 이유였다.

그 속마음을 고백할 수는 없다. 그 대신에 밝게 웃는다.

"괜찮아. 나도 사정이 있거든. 방해되는 게 아니면 따라갈게."

"그런가……."

아키라는 조금 기쁜 듯이 웃었다. 그것을 본 키바야시가 무척 의아한 얼굴을 한다. 그걸 아키라가 알아차린다.

"뭔데……?"

"아니, 딱히."

네가 그런 녀석일 줄을 몰랐다고는 말하지 않고, 키바야시가 이야기를 흘려넘긴다.

"그래서? 유미나는 똑같이 동행자를 한다고 치고, 유물 취급도 똑같이 하면 되겠냐? 똑같이 하면 자동인형을 찾아도 도시에 헐값으로 팔아야 하는데? 괜찮은 거지?"

"우선, 그렇게 자꾸 확인하는 이유를 가르쳐 줘."

"구세계산 자동인형이라고. 어지간한 유물과는 가치가 달라. 이것저것 조건이 붙지만, 10억은 고사하고 수십억의 가격이 붙어도 이상하지 않지. 그걸 원래 그런 계약이라고 해서 1만 오럼 정도로 후려치게 돼도 괜찮냐는 말이다."

"이, 1만?! 수십억 오럼이나 하는 유물을?!"

"그래. 물론 그만큼 헌터 랭크가 오르겠지만. 하지만 돈은 안 주지. 탄약값을 전부 의뢰주가 부담하는 대신, 그런 조건으로 설정한 거다. 어때? 자기 부담으로 바꾸겠어?"

"바꾸…… 아니, 잠깐만. 바꾸면 어떻게 되는데?"

"우선, 사용하지 않은 탄약의 대금에 해당하는 금액을, 결제 당시의 헌터 랭크에 맞춘 가격으로 치러야 하지. 즉, 지금의 네 헌터 랭크를 기준으로 탄약값 할인을 적용하지 않은 금액을 내는 거다. 비싸게 먹히겠군."

"사용하지 않은 건 나중에 도시에 넘기면 된다고 말하지 않았어?"

"말했지. 하지만 그건 탄약값을 의뢰주가 부담하는 지금의 조건일 때 이야기다."

"많아도 곤란하지 않을 것 같아서, 엄청나게 샀는데?"

"그래? 큰일이로군."

"쿠즈스하라 시가지 유적 중심부에서 모은 유물은 도시에 거저 주다시피 했으니까. 나는 돈이 별로 없는데?"

"그래? 큰일이로군."

한 방 먹었다는 듯이 아키라가 인상을 쓴다. 키바야시는 즐겁게 웃고 있었다.

"너무 치사하지 않아……?"

"그건 생트집이지. 애초에 자동인형을 찾는다는 보장도 없다. 그렇다면 지금 조건을 유지하는 게 낫잖아?"

"그야 그렇지만……."

"그렇지? 하지만 혹시나, 만약에라도, 자동인형을 찾았을 때를 대비해서, 나중에 다툼이 안 생기게, 그때 일어날 일을 미리 설명해 준 거다."

"그, 그렇지만……."

말로 진 기분이 든 아키라가 더욱 복잡한 표정을 짓는다. 그것에 비례하듯이 키바야시는 즐겁게 웃고 있었다.

탄약값을 자기 부담으로 하고, 매우 귀중한 유물을 비싸게 팔아도 된다. 의뢰주 부담으로 하고, 헐값에 팔아도 된다.

자기부담 비율을 변경해도 된다. 미사용 탄약의 반납금과 유물 매매가를, 그 비율에 따라서 변경하는 방법도 있다.

탄약값을 의뢰주 부담으로 하고서 유물을 비싸게 팔 수 있게끔, 아키라가 먼저 좋은 조건을 제시해도 된다. 협상은 받아들일 수 있다.

　다만 조건 변경도, 그 협상도, 지금 이 자리에서 한다. 안 정하면 현재 조건으로 간다.

　키바야시는 아키라의 반응을 즐기듯 웃으며 설명한 다음, 이야기를 마무리한다.

　"뭐, 밥이나 먹으면서 천천히 생각해 봐라."

　아키라가 유미나를 힐끗 본다. 유미나는 미안해하는 눈치로 말했다.

　"아, 미안해. 아키라. 내가 그런 협상에 참견하면 도란캄의 책임 문제가 생길 수 있어. 그러니까 아무 말도 못 해."

　『알파······.』

　『스스로 생각해. 네 실력으로 탄약이 얼마나 필요할지, 그걸 잘 파악해서 생각하면 돼.』

　알파는 '그 정도는 할 수 있겠지?'라고 말하려는 것처럼 웃었다.

　아키라가 한숨을 푹 쉰다. 그리고 즐거워 보이는 키바야시와의 협상을, 고민하면서 오래오래 계속했다. 그 협상은 해가 저문 뒤에야 겨우 결론이 났다.

◆

이이다 상업구 유적을 탐색하게 된 아키라가 그 준비를 진행한다. 우선 유미나와 함께 시즈카의 가게로 갔다. 탄약을 유미나의 차에도 적재하기 위해서다. 차를 가게 물자 출입구 근처에 대고, 유미나를 데리고 가게 정문에서 안으로 들어갔다.

카운터에 있던 시즈카가 아키라를 알아보고 웃는다.

"아키라. 어서 와…… 어어어?!"

그리고 유미나를 보고 놀라서 소리쳤다.

아키라가 의아한 기색을 보인다.

"시즈카 씨. 무슨 일 있어요?"

"아, 조금 말이지? 아키라. 그 아이는, 친구니?"

유미나가 시즈카에게 정중하게 인사한다.

"유미나라고 합니다. 도란캄 소속의 헌터예요."

"그래. 나는 시즈카야. 이 가게의 주인이고. 잘 부탁해."

조금 어리둥절한 아키라를 방치하고, 이야기가 진행된다.

유미나는 헌터 랭크 조정 의뢰의 동행자로서 2개월 정도 아키라와 함께 행동하고 있다는 것. 활동 장소가 쿠즈스하라 시가지 유적 중심부에서 이이다 상업구 유적으로 변경되었다는 것. 그 사정으로 앞으로는 탄약을 마음껏 쓸 수 없게 되었다는 것. 그래서 지금껏 그랬듯이 시즈카의 가게에서 탄약을 대량으로 살 필요가 없어졌다는 것.

아키라와 유미나는 그러한 사정을 얼추 다 설명했다.

"시즈카 씨. 그런 이유로 탄약을 대량으로 사는 건 오늘이 마지막이 될 거예요. 죄송해요."

"걱정하지 마. 자기 부담이 된다면 오늘 것도 먼저 주문했다는 이유로 사지 않아도 되는걸? 돈은 많이 벌었으니까."

"아, 그건 괜찮아요. 사더라도 사용한 것만 자기 부담으로 처리하고, 사용하지 않은 건 도시에 넘기는 걸로 했으니까요."

아키라는 키바야시와 협상해서, 탄약값을 자기 부담으로 변경하면서도 탄약의 소유권은 도시에 있으며, 자신은 그것을 빌리는 상태로 했다. 간단히 말해서 사용한 것만 나중에 돈을 치르면 되게 한 것이다.

그렇게 함으로써 아키라는 탄약이 풍족한 상태를 유지하고 안전을 확보하며 자기 부담금을 낮출 수 있다. 아키라에게 무척 유리한 조건이지만, 키바야시는 본인의 타고난 협상력으로 도시에서 그 조건을 받아들이게 했다.

그 이유는 크게 두 가지다. 첫 번째는 아키라가 애써 생각한 협상 내용이다. 그 조건을 받아들이지 않으면 의욕이 크게 떨어진다. 그래도 되겠냐고 호소한 것이다.

아무리 헌터 랭크 조정 의뢰라고 해도 조건에 따라서는 수십억 오럼의 값이 붙어도 이상하지 않은 구세계산 자동인형을 거저 주듯 팔아야 한다면 진지하게 찾을 의욕도 사라진다. 자칫하면 찾고도 못 찾은 척할지도 모른다. 그건 도시에도 손해라고, 아키라는 애써 키바야시에게 주장했다.

그리고 두 번째는 키바야시의 꿍꿍이다. 아키라의 주장을 듣고, 키바야시는 겉으로 복잡한 표정을 지으면서도 속으로는 순순히 찬동했다.

키바야시가 바라는 것은 아키라가 요란하게 날뛰고, 무리무식무모를 실천하는 것이다. 그런 아키라가 수중에 있는 탄약이 불안하다는 이유로 유적 탐색의 구실만 만족시키는 상황은 키바야시도 바라지 않는다.

풍족한 탄약만 있다면, 아키라는 그 양에 비례한 소동을 반드시 일으킨다. 그것은 쿠즈스하라 시가지 유적 중심부에서 첫날부터 대규모 거미형 갑각기충의 무리를 궤멸한 것에서도 기대할 수 있다.

아쉽게도 그 뒤로는 유미나를 배려했는지 요란하게 날뛰지 않았다. 하지만 상황이 바뀌면 또 뭔가 저지를 가능성이 크다. 활동 장소를 이이다 상업구 유적으로 변경하는 것이 그 계기가 되어도 이상하지 않다.

가능하다면 아키라를 다시 한번 야지마 중철과 요시오카 중공의 합동 선전에 끌어들이고 싶었다. 하지만 그게 어려워진 이상, 이이다 상업구 유적에 있다고 하는 구세계산 자동인형을 기폭제로 삼은 소동을 기대하고 싶다. 그럴 때 아키라가 소극적이어서는 곤란하다.

아키라가 협상에서 자신의 의욕을 조건으로 내세운 이상, 그 조건만 만족시키면 아키라도 성실하게 일할 마음이 생기리라. 아키라는 그런 약속을 잘 지키는 인간이다.

그렇게 생각한 키바야시는, 겉으로는 아키라의 조건을 마지못해 받아들인 척하면서 이쪽은 조건을 받아줬으니까 너도 잘하라며 아키라에게 당부했다.

그리고 애써 자신의 조건을 상대가 받아들이게 했다고 착각한 아키라는 그런 키바야시의 꿍꿍이를 전혀 눈치채지 못했다. 그래서 그때의 일을 시즈카에게 말하는 아키라의 태도는 조금 득의양양했다.

그 이야기를 들은 시즈카는 상대도 뭔가 속셈이 있다고 눈치채면서도, 내용 자체는 아키라에게 유리한 것도 있어서 괜히 지적하지 않았다. 웃으며 아키라를 칭찬한다.

"아키라도 그런 협상을 할 수 있는 헌터가 됐구나. 참 대견해."

"애썼어요."

아키라는 조금 수줍어하면서 기쁜 듯이 웃었다.

그 모습을 본 유미나가 의아하게 느낀다. 여기에는 유미나가 생각하는 아키라, 지금까지의 인상으로 본 아키라가 없었다.

그날, 소매치기 사건에서 유미나에게, 카츠야에게, 그토록 살기를 드러냈던 사람은 없었다. 대규모 항쟁에서 인형병기가 습격해 무너진 창고 옆에서, 색도 느껴질 정도로 농밀한 살기를 뿜던 사람은 없었다.

애쓴 것을 칭찬받아 기뻐하는, 평범한 아이가 있었다.

유미나는 그 사실에 놀랐다.

시즈카가 그런 유미나의 낌새를 눈치채고 말을 건다.

"그나저나 유미나는 아키라와 함께 유적에 갔지? 아키라는 어떤 느낌이니? 무리하거나 무모하게 굴진 않았어?"

그러자 아키라가 끼어든다.

"아니, 안 했는데요?"

"아키라. 나는 유미나에게 물어봤어. 그래서? 어떠니?"

시즈카는 아키라를 조금 타이르듯 말하고 나서, 의미심장하고 즐겁게 웃는 얼굴로 유미나를 봤다.

한편, 아키라는 허둥대는 얼굴로 유미나를 봤다. 안 했다고 말해줘. 그 얼굴은 딱 봐도 그렇게 말하고 있었다.

유미나는 그런 두 사람의 태도가 재미있어서 슬쩍 웃었다. 그리고 시즈카에게 맞춰서 자신도 의미심장하게 웃는다.

"그러네요. 아키라는 무척 활약했어요. 동행한 첫날에 거미 같은 몬스터의 대규모 무리를 거의 혼자 해치웠거든요. 대단한 성과라고, 도시 직원도 무척 놀랐어요."

"헤에. 아키라. 참 대단하구나."

시즈카가 웃으며 아키라를 본다. 그런 두 사람을 보는 유미나 앞에서 아키라가 우스꽝스럽게 허둥대기 시작했다. 그리고 도움을 요청하듯이 유미나를 본다. 유미나는 아키라의 그 모습이 더욱 재미있어서 무심코 웃고 말았다.

"어이, 유미나."

참지 못하고 따지려는 아키라에게, 유미나가 웃으며 사과한다.

"미안해. 농담이야. 시즈카 씨. 아키라의 성과는 사실이지만, 무리하거나 무모하게 굴지는 않았을걸요? 무한정 쓸 수 있는 탄약으로 밀어붙인 부분도 있고, 아키라도 첫날이니까 오늘은 가볍게 끝냈다고, 무척 여유롭게 말했으니까요."

"어머, 그러니? 무리하지 않는다는 약속을 잘 지켰나 보구나. 안심했어."

"무, 물론이에요……."

아키라는 노골적으로 안도하고 숨을 내쉬었다.

유미나는 그런 아키라의 모습을 의아하게 여기면서도 즐겁게 느꼈다. 무모하게 구는 카츠야를 타이르던 때의 자신을 무의식중에 겹쳐 보면서.

시즈카와 잡담을 마친 아키라 일행은 구매한 탄약을 차에 싣고 있었다. 그 도중에 시즈카가 유미나에게, 아키라에게는 들리지 않게 말을 건다.

"유미나. 아키라는 이래저래 복잡한 아이지만, 가능하다면 친하게 지내 주렴."

아키라에게는 대등한 친구가 필요하다. 시즈카는 그렇게 여기면서도, 그것이 매우 어려운 것도 잘 알았다.

자신과 엘레나, 사라는 아키라를 친구로 여기고, 아키라도 그렇게 여겨 준다. 존경하고, 잘 따르고 있다. 하지만 대등하진 않다. 자신들과 아키라의 관계는 아키라가 자기를 한 단계 낮춘 것이라고, 시즈카는 어렴풋이 눈치채고 있었다.

그러나 아키라는 유미나를 대할 때, 상대를 한 단계 높이지 않고도 마음을 허락한 것처럼 보였다. 시즈카의 눈에는 그런 관계를 원하는 것처럼 보였다.

하지만 그것은 아키라가 바라는 것이지, 유미나가 바라는 것이 아니다. 유미나에게는 유미나의 소망이 있다. 더군다나 아키라는 매우 상하고, 나아가 나쁘게 말하자면 삐뚤어진 인격의 소유자이며, 위험한 존재다. 그러한 인물과 친해지는 것을 강요할 수는 없다.

가능하다면, 시즈카는 그 말에 최대한의 소망을 담아서 유미나에게 말을 걸었다.

유미나도 그것을 어렴풋하게 이해했다. 그래서 진지하게 대답한다.

"그러고 싶어요……. 죄송합니다. 저는 그렇게 말할 수밖에 없어요."

"그거면 돼. 고마워."

짤막하게, 그러나 의미가 있는 대화를 마친 유미나와 시즈카는 그대로 아무 일도 없었던 것처럼 작업으로 돌아갔다.

◆

아키라 일행은 시즈카의 가게에서 탄약 보급을 마친 뒤, 이번에는 셰릴의 거점에 있는 창고로 갔다. 거기서 기다리던 카츠라기에게 미리 주문한 회복약을 받는다. 한 상자에 500만 오럼. 그것이 열 상자 들어간 큰 상자를, 아키라는 유미나의 차량에 실었다.

5000만 오럼짜리 거래를 마친 카츠라기는 그 이익을 생각하고 얼굴을 확 폈다.

"매번 고마워. 아키라. 앞으로도 이런 식으로 잘 부탁하마."

"아니, 이젠 무리야."

"뭐?!"

큰 이익을 정기적으로 창출하는 회복약 거래. 그 중지를 아무렇지도 않게 통보하는 바람에 카츠라기는 갑자기 허둥대기 시작했다. 나아가 아키라에게 그 이유를 듣고 머리를 감싼다.

"자, 잠깐만 기다려 보라고……. 앞으로도 네가 살 줄 알고, 이미 대량으로 발주했는데?!"

"내가 주문하지도 않은 걸 가지고 나한테 불평하지 마. 재고 조정은 네가 할 일이잖아."

"그렇다고 해도 너무 갑작스럽잖아?!"

"나도 갑자기 들은 거니까 어쩔 수 없잖아. 애초에 헌터 랭크 조정 의뢰는 언제 끝나도 이상하지 않으니까, 언제 중지할지 모르는 대량 구매는 비싸진다고 나한테 당부한 건 카츠라기야. 그 우려대로 된 거지. 알아서 처리해."

단호한 아키라의 태도에, 카츠라기는 매달려도 소용없다고 판단했다.

카츠라기의 주위에서 500만 오럼짜리 회복약을 살 사람은 아키라밖에 없다. 대량의 재고를 전부 팔면 막대한 이익을 보지만, 안 팔리면 경영을 압박하는 불량재고가 된다.

출혈을 막기 위해서 대량 발주를 어떻게든 취소하거나 최대한 입고를 줄이려고, 카츠라기는 황급히 동업자들에게 연락했다.

시즈카를 대할 때와는 딴판인 아키라의 태도에, 유미나가 문득 생각한다.

"아키라는 의외로 여자에게 약한 타입?"

"가, 갑자기 무슨 소리야?"

"시즈카 씨 때랑 대응이 너무 다른 것 같아서."

"시즈카 씨는 옛날부터 여러모로 신세를 졌으니까. 카츠라기랑은 달라."

그것을 들은 카츠라기가 못마땅한 투로 끼어든다.

"그렇다면 함께 죽을 고비를 넘긴 친구인 나도, 조금은 더 배려해 줘도 되잖아?"

"그런 친구의 유물을 싸게 후려치려는 짓을 안 하는 녀석이라면, 나도 배려해 줄 수 있는데?"

아키라가 슬쩍 비난하듯 보자 카츠라기는 웃어서 얼버무리며 눈을 돌렸다.

그때 셰릴과 비올라가 찾아온다. 무척 친해 보이는 아키라와 유미나의 분위기를 보고 충격을 받은 셰릴의 옆에서, 비올라는 아무렇지도 않게, 엄밀하게는 허둥대는 셰릴의 반응을 즐기면서, 아키라에게 유물 판매점의 상황을 설명하기 시작했다.

현재까지 경영은 순조롭다. 그러나 다른 가게도 슬슬 양대 조직이 궤멸한 영향에서 벗어날 무렵이다. 예전처럼 수요를 독점할 수는 없다. 앞으로는 다른 가게와의 차별화가 필요할 것이다. 그리고 아키라가 가져온 값비싼 유물은 싸구려 유물만 취급하는 다른 가게와 차별성을 두는 데 크게 공헌하고 있다.

"구세계산 정보단말은 원래라면 슬럼의 점포에 놓일 상품이 아니니까. 고마운 일이야."

비올라는 그때까지 득의양양하게 말한 뒤, 조금 딱딱한 표정을 지었다.

"하지만 상품이니까. 팔면 없어져. 언젠가는 가게 선반에서 전부 사라질 거야. 그러니까 아키라, 어떻게든 안 될까?"

"그런 소리를 해도 말이지. 헌터 랭크 조정 의뢰에서 모은 유물은 전부 도시에 팔아야 해. 너도 알잖아?"

"물론 그건 알아. 알고서 물어보는 거야. 나도 당신과 한 약속을 지켜서 셰릴의 가게를 번창시키려고 하고 있어. 그러려면 값비싼 유물의 공급이 꼭 필요해. 셰릴을 위해서, 어떻게든 안 될까?"

비올라는 그런 식으로 아키라에게 탄원했지만, 이건 겉으로만 그런 것이다. 아키라에게 거절당하기 위한 탄원이며, 이토록 부탁했는데도 무리였다는 전제를 만들기 위해서다.

가게를 경영하려면 값비싼 유물이 필요하지만, 아키라가 조달하는 것은 불가능하다. 그런 인식을 아키라와 셰릴에게 심고, 유물의 새로운 공급처로서 티오르의 이야기를 꺼낸다. 그러기 위한 공작이다.

셰릴은 비올라의 이야기가 모종의 공작임을 눈치챘다. 그러나 그게 무엇을 위한 공작인지는 도무지 알 수 없다. 또한 가게를 원활하게 경영하기 위해 값비싼 유물이 필요한 것을 이해하니까, 경계하는 것으로만 그치고 대화에 끼어들지 않았다.

그리고 아키라는 전혀 눈치채지 못했다. 셰릴의 가게를 돕는 것은 자신이 비올라에게 부탁한 일이다. 그런 셰릴을 위한 일이라는 말을 들으면 아키라도 무시할 수 없다. 잠시 끙끙대며 생각한다. 그리고 일단 물어본다.

"셰릴. 꼭 필요해?"

셰릴이 말을 고른다.

"아키라의 사정이 가장 중요해요. 저희 일은 걱정하지 않아도 돼요."

"그래?"

"주신다면 무척 고마운 건 사실이지만, 그렇다고 아키라에게 부담을 줄 마음은 없어요. 아키라는 저희의 후원자로서, 이미 충분히 도와주고 있으니까요."

웃는 얼굴로 대답한 셰릴에게, 아키라도 슬쩍 웃고 대답했다.

"그렇구나……."

"네."

왠지 모르게 흐뭇한 대화를 보면서, 비올라는 속으로 만족스럽게 웃고 있었다.

(그야 너라면 그렇게 대답하겠지. 이로써 아키라도 거절할 구실이 생겼어. 충분해.)

비올라가 시선을 셰릴에게서 아키라에게로 돌린다.

(애초에 너는 도시와의 계약을 백지로 돌리고 유물을 이쪽으로 넘길 이유가 없으니까. 너는 그런 계약을 준수하는 인간. 네가 셰릴에게 협력하는 것도, 아마도 셰릴에게 속아서 안이하게 약속한 탓이지? 고생이 많구나.)

셰릴에게 협력하는 이유가 성욕이나 연애 관련이라면 아키라는 진즉에 셰릴에게 손을 댔을 것이다. 그러지 않은 이상, 이유는 따로 있으며, 아키라의 성격으로 봐서는 그런 거겠지. 비올라는 그렇게 판단했다.

이로써 아키라는 유물 제공을 거절할 테니까, 유물 판매점에 값비싼 유물을 두려면 다른 공급처가 필요해진다. 이제는 티오르가 유물을 얼마나 모을지에 달렸다. 그것에 따라서 협상은 잘 풀릴 것이다. 슬슬 한 번 연락해도 되겠지. 비올라는 그렇게 생각하고, 다음 계획을 짜려고 했다.

그러나 그때, 그 전제 조건이 무너지는 일이 생겼다. 아키라가 대수롭지 않게 말한다.

"알았어. 잠깐 기다려."

"어?"

비올라는 무심코 작게 소리를 냈다.

아키라가 바이크로 혼자 창고에서 나가더니, 얼마 지나고 나서 돌아온다. 그리고 가져온 커다란 상자를 셰릴과 다른 사람들 앞에 두었다.

"이걸로 당분간 버텨 줘. 뭐, 이만큼 있으면 한동안 괜찮겠지."

상자의 내용물을 본 셰릴과 다른 사람들이 놀란다. 안에는 구세계 계산 정보단말 등, 아키라가 이전에도 가져온 값비싼 유물이 가득 있었다.

비올라가 무심코 조금 딱딱한 표정을 짓고 아키라를 본다.

"아키라. 이거, 출처는? 쿠즈스하라 시가지 유적 중심부?"

"그런 건 물어보지 말라고 했을 텐데?"

"그런 게 아니라, 계약상 쿠가마야마 시티에 무조건 넘겨야 하는 유물을 가져오는 건, 아무리 여기가 슬럼의 암거래 상점이라고 해도 위험한데."

"아, 그건 뜻이야? 괜찮아. 그건 헌터 랭크 조정 의뢰와 관계없는 유물이니까."

"그, 그래?"

비올라가 일단 유미나에게 시선을 돌렸다. 그것을 본 유미나가 말을 보탠다.

"진짜예요. 우리가 중심부에서 발견한 유물은 전부 도시에 넘겼어요. 정보수집기 기록에도 남아 있고요."

"뭐, 그런 오해를 부르기 쉬운 물건인 건 알아. 그 부분은 네가 알아서 해. 잘하는 일이잖아?"

아키라가 그런 말을 들은 비올라는 평소처럼 성질 고약한 미소를 지었다.

"그래. 맡겨만 둬."

그 미소로 마음속 동요를 감춘다. 이 유물은 이전에 아키라가 가져온 것과 똑같은 물건으로, 아마도 처음부터 출처를 위장하기 위해 분산해서 가져올 작정으로 어딘가에서 보관했던 거겠지. 그 정도는 비올라도 쉽게 추측할 수 있었다.

그러나 구세계산 정보단말처럼 귀중한 유물이 아직 이만큼 남아 있었을 줄은, 천하의 비올라도 예상할 수 없었다.

유물의 출처가 매우 궁금하지만, 그것을 섣불리 추궁하면 죽음을 부를 게 뻔하다. 비올라를 망설이지 않고 쏜 아키라에게 또 총을 맞지 않도록, 자신의 호기심을 억누르고 가볍게 말한다.

"하지만 역시 대단해. 이만한 유물을 금방 준비할 수 있다니. 창고 경비를 엄중하게 강화하길 잘했어. 당신도 그렇게 생각하지?"

"그러네요…….."

네가 할 소리냐는 의도를 담고, 셰릴은 의미심장하게 대답했다.

영문을 모르겠다는 얼굴인 아키라에게, 비올라가 웃으며 말을 보탠다.

"양대 조직의 항쟁 때, 내통자한테 창고의 경비 정보를 산 사람이 나야. 그리고 그 정보를 바탕으로 셰릴에게 내통자를 쫓아내게 한 것도 나고. 그 덕분에 창고 경비는 무척 엄중해졌어. 나도 참 도움이 많이 됐지?"

"아아…… 그러네."

그제야 의미를 이해한 아키라는 떨떠름한 표정을 지었다. 그리고 창고의 경비라는 말에서 티오르를, 알파가 티오르를 가리켜 창고를 경비하던 인원이라고 한 말을 떠올린다.

"그렇지. 셰릴. 티오르라고 알아?"

"티오르, 인가요? 아까 한 이야기에도 나온, 쫓아낸 내통자 중 한 명이에요. 시지마 씨네 사람들이 죽였을 거예요."

"아니, 그 녀석은 살아있어. 쿠즈스하라 시가지 유적 중심부에서 그 녀석을 봤거든."

"그런가요? 그런 장소에 갈 정도의 실력이 있다는 말을 못 들었는데요……. 어쩌다가 그런 장소에?"

"그건 뭐, 유물 수집 아닐까? 아니지, 중요한 건 그게 아니야."

그리고 아키라가 조금 진지한 표정을 짓는다. 그것을 본 셰릴도 태도를 바꿨다.

"유적의 빌딩에서 봤는데, 그 녀석이 갑자기 우리를 공격했어."

"어?! 어째서?!"

"글쎄. 나도 몰라. 적어도 그 녀석이 먼저 공격했어. 그리고 그대로 도망치더라고."

예상을 한참 벗어난 이야기에 놀라는 셰릴에게, 아키라가 혹시 몰라서 경고한다.

"뭐, 그런 일이 있었다는 거야. 만약 어디선가 보면 셰릴도 조심해. 그런 곳에 있었을 정도니까, 나름대로 강할 거야. 왜 그런 녀석이 창고 경비나 했는지는 모르겠지만."

"알겠습니다. 조심할게요."

그렇게 말하고 단단히 고개를 끄덕인 셰릴의 옆에서, 비올라는 태연한 척하고 있었다. 매우 흥미진진한 이야기이고, 이것저것 묻고 싶은 것밖에 없지만, 티오르에게 공작을 의뢰받은 몸으로서는 지금 여기서 쓸데없는 걸 물어볼 수도 없었다. 우선 상황 파악에 주력해야 한다.

그리고 속으로 얼굴을 찡그린다.

(그가 청부한 의뢰도 이걸로 물거품이 됐네. 이제는 아키라와 셰릴도 티오르의 복귀를 절대로 인정하지 않을 거야. 거참, 대체 무슨 짓을 한 건지.)

자신의 공작이 물거품이 되어서 불쾌해진 비올라지만, 그것도 아주 잠깐이었다. 곧바로 의식을 전환한다.

(뭐, 그렇다면 그거대로 좋아. 다른 방향으로 즐기자.)

티오르의 의뢰가 성공하는 전제로 즐기는 방향에서, 실패하는 전제로 즐기는 방향으로 전환하면 될 뿐이다. 복잡한 상황을 자기 입맛대로 혼란에 빠뜨려 즐기는 악녀는, 벌써 다음 일을 생각하고 있었다.

볼일을 마친 아키라와 유미나는 셰릴의 창고를 떠나려고 했다. 그때 유미나가 아키라를 배웅하는 셰릴을 힐끗 보고 나서 넌지시 말한다.

"역시 아키라는 여자한테 약한 타입이구나."

"왜 그렇게 되는데?"

"셰릴을 위해서 일부러 유물을 가져왔잖아. 조금 의외였어."

"아니, 그것만 가지고 단정하지 않아도……."

"단정한 건 아니지만, 키바야시 씨나 카츠라기 씨를 대하는 아키라의 태도를 생각하면, 그런 걸까 싶어서."

그리고 카츠야를 대하는 태도라든가. 유미나는 속으로 그렇게 생각하면서, 그 말을 차마 입 밖에 꺼내지 않았다.

아키라가 조금 고민하고 복잡한 얼굴을 한다.

"적어도 유미나한테는 그렇게 보인다는 건가……."

그렇게 말하면, 그럴지도 모른다. 유미나에게 제법 마음을 허락한 것도 있어서, 아키라가 그렇게 받아들이기 시작한다.

"그렇구나. 나는 여자한테 약한 타입이었나……."

자기가 한 말을 심각하게 받아들이는 아키라의 반응을 보고, 유미나가 일부러 놀리듯이 웃으며 가볍게 말한다.

"뭐, 나도 여자니까. 그렇다면 나한테도 약할 거니까 잘된 일이지만."

"그런 거였어?"

아키라는 쓴웃음을 짓고, 유미나의 말을 심각하게 받아들이는 걸 그만뒀다.

그것은 아키라와 유미나에게, 친구 사이의 대수롭지 않은 대화였다.

그러나 그런 두 사람을, 알파는 딱딱하게 굳은 얼굴로 보고 있었다.

제157화 소망과 선택

도란캄의 거점에는 창고처럼 커다란 대형 차고가 있다. 원래는 병력수송장갑차 등을 세우기 위한 곳이지만, 지금은 기령에 대여해서 종합 지원 강화복의 정비소로 사용되고 있었다.

유미나는 그곳에서 후루타라고 하는 기령의 기술자와 이야기하고 있었다. 유미나의 강화복을 담당하는 후루타는 유미나의 최신 전투 데이터를 다시 보고 감탄한 기색을 보인다.

"그나저나 유미나 씨는 많이 강해졌네요."

"고맙습니다."

"사실은 이게 다 우리 회사의 제품 덕분이라고 선전하고 싶지만요."

"아, 그건 관두는 게 좋을걸요?"

"그렇겠죠."

쓴웃음을 띤 유미나에게, 후루타도 쓴웃음으로 대답했다.

유미나가 강해진 이유는, 확실하게 아키라에게 부탁한 훈련 덕분이다. 그러나 그 훈련 내용을 아는 후루타는 자사 제품의 선전으로써, 우리 회사의 강화복을 사용해서 훈련하면 똑같이 강해질 수 있다고는 도저히 말할 수 없었다.

훈련의 밀도는 착용자에게 미치는 부하를 완전히 무시한 것처럼 혹독하고, 그 부하를 값비싼 회복약을 다용해서 강제로 억제하며, 강력한 몬스터가 돌아다니는 위험지대에서 장시간 활동한다.

그렇듯 인위적인 죽을 고비를 몇 번이고 돌파하는 것이 기본 조건인 훈련은, 선전용으로 도무지 써먹을 수 없다. 우선 비용 면에서 틀렸다. 그토록 회복약을 다용하면 돈이 너무 많이 들어간다. 다음으로는 정신 면에서 틀렸다. 어지간한 사람은 훈련에서 도망칠 것이다.

랭크 조정 의뢰를 받은 헌터의 동행자로서, 값비싼 회복약을 자기 부담 없이 대량으로 사용할 수 있을 것. 그리고 죽음의 땅을 돌파하는 가혹한 훈련에서 도망치지 않을 것. 유미나의 성장은 비용적인 측면과 정신적 측면에서 곤란한 조건을 달성해서 이룬 것이다.

즉, 똑같은 것을 다른 사람에게 권하기는 몹시 어렵다. 우리 회사 제품을 사용하면 누구나 강해질 수 있다고 하는, 종합 지원 강화복의 선전 콘셉트와 상반된다. 후루타도 그 정도는 알았다.

"뭐, 그래도 유미나 씨 덕분에 우리 회사의 강화복에는 그 사람과 동행해도 발목을 잡지 않을 성능이 있다는 걸 실증할 수 있었죠. 선전으로선 충분할 겁니다."

"아키라가 그렇게 유명한가요?"

"알 만한 사람은 안다는 정도지만요. 하지만 그걸 아는 사람이 도시 방위대의 조달 담당이거나 하면, 선전으로는 충분한 겁니다."

"그런 건가요."

"그리고 실례지만, 유미나 씨는 저쪽 팀에서 실력이 부족하다고 탈락 판정을 받은 거잖아요?"

유미나를 담당하는 후루타의 개발팀도, 카츠야 팀을 담당하는 타카기란 기술자가 이끄는 다른 개발팀도, 원래는 기령의 종합 지원 시스템을 개발하는 하나의 팀이었다.

그러나 지금은 운용 방법이 크게 달라졌다는 이유로 별개의 팀이 되었다.

"그런 사람이라도 우리 팀의 운용 방법이라면 이만큼 싸울 수 있다. 유미나 씨 덕분에 그것을 증명했으니까, 저로서는 고맙단 말이죠."

"네…… 그렇군요."

후루타는 기술자로서 자신의 개발팀이라면 유미나의 실력을 살릴 수 있다며 웃었다. 그러나 카츠야의 팀으로 복귀하고 싶은 유미나는 단순히 고개를 끄덕일 수 없어서 어색하게 웃으며 대꾸했다.

그대로 후루타의 이야기가 이어진다.

부대 운용이 기본인 타카기 팀과는 달리, 후루타 팀은 개인 운용을 목표로 개발을 추진하고 있었다.

유미나가 사용하는 종합 지원 시스템 장치는 현재 부대용 장치를 유용하는 바람에 대형차에 실어야 할 정도로 크다.

그러나 개인용으로 개발을 추진하면 더 소형으로 만들 수 있다. 나아가 개발이 진행되어 시스템 측면이 충실해지고, 최전선 근처에 활동하는 헌터들도 인정하게 되면, 비용 대비 효과라는 말도 거의 무시할 수 있게 된다.

경이로운 성능을 지닌 정보단말에 시스템을 통째로 넣어도 된다. 원격지에 설치한 시스템에 무색 안개의 통신 방해를 버틸 정도로 매우 비싸고 정밀성이 뛰어난 통신으로 접속해도 된다. 개인이 도시 수준의 경제력을 지닌 톱클래스 헌터라면, 그 정도는 문제없이 가능하다.

후루타가 그러한 전망을 신나게 설명한다. 그것은 자기 입맛에 맞춘 낙관이지만, 망상으로 치부하기 어려울 정도의 현실성이 있었다. 유미나의 성과 덕분에 그렇게 되면 좋겠다고 생각할 정도로는 개발 예산도 늘어났다.

"제가 말하긴 뭐하지만, 저쪽 팀의 개발 상황은 우리와 비교하면 아직 별로예요. 그야 저쪽도 전력만 보면 엄청난 성과를 내긴 하지만요? 하지만 그건 카츠야 씨네 덕분이죠. 단순히 카츠야 씨네가 강한 거예요. 시스템 보조는 미완성이라고 봐도 좋죠. 기껏해야 카츠야 씨의 재능에 도움을 받은 셈이니까……."

후루타는 자신이 개발한 시스템에 대한 자신감에서, 자칫하면 유미나의 실력을 무시하는 것처럼 들릴 소리도 하고 말았다.

유미나가 말에 끼어든다.

"저는 헌터 재능이 없는 걸까요. 실력이 부족하다고 쳐낼 정도니까요."

말실수를 깨달은 후루타가 말을 잘 포장한다.

"네? 아, 아뇨. 그렇진 않아요. 우리 시스템의 지원을 받는다고는 해도, 유미나 씨도 그만한 성과를 냈잖아요."

유미나의 분위기가 여전히 별로인 걸 보고, 후루타가 허둥대며 얼버무리듯 말을 잇는다.

"뭐, 그 뭐냐. 그런 겁니다. 유미나 씨에게 재능이 없는 게 아니라, 카츠야 씨의 재능이 너무 뛰어나다는 거죠. 그리고 재능의 방향성이 다르다고 할까요."

"재능의 방향성이 다르다고요?"

"네. 저쪽 개발팀에서 유미나 씨를 쳐낸 이유는 대충 그런 문제일걸요?"

본인의 재능에 따라서, 1의 부하를 지닌 훈련으로 10의 실력이 생기는 자와 10의 부하로 7 정도의 실력이 생기는 자가 있다고 치자. 그러나 후자의 재능이 나쁘다고 단언할 수는 없다. 전자가 2의 부하를 지닌 훈련에 버틴다는 보장이 없기 때문이다.

그리고 후자는 10을 넘어서 100의 부하에 버틸지도 모른다. 그 100짜리 부하의 훈련으로 생기는 실력이 15 정도라서 훈련으로 치면 심각하게 비효율적이라고 해도, 전자보다 강해졌다는 사실에는 변함이 없다.

즉, 끝없이 강해지는 재능과 효율적으로 강해질 수 있는 재능은 별개이며, 똑같은 기준으로는 판단할 수 없다. 자기 개발팀 소속 피험자의 비위를 맞추려고, 후루타는 지론을 섞어서 그렇게 설명했다.

유미나는 그 설명을 진지하게 듣고 있었다.

"저기, 그건 전자가 카츠야고, 후자가 저라고 보면 될까요?"

"네, 그런 셈이죠. 그리고 저쪽 개발팀은 전자를 더 중시하는 거겠죠. 뭐, 카츠야 씨는 100의 부하에 버틸 재능이 있을지도 모르지만, 그렇다고 해서 그런 훈련을 부대 전체에 적용했다간 부대만 망가질 겁니다. 그렇게 할 순 없죠."

무의식중에 고개를 끄덕인 유미나의 반응을 보고, 후루타가 이야기를 마무리한다.

"유미나 씨를 나쁘게 말할 마음은 없지만, 유미나 씨가 저쪽에 껴서 나름대로 훈련해도, 이도 저도 아닌 실력만 될 겁니다. 그것을 허용하지 않고 헌터로서 더 높은 경지를 목표로 삼는다면, 우리 쪽에서 계속 훈련하는 게 좋을걸요?"

"그런가요……."

유미나는 대답을 얼버무렸다. 그렇다고 해도 긍정할 수는 없다. 카츠야의 곁으로 돌아가고 싶기 때문이다. 그리고 친근하게 웃는다.

"어떻게 될지는 모르겠지만, 저도 아키라의 헌터 랭크 조정 의뢰가 계속되는 동안에는 함께하고 싶어요."

이어서 유미나는 씁쓸하게 웃었다.

"뭐, 그건 제가 아니라 위에서 정할 일이지만요."

"그렇죠."

후루타도 조직에서 일하는 자로서 그 마음을 잘 안다며 쓴웃음을 짓고 대답했다. 그리고 잡담하면서 하던 유미나의 종합 지원 시스템과 강화복 조정을 마친다.

"좋아. 이걸로 이이다 상업구 유적용 조정은 끝났습니다. 뭔가 질문할 게 있습니까?"

"조금 궁금한 게 있는데요. 종합 지원 시스템의 설정은 유적마다 조정해야 하는 건가요?"

"안 하는 것보다는 낫다는 정도지만요. 개발용 데이터 취득도 겸하는 거니까, 굳이 말하자면 우리 사정입니다."

"아, 그렇군요."

"더 물어볼 건 없습니까?"

"그러네요……."

그때 유미나는 티오르를 떠올렸다.

"실은 유적에서 다른 헌터에게 공격받은 적이 있는데요…… 기록상에는 몬스터와 마주친 걸로 나왔어요. 원래 그런 건가요?"

"네?"

데이터를 확인한 후루타가 조금 괴이쩍은 얼굴을 한다.

"정말로 몬스터 판정이네요……. 이상하네. 아무리 공격한 상대라고 해도, 그렇게 처리할 수 있나? 버그? 적대 판정으로 묶은 건가? 음. 죄송합니다. 조사해 보죠. 아, 표시 오류일 거 같으니까, 시스템에 악영향은 없을 겁니다."

"알겠습니다. 질문은 더 없어요. 고맙습니다."

"뭘요. 제가 더 고맙죠. 이이다 상업구 유적 탐색, 힘내 주세요. 만약 정말로 자동인형을 찾아내면 큰 성과일 겁니다. 우리에게도 명예로운 일이니까, 잘되길 빌죠."

아키라의 준비는 이미 끝났다. 그리고 유미나의 준비도 이걸로 끝났다.

이이다 상업구 유적에서 하는 아키라와 유미나의 헌터 활동은 내일로 다가왔다.

그날 밤, 유미나는 평소처럼 카츠야와 정보단말로 이야기하고 있었다. 그리고 카츠야가 내일 원정에서 돌아온다는 소식을 듣고 활짝 웃는다.

"카츠야, 내일 복귀하는 거야? 아, 무척 기쁘지만, 더 일찍 말해 줬으면 휴일 일정도 조정할 수 있었는데."

"미안해. 도시 간 수송차량의 운행 예정은 기밀 취급이라서 말이야. 아까 미즈하 씨에게 말해도 된다고 들었어."

"그렇다면 어쩔 수 없네. 카츠야. 돌아오면 쉬는 날을 맞춰서 놀러 가자."

"그래. 기대할게."

환담을 마친 유미나가 침대에 눕는다. 사랑하는 사람과 오랜만에 재회할 수 있다는 기쁨에, 웃는 얼굴로 잠들었다.

◆

쿠가마야마 시티로 향하는 도시 간 수송차량 안에서, 카츠야는 정보단말로 유미나와 이야기하고 있었다. 근처에는 미즈하도 있었다. 환담 중인 카츠야를 가만히 보고 있다.

그리고 카츠야가 대화를 끝내자, 미즈하는 살갑게 웃었다.

"기분이 무척 좋아 보이네. 유미나 양을 다시 보는 게 그렇게 기쁘니?"

카츠야가 쑥스러움을 감추듯 웃는다.

"아, 그게, 그래요. 이러니저러니 해도 유미나와는 오래 알고 지냈으니까요. 지금껏 쭉 함께 다녔는데, 이렇게 오랫동안 멀리 떨어진 건 처음이에요. 또 볼 수 있어서 기쁘네요."

"그래……. 그렇다면 돌아가서 빨리 건강한 얼굴을 보여주렴."

"네!"

부하를 배려하는 상사를 위장하고, 미즈하는 카츠야의 방에서 나갔다. 그리고 인상을 쓴다.

(그 실력으로는 카츠야의 곁에 두어도 발목만 잡아. 그러니까 카츠야는 유미나와 거리를 두기를 바라는데, 저래서는 어려울까?)

미즈하는 자신이 유미나를 카츠야의 부대에서 뺀 이유를 카츠야 팀의 종합 지원 시스템을 담당하는 타카기 개발팀에 떠넘겼다. 그 덕분에 유미나와 카츠야의 불만은 미즈하에게 직접 향하지 않았다.

그러나 그것도 언제까지 이용할 수 있을지 알 수 없다. 미즈하는 유미나를 빼도 카츠야에게 미움받지 않을 다른 이유가 필요했다.

(카츠야를 위해서도, 카츠야와 친하다는 이유만으로 짐짝을 카츠야의 부대에 넣을 순 없어. 안됐지만, 유미나는 카츠야 팀에서 정식으로 나가 줘야겠어.)

미즈하도 카츠야 팀의 세 사람이 헌터 활동을 시작할 때부터 함께한 것을 안다. 그러나 지금도 카츠야의 곁에서 눈부신 활약을 보여주는 아이리와 달리, 유미나는 미하조노 시가지 유적의 작전 때부터 부대의 발목을 잡고 있다.

도란캄의 사무 파벌에 자금을 대는 사람들에게 카츠야 팀의 활약과 성과를 보여주기 위해서도, 미즈하에게 유미나는 걸림돌이었다.

(카츠야는 아키라가 싫은 것 같으니까, 그 아키라와 유미나가 함께 있는 걸 알면, 두 사람의 사이가 가깝다고 여겨서 관계가 나빠지거나 하진 않을까. 그렇게 되면 카츠야에게 유미나와 잠시 거리를 두라고 말할 수 있는데…….)

남녀의 관계는 언제든지 꼬일 수 있다. 자기가 싫어하는 남자와 자기가 친한 여자가 오랫동안 함께 지냈다. 남녀의 관계가 꼬이는 이유로는 충분하다. 그런 방향으로 어떻게 안 될까, 미즈하는 그렇게 생각한다.

그러나 미즈하도 그것을 그대로 카츠야에게 전할 수는 없다. 유미나에게 아키라의 헌터 랭크 조정 의뢰의 동행자를 부탁한 사람은 미즈하이기 때문이다. 그것을 카츠야에게 말하더라도 자신에게 피해가 안 생기게 잘 설명할 필요가 있었다.

(뭔가 좋은 방법을 생각해야 하는데…….)

카츠야가 아키라에게 느끼는 불쾌함. 그것을 어떻게든 이용할 수 없을까. 자꾸 그렇게 생각하던 미즈하가 무의식중에 인상을 쓴다.

"그나저나 유미나는 잘도 그딴 인간과 동행하는 걸 인정했네. 내가 부탁한 일이긴 하지만, 이해할 수 없어."

역시 그런 인간을 카츠야의 팀에 둘 수는 없다. 어떻게든 해야 한다. 미즈하는 아키라에 대한 불쾌함에 이끌려, 다시금 그렇게 판단했다.

너무 자연스럽게 아키라를 불쾌하게 여기는 바람에, 미즈하는 깨닫지 못했다. 아키라와 동행할 것을 유미나에게 부탁했을 당시, 자신은 딱히 아키라를 불쾌하게 여기지 않았다는 사실을.

미즈하가 퇴실하고 얼마 후, 카츠야는 자기 방에서 조금 괴이쩍은 표정을 지었다.

그 이유는 카츠야도 모른다. 다만 머릿속에 뭔가 두루뭉술한 게 떠올랐다. 뭔가 까먹은 것을 떠올렸는데, 정작 뭘 까먹었는지는 전혀 모를 때의 감각과 비슷했다.

신경 써도 소용없다며, 카츠야가 침대에 눕는다. 별일 아니겠지. 그렇게 여기고 그대로 잠기운에 몸을 맡겼다.

현실과 꿈이 뒤섞여 의식이 녹아든 두루뭉술한 세계에서, 카츠야가 잠꼬대하듯 중얼거린다.

"유미나가…… 그 녀석과……?"

잠들었어도, 깨어 있어도, 카츠야는 그 말의 의미를 알 수 없다. 애초에 자신이 뭘 말했는지도 눈치채지 않았다.

그러나 카츠야는, 단순히 그것을 알고 있었다.

◆

다음 날, 기령의 정비소이기도 한 차고에 유미나가 들어서자, 때마침 수많은 기재가 반입되는 상황이었다.

그 기재는 카츠야 팀을 담당하는 타카기 개발팀의 물건이다. 타카기 개발팀은 종합 지원 시스템 정비를 위해서, 카츠야 팀의 원정에 동행했었다.

그 타카기 개발팀의 기재가 들어온다면 카츠야 팀도 이미 복귀했을지도 모른다. 그렇게 여긴 유미나는 주위를 둘러보며 자신의 차량으로 향했다.

지금 당장 정보단말로 카츠야에게 연락하면 이이다 상업구 유적으로 떠나기 전에, 잠시 만날 시간이 날지도 모른다. 그렇게 생각하면서도, 그것 자체는 참는다.

곧바로 볼 수 있을 만큼 가까운 곳에 카츠야가 있다는 보장은 없다. 부르면 카츠야가 여기로 올지도 모르지만, 그것을 기다릴 시간도 없다.

그리고 무엇보다도, 자기가 먼저 연락해서 카츠야와 이야기하면 조금 정도는 아키라를 기다리게 해도 좋지 않겠냐며 마음이 흔들릴지도 모른다. 그렇게 생각해서 자제했다.

그러나 그 자제심은 다른 의미로 헛수고가 되었다.

"유미나!"

유미나가 자신의 차량 앞으로 갔을 때, 카츠야가 나타났다.

"카츠야!"

사랑하는 사람을 오랜만에 보고, 유미나가 활짝 웃는다. 그것은 뛰어오던 카츠야를 놀라게 하고, 매료하고, 아주 조금 동요하게 할 정도였다.

"카츠야. 벌써 돌아왔구나. 응……! 건강해 보이네. 다행이야."

"그, 그래……."

"내가 없는 동안에 혼자 돌진해서 크게 다치면 어쩌나, 무척 걱정했는데……."

유미나가 그렇게 말하며 카츠야의 어깨에 두 손을 얹고, 슬쩍 흔들었다.

"뭐, 뭐 하는 거야?"

"아파하는 기색도 없다면, 몸은 엉망진창인데 강화복으로 버티고 선 것도 아닌가 보네. 안심했어."

기쁜 듯이, 그리고 안심한 듯이, 조금 장난기 어린 미소를 짓는 유미나의 얼굴을 보고, 카츠야는 또다시 작게 동요했다. 유미나가 웃는 얼굴을 오랜만에 봐서, 카츠야는 무척 신선하게 느껴졌다.

그래도 정신을 차리고 웃어서 대답한다.

"괜찮아. 걱정이 심하네."

"걱정시킬 일을 자주 저질렀으니까 그런 거잖아? 정말이지 손이 많이 간다니까……라고 내가 말하지 않게 되려면 아직 한참 멀었어."

"평가가 너무 짜네. 난 이래 보여도 성과를 많이 거뒀는데?"

"헤에, 그러면 어떤 성과를 거뒀는지, 찬찬히 들어야……."

유미나는 그때, 이대로 가면 카츠야와 오래오래 이야기하고 만다는 것을 깨달았다. 아쉬워하는 표정을 짓는다.

"카츠야. 미안해. 나는 슬슬 나가야 해. 이야기는 나중에 천천히 할게. 출발 전에 봐서 기뻤어. 다음에 또 보자.”

그리고 웃으며 카츠야와 헤어지려고 했다. 그대로 차량 운전석에 타려고 한다.

하지만 그때 카츠야도 정신이 번쩍 들었다. 유미나의 웃는 얼굴에 반쯤 넋이 나간 탓에 물어보려고 했다가 까먹은 일을 떠올린다. 유미나에게 뛰어가서 물어보려고 했던 것을.

“유미나! 기다려!”

“아, 미안해. 실은 조금 서둘러야 해. 별일 아니라면 돌아온 다음에 해.”

“유미나가 그 녀석과 함께 행동한다는 게 사실이야?!”

“그 녀석?”

“아키라 말이야!”

유미나가 놀라고, 다음으로 인상을 굳힌다.

“카츠야⋯⋯. 그 이야기를 누구한테 들었어?”

“그건 상관없는⋯⋯.”

“됐고. 대답해.”

그렇게 유미나가 조금 엄격한 말투로 묻는 바람에, 카츠야는 슬쩍 주춤거렸다. 그리고 누구에게 들었는지 대답하려고 했을 때, 그게 누군지 모르는 자신을 깨닫고 무심코 괴이쩍은 표정을 지었다.

그것을 유미나가 이상하게 여긴다.

“카츠야. 말할 수 없어? 말하지 말라는 소리를 들은 거야?”

“아니, 아니야. 저기⋯⋯ 미즈하 씨, 였을 거야. 아마도.”

자기도 이유를 모른 채, 카츠야는 그렇게 대답했다.

유미나가 한숨을 푹 쉰다.

(미즈하 씨, 무슨 생각이야……. 그걸 카츠야한테 가르쳐 주면, 귀찮은 일이 생길 줄 모르나?)

기령의 개발팀을 통해서 전해졌다면 미즈하에게 부탁해서 한마디 해야 한다. 그렇게 생각했는데, 설마 했던 미즈하가 알려줬다는 말을 들어서, 유미나는 무심코 머리를 감쌌다.

그러나 사정을 자세히 설명할 시간은 없다. 지금은 대화를 끊는다.

"카츠야. 그 이야기는 나중에 천천히 하자. 잘 있어."

"기다려 줘!"

자신에게 등을 보이고 차에 타려고 하는 유미나를, 카츠야는 무심코 손을 잡아서 막았다.

유미나도 차마 카츠야의 손을 뿌리칠 수는 없었다. 한숨을 슬쩍 쉬고, 다시 카츠야를 돌아본다. 그리고 하는 수 없이 입을 연다.

"카츠야. 나는 아키라와 함께 행동하고 있는 게 맞아. 오늘도 지금부터 아키라와 함께 이이다 상업구 유적에서 유물을 수집할 예정이야. 미즈하 씨의 지시로 말이야."

"왜, 왜 유미나가……."

"미안하지만, 서둘러야 해. 자세한 사정은 미즈하 씨한테 들어. 카츠야. 알았으면 손을 놔줘."

카츠야는 손을 놓지 않는다. 그 대신 얼굴에 고뇌를 드러내며, 잠깐의 침묵을 끼고 나서 묻는다.

"유미나, 넌 그래도 좋은 거야……?"

"좋고 자시고, 미즈하 씨가 지시한 일이야. 미즈하 씨는 도란캄의 간부고, 우리의 뒷배야. 지시하는 일에는 거역할 수 없어. 카츠야도 그 정도는 알잖아."

"그렇다고 해도……."

손을 놓으려고 하지 않는 카츠야의 태도에, 유미나는 한숨을 푹 쉬었다. 그리고 진지한 얼굴로 카츠야를 본다.

"그러면 카츠야. 나랑 같이 도란캄에서 나갈 거야? 그렇게 해주면, 나도 안 갈게."

"어? 자, 잠깐만. 왜 이야기가 그렇게 되는데?"

카츠야는 예상을 벗어난 말에 당혹했다. 유미나가 그런 카츠야를 진지한 얼굴로 응시하며 단언한다.

"내가 카츠야와 함께 지낼 수 없는 건, 도란캄의 사정이야."

카츠야의 표정이 당혹보다 놀라움을 더 짙게 드러낸다.

"지난번 슬럼 소동 때도, 나는 카츠야와 함께 싸우고 싶었어. 카츠야가 원정을 떠났을 때도, 나는 카츠야와 함께 가고 싶었어. 하지만 안 됐어. 그렇게 지시받았어. 그건 종합 지원 시스템의 판단이거나, 개발팀의 판단이거나, 미즈하 씨의 판단이거나 해. 그건 나도 알아."

그 본심을 진지하게 말하는 유미나의 표정에는, 아주 희미하게나마 분한 감정도 섞여 있었다. 그리고 그 얼굴이 다시 심각하게 바뀐다.

"하지만 말이야. 우리가 그 판단에 따라야 하는 가장 큰 이유는,

우리가 도란캄 소속의 헌터라서 그런 거야. 그 도란캄을 그만두면, 그런 지시에 따를 필요도 없어져. 또 함께 싸울 수 있게 돼."

카츠야를 잘 타이르듯, 유미나가 말을 잇는다.

"물론 도란캄을 그만두면 조직의 지원도 사라지니까 그만큼 힘들어질 거야. 하지만 신출내기 헌터였던 시절이라면 모를까, 지금이라면 나도 카츠야도 성장했어. 도란캄의 지원이 없어도 어떻게든 될 거잖아?"

카츠야는 유미나의 이야기를 묵묵히 듣고 있었다.

"우리가 같이 빠지면 아이리도 반드시 따라올 거고, 아키라와 엮이지 않도록 활동 장소도 바꿔서, 나랑 카츠야랑 아이리 셋이서, 다른 도시에서 헌터 활동을 처음부터 다시 시작하는 것도 좋을 거야."

유미나가 카츠야를 가만히 바라본다.

"어쩔래? 카츠야. 그래도 좋다면 내 손을 잡고 있어도 돼. 그대로 나를 데리고 도란캄에서 나가."

그렇게 말하고, 유미나는 차분한 얼굴로 카츠야에게 선택을 재촉했다.

그대로 몇 초가 지난다. 그리고 카츠야는 고뇌로 가득한 얼굴로, 유미나의 손을 놓았다.

"유미나…… 나는……."

유미나가 자상한 얼굴로 카츠야를 꼭 끌어안는다.

"괜찮아. 도란캄에 들어와서 동료가 많이 생기고 동료가 많이 죽었어. 그러니까 이제 와서 도란캄에서 빠진다거나, 동료를 버리고 자기 혼자 빠지는 게 무리인 거지? 알아. 절대로 무리인 걸 알면서 물어봤어. 미안해⋯⋯ 치사한 소리를 했어."

유미나는 카츠야를 끌어안은 채, 자신의 표정을 카츠야에게 보이지 않게끔 하고서, 아주 조금 어두운 표정을 지었다. 그것은 자신도 무리임을 알면서도, 마음속으로 조금 기대한 탓이기도 했다. 그리고 카츠야를 떼어놓고, 상심한 기색인 카츠야를 보고 당당히 웃는다.

"걱정하지 마. 다시 금방 곁에서 챙겨 줄 거니까. 내가 내 힘으로 카츠야의 팀으로 복귀하면 될 일이야."

"네 힘으로⋯⋯ 어떻게?"

"내가 카츠야의 원정에서 제외된 시점에서, 지금의 카츠야의 힘으론 미즈하 씨에게 나를 너희 팀으로 복귀해 달라고 떼를 써도 소용없다는 걸 알아. 발목만 잡을 거니까. 그러니까 내가 강해지면 돼."

그것은 어렵다. 얼굴에 그렇게 적힌 카츠야에게, 유미나가 대담하게 미소를 짓는다.

"카츠야. 너희 팀이 원정을 떠난 동안 나도 놀고만 있었던 건 아니거든? 내가 얼마나 성장했는지, 나중에 찬찬히 알려줄게."

그리고 오랫동안 알고 지낸 친구의 고집을 부드럽게 달래듯이 웃었다.

"그러니까, 뭐, 조금만 더 기다려 줘."

옛날처럼 자신을 챙기려고 드는 유미나가 웃는 것을 본 카츠야는, 자신의 마음속에서 이상한 불안과 초조함이 사라지는 것을 느졌다. 침착함을 되찾고, 표정을 부드럽게 푼다.

"알았어……. 기다릴게."

그런 카츠야의 반응을 보고, 유미나가 득의양양하게 웃는다.

"정말이지 손이 많이 간다니까. 그러면 나중에 또 보자."

"그래. 조심해서 잘 다녀와."

차에 탄 유미나는 카츠야에게 배웅받으며 그 자리를 뒤로했다.

황야로 나선 유미나가 아까 일을 떠올리고 표정을 부드럽게 푼다. 오랜만에 카츠야를 만난 것. 카츠야는 자신이 곁에 있어 주기를 바란다는 것. 그것들은 유미나의 의욕을 크게 키웠다.

"좋아! 잘해 보자!"

종합 지원 시스템에 지원받는다고는 하나, 자신은 이미 아키라의 발목을 잡지 않을 정도로는 강해졌다. 이제는 그것을 도란캄에 잘 증명할 기회만 있으면 어떻게든 되겠지. 그 기회를 만들기 위해서도, 성과를 내야 한다.

그렇게 생각하고, 유미나는 이이다 상업구 유적의 탐색을 다시금 기대하며 기합을 넣었다.

유미나를 배웅한 카츠야의 마음속에서는 여러 가지 생각이 소용돌이치고 있었다.

가장 큰 것은 자신의 곁으로 돌아오려고 애쓰고 있는 유미나를 기쁘게 여기는 마음이다. 그리고 자신도 오랫동안 함께한 유미나와 앞으로도 함께하고 싶다는 마음이 뒤를 잇는다.

그리고 도란캄의 사정으로 그것이 허용되지 않는다는 사실에 대한 불만도 느낀다. 유미나는 소중한 동료다. 그런 동료와 함께 있을 수 없다면 무슨 일이 생겼을 때 구할 수도 없다며 매우 부조리하게 느꼈다.

그러나 유미나가 말한 대로, 자신이 그것을 미즈하에게 호소해도, 떼를 쓰는 것으로 취급된다. 도란캄 사무 파벌에서 으뜸가는 헌터다 뭐다 추켜세워도, 지금의 자신은 도란캄에서 그 정도의 소망도 이루어질 수 없는 존재에 불과하다. 그 사실을, 카츠야는 다시금 인식했다.

그것을 개선하려면 어떻게 해야 할까. 카츠야가 그 답을 내놓는다.

"더 노력해야지……."

도란캄에서도 자신의 의견을 무시하지 못할 정도로 강해지면 된다. 헌터로서 그만한 성과를 내면 된다. 이미 원정에서 큰 성과를 거둔 카츠야는, 그 성과에 만족하지 않도록, 다시 의욕을 북돋웠다.

하얀 세계에서, 소녀가 카츠야를 못마땅하게 본다.

"로컬 네트워크에 넣을 수 없는 자에게 집착해도 곤란한데."

시행에 방해물이 될 우려가 있다고 판단하고, 소녀는 카츠야의 뒤에서 유미나를 위험시했다.

제158화 이이다 상업구 유적

아키라가 차로 황야를 나아간다. 목적지는 이이다 상업구 유적. 목표는 그곳에 있다고 하는 구세계산 자동인형이다.

도시 근처 황야에서 합류한 유미나가, 자신의 차량에서 아키라에게 통신으로 묻는다.

"아키라. 오늘 예정이라고 할까, 이이다 상업구 유적에서의 활동 방침 말인데, 일반적인 유물 수집은 고려하지 않고, 자동인형 탐색에 전념하면 될까?"

"그래. 뭐, 일단은 키바야시가 그렇게 부탁했고……."

그렇게 슬쩍 대답하고, 아키라가 보충한다.

자신들은 헌터 랭크 조정 의뢰의 새로운 일로, 이이다 상업구 유적에서 구세계산 자동인형을 찾으라고 부탁받았다.

하지만 그것은 야지마 중철과 요시오카 중공이 자신들을 쿠즈스하라 시가지 유적 중심부에서 쫓아내기 위한 구실에 불과하다. 애초에 자동인형이 정말로 있다는 보장도 없다. 자신들도 그것을 잘 알고, 평범하게 유물을 수집해도 상관없다고 생각한다.

그러나 이이다 상업구 유적은 쿠가마야마 시티에서 멀리 떨어진 유적이다. 먼 유적에서 성실하게 유물을 수집한다면, 유적에서 자거나 근처에 간이 거점을 구축한 장기 체류도 고려하는 게 좋다는 이야기도 들었다.

그리고 자신들은 당일치기 예정. 또한 차량에 탄약류를 대량으로 적재해서, 유물을 실을 공간이 적다.

"그렇다면 자동인형 탐색에 전념하는 게 낫지 않을까 해서."

"음. 그런 이유라면 평범하게 유물을 수집해도 괜찮지 않을까? 자동인형이 정말로 있다는 보장도 없고, 이이다 상업구 유적에서 헌터 랭크 조정 의뢰가 끝났을 때 수확이 없으면 완전 실망할걸?"

차에는 일단 식량도 실었다. 며칠 정도라면 차에서 자면 된다. 가져갈 유물을 수송하는 것은 쿠즈스하라 시가지 유적 중심부 때처럼 운반책을 이용하면 된다. 탄약값도 이번에는 자기 부담이다. 유물 수집으로 조금이라도 돈을 벌지 않으면 적자로 끝날 위험이 커진다. 그렇게 말하고 나서, 유미나는 슬쩍 덧붙인다.

"아, 아키라의 차는 지붕이 없었지? 비가 올지도 모르니까, 지붕이 없는 데서 자는 게 싫다면 내 차에서 자도 돼."

아키라가 의아한 표정을 짓는다.

"아…… 유미나. 당일치기인 건, 일단 그런 부분도 신경 써서 그런 건데. 괜찮겠어?"

유미나와는 나름대로 친해진 것 같지만, 그래도 또래 이성인 자신과 황야에서 자도 될까? 싫지는 않을까?

인간관계에 대해 비뚤어진 감각 때문에 이것저것 둔감하고, 또래 이성인 셰릴과 스스럼없이 같이 목욕한 적도 있는 아키라지만, 유미나에게는 그 정도는 배려할 수 있었다.

그것을 들은 유미나는 예상을 벗어난 아키라의 배려에 살짝 놀라서 의아한 표정을 지었다. 그리고 즐겁게, 조금 놀리듯이 말한다.

"의외인걸. 아키라는 그런 걸 신경 쓰는 사람이었어?"

"무슨 뜻이야?"

"셰릴이 그랬거든. 아키라는 자기랑 같이 목욕해도 아무렇지도 않다고."

아키라는 무심코 뿜었다. 그 소리가 통신으로 전해져, 그것을 들은 유미나가 웃는다.

그 이야기는 셰릴이 유미나에게, 자신과 아키라는 그만큼 친밀한 사이라고 넌지시 전하려고 자랑하는 척 가르쳐 준 거였다. 그것 말고도 셰릴은 이것저것 말했다.

그러나 유미나는 그 이야기가 단순한 사실이고, 셰릴이라는 이성에게 아키라가 매우 무덤덤한 것에 불과하다고 어렴풋이 눈치챘다. 이야기의 진위는 몰라도, 그것이 푸념을 가장한 자랑인지 아닌지는 간파할 수 있기 때문이다.

아키라가 머리를 감싼다.

"걔는 무슨 소리를 하는 거야……. 유미나. 그건, 뭐냐. 그래. 일종의 공작 같은 거야. 내가 그 녀석들의 뒷배라고 확실하게 알리기 위해서는, 셰릴과 그런 사이라고 말하는 게 이래저래 편리하니까……."

자신이 왜 변명하는지도 모른 채, 아키라는 계속해서 변명하려고 했다. 그러나 유미나는 아랑곳하지 않고 말한다.

"딱히 혼내는 게 아니야. 아키라가 그런 걸 신경 쓰지 않는다면, 차에서 잘 때 내가 있어도 일일이 신경 쓰지 않을 것 같다는 뜻이야. 도란캄에서도 팀으로 유적에서 잘 때라든지, 일일이 남녀로 나누지 않으니까."

"그, 그래?"

"그래서 말인데, 어떻게 할까? 우선 유적을 조금 탐색해 보고 나서 생각할까? 비싸 보이는 유물을 금방 많이 찾을 것 같으면 평범하게 유물을 수집해도 좋고, 멀쩡한 게 없는 상태라면 자동인형 탐색에 전념해도 좋아."

아무렇지 않게 말하는 유미나의 태도에, 아키라도 정신을 바로 잡았다.

"그래. 그렇게 할까."

"정해졌네."

아무튼 행동 지침을 정한 아키라 일행이 그대로 황야를 나아가다 몬스터와 마주쳤다.

상대는 몸길이가 4미터쯤 되는 대형 육식 동물이다. 그 덩치에 어울리지 않는 속도로 아키라 일행의 차량을 쫓아서 단숨에 달려온다.

어지간한 헌터라면 요격하려고 총을 쏴도 생물형 몬스터 특유의 비정상적인 생명력 때문에 채 죽이지 못하고, 그대로 따라잡혀서 거대한 몸뚱이가 들이받는 바람에 차와 함께 날아간다. 그 정도로 강력한 상대다.

그러나 아키라 일행은 쿠즈스하라 시가지 유적 중심부에서 활동할 정도의 헌터다. 아무 문제도 없다.

"유미나. 내가 할게."

"알았어. 부탁할게."

유미나의 차량 지붕에 세운 바이크를 아키라가 원격으로 조작한다. 무인 바이크가 좁은 지붕 위에서 능숙하게 방향을 틀고, 서포트 암 총좌에 달린 SSB 복합총의 조준을 몬스터의 머리에 맞췄다.

다음 순간, 아키라의 신장보다 큰 총에서 총탄이 힘차게 발사된다. 먼저 초탄은 대기를 가르고 허공을 날아가 표적의 머리에 명중했다.

피탄의 충격은 강철처럼 단단한 살과 피부가 눈에 띄게 출렁거릴 정도로 강했다. 하지만 두꺼운 근육과 단단한 뼈를 관통할 정도는 아니다. 또한 차량급 속도로 달리는 거대한 몸의 관성을 상쇄할 정도도 아니다. 그 정도로는 몬스터가 쓰러지지 않는다.

그러나 연이어서 다음 탄이 명중한다. 더군다나 처음과 똑같은 곳에 오차 없이 명중했다.

또 명중한다. 계속해서 명중한다. 몇 초도 안 되어서 발사된 총 5발이 전부 똑같은 곳에 명중한다. 그 위력은 표적의 방어력을 돌파하기 충분해서, 몬스터의 두개골을 뚫었다.

일점에 집중해서 커진 충격이 몬스터의 뇌를 유린한다. 나아가 명중하면서 깨진 탄환이 두개골 안쪽을 찢어발기며 튀고, 몬스터를 즉사시켰다.

갑자기 균형을 잃은 거대한 몸뚱이는 관성에 따라서 황야의 지면을 요란하게 구르고, 그대로 네 번 구르고 나서야 겨우 정지했다.

"잘했어. 역시 대단해."

유미나는 그 기량을 순순히 칭찬했다. 지금의 저격을 자기 힘으로 해낸 아키라도 왠지 득의양양하게 웃는다.

"한 발도 낭비하지 않고 해치웠어. 앞으로는 탄약값도 자기 부담이니까, 이 정도는 해야지."

"저기, 이상하게 압박하지 말아 줄래? 나는 똑같이 할 수 없거든?"

"마음가짐을 말한 거야. 그냥 낭비하지 않겠다는 거지. 유미나는 그냥 쏴도 되는데? 종합 지원 시스템에 탄을 낭비하는 설정은 없잖아?"

"그렇게 말하는 거야? 두고 보라고."

유미나는 그렇게 말하고 이야기를 슬쩍 넘긴 다음, 다시 질문한다.

"그건 그렇고, 아키라는 나랑 달리 시스템의 조준 보정도 없는데 용케 그런 게 되네. 바이크에 달린 총으로 적을 조준하는 건 어렵지 않아? 그것도 원격으로."

"그야 열심히 훈련했으니까."

"훈련이라. 훈련이라는 한마디로 끝내면, 내 훈련이 부족하단 이야기가 된단 말이지. 뭔가 요령이 없는지 물어봐도 될까?"

"음. 엄청 막연한 이야기가 될 텐데, 그래도 괜찮겠어?"

"응."

이이다 상업구 유적에 도착할 때까지 심심풀이를 겸해서, 아키라가 자신도 정확히는 잘 모르는 이야기를 길게 한다.

"음, 바이크의 서포트 암을, 아니 서포트 암만 말고 바이크도 그렇지만, 그걸 강화복으로 팔을 움직이듯이, 아니 팔이란 자기 팔이 아니라 강화복의……."

그 이야기를 요약하자면, 모든 장비를 강화복의 연장선으로 가정하고, 그것들을 강화복을 통해서 조작한다는 것이었다.

아키라는 강화복을 착용한 상태로, 자기 팔과 강화복의 팔을 따로따로 움직일 수 있다. 즉, 아키라에게는 세 번째, 네 번째라고 하는 원래라면 육체에 존재하지 않는 팔을 자기 몸처럼 조작할 수 있는 기술이 있다.

그것들의 조작은 감각적으로 이루어지고 있다. 그리고 그 감각을 강화복만이 아니라 바이크나 차에도 적용한다. 강화복의 제어장치와 차량의 제어장치를 연동함으로써, 차량을 핸들 등으로 운전하는 게 아니라, 강화복을 움직이듯이 직접 조작하는 것이다.

물론 인간의 몸에는 타이어가 없다. 그러한 것을 자기 몸처럼 세세하게 조작하는 건 매우 어렵다. 그래서 먼저 자동 운전 시스템에 동작을 대행하게 한다.

인간이 걸을 때 좌우 다리의 관절이 어떻게 움직이는지를 일일이 의식하지 않는 것처럼, 타이어의 회전 등도 의식하지 않는다. 앞으로 간다, 오른쪽으로 꺾는다, 그 정도의 감각으로 바이크를 운전한다. 그것이 가능해지면 타이어의 각도나 회전 속도 등도 필요할 때마다 감각적으로 조작할 수 있게 된다.

더 나아가서 바이크의 서포트 암도, 거기 달린 총도 똑같이 조작한다. 그렇게 함으로써 바이크, 서포트 암, 총을 제각기 자기 몸처럼 정밀하게 움직일 수 있게 된다.

그러고 나서는 익숙해지는 것만 남는다. 일반적인 사격 훈련처럼, 몇 번이고 쏴서 정밀성을 높일 수밖에 없다. 그 반복 경험이 아까의 사격을 실현한 것이다.

유미나는 그 이야기를 흥미진진하게 듣고 있었다.

"헤에. 그거, 나도 할 수 있을까?"

"훈련하면 어떻게든 되지 않을까? 유미나도 쿠즈스하라 시가지 유적 중심부에서 훈련하고, 강화복과 자기 몸을 따로따로 움직일 수 있게 됐잖아?"

"응. 시험 삼아 조금 해볼게."

"어?"

아키라가 그렇게 말한 순간, 유미나의 차량이 갑자기 지그재그로 움직인다. 아키라는 황급히 자신의 차를 유미나의 차량과 멀리 떨어뜨렸다.

"위험해! 유미나! 뭐 하는 거야?!"

"미안해! 역시 어려웠어!"

유미나가 차량 운전 설정을 기본으로 돌린다. 지그재그로 움직이던 차는 곧바로 이전과 같은 운전으로 돌아왔다.

아키라가 안도의 한숨을 쉰다.

"갑자기 시험하진 말아 줘……."

"미안해. 이렇게 어려운 줄 몰랐어."

"시험해 보는 건 좋지만, 조심해서 해. 하지만 시험 삼아 잠깐 해본 것치고는 잘했는걸. 차의 제어장치 설정이라든지 이것저것 바꾸지 않으면 못 할 줄 알았는데."

"아, 내가 쓰는 종합 지원 시스템은 개인 운용을 목표로 해서 그런지 그런 점에서 융통성이 좋아."

"헤에. 뭔가 편리해 보이는걸."

"흥미가 있으면 기령의 영업 담당에게 전해줄 수 있는데? 기꺼이 설명하러 올 거야."

"마음이 내키면 말이지."

유미나가 슬쩍 한숨을 쉰다.

"그나저나 차도 이렇게 어려운데, 아키라는 바이크로, 더군다나 그런 사격도 할 줄 아는구나. 정말 대단해."

"열심히 훈련했으니까."

"열심히…… 했구나."

열심히 했다. 그 짧은 말이 얼마나 큰 의미를 지니는지, 쿠즈스하라 시가지 유적 중심부에서 아키라에게 훈련받고 죽을 것 같다고 여겨질 정도로 고생한 유미나는 잘 이해했다. 유미나도 그만큼 노력했기 때문이다.

그리고 이렇게도 생각한다. 아마도 아키라는 더 노력하는 거라고. 그렇기에 그만큼 강해진 거라고.

그리고 또 생각한다. 아마도 자신은 지금껏 별로 노력하지 않았던 거라고. 그렇기에 자신은 카츠야와 함께 있을 수 없게 되었다고.

(카츠야의 재능은 엄청나. 카츠야를 혐오하는 시카라베 씨도 그건 인정했어. 그런 카츠야와 비교하면 재능이 전혀 없는 내가, 카츠야와 함께 있을 때는 카츠야와 비슷한 수준으로만 훈련했어. 그렇다면 카츠야의 버팀목이 될 정도로 강해질 리가 없어. 나도 참 게을렀구나.)

유미나는 자책을 겸해서 자조했다. 그리고 힘껏 웃는다.

"나도 더 노력해야겠네."

힘내자. 가벼운 투로 그렇게 말하며, 유미나는 진지하게 힘껏 기합을 넣었다.

아키라의 옆에서 알파가 의미심장하게 웃으며 보고 있다.

『왜 그래……?』

『응? 아키라도 유미나한테는 그렇게 신경을 써 주는구나 싶어서. 나랑 셰릴은 막 대하면서.』

아키라가 가볍게 웃는다.

『같이 목욕하는 녀석한테, 지금 와서 그런 배려가 필요해?』

『그건 그거고, 이건 이거야.』

『그러십니까.』

그렇게 말하고 슬쩍 흘린 아키라를, 알파는 웃으며 가만히 바라봤다. 평소처럼, 예전처럼.

◆

목적지에 도착한 아키라 일행은 유적의 풍경을 멀리서 볼 수 있는 위치에 잠시 차를 세웠다. 지금껏 본 유적과는 느낌이 많이 다른 광경에, 아키라가 흥미롭다는 듯이 웃는다.

"여기가 이이다 상업구 유적인가. 뭔가 대단한걸."

이이다 상업구 유적은 구세계의 광대한 쇼핑몰이다. 다수의 점포와 호텔, 광장, 공원 등이 통째로 들어가는 거대한 돔이 일대에 끝없이 펼쳐지는 그 광경은, 지금을 사는 사람들에게 과거의 번영과 영광을 여실히 전한다.

그러나 한편으로 그 풍경은 그곳에서 이미 번영과 영광이 완전히 사라졌음을 알려주기도 했다. 일대는 식물에 침식당해 녹색만 보인다. 폭이 수백 미터 정도로 작은 돔도, 수 킬로미터는 되는 대형 돔도, 파릇파릇한 풀과 넝쿨과 이파리에 완전히 뒤덮였다.

쿠즈스하라 시가지 유적과 미하조노 시가지 유적에서는 찾아볼 수 없는 광경에, 아키라가 흥미진진하게 눈길을 돌린다.

"이런 타입의 유적은 처음이야. 이런 유적도 있구나."

유미나도 똑같은 광경을 흥미로운 눈치로 보고 있었다.

"어떻게 보면, 사실은 이런 장소가 진짜 의미의 유적이겠지. 오래된 과거의 흔적, 폐허라는 의미에서."

"그렇구나. 그러고 보니 그러네. 쿠즈스하라 시가지 유적 중심부라거나, 미하조노 시가지 유적의 세란탈 빌딩은, 오래된 느낌이 안 드니까."

아키라는 유미나의 설명에 감탄한 듯이 고개를 끄덕였다.

"그러면 아키라, 과거의 감상에 젖는 건 이쯤 하고, 헌터답게 유적 탐색을 시작하자. 지휘는 내가 해도 되는 거지?"

"그래. 이렇게 넓은 유적에서 있을지 없을지도 모르는 자동인형을 찾는 거야. 종합 지원 시스템의 유물 수집 능력을 기대해 보겠어."

"맡겨만 줘, 라고 말하고 싶지만, 그 부분은 나도 기대해야 하는 쪽이란 말이지. 함께 기령의 개발력에 기대해 보자."

서로 자기 차의 운전석에서 똑같이 웃고, 아키라와 유미나는 이이다 상업구 유적의 돔을 향해서 다시 차를 출발시켰다.

돔 하나의 내부를 탐색하기로 한 아키라 일행이 복잡하게 얽히고설킨 넝쿨 등으로 만들어진 녹색 벽 앞에 선다.

아키라가 그 벽을 응시한다. 그 시선을 정보수집기가 감지해서 눈앞의 벽을 대상으로 조사 정밀성을 올린다. 그러자 그곳이 원래는 돔의 출입구라는 사실이 판명됐다. 폭과 높이가 5미터나 되는 커다란 출입구인데, 그 위에서 늘어진 넝쿨을 바탕으로 하는 식물의 벽으로 완전히 막혀 있었다.

"유미나. 여기가 입구인 걸 용케 알았네. 내 정보수집기는 제법 고성능이지만, 그래도 이만큼 가까워지지 않으면 모르는데."

"그렇게 말하는 걸 보면, 아키라는 안 보이는 거구나. 잠시 기다려 봐. 지금 전송할게."

유미나의 조작으로 아키라의 확장시야에 추가 정보가 전송된다. 그러자 아키라의 시야, 원래라면 알파의 서포트가 있어서 아키라에게는 필요 없지만, 유미나를 속이려고 장비한 고글 너머의 광경에 확장현실 정보가 추가되었다.

그것은 여기가 돔의 출입구임을 알리는, 눈에 띄는 도형과 글씨였다.

"이건 유적이 발신하는 확장현실 정보를 해석해서 표시한 거야. 여기는 쇼핑몰이었다고 하니까, 그런 부류의 확장현실 정보를 지금도 발신하고 있어."

"헤에, 편리한걸. 이것도 종합 지원 시스템의 기능인가?"

"그렇긴 한데, 비싼 정보수집기라면 제법 기본으로 들어가는 기능인걸? 아키라 거엔 안 들어가나? 아, 혹시, 거추장스럽다는 이유로 표시를 끄고, 그대로 둔 거 아니야?"

"어? 그, 글쎄······. 나중에 조사해 볼게. 뭐, 지금은 안에 들어가자."

아키라는 그 화제를 얼버무리려고 유적 탐색을 재촉했다.

"그러네. 그러면 열심히 입구를 열어 보자. 이 식물은 무척 튼튼하다고 하는데, 우리 강화복의 힘이라면 어떻게든 되겠지."

유미나가 넝쿨 같은 것을 뜯어서 입구를 억지로 열려고 한다. 그것을 아키라가 말린다.

"아아, 내가 할게. 조금 떨어져 있어."

아키라는 그렇게 말하고 칼자루밖에 안 남은 듯한 블레이드를 꺼냈다. 뭘 할지 눈치챈 유미나가 아키라의 뒤로 물러난다.

자루에서 흘러나온 액체 금속이 중력을 무시하고 예리한 칼날을 형성한다. 그리고 아키라는 자기 신장보다 길게 뻗은 은색 칼날을 겨누고, 눈앞의 벽을 한순간에 여러 번 벴다.

이어서 그 녹색 벽에 발차기를 날린다. 절단된 식물은 그 경이로운 생명력으로 절단면 일부가 도로 붙고 있었다. 하지만 거기에 큰 충격이 더해지면 도저히 버티지 못한다. 녹색 벽은 힘차게 날아갔다.

"이 정도면 되나. 유미나, 조금 더 넓히는 게 나을까?"

"차를 타고 들어갈 게 아니니까 괜찮아. 가자."

아키라 일행은 개통한 출입구에서 돔 안으로 진입하고, 내부 탐색을 개시했다.

대형 복합 상업 시설인 돔의 내부도 외부와 똑같은 온통 식물에 침식당했다. 원래는 포장된 통로였던 곳에도 부엽토가 쌓여 풀이 자랐다.

그게 전부라면 삼림에 침식당한 폐허로만 보이겠지만, 유적의 확장현실 정보 발신 기능은 현재도 가동 중이어서, 아키라 일행의 시야에 가게의 간판과 각종 표식을 깔끔하게 띄우고 있다.

아키라는 그렇게 다 부서진 부분과 새로운 부분이 혼재하는 광경이 흥미롭게 느껴졌다.

유미나는 똑같은 광경을 보면서 유적 탐색의 현실적인 부분에 주목하고 있었다.

"그나저나 어딜 봐도 식물밖에 없네. 이 유적이 인기 없는 이유를 알겠어."

"이 유적, 그렇게 인기가 없어?"

"그래. 나도 적극적으로 여기서 유물을 수집하고 싶진 않아."

이이다 상업구 유적은 구세계의 대형 복합 상업 시설이기도 해서, 일반적으로 생각하면 대량의 유물을 기대할 수 있는 장소다. 나아가 서식하는 몬스터도 쿠즈스하라 시가지 유적 중심부처럼 강하지 않다. 유물을 찾는 헌터들이 돈을 버는 장소가 될 요소를 갖췄다.

그러나 헌터들 사이에서는 인기가 너무 없다. 가장 큰 이유는 유적 전체에서 번식 중인 식물이다.

구세계의 산물로 추정되는 이 식물은 뜯어내려면 강화복이 필요할 정도로 질기고, 화염방사기를 써도 불타지 않을 만큼 난연성이 뛰어나다. 나아가 재밍 스모크와 비슷한 성분을 지녀서 정보수집기의 정밀성도 떨어뜨린다.

더군다나 그 경이로운 번식력으로 헌터들이 아무리 제거해도 금방 원상복구가 된다. 유적 근처의 초원에 차를 세우면 며칠 만에 차 전체를 뒤덮어서 폐차로 만들 정도다.

그래도 도시에서 가까우면 유적에 잠든 유물을 챙기러 성가신 식물을 무시하고 헌터가 많이 왔을지도 모른다. 그러나 이이다 상업구 유적은 도시에서 너무 멀리 떨어진 곳에 있다. 일부러 멀리 나가서 성가신 유적을 탐색할 바에는 차라리 돈이 비슷하게 벌리고 성가신 식물도 없는 다른 유적에 가는 게 낫다. 그렇듯 당연한 생각에서, 헌터들은 이이다 상업구 유적을 경원시했다.

그렇게 설명하고 나서 유미나가 말을 마무리한다.

"뭐, 그렇게 인기가 없는 유적이니까 여기에 자동인형이 있을지도 모른다는 소문에도 그럭저럭 설득력이 있는 거지만 말이야."

"아하, 여기에 정말로 자동인형이 있다고 해도, 인기 유적이라면 탐색도 이루어졌을 거니까 이미 누가 발견했으려나."

"그런 셈이야. 아직 남았길 기대하고 열심히 찾아보자."

그대로 돔 내부를 탐색한다. 여기저기 있는 상점 입구는 기본적으로 전부 식물로 뒤덮여 있었다. 어지간한 헌터라면 가게에 들어가려고 해도 무척 튼튼한 식물을 일일이 제거해야 하니까 몹시 귀찮은 상태다.

하지만 아키라 일행은 아무 문제도 없다. 아키라가 블레이드를 휘둘러 손쉽게 자른다. 그 엄청난 절단력에 유미나는 조금 놀랐다.

"아키라. 그거, 진짜 잘 잘리네. 혹시 구세계 유물이야?"

"맞아. 예전에 유적에서 찾은 건데, 팔지 않고 내가 쓰고 있어."

"좋겠다. 우리는 찾은 유물을 전부 도란캄에 줘야 하니까, 그럴 수 없단 말이지. 뭐, 부대 단위로 유물을 수집하니까 당연한 거지만."

자신의 블레이드를 조금 부러운 듯이, 자기도 갖고 싶다는 눈치로 보는 유미나를 보고, 아키라가 조금 생각한다.

"가지고 싶으면 하나 줄까……?"

"어?"

아키라는 대답도 듣지 않고 예비 블레이드를 유미나에 던졌다. 미사용 상태여서 자루밖에 없는 블레이드가 유미나의 손에 잡힌다. 그러자 유미나는 갑자기 허둥대기 시작했다.

"저, 저기! 그렇게 별생각 없이 줘도 되는 물건이 아니잖아?! 구세계의 블레이드라며?! 팔면 얼마나 될지……."

"많이 확보했으니까 하나 정도는 줘도 괜찮아. 뭐, 있으면 편리할 것 같아서 준 거야. 환금할 작정이라면 돌려줘."

"그러진 않을 거지만……."

"그렇다면 됐어."

아키라가 그 말만 하고 가게 안으로 들어간다. 그래서 유미나도 복잡한 심경을 얼굴에 드러내며 가게 안을 탐색하기 시작했다. 그러나 값비싼 물건임을 아니까 조금 실례일지도 모른다고 여기면서도 일단 확인해 본다.

"괜찮아……? 정말로 가질 건데?"

"괜찮아. 아까우면 처음부터 안 줬어."

"그렇구나……. 아키라. 고마워."

기쁜 듯이 고맙다고 말한 유미나에게, 아키라도 흥겨운 웃음으로 반응했다.

그리고 유미나가 조금 장난치듯 웃고 아키라를 본다.

"역시 아키라는 여자한테 약한 타입 같아."

아키라는 가볍게 뿜었다. 그리고 자기를 보는 유미나의 웃는 얼굴을 보고, 농담하듯 말한다.

"역시 도로 내놓으라고 할까."

"안 돼. 이젠 내 거야."

아키라와 유미나는 농담을 주고받고 웃으며 유적 탐색을 계속했다.

◆

돔 내부의 탐색을 한차례 끝낸 아키라 일행은 잠시 차량을 세운 곳으로 돌아갔다.

탐색 결과는 좋지도 나쁘지도 않은, 미묘한 느낌이었다. 질과 양이 어느 정도 되는 유물을 찾았지만, 구세계산 자동인형을 포기할 만한 가치는 없다. 그러나 굳이 운반책을 불러서 평범한 유물 수집으로 전환할 정도는 아니다. 앞으로 방침을 어떻게 할지 고민되는, 너무 어중간한 상태였다.

"유미나. 어떻게 할까?"

"그렇게 말해도. 나는 아키라가 정하라고 말할 수밖에 없어. 이런 상황에서 자동인형 탐색을 그만두자고 내가 판단하는 건 동행자의 권한을 넘어서는 거니까. 이렇게 말하긴 조금 뭐하지만, 책임을 질 수 없거든."

이것은 아키라의 헌터 랭크 조정 의뢰다. 대략적인 방침을 아키라가 정하고, 그것을 바탕으로 유미나가 세세하게 지휘하는 정도라면 그 결과가 어떻든 의뢰주도 유미나에게 책임을 묻지 않는다.

그러나 중요한 기본 방침에 참견해서 그 결과가 실패로 끝날 경우, 괜한 짓을 했다며 책임을 추궁할 가능성이 있다. 그리고 그 책임은 유미나가 속한 도란캄에도 미칠 것으로 예상할 수 있다. 그것을 고려하면 유미나도 경솔하게 판단할 수 없다.

그렇게 보면 이번 유적 탐색을 망칠 정도의 결단이 가능할 권리와 책임은 아키라에게만 있다. 유미나는 제안만 할 수 있다. 결단은 아키라가 해야 한다.

아키라가 끙끙대고, 고민한다. 그리고 그런 결단에 익숙하지 않은 사람에게 흔한, 우유부단한 답을 내놓았다.

"다른 돔도 조금 더 조사한 다음에 정하자."

유미나가 쓴웃음을 짓는다.

"그러네. 이 돔이 대박이나 쪽박일 가능성도 있으니까, 조금 더 조사해 보자."

딱 봐도 결단을 미루는 짓이지만, 정보가 적은 상황에서는 그 결단이 무조건 틀렸다고 단정할 수도 없다. 동행자로서, 유미나는 그래도 된다고 여겼다.

그대로 다음 돔으로 이동할 때, 알파가 끼어든다.

『아키라. 우유부단한 생각은 좋지 않은걸? 행동의 유연성을 유지하는 것과 불명확한 방침으로 행동하는 건 달라.』

『나도 알아. 하지만 이번에는 나 혼자가 아니니까, 대충 정할 수도 없잖아?』

『그건 부정하지 않겠지만, 아키라가 따라가는 상대라면 또 모를까, 아키라가 데리고 다니는 상대의 사정에 좌우되는 건 좋지 않아.』

『뭐, 그건 그렇지만…….』

그렇게 대답하는 시점에서, 아키라는 자신이 무의식중에 유미나의 사정을 배려한 것을 인정한 셈이다. 나아가 아키라는 그 사실을 깨닫지 못했다.

알파가 생각하는 유미나에 대한 경계도가 더욱 올라간다. 그것은 이미 위험 영역에 도달했다. 그 속마음을 얼굴에는 조금도 드러내지 않고, 알파가 의미심장하게 미소를 짓는다.

『그건 그렇고, 이번에는 혼자가 아니라니 참 심하게 말하는걸. 나는 언제나 아키라와 함께 있는데?』

『말이 그렇다는 거야. 미안합니다. 언제나 고맙습니다.』

『잘 말했어.』

아키라는 평소처럼 알파를 웃으며 달랬다. 알파도 평소처럼 웃으며 대답했다.

그 대화의 이면에서, 한쪽에만 어떤 의미가 있고, 다른 한쪽이 그것을 눈치채지 못한 것을 포함해, 평소처럼.

그러나 그 정도는, 이전과는 명확하게 달랐다.

◆

두 번째 돔의 탐색을 마친 아키라가 복잡한 표정을 짓고 신음한다. 탐색 결과는 첫 번째 돔과 똑같아서, 유적 탐색이나 유물 수집에도 결정타가 없었다.

자동인형 탐색을 포기하고 평범하게 유물을 수집하려면 당일치기 예정인 유적 탐색이 아니라, 며칠에 걸쳐 유물을 수집할 준비를 할지, 슬슬 정해야 할 무렵이었다.

유적 탐색을 우선하므로, 중간에 찾아낸 유물은 방치 중이다. 유물 수집으로 전환하려면 그것들을 챙기러 갈 필요가 있다. 운반책을 부른다고 금방 오는 것도 아니다. 유미나의 차량에서 잔다고 해도 차를 아무 데나 대도 되는 건 아니다. 그러한 작업에는 시간이 걸린다. 슬슬 앞으로의 지침을 결단할 필요가 있었다.

그리고 아키라가 고민한 끝에 결론을 내린다.

"그래……! 정했어! 유물 수집을 우선하자! 자동인형 탐색은 유물을 수집하면서 곁다리로 하면 되겠지."

"일단 그렇게 정한 이유를 물어봐도 될까?"

"여기에 정말로 자동인형이 있다고 해도, 그걸 찾아낼 수 있을지 어떨지는 운에 달렸잖아? 나는 운이 나쁜 편이거든."

왠지 모르게 실감이 담긴 아키라의 말을, 유미나는 조금 웃기게 여기면서도 씁쓸하게 웃었다.

"그런 거구나. 괜찮지 않을까? 헌터 활동이 도박이라고 해도, 대박만 노릴 필요는 없으니까. 견실하게 가는 것도 나쁘지 않아."

"그렇지? 그러니까 유미나, 지휘를 부탁할게."

"알았어."

정말이지 손이 많이 간다. 방침을 정한 순간에 지휘를 떠넘긴 아키라를 그렇게 여기면서도, 유미나는 기분이 나쁘지 않았다.

이이다 상업구 유적에서 유물 수집을 우선하기로 한 아키라 일행이 먼저 한 일은, 잠시 유적에서 멀어지는 것이었다.

유적 전체와 그 주위에 펼쳐진 초원은 유적을 침식한 식물들의 영역이다. 유물을 수집하려고 한동안 차 안에서 자더라도, 차를 대는 장소는 그 영역을 벗어나야 한다. 안 그랬다간 자칫하면 잠든 사이에 차량이 식물에 침식당할 우려가 있다.

또한 차를 대는 장소는 수면 시간을 충분히 확보하기 위해서도, 어느 정도 몬스터의 습격에 대비하기 좋은 지형으로 할 필요가 있다. 이 주변 몬스터가 아키라 일행의 적수가 될 수 없다고는 해도, 잠든 사이에 자꾸 습격당해 잠에서 깨는 것은 견딜 수 없기 때문이다.

아키라 일행이 적합한 잠자리를 찾아서 황야를 이동하고 있을 때, 차량의 색적장치가 대형 몬스터의 반응을 포착한다. 반응은 멀리서 아키라 일행을 향해 일직선으로 오고 있었다.

아무튼 요격하려고 총을 겨눈 아키라의 움직임을 감지한 정보수집기가 그 방향으로 해석 정밀성을 높였다. 그것으로 아키라가 더 후방에 있는 차량을 알아차린다.

"응……? 저 몬스터는 뒤에 있는 헌터에게서 도망치는 건가. 어라……?"

아키라는 그 차량에 탄 사람들을 본 기억이 있었다. 레이나 일행이었다.

제159화 레이나와 토가미

　레이나는 미처 해치우지 못한 대형 몬스터를 쫓아서 황야를 차로 달리고 있었다.

　지붕이 없는 종류의 황야 사양 차량의 조수석에서 몸을 내밀어 총을 겨누고, 흔들리는 차체에서 표적을 조준하고 쏜다. 힘차게 사출된 총탄이 털가죽이 아니라 비늘로 덮인, 다리가 여섯 개 달린 육식 동물의 몸통에 명중한다. 강철처럼 강인한 비늘이 총탄에 맞아 내부의 살점과 함께 날아간다.

　그러나 몬스터는 쓰러지지 않는다. 강인한 생명력을 믿고 계속해서 달린다.

　레이나가 또다시 총을 쏜다. 총탄은 몬스터의 등에 달린 기계 부품의 잔해에 명중했다. 얼마 전까지는 기관총과 포로서 기능하던 물건이 총탄에 맞은 충격으로 형태가 일그러져 강도가 약해지는 바람에 마침내 등에서 뜯어져서 황야의 지면에 흩어진다.

　그것으로 무게가 더 줄어든 몬스터는 쓰러지지 않고 더욱더 가속했다.

　레이나가 무심코 운전석에 있는 토가미에게 호통을 친다.

　"더 서둘러! 쫓아갈 수 없어!"

　토가미도 언성을 높이고 대꾸한다.

"하고 있어! 됐으니까 쏘기나 해!"

레이나가 표적을 향해 연사한다. 전부 명중하지는 않지만, 흔들리는 차체에서 멀리 떨어진 이동 표적을 노리는 것을 생각하면 충분한 명중률이다.

레이나가 사용하는 총은 몬스터 사냥용치고는 비교적 소형이지만, 그 위력은 일반적인 대형 대물총을 능가한다. 도시 주변의 약한 몬스터는 명중한 순간에 산산조각이 될 정도다.

그러나 격파에는 이르지 않는다. 그 이유를 짐작하는 레이나가 얼굴을 굳힌다.

사용하는 총은 근거리 전투용. 유효 사거리가 짧고, 나아가 표적과는 거리가 멀며, 더군다나 상대는 도시 주변에 없는 강력한 대형 몬스터다. 이 거리에서 쏴도 효과가 어중간하다는 것은 레이나도 잘 알았다.

"아! 진짜! 그러니까 처음에 다리를 뭉개라고 했잖아!"

"안전을 위해서 무장부터 없애자는 방침이었잖아! 레이나 너도 동의했으면서!"

"그러다가 도망치면 이도 저도 아니게 되잖아!"

"안전 제일로 지시하라고 말한 건 너야!"

"그렇게 해도 도망치게 하지 않고 해치울 수 있다고 말한 건 너잖아?!"

레이나와 토가미가 서로 격하게 언쟁한다. 그러나 으르렁대는 것처럼 험악한 느낌은 없다. 서로에게 거침없이 의견을 내놓는 친근한 느낌이다.

그때 카나에가 뒷좌석에서 대놓고 놀리는 투로 레이나와 토가미에게 말을 건다.

"여전히 사이가 좋네요."

그러자 언쟁하던 두 사람이 갑자기 침묵했다. 그리고 눈을 마주치더니, 더는 카나에의 말장난에 놀아나지 않고자 딱딱한 표정을 짓고 억지로 침착함을 되찾는다.

"아무튼, 서둘러……."

"알았어……."

쓸데없는 소리는 하지 않는다. 카나에한테 반박하지도 않는다. 이전에 카나에한테 비슷한 소리를 들었을 때 둘이서 한목소리로 반박하는 바람에 역시 사이가 좋다는 추가 공격을 받았다.

똑같은 전철은 밟지 않는다. 그렇게 의식을 맞추고, 레이나와 토가미는 카나에를 무시하고 전투에 집중하려고 한다.

그런데도 카나에는 여전히 웃고 있다. 호흡이 딱딱 맞는 두 사람의 태도에, 그래서는 예전과 다를 게 없다며 의미심장하게, 즐겁게 웃었다.

한편, 똑같이 뒷좌석에 앉은 시오리는 조금 험악한 표정을 지었다. 두 사람에게 들리도록 한숨을 크게 쉰다.

"아가씨. 토가미 님. 전투로 흥분한 건 이해하지만, 냉정함을 지키기 위해서도 불필요하게 언성을 높이지 않기를 강하게 권고합니다. 너무 심하면 아가씨의 경호에도 지장이 생깁니다. 주의해 주시길 바랍니다."

시오리도 레이나와 토가미의 사이를 이러쿵저러쿵 따질 마음이 없다. 그러나 자신의 기준으로는 몹시 난폭한 토가미의 불량한 언동에 끌려서 최근에는 시오리의 주인도 불량해지는 것처럼 느껴지는 것은 도저히 간과할 수 없었다.

그만큼 깊고, 무겁고, 감정이 실린 시오리의 한숨을 듣고, 레이나와 토가미가 무심코 자세를 바로잡는다.

"아, 저기, 미안해."

"아, 네. 죄송합니다."

그런 두 사람의 반응에 카나에가 또 즐겁게 웃는다.

뒤돌아볼 것도 없이 카나에의 표정을 쉽게 상상할 수 있는 두 사람은, 이를 악물듯 표정을 조금 딱딱하게 지으면서도, 카나에에게 반응하지 않도록 애쓰며 몬스터를 추격했다.

도망치는 몬스터와 그것을 쫓는 레이나 일행. 이미 원거리 공격 능력을 상실해서 도주하는 몬스터와 총과 차로 이를 뒤쫓는 헌터들, 사냥감과 사냥하는 자가 확실한 상태가 이어지고 있다.

그러나 그 우위를 유지하면서도, 레이나 일행은 몬스터를 완전히 해치우지 못했다.

그 이유는 크게 두 가지 있다. 하나의 황야의 열악한 노면 사정이다. 포장하지 않은 지면은 울퉁불퉁하고, 미끄러지기 쉬운 흙과 모래가 깔린 장소이며, 크고 작은 돌과 바위도 굴러다닌다. 차량 이동에는 별로 적합하지 않다.

하지만 황야에서 서식하는 몬스터에게는 평범한 지면과 다를 바가 없다. 익숙한 몸놀림으로 전력 질주할 수 있다. 따라서 도망

치기 쉽다.

운전을 담당하고 있는 토가미도 그 정도는 알아서, 상대와의 거리를 어떻게든 좁히려고 애쓰고 있다.

하지만 섣불리 거리를 너무 좁힐 수도 없다. 너무 가까워지면 상대가 원거리 공격 능력을 잃어서 유리한 요소가 사라지기 때문이다. 갑자기 반전한 몬스터에게 하마터면 몸통 박치기를 당할 뻔한 적이 이미 몇 번인가 있었다.

그렇게 험로에서 속도를 내면서, 상대를 레이나의 사거리에 두면서도, 적의 갑작스러운 공격에도 대처할 수 있는 거리를 유지한다. 사소한 운전 실수가 차량의 전복을 부를 위험이 있는 상황에서, 토가미는 그 거리를 조정하느라 고생하고 있었다.

물론 사실 레이나가 사거리가 더 긴 총을 쓰면 그렇게 고생할 필요가 없다. 상대를 해치울 거라면 그걸로 족하다. 그런데도 레이나가 굳이 사거리가 짧은 근거리 전투용 총을 쓰는 이유는, 이것이 두 사람의 훈련이기 때문이다.

레이나가 차 한쪽에 둔 총에 눈길을 돌린다. 위력과 사거리가 충분한 저 저격총을 쓰면 지금 애먹고 있는 몬스터를 한순간에 해치울 수 있다. 시오리도 도망치게 둘 바에는 저걸 쓰라고 말했다.

다만 쓰면 훈련 평가가 나빠진다. 그러나 쓰지 않고 몬스터가 도망치게 두면 더 나빠진다. 그 선택도 훈련이다.

레이나는 조금 망설이다가 토가미에게 지시하는 것을 택했다.

"토가미! 더 다가가! 이대로 가다간 도망칠 거야!"

"더 가면 폭망하지 않겠어? 또 반전해서 들이받을 텐데?"

"그때는, 토가미가 열심히 피해!"

신뢰인지, 억지인지, 판단하기 어려운 그 지시에 토가미가 쓴웃음을 짓는다.

"알았어!"

그리고 지시에 따라 차를 가속했다.

표적과의 거리를 단번에 좁히는 차 위에서, 레이나가 이거라면 해치울 수 있다며 억지로 웃는다. 늦게 해치우면 반격당하지만, 그 전에 해치우면 된다고 자신에게 불을 붙이고, 투지와 기백을 얼굴에 드러내며 치열하게 총을 쐈다.

그것에 호응하듯 위력이 커진 총탄이 몬스터에게 명중한다. 표적과의 거리를 좁혀서 명중률도 올라갔다. 경이로운 생명력을 지닌 생물형 몬스터도, 그 사격에 버틸 힘은 없다.

그리고 지금까지 집요하게 추적당한 몬스터에게, 지금 와서 레이나 일행에게 반격할 기력은 없었다. 남은 기력과 체력을 모두 도주하는 데 쏟아붓고, 말 그대로 죽기 살기로 도망치고자 이쯤에서 속도를 더 높인다.

"말도 안 돼?! 더 빨라지는 거야?! 저렇게 부상이 심한데?! 아무리 몬스터라고 해도, 대체 무슨 생명력이 저래!"

"레이나! 저걸 쫓아가는 건 무리야!"

"나도 알아! 어쩔 수 없네!"

상대의 가속은 마지막 힘을 쥐어짠 것이다. 조금만 더 쫓아가면 상대는 더 달릴 수 없게 된다.

하지만 레이나는 그것까지는 간파하지 못했다. 이대로 도망치게 둘 수는 없다며, 지금껏 사용을 꺼렸던 저격총에 손을 뻗는다. 총을 들고, 조준하고, 방아쇠를 당기려고 한다.

하지만 그때 무심코 움직임을 멈췄다.

"레이나! 왜 그래!"

"앞에 누가 있어! 어……? 저건…… 아키라?!"

"뭐?!"

정보수집기가 저격용으로 확대해서 표시한 영상에는 달리는 몬스터의 전방에, 그것을 기다리듯 서 있는 아키라가 있었다.

죽기 살기로 도망치는 몬스터가 자신의 진로에 인간이 있는 것을 알아챈다. 그러나 멈출 수는 없다. 멈추면 뒤에 있는 인간들에게 죽을 것을 안다. 그대로 치고 가려고 맹렬히 돌진한다.

하지만 아키라는 노도의 기세로 육박하는 몬스터를 보고도 전혀 동요하지 않았다. 손에 블레이드를 들고, 은색 칼날을 늘리며, 차분하게 상대가 도착하기를 기다리고 있다.

그리고 아키라가 몬스터와 교차한다. 그 순간, 휘둘린 블레이드가 거대한 짐승을 옆으로 단칼에 양단하고, 거대한 몸뚱이를 위아래로 갈랐다.

관성에 따라서 날아간 몬스터의 몸이 조금 뒤늦게 지면에 요란히 처박힌다. 단면에서 흘러나온 피가 황야를 붉게 물들였다.

별일 아니라는 것처럼 아키라가 태연하게 블레이드를 회수한다. 그 광경을, 레이나와 토가미가 멍하니 보고 있었다.

◆

　서로 얼굴도 아는 사이여서, 레이나 일행은 아키라 일행이 있는
곳으로 왔다.

　레이나와 토가미는 아키라와 유미나라고 하는 뜻밖의 조합에
조금 놀란 기색이다. 시오리와 카나에는 좋든 나쁘든 평소와 똑같
다.

　"아키라 소년! 오랜만입다! 아까 건 잘 봤습다! 잘했어요! 아키
라 소년도 접근전의 즐거움에 눈뜬 겁니까?"

　"총을 쓰면 빗나간 탄에 너희가 맞을지도 모르니까, 혹시 몰라
서 그만둔 거야. 예전처럼 너희가 알아서 피해 준다는 보장은 없
으니까 말이지."

　"아니, 그런 이유로 블레이드를 쓴 시점에서 소질이 있는데요.
거기서 한 발짝 더 들어가서, 다음엔 격투전이 어떻습까?"

　"그러면 다음엔 총을 쓰겠어. 열심히 피해 달라고."

　카나에는 장난치는 얼굴로, 뭘 모른다며 고개를 슬쩍 저었다.
그때 시오리가 앞으로 나선다.

　"아키라 님. 아가씨의 안전을 위해서, 그 몬스터를 상대로 위험
한 접근전을 선택해 주셔서 감사합니다."

　"괜찮아. 그 정도라면 블레이드로도 어떻게든 되니까. 신경 쓰
지 않아도 돼. 그나저나…… 둘이서 저 정도는 해치울 수 있잖
아?"

　"가능합니다. 하지만 저희도 사정이 있으니까요."

그때 토가미가 떠올린 것처럼 대화에 끼어든다.

"아, 맞다. 시오리 씨. 그 녀석은 아키라가 해치웠는데, 그럴 때는 판정이 어떻게 되는 거지?"

"놓쳤다는 판정으로 하겠습니다."

그것을 들은 레이나가 물고 늘어진다.

"어? 그야 마지막엔 아키라가 해치웠지만, 그만큼 몰아붙인 건 우리잖아. 아키라가 없었으면 우리가 해치웠다고 보고, 격파 판정은 안 돼?"

"안 됩니다. 그럴 수 없습니다."

토가미도 일단 물고 늘어진다.

"하지만 아키라가 우연히 있어서 그렇게 된 거니까, 그런 운 요소를 빼고 평가해 줘도……."

"운도 실력이라는 말이 있습니다. 아가씨는 운이 없었다. 그걸로 끝입니다."

덩달아 축 늘어진 레이나와 토가미를 보고, 아키라는 조금 괴이쩍은 표정을 지었다.

"혹시, 내가 해치우면 안 됐던 거야?"

"아니요. 전혀 문제없습니다. 애당초 이것은 목표를 신속하게 격파하지 못한 두 분의 실력 부족이 초래한 일. 그 결과의 평가에 행운을 고려한 감점은 있을지언정, 불운을 고려한 가점은 있을 수 없습니다."

시오리가 퇴짜를 놓자 레이나와 토가미는 더욱 머리를 숙였다.

하지만 그때 카나에가 재미있는 생각이 난 것처럼 웃는다.

"그러면 아씨. 이렇게 하면 됨다. 여기서 아키라 소년과 만난 걸, 아가씨가 운이 없었던 것으로 치는 것도 아키라 소년에게 실례니까 말임다. 기회로 바꾸는 검다. 아키라 소년을 설득해서, 이이다 상업구 유적의 탐색에 동행해도 괜찮게 되면 저를 전력으로 계산해도 됨다."

예상 밖의 제안에 레이나와 토가미가 놀라는 한편, 시오리의 눈매가 매서워진다.

"카나에. 무슨 속셈이니?"

"괜찮지 않습까. 아키라 소년이라면 전력으로도 더할 나위가 없는데요. 전력 부족을 해소할 수 있습다. 그리고 아씨와 토가미 소년의 훈훈한 대화를 뒷좌석에서 놀리는 것도 질렸고요. 슬슬 다른 걸 하고 싶다고요."

"왜 여기서 나랑 토가미 얘기를 하는 거야?!"

카나에는 무심코 따지고 든 레이나의 어깨에 손을 얹고, 체술의 응용으로 몸을 돌려 아키라와 마주 보게 했다. 그리고 잠시 뗐던 손을 다시 레이나의 어깨에 얹고, 그대로 레이나를 슬쩍 앞으로 밀었다.

"자, 아씨! 잘 협상해서 아키라 소년을 설득해 보십쇼! 이것도 훈련임다. 전투 능력도 꽝, 협상 능력도 꽝이어선, 누님도 도저히 인정할 수 없습다. 조금은 좋은 모습을 보여주라고요."

레이나가 시오리를 힐끗 본다. 그러자 시오리는 하는 수 없다는 듯이 작게 한숨을 쉬었다.

레이나는 그것을 보고, 시오리도 카나에의 제안에 소극적으로 동의했다고 판단했다. 시오리에게 인정받기 위해서라도, 반쯤 자포자기해서 기운을 낸다.

"알았어. 아키라. 실은 우리에게 이이다 상업구 유적을 탐색하는 계획이 있는데……."

이야기를 듣지 않는다는 선택지를 카나에의 힘으로 걷어차인 아키라는, 좌우지간 그대로 흐름에 넘어가 레이나가 하는 이야기를 들었다.

토가미와 레이나는 제반 사정으로, 최근 들어 팀을 짜서 함께 헌터 활동을 계속하고 있었다.

말다툼을 벌이고, 반발할 때도 있었다. 하지만 두 사람 모두 미하조노 시가지 유적에서의 경험으로 강해지기를 결심한 자들이다. 부족한 점을 지적당하면 자신의 성장을 위해 잘못을 인정하고, 서로가 지적하고, 지시하고, 감싸고, 감싸게 하면서, 착실하게 경험을 쌓았다.

그리고 헌터로서도 친구로서도 기탄없이 의견을 주고받는 사이가 되었을 무렵, 한 사정으로 이이다 상업구 유적의 탐색을 계획하게 되었다.

그러나 시오리가 전력 부족을 이유로 난색을 드러냈다.

이이다 상업구 유적의 난이도는 시오리와 카나에를 더한 4인 팀이라면 문제없다. 그러나 두 사람은 어디까지나 경호원이며, 일반적인 전력이 아니다. 그리고 레이나와 토가미만의 전력으로는 이 유적이 벅차다. 따라서 유적 탐색은 인정할 수 없다. 그렇게 설명해서 레이나와 토가미를 만류했다.

레이나와 토가미 역시 그런 소리를 들으면 어쩔 수 없다. 더는 짐짝이 안 되도록 애쓰고 있고, 성장도 실감하고 있지만, 그런데도 자신들의 실력이 한참 부족한 것은 잘 알기 때문이다.

그러나 완전히 포기할 수 없는 레이나 일행은 시오리와 협상해서 어떻게든 허가를 받아내려고 했다. 지금의 자신들이라면 이이다 상업구 유적에서도 잘 싸울 수 있다고, 열심히 설득했다.

그리고 시오리도 완강히 거절하기만 해서는 레이나의 의욕에 지장이 생긴다며 타협하는 자세를 보였다. 유적에서는 강력한 몬스터와 접근전을 피할 수 없는 상황도 늘어난다. 그것에 대처할 수 있는지를 확인하기 위해서, 다소 버거운 몬스터에게 접근전을 시도하게 했다. 조금 전 전투에서 레이나가 위력과 사거리가 떨어지는 근거리 전투용 총을 쓴 것은 실내 전투가 다발하는 유적 내 환경에서의 실력을 시오리와 카나에에게 증명하기 위해서였다.

그 조건을 받아들인 레이나와 토가미는 다양한 몬스터에게 근거리 전투를 시도하고, 승리했다. 시오리의 지시로 적이 조금씩 강해졌지만, 그런데도 승리해 나갔다. 그리고 마침내 시오리에게 저걸 상대로 승리하면 인정하겠다는 말을 받아내는 데 성공했다.

레이나와 토가미는 의기양양하게 마지막 전투에 임했다. 그 결과가 아키라에게 마지막 일격을 빼앗긴 조금 전의 전투였다.

레이나의 설명이 부족해서 다소 아리송한 구석도 있었지만, 아키라는 그렇게 된 사정을 대략 파악했다. 그리고 신기하게 여긴다.

"즉, 단순히 그 유적은 위험하니까 그만두라는 거잖아? 거기는 사람들이 잘 찾지 않는 유적이라고 하는데, 왜 그토록 이이다 상업구 유적에 집착하는 거야?"

"아, 그건 말이지……."

레이나는 그때 말을 멈추고 시오리를 슬쩍 봤다. 하지만 카나에가 머리를 두 손으로 잡고, 얼굴을 억지로 아키라를 보게 돌린다.

"저기?! 뭐 하는 거야?!"

"아씨. 그러면 못써요. 말해도 되는 내용인지, 말해도 되는 상대인지, 그것도 아씨가 직접 판단해야 하는 겁다. 누님의 반응을 보고 정하면 안 돼요."

"윽……."

레이나가 주춤거리며 움직임을 멈춘다. 시오리의 얼굴을 보려고 한 것은 무의식중에 그런 거지만, 지적받고 새삼스럽게 의식해 보면 정말로 카나에가 말한 것처럼 시오리의 반응을 보고 판단하려고 했기 때문이다.

카나에가 레이나에게서 손을 떼고 즐겁게 웃는다. 시오리는 주인에 대한 직장 동료의 태도에 조금 인상을 찡그리면서도, 작게 한숨만 쉬고 카나에를 타박하지 않았다.

레이나가 고민하며 아키라와 유미나 사이에서 시선을 이리저리 돌린다. 그것을 멈추게 한 것은 유미나였다.

"레이나. 나도 도란캄 소속의 헌터로서 정보를 조심히 다룰 거야. 이러면 될까?"

그렇게 말하고 유미나가 아키라에게 눈길을 줬다. 아키라도 가볍게 고개를 끄덕인다.

"어떤 내용인지는 모르겠지만, 함부로 떠들진 않아. 이러면 되겠어?"

그래서 레이나도 말하기로 결심했다. 아키라와 유미나를 믿고 표정을 부드럽게 푼다.

"알았어. 정보를 어디서 구했는지는 말할 수 없지만, 이이다 상업구 유적에는 자동인형이 숨겨져 있다고 해. 우리는 그걸 노리고 있어."

그렇게 말하고 레이나는 조금 득의양양하게 모습을 보였다. 이만한 정보다. 두 사람도 무척 놀라겠지. 그럼 마음이 얼굴에 드러났다.

하지만 기대한 반응은 끌어내지 못했다. 아키라와 유미나가 납득한 듯 고개만 살짝 끄덕이는 게 다였다. 그런 두 사람의 태도에 오히려 레이나가 놀란다.

"어……? 저, 저기, 놀라지 않는 거야? 구세계산 자동인형인데? 흔한 유물과는 차원이 다른데?"

유미나가 조금 미안한 눈치로 대답한다.

"레이나. 사실은 우리도 그걸 찾으러 여기 왔어."

"어? 그랬어? 정말로?"

"그래. 그러니까 이렇게 먼 유적에 온 거야."

이 엄청난 정보를 입수한 건 자신들밖에 없다. 그렇게 여겼던 레이나는 아키라와 유미나도 그걸 안다는 사실에 조금 실망했다.

그때 시오리가 대화에 끼어든다.

"아키라 님. 괜찮으시다면 그 정보의 입수 경로를 물어봐도 되겠습니까? 필요하다면 대가도 치르겠습니다."

"아니, 퍼뜨리지만 않으면 돼. 도시 직원인 키바야시란 녀석한테 들었어. 자동인형의 정보 자체는 야지마 중철과 요시오카 중공이 조사했다던데."

그 단편적인 정보에서 순식간에 다양한 생각에 이른 시오리가 고민하듯 표정을 굳힌다.

"죄송합니다. 그 경위를 전혀 추측할 수 없는데, 자세히 여쭤도 되겠습니까?"

"뭐, 이런저런 일이 있었어. 신경 쓰지 마. 그보다도 지금은 우리가 동행할지 어떨지를 정하는 게 먼저잖아?"

그것으로 레이나가 정신을 차린다. 그리고 초조해한다.

자신들이 귀중한 정보를 제공했다는 것을 이용해 동행에 동의하게 하려고 했는데, 아키라 일행도 이미 아는 것이라면 의미가 없다.

자신들과 동행하지 않는다면, 아키라 일행은 구세계산 자동인형 탐색에서 강력한 경쟁 상대가 된다. 더군다나 자신들은 시오리가 만류하는 처지여서 처음부터 유적에 들어갈 수 없다. 나중에 시오리를 어떻게든 설득하더라도 치명적인 지연이 발생한다.

"그, 그러네! 그래서 아키라, 너희도 자동인형을 찾으러 왔다면 같이 하자! 그게 더 효율적이고 안전하잖아?"

교묘한 말로 설득하는 것과는 거리가 먼, 협상력이고 뭐고 없는 내용에 질겁하고, 레이나는 자기가 말해 놓고서도 조금 황당해하며 추가로 설득할 재료를 생각한다.

하지만 그런 내용인데도 아키라에게는 조금 효과가 있었다.

"유미나. 어떻게 할까?"

"미안하지만, 그것도 아키라가 정할 일이라고 봐. 아, 싫다는 건 아니니까 뭐든 상관없어."

"그렇군. 그러면 레이나. 동행해도 좋지만, 조건과 귀찮은 사정이 있어. 그걸 듣고 나서 판단해 줘."

레이나는 생각지도 못하게 좋은 반응에 기뻐하면서도, 아리송한 얼굴을 한다.

"귀찮은 일? 조건하고는 다른 거야?"

"그래, 조금 말이지."

조건은 자동인형 탐색과 일반적인 유물 수집을 병행하는 것이었다. 유물 수집을 병행하면 자동인형 탐색의 효율이 떨어질 게 뻔하다. 하지만 필사적으로 찾아봐도 자동인형이 발견된다는 보장이 없다. 멀리 있는 유적에 와서 성과가 하나도 없이 끝나는 것을 피하고 싶다는 마음은 레이나도 이해하므로, 문제없이 받아들였다.

하지만 귀찮은 일에 관해서는, 그 내용을 들은 레이나를 머뭇거리게 했다.

"우리는 수집한 유물을 전부 도시에 팔아야 해. 우리와 너희 사이에서 유물을 어떻게 분배해도, 나중에 도시와 진짜 귀찮은 협상을 해야 하는데, 괜찮겠어?"

운 좋게 귀중한 구세계산 자동인형을 손에 넣더라도, 그것이 하나라면 아키라 일행과 레이나 일행이 반반씩 나눌 수도 없다. 어딘가에 매각해서 그 돈을 나눠야 한다.

그러나 어디에 팔지, 얼마에 팔지를 정하는 것도, 팔아야 하는 물건이 구세계산 자동인형인 것도 있어서 원래는 매우 귀찮은 협상이 필요하다.

나아가 애초에 레이나 일행은 자신들만 있어도 도란캄과 실랑이를 벌일 필요가 있었다.

기본적으로 도란캄 소속의 헌터는 자신들이 발견한 유물의 환금 등을 조직에 맡겨야 한다. 유물 매각에 뒤따르는 협상 등의 귀찮은 일을 조직에 위탁하는 대신, 매각금에서 수수료를 포함한 각종 경비를 제하는 방식이다.

당연히 조직에 넘기는 유물이 많을수록 조직에서 받는 지원도 두터워진다. 그리고 두텁게 지원받는 신인 헌터들은 모든 유물을 조직에 넘기고, 지원받을 필요가 별로 없는 고참은 적당한 양을 넘기는 게 일상이었다.

일단 레이나와 토가미도 도란캄에서는 신인에 속하는 헌터들이다. 그러나 지금은 도란캄 사무 파벌과 거리를 두는 상태여서, 대우는 고참과 비슷한 입장이었다. 조직에 넘기는 유물의 비율도 비슷하다.

그래도 레이나 일행이 구세계산 자동인형이라고 하는 매우 귀중한 유물을 입수하면, 도란캄 측은 확실하게 그 취급을 조직에 위탁하도록 강하게 압박할 것이다. 당연히 어려운 협상을 예상할 수 있다.

거기에 아키라 일행과 보수 분배와 쿠가마야마 시티가 끼는 유물 매각 협상이 더해지면, 그 협상은 치열하다는 말로는 부족할 만큼 복잡하고 귀찮아질 것이다.

그 협상에 자신이 엮인다면 레이나도 주저할 수밖에 없다. 어떻게 하면 좋을지 무심코 시오리를 본다. 하지만 카나에가 또 머리를 잡고 시선을 앞으로 돌리게 했다.

자기가 정해야 한다. 설령 그 결단이 잘못되더라도. 장식처럼 아무것도 못 정하는 주인을 그만두고, 시오리와 카나에의 정당한 주인이 되기 위해서.

레이나는 각오하고 웃었다.

"알았어. 아키라. 괜찮아. 같이 하자. 그렇게 귀찮은 일에 대처하는 것도 헌터의 실력이니까."

"그런가."

아키라는 레이나의 분위기가 갑자기 살짝 달라진 것 같아서 조금 의아하게 여겼지만, 딱히 신경 쓰지는 않았다. 하지만 카나에는 조금 흥미로운 듯이, 시오리는 조금 기쁜 듯이 웃었다.

주인이 결단하면서, 시오리도 이에 맞춰서 움직이기 시작한다.

"그렇다면 아가씨. 일단은 카나에를 데리고 아키라 님 일행과 함께 유물을 수집해 주세요. 저는 유물 수집에 필요한 준비를 시작하겠습니다. 이이다 상업구 유적에서 제대로 유물을 수집하는 이상, 야영 준비나 운반책 호출 등, 이것저것 할 일이 많으니까요."

"알았어. 그런데 황야에서 시오리가 따로 행동할 때도 있구나."

의아해하는 레이나에게, 시오리가 살짝 미소를 짓고 당부한다.

"아가씨. 카나에는 본인이 전력으로 계산해도 된다고 인정했지만, 저를 전력으로 계산하는 것은 아직 인정하지 않았습니다."

"아, 그런 거구나."

"아가씨 일행의 부족한 실력을 보충하는 것도 겸해서 카나에를 동행하게 하겠지만, 그런데도 아키라 님과 유미나 님께 불편을 끼친다면 자동인형 탐색은 중지하게 하겠습니다. 그래도 되겠습니까?"

"알았어. 잘해 볼게."

웃으며 대답한 레이나에게, 시오리는 만족스럽게 고개를 끄덕였다. 그리고 시선으로 카나에한테 지시를 내린다. 카나에는 고개를 끄덕이고 레이나의 곁으로 이동했다.

레이나는 시오리의 그 시선을, 자신을 잘 지키라고 지시한 것으로 해석했다. 걱정이 너무 많다고 생각하면서도 자신의 실력은 아직 그 정도라고 마음을 고쳐먹고, 방심하지 말자고 기운을 북돋웠다.

레이나 일행이 시오리를 남기고, 아키라 일행과 함께 이이다 상업구 유적으로 향한다.

시오리는 일행을 배웅하고 난 다음, 복잡한 얼굴로 한숨을 크게 쉬었다.

(구세계산 자동인형. 확증이 있는 정보라면 본사에서 움직일 터. 그러므로 가능성은 거의 없겠지만…… 만약 확보하는 데 성

공했을 때는…… 어떻게 해야 할까요.)

어찌 됐든, 준비를 소홀히 한 탓에 하늘이 내린 기회를 놓치는 사태를 피하려면, 가능성이 조금이라도 있다면 최소한이라도 대처해야 한다. 시오리는 그렇게 생각하고, 그러기 위한 준비를 시작했다.

위험한 황야에서 일시적이나마 레이나와 떨어진다. 그 위험을 감수해서라도 레이나가 없을 때 해야만 하는 준비를.

◆

레이나 일행과 동행해서 이이다 상업구 유적으로 돌아간 아키라 일행은 우선 한차례 조사를 마친 돔에서 유물을 수집하기로 했다.

돔에 들어갈 준비를 마쳤을 즈음, 카나에가 레이나와 토가미를 보고 의미심장하게 웃는다.

"아씨. 토가미 소년. 약속대로 저도 싸울 건데, 저는 앞에 나서는 게 좋습까?"

도발을 포함한 그 말을, 토가미가 당당하게 웃고 받아친다.

"아니요. 카나에 씨는 물러나 주세요. 우선 나랑 레이나가 해보겠습니다. 그렇지? 레이나."

레이나도 지지 않고 웃는다.

"물론이야. 카나에. 우리만으로도 괜찮다는 걸 똑똑히 봐."

"실력을 잘 보겠습다. 그런고로, 아키라 소년과 유미나 씨도 일단 다 물러나 주십쇼. 아, 아씨들로는 안 되겠다고 생각한다면, 언제든지 지원해도 좋슴다."

"알았어."

아키라는 대수롭지 않게 대답했다. 하지만 레이나와 토가미는 표정이 진지해졌다.

미하조노 시가지 유적에서 싸웠을 때, 자신들은 그냥 짐짝에 불과했다. 하지만 지금은 다르다. 그것을 아키라에게 증명해 보일 기회가 생겼다고, 긴장하면서도 투지가 더 끓어오른다.

"토가미. 가자."

"그래. 가자고."

레이나와 토가미가 의욕이 충만해져서 돔에 진입한다. 의욕이 넘치는 두 사람을 본 아키라와 유미나는 조금 의아한 기색으로, 카나에는 즐겁게 웃으면서, 두 사람의 뒤를 따라갔다.

내부까지 녹색으로 뒤덮인 돔 안을 이동하자 널찍한 통로에서 몬스터 무리와 마주쳤다.

상대는 털이 없는 네발짐승으로, 우람한 근육을 드러내고 있다. 잡식성으로 풀도 먹지만, 그 풀이란 이곳에 자란 식물군이다. 강철처럼 튼튼한 풀과 넝쿨을 씹을 수 있는 이빨의 예리함과 치악력은 어지간한 방어로 막을 수 없다.

그 짐승들이 통로의 바닥과 벽을 박차 궤도를 바꾸며 도약, 돌진하고, 헌터들의 조준을 흐트러뜨리는 입체적인 기동으로 전방에 선 레이나와 토가미를 덮쳐든다.

하지만 레이나와 토가미는 그 몬스터들의 움직임에 적절하고 정확하게 대응했다.

토가미가 탄막을 펼쳐서 적 전체의 움직임을 굼뜨게 한다. 명중해도 두꺼운 근육의 갑옷에 막혀서 치명상과는 거리가 멀지만, 연속으로 맞으면 총탄에 맞은 충격으로 적의 움직임을 대폭 늦출 수 있다.

그 상태로 레이나가 가까운 상대부터 순서대로 총을 쏜다. 머리를 집중적으로 노려서 신속하게 치명상을 입힌다. 그걸로 죽지 않더라도, 행동할 수 없는 상태가 되면 충분하다. 그대로 적이 다가오지 못하게 하면서 연사한다.

그리고 멀쩡하게 움직일 수 없게 된 상대의 숨통을 둘이서 끊었다. 현란한 화력으로 순식간에 해치운 건 아니지만, 안전이 확실한 여유로운 승리였다.

레이나가 득의양양한 얼굴로 아키라 일행을 본다.

"어때? 나랑 토가미만으로 잘할 수 있지?"

유미나는 조금 놀란 기색을 보였다.

"굉장해. 레이나. 언제 이렇게 강해졌어?"

"뭐, 나도 놀기만 한 건 아니라는 뜻이야."

기대했던 반응을 본 레이나가 활짝 웃는다. 그리고 다음으로는 아키라와 카나에의 반응을 확인하고자 시선을 그쪽으로 돌렸다.

하지만 그쪽 반응은 기대에서 어긋났다. 아키라와 카나에는 하나같이 평범한 반응이다. 미하조노 시가지 유적 때와 비교해서 훨씬 향상된 레이나와 토가미의 싸움을 보고도, 두 사람은 표정이 바뀔 정도의 감상은 드러내지 않았다.

물론 두 사람도 레이나와 토가미의 실력을 경시한 건 아니다.

카나에는 이미 레이나의 현재 실력을 알고 있다. 알고 있는 것을 봐도 지금 와서 놀라지 않을 뿐이다. 장난치듯이 일부러 칭찬하지 않을 만큼, 레이나의 실력을 정당하게 인정했다.

그리고 아키라는 두 사람의 성장에 단순히 흥미가 없었다. 일단 아키라도 두 사람에게 이 정도면 짐짝이다, 라고 부정적인 감상을 느끼지 않는 만큼, 그 성장을 인정하고 있다. 다만 굉장하다고 놀라지도 않았을 뿐이다.

그런 아키라와 카나에의 반응에 레이나가 조금 낙담하는 가운데, 토가미는 자신도 비슷한 감정을 느끼며, 아키라의 태도에서 예전에 있었던 일을 떠올렸다.

토가미는 아키라와 처음 만났을 때 자신의 실력을 아키라에게 과시하려고 한 적이 있었다. 하지만 아키라는 거의 반응하지 않았다. 단순히 무시한 것도 아니다. 조금 전의 전투 내용에, 특별히 뭐라고 할 것이 하나도 없었다. 그런 반응을 보였다.

그때의 일을 떠올리며, 토가미가 생각한다.

(이 정도론 감상도 없다는 건가. 뭐, 짐짝을 보는 눈이 아니야. 합격점은 넘었다고 치자.)

토가미는 그렇게 생각해서 마음을 고쳐먹었다. 그리고 레이나의 낌새를 눈치채고는 아키라에게 대놓고 자랑하듯 웃는다.

"어때, 아키라. 레이나가 말한 대로, 우리만으로도 괜찮지?"

"응? 아, 그렇지."

"반응이 별로네. 뭐, 그 태도를 보면 이걸로는 안 된다거나 짐짝이라고 생각하진 않은 거겠지만 말이야. 첫 전투만으로는 알 수 없다고 한다면, 한동안 끼어들지 말고 우리 힘을 조금만 더 보라고. 레이나. 가자."

토가미는 그 말만 하고 후다닥 나아가려고 한다.

"어? 아, 응."

레이나는 갑자기 제정신이 든 듯한 느낌으로 뒤따랐다. 그리고 토가미의 옆을 걸으며 마음이 조금 편해진 것을 깨달았다.

그 이유도 금방 깨달았다. 그것은 자신들만으로도 괜찮다는 토가미의 말을 아키라도 긍정했기 때문이었다. 그리고 토가미의 말이 아키라의 반응을 끌어내 자신에게 들려주기 위한 것임도 깨달았다.

자신들은 짐짝이 아니다. 그런 평가로 만족할 수 없다면 그 이상의 힘을 앞으로 보여주면 된다. 토가미의 질타를 깨닫고, 레이나는 다시 고개를 들었다.

"고마워⋯⋯."

레이나가 조용히 고마움을 전하자, 토가미는 쑥스러움을 감추듯 걷는 속도를 조금 높였다. 그러는 바람에 거리가 조금 벌어지지만, 레이나는 즐겁게 웃고 걷는 속도를 높여서 토가미를 따라잡았다.

그런 두 사람의 뒤에서 타인의 감정에 둔감한 아키라는 아리송한 기색을 보이고, 유미나는 조금 의아한 기색을 보였다. 카나에는 즐겁게 웃고 있었다.

제160화 운도 실력

아키라 일행은 이이다 상업구 유적에서 첫 번째 유물 수집을 마쳤다. 유적 밖에 있는 시오리의 곁으로 돌아가고, 그 성과를 레이나가 대표로 시오리에게 보고한다.

"그런고로, 여기 몬스터는 나랑 토가미만으로 완벽하게 대응했고, 유물도 잘 모았어."

"그렇습니까……."

왠지 모르게 의미심장한 시오리의 대답에, 레이나가 얼굴을 살짝 찡그린다.

"왜 조금 의심하는 느낌인 거야."

"아닙니다. 그렇게 훌륭한 성과를 거뒀는데도 아가씨는 불만인 것처럼 보이니까요."

그렇게 지적받은 레이나는 얼버무리듯이 웃었다.

"아, 그건, 그거야. 잘 풀리긴 했지만, 그건 그렇다 치고, 더 잘할 수 없었을까 하는 향상심이 나타난 거야."

그러자 카나에가 대화에 끼어든다.

"좋은 마음가짐임다. 당연히 그래야죠. 아키라 소년의 발목을 잡지 않는 건 최소 조건. 그걸로 만족하면 못씀다."

"그러네……."

레이나는 카나에를 보고 어색하게 웃었다.

첫 번째 유물 수집에서, 레이나는 덤벼드는 몬스터를 끝까지 토가미와 단둘이서 격파할 수 있었다. 그러나 결국 아키라에게 만족스러운 반응을 끌어내는 일은 없었다.

시오리도 대략적인 사정을 이해했다. 조금 타이르듯이 부드럽게 말한다.

"아가씨. 어떠한 이유라도 향상심을 높이 유지하는 건 좋은 일입니다. 그러나 성과를 조급할 필요는 없지요. 아가씨께선 착실하게 성장하고 계십니다."

"응……. 나도 알아."

레이나는 숨을 내쉬고, 기분을 바꾸듯 웃었다.

"그래서? 시오리가 하겠다던 준비는 다 끝났어?"

"걱정하지 마시길. 운반책과 숙박할 장소의 준비는 마쳤습니다. 다음 유물 수집을 마칠 즈음에는 도착할 겁니다. 카나에. 다음은 내가 가겠어. 너는 여기서 대기하고, 내가 부른 자들이 오면 대응해."

"알겠슴다."

"그러면 여러분. 출발하죠."

곧바로 출발하려고 하는 시오리의 태도를 보고, 레이나가 조금 놀란다.

"어? 벌써 가게? 휴식 없이?"

그리고 휴식에 동의할 사람을 찾아 다른 사람들을 본다. 그러나 아키라와 유미나는 싸우지도 않아서 지치지 않았고, 레이나와 똑같이 싸운 토가미도 묵묵히 이동 준비를 시작했다.

"피곤하시다면, 아가씨께선 남으셔도 됩니다만……."

"가, 갈 거야! 여유로워! 자, 시오리, 어서 타!"

첫 번째 유물 수집에서 좋은 모습을 보여주지 못했던 레이나는 기분을 바꿨다고는 해도 아직 조금 의기소침한 상태였다. 그것을 시오리가 불을 지핀 말에 대한 반발로 날려 버리고, 다시금 의욕을 내고 차에 탄다.

"분부대로 하겠습니다."

시오리는 미소를 짓고 뒤따랐다.

◆

두 번째 유물 수집을 시작한 아키라 일행이 이이다 상업구 유적의 돔 앞에 선다. 첫 번째 때와는 다른 돔이지만, 여기도 아키라와 유미나가 먼저 조사를 마친 장소다. 유물이 어디 있는지는 아니까 거기까지 가서 챙기고 돌아가면 된다.

즉, 첫 번째와 마찬가지로 가는 길에 있는 몬스터를 격파할 전력이 중요해진다. 이번에는 잘하겠다며 기합을 넣고, 레이나는 자진해서 앞으로 나서려고 했다.

그러나 그것을 시오리가 막는다.

"아키라 님. 모두가 어느 정도 싸울 수 있는지 확인하기 위해서, 이번에는 아키라 님 일행이 앞으로 나서 주실 수 있겠습니까?"

"응? 알았어. 유미나."

"알았어. 이번에는 우리 차례네."

아키라와 유미나가 나란히 앞으로 나선다. 레이나는 시오리에게 조금 괴이쩍은 표정을 지었지만, 무언가 생각이 있겠거니 싶어서 얌전히 뒤에 섰다.

돔 안을 나아가자 지난번에도 마주친 털이 없는 네발짐승 무리가 출현했다. 침착하게 요격 태세를 취하는 아키라와 유미나의 뒤에서, 레이나와 시오리가 두 사람이 싸우는 모습을 똑똑히 보고자 흥미진진한 눈으로 바라본다.

몬스터들이 쇄도한다. 그것을 아키라와 유미나가 총으로 쏘고, 격파한다. 전투는 10초 정도로 끝났다. 아키라와 유미나는 손쉽게 승리했다.

하지만 그 짧은 전투는 레이나와 시오리를 깜짝 놀라게 하고도 남았다.

아키라는 쏜 총탄을 전부 적에게 명중시켰고, 나아가 똑같은 표적에는 똑같은 위치를 맞혔다. 더군다나 전부 급소를 노렸다. SSB 복합총의 위력이 강하기도 해서, 강인한 생명력을 지닌 생물형 몬스터를 차례차례 즉사시켰다.

나아가 아키라는 한 발도 헛되이 쏘지 않았다. 돔 안을 탐색했을 때 똑같은 종류의 몬스터와 이미 마주친 적이 있어서 어디에 몇 발을 쏘면 죽일 수 있는지도 알았다. 총탄을 적절한 위치에 딱 알맞게 쏴서 매우 효율적으로 죽였다.

아키라의 그 기술은 경이적이다. 하지만 그 정도라면 레이나와 시오리도 납득하며 감탄하는 것으로 그쳤다. 미하조노 시가지 유적에서 싸우는 동안 아키라가 강한 건 알았다. 그 뒤로 성능이 더 좋은 장비를 구하고, 더 단련했다면 이만큼 강해도 딱히 놀랄 일이 아니기 때문이다.

레이나와 시오리를 경악하게 한 것은, 그런 아키라와 거의 똑같은 것을 유미나도 했기 때문이다.

물론 아키라와 비교하면 덜 정밀한 부분도 있다. 전부 급소에 명중하진 않고, 총탄도 조금 더 많이 썼다.

하지만 그것만으로 아키라가 보호하는 대상이 아니라 전력으로서 동행하고 있음을 증명하는 실력을, 유미나는 레이나와 시오리에게 보여줬다.

시오리가 속으로 딱딱한 표정을 짓는다.

(유미나 님의 실력은, 아키라 님이 실력이 부족한 유미나 님을 보충한다고 쳐도 종합적으로는 아가씨보다 조금 강한 정도. 그렇게 예상했는데, 설마 이토록 뛰어난 실력을 보유했을 줄은……. 실수했군요. 이래서는 역효과가 날 수 있어요.)

미하조노 시가지 유적에서 싸운 뒤로, 레이나는 강해지고자 필사적으로 노력했다. 그리고 실제로 많이 강해졌다.

그러나 그것을 레이나 자신이 올바르게 실감하긴 어렵다. 나아가 아키라에게 좋은 반응을 끌어내지 못하는 바람에 자신은 아직 멀었다는 생각이 부정적인 쪽으로 넘어가려고 했다.

그렇게 생각한 시오리는 아키라에게 보호받는 유미나의 모습을 레이나에게 보여줌으로써, 나쁘게 말하자면 유미나를 이용해 레이나의 의식에서 균형을 맞추려고 했다. 적어도 레이나가 아키라의 도움이 불필요할 정도로는 강해졌다고 실감하게 하려고 한 것이다.

하지만 유미나가 이토록 강할 줄은 예상하지 못했다. 괜한 짓을 했다고 여기고, 시오리는 자신의 잘못된 판단을 후회했다.

토가미도 예상을 뛰어넘는 유미나의 강함에 놀랐다. 그리고 다른 의미에서 아키라가 자신들의 싸움에 관심을 보이지 않은 것도 납득했다.

(이게 아키라가 생각하는 평범한 강함의 기준인가. 그러니까 우리의 싸움을 보고도 흥미가 안 생길 수밖에.)

그리고 레이나는 유미나의 강함에 놀라면서도, 그 유미나를 조금 험악해진 눈으로 봤다.

"유미나. 그렇게 강했어?"

무심코 그렇게 말해 버린 레이나는 그 말투가 유미나를 조금 비난하는 느낌인 것을 깨닫고, 소리 없이 자신을 질책했다.

나보다 강하면서 나더러 굉장하다고 칭찬한 거야. 아무렇지도 않게 기뻐했는데, 그건 입에 발린 소리였냐. 그런 식으로 생각하고, 해석한 시점에서 자신의 실력 부족을 남 탓으로 돌린 거라며, 속으로 자신을 부끄럽게 여겼다.

그것을 눈치챈 유미나가 일부러 조금 가벼운 태도로, 살짝 씁쓸한 느낌을 섞어서 웃고 대답한다.

"뭐, 나도 놀기만 한 건 아니야……라고, 내 실력을 자랑하고 싶은 참이지만. 조금 반칙을 썼거든. 이 정도를 못 하면 곤란해져."

그것을 들은 레이나는 무심코 괴이쩍은 표정을 지었다.

"반칙? 무슨 뜻이야?"

"나는 종합 지원 시스템이란 것의 보조를 받고 있어. 이 강화복도 종합 지원 강화복이란 물건이야. 더군다나 내가 아키라의 발목을 잡지 않게, 엄청나게 성능이 좋은 걸 받았거든."

아직 조금 곤혹스러운 기미인 레이나에게, 유미나가 웃으며 말을 잇는다.

"자세한 걸 알고 싶으면 나중에 가르쳐 줄게. 지금은 유물 수집 중이니까, 다 끝나면 말이야. 아키라. 가자."

"응……? 그래."

유미나가 웃는 얼굴로 먼저 출발하고, 아키라가 조금 복잡한 얼굴로 뒤따른다.

레이나와 시오리는 유미나가 한 말을 궁금해하면서도, 확실히 지금은 유물 수집 중이라는 생각에 한차례 서로 얼굴을 봐서 의식을 전환한 다음, 두 사람을 뒤따랐다.

유적 안을 나아가며 아키라가 중얼거린다.

"반칙이라……."

유미나에게 말한 건 아니지만, 유미나에게는 들렸다. 게다가 왠지 모르게 목소리에 감정이 실린 것처럼 들려서, 유미나가 슬쩍 대답한다.

"반칙이라고 하면 말이 심할지도 모르지만, 종합 지원 시스템을 포함해서 분수에 넘치는 고성능 장비를 쓰고 있다는 자각은 있어. 그야말로 반칙이라는 말을 들어도 부정할 수 없을 정도론 말이야."

"그런가······."

미묘하게 침울해진 듯한 아키라의 태도에, 유미나는 그 이유를 몰라서 의아한 듯이 고개를 살짝 갸우뚱했다.

아키라가 작게 한숨을 쉰다.

(반칙······ 반칙이라······ 반칙이란 말이지······.)

종합 지원 시스템의 지원. 그 정도가 유미나에게 반칙이라면, 알파의 서포트를 받는 아키라는 터무니없이 심한 반칙을 쓰고 있다. 그것은 아키라 자신도 이해하고 있다.

그리고 마음의 정리도 끝났다. 그것을 부정행위로 여기고, 우울해할 바에는, 차라리 알파의 서포트 없이도 자기 힘으로 똑같이 할 수 있도록 노력하는 게 낫다. 예전에 셰릴에게 위로받음으로써, 아키라는 이미 그렇게 결심했다.

그렇지만 하나도 신경이 안 쓰이게 된 것은 아니다. 마음을 정리하고자 의식을 바꿨을 뿐이지, 전부 무시한 것은 아니기 때문이다. 이제는 너무 우울해지는 일도 없지만, 작은 한숨 정도는 나온다.

(이 정도의 일로 신경 쓸 정도면, 나도 아직 멀었다는 거군. 더 노력해 볼까.)

아키라는 그렇게 생각해서 다시 기운을 차리고, 더는 신경 쓰지 않기로 했다. 그렇게 사소한 것을 신경 쓰게 된 이유가, 그것을 말한 사람이 유미나라서 그렇다는 사실을 깨닫는 일은 없었다.

그런 아키라를, 알파는 조용히 보고 있었다. 쓸데없는 소리를 해서 아키라의 신경을 자극하지 않도록, 침묵하고 있었다.

◆

두 번째 유물 수집을 마친 아키라 일행이 카나에가 있는 곳으로 돌아오자, 그곳에는 운반책의 트럭과 대형 캠핑 트레일러가 서 있었다.

"잘 다녀왔습다. 보채서 미안하지만, 사람이 기다리니까 유물 적재를 끝내주십쇼!"

챙겨온 유물을 트럭에 싣는다. 그때 레이나가 조금 의아한 표정을 지었다.

"어? 시오리. 이 트럭은 도란캄이 아닌 것 같은데, 다른 데 부탁했어?"

"네. 도란캄에 운반책 준비를 부탁하면 유물을 일시적으로 보관하는 장소가 도란캄의 시설이 됩니다. 그랬다간 유물 매각처를 포함한 보수 분배 협상 때 불리해질 우려가 있으니까요."

"아, 그런 거구나."

레이나는 그것으로 납득하고 유물 적재 작업을 재개했다.

시오리는 거짓말하지 않았다. 카나에도 시오리가 신신당부해서 괜한 소리를 하지 않았다.

유물을 다 실은 트럭이 출발한다. 이로써 오늘의 유물 수집 작업은 끝났다. 트럭을 배웅한 레이나는 유물 수집 도중에 이미 침착함을 되찾기도 해서, 앞으로 물어볼 것에 대해 얼굴에 흥미를 강하게 드러내고 있었다.

"그러면 유미나. 이것저것 물어봐도 돼?"

"그래. 좋아."

"아가씨. 밖에서 서서 할 이야기도 아니겠지요. 안에서 찬찬히 이야기해 주세요."

시오리의 권유에 따라 모두가 캠핑 트레일러 안으로 들어간다. 이어서 아키라가 그 커다란 차체를 올려다보고 작게 탄성을 냈다.

"오오."

"아키라 님. 무슨 일이 있습니까?"

"아니, 엄청 크고, 왠지 대단해서."

시오리가 조달한 캠핑 트레일러는 정차 후에 외벽 등을 전개함으로써, 거주 구역을 더욱 확대할 수 있다. 이미 전개를 마친 거주 주역은 작은 별장처럼 변했다.

야영 준비를 한다고 해도, 큰 텐트나 캠핑카 정도를 가져오겠지. 그렇게 생각한 것도 있어서, 아키라는 매우 놀랐다.

"여섯 명이서 쓰니까요. 이 정도는 필요합니다."

"하지만 이런 건, 빌리기만 해도 엄청 비싼 게……."

"물론 렌탈로도 그만한 비용은 듭니다. 그러나 그 정도의 금액도 벌지 못한다면, 애초에 여기서 유물을 수집하는 것 자체가 잘못된 거겠지요. 또한 충분한 휴식을 취하지 못한 탓에 심신이 지쳐 전투에 지장이 생길 위험성을 생각해도, 꼭 필요한 경비라고 봅니다."

"그렇군…… 하긴……"

아키라가 시오리의 설명을 듣고 납득하며 생각한다.

자신은 헌터가 되어서 돈을 많이 벌고, 금전 감각이 너무 이상해졌다고 여겼다. 하지만 시오리가 설명하기 전까지, 이렇게 비싸보이는 캠핑 트레일러를 일부러 빌리는 비용을 필수 경비로 여기지 않았다.

그렇다면 자신의 금전 감각은 너무 이상한 것도 아닌가? 오히려 번 돈에 비해서 아직 소박한 편이고, 슬럼의 뒷골목에 있던 시절의 감각이 여전히 남은 게 아닐까?

아키라가 그렇게 생각을 고치려고 했을 때, 시오리가 진지한 얼굴로 말을 잇는다.

"애초에 어쩔 수 없는 상황이 아닌 이상, 아가씨를 노숙하게 할 순 없습니다."

"아…… 네. 그러네요."

방금 든 생각은 착각이었다. 아키라는 그렇게 다른 방향으로 생각을 고치고, 캠핑 트레일러 안으로 들어갔다.

◆

오늘의 헌터 활동을 마친 아키라 일행은 강화복도 벗고 느긋하게 쉬고 있었다. 간단하게 샤워해서 땀을 씻어내고, 미리 준비된 옷으로 갈아입어서, 지금은 식사 중이다.

또한 옷을 갈아입은 사람은 아키라, 유미나, 레이나, 토가미, 이렇게 네 사람뿐이다. 시오리와 카나에는 원래 옷차림을 그대로 유지해서, 갑자기 몬스터가 습격해도 문제없이 대처할 수 있다. 최소한 다른 네 사람이 요격 준비를 마칠 시간은 만들 수 있으므로, 안전 면에서 문제는 없다.

차 안은 넓고 푹신한 침대와 소파도 있어서, 푹 쉴 수 있는 설비를 갖췄다. 황야로 생각하기 어려운 호화 환경을, 아키라는 흥미진진한 눈으로 구경하고 있었다.

그리고 레이나 일행은 유미나에게 들은 내용에 놀라고 있었다. 종합 지원 시스템을 이야기하는 도중에 유미나가 그토록 강력한 장비를 받은 이유가 나왔고, 그것이 아키라의 헌터 랭크 조정 의뢰의 동행자로서 아키라의 발목을 잡지 않기 위한 것임을 알게 된 것이다.

토가미가 놀라고, 또한 납득하면서, 나아가 복잡한 속마음을 얼굴에 드러낸다.

"헌터 랭크 조정 의뢰를 받다니, 역시 넌 엄청난 랭크 사기 헌터였잖아. 아……아……아!"

토가미는 복잡한 속마음을 얼굴만이 아니라 목소리로도 드러내기 시작했다.

"그런 소리를 해도 말이지. 불평을 들어줄 이유는 없어."

"아, 미안해. 불평하려는 게 아니었어. 네 실력을 헌터 랭크만으로 단정하는 멍청한 짓을 한, 옛날의 내 멍청함에 몸부림쳤을 뿐이야."

"그, 그래?"

"그래서? 아키라, 지금의 네 헌터 랭크는 몇이야?"

"42야."

"42?! 그때 21이었는데?! 이 단기간에 두 배?! 쿠가마야마 시티에 랭크 40을 넘는 헌터 자체가 거의 없는데?!"

무심코 언성을 높인 토가미를 보고, 레이나가 마음은 이해한다고 생각하며 말을 덧붙인다.

"그만큼 올랐는데도 헌터 랭크 조정 의뢰가 끝나지 않았다면, 그것도 아직 적정 수준이 아니라는 뜻이네."

"아!"

놀란 건지 좌절한 건지 잘 모르는 토가미의 태도에, 아키라는 뭔가 잘못한 듯한 감각을 느끼면서도 내 잘못이 아니라고 자신을 타일렀다.

그때 지금껏 묵묵히 이야기를 듣던 시오리가 입을 연다.

"유미나 님. 흥미로운 이야기를 해주셔서 감사합니다. 하오나, 완전히 납득할 수 없는 부분도 몇 가지 있습니다. 거짓을 말씀하셨다고 하는 건 아니지만, 설명을 생략하신 부분이 있는 것이 아닌지요?"

레이나 일행의 시선이 자신에게 쏠리자, 유미나가 조금 망설인 다음 대답한다.

"있냐 없냐를 따지면 있는데요……. 그 부분은, 제 강함의 비결이 종합 지원 시스템이라는 것도 포함해서, 제가 말할 수 있는 부분은 전부 말했어요. 그걸로는 안 될까요?"

이제부터는 상대가 억지로 실토하게 해서라도 듣고 싶은지 하는 영역이다. 시오리는 그 정도로 알기를 원하지 않았다. 이야기를 중단한다.

"아니요, 충분합니다. 주제넘게 나서서 대단히 죄송합니다."

그러나 레이나는 그쪽으로 눈치가 없었다. 그냥 물어본다.

"어, 알면 가르쳐 주지 않을래? 토가미도 알고 싶지?"

"아, 뭐, 말할 수 있는 내용이라면 말이지. 억지로 캐물을 마음은 없어."

흥미가 없다고는 할 수 없지만, 그걸로 유미나와 다툴 마음은 없다. 토가미는 레이나와의 관계를 생각해 말을 맞추고, 그런 의도를 담아서 대답했다.

유미나가 조금 망설인다. 왜 말했냐. 왜 알려주지 않았냐. 그런 식으로 따져도 유미나는 책임을 질 수 없다. 책임질 마음도 없다.

그리고 애초에 자신은 그것을 말할 권리도 없다고 판단해서, 그 권리가 있는 사람에게 대응을 떠넘겼다.

"아키라. 어쩔래? 미안하지만, 말할 거면 아키라가 말해."

"응? 그렇군. 딱히 비밀 엄수 계약을 한 것도 아니고, 입막음을 당한 것도 아니니까. 그리고 레이나 쪽은 소문을 내고 다닐 사람들이 아니니까 말이지. 말해도 딱히 상관없긴 한데……"

그때 아키라가 마치 언질을 받듯이 말한다.

"듣지 말 걸 그랬다고 해도 책임질 수 없는데?"

레이나가 무심코 주춤거린다.

"어? 그런 이야기야?"

"글쎄. 나는 그런 식의 정보 판단에 둔한 구석이 있으니까, 단순

히 그럴지도 모른다는 거야. 하지만 유미나도 그런 부분이 있으니
까 말하지 않은 게 아닐까?"

예상에서 벗어난 흐름에 살짝 동요하는 레이나에게, 아키라가
대수롭지 않은 태도로 묻는다.

"그래서? 어쩔 거야? 들을 거야?"

"어……."

레이나가 망설인다. 솔직히 흥미는 있다. 아키라도 딱히 협박하
는 게 아니다. 사실은 대수롭지 않은 것일 가능성도 있다. 듣지 않
고 궁금해하는 것보다, 다 듣는 게 낫지 않을까? 그런 생각도 든
다.

하지만 대답하길 망설일 정도로는, 함부로 듣지 않는 게 좋을지
도 모른다는 마음도 확실히 있었다.

그 망설임이 레이나가 시선을 무의식중에 시오리에게 돌리게
했다. 하지만 또다시 카나에가 머리를 잡아서 시선을 앞으로 돌린
다.

"안 됩다. 아씨. 궁금해한 사람은 아씨니까, 아씨가 정해야죠."

카나에가 즐겁게 말을 잇는다.

"무지는 사람을 죽임다. 호기심이 과하면 일찍 죽죠. 그 균형을
잘 판단하는 게 중요함다. 자, 아씨. 누님에게 좋은 모습을 보여주
는 검다."

카나에가 손을 뗀다. 하지만 시오리에게 좋은 모습을 보여주라
는 말을 들은 이상, 레이나도 시오리를 의지할 수는 없다. 조언을
구하지 않고 스스로 판단하려고 한다.

그리고 고민한 끝에 결론을 내렸다.

"아키라. 조금씩 말해주면 안 될까? 더 들었다간 위험할 것 같으면 그만 들을 거니까."

"알았어. 어디 보자, 뭐부터 말해야…… 뭐, 처음부터 할까. 예전에 슬럼에서 인형병기가 마구 날뛴 적이 있잖아?"

"그래. 슬럼의 양대 조직이 큰 항쟁을 벌였지? 인형병기를 어떻게 조달했는지 궁금했어."

"그 소동은 도시의 소행이야."

레이나가 가볍게 뽐낸다.

"잠깐만. 그거, 사람이 장난 아니게 많이 죽었다고 들었는데."

"뭐, 그렇게 많은 인형병기가 날뛰면 그만큼 죽어도 이상하진 않겠지."

아무래도 좋을 사람들이 죽은 것에는 관심이 희박한 아키라와 달리, 레이나는 비교적 양식이 있다. 도시에서 그만큼 사람이 많이 죽은 소동을, 아무리 그곳이 슬럼이라고 해도 도시가 주도해서 일으켰다는 사실에 적잖이 충격을 받았다.

"시오리. 알았어?"

"아니요. 하지만 추측은 했습니다. 슬럼이 황야로 취급받는 장소라고는 하지만, 도시의 바로 앞에서 다수의 인형병기가 대규모 전투를 벌였는데도 방위대가 출동하지 않은 시점에서, 최소한 도시 측의 묵인을 받아낸 상태에서 벌인 소동일 것으로 생각했습니다."

"하긴, 그러네……."

"모종의 사정에 따른 소극적인 묵인, 슬럼을 끌어안은 여러 도시에서 종종 실시하는 개입, 도시 측에서 관리할 수 없을 정도로 규모가 커진 비공식 관리 구획의 정리, 소각으로 불리는 처리 행위가 아닐까 생각했는데, 아키라 님의 말씀을 듣기로는 도시가 주도한 소동 같으니까 후자겠지요."

"그렇구나……."

레이나는 자신이 굳이 따지자면 도시 측에 가까운 인간임을 자각하고 있다. 그 도시의 어둠을 듣고 레이나는 조금 우울해졌다.

아키라가 그런 레이나를 보고 말한다.

"이쯤에서 그만둘까?"

레이나가 정신을 바짝 차린다. 아직 괜찮다며 다음 이야기를 요구한다.

"아니야. 계속해 줘."

"그래서, 아까 레이나도 인형병기를 어떻게 조달했는지 말했는데, 그건 그 전투가 야지마 중철과 요시오카 중공의 신형 인형병기 선전장이라서 그래."

"무슨 뜻이야……?"

"뭔가 도시 방위대에 도입하는 걸 경쟁해서, 답이 안 나오니까 실전으로 정하자…… 같은 이야기였던가……?"

그것을 들은 레이나는 그런 걸 위해서 사람이 그토록 많이 죽은 소동을 일으켰냐며 반쯤 넋이 나갔다.

한편, 시오리와 카나에는 그런 거였나 하고 납득한 기색이었다. 토가미는 놀라면서도 두 사람과 비슷한 반응을 보인다.

아키라가 다시 묻는다.

"이쯤에서 그만둘까?"

"들을게. 이미 여기까지 들었으니까, 더는 뭘 들어도 놀라지 않을 것 같고."

"그래서 내가 거기 난입해서 그 녀석들의 인형병기를 제법 해치웠으니까, 그 선전이 엉망이 되어서……."

"뭘 한 거야?!"

"뭐, 이런저런 일이 있어서 말이지. 난입한 경위는 이번 일과 관계가 없으니까 생략하겠어. 그래서 흔한 헌터에게 지는 인형병기를 방위대에서 도입할 리가 없으니까, 야지마 중철과 요시오카 중공이 도시를 통해서 나한테 헌터 랭크 조정 의뢰를……."

아키라의 설명이 이어진다. 그 이야기를 시오리는 황당한 기색으로, 카나에는 흥미로운 기색으로 듣고 있었다. 레이나는 비교적 시오리에 가깝고, 토가미는 카나에에 가까웠다.

그대로 레이나 일행은 아키라가 하는 이야기를 끝까지, 야지마 중철과 요시오카 중공이 다음 선전을 아키라가 방해하지 못하도록, 구세계산 자동인형을 찾는다는 명목으로 아키라를 이이다 상업구 유적으로 멀리 보냈다는 것까지 다 들었다.

여러 가지 의미에서 농밀한 이야기를 다 들은 레이나는 감각이 마비되어서 더 놀라는 일도 없이, 마지막에 가서는 반쯤 어이없다는 기색으로 이야기를 들었다.

그때 이미 알던 이야기를 아키라에게 다시 들어서 머릿속 내용을 정리한 유미나가 한 가지 사실을 깨닫는다.

"아, 그런 거구나."

"어? 유미나. 아직 할 이야기가 더 있었어? 이미 놀랄 만큼 놀 랐는데."

"별로 관계가 없는 일이지만, 슬럼에서 소동이 일어났을 때, 나랑 카츠야 팀도 창고를 경비하려고 거기 있었어. 그리고 나는 실력이 부족하다고 후방에 있었는데, 카츠야 팀은 전선에 나가서 인형병기를 꽤 해치웠거든."

"저기…… 아키라만 그런 게 아니라, 너희도 그 소동에 참가했어? 그래서?"

"그 뒤로 카츠야 팀은 원정을 떠났는데, 나는 참가하지 못했어. 따라가도 발목만 잡는다고 했으니까, 그건 나도 납득했지만. 그 원정, 카츠야 팀에 대한 헌터 랭크 조정 의뢰였던 거구나. 당연히 나는 동행할 수 없었던 거야."

유미나는 그렇게 말하고 조금 깊게 한숨을 쉬었다. 그것을 본 아키라가 별생각 없이 말한다.

"걔네가 해치운 기체 정도는, 지금의 너도 이길 수 있을걸."

뜻밖의 사람에게 예상하지 못한 옹호를 받은 유미나가 조금 놀란 얼굴로 되묻는다.

"정말?"

"그래."

아키라는 아무렇지 않게 고개를 끄덕였다. 아키라의 평범한 태도는, 그것이 입에 발린 소리가 아니라는 인상을 주었다. 유미나가 무의식중에 조금 기쁜 듯이 미소를 싯는다.

"고마워……."

한편, 토가미는 더욱 놀란다.

"종합 지원 시스템의 지원이, 그렇게 대단해?"

유적에서 보인 솜씨와 개인으로 인형병기를 해치우는 강함. 종합 지원 시스템의 지원이 유미나에게 그만한 힘을 준다는 사실에, 토가미와 레이나는 놀랐다.

그러나 아키라가 그것을 부정한다.

"아니, 물론 종합 지원 시스템의 지원도 대단하지만, 그게 있으면 누구나 된다는 건 아니야. 그 부분은 유미나의 실력이지. 지금의 유미나와 비교하면, 훈련 전의 유미나가 발목을 엄청 잡은 건 사실이니까."

강함을 추구하는 두 사람의 시선이 유미나에게 쏠린다.

"아, 헌터 랭크 조정 의뢰의 활동 장소가 쿠즈스하라 시가지 유적 중심부였을 때, 아키라한테 부탁해서 두 달 정도 훈련받았어."

"고작 두 달 정도로 그렇게 강해진 거야?"

"어떤 훈련이야?"

유미나가 레이나와 토가미의 기백에 밀리며 그 훈련 내용을 설명한다. 그러자 처음에는 강하게 흥미를 드러내던 두 사람의 표정이 서서히 변하기 시작했다.

"그래서 있지, 자기 몸과 강화복을 따로따로 움직일 수 있게 노력했는데, 그야 힘들었지만, 종합 지원 시스템의 지원 덕분에 그럭저럭 빠르게, 나름대로 잘할 수 있게 됐어. 하지만 그랬더니 이번에는 강화복의 속도에 몸이 따라가지 못하니까, 몸이 항상 강화복에 두들겨 맞는 느낌이 되어서……."

들기만 해도 아픈 이야기가 이어진다. 그것을 경험자가 그때의 기억을 떠올리고 얼굴을 찡그리며 설명하니까, 레이나와 토가미의 얼굴도 고통스럽게 일그러진다.

"사전에 비싼 회복약을 대량으로 복용한 덕분에 통증은 없다고 할까, 통각만 마비된 느낌인데 있지, 감각은 똑바로 남아서 피부나 근육이, 전체적으로 뿌직, 하는 느낌인 걸 아는 거야. 뼈도 삐걱, 이나 뚝, 이 아니라, 뿌직거리는 느낌으로……."

너무 끔찍한 내용에, 레이나와 토가미는 호기심으로 물어본 것을 조금 후회했다.

"비싼 회복약이 그걸 곧바로 치료하고, 치료된 순간에 또 다치고, 치료하고 다치고, 치료하고 다치는 게 훈련 내내 이어지는 느낌이니까…… 강화복을 벗으면 내 몸이 멀쩡하게 있을까 불안할 정도여서……."

가혹한 훈련 이야기가 이어진다. 초인에 이르기 위한 초인적인 훈련. 상식을 초월하는 힘을 얻기 위한 상궤에서 일탈한 단련. 그 일부에 접하는 이야기가 계속된다.

"몬스터와 마주치면 그대로 전투하고, 색적도 하고, 경계도 하고, 아키라는 바이크지만 나는 뛰고……."

레이나 일행이 슬쩍 아키라를 본다. 아키라는 눈을 피했다.

"뭐…… 그런 두 달이었어. 매일 그런 건 아니고, 중간에 휴식도 있었고, 훈련은 몬스터 토벌을 우선하는 날에만 했지만, 진짜 힘들었어. 레이나. 도움이 되었어?"

"이, 일단은……."

"그래? 그렇다면 다행이야. 추천하진 않지만."

유미나는 그렇게 말하고 쓴웃음을 지었다. 농담으로 할 수 있을 만큼, 시간이 많이 지나진 않았다.

레이나도 똑같은 훈련을 자진해서 받고 싶진 않다. 유미나에게 쓴웃음으로 반응한다.

하지만 토가미는 조금 복잡한 표정을 지었다. 그리고 진지한 기색으로 물어본다.

"아키라. 그 훈련, 나도 할 수 있을까?"

"응? 무리겠지."

"그런가……."

토가미가 슬쩍 늘어진다. 아키라가 대수롭지 않게 대답한 만큼, 그 말에는 설득력이 있었다.

하지만 그때 아키라가 토가미의 착각과 자신의 설명 부족을 깨닫는다.

"아, 아니야. 그게 아니고. 토가미의 의지가 어떠니 하는 이야기가 아니라, 돈 문제야."

"돈?"

"그래. 우리가 쿠즈스하라 시가지 유적 중심부에서 활동했을 때는 소모품을 의뢰주가 부담했어. 유미나가 말했지? 비싼 회복약을 많이 썼다고. 토가미가 그걸 자기 돈으로 부담하는 건…… 아마도 무리이지 않을까?"

"참고로, 얼마나 들었는데?"

"한 상자에 500만 오럼이고, 그걸…… 어라? 몇 상자 썼지? 유미나, 기억해?"

"많이 썼다는 것만 기억해. 아키라는 카츠라기란 사람한테 열 상자씩 몇 번 산 것 같으니까, 그걸 다 합친 것보단 적겠지."

"그렇다면……."

그대로 몇 상자를 썼는지 계산하려는 아키라를, 토가미가 쓴웃음을 짓고 말린다.

"됐어. 안 세도 돼. 나는 무리라는 걸 잘 알았어."

그리고 웃으면서 한숨을 쉬었다.

"돈이라. 강해지지 않으면 돈을 벌 수 없는데, 강해지려면 돈이 필요해. 장비도 훈련도 돈이 드는걸. 헌터 활동도 돈이 전부인가. 유미나, 운이 좋았네."

"뭐, 부정하진 않아. 하지만 운도 실력이라고 하잖아?"

그렇게 농담하듯 웃으며 받아친 유미나에게, 토가미도 가볍게 웃으며 대꾸한다.

"그러게 말이다."

들은 사람도, 말한 사람도, 가슴속에 조금 복잡한 마음이 있는 사람도, 웃어서 이야기를 끝냈다. 그때 시오리가 이야기를 마무리한다.

"여러분. 밤도 깊었습니다. 내일을 대비해서 슬슬 주무시는 게 좋을 것 같군요. 야간 경계는 저와 카나에가 하겠사오니 걱정하지 마시길."

아키라가 고개를 끄덕이고 일어선다.

"잘 부탁합니다. 적당한 시간이 되면 깨워 주세요. 교대할게요. 그러면 안녕히 주무세요."

아키라에 이어서 유미나와 토가미도 비슷한 말을 하고 침대로 갔다.

◆

토가미는 침대에 누우며 유미나가 했다는 훈련을, 그리고 자신이 받은 훈련을 생각하고 있었다.

이전에 토가미는 시카라베에게 3000만 오럼으로 자신을 훈련해 달라고 의뢰했다. 하지만 그만큼 돈을 받고 토가미가 훈련 중에 도망치면 사기가 될 수 있다며, 먼저 100만 오럼만큼 단련해 주겠다는 말을 들었다.

입만 산 게 아니라면 도망치지 않고 나머지 돈을 전부 받게 해봐라.

그 도발을, 토가미는 받아들였다.

그리고 시카라베는 토가미를 진지하게 훈련시켰다. 그만큼 토가미는 지옥을 봤다.

가혹한 훈련을 기절할 때까지 시킨다. 기절하면 곧바로 깨우고, 더 계속하게 한다. 심각한 피로 때문에 곧바로는 깨어나기 어려워질 때까지, 의지만으로는 계속할 수 없어질 때까지, 하염없이 계속한다.

쿠가마야마 시티 주변에 서식하는 몬스터의 정보를 상세하게 주입한다. 서식 구역, 행동, 약점 등을 생물형과 기계형을 따지지 않고 암기하게 하고, 나아가 효율적으로 격파하는 방법을 생각하게끔 한다.

딱 봐도 실력에 적합하지 않은 고난이도 장소에 동행하고, 죽기 직전으로 위험한 선에서 강력한 몬스터와 교전한다. 장비나 실력으로 봤을 때 처음부터 격파할 수 없는 몬스터에게 필사적으로 응전한다.

정보수집기 등으로 기록한 자신의 전투 기록을, 고글형 디스플레이 장치를 사용해서 다시 1인칭으로 체험하고, 같은 것을 보는 시카라베가 아주 세세하게 잘못된 행동을 지적한다. 다양한 시점에서 퇴짜를 맞고, 그 개선안을 요구하며, 그 내용도 다시 퇴짜를 놓는다.

실전에서도, 학습에서도, 어지간한 사람은 틀림없이 도망칠 정도로 가혹한 훈련이 계속된다. 언제든지 그만둬도 좋다. 시카라베는 토가미에게 자꾸 그런 식으로 말한다.

토가미는 그 유혹에, 모든 의지를 쥐어짜고, 피를 토하면서 저항했다.

그런 나날이 한동안 이어지고, 피를 토하는 일이 줄어들기 시작했을 무렵, 시카라베가 레이나와 한 팀으로 행동하라고 지시했다. 이상하게 여기면서도 지시에 따라서, 그 뒤로는 레이나와 함께 헌터 활동을 계속하고 있다.

종합적인 실력이 얼추 비슷한 상대와 함께 행동하고, 때로는 지시를 내리고, 때로는 지시를 듣고, 서로가 상대의 잘못을 지적하고, 개선안을 내놓아 절차탁마한다. 상대의 실력을 거울로 삼아, 자기 실력을 확인하는 나날이 이어진다.

이미 시카라베가 받은 보수의 합계는 2900만 오럼에 달했다. 3000만 오럼까지 얼마 남지 않았다. 조금만 더 하면 시카라베가 내 실력을 인정할 수 있다. 토가미는 그런 마음으로 의욕을 내고 있었다.

오늘, 아키라 일행과 만나기 전까지는.

(아키라는 그렇다 쳐도, 유미나도 그토록 강할 줄이야. 더군다나 그걸 전혀 몰랐어. 기껏해야 카츠야의 들러리라고 무의식중에 무시한 걸까. 이제는 누군가를 쓸데없는 선입견으로 얕잡아 보지 않겠다고 결심해 놓고서⋯⋯ 이 꼴인가. 정신 똑바로 차려야지.)

시카라베의 가혹한 훈련을 극복하고, 성장을 실감해서, 강해졌다고 기가 사는 바람에 긴장이 풀린 거라며, 토가미는 자신을 다그쳤다.

그러고 나서 유미나의 훈련 내용을 다시 떠올린다. 나도 할 수 있냐고 아키라에게 물어본 이유를 깨달으면서.

그렇게 물어본 것은, 자신은 무리라고 생각했으니까. 그리고 그것을 아키라에게 부정해 주길 원했으니까. 토가미는 그 사실을 깨달았다.

(시카라베에게 받은 훈련이 엄청 힘들다고 생각했는데, 유미나의 훈련에 비하면 대단한 것도 아니었던 거야. 정말 대단해.)

운도 실력. 그렇게 말한 유미나의 말을 부정할 마음은 없다. 강해지려면 장비와 훈련이 필요하다. 종합 지원 시스템이란 장비와 아키라에게 받는 훈련이라는 기회. 유미나는 그것을 운 좋게 손에 넣었다.

하지만 그 훈련을 유미나가 극복한 것은 운이 아니다. 의지, 인내, 정신력, 목적의식, 혹은 다른 무언가. 그것으로 그 상식을 초월한 훈련에 굴하지 않았기 때문이다. 운이 좋아서 그런 게 절대로 아니다.

유미나는 운 좋게 강해진 게 아니다. 실력으로 강해졌다.

지금의 토가미는 유미나를 그렇게 인정할 수 있었다. 순수하게 대단하다고 여기고, 일종의 경의를 품을 정도로.

(그래, 인정하마. 나는 똑같이 할 수 없어. 지금은…… 아직, 말이지.)

언젠가는 자신도 할 수 있게 되겠다. 그렇게 생각하고, 토가미가 결의를 새로이 다진다.

이로써 타협하지 않고 강해지려는 토가미의 더 강한 경지를 추구하는 나날은, 시카라베가 3000만 오럼을 다 받게 하겠다는 첫 목표를 끝마친 뒤로도 더 이어지게 되었다.

◆

다른 사람들이 침대에 간 뒤에도, 레이나는 복잡한 표정을 짓고 그 자리에 남아 있었다. 생각하는 것은 유미나가 받았다고 하는 훈련이다.

아키라는 그 비용 때문에 토가미는 무리라고 판단했지만, 자신이라면 가능하지 않을까? 비용 면에서 완전히 똑같이 할 수는 없어도, 어느 정도는 재현할 수 있지 않을까? 그렇게 생각했다.

미하조노 시가지 유적 뒤, 시오리와 카나에에게 부탁해서 훈련하게 되었다. 그 훈련은 시오리가 각오가 필요하다고 당부할 정도로 가혹해서, 몇 번이나 피를 토하게 되었다.

하지만 그만큼 강해질 수 있었다. 더 일찍 하면 좋았다고 후회할 정도로, 눈에 띄게 강해졌다.

장비도 바꿨다. 미숙한 실력밖에 없는 자신에게 성능이 너무 좋은 장비는 어울리지 않는다. 예전에는 그런 생각으로 어떻게 보면 허세를 부리고, 외부의 평가를 신경 써서, 나쁜 의미로 실력에 걸맞은 저성능 장비를 군이 사용했는데, 지금은 그런 생각이 없다. 시오리에게 최대한 고성능인 장비를 준비하게 했다.

장비와 훈련. 두 가지가 향상하면서, 자신은 비약적으로 강해졌다. 토가미와 재회하고, 눈에 띄게 향상된 상대의 실력에 놀라면서도, 그런 토가미와 팀을 짜도 손색없이 싸울 수 있어서, 자신의 실력을 실감할 수 있었다.

자신은 노력했다. 그래서 이만큼 강해졌다. 그렇게 생각했다.

오늘, 아키라 일행과 만나기 전까지는.

(그야 시오리와 카나에의 훈련은 도란캄에서 하는 훈련보다 무척 힘들었지만, 유미나의 그 훈련과 비교하면, 그 정도는 애들 장난이나 다름없을지도 몰라⋯⋯. 나는 아직 두 사람에게 애 취급을 받는 걸까⋯⋯?)

꼭 그렇다는 건 아니다. 너무 지나치게 생각했을 가능성도 다분히 있다. 레이나도 그 정도는 알았다.

하지만 유적에서 본 유미나의 실력, 유미나가 그토록 강해진 근거로서 충분한 내용이라고 자신도 납득한 훈련 이야기는, 자신이 아직 애 취급을 받는지도 모른다고 여길 정도로는 레이나에게 큰 영향을 미쳤다.

그때 카나에가 말을 건다.

"아씨. 일단 말해두겠는데, 그 훈련은 참고하면 안 됩다."

또 놀리는 줄 알고 레이나가 조금 험악한 얼굴로 카나에를 본다. 하지만 평소처럼 장난치는 듯한 웃음을 띠지 않고 진지한 얼굴을 한 카나에의 태도에, 레이나는 무심코 멈칫했다.

"저기…… 왜 참고하면 안 되는 거야? 실제로 유미나는 그 훈련으로, 단기간에 엄청나게 강해진 것 같은데……."

"그야 그런 의미에서는 효율적인 훈련일지도 모릅다. 하지만 그건 생존을 무시한 효율임다. 오늘은 그 훈련으로 죽더라도, 내일까지 강해지지 않으면 어차피 죽을 거니까 죽어도 상관없다는 식의 훈련입죠. 그러니까 아씨는 참고하면 안 됩다."

카나에가 진지하게 이야기한다. 평소와 분위기가 전혀 다른 점도 있어서, 그 이야기에서는 충분한 설득력이 느껴졌다. 레이나도 묵묵히 이야기를 듣는다.

"강해지는 데 지름길은 없다고 하는 녀석도 있지만, 그건 거짓말임다. 지름길은 얼마든지 있습다. 그건 장비든 훈련이든 여러 가지가 있지만, 강해지기 위해서 그런 길을 찾는 것도 좋습다. 그런 것도 모색하지 않고 적당히 해서 강해질 수 있다면 세상은 온

통 달인 천지일 검다."

그리고 카나에가 레이나를 타이르듯 조금 강하게 말한다.

"하지만 아씨는 안전한 지름길로 다녀야 함다. 그 훈련은 절벽 너머로 돌아가는 게 싫다고 죽을 고비라고 하는 로프를 걸고 뛰어서 줄타기를 하는 거나 다름없슴다. 보통은 떨어져 죽슴다. 효율이고 나발이고 없다고요."

레이나도 그 비유에 동의할 수 있었다. 그렇기에 신기하게 여긴다.

"그렇다면 아키라는 왜 유미나한테 그런 훈련을 시켰어? 보통은 죽는다며?"

"그 부분은 아키라 소년의 감성 탓일 것 같다. 아마도 아키라 소년은 죽을 고비를 여러 번 넘겨서, 그 경계를 파악하는 기술이 뛰어난 검다. 그러니까 위험한 줄타기를 해도 쉽게 떨어지지 않는 검다."

"하지만 훈련한 건 유미나잖아?"

"게다가 이건 감이지만, 아키라 소년은 자기 실력을 낮게 보는 버릇이 있는 것 같다. 그러니까 자기가 가능하면 다른 사람도 가능하다고 생각하는 게 아닐까요?"

"아, 그렇구나……."

듣고 보니 정말 그럴지도 모른다. 레이나도 그렇게 생각하고 납득했다.

"운도 실력. 본인은 농담처럼 말했지만, 그건 맞는 말임다. 그 사람도 운 좋게 죽지 않고 넘어간 검다. 아씨는 목숨을 걸고 운을 시험하면 안 된다고요."

엄밀하게는, 유미나가 죽지 않고 넘어간 것은 단순한 운이 좋아서가 아니다. 알파가 아키라에게 부탁받아 임의로 만든 죽을 고비를 진짜 죽음으로 만들지 않도록, 또한 진짜에 한없이 가깝게, 아슬아슬하게 조정했기 때문이다. 그리고 그런 훈련 환경을 운 좋게 손에 넣었다는 점에서, 유미나는 정말로 운이 좋았다.

그러고 나서 카나에가 평소처럼 가볍게 웃는다.

"뭐, 아까의 비유를 말하자면, 아씨는 절벽 너머로 가기 위해서 멀리 돌아가고 있지만, 걷지 않고 차로 이동하고 있습. 저랑 누님에게 훈련받고 있으니까요. 안전 운전이 심해서 속도가 느리다는 불평은 누님에게 해주십쇼. 그 차를 운전하는 건 누님이니까 말임."

레이나가 시오리를 본다. 시오리는 카나에를 째려봤다. 하지만 카나에는 아랑곳하지 않고 웃는다. 시오리는 작게 한숨을 쉰 다음 진지한 얼굴로 레이나를 봤다.

"아가씨의 몸을 걱정하는 것은 부정하지 않겠습니다. 하오나 불필요한 위험을 감수하지 않는 범위에서, 최대한의 일을 하고 있습니다. 카나에. 허튼소리를 하면 벨 거야?"

"알았습다."

평소처럼 태도가 가벼운 카나에를 보고, 시오리는 다시 한숨을 쉬었다.

그 대화를 본 레이나가 웃는다. 두 사람에게 아직 애 취급을 받는다고 생각한 것은 착각이었다. 그렇게 여기고 기운을 차린다.

"알았어. 시오리. 카나에. 앞으로도 그런 느낌으로 훈련하게 해줘."

"분부대로 하겠습니다."

"알겠습다."

"그러면 나도 슬슬 잘게. 나도 경계를 교대할 거니까, 적당한 시간에 깨워 줘. 좋은 밤 보내."

"안녕히 주무세요."

"안녕히 주무십쇼."

레이나는 두 종자의 배웅을 받으며 침대로 갔다. 부드러운 침대에 누워 눈을 감는다. 더 강해지기 위해서 앞으로도 노력하자고 생각하며, 마음 편히 잠들었다.

◆

시오리와 카나에가 경계를 서려고 차 밖으로 나간다. 거기서 하는 대화가 차 안에 들릴 일은 없다.

"카나에. 아키라 님이 말한 자동인형 정보의 출처를 어떻게 생각하니?"

"모르겠슴다. 아키라 소년을 이이다 상업구 유적에 보내려는 허위 정보일지도 모르고, 단순히 야지마 중철과 요시오카 중공이 우리와 똑같은 정보를 입수한 걸지도 모름다. 아키라 소년이 한 말로는 판단할 수 없는데요."

"그렇겠지……."

"그리고 구세계산 자동인형을 정말로 찾는다고 해도, 그것이 리온즈테일 사(社)의 것이라는 보장은 없슴다. 그걸 지금 생각해도 소용없지 않겠슴까?"

"그렇겠지……."

"까놓고 말해서 어떻슴까? 누님은 찾기를 바라는 검까?"

"모르겠어……."

"그렇슴까. 뭐, 편할 대로 하는 게 좋을 것 같슴다."

자신들은 상황에 맞춰 대응할 뿐. 당연한 사항을 확인하고, 시오리는 카나에와 함께 정해진 시간까지 경계를 섰다.

제161화 종합 지원 시스템의 단점

시오리가 준비한 캠핑 트레일러에서 하룻밤을 보낸 아키라 일행은 다음 날 다시 이이다 상업구 유적으로 갔다. 오늘도 유물을 수집한다.

구세계산 자동인형을 탐색할 때는 도중에 다른 유물을 찾아도 그 위치를 기록하기만 하고, 유물을 수집하지 않는 상태로 유적 탐색에 전념한다. 자동인형을 발견하면 잘된 일이고, 조사 대상으로 삼은 돔을 몇 군데 조사해도 발견하지 못했을 때는 탐색 동안에 발견한 유물을 나중에 수집한다. 당분간은 그런 흐름으로 움직이기로 했다.

조사를 마친 돔은 2개. 아무튼 그곳에서 유물 수집을 마치고, 다음 돔에서 자동인형 탐색을 본격적으로 시작할 예정이다.

어제는 레이나와 토가미, 아키라와 유미나의 순서로 전방에 나섰으므로, 오늘은 먼저 시오리와 카나에가 앞장서서 유적 안을 나아간다. 그리고 폭이 넓고 긴 복도 같은 장소에서, 어제도 싸운 짐승 무리와 마주쳤다.

짐승들은 대형으로, 거대화보다 비대화란 표현이 알맞게 발달한 근육을 지녔다. 시선에 탐욕스러운 식욕을 담고, 복도 끝에서 아키라 일행을 보고 있었다.

카나에가 즐겁게 웃는다.

"오, 벌써 나설 차례가 왔습다. 그러면 정리하고 오겠습다."

적은 강력한 몬스터 무리다. 평범한 사람이라면 상대가 멀리 떨어진 곳에 있을 때 총을 쏴서 격파한다. 그것 말고 다른 방법은 너무 위험해서 택하지 않는다.

탄이 다 떨어지면 도망친다. 도망치지 못해서 백병전 장비로 접근전에 임할 수 없는 상황이더라도, 무리 전체를 상대하지 않아도 되는 지형을 선택하는 것 정도는 한다.

하지만 카나에는 스스로 그 몬스터 무리 속으로 뛰어들듯이 힘차게 내달렸다.

짐승 무리도 타이밍을 맞춘 것처럼 카나에를 향해 돌격한다. 양자의 거리가 단숨에 줄어들고, 충돌했다.

무리의 선두에 있는 몬스터의 머리에 카나에의 오른쪽 주먹이 꽂힌다. 그 시점에서 짐승의 머리는 안에 두개골이 있다고 생각되지 않을 정도로 변형하는데, 거대한 몸으로 힘차게 돌진한 관성으로 뒤따르는 몸통에 눌려서, 카나에의 주먹과 자기 몸통 사이에 낀 머리가 터졌다.

머리를 상실한 대형 짐승이 돌진의 관성과 주먹의 충격으로 허공에 뜬다. 그리고 주위에 피를 흩뿌리며 바닥에 요란하게 처박혔다.

그런데도 다른 짐승들은 주춤거리지 않는다. 차례차례 카나에에게 덮쳐든다.

하지만 하나하나 일방적으로 반격당했다. 아가리를 쩍 벌리고 뛰어들어도, 앞발을 힘차게 휘둘러도, 스치지도 않고 회피당한다.

나아가 타이밍을 맞춰 주먹이 꽂히고, 발차기가 박힌다. 맞은 곳이 머리라면 최소한 원형을 잃고, 다리라면 잘리고, 몸통이라면 구멍이 크게 뚫린다. 맷집이 약한 개체라면 터져 날아간다.

총이 흔한 동부에서, 몬스터를 상대로 굳이 격투전에 나서는 일종의 광인, 일탈자의 모습이 있었다.

그런 카나에가 싸우는 모습을 보고, 토가미가 무심코 감상을 말한다.

"역시 굉장한걸."

토가미도 카나에가 강한 걸 알았다. 하지만 이런 식의 강함을 목격하면 일종의 동경심도 생겼다. 강화복을 입었다고는 해도 총도 없이 몬스터와 싸우고, 더군다나 때려서 해치우는 강함이란, 강함을 추구하는 자를 끌리게 하는 무언가가 있었다.

그것을 들은 레이나가 웃으며 농담한다.

"뭐, 평소엔 우리 뒤에서 장난만 치니까. 저 정도는 해줘야지."

레이나도 딱히 카나에가 정말로 놀기만 한다고는 생각하지 않는다. 자신의 경호원으로서 만약의 사태에 대비하는 것은 안다.

애초에 접근전 특화인 카나에가 나서는 상황은, 총으로 싸우는 레이나와 토가미가 뭔가 치명적인 실수를 저질러서 궁지에 몰린 다음이다. 카나에가 나설 차례가 없는 게 낫다.

그것을 알고도 이렇게 농담할 정도로는, 레이나도 이미 어제 있었던 일의 충격을 극복한 상태다.

토가미도 그것을 눈치채고 웃는다.

"그러게 말이야. 뭐, 그래도 우리한테는 총이 있어. 앞으로도 카나에 씨가 나설 차례는 만들지 말자고."

"물론이야."

레이나 일행이 가볍게 이야기하는 사이, 카나에는 몬스터 무리를 다 해치우려는 참이었다. 높이 쳐든 다리를, 마지막 한 마리의 머리를 향해 내려친다. 그 다리는 상대의 머리를 분쇄하고, 몸통도 반쯤 양단하듯 갈라서 그대로 바닥에 도달했다. 심하게 파손된 몬스터의 몸이 쓰러진다. 대량으로 흐른 피가 바닥을 붉게 물들이고, 그 아래에 있는 흙에 스며들었다.

카나에가 그 자리에서 힘차게 한 바퀴 돈다. 살점이 섞인 몬스터의 피가 잘 오염되지 않는 재질로 된 옷과 무장에서 원심력에 의해 떨어진다. 이로써 닦아내는 수고가 사라졌다.

오랜만에 날뛸 수 있었던 카나에가 기분 좋게 일행이 있는 곳으로 돌아온다.

"아키라 소년. 어떻습까?"

"어떠냐고 물어봐도 말이지. 잘 해치웠으니까, 문제없지 않을까?"

"아니아니, 그런 게 아니라, 뭔가 더 감상이 있지 않습까?"

강력한 몬스터 무리를 격투전으로 격파한 카나에의 모습은, 확실히 어지간한 헌터라면 경탄할 만하며, 얼마든지 감상을 말할 수 있는 내용이다.

그러나 아키라는 미하조노 시가지 유적에서 구세계의 강화복을 착용한 모니카에게 즐겁게 덤비는 카나에의 모습을 목격한 바가 있다. 그것과 비교해서 몇 단계는 뒤떨어지는 광경을 봐도 이제는 더 놀라지 않는다.

그런데도 감상을 요구받은 아키라가, 일단 억지로 말해 본다.

"감상이라…… 총을 쓰면 편한데, 굳이 때리러 가면 귀찮지 않아?"

그것을 들은 카나에는 한숨을 쉬고, 뭘 모른다는 듯이 고개를 저었다.

"시시한 감상이네요."

"재미있는 감상을 나한테 요구해도 곤란해. 다른 데를 알아봐."

카나에가 토가미와 레이나를 본다.

"나도 총파야."

"나도."

평소 카나에가 놀리는 탓도 있어서, 토가미와 레이나는 웃는 얼굴로 아키라를 편들었다. 카나에는 다시 호들갑스럽게, 뭘 모른다는 듯이 고개를 절레절레 흔들었다.

유적 안을 더 나아가, 천장이 높은 구조인 장소에 도착했을 무렵, 또다시 몬스터와 마주친다. 그 낌새를 감지한 시오리는 일행에게 조금 물러나라고 말했다. 지시한 위치로 아키라 일행이 물러난다. 그 몇 초 후, 상층 통로에서 거대한 짐승이 출현해서 아래에 있는 시오리를 향해 도약하고, 힘차게 덮쳐든다.

차분하게 블레이드를 뽑은 시오리가 짐승의 아래로 파고들듯이 뛰어들어 그 공격을 피한다. 그와 동시에 블레이드를 휘두른다.

길고 예리한 칼날이 짐승의 머리와 몸통을 한순간에 가르고, 거대한 몸을 양단했다.

착지 전에 좌우로 나뉜 짐승이 바닥에 격돌한다. 그대로 요란하게 구르고, 절단면에서 대량의 피를 흩뿌리고 나서야 겨우 멈췄다.

시오리가 블레이드를 휘둘러 피를 털어내고, 칼집으로 돌려놓는다. 시시한 일을 끝마친 듯한, 차분한 동작이었다.

그 달인의 기술을 지척에서 목격한 아키라가 감상을 말한다.

"오, 굉장한걸."

"고맙습니다."

자신에게 던져진 찬사에 우아하게 답례한 시오리의 옆에서, 카나에가 노골적으로 불만을 드러낸다.

"아! 아키라 소년! 제가 했을 때는 그랬으면서, 누님 때는 이러깁니까?! 이상하지 않습까?!"

"어? 굉장했잖아."

"그런 이야기가 아닙다! 아키라 소년도 총파 아니었습까?!"

"그렇지만, 저만큼 가까우면 블레이드라도 괜찮잖아. 잘 해치웠고 말이야."

"아니, 납득할 수 없습다! 불공평함다! 누님만 편애함다!"

"알까 보냐!"

유치한 말다툼을 벌이려고 하는 동료에게, 시오리는 어이없다는 듯이 한숨을 쉬었다.

"카나에. 가요."

"알겠슴다."

반쯤 장난친 것도 있어서, 카나에는 금방 태도를 바꿔서 시오리와 함께 앞으로 갔다. 레이나와 토가미가 쓴웃음을 지으며 그 뒤를 따른다.

그때 유미나가 문득 생각한다.

"저기, 아키라. 나는 카나에 씨의 격투술도, 시오리 씨의 검술도, 하나같이 굉장하게 느꼈는데, 아키라는 어떤 점에서 다르게 느낀 거야?"

"왜 시오리의 검술만 굉장하게 느꼈는지……인가. 음……."

그것은 감각적인 이야기라서 아키라 자신도 잘 모른다. 하지만 유미나가 물어봐서 그 이유를 생각해 본다.

"카나에는, 나도 할 수 있을 것 같아서 그런 걸까?"

"흐응. 그런 건가? 뭐, 아키라는 인형병기 상대로 격투전을 시도할 정도니까."

아키라가 말하는, '나도 할 수 있을 것 같다'는 알파의 서포트가 없어도 가능하다는 의미다. 그러나 유미나도 그것까지는 모른다. 아키라라면 카나에의 격투술도, 시오리의 검술도 가능할 것 같았다. 그래도 잘하는 것과 못하는 것이 있다고 여기고, 유미나는 그것으로 납득했다.

◆

이이다 상업구 유적 안에서 번식하는 식물은 통로와 문에 그치지 않고, 가게 진열대에 있는 상품도 완전히 뒤덮고 있다. 따라서 유물을 찾아도 그대로 챙길 수 없고, 매우 질긴 식물을 제거한다고 하는, 무척 귀찮은 작업을 시작해야 한다. 이것도 이이다 상업구 유적이 헌터들에게 인기가 없는 이유 중 하나다.

하지만 아키라 일행은 그 식물을 손쉽게 제거할 수 있다. 유물 수집에 지장은 없었다.

아키라가 진열대에 있는 식물을 뜯어내고, 안에서 유물을 꺼내서 유미나에게 건넨다. 그것을 받은 유미나가 종합 지원 시스템의 기능을 써서 감정하고, 문제가 없으면 배낭에 넣는다. 기본적으로는 닥치는 대로 챙기지만, 그래도 이 자리에서 간단히 조사해서 싸구려인 것은 가져가지 않는다.

토가미도 레이나와 함께 비슷한 작업을 하고 있다. 시오리와 카나에는 일단 주위를 경계하고 있었다.

작업을 계속하는 아키라가 통 형태의 유물을 유미나에게 건넨다. 그러자 유미나가 살짝 경직한다.

"유미나. 왜 그래?"

"어……? 아, 아무것도 아니야."

"그래? 참고로 그건 뭐야?"

통 모양의 유물은 단단히 포장되어서, 일반적으로 봐서는 내용물을 전혀 알 수 없다. 그러나 확장 현실 기능을 거치면 내용물이 상품 카탈로그처럼 표시된다.

다만 아키라에게는 그것이 보이지 않는다. 아키라의 장비에는 확장 현실 기능이 없고, 유미나의 확장현실 정보 중계도 끊은 데다가, 알파에게도 표시해 달라고 부탁하지 않았기 때문이다.

유적의 확장현실 정보 송신 기능에 따라서 표시되는 간판 등은 유적 내부를 탐색할 때 편리하다. 그러나 사방에서 표시되는 바람에 몬스터의 모습도 가려서, 전투 때는 방해가 된다. 굳이 따지자면 전투 요원인 아키라는 비표시 상태로 했다.

그리고 굳이 따지자면 정보 수집 담당인 유미나에게는, 지금은 감정 담당이기도 해서 확장현실 표시가 되는 유물의 내용물도 또렷하게 보였다.

"저기…… 옷이야."

아키라는 납득한 것처럼 슬쩍 고개를 끄덕이고 작업을 재개했다. 구세계의 옷 중에는 현대의 패션 감각과는 동떨어진 것도 있다. 디자인이 이상한 옷이라도 보고 조금 놀란 거겠지. 아키라는 그렇게 여겼다.

유미나가 슬쩍 한숨을 쉰다. 그리고 종합 지원 시스템의 감정이 나름대로 좋은 가격을 띄워서 배낭에 넣었다.

토가미가 별생각 없이 비슷한 말로 레이나에게 물어본다.

"레이나. 이쪽에는 어떤 유물이 있어?"

"이것저것 있어. 액세서리나, 기구나, 장난감 같은 게."

"흐응. 비싸게 팔릴 것 같아?"

"몰라……. 잘 모르니까."

별생각 없이 물어본 것이라서, 토가미도 자세히 묻지 않고 작업을 재개했다.

유미나와 레이나가 서로를 본다. 그리고 아무 말도 없이 시선을 원위치로 돌린다. 말은 없었지만, 서로 쓸데없는 소리를 하지 말자는 의사소통만큼은 완벽하게 성공했다.

유미나가 섣불리 부끄러워하지 않도록 표정을 굳힌다.

(여기는 그런 가게였구나⋯⋯. 확장현실에 그럴싸한 안내판이 없어서 몰랐어. 거참, 왜 그것만 망가진 거야.“

레이나가 괜한 부끄러움을 없애려고 자신을 타이른다.

(뭐가 됐든 유물은 유물. 팔리면 돼. 헌터가 그런 걸 일일이 신경 썼다간 벌릴 돈도 안 벌려. 그러니까 이 태도가 정답이야.)

유미나도 레이나도, 여러모로 생각해서 태연함을 유지하고 있었다.

확장 현실 기능을 통해서 유물을 보면 표시되는 상품 카탈로그는 구세계의 물건이기도 해서 매우 고성능이다. 옷이나 액세서리 종류라면 그 상품을 만진 사람이 그것을 착용한 모습도 표시할 때도 있다. 도구 종류라면 사용 방법도 나온다.

아키라와 토가미는 아무것도 모르고 유물을 건네고 있다. 유미나와 레이나는 확장현실의 카탈로그에 표시된 인물이 아키라 일행과 자신들이 된 영상을 보고, 부끄러워하거나 뽐지 않도록 애쓰고 있다. 시오리는 반응해서는 안 된다며 태연한 척하고 있다. 카나에는 웃음을 억지로 참고 있었다.

◆

아키라 일행은 유적과 캠핑 트레일러를 오가며 오늘의 유물 수집을 마쳤다. 유물의 고갈과는 다른 이유로 인기가 없는 유적이기도 해서, 질과 양이 나름대로 좋은 유물을 입수했다.

환금 후에 들어올 목돈을 상상하고, 토가미는 흥겹게 그 돈을 어떻게 쓸지 생각했다. 차 안에서 모두와 잡담하며 생각난 것을 하나 말한다.

"유미나. 그 종합 지원 강화복은, 지원 시스템을 포함해서 얼마나 해?"

"사고 싶을 정도로 흥미가 있어?"

"그래. 유미나가 그만큼 강해졌잖아. 자세히 알고 싶을 정도론 말이지."

"그렇다면, 잠깐만 기다려 봐. 자, 전송했어."

유미나는 토가미의 정보단말에 종합 지원 시스템의 자료를 전송했다. 토가미가 상품 카탈로그 같은 그 자료를 슬쩍 보더니, 조금 복잡한 표정을 짓고 신음한다.

"음. 강화복만 해도 최소 1억 오럼인가. 나아가 시스템 요금이 매달 나가고…… 비싼걸."

"아키라에게 팔려는 내용이니까. 그 정도를 손쉽게 낼 수 있는 헌터를 위한 제품이야."

"아키라. 네 장비는 얼마나 해?"

"6억 오럼 정도야."

어쩐지 비싸더라. 토가미는 납득했다.

"내가 개인적으로 살 순 없겠네. 도란캄에 사 달라고 하고, 그걸 빌리는 형태로 안 될까……."

"이렇게 말하긴 뭐하지만, 도란캄에서 종합 지원 시스템의 도입을 추진하는 건 사무 파벌이니까, 토가미한테 빌려줄지는 미묘할 거야. 내가 개발기 운용 테스트에 참가한 것도 일단은 사무 파벌 소속이니까 그런 거고."

"아, 그런 건가."

토가미가 납득한 것처럼 조금 늘어지고 한숨을 쉰다. 이전에 미즈하의 권유를 거절한 것을 후회하지는 않지만, 이것도 다 조직의 파벌 싸움 탓이라고 생각하니 답답한 기분이 든다.

레이나도 똑같은 자료를 본다. 레이나는 토가미와 비교해서 금전 면에서 제약이 적어서, 편리해 보인다는 생각이 강해졌다. 그리고 돈만 있으면 종합 지원 강화복을 원한다고 하는 토가미의 반응을 보고, 금전을 관리하는 시오리에게 물어본다.

"시오리는 어때? 종합 지원 시스템도 괜찮을 것 같아?"

"아가씨께서 사용하실 거라면, 개인적으로는 추천하지 않습니다."

"그래? 뭔가 무척 강하고 편리해 보이는데."

의아한 표정을 지은 레이나에게, 시오리가 조금 진지한 얼굴로 그 이유를 설명한다.

"전투 면에서 고성능이고, 다른 방면에서도 유용한 점에 관해서는 부정할 수 없습니다. 하오나 그 지원이 행동계획의 입안에 이르고, 나아가 의사 결정도 좌우할 정도로 유용하다면, 유감이지만 지금의 아가씨께는 추천할 수 없습니다."

색적의 보조나 조준 보정이라면 아무리 고성능이라도 편리한 도구로 끝난다. 그러나 종합 지원 시스템은 헌터 활동 전체를 고수준으로 지원한다.

유물 수집에서도 사용자의 실력에 맞는 유적을 소개하고, 찾은 유물의 잠정 매매가를 알려주며, 필요하다면 운반책 호출을 대행하고, 부탁하면 매각처와의 협상도 기령 위탁으로 실행한다. 헌터 활동을 종합적으로 지원하는 것이다. 매우 편리하다.

그러나 편리할수록, 그것을 편리한 도구로 다룰 기량이 없으면 도구에 의존하는 경향이 커진다. 도가 지나치면 최종적으로는 종합 지원 시스템의 추천이라는 지시에 완전히 따라서 행동하게 된다.

시오리는 그런 식으로 레이나에게 설명한 다음, 가장 큰 이유를 말한다.

"도구는 이용하는 것이지, 의존해서는 안 됩니다. 저는 아가씨를 섬깁니다. 주인을 도구에 의존하는 사람으로 만들 위험이 있는 것은 추천할 수 없습니다."

몹시 엄격한 말을 들은 것 같아서, 레이나는 조금 주춤거렸다.

"그, 그래……. 저기, 카나에는 어때?"

"뭘 물어본 건지에 따라서 대답이 달라지겠지만, 아씨가 종합 지원 시스템을 쓰는 것에 관해서라면 누님과 의견이 같습니다."

카나에는 평소처럼 가벼운 투로 놀리듯이 말했다. 다만 놀리려고 말하는 게 아님은 레이나도 잘 알았다. 두 종자가 퇴짜를 놔서, 레이나가 조금 우울해진다.

"내가…… 편리한 도구를 쓰면, 그렇게 의존할 것처럼 보여?"

"무조건 괜찮다고 단언할 수 없다는 뜻입다. 이번 이이다 상업구 유적의 일만 해도, 아씨가 누님에게 허가를 구한 시점에서 틀렸습다."

"무슨 뜻이야?"

"아씨는 허가받는 사람이 아니라, 허가하는 사람입다. 원래라면 허가받아야 하는 사람은 누님입다. 주인이 종자에게 상담해도, 의견을 요구해도, 의지하거나 투정을 부려도 되지만, 허가도 받으려고 하면 어쩌자는 겁까."

카나에가 드물게도 레이나를 다그치듯이 말한다.

"가령 이 유적 탐색이 아씨한테 무모하더라도, 저도 누님도, 아씨가 하라고 하면 함다. 물론 그만두라고 설득하긴 하겠죠. 누님이 아씨를 감싸다 죽고, 제가 아씨를 안고서 도망치는 일이 생길 테니까 그만두라고, 그렇게 충고할 검다. 하지만 그러고도 정말로 그만둘지 어떨지는, 아씨가 정할 일입다."

레이나가 무심코 시오리를 본다. 시오리는 평소처럼 차분한 표정이었다.

"아가씨께선 아직 훈련 중입니다. 그 정도의 결단을 강요할 마음은 없습니다. 하오나 그것이 종합 지원 시스템의 지원이란 이름의 추천이든, 아가씨께서 본래라면 직접 하셔야 할 결단을 다른 무언가에 위임하는 우려가 생길 기회를 늘릴 마음도 없습니다. 전부 훈련입니다. 결단의 책임을 짊어질 각오를, 충분히 훈련해 주세요."

레이나는 시오리와 카나에의 말을 잠시 곱씹은 다음, 각오를 새로이 다진 듯이 웃었다.

"나는 아직 혼자서 아무것도 못 정하는 아이 취급이라는 거구나. 알았어. 시오리. 카나에. 그 부분도 잘 단련할 거니까, 조금만 더 기다려 줘."

"분부대로 하겠습니다."

"알겠슴다."

시오리는 기쁜 듯이 미소를 짓고 머리를 숙인다. 카나에는 평소처럼 웃었다.

그때 레이나는 그 대화를 다른 일행이 보는 것을 뒤늦게 깨달았다. 조금 쑥스러워서, 얼버무리듯이 말을 꺼낸다.

"뭐…… 애초에 자동인형을 못 찾으면 종합 지원 시스템을 살 돈도 없으니까, 이것저것 생각하는 건 나중에 해도 되겠지! 내일부터는 본격적으로 자동인형 탐색을 할 거야! 힘내자!"

"그렇군. 내일을 위해서 일찍 쉴까. 난 먼저 자러 간다."

웃으며 그렇게 말한 토가미에 이어서, 아키라와 유미나도 침대로 갔다. 레이나도 뒤따른다.

"그러면, 나도 잘게."

"안녕히 주무세요."

"안녕히 주무십쇼."

적어도 카나에의 얼굴은 상상할 수 있어서, 레이나는 두 사람에게 지금의 자기 얼굴을 보여주지 않으려고 침대로 갔다.

두 종자는 레이나가 상상한 그대로의 표정을 짓고 있었다.

◆

이이다 상업구 유적에 오고 3일째. 아키라 일행의 구세계산 자동인형 탐색이 본격적으로 시작되었다.

이전보다 더 큰 돔의 내부를 탐색한다. 넓은 만큼 몬스터도 많고, 좁은 곳에서는 볼 수 없는 대형종도 많지만, 오늘부터는 정식으로 여섯 명이서 유적을 탐색한다. 문제없이 물리친다.

조사 지휘는 유미나와 레이나가 하고 있다. 두 사람은 유적의 확장현실 정보 송신 기능에 대응하는 장비가 있으며, 나아가 유미나는 종합 지원 시스템의 지원도 있기 때문이다.

"유미나. 그럴싸한 간판이 있는 곳은 이미 꽤 돌아봤는데, 그게 끝나면 어쩔까?"

"관계자 외 출입 금지 표식을 찾아서, 거기에 창고가 있는 걸 기대하는 게 어떨까?"

"점포 터에 없으면 창고라는 거구나. 알았어."

그렇게 향후 방침을 정했을 때, 레이나가 뭔가를 떠올린다.

"유미나의 종합 지원 시스템은 유적 탐색이나 유물 수집의 지원도 해주지? 자동인형이 있을 법한 장소를 찾을 순 없을까?"

"기능을 생각하면 가능할지도 모르지만, 지금은 불가능해. 종합 지원 시스템으로 그걸 조사하면 우리가 여기서 자동인형을 찾는 게 기령과 도란캄에 전해질 수 있으니까."

유미나는 도시에서 의뢰를 받은 자로서 비밀을 지킬 의무가 있고, 도란캄을 통해서 기령의 종합 지원 강화복의 운용 테스트에 참가하는 자로서 각종 사항을 보고할 의무가 있다.

하지만 그런 와중에도 구세계산 자동인형의 정보는 외부에 흘릴 수 없다고 판단해서, 비밀 엄수 의무를 우선해 도란캄과 기령에 보고하지 않았다.

그러나 종합 지원 시스템의 기능을 사용해서 자동인형을 찾으면 기령의 개발팀에 그 정보가 데이터로서 넘어간다.

따라서 지금의 자신은 아주 사소한 요구나 막연한 요청에도 응하는 종합 지원 시스템에 애매모호한 지시만을 내리고 있다. 값비싼 유물이 있을 법한 장소를 찾으라고 하는 건 좋지만, 자동인형이 있을 법한 장소를 찾으라는 건 안 된다. 유미나는 그렇게 생각했다.

그러나 그때 문득 생각한다.

"아…… 레이나. 자동인형에 관해서 도란캄에 보고했어? 그렇다면 내가 지금 숨겨도 소용없는 건데."

"어……."

레이나의 시선을 보고, 시오리가 대신 대답한다.

"자동인형의 정보는 도란캄에 전하지 않았습니다. 이 정보는 저희가 독자적으로 입수한 것. 도란캄에 보고할 의무는 없다고 판단했습니다."

유미나가 고개를 끄덕인다.

"알겠어요. 그러면 이대로 차근차근 찾을 수밖에 없네."

그 대화를 듣던 토가미는 조금 복잡한 표정을 지었다.

"아하…… 종합 지원 시스템을 쓰면 미발견 유적을 찾아도 그 유물을 독점할 수 없는 건가."

미발견 유적을 찾으면 일확천금. 그것은 헌터의 꿈 중 하나다. 종합 지원 시스템의 편리성을 얻는 대신에 그 꿈이 사라진다며, 토기미도 힌디로서 복잡한 심경이 들었다.

"그 부분은 기령과의 계약 내용에 따라 달라지겠지요."

시오리가 그렇게 말해서 토가미는 표정에 기대를 드러냈다. 그 대로 시오리의 설명을 듣는다.

종합 지원 시스템의 유적 탐색 지원은 아마도 수많은 이용자에게서 수집한 데이터를 바탕으로 한 집합 지성이며, 그것으로 정밀성을 높이는 구조다. 따라서 데이터 제공도 계약의 기본 내용에 포함될 것으로 생각할 수 있다.

그러나 토가미처럼 불만이 있는 사람도 확실하게 생긴다. 미발견 유적의 장소처럼 매우 귀중하고 정보의 확산이 데이터 제공자에게 현저한 불이익을 낳는 정보는, 시스템 전체에 대한 데이터 반영을 일정 기간 늦추도록 하는 기능도 가능할 것으로 여겨진다.

그렇게 해도 기령 측에는 정보가 전해지지만, 그것은 비밀 엄수 의무의 범위에 속한다. 수억 오럼이나 하는 장비를 아무렇지도 않게 사는 헌터들에게 신용을 얻기 위해서도, 기령 측도 그런 종류의 정보는 조심스럽게 다룬다.

따라서 종합 지원 시스템을 사용해도, 미발견 유적을 발견해서 일확천금이라는 헌터의 꿈은 계약 내용에 따라 지켜질 수 있다. 시오리는 그렇게 설명했다.

토가미도 납득하고 표정을 부느럽게 푼다.

"그렇다면 괜찮을 것 같은걸. 역시 도란캄에서 빌리는 걸로 어떻게 안 될까."

당장은 사무 파벌 측의 인원을 우선해서 빌려주더라도, 언젠가는 해결되지 않을까. 토가미는 그런 식으로 기대했다. 그러나 그때 시오리가 더 말한다.

"토가미 님. 유감이지만, 종합 지원 시스템을 도란캄에서 빌릴 경우에는 그런 식의 정보 은폐가 불가능할 것 같습니다."

종합 지원 시스템을 도란캄에서 빌릴 경우, 기령 측의 비밀 엄수 의무는 도란캄을 거쳐 빌리는 토가미가 아니라, 직접 계약한 도란캄을 대상으로 적용된다. 따라서 다른 조직에 정보가 유출되는 일은 없겠지만, 도란캄 내부에서는 공유될 것이다.

애초에 도란캄에서 빌릴 때는 그런 정보를 전부 공유하는 것에 동의해야 할 것이다. 일확천금을 꿈꾸고 미발견 유적을 탐색할 때는 도란캄을 거치지 않고 스스로 종합 지원 시스템을 빌릴 필요가 있다. 시오리는 그렇게 보충했다.

토가미는 그 보충 설명에도 납득했다. 무심코 가볍게 한숨을 쉰다.

"도란캄에서 빌리면 안 되나……. 그렇다고 해서 개인적으로 사긴 너무 비싸고, 애초에 내가 사려면 너무 비싼 장비를 도란캄에서 빌릴 수 없다면 도란캄에 소속하는 의미가 줄어든단 말이지……. 시카라베가 투덜거릴 만도 해."

토가미는 고참들에게 가까운 처지가 되어서, 고참들의 고민을 다시금 이해하게 되었다.

"뭐, 조직에서 운용한다면 그게 더 나은 것도 이해하지만 말이야. 그리고 어리고 돈도 직업도 없으니까 헌터가 된 녀석도 많아. 안전하게 싸워서 그럭저럭 돈이 벌린다면 조금은 위에서 시키는 대로 해도 괜찮다고 생각하는 녀석도 있어. 사무 파벌의 생각도 이해하지 못할 건 아니란 말이지."

그리고 신인이기도 한 토가미는 다른 신인들과 그 위에 있는 사무 파벌의 생각도 어느 정도 이해했다.

애초에 토가미의 장비는 도란캄에서 빌린 것이며, 조직에 소속해서 얻은 혜택이다. 그 대여 장비의 조달과 관리를 사무 파벌에서 하는 걸 생각하면, 사무 파벌의 지침을 전부 부정할 수 없었다.

시오리도 사무 파벌에서 추진하는 헌터의 관리 방법 자체는 부정하지 않는다.

"종합 지원 시스템의 도입은 도란캄 전체의 효율을 높이고, 그 말단인 소속 헌터의 안전과 무력에도 기여합니다. 조직으로서는 올바른 거겠지요. 이제는 주도권을 사무 파벌이 쥐는 것을 얼마나 허용할 수 있을지 여부에 달렸습니다. 단순히 고용된 신분이면 문제없지만, 여러분은 헌터니까요."

얼마나 허용할지는 각자 마음대로 판단하면 된다. 그러나 레이나가 그 말단이, 명령에 따르는 자가, 고용되는 자가 되는 것은 안된다. 그것이 시오리의 기준이었다.

"그렇단 말이죠."

황야에서 목숨을 걸고 싸우기에, 그 목숨을 어떻게 쓸지를 자유로이 정하고 싶다. 아무리 강해질 수 있다고 해도, 목숨을 타인에게 맡기는 건 싫다. 그런 생각은 토가미도 이해한다. 하지만 자유로운 약자로서 황야에서 죽는 것을 긍정하는가 하면, 그것도 아니라고 생각한다.

그 답을 내놓지 못한 채, 토가미가 별생각 없이 아키라에게 물어본다.

"이봐, 아키라. 너는 종합 지원 강화복이 필요해? 자동인형을 발견해서 큰돈을 벌면, 그 돈으로 지원 시스템과 함께 사고 싶어?"

"어……."

아키라는 무의식중에 유미나에게 시선을 돌렸다. 유미나가 쓴웃음을 짓는다.

"뭘 말해도 아키라가 종합 지원 시스템을 산다고 했어! 언질을 받았어! 같은 소리는 안 할 거고, 거북한 이야기는 흘려넘길 거니까 솔직히 말해도 되는걸?"

"그, 그래? 그러면 솔직히 말하겠는데, 필요 없을 것 같아."

이미 자신에게는 알파의 서포트가 있다. 나아가 기령의 비밀 엄수 의무도, 미발견 유적이라면 또 모를까, 아무래도 츠바키의 관리 구획 같은 것은 묵인할 리가 없다고 본다. 아키라는 불필요하다고 여겼다.

그것을 들은 알파가 기쁜 듯이 웃는다.

『그래. 아키라한테는 내가 있으니까. 종합 지원 시스템의 지원은 필요 없지?』

『그래.』

유미나도 가볍게 웃는다.

"뭐, 아키라는 그렇게 말할 것 같았어."

"어? 진짜?"

"그래. 지금껏 몇 빈인가 카달로그를 보여줬지만, 사고 싶어 하는 낌새는 한 번도 없었으니까."

"그, 그런가."

그토록 자세히 봤나 싶어서, 아키라는 그 말만 했다.

"그리고 종합 지원 시스템의 지원이 아무리 좋아도, 아키라를 지원할 수 있을 정도로 고성능인 건 아니야. 종합 지원 시스템을 쓰는 나보다 쓰지 않는 아키라가 더 강한걸? 아키라가 괜히 지원받아도, 오히려 방해되지 않을까?"

토가미는 납득한 듯이 고개를 끄덕이고 있다.

"그래도 유물 감정이라면 도움이 되겠지만, 그것만 보고 대형차에 시스템용 기재도 싣고 운용해야 한다면, 아마도 아키라는 귀찮아할 거야. 안 그래?"

"그렇지."

"그런고로 나는 아키라에게 종합 지원 강화복을 파는 건 처음부터 무리라고 생각했어."

"그랬나……."

왠지 모르게 미안한 짓을 한 기분이 든 아키라에게, 유미나가 그걸 노린 것처럼 미소를 짓는다.

"뭐, 아키라에게 종합 지원 강화복을 파는 건 무리여도, 고성능 강화복에는 아키라도 흥미가 있잖아? 아키라가 기령의 강화복 제

품을 사 주면 나로서도 고마울 거야. 다음 강화복을 살 때는 검토
해 줘."

"그래."

"그래? 언질 받았어."

"그래…… 어?"

아키라가 무심코 유미나를 본다. 유미나는 즐겁게 웃고 있었다.

"유미나. 뭘 말해도 언질을 받았다는 말은 안 하기로 했잖아?"

"그랬지. 종합 지원 시스템에 한해서 말이야. 평범한 강화복은
아니거든?"

실수했다는 얼굴로 허둥대는 아키라를 보고, 유미나가 살짝 뿜
듯이 웃는다.

"농담한 거야. 그런 짓은 안 해."

"놀라게 하지 마……."

"미안해. 하지만 조심하는 게 좋을걸? 말로만 한 약속도 약속이
니까."

웃으면서 그렇게 말하고 타이르는 유미나에게, 아키라가 일부
로 무뚝뚝하게 대꾸한다.

"그래, 알았어. 조심할게."

그때 카나에가 놀리듯이 끼어든다.

"사이가 참 좋네요."

"그런가?"

"그래?"

아키라와 유미나는 동요하지 않고 대답했다. 그래서 카나에가

놀리는 대상을 레이나와 토가미로 변경한다.

"아씨. 토가미 소년. 이거임다. 두 사람은 이렇게 대답하지 못하니까 틀려먹은 거라고요."

"시끄러워."

"시끄러."

여유롭게 흘리지 못하고 쑥스러움을 감추는 태도밖에 못 보이는 두 사람을 보고, 카나에가 즐겁게 웃고, 시오리가 한숨을 쉰다.

알파는 아키라를 조용히 보고 있었다.

그 뒤에도 아키라 일행은 하루 내내 유적 탐색을 계속했다. 그러나 자동인형이 발견되는 일은 없었다.

제162화 경쟁 상대

쿠가마 빌딩 상층에서 정기적으로 열리는 입식 파티. 도시의 부유층이 모이는 친목과 모략의 장소에서, 셰릴은 이나베에게 지원받아 장사하는 자라는 지위를 확립했다.

다른 참석자들과도 교우를 다지고 있다. 모두가 이나베를 통해 소개받은 사람들이다. 이나베와 셰릴 사이의 거래에 관해서는 아무것도 모르지만, 이나베 파벌에 속한 자로서 쓸데없는 것은 묻지 않고, 말하지 않도록 넌지시 지시받아 셰릴의 지위를 보강하는 것을 거들고 있었다.

그들과 환담하는 동안에 이 자리에 있는 사람이라면 당연히 아는 도시 경제의 지식을 습득한 셰릴은 모종의 사업을 하는 영애의 연기를 더욱 발전시키고 있었다.

그리고 이나베와 단둘이 있을 때는 더 핵심적인 이야기도 한다.

"가게는 잘되고 있나?"

"네. 덕분에요. 이나베 님께서 제공해 주신 상품이 잘 팔리고 있어요."

셰릴은 구세계산 정보단말의 대금으로 이나베에게 돈이 아니라 유물을 받고, 그것을 유물 판매점의 상품으로 팔고 있었다. 그중에는 구세계산 정보단말만큼은 아니어도 고가층의 상품에 걸맞은 귀중한 유물도 있어서, 가게 매출에 크게 공헌하고 있었다.

"그렇다면 참 다행이군. 그러나 그게 또 들어올 줄은 나도 예상하지 못했다. 실제로는 어떻지? 이번이 마지막인가? 아니면 더 있을 것 같나?"

쿠즈스하라 시가지 유적 중심부에서 헌터 랭크 조정 의뢰를 마친 아키라가 가져온 구세계산 정보단말은 흑은옥의 감정을 건너뛰고 전부 이나베에게 넘어가고 있다.

이나베도 유적에서도 자신의 담당 구획에서 발견된 것으로 공작할 필요가 있는 유물의 실물이 늘어나는 건 환영할 일이다.

하지만 이걸로 아키라가 셰릴에게 구세계산 정보단말을 준 것이 세 번째인 것을 감안하면, 발견한 유물을 나눠서 가져온 것이든, 유적에 여러 번 가지러 간 것이든, 다음이 있을지 어떨지가 매우 궁금해진다.

"죄송합니다. 그 부분은 저도 잘 모르겠어요. 섣불리 캐물었다간 아키라와의 적대를 초래할 우려가 있으므로, 이나베 님의 지시라도 거절하겠어요."

"그런가. 하는 수 없군. 출처 단속만큼은 확실하게 부탁하마."

이나베의 담당 구획에서 발견될 때까지, 구세계산 정보단말의 출처는 불명확해야 한다. 사실은 아키라가 다른 장소에서 발견한 유물이며, 이나베의 담당 구획에 비밀리에 반입되었다는 사실은 절대로 알려지면 안 된다.

"물론입니다."

자신들의 공작을 완벽하게 추진하기 위해서, 셰릴과 이나베는 서로 철저히 확인을 거쳤다.

그때 이나베의 부하가 이나베에게 소개하고 싶은 자를 데리고 나타난다. 그 사람을 본 셰릴은 조금 놀랐지만, 곧바로 의미심장하게 미소를 지었다.

"오랜만이네요. 카츠야."

"그래. 오랜만이야. 셰릴."

이미 이 자리에, 이 위치에 있는 사람이, 드디어 여기에 이른 자에게 보여주는 환영의 미소. 그것을 셰릴이 보여줘서, 카츠야도 기쁘게 웃었다.

그 옆에서 카츠야의 말투가 조금 무례한 게 아닐까 걱정하는 미즈하가 조금 초조함을 드러내고 있었다.

미즈하는 카츠야 팀의 원정에도 동행해서 그 성공에 힘을 쏟았다. 그 보람도 있어서 큰 성과를 거둔 원정은 도란캄과 카츠야의 존재를 도시 상층부에도 널리 알렸다. 도시 간부에게 자신들을 소개하는 기회가 생길 정도로.

그리고 카츠야를 데리고 다시 입식 파티에 참석했다. 셰릴이 먼저 말을 걸었을 때 카츠야의 말투에 조금 조마조마하면서도, 환담은 무난하게 진행되고 있었다.

"오호라. 셰릴에게 의뢰를 받은 적이 있나. 음? 하지만 그건 창고 경비고, 결국 창고는 무너졌다고 하지 않았던가?"

"그건 사실이지만, 아무리 그래도 그걸 도란캄 측의 실패로 보는 건 너무 심하겠죠. 그건 상대의 전력을 잘못 예상한 제게 잘못이 있을 거예요. 카츠야 팀은 보수에 걸맞게 일을, 아니 그 이상으로 일해 주었어요."

카츠야 팀을 감싸듯 말한 셰릴에게, 이나베가 짓궂게 웃는다.

"그런가? 그래도 창고 방어에는 실패한 기지? 아무리 친구라도 평가를 너무 후하게 하는 거 아닌가?"

"아뇨. 그런 일은 없습니다. 이나베 님께도 지원받아 추진하는 일이니까요. 사적인 감정은 넣지 않아요."

그것을 들은 미즈하가 긴장을 조금 푼다. 그 말이 본심이든, 아니면 단순히 카츠야를 감싼 것이든, 자신들은 셰릴에게 나쁜 평가를 받지 않았다. 그렇게 생각하고 안도했다.

그리고 그렇다면 카츠야 팀을 잘 선전할 수 있을 것으로 판단하고, 웃으며 대화에 끼어들려고 한다.

하지만 그것은 회장이 술렁거리면서 막혔다.

그 원인이 된 남자가 회장 전체에서 주목받으며 이나베 일행이 있는 곳으로 다가온다. 남자는 여유롭게 미소를 띠고 있지만, 이나베는 불쾌한 듯 인상을 썼다.

"우다지마. 무슨 일로 왔지?"

도시 간부이자, 이나베와 권력 투쟁을 벌이고 있는 파벌의 수장인 우다지마는, 이나베에게 의미심장한 미소를 지었다.

이나베와 우다지마는 정기적으로 개최되는 이 입식 파티에 출석할 때, 되도록 상대와 마주치지 않도록 암묵적으로 예정을 조정하고 있었다.

이 입식 파티는 기본적으로 참석자들끼리 교류를 다지는 자리이며, 그 교류를 통해서 도시 경제를 발전시키기 위해 있다. 그러한 자리에서 권력 투쟁을 벌여 물을 흐리면 어느 쪽이든 손해다. 그걸 이해하니까 두 사람은 자연스럽게 서로 마주치지 않도록 입식 파티에 번갈아 참석한다는 암묵적인 룰을 만들었다.

그것을 깨고, 우다지마가 이나베의 앞에 나타났다. 결정적인 파벌 투쟁의 개막을 선언하러 왔나 싶어서 입식 파티의 참석자들은 침을 꿀꺽 삼키고 상황을 지켜보고 있었다.

우다지마가 대담하게 웃는다.

"아니, 자네 말고 이 아가씨한테 볼일이 있어서 왔지."

전혀 짚이는 바가 없는 셰릴이 희미하게 의아한 얼굴을 한다.

"제게 말인가요?"

"그래. 고맙다고 인사하려고 말이지."

이나베도 괴이쩍은 얼굴을 한다.

"고맙다고?"

"그래. 이 아가씨가 데리고 있는 헌터가 내 담당 구획에서 크게 활약해 주어서 말이지. 강력한 몬스터를 쓸어 준 덕분에 유물 수집이 아주 잘 풀리게 됐다. 자네는, 셰릴이라고 했던가? 고맙군. 진짜 도움이 됐다. 그 아키라란 헌터에게도 고맙다는 말을 전해 주게나."

"알겠습니다……."

이나베와 적대하는 사람이라고는 하나, 상대도 도시 간부다. 무례하게 굴 수는 없다. 셰릴은 친근하게 웃으며 대답했다.

다음으로 우다지마가 미즈하와 카츠야를 보고 웃는다.

"자네들은, 도란캄에서 사무 파벌에 속한 자들이던가? 자네들 한테도 고맙다고 말하지. 아키라와 동행한 유미나란 헌터가 자네들 파벌이지? 아키라와 함께 내 담당 구획에서 애써 주었다고 들었다. 고맙군."

"아, 아뇨. 저희가 도움이 됐다면 영광입니다."

미즈하도 최대한 웃으며 그렇게 대답했다. 도시 간부의 눈 밖에 나지 않기 위해서, 그렇게 대답할 수밖에 없었다.

그리고 우다지마가 다시 이나베를 보고 의미심장하게 미소를 띤다.

"자, 내 볼일은 끝났는데, 도란캄의 사람들과는 일 이야기를 하던 중이었을까?"

"아니다."

"그렇군. 그렇다면 내가 먼저 일 이야기를 해도 상관없겠지?"

이나베와 우다지마. 도시 간부들 사이에 낀 미즈하가 초조해한다. 하지만 이나베와 우다지마 중 누구를 택할지, 그런 선택권은 미즈하에게 없었다.

"상관없다. 과정이 어떻든 간에, 도시의 이익이 된다면 눈살을 찌푸릴 일도 아니지."

"과정이 어떻든……. 뭐, 너는 그렇겠지."

"뭘 말하려는 거지?"

"아니, 딱히. 그러면 잘 있게나."

우다지마는 미즈하에게 눈짓으로 따라오라고 지시하고, 그대로 자리를 떴다.

미즈하는 허둥대면서도 이나베에게 인사하고, 카츠야의 손을 잡아 우다지마를 따라간다. 우다지마와의 협상에 응하는 것을 이나베도 용인한 이상, 미즈하는 이 자리에 남는 것을 선택할 수 없었다.

카츠야도 하는 수 없이 미즈하를 따라간다. 그 가슴속에서는 복잡한 감정이 떠올랐다.

원정에서 큰 성과를 거둔 덕분에 마침내 셰릴의 곁에서 이야기할 자격을 얻었다고 생각했다. 함께 지낼 수 있는 힘을 얻었다고 여겼다.

하지만 그것도 더 위에 있는 사람의 의향으로 쉽사리 사라지고 말았다. 쿠가마야마 시티를 거역할 수 없는 도란캄의 처지. 도시 간부를 거역할 수 없는 미즈하의 처지. 그리고 그 미즈하를 거역할 수 없는 카츠야의 처지. 조직의 사정, 굴레에 묶인 자신을 재인식하게 되었다.

그때 유미나를 떠올린다. 그러한 속박을 전부 내버리고 함께 가자고 손을 내밀어 준 소꿉친구를, 그리고 그 손을 잡을 수 없었던 것을.

나지막하게 중얼거린다.

"부족해⋯⋯. 더 많이."

아직 성과가 부족했다. 도시에도, 도란캄에도 휘둘리지 않고, 셰릴과 유미나와 함께 있으려면, 이 정도로는 한참 부족했다.

도란캄 사무 파벌에서 제일가는 실력자. 그 정도의 평가로는 한참 부족하다. 도란캄 전체라도 부족하다.

쿠가마야마 시티에서도 최상위 헌터. 아마도 그 정도의 위치가 아니면 도시 간부의 의향을 뿌리칠 수 없다.

그렇다면 되어 주겠다. 앞으로도 셰릴과 유미나와 함께 있기 위해서.

카츠야는 그렇게 결심했다.

카츠야와 미즈하가 떠난 뒤, 이나베는 다른 사람들에게 자리를 물리게 하고 셰릴과 단둘이 남았다. 그리고 조금 진지한 얼굴로 묻는다.

"일단 물어보지. 짚이는 데가 있나?"

"딱히 없어요. 굳이 말하자면 비올라일 가능성이 있지만, 다음에는 확실하게 죽을 줄 알면서 또 뭔가 저지를 것으론 생각하기 어려워요. 저희 쪽 공작은 주로 그 사람이 하니까, 지금 와서 뺄 수도 없으니까요."

비올라가 뭔가 꾸미고 있고, 우다지마에게 정보를 흘렸다고도 생각할 수 있다. 하지만 그것이 드러나면, 혹은 그런 의심을 사기만 해도 이번에는 진짜로 아키라에게 죽는다. 그것을 생각하면 비올라가 자신들에게 피해를 주는 공작을 추진하고 있을 가능성은 작다.

또한 자신들의 공작은 비올라가 실행하고 있으므로 만약을 대비해 비올라를 제거하는 조치도 취하기 어렵다. 셰릴은 그렇게 대답했다.

"그런가. 나도 짚이는 바가 없다. 아직 준비 단계. 그 물건을 그쪽으로 옮기지도 않았지. 냄새를 맡았다고 보기엔 너무 일러."

자신들의 공작이 드러나지 않도록 신중하게 추진하고 있다. 구세계산 정보단말을 자신의 담당 구획으로 옮기는 작업도 아직 실행하지 않았다. 우다지마가 눈치챘을 확률은 매우 낮을 것이다. 이나베는 그렇게 대답했다.

모종의 실수로 우다지마에게 정보가 흘러가는 짓은 하지 않았을 터. 이나베와 셰릴은 모두가 그렇게 설명하고, 상대의 설명에 납득했다.

그렇다면 우다지마는 뭘 하러 온 것인가. 저 의미심장한 태도는 대체 무엇인가. 그쪽으로 이야기를 이어 나간다.

"그렇다면 달리 짚이는 바는?"

"그러네요. 카츠야 팀의 확보일까요."

아키라는 지금껏 우다지마의 담당 구획에서 강력한 몬스터를 격파하고 유물 수집을 촉진시켰으나, 지금은 이이다 상업구 유적 쪽으로 활동 장소를 옮겼다.

그래서 우다지마는 아키라를 대신해서 카츠야 팀을 고용하려고 했다. 원정에서 큰 성과를 거뒀다는 이야기가 진실이라면, 카츠야 팀은 아주 좋은 전력이다. 그러나 미즈하가 이나베에게 카츠야 팀을 선전하려고 한 것을 알고, 그것을 방지하고자 황급히 난입했다.

우다지마의 의미심장한 태도는, 단순히 자신들의 낌새를 살피기 위한 것. 이나베가 모종의 수단으로 역전을 꾀한다는 것 정도는 우다지마도 예상했을 것이다. 그래서 의미심장한 태도로 자신들의 반응을 떠보려고 했다. 의심을 유도하는 것만으로도 상대의 공작을 억지하는 효과가 있다.

셰릴은 그러한 생각을 이나베에게 말했다. 이나베도 납득하고 고개를 끄덕인다.

"뭐, 대충 그런 거겠지. 너무 깊이 생각해서 실수해도 곤란하지만, 그래도 주의해야겠군."

그 이야기를 일단락 지은 이나베가 다른 화제를 꺼낸다.

"그나저나 자네는 그 카츠야란 청년과 실제로 어떤 관계지? 그 청년은 무척 호의적인 것처럼 보였는데, 농락 중이었을까?"

"아니요. 그러한 일은 없습니다. 앞으로도 없겠죠."

"그런가? 그만한 인물인데. 영입하는 것도 한 방법이라고 생각하네만."

"이나베 님께서 그 사람을 영입하실 때 제게 중개를 원하신다면 기꺼이 협력하겠지만……."

이나베는 셰릴의 태도에서, 셰릴은 카츠야에게 전혀 관심이 없다고 이해했다. 그리고 그토록 관심이 없는 상대가 그토록 호감을 보이는 것을 조금 신기하게 여긴다.

"뭐…… 그건 나중에 생각하지. 그래. 괜찮다면 그 청년에 대해 조금 말해 주게. 면식이 있지? 누군가 소개해 줬나?"

"아뇨. 카츠야와는 도시의 하위 구획에서……."

셰릴은 그대로 카츠야와 처음 만났을 때 있었던 일과 그 뒤로 카츠야가 상담했을 때 등을 각색하지 않고 평범하게 말했다. 자신이 슬럼 출신인 것은 이나베도 안다. 자신의 출신을 숨기고, 잘사는 집안의 영애로서 카츠야를 대한 것도 숨기지 않고 말했다. 더불어서 아키라와 카츠야의 관계가 나쁜 것도 설명했다.

"그러한 경위도 있어서, 카츠야는 우리 후원자인 아키라와 사이가 몹시 나빠요. 그러므로 카츠야를 이쪽으로 영입할 예정은 없습니다. 그랬다간 조직이 붕괴할 수 있으니까요."

"그렇군. 알았다. 나도 두 사람의 취급에는 주의하지. 그나저나 뭐랄까, 비올라란 여자는 심한 악녀라고 들었는데, 자네도 참 여간내기가 아니군."

"저기…… 그건 칭찬으로 해석해도 될까요?"

"그래. 상관없다네."

"감사합니다……."

셰릴이 조금 의아한 얼굴을 하면서도, 일단은 예의를 차려서 말했다.

헌터 랭크 조정 의뢰가 나올 정도의 인물을 후원자로 삼고서, 도란캄 사무 파벌의 정상급 헌터를 농락하고, 자각해서, 혹은 자각하지 않고서 휘두르는 소녀. 이나베가 봤을 때, 그러한 여자는 나이와 상관없이 여간내기가 아니었다.

◆

아키라 일행이 이이다 상업구 유적에 온 지 일주일이 지났다. 목표인 구세계산 자동인형은 아직 발견하지 못했다.

오늘도 유적 탐색을 계속하던 중에 레이나가 중얼거린다.

"안 보이네."

"이 유적의 넓이를 생각하면 전체의 10분의 1도 안 찾아봤어. 아직 갈 길이 멀겠지."

토시미가 그렇게 말하고 레이나를 위로했다. 그러나 레이나의 표정은 여전히 미묘하다.

"그렇지만 말이야."

"유적 탐색에 질렸다면, 이쯤에서 다시 유물 수집을 우선하는 걸로 전환할까?"

"그것도 좋지만, 우리는 벌써 일주일이나 도시로 돌아가지 않았단 말이야."

캠핑 트레일러 생활은 황야 기준에서 충분할 정도로 쾌적하다. 그러나 그 정도의 쾌적함으로는 레이나가 도시 생활을 그리워하는 것을 막는 것도 슬슬 한계였다.

그때 유미나가 폐허를 손으로 가리키고 모두에게 말한다.

"다음엔 저기에 들어가자. 자동인형 가게인 것 같아."

유적의 확장현실 간판은 유미나도 레이나도 똑같은 게 보인다. 그러나 유미나는 종합 지원 시스템에 따른 간판의 해석 정보도 보였다.

종합 지원 시스템에 자동인형 가게를 우선해서 찾으라는 지시를 내리는 것은 자제하고 있지만, 우연히 발견한 것에 대해서는 문제없다. 유미나가 기대감을 얼굴에 드러낸다.

레이나도 얼굴에 반쯤 기대를 드러내고 폐허가 된 가게로 들어갔다. 나머지 반은 어차피 또 발견되지 않겠지, 하는 마음이다. 하지만 가게 안의 상태를 본 순간, 레이나의 얼굴이 기쁨과 놀라움으로 가득해진다.

가게 내부의 눈에 띄는 장소에 원기둥 모양의 유리 케이스 같은 것이 두 개 설치되어 있었다. 그 전시 케이스 하나에는 집사 차림을 한 남성이, 나머지 하나에는 메이드 차림의 여성이 보인다. 구세계산 자동인형이다.

"진짜?! 있었어?!"

무심코 케이스의 근처로 뛰어간 레이나가 내용물을 응시한다. 자동인형은 파손 부위가 하나도 없이 완전한 상태다.

"보존 상태도 완벽해! 해냈어!"

그렇게 환호성을 지르는 레이나지만, 시야에서 확장현실의 상품 패널이 공중에 표시된 것을 보더니 떠오르는 의문으로 얼굴을 살짝 찡그렸다. 곧바로 확장 현실 기능을 끄고 자기 눈으로 직접 재확인한다.

상품 패널은 레이나의 시야에서 사라졌다. 하지만 자동인형의 모습은 여전히 남았다.

"좋아! 확장현실이 아니야! 진짜! 대박! 대성공이야!"

현물이 너무 깔끔해서 반대로 확장현실의 영상이 아닐까 한 번 의심했지만, 그럴 우려도 사라졌다. 레이나가 다시 기뻐한다.

그러자 조금 뒤늦게 케이스의 근처로 온 유미나와 토가미도 그 자동인형과 레이나의 분위기에서 진짜라고 여기고, 함께 놀라고 기뻐했다.

"확장현실에서 표시되는 상품 패널에 미츠바 질바텍의 최신 모델이라고 적혀 있어. 가격은…… 1800만 콜론?!"

"1800만 콜론?! 굉장한걸! 오럼으로 환산하면 얼마지? 어디, 지금 1콜론이……."

토가미가 계산하려고 했을 때, 레이나가 신나게 끼어든다.

"가격을 오럼으로 환산해도 소용없어! 애초에 1800만 콜론은 당시의 가격, 구세계 시대의 가격 설정이잖아? 지금이라면 더 비싼 가치가 붙어도 이상하지 않아!"

"오오! 그렇다면 팔았을 때 얼마나 되는 거지? 상상할 수도 없는데!"

세 사람은 구세계산 자동인형이라고 하는 엄청난 성과에 소란을 떨고 있었다. 그러나 아키라는 그런 일행과는 대조적으로, 복잡한 얼굴로 케이스 안을 조용히 보고 있다.

그런 아키라의 낌새를 눈치챈 세 사람은, 흥분에 찬물이 끼얹혀서 조금 침착함을 되찾았다. 나아가 불안도 느낀 레이나가 말을 건다.

"아키라. 왜 그래? 자동인형을 찾았는데? 기쁘지 않아?"

아키라는 대답하지 않고 더욱 괴이쩍은 표정을 지으며 자동인형을 응시하고 있다. 레이나의 불길한 예감이 커진다. 그리고 아키라가 중얼거린다.

"입체영상……?"

"어?"

레이나의 표정이 딱딱해진다. 유미나와 토가미도 비슷한 반응을 보였다.

일행 뒤에서 대기하던 시오리가 차분하게 앞으로 나선다. 그리고 케이스 안을 조금 강한 조명으로 비췄다.

"정말로 입체영상이군요……. 조명을 비춰도 그림자가 바뀌지 않습니다."

물체에 빛을 비추면 음영이 변한다. 하지만 강한 조명을 받아도 자동인형의 음영에는 변화가 없었다. 전시용 입체영상에서 나타나는 특징 중 하나다.

넋이 나간 일행 옆에서 카나에가 웃는다.

"아키라 소년. 용케 눈치챘군요. 아씨들과 다르게 침착했는데, 처음부터 안 겁까?"

"아니, 전에 비슷한 일이 있어서, 일단 의심하고 본 거야."

값비싼 유물을 전시한 진열장인 줄 알았는데, 입체로 보이는 포스터였다. 그 경험을 떠올린 아키라는 쓴웃음을 지었다.

"그랬습까. 쓸쓸한 경험을 잘 살렸네요."

먼저 의심하고, 의심이 적중한 아키라의 낙담은 적다. 그러나 레이나는 무척 실망해서 무릎을 꿇었다.

레이나의 의욕이 완전히 날아간 것도 있어서, 아키라 일행은 자동인형 가게의 폐허에서 휴식하기로 했다.

시오리가 테이블과 의자를 척척 준비한다. 펼치면 놀라울 정도로 커지는 휴대용 테이블 위에 테이블보가 깔리고, 마실 것도 차렸다.

그 테이블 위에, 레이나는 조금 보기 흉하게 엎드려 있다. 자신의 등 뒤에서 대기하고 있는 시오리를 의식해서 자세를 바로잡을 기력조차, 지금의 레이나에겐 없었다.

"왜 가게의 거기만 입체영상인 거야⋯⋯. 헷갈리게⋯⋯."

"그러게 말이야."

기운이 빠진 소리를 내는 레이나를, 토가미는 맞은편에 앉아서 달래고 있었다.

유미나도 함께 앉아서 쉬고 있지만, 전시 케이스의 앞에서 입체영상 자동인형을 흥미롭게 보는 아키라를 눈치채더니 자리에서 일어나 말을 건다.

"아키라. 아까부터 그걸 쭉 보는데, 그렇게 흥미가 있어?"

"그렇지."

"그래? 역시 남자는 메이드를 좋아하는 거구나. 아키라도 똑같은 건가."

"음⋯⋯?"

잠시 후, 이상하게 오해받는 기분이 든 깨달은 아키라가 괴이쩍은 얼굴을 한다.

"잠깐만. 유미나. 무슨 소리야?"

"무슨 소리긴. 아키라도 메이드에 흥미가 있다는 건데. 흥미 있는 거 맞지?"

그것을 들은 카나에가, 다 알면서 이야기를 복잡하게 하려고 끼어든다.

"오! 아키라 소년은 메이드 취향입니까. 거참, 부끄럽네요."

"아니야."

아키라는 퉁명스럽게 대답했다. 하지만 카나에는 전혀 아랑곳하지 않고, 오히려 일부러 의아한 표정을 짓더니 집사 차림을 한 자동인형을 손으로 가리켰다.

"어? 그러면 이쪽임까? 그래서 미하조노 시가지 유적에서 그런 차림을 한 여성을 태연히 데리고 다닌 거군요. 어쩐지…….'

"아니야! 흥미가 있는 건 구세계야! 이런 걸 평범하게 파는 구세계는 어떤 곳일지 생각했을 뿐이야."

유미나는 납득하고 슬쩍 고개를 끄덕였다. 처음부터 알았던 카나에는 일부러 고개를 끄덕였다.

아키라가 작게 한숨을 쉬고 기분을 바꾼다.

"그건 그렇고 왜 집사복이랑 메이드복이지? 자동인형은 원래 그런 거야?"

"구세계에서도 그런 쪽의 수요가 많았던 거 아님까? 예전에 도시의 가게에서 본 자동인형도 그런 옷을 입은 게 있던데요. 뭐, 그쪽은 현대의 물건이지만요."

"현대의 물건……. 아아, 구세계산 자동인형이라고 할 정도니까, 현대에 만든 것도 있겠지. 현대의 제품이라……. 얼마나 해?"

"그건 성능에 따라 다릅다. 아까 말한 건 10억 오렴쯤 했습다."

"10억?! 비싸네!"

"자동인형은 부유층을 위한 사치품이니까요. 원래 그런 검다."

"사치품이라. 현대의 물건이 그 가격이면, 구세계 유물은 대체 얼마나 할지……."

그때 아키라, 시오리, 카나에가 입구 쪽에서 기척을 느끼고 동시에 경계 태세를 취했다. 살짝 뒤늦게 나머지 일행도 그것을 깨닫고 경계를 강화한다. 레이나도 이 상태로 침울해할 수는 없다. 의식을 완전히 전환했다.

『알파. 몇 명이야?』

『20명이야.』

『20? 한적한 유적에서 우연히 마주칠 인원이 아니잖아. 어떻게 된 거야?』

유적의 식물 때문에 정보수집기의 정밀성이 떨어진 가운데, 그 영향 속에서도 서로 상대의 반응을 명확하게 포착하는 거리에 있다. 상대도 이쪽을 경계하는 것은 반응의 움직임에서 확인할 수 있었다.

황야에서 마주친 누군가가 우호적이란 보장은 없다. 그 당연한 사실은 서로가 알기에, 불필요한 의심을 초래할 우려가 있다. 트러블을 피하려면 거리를 벌리는 게 제일이다. 또한 나중에 다가온 쪽이 멀어지는 것이 바람직하다.

아키라 일행은 상대가 그렇게 하길 기대했다. 하지만 상대는 그 자리에서 멀어지기는커녕 마치 가게 바깥을 봉쇄하는 듯한 움직임을 보이기 시작했다. 나아가 상대에게서 범용 단거리 통신이 연결된다.

"나는 이쪽의 부대를 지휘하는 쿠로사와란 자다. 그쪽 대표와 대화하고 싶다. 응할 마음이 있다면……."

그 목소리는 그것만으로 어중이떠중이가 아님을 이해하게 했다. 상대의 실력을 그 목소리에서 파악한 레이나 일행의 표정이 험악해진다.

하지만 아키라는 그 목소리보다도 익숙한 이름에 반응했다.

"쿠로사와? 저기, 나는 아키라인데, 기억해? 예전에 시카라베와 함께 만난 적이······."

"아키라? 어? 왜 이런 데 있지?"

쿠로사와도 아키라를 기억했다. 그리고 상대가 아키라임을 안순간, 그 목소리는 협상용에서 일반적인 느낌으로 바뀌었다.

"아, 직접 보고 이야기하는 게 빠르겠군. 지금부터 그쪽으로 가겠다. 쏘지 마. 쏘지 말라고."

그렇게 슬쩍 당부한 것을 끝으로, 대답도 듣지 않고 통신이 끊긴다. 그리고 아키라 일행이 사고를 경계에서 곤혹으로 바꾼 사이에 쿠로사와가 나타난다.

"나다. 쏘지 마. 쏘지 말라고 했다?"

쿠로사와는 가게 출입구에서 가볍게 말하고, 적의가 없다는 것을 태도로 드러내며 천천히 아키라 일행에게 접근했다.

웃으며 아키라 일행의 앞으로 온 쿠로사와는 곧바로 개인적인 감정을 버리고 상대편의 전력을 확인했다.

(30억 오럼짜리 현상수배급을 해치운 팀의 주력, 구세계의 강화복을 착용한 인물과 접근전이 가능한 자가 세 명. 쿠즈스하라 시가지 유적 중심부에서 아키라와 함께 몬스터를 토벌할 수 있는 자가 한 명. 기타 2명. 아키라가 있는 시점에서 교전은 말도 안 되지만, 다른 자도 포함하면 철수를 판단해도 부대의 설득과 클라이언

트에 할 변명으론 충분한가…….)

그렇게 전력을 평가하는 시선을 잠시 얼버무리며, 쿠로사와가 입을 연다.

"다시 소개하지. 나는 쿠로사와. 바깥에 있는 자들을 지휘하고 있지. 그래서? 너희 대표는 누구지? 나는 누구와 이야기하면 되나?"

아키라 일행이 서로 눈치를 살핀다. 쿠로사와는 그 시선을 따라가지만, 시선이 특정 인물에게 집중되지 않은 것을 보고 아키라 일행이 대표를 정하지 않았음을 간파했다.

그래서 쿠로사와는 아키라 일행이 대표를 이 자리에서 정하기 전에, 자신들에게 유리한 자, 거짓말이나 비밀, 협상에 취약할 것 같은 자를 대표로 만들게 한다.

"뭐, 실력으로 생각하면 아키라인가. 아키라. 오랜만이다. 이런 데서 뭘 하는 거지?"

"너야말로, 이런 데서 뭘 하는 거야?"

"우리는 유물 수집이다. 여기는 일반적인 헌터들에게 인기가 없는 유적이지만, 거리가 멀고 식물이 방해되어서 귀찮다는 이유만으로 멀리하는 것이니 말이다. 몬스터의 위협도와 유물의 질에는 문제가 없지. 단단히 준비해서 안전 제일로 하고 싶은 나하고 잘 맞는다."

"그래? 우리도 유물 수집이야. 여기를 고른 것도 너희와 비슷한 이유고."

쿠로사와는 그렇게 대답한 아키라에게서, 살 얼버무렸다고 안도하는 낌새를 놓치지 않았다. 그것으로 무엇을 얼버무린 것인지를 추측하고, 상대가 이미 안다면 자신이 먼저 그것을 이야기해도 문제가 없을 것으로 판단했다. 웃으며 말한다.

"유물 수집이라. 찾는 유물은 자동인형인가?"

"어떻게 알았어……?"

숨긴 것이 들통난 만큼 아키라의 경계심이 강해졌다. 그것이 적의로 바뀌기 전에, 쿠로사와가 말을 잇는다.

"우리도 자동인형을 찾으니까 말이지. 지금 헌터가 이이다 상업구 유적에 있다면, 보통은 목적이 같다고 생각하지 않겠나?"

"자동인형의 정보가 벌써 꽤 퍼졌어?"

"이 유적에 사방팔방에서 헌터가 집결하는 건 아니지. 어중간한 녀석들에게는 아직 기밀 정보에 속한다. 우리처럼 그런 기밀 정보를 구할 능력이 있는 녀석들은 별개지만."

간파당한 이유를 납득할 수 있고, 그렇다면 어쩔 수 없다고 여겨서, 아키라의 경계를 낮췄다. 쿠로사와는 그것도 간파하고 이야기를 계속한다.

"그래서 말이다. 목적은 같지. 그러니 함께하지 않겠나? 피차 아직 자동인형을 찾아내지 못했으니까, 상관없지 않나?"

"어째서 우리가 자동인형을 아직 못 찾은 걸 알았어?"

"무슨 소리냐. 만약 자동인형을 찾았다면, 그 보관 장소에 다른 헌터를 들일 리가 없잖나."

당연하다는 듯이 말한 쿠로사와가, 조금 의아한 듯한 아키라의 낌새를 보고 허둥댄다.

"이봐…… 설마 자동인형을 발견했을 때의 대처 방법을 모르는 건 아니겠지?"

"아니, 알아. 자동인형을 발견해도 장소만 확보하고 전문 업자를 불러라. 절대로 직접 기동하지 마라. 이게 맞지? 그리고 우리가 장소를 확보하지 않았으니까, 아직 찾지 못했다고 판단한 거지?"

유적에서 미가동 상태인 자동인형을 발견해도 절대로 기동하지 마라. 욕심을 부리지 말고 전문 업자를 불러라. 이것이 헌터들 사이에서 널리 알려진, 유적에서 발견한 자동인형에 대처하는 방법이다.

그리고 그것을 어긴 수많은 헌터가, 직접 기동한 자동인형에게 죽었다.

구세계의 법과 질서에서, 헌터는 상점에 침입한 무장 강도나 다름없다. 기동한 자동인형도, 개체와 제품에 따라 차이는 있지만, 대체로 그것에 준해서 판단을 내린다. 그렇기에 불법 수단으로 자신을 획득한 범죄자에게 소유권을 줄 리가 없으며, 자신의 상품 가치를 유지 또는 회복하기 위해서 무력을 행사한다.

그 뒤에 주위 광경에서 상황을 추측하고, 구세계의 질서, 법, 가치관을 기준으로 긴급 치안 유지 활동을 시작하는 경우도 있다. 토지나 건물을 부정하게 점거한 집단을 몰아내고자 성능이 엄청나게 뛰어난 자동인형이 그 고성능을 아낌없이 발휘한 결과, 강력한 현상수배급으로 지정되어 막대한 상금이 걸린 사례가 여러 번 있었다.

쿠로사와가 조금 호들갑스럽게 안도하는 한숨을 쉰다.

"간 떨어지게 하지 마라. 놀라잖아? 우리도 조심하겠지만, 너희가 실수로 자동인형을 기동한 탓에 유적에서 구세계산 자동인형이 돌아다니는 사태가 벌어지는 것만큼은 피해 달라고."

쿠로사와가 숨을 내쉬고 본론으로 돌아간다.

"그래서 말이다. 아키라. 어떻지? 함께하지 않겠나? 우리 부대에 너희가 통째로 가담하면 된다. 내 지휘로 움직이게 되지만, 내지휘 능력은 아키라 너도 알지? 보수도, 나중에 추가된 인원이라고 다른 사람들보다 낮추진 않는다. 약속하마."

"아, 미안하지만 거절할게. 나는 조금 귀찮은 일이 있어서. 보수 협상을 더 복잡하게 하고 싶지 않거든."

아키라는 쿠로사와에게 이미 복잡해진 보수 협상의 현재 상황을 설명했다. 그것을 들은 쿠로사와도 이해했다.

"그래. 우리와 함께하면, 아키라 팀, 레이나 팀, 도란캄, 쿠가마야마 시티의 4자에, 우리를 포함하면 5자 협상을 진행해야 하는건가. 정말로 귀찮겠군."

"그런 거야. 뭐, 정 원한다면 네가 레이나를 설득해 줘."

"어?"

"보수 협상이 더 귀찮아지잖아. 그 귀찮은 일에 대처하는 레이나가 그래도 좋다면 나도 반대하지 않겠어."

"어어?!"

레이나는 갑자기 이야기가 넘어온 데다가, 아키라가 자신을 귀찮은 일에 대처하는 사람으로 인식한 것을 알고 놀랐다. 하지만 그때 멍하니 있지 않고, 뭔가 깨달은 표정을 짓더니 두 손을 머리의 양쪽으로 가져간다.

레이나는 가까스로 어느샌가 자신의 뒤에 있던 카나에가 머리를 붙잡는 걸 막았다.

"오! 좋은 반응임다! 제법인데요!"

카나에는 의외인 것처럼, 그리고 재밌게 웃고 레이나의 머리를 고정하려던 손을 치웠다.

레이나는 조금 득의양양하게 웃은 다음, 진지한 얼굴로 쿠로사와를 본다.

"미안하지만 거절하겠어. 아키라도 말했지만, 보수 협상을 더 복잡하게 만들고 싶진 않아."

그리고 조금 대담하게 웃었다.

"그리고 당신이 아키라도 인정할 정도로 유능한 지휘관이라도, 우리 주도권은 우리가 쥐고 싶어. 당신들이 우리 지휘를 받겠다면 생각해 봐도 되는데?"

쿠로사와도 레이나에게 맞추듯이 웃는다.

"그건 무리다. 하는 수 없지. 포기하마. 그렇다면 자동인형 탐색은 먼저 찾은 사람이 임자군. 그러면 되겠나?"

"물론이야."

"뭐, 먼저 찾는 건 우리겠지만, 우리와 함께하는 걸 거절한 건 너희다. 선점당해도 우리를 원망하지 말라고?"

"그래. 당신들이야말로."

부대의 지휘관과 종자들의 주인은 서로 그 책임을 싫어지며 경쟁 상대를 도발하듯 웃었다.

　자동인형 가게의 폐허를 나와서 부대와 합류한 쿠로사와가 곧바로 지시를 내린다.
　"이동한다. 우리가 여기 있으면 안에 있는 녀석들이 경계해서 밖으로 나갈 수 없다."
　"알았다. 그래서? 진행은?"
　"문제없다."
　쿠로사와 일행은 그대로 그 자리에서 이탈했다.

　의욕을 되찾은 레이나가 기운차게 말한다.
　"좋아! 휴식 끝! 자동인형은 우리가 먼저 찾는 거야! 가자!"
　토가미는 파트너가 기운을 차린 것을 기뻐하면서도, 그 기운이 헛돌지 않도록 충고한다.
　"그래서? 어쩔 거야? 무작정 뒤졌다간 뒤처질걸? 탐색하는 인원은 저쪽이 더 많은 것 같으니까 말이지?"
　"그렇단 말이지. 어떻게 할까. 음."
　어떻게 하면 좋을지. 그것을 생각하면서 레이나는 무작정 뛰쳐나가려는 것을 그만뒀다.
　이러면 된다. 토가미는 그렇게 생각하고, 자신도 행동 지침을 고민하기 시작한다. 그러나 좋은 생각은 떠오르지 않는다.
　먼저 제안한 것은 유미나였다.
　"이제는 차라리 종합 지원 시스템에 맡기는 게 어떨까?"

지금까지는 자동인형의 정보를 은폐하려고 종합 지원 시스템을 별로 활용하지 않았다. 그러나 쿠로사와 일행이라는 경쟁 상대가 출현하면서 상황이 달라졌다.

자동인형의 정보를 은폐한 것은 그 정보를 아는 사람이 자신들 밖에 없다는 상태를 유지해서 우위를 점하기 위해서다. 하지만 그 우위는 이미 무너졌다. 그렇다면 더는 정보 은폐를 의식해도 소용 없다.

물론 종합 지원 시스템을 잘 써서 자동인형을 찾으면 그 정보가 기령과 도란캄에 흘러가서 경쟁 상대가 더 늘어날 위험도 있다. 그러나 정보를 은폐하는 바람에 효율적으로 탐색하지 못하고, 쿠로사와 일행에게 선수를 빼앗겨서는 의미가 없다.

그러니까 앞으로는 종합 지원 시스템을 마음껏 활용하자. 유미나는 그렇게 제안했다.

"덧붙이자면 말이지. 그 덕분에 자동인형을 찾아내면 종합 지원 시스템의 선전도 될 거야. 그러니까 기령도 뒤에서 우리를 지원해 줄지도 몰라. 시스템적인 지원의 형태로 말이지. 어때?"

유미나의 제안에 먼저 아키라가 찬동했다. 레이나와 토가미도 대안이 없어서 찬성한다. 시오리와 카나에도 주인의 의견을 부정할 정도의 우려는 느끼지 않았다.

"좋아. 그러면 해보자."

유미나가 종합 지원 시스템을 조작한다. 이이다 상업구 유적에 구세계산 자동인형이 존재한다는 전제로, 그것을 찾아내기 위한 지원을 요구한다.

그러자 종합 지원 시스템은 자동인형이 있을 가능성이 큰 장소로, 유적의 전체 지도와 함께 자동인형 가게의 위치를 여러 군데 표시했다. 그중 하나는 현재 위치를 가리키고 있다. 점포의 위치 정보가 그만큼 정확하다는 증거다.

아키라가 모두와 함께 놀란다.

"뭐랄까…… 처음부터 이러는 게 나았다는 느낌인데."

이 정도의 지원이 있을 줄 몰랐던 유미나도 쓴웃음을 지으며 동의한다.

"지금까지는 그럴 상황이 아니었으니까 어쩔 수 없어. 생각을 바꾸고 가자."

그리고 레이나는 의욕을 키웠다.

"장소를 이만큼 많이 알면 간단해! 이걸로 우리가 유리해졌어! 출발하자!"

일행은 다음 자동인형 가게를 찾아서 유적 탐색을 재개했다.

아키라 일행이 자동인형 가게의 폐허를 떠나고 얼마 후, 쿠로사와가 부대를 이끌고 다시 그 부근에 나타난다.

"좋아……. 그 녀석은 없군. 혹시 모르니 내가 안에 들어가서 확인하고 오마. 너희는 장소를 확보할 준비를 해."

"알았다. 이봐, 그 녀석들이 아직 남아 있으면 어쩔 거야?"

"그때는 내가 그 녀석들을 또 권유하러 온 걸로 할 거다."

"아하, 그렇군. 그래서 거절당할 걸 알면서 권유하러 간 건가."

"뭐, 그런 셈이지."

그 뒤로 쿠로사와는 혼자서 자동인형 가게에 들어가 아키라 일행이 없는 것을 확인했다. 그리고 부대를 모아 그 장소를 확보하기 시작했다.

◆

자동인형 가게를 찾아서 아키라 일행이 유적 안을 이동한다. 장소는 아니까 쭉 나아가 마주치는 몬스터도 여섯 명이서 해치운다. 이동은 매우 순조로워서, 금방 목적지에 도착했다.

그러나 그 아키라 일행을 기다린 것은 이미 그 장소를 확보한 쿠로사와의 부대였다. 상대도 아키라 일행을 알아채고 단거리 통신을 날린다.

"대장이 말한 자들이로군? 이 장소는 우리가 확보했다. 무슨 일이지? 볼일이 없으면 트러블을 피하기 위해서도 떠나 주면 좋겠다."

레이나가 조금 허둥대며 통신을 받는다.

"장소를 확보했다니…… 설마, 자동인형을 찾은 거야? 이렇게 빨리?"

"미안하지만, 그 질문에는 일절 대답할 수 없다. 그걸 확인하는 게 볼일이라면 떠나 줘. 이상이다."

통신은 그걸로 끊겼다. 아키라 일행이 서로 얼굴을 보는 가운데, 유미나가 제안한다.

"여기 있어도 소용없으니까, 아무튼 나음 장소로 가도 될까?"

아키라 일행은 고개를 끄덕이고, 그대로 다음 장소로 이동했다.

종합 지원 시스템에서 제공한 정보는 정확했다. 자동인형 가게의 폐허는 정보에 나온 곳에 있었다.

그러나 아키라 일행의 표정은 여전히 딱딱하다. 새롭게 점포 터를 여섯 군데 돌았지만, 그곳을 전부 쿠로사와의 부대가 확보했기 때문이다.

이래서는 레이나도 골머리를 앓을 수밖에 없다.

"어떻게 된 거야……."

토가미도 복잡한 표정을 짓는다.

"선점당한 이유는, 그쪽도 지도상을 통해 유적 지도를 사거나 해서 자동인형 가게의 장소를 특정해서 그런 거겠지만, 상대가 그만한 인원을 배치할 정도로 규모가 큰 부대일 줄은 미처 몰랐어. 인해전술에는 이길 수 없는데. 이걸 어쩐다……."

정확한 장소를 안다고 해도, 넓은 유적에 드문드문 있는 점포 터를 돌다가 시간을 소비했다. 슬슬 해가 질 시간대다. 그것을 걱정한 유미나가 제안한다.

"오늘은 이만 철수하자. 야간 탐색은 피하고 싶어."

아키라 일행은 고개를 끄덕이고, 오늘은 이만 철수하기로 했다. 하지만 그때 시오리가 말한다.

"그렇다면 아가씨, 돌아가는 길에 들르고 싶은 곳이 있습니다. 괜찮겠습니까?"

"괜찮지만, 어딘데?"

"제일 처음에 갔었던 점포 터입니다."

쿠로사와의 부대가 점거한 곳과는 달리, 그곳에 자동인형이 없다는 사실은 이미 알고 있다. 그곳에 들러서 뭘 어쩌려는 걸까. 레이나는 그렇게 생각하면서도 시오리가 말한 이상 뭔가 이유가 있을 거라고 여기고 고개를 끄덕였다.

아키라 일행이 제일 처음에 갔었던 점포 터로 다시 돌아간다. 그러나 그곳은 이미 쿠로사와의 부대가 확보한 상태였다. 이번만큼은 아키라도 놀란다.

"어떻게 된 거지? 여기에 자동인형이 없는 건 쿠로사와도 알 텐데……. 그런 장소를 점거해서 무슨 의미가……."

유미나와 레이나도 똑같이 놀라고 있다. 그러나 이를 예상했던 시오리는 놀라지 않고, 조금 복잡한 표정만 지었다. 그리고 그 표정을 주인에게 보이는 차분한 미소로 되돌린다.

"자, 아가씨. 돌아가서 쉬죠."

"알았어."

아키라 일행도 그것으로 침착함을 되찾고, 그대로 캠핑 트레일러로 돌아갔다.

◆

자동인형 가게의 폐허에서 입체영상 속 자동인형을 보던 쿠로사와에게 보고가 들어왔다.

"아키라 일행이 왔었다고? 뭐라고 말했나?"

쿠로사와에게 보고하러 온 헌터, 로딘이 대답한다.

"아니, 근처에 왔을 뿐이다."

"그런가. 그렇다면 됐다. 상대가 뭘 물어봐도 대답할 수 없다고만 해라. 정보는 하나도 주지 마. 이미 상대도 눈치챘을지도 모르지만, 답을 알려줄 필요는 없다."

"그래. 알았어."

쿠로사와는 다시 메이드 차림을 한 자동인형을 감상했다. 로딘도 그것을 본다.

"이봐, 쿠로사와. 이번 작전이 성공하면 이 자동인형이 손에 들어오는 거지?"

"우리 것이 되는 건 아니지만 말이다. 그래도 큰돈이 된다. 의뢰주에게 팔고 경비를 빼고도 충분히 일확천금이지."

"그건 그렇지만. 그래서 넌 성공 확률이 얼마나 된다고 봐?"

"잘해야 20퍼센트 정도군."

"20퍼센트?! 그렇게 낮아?!"

"무슨 소리야. 충분히 높은 거지."

애초에 이번 작전은 정보대로 자동인형을 입수할 수 없으면 파탄이 난다. 하지만 입수 확률이 50퍼센트를 넘긴다면 의뢰주도 헌터 부대로 자동인형을 회수하러 보내지 않는다. 틀림없이 자기 산하의 부대를 파견할 것이다. 그러므로 자신들을 고용한 시점에서, 성공할 확률은 처음부터 낮다.

그런데도 의뢰주는 작전이 성공했을 때의 이익을 고려하면 이 대규모 부대의 편성 자금 정도는 댈 수 있다고 생각하고 있다. 그 기대치에서 성공 확률을 역산하면 대충 20퍼센트 정도일 것이다. 쿠로사와는 그렇게 설명했다.

납득한 로딘이 한숨을 쉰다.

"20퍼센트라……. 그 정도인가……."

"그 정도다."

"내가 못 가져도 실물 정도는 구경하고 싶었는데 말이야."

"실물이 있더라도 우리는 손도 못 댄다. 보기만 한다면 입체영상도 똑같겠지? 잘 보라고."

그때 쿠로사와가 아키라 일행에 있던 시오리와 카나에를 떠올린다.

(메이드 차림을 한 사람이 둘…… 시카라베가 말한 자들이겠지만, 정말로 한쪽은 본업 같군. 다른 쪽은 뭔가 엉성한 느낌이지만.)

잡담거리로 그런 이야기라도 할까 생각한 쿠로사와지만, 로딘의 낌새를 보고 그만뒀다. 섣불리 이야기했다간 로딘을 자극할 것 같다는 기분이 들었다.

자동인형을 직접 기동하는 위험성을 알면서도 전문 업자를 부르지 않고 스스로 어떻게든 하려고 하는 헌터는 의외로 많다. 전문 업자에게 맡기면 기본적으로 발견자의 소유물이 되지 않기 때문이다.

자동인형을 상대로 설득과 협상을 시도하고, 대상을 파괴하지 않고 그 성능을 유지한 채로 무력화하는, 지극히 전문적인 기술의 요금은 매우 비싸다. 어중간한 헌터는 치를 수 없다.

따라서 업자가 귀중한 자동인형을 경매에 부치고, 매각하고 생긴 돈에서 수수료와 기술 요금을 빼서 헌터에게 주는 것이 일반적인 흐름이다.

돈이 목적이라면 아무 문제도 안 생긴다. 그러나 구세계산 자동인형이라는 물건에 낭만을 느껴서 원하는 자에게는 큰 문제다. 그리고 그런 자는 적지 않았다.

나아가 동부에는 매우 희귀하긴 하지만, 말이 잘 통하는 자동인형이 자신을 기동한 헌터에게 소유권을 인정한 사례도 있다. 그 헌터는 그 자동인형의 힘으로 순식간에 성공하고, 일류의 반열에 들어갔다고도 한다.

똑같은 행운을 바라는 자는 많다. 그리고 유적에서 자동인형을 발견한다는 행운을 얻음으로써, 그것을 근거로 자신은 운이 좋다고 믿고, 평생 살면서 두 번은 없을 기회를 놓치지 않겠다고 각오해서, 자기 손으로 직접 자동인형을 기동한다는 도박에 나서는 자도 끊이질 않았다.

(우리는 의뢰를 받아서 부대 단위로 행동하고 있다. 그러니까 자동인형을 확보해도, 그 소유권은 의뢰주에게 있다. 처음부터 우리 소유물은 되지 않는다. 그것을 알고 참가한 거니까 괜찮겠지. 괜찮다고 여기고 싶지만…….)

쿠로사와가 다시 로딘을 본다. 로딘은 입체영상 속 메이드를 가만히 보고 있었다. 그 마음을 이해하는 만큼, 불안은 가시지 않았다.

♦

　아키라 일행은 캠핑 트레일러에서 쉬면서 앞으로의 대응을 상의하고 있었다.

　아마도 쿠로사와의 부대는 이이다 상업구 유적에 있는 모든 자동인형 가게를 점거했을 것이다. 따라서 내일도 점포 터를 돌아봐도 의미가 없다. 아키라 일행도 그 인식을 공유했지만, 그래서 어떻게 할지를 생각해도 뾰족한 수가 떠오르진 않았다.

　아키라가 복잡한 얼굴로 신음한다.

　『알파. 뭔가 좋은 생각이 없어?』

　『나와 아키라만 있다면 예전에 츠바키의 관리 구획에 갔을 때처럼 내가 안내하는 방법도 있겠지만, 지금은 무리야.』

　『그런 방법이 있다면, 알파는 이것저것 아는 게 있다는 거야?』

　『그래. 하지만 알려줄 수는 없어. 아키라가 그걸 어떻게 알았는지 다른 사람들이 물어봐도, 내가 가르쳐 줬다고 대답할 순 없잖니?』

　『그렇단 말이지.』

　지금의 아키라에게, 유미나 같은 동행자는 행동을 제한하는 존재에 불과하다. 알파는 그런 생각을 촉진하는 말을 아무렇지도 않게 하고, 아키라는 아무것도 모른 채로 평범하게 대답했다.

　『그건 그렇고, 그 녀석들은 왜 빈 가게도 점거한 걸까?』

　『자동인형 탐색도 결국은 유물 수집. 자동인형도 유물에 지나지 않아. 그곳은 자동인형 점포. 그 점에서 잘 생각해 보렴.』

아키라가 들은 대로 잘 생각해 본다. 그리고 깨달았다.

『재입고인가……!』

『그런 거야.』

그 사실을 스스로 깨달은 아키라를, 알파는 웃으며 칭찬했다.

아키라가 무심코 한 말은 염화라서 소리가 나진 않는다. 그러나 얼굴과 태도에는 드러났다. 유미나가 그걸 눈치챈다.

"아키라. 뭔가 생각난 게 있어?"

"아, 조금 말이지."

이렇듯 무심코 태도에 드러나니까 알파도 자신에게 섣불리 이 것저것 설명할 수 없는 거겠지. 아키라는 다시금 그렇게 생각했다.

"쿠로사와는 빈 점포도 점거했잖아? 왜 그랬을지 생각했는데, 아마도 재입고되는 자동인형을 손에 넣기 위해서일 거야."

유적의 점포 터에서 유물을 가져가도, 일정 시간이 지나면 유물이 다시 출현하는 일이 있다. 그것은 배송 시스템 등이 아직 가동 중이어서, 상품 등을 보충하기 때문이라는 설이 있다.

그래도 자동인형은 재입고가 되려면 시간이 오래 걸린다. 수많은 헌터가 들러도, 우연히 찾아내는 일은 기본적으로 없다.

하지만 쿠로사와는 그 자동인형이 조만간 재입고된다는 정보를 모종의 방법으로 입수했다. 그러나 재입고 점포는 특정하지 못했다. 그래서 모든 점포를 점거하기로 했다. 빈 점포도 점거한 것은 그런 이유가 있어서다. 아키라는 그렇게 설명했다.

"그 가게의 입체영상 말인데, 아무리 인기가 없는 유적이라고 해도 자동인형이 그토록 눈에 띄는 상태로 남으면 누군가가 발견했을 거야. 하지만 자동인형 가게니까, 실물 상품을 전시해도 이상하진 않잖아? 그거, 재고가 있으면 진열하고, 재고가 없을 때는 재입고 때까지 입체영상으로 대체하는 게 아닐까?"

그것을 들은 레이나는, 그 입체영상에 가장 들떴던 것도 있어서 크게 반응했다.

"아, 그러니까 전시 케이스의 안에만 입체영상이 있었던 거구나. 그랬던 거야."

그 뒤로 아키라 일행은 아키라의 추측을 정답으로 받아들이고 앞으로의 방침을 상의했다. 그리고 결론을 내리고 나서 내일에 대비해서 일찍 취침했다.

◆

한밤중의 황야를 대형 트레일러 한 대가 달리고 있다.

그 트레일러는 서로 다른 여러 대의 황야 사양 차량과 컨테이너를 혼합한 것처럼 생겨서, 디자인의 통일성으로 보면 파탄 상태였다. 그러나 그 성능에 전혀 문제가 없다는 것은 황야의 험로를 질주하는 그 모습만 봐도 확연했다.

그 차의 운전석에 앉은 티오르가 갑자기 괴이쩍은 느낌으로 인상을 쓴다.

"어라……? 여긴 어디지? 어?"

마치 눈을 떠 보니 낯선 장소였던 것처럼, 티오르는 곤혹스러운 표정을 지었다. 그리고 깜빡했던 것을 떠올린 것처럼 말한다.

"아, 그랬지. 이이다 상업구 유적에 가는 거였어."

왜 이이다 상업구 유적에 가는지. 본인은 그 이유도 모르는 채로, 티오르는 황야를 나아갔다.

제163화 배달부, 혹은 난입자

이른 아침, 다음 날에 대비해 캠핑 트레일러에서 푹 쉰 아키라 일행은 오늘도 자동인형 탐색을 시작하려고 했다. 준비를 마치고 차 밖으로 나가 집합했을 때, 레이나가 기운차게 외친다.

"좋아! 무슨 일이 있어도 오늘이 마지막이야! 힘내자!"

의욕을 북돋는 레이나의 작전 개시 신호에 따라서, 아키라 일행은 이번 헌터 활동의 마지막 날을 시작했다.

구세계산 자동인형을 입수하려고 했던 아키라 일행은 쿠로사와의 부대라고 하는 강력한 경쟁 상대가 나타나면서 계획을 재검토해야만 했다.

아마도 자동인형은 유적에 다수 존재하는 자동인형 가게 중 어딘가에 재입고될 것이다. 그러나 그 점포 터는 진부 쿠로사와의 부대가 점거했다. 이대로 가다간 자동인형 쟁탈전에서 승산이 없다.

그렇게 생각한 아키라 일행은 그 힘겨운 상황 속에서 어떻게든 승산을 모색했다. 그리고 쿠로사와의 부대를 앞지를 방법을 생각해냈다. 그것은 쿠로사와의 부대처럼 점포에 상품이 재입고되는 때를 기다리는 것이 아니라, 상품이 창고에 반입되는 때를 노리는 것이었다.

　이것은 쿠로사와의 부대가 정밀성이 매우 높은 정보를 바탕으로 면밀한 작전행동 중임을 전제로 하는 방법이다.

　유적에서 장기간 대규모 부대를 움직이면 그 정보가 퍼진다. 구세계산 자동인형이 손에 들어올 가능성이 있다면 수많은 헌터가 유적에 쇄도한다. 그리고 구세계산 자동인형이 지닌 가치를 생각하면 매우 강경한 수단을 쓰는 자가 나타날 확률도 높아진다. 그것들은 손쉽게 상상할 수 있다.

　따라서 대규모 부대로 모든 점포를 점거한다는 행동에 나서는 것은 재입고 직전이 가장 바람직하다. 일찍 움직이면 그만큼 눈에 띈다. 그러나 점거가 지연되어 재입고 시기에 맞추지 못하면 다른 헌터가 선수를 칠 위험이 커진다.

　쿠로사와의 부대는 자동인형을 찾아내려고 유적을 탐색한 것이 아니라, 처음부터 점포를 점거할 목적으로 움직였다. 즉, 그 작전행동의 전제로 정밀성이 높은 정보를 획득했을 가능성이 크다.

　그것에는 자동인형의 정확한 재입고 날짜도 포함되었을 것으로 추정된다. 그 전제로 자동인형 가게를 점거하는 시기를 생각하면, 재입고 당일에는 너무 늦다. 따라서 그 전날이 된다.

　즉, 자동인형은 오늘 재입고된다. 아키라 일행은 그것에서 승산을 계산했다. 어디선가 운반되는 자동인형이 유적의 창고 등에 반입되는 때를 노리려고 생각한 것이다.

　물론 아키라 일행도 이것이 예상에 예상을 거듭한 것이며, 좋게 말하면 낙관적인, 나쁘게 말하면 어설픈 생각임을 잘 안다.

그래도 쿠로사와의 부대에 선수를 빼앗겨서 이젠 다 틀렸다고
비탄에 젖어 철수하는 것보다는, 그 추측을 믿고 움직이는 것이
자동인형을 입수할 가능성이 훨씬 크다. 그러니 할 수 있는 만큼
은 해보자. 아키라 일행은 그런 마음으로 철수냐 속행이냐의 선택
지에서, 웃으며 후자를 선택했다.

　캠핑 트레일러에서 출발한 아키라 일행은 전날 계획에 따라 두
팀으로 갈라졌다.
　아키라와 유미나의 팀은 재입고되는 자동인형을 유적으로 수송
하는 수송기계나 그 이동의 흔적을 찾기 위해서, 이이다 상업구
유적의 주변을 돌아다니기로 했다.
　수송기계나 그 흔적을 발견하면, 그것을 쫓아가면 반입되는 창
고도 알 수 있다. 일이 잘 풀리면 창고에 반입된 자동인형이 점포
로 배송되기 전에 입수할 수 있다.
　레이나의 팀은 유적 안에서 창고를 찾기로 했다. 자동인형 가게
는 쿠로사와의 부대에서 단단히 점거했지만, 창고 쪽은 점거하지
않았을 가능성이 있다.
　손님을 맞이하기 위해서 진입하기 쉬운 위치에 있는 점포와는
달리, 창고는 기본적으로 관계자가 아니면 출입을 금하는 장소
다. 경비도 엄중할 것으로 예상되므로, 쿠로사와의 부대도 창고
점거를 포기하고 부대 배치를 점포 점거로 한정했을지도 모른다.
또한 재입고된 자동인형이 점포에 운송되는 것이 오늘이라도, 물
건 자체는 이미 창고에 있을지도 모른다.

아키라 일행은 그러한 가능성을 오늘 하루 내내 쫓기로 했다. 내일은 쫓지 않는다. 장기간 계속한다고 해서 성과가 나온다는 보장은 없으며, 인해전술 앞에서는 승산이 없다. 그리고 아키라 일행도 슬슬 도시로 귀환해야 할 무렵이다. 자동인형에 미련을 남겨서 성과도 없는 나날을 언제까지고 계속할 수는 없다.

오늘 안 되면 포기한다. 그것만큼은 확실하게 정했다.

◆

아키라가 자신의 차를 몰면서 조수석에 있는 유미나에게 별생각 없이 묻는다.

"저기, 유미나. 오늘 작전 말인데, 잘될 것 같아?"

"음. 솔직히 말해서, 어렵지 않을까?"

"그렇겠지."

아키라와 유미나가 덩달아 웃는다.

"뭐, 무조건 무리라고 하진 않을 거야. 종합 지원 시스템의 해석 능력이라면 평범하게 찾는 것보다 훨씬 찾아내기 쉬울 거고, 만약 수송기계가 광학미채를 쓰더라도 지면에 남은 흔적을 찾아내 줄 거야."

아키라 팀의 역할이 수송기계 탐색인 데는 그런 이유가 있다.

"하지만 하늘을 날거나 지하 터널을 지나거나 하면 무리일 거란 말이지."

광학미채를 사용해서 비행하는 수송기를 광학적으로 찾아내는 것은 몹시 어렵다. 무색 안개를 포함한 공기로 인해 소리도 줄어든다. 따라서 공중 조사는 어렵다.

그러나 땅속은 더 어렵다. 일대에 자란 풀이 정보수집기의 정밀성을 떨어뜨리는 바람에, 땅속은 도저히 조사할 수 없다.

아키라 일행이 조사할 수 있는 범위에는 한계가 있었다.

"그렇단 말이지. 역시 무리인가. 뭐, 애초에 자동인형 재입고가 오늘이라는 것도 우리가 그렇게 예상한 것에 불과하니까. 종합 지원 시스템이 아무리 우수해도, 그 수송기계가 오지 않으면 발견하는 것도 불가능하겠지."

"그러네. 그러니까 오늘은 둘이서 드라이브를 즐겨 보자."

"그래야겠네⋯⋯!"

수송기계를 발견하지 못하면 오늘은 이대로 유적 외곽부를 달리다가 끝난다. 그러므로 유미나가 한 말은 틀리지 않았다.

아키라는 그렇게 생각하면서도 유미나의 말에서 뭔가 의미심장한 느낌이 들었다. 그리고 그것에 당황한 만큼 대답이 조금 늦어지고, 수줍어한 만큼 말투가 강해졌다. 그런 아키라의 반응을 보고, 유미나는 즐겁게 웃었다.

그런 두 사람의 대화에, 유미나에게 보이지 않는 세 번째는 입을 다물고 끼어들지 않았다.

◆

레이나 팀이 유적 안을 나아간다. 확장현실로 표시되는 출입금지 표식을 무시하고, 종업원용 통로를 지나자 대형 복합 상업 시설에 걸맞은 거대한 창고에 도착했다.

하지만 그곳은 심한 난장판이 되어 있었다. 천장과 벽에는 큰 구멍이 있고, 풀이 자란 바닥에는 파괴된 컨테이너가 방치되어 있다.

비교적 오래되지 않은 몬스터의 사체도 발견했다. 레이나가 그 것을 보고 시오리에게 묻는다.

"시오리. 어떻게 생각해?"

"상대 부대도 일단은 여기를 조사한 거겠지요. 그런데도 이렇게 어지럽혀진 것을 보면, 자동인형이 이 창고에 반입될 확률은 낮다 고 보고, 이 장소는 확보할 필요가 없다고 판단한 것 같습니다."

"그렇구나. 음."

토가미도 이야기에 가담한다.

"어쩔래? 우리는 여기를 확보할까? 컨테이너가 방치되어 있고, 천장의 구멍이 반입구라면 자동인형이 공중에서 수송될 가능성도 있어. 미하조노 시가지 유적에서도 컨테이너 같은 게 하늘을 날았 으니까."

"아하. 하긴 그러네. 음."

"이 창고가 어지럽혀진 것을 봐서, 여기는 값싼 물품을 보관하 는 장소였을 가능성도 있습니다. 자동인형은 당시에도 값비싼 물 건이었을 테니, 특별히 가격대가 높은 상품을 따로 보관하는 튼튼 한 창고가 있을 가능성도 있습니다."

"그것도 그러네. 음."

시오리와 토가미가 여러 가지 가능성을 말할 때마다 고민하는 레이나의 표정이 더욱 복잡해진다.

그래도 레이나는 다른 사람에게 선택을 내던지지 않고 본인이 직접 정하려고 했다. 지시를 청하고 허가받는 자가 아니라, 지시와 허가를 내리는 자로 성장하기 위해서.

그렇게 되려고 애쓰는 주인의 모습을, 시오리는 자랑스럽게 느꼈다. 카나에도 흥미로운 눈치로 레이나를 보고 있다.

그리고 레이나가 결단한다.

"좋아! 다른 데를 찾아보겠어! 가자."

레이나가 그렇게 정한 이유는, 굳이 말하자면 감이다. 원래부터 불확실한 정보만을 바탕으로 정해야만 하는 일이다. 뭐가 좋다고 하는 확증이 있을 리가 없다.

그래도 레이나는 스스로 선택했다.

◆

자동인형 가게의 폐허에서 장소를 확보하고 있는 쿠로사와에게 동료의 통신이 들어온다.

"쿠로사와. 초계에 나선 녀석들이 심심하니까 유물을 수집하고 싶다고 하는데, 어떻게 할까?"

"안 된다. 유물에는 손대지 마라. 그렇게 지시했을 텐데. 어디의 바보지?"

"작선 수행에 필요한 부대의 규모가 너무 커서 우리만으론 손이 부족했으니까, 나중에 의뢰주가 머릿수만 채우게 준비한 바보들이지."

쿠로사와가 혀를 찬다.

"미안하지만, 그쪽에서 잘 붙들어둬라."

"알았어. 하지만 바보를 위에서 막아도, 숨어서 할걸?"

"상관없다. 나로서도 내 지시를 거역하는 녀석까지 돌봐줄 순 없지."

쿠로사와는 차갑게 잘라 말했다. 안전 제일, 사상자가 없는 헌터 활동을 신조로 하는 쿠로사와이지만, 그 지시를 무시하는 자도 구할 마음은 없었다.

쿠로사와의 엄격한 태도를, 동료는 사태에 대한 심각한 경계로 받아들였다. 의심하듯이 묻는다.

"쿠로사와. 뭔가 예상하지 못한 일이라도 생길 것 같아?"

"벌써 생겼다. 아키라 일행이 여기 있을 줄 몰랐지……. 뭐, 그걸 제외하더라도, 무슨 일이든 일어날 때는 일어나는 법이다. 그것에 대비하기 위해서라도, 쓸데없는 미련을 만드는 짓은 시키고 싶지 않은 거다."

"미련?"

"유물 수집이 잘되면, 그 성과는 미련으로 남지. 만약 내가 즉각 철수를 지시하더라도, 그 미련이 족쇄가 되어 움직임이 굼떠진다. 모은 유물도 어떻게든 챙겨가려고 말이지."

"아하, 그런 건가."

"똑같은 바보라도 내 지시를 듣는 녀석은 죽게 내려둘 마음이 없고, 그럴 노력도 할 거다. 하지만 내 지시를 따르지 않은 녀석까지 구할 마음은 없다. 그건 계약에 없다."

"알았어, 알았어. 어떻게든 붙들어 볼게."

쓴웃음 기미인 동료의 목소리를 듣고, 쿠로사와도 침착함을 되찾고자 웃으며 대꾸한다.

"미안하군. 부탁하마. 뭐, 시끄럽게 군다면, 정 하고 싶으면 모레까지 기다리라고 말해라. 내 계약기간은 내일까지니까."

"알았어. 잘 있어."

통신을 마친 쿠로사와는 슬쩍 한숨을 쉬었다.

"정말이지…… 구세계산 자동인형이 손에 들어올지도 모르는 때인데, 어중간한 유물을 모아서 어쩌려는 건지. 기대치란 걸 생각해 봐라."

그 푸념은 자신의 평정심을 스스로 확인하기 위한 말에 불과했다. 그리고 그 진단에 따르면 상황에 대해 과민한 탓에 평정심이 조금 부족하다는 결과가 나왔다.

(아무 일도 안 생기면 좋으련만…….)

요노즈카역 유적 소동, 현상수배급 소동, 미하조노 시가지 유적. 그리고 슬럼에서 발생한 소동. 쿠로사와는 최근에 발생한 큰 소동 전부에 아키라가 빠짐없이 낀 것을 알고 있었다.

그런 아키라가 여기 있다. 구세계산 자동인형을 확보하는 대규모 작전을 수행하는 와중에.

우연으로 치부할 수도 있다. 그러나 오랜 세월의 경험으로 배양한 감은 최대한 경계하라고, 불길한 예감이 되어서 쿠로사와에게 경고하고 있었다.

◆

유적 외곽부를 돌던 아키라 팀이 차를 세우고 지면을 조사하고 있다. 그곳에는 무언가가 여기를 통과한 흔적이 있었다. 그 흔적은 유적 밖에서 안으로 이어지고 있다.

"유미나. 종합 지원 시스템의 해석 결과는?"

"대형 트레일러 같은 것이 여기를 지났다는 것밖에 알아내지 못했어."

"자동인형을 운반하는 수송기계일 것 같아?"

"그렇다면 좋겠다는 정도야. 쿠로사와 씨네 부대가 물자를 운반한 걸지도 모르고, 다른 헌터가 온 걸지도 몰라. 어떡할래? 흔적을 쫓아가 볼까?"

"그러네. 쫓아가 볼까."

아키라 팀은 차에 타서 지면에 있는 흔적을 쫓기 시작했다. 조수석에 있는 유미나가 즐겁게 웃는다.

"밑져야 본전인 걸 알지만, 만약 수송기계일지도 모른다고 생각하면 조금 두근거리는걸."

"그래. 이런 것도 헌터 활동의 묘미란 말이지."

아키라는 대수롭지 않게 대답했다. 하지만 유미나는 뭔가 깨달은 것처럼, 지금껏 잊었던 무언가를 떠올린 것처럼, 그리고 아주 조금 놀란 듯한 표정을 지었다.

"유미나, 무슨 일 있어?"

의아해하는 아키라에게, 유미나가 미소를 짓는다.

"아무것도 아니야. 정말로 이런 것도 헌터 활동의 묘미라는 생각이 들어서."

"그렇구나……."

미소를 지은 유미나의 얼굴을 보고 살짝 넋이 나간 아키라는, 마치 그것을 얼버무리는 것처럼 그 말만 했다.

차량의 흔적을 쫓던 아키라 일행은 이이다 상업구 유적의 한 돔에 도착했다. 벽에는 큰 구멍이 났고, 차량의 흔적은 그 너머로 이어져 있었다.

아키라와 유미나가 그 구멍 앞에 서서 주위를 조사한다.

"지하로 이어지는 입구를 억지로 연 것 같은데."

"그런 것 같아. 문은 폭파한 게 아니라 절단했나 봐. 절단면이 매끄러운 조각이 굴러다니고 있어."

"음. 수송기계가 그런 짓을 할까?"

"상품을 배송하러 왔는데 문이 닫혀서 부수고 들어갔습니다……는 말이 안 되네."

"그렇다면 헌터의 차량일까? 일부러 여기를 골라서 억지로 열고 들어간 걸 보면, 그만한 이유가 있을 텐데……."

아키라와 유미나가 떠올릴 만한 이유는 자동인형 관련밖에 없었다. 두 사람이 서로 얼굴을 본다.

"아무튼, 레이나한테 연락하자."

"그래. 그렇게 하자."

유미나는 곧바로 레이나 팀에 연락했다.

◆

대형 트레일러로 이이다 상업구 유적에 진입한 티오르는 그대로 유적 안을 나아가 한 돔의 지하, 거대한 지하 주차장 같은 장소에 도착했다.

여기는 이이다 상업구 전체의 화물 집배장이다. 바닥과 벽에 금이 가는 등 세월에 따른 다소의 열화는 보이지만, 지상과는 달리 풀과 넝쿨로 덮이지 않았다. 각 돔과는 지하도로 이어지며, 각각의 돔으로 가는 배송은 대부분 여기서 이루어진다.

물론 유적의 배송 시스템은 이미 정지했다. 지금은 아무것도 없는 광대한 공터였다.

그곳에 트레일러를 세운 티오르가 화물칸의 뒷문을 연다. 안에는 기계적인 관처럼 보이는 수납 장치가 다수 실려 있었다. 그리고 함께 실린 소형 수송기계에 실려서 통로 너머로 사라진다.

그것을 지켜본 티오르가 고개를 갸우뚱한다.

"다음은…… 뭘 하면 되더라?"

그리고 떠올린 것처럼 끄덕였다.

"아, 맞아. 그랬지."

티오르는 트레일러의 화물칸에 들어가 그곳에 딱 하나 남은 수납 장치를 짊어졌다. 그리고 밖으로 나가 차를 그 자리에 남기고 유적의 지하도를 따라 이동했다.

◆

레이나 팀에 상황을 전달한 아키라는 아무튼 유미나와 함께 돔의 지하로 들어갔다. 다소 경사가 있는 지하도를 황야의 험로도 돌파하는 황야 사양 차량의 힘으로 나아가자, 거대한 지하 주차장 같은 장소에 도착한다. 그곳에는 대형 트레일러가 세워져 있었다.

아키라가 유미나와 함께 그 트레일러를 조사한다.

"크기는 엄청 크지만, 평범한 트레일러야. 구세계의 수송기계로는 안 보여. 역시 헌터인가?"

아키라는 쿠가마야마 시티 중심부에 있는 구세계의 영역에서, 그곳의 관리 인격인 츠바키와 만났을 때 구세계의 수송기계인 자주식 컨테이너를 수없이 본 경험이 있다.

그 인상도 있어서, 아키라는 눈앞에 있는 트레일러를 봐도 구세계의 수송기계로 인식할 수 없었다. 물론 현대의 트레일러치고는 이상하게 생겼고, 이해하기 어려운 부분도 있지만, 그게 전부다.

"화물칸은 다 열렸고, 안은 텅 비었어. 물자 수송이 아니라면 동료 헌터라도 태웠던 걸까?"

유미나가 주변을 둘러본다.

"그런 것치고는 아무도 없는걸. 이 차로 수송했다면 인원이 많을 거야. 그렇다면 몇 명은 보초로 세워도 될 텐데."

"그 부분은 뭐, 우리도 그러니까."

"그건 그렇지만……."

위험한 유적에서 전력을 분산할 바에는 차의 피해는 무시하고 자신의 안전을 우선한다. 안전이 제일. 만약 차가 부서져서 자기 힘으로 도시까지 돌아갈 수 없게 되더라도 운반책 등을 부르면 된다. 그렇게 판단하는 헌터도 드물지는 않았다.

아키라 일행도 지금은 두 팀으로 나뉘어서 전력을 분산하고 있지만, 차에 사람을 남기진 않는다. 트레일러로 수송되었을지도 모르는 헌터들이 다 같이 행동하더라도, 그것을 이상하게 여기지는 않았다.

"아키라. 종합 지원 시스템의 해석 결과가 나왔어. 이런 차는 동부에서 팔지 않는대."

"그렇다면 자작인가?"

"아키라. 그건 아닐 거야."

"하지만 말이야, 유미나. 이게 구세계 물건으로 보여?"

"안 보이는걸……."

"그렇지?"

현대의 물건이 아니라면 구세계의 물건. 그 논리는 아키라도 잘 안다. 그러나 눈앞에 있는 트레일러는 마치 여러 대의 사고 차량에서 비교적 멀쩡한 부분을 모아서 용접한 듯 조악한 부분이 많다. 유미나의 눈에도 구세계의 물건으로는 보이지 않았다.

아무튼 아키라와 유미나는 다시 레이나 팀에 연락했다.

◆

　티오르는 관처럼 생긴 수납 장치를 운반하며 유적 안을 이동하고 있었다. 그리고 새하얀 방에 도착했을 때 수납 장치를 내려놓고, 기동한다. 배운 적도 없는 기동 방법을, 티오르는 당연한 것처럼 알고 있었다. 그러나 그 사실에 의문을 느끼는 일은 없었다.

　수납 장치의 위쪽이 열린다. 안에는 구세계산 자동인형이 있었다. 메이드 차림을 한 예쁜 외모의 여성형으로, 수납 장치 안에서 잠든 것처럼 눈을 감고 있다.

　티오르는 그 자동인형을 보고 흥분을 느꼈다. 티오르도 헌터다. 구세계산 자동인형이 가치가 매우 큰 유물임은 알고 있었다. 헌터로서 그러한 물건을 보면 마음이 흔들린다.

　그것이 지금껏 무의식중에 작업하던 티오르의 의식을 자극했다. 왠지 모르게 흐릿했던 의식이 또렷해진다. 그리고 자신이 지금 뭘 했는지를 이해하고, 관련된 사항도 떠올린다.

　"어……? 그리고 보니 자동인형은 기동하면 위험한 게……."

　괴이쩍은 얼굴로 그렇게 말한 티오르의 앞에서, 자동인형이 눈을 뜬다. 다음 순간, 티오르는 기동한 자동인형에게 가슴을 꿰뚫렸다.

　피를 토한 티오르의 가슴에서 자동인형이 손을 빼낸다. 가슴에 구멍이 난 티오르가 힘없이 쓰러진다. 나자빠진 티오르의 가슴에서 대량의 피가 흘러나오고, 바닥을 녹색으로 물들인다.

　의식이 몽롱해지는 가운데, 티오르가 그 피를 보고 생각한다.

(녹색……? 내 피가……? 왜…….)

그 의문을 마지막으로, 티오르의 의식은 다시 어둠에 삼켜졌다.

티오르의 몸에서 손을 뺀 자동인형이, 팔을 가볍게 흔든다. 소매와 장갑에만 묻은 녹색 피는 그것만으로 완전히 제거되었다.

그 자동인형의 눈에는 세 가지가 비쳤다. 새하얀 방. 나자빠진 티오르. 그리고 그 티오르의 옆에 선, 확장현실로 표시되는 여성의 모습이다.

『그쪽에 의뢰하고 싶은 게 있다. 검토해 주길 바란다.』

그렇게 갑자기 확장현실을 통해 무표정한 얼굴로 자동인형에게 말한 그 여성은, 츠바키였다.

유적의 지하도에서, 티오르는 티오르로서 의식을 되찾았다. 두 손에 쥔 금속 조각을 보고 고개를 갸우뚱한다. 자동인형의 수납장치였던 금속 조각에는 이빨 자국이 있었다.

"정신이 들었습니까?"

그 말을 들은 티오르는 목소리가 난 곳을 봤다. 그리고 무심코 뒷걸음질 친다. 그곳에는 티오르가 기동한 자동인형이 있었다.

티오르가 자신의 가슴을 본다. 가슴을 꿰뚫린 흔적은 없었다. 상대의 손을 본다. 피가 묻지 않았다.

"꿈……?"

당혹하고, 동요하는 티오르에게, 자동인형이 다시 말을 건다.

"정신이 들었다면, 여기까지만 옮겨도 되겠지요. 저는 이만 실례하겠습니다.”

“여긴, 어디야……? 나는 이런 데서 뭘 한 거야?”

아무것도 모르겠다. 치솟는 불안과 공포가 티오르를 침식하고, 그 속마음을 반영해 표정을 추하게 일그러뜨린다.

그런 티오르에게, 자동인형이 아무렇지도 않게 말한다.

“볼일을 마쳤으니까, 돌아가던 길이 아닐까요?”

“어……?”

그 말을 들은 티오르는 갑자기 조금 놀란 반응을 보였다. 그리고 깜빡한 것을 떠올린 것처럼 안도한 얼굴로 고개를 끄덕인다.

“아, 맞다. 그랬지. 깜빡했어. 잠깐만, 당신은 누구야?”

“올리비아라고 합니다. 이만 실례하겠습니다.”

올리비아라고 이름을 댄 자동인형은 그 말만 하고 정중하게 머리를 숙이더니, 지금껏 이동하던 방향과는 반대쪽으로 사라졌다.

“뭐지……? 아무렴 어때. 돌아가자.”

티오르는 조금 괴이쩍은 기색을 보였지만, 곧바로 아무래도 좋다는 느낌으로 걷기 시작했다.

누가 지시했는지도 모르는, 다음 지시에 따라서.

◆

돔의 지하에서 레이나 팀과 합류한 아키라 팀은, 레이나 팀 사람들에게 상황을 처음부터 끝까지 설명했다. 그러고 나서 아키라가 묻는다.

"그래서 말인데, 어떻게 생각해?"

그렇게 말해도 잘 모르겠다는 표정을 짓는 레이나를 보고, 시오리가 정보 공유를 겸해서 이야기한다.

"그렇군요. 우선, 여기는 우리가 찾던 창고, 혹은 그 물자 반입구, 또는 유적 전체의 집배장일지도 모릅니다. 그리고 그 트레일러에 탔던 헌터들은 지각했을 가능성이 있지요."

헌터들은 쿠로사와처럼 다른 출처에서 자동인형의 정보를 알았다. 그리고 점포를 확보하러 나선 쿠로사와의 부대와는 다르게, 그들은 창고 확보를 선택했다.

이 거대한 지하 공간, 유적 전체의 집배장에서 이어지는 지하도는 각 돔의 창고로 이어질지도 모른다. 그래서 그들은 그것을 제압하러 간 걸지도 모른다. 시오리는 그렇게 설명했다.

레이나는 그 이야기를 듣고 납득한 것처럼 고개를 끄덕였다. 하지만 의문이 생긴다.

"음. 하지만 그렇다면 여기를 확보하는 게 나을 것 같은데."

"그러지 않은 이유가 있었던 거겠지요."

헌터들의 정보에 따르면, 자동인형은 먼저 여기에 반입된 다음 각 자동인형 가게로 운반될 예정이었다. 그리고 그들은 그 반입 일시도 예상했다.

그들도 처음에는 이 장소를 확보할 작정이었다. 그러나 모종의 이유로 도착이 지연되고 말았다. 그리고 이 장소에 자동인형이 없어서, 이미 각 돔의 창고로 반입되거나 혹은 각 점포로 배달되기 시작했다고 판단하고, 그 전에 자동인형을 손에 넣고자 서둘러 움직이기 시작했다.

그렇게 이야기한 다음, 시오리가 추가로 설명을 보탠다.

"물론, 이건 어디까지나 예상입니다. 헌터들의 도착이 지연된 게 아니라, 자동인형의 반입이 지연되었을 가능성도 있습니다. 또한 그들이 왜 그것을 상정하지 않았는지, 상정했다면 그럴 가능성이 없다고 판단한 근거가 뭔지 등, 허점이 많은 가정에 불과합니다. 하오나 현재 상황에서 우리에게 가능한 추측은 이 정도가 한계겠지요."

자신의 추측이 그 한계에 전혀 도달하지 않았던 아키라, 레이나, 토가미는 감탄한 듯이 고개를 끄덕였다. 그리고 똑같은 자들끼리 그것을 눈치채고는 얼버무리듯 태도를 바꿨다.

토가미가 조금 억지로 이야기를 진행한다.

"그래서? 어쩔 거야? 자동인형의 반입이 늦어졌을 가능성이 있다면 우리가 여기를 확보하는 것도 괜찮지 않을까?"

레이나는 쓴웃음을 짓고 고개를 끄덕였다.

"그러네. 그렇게 할까. 정말이지, 창고는 우리가 찾기로 했으면서 아키라한테 선수를 빼앗겼구나. 우리는 잘한 게 하나도 없어."

"무슨 소리를 하는 거야. 앞으로…… 응?"

그때 그 자리에 있는 모두가 이쪽으로 통하는 통로 너머에서 다가오는 반응을 감지했다. 반응과의 거리는 제법 멀지만, 재밍 스모크 같은 효과를 내는 식물이 우거진 지상과는 다르게 이 지하에서는 그 영향이 없다. 상대의 인원수, 대략적인 크기도 똑똑히 포착한다.

"한 명임다. 게다가 아이인 것 같슴다."

"여기서 안쪽으로 간 헌터가 돌아온 걸지도 모릅니다. 아가씨. 일단 경계하시길."

레이나의 경호원으로서 다른 사람들보다 경계심이 강한 시오리, 카나에도 상대에 대한 경계는 고작 그 정도였다. 통로에서 나타난 상대의 모습을 보고도 자신들과 상대 헌터들 중 누가 이 장소를 확보할지로 다투면 일이 귀찮아질지도 모른다는 쪽으로만 경계가 치우쳤다.

하지만 아키라는 달랐다.

"저 녀석은……!"

그리고 상대도 달랐다.

"아, 아키라……?!"

통로에서 나타난 것은 티오르였다.

티오르를 알아챈 아키라가 그 얼굴에 강한 경계심을 드러낸다. 그리고 아키라를 알아챈 티오르는 그 얼굴에 강한 경계심과 그보다 더한 공포를 드러냈다.

경계만이 있는 아키라와 경계와 공포가 있는 티오르. 그 차이가 티오르를 먼저 행동하게 한다. 겁에 질린 얼굴로 왼팔을 아키라 일행에게 겨눴다.

아키라가 SSB 복합총을 겨누며 소리친다.

"피해!"

시오리가 레이나를, 카나에가 토가미를 붙잡고 회피 행동에 나선다. 유미나도 종합 지원 시스템의 지원으로 그 자리에서 이탈한다. 그리고 아키라는 SSB 복합총을 연사해서 요격에 나섰다.

거의 동시에 티오르가 왼팔에서 포탄을 쏜다. 왼팔을 날리며 발사된 강력한 포탄이, 아키라를 향해 지하 공간을 가르고, 일직선으로 날아간다.

하지만 그 포탄에, 알파의 서포트로 조준 보정을 받은 무수한 총탄이 쇄도한다. 포탄은 아키라의 10미터 정도 앞에서 폭발하고, 어지간한 유탄과는 비교도 안 될 정도의 폭발력으로 지하 공간을 집어삼켰다.

사방이 트인 지상과는 달리 폐쇄된 지하 공간에 폭발의 화염과 후폭풍이 몰아친다. 아키라도 멀리 날아갔지만, 강화복과 방호 코트 덕분에 신체적으로는 멀쩡하다. 어렵지 않게 착지한다. 다른 일행도 어떻게든 차 뒤로 대피해서 무사했다.

그 틈에 티오르는 도망치려고 했다. 지상으로 이어지는 통로를 향해서 온 힘을 다해 뛰고 있다.

이번에는 놓치지 않는다. 그렇게 생각하면서 아키라는 다시 티오르를 노렸다. 하지만 방해받는다. 티오르의 트레일러가 혼자 급발진해서 아키라를 치어 죽이려고 한다.

아키라는 그것을 피했지만, 그 자리에 남겨진 트레일러는 그대로 아키라의 사선상을 달려서 티오르를 노리는 것을 방해했다.

아키라가 트레일러를 통상판 SSB 복합총으로 연사한다. 거물 사냥용보다 위력은 떨어진다고는 하나, 어지간한 차량이나 몬스터를 산산이 조각낼 위력은 있다. 하지만 트레일러는 더없이 튼튼해서, 무수한 총탄을 받고도 부서지지 않고 달렸다.

그리고 그 트레일러에 올라탄 티오르가 차 위에서 다시 아키라를 포격한다. 지금의 티오르는 이 단시간에 다시 포격할 수 있었다.

아키라가 다시 포탄을 요격한다. 폭발의 화염과 바람이 다시 지하에 휘몰아친다. 아키라는 또다시 날아갔다. 그 틈에 티오르는 점점 멀어진다.

"제길!"

아키라는 착지하면서 무심코 그렇게 소리쳤다. 그때, 등 뒤에서 알파가 운전하는 아키라의 바이크가 달려온다.

『아키라. 타.』

『좋았어!』

아키라는 바이크에 올라타고, 이미 지상으로 통하는 통로에 접어든 티오르를 전속력으로 쫓아갔다.

급박한 전개에 대응할 시간도 없이 그 자리에 남겨진 일행에게, 아키라의 통신이 들어온다.

"나는 저 녀석을 쫓겠어! 이 장소를 확보하든, 철수하든, 저 녀석은 위험해! 방치할 순 없어! 나중에 합류하자! 이상!"

아키라와의 통신은 그렇게 일방적인 말로 끝났다. 모두가 서로 얼굴을 보는 가운데, 유미나가 진지한 표정으로 제안한다.

"나는 철수하는 게 낫다고 생각해. 자동인형은 아쉽지만, 이미 그럴 상황이 아니라고 봐."

시오리도 긍정했다.

"찬성합니다. 다른 헌터와 교전하면서 계속할 수는 없겠지요."

티오르를 모르는 시오리는, 갑자기 공격한 티오르의 행동을 자동인형 쟁탈전을 위한 폭거로 판단했다.

자동인형 가게를 점거한 쿠로사와의 부대는 경쟁 상대이지만, 어디까지나 먼저 차지한 사람이 임자라는 자세다. 헌터끼리의 교전은 고려하지 않는다. 시오리는 그렇게 판단했다.

그러나 교전도 허용하는 경쟁 상대가 출현했다면, 차마 레이나에게 자동인형 탐색을 계속하게 할 수는 없었다.

토가미도 동의를 표한다. 카나에는 판단을 레이나에게 떠넘겼다. 그리고 레이나도 시오리에게 찬동했다.

"그러네. 철수하자. 우선 여기서 나가고, 아키라를 지원하면서 함께 유적에서 탈출하는 거야. 가자. 응……? 잠깐만 쿠로사와 쪽에서 통지가 왔어."

자동인형 탐색의 경쟁 상대이긴 하지만, 쿠로사와 일행과는 뭔일이 생겼을 때 연락하기로 했다. 레이나가 굳은 얼굴로 통지의 내용을 확인한다. 그리고 무심코 소리쳤다.

"뭐어……?!"

그 내용은, 수십 대에 달하는 구세계산 자동인형이 유적에서 폭주하고 있다는 것이었다.

제164화 티오르의 변이

 자동인형 가게의 폐허를 확보 중인 쿠로사와의 앞에서, 입체영상으로 자동인형을 표시하던 전시 케이스에 변화가 나타난다.

 우선 입체영상이 사라졌다. 그 시점에서 쿠로사와는 모든 부대원에게 경계를 촉구했다. 다음에 무슨 일이 생길지 모르기 때문이다. 최악의 경우, 유적의 무언가가 변화해서 경비 기계가 갑자기 기동해 습격하는 것도 생각할 수 있었다.

 쿠로사와 일행이 경계를 강화하는 가운데, 다음 변화가 나타난다. 전시 케이스의 바닥이 열리고, 그곳에서 진짜 자동인형이 올라왔다. 놀라면서 그것을 보던 쿠로사와 일행은, 그것이 입체영상이 아니라는 것을 확인하더니 작게나마 환희에 찬 소리를 냈다.

 정보대로 자동인형이 재입고될 확률은 잘해야 20퍼센트. 그렇게 여겼던 쿠로사와도 그 확률이 적중한 것에 웃음꽃을 피운다.

 "좋아! 유즈모 인더스트리에 연락해서 전문 업자를 부르게 해라! 업자가 도착할 때까지 계속해서 여기를 확보한다! 지금부터가 진짜다! 정신 바짝 차려라!"

 쿠로사와는 그렇게 지시하고 다른 점포를 확보 중인 자들을 이곳으로 부르려고 했다. 확률이 적중한 재입고 점포가 판명된 이상, 다른 장소를 확보할 필요가 없다고 판단한 것이다.

하지만 그때, 다른 부대에서 보고하는 것을 듣고 놀란다.

"뭐……? 그쪽에도 있다고?"

자동인형은 쿠로사와의 부대가 확보 중인 모든 점포 터에 출현했다. 이곳과 똑같이 전시 케이스의 바닥에서 올라온 곳도 있거니와, 벽이 열리고 그곳에서 수납 장치와 함께 나타난 곳도 있었다.

나아가 그 보고를 듣는 와중에도 쿠로사와가 있는 점포 벽에서 수납 장치에 든 새로운 자동인형이 몇 개 출현했다.

예상을 넘어선 성과에 부대원들이 환호하고 있다. 하지만 쿠로사와만은 반대로 표정을 굳히고 있었다.

(큰일이군……. 재입고 점포에 부대가 집결하면 업자가 도착할 때까지 무슨 일이 생겨도 문제없는 전력이 될 거다. 그렇게 생각했는데, 이래서는 전력을 집중할 수 없어……. 지키는 장소를 반으로 줄일까? 아니지. 아무래도 그건 무리인가…….)

상상을 초월한 성과 때문에 반대로 계획보다 취약한 상태로 방어해야만 하는 상황에 쿠로사와는 골치가 아팠다. 그리고 심각한 얼굴로 지시한다.

"초계로 내보낸 녀석들을 모두 도로 불러들여라. 상황을 유즈모 인더스트리에 전해서 증원을 요청해. 성과가 크더라도 예상을 벗어난 상황이다. 긴장을 풀지 마."

그런 쿠로사와의 엄격한 태도에, 큰 성과를 기뻐하던 자들도 정신을 차린다. 부대는 조금 느슨해졌던 질서를 되찾고, 기민하게 움직이기 시작했다.

그 뒤로 한동안은 아무 일도 생기지 않았다.

보고받은 유즈모 인더스트리는 증원 부대의 파견을 즉각 결정하고, 이로써 쿠로사와의 부대만으로 방어해야만 하는 시간도 격감했다. 또한 쿠로사와는 이 새로운 상황에 대비하는 몇 가지 지시를 동료들에게 내렸다.

이러면 어떻게든 될 것이다. 그렇게 생각한 쿠로사와가 긴장을 조금 풀고 한숨을 쉰다.

그때 로딘이 수납 장치에 있는 자동인형을 열심히 보는 것을 알아챈다. 안도의 숨이 아닌 한숨을 내쉬고, 로딘이 있는 곳으로 간다.

"이봐, 로딘. 긴장을 풀지 말라고 했잖아. 자꾸 보지만 말고 경비하러 돌아가."

"아, 미안해."

"거참……."

그대로 그 자리에서 벗어나려고 했을 때, 쿠로사와의 등 뒤에서 소리가 났다. 불길한 예감이 들면서 둘이서 뒤돌아본다.

예감은 적중했다. 그 소리는 수납 장치가 열리는 소리였다. 그리고 그 안에서 자동인형이 밖으로 나오려고 했다.

쿠로사와가 재빨리 총을 겨누려고 한다. 하지만 상대도 한순간에 거리를 좁힌다. 이미 총이 유리한 거리가 아니다. 발포하기도 전에 자동인형의 손날이 쿠로사와에게 육박한다.

하지만 그 전에 쿠로사와가 맹렬한 발차기를 날린다. 그 일격으로 상대를 벽까지 날려 버렸다.

그러나 자동인형은 멀쩡하다. 구세계의 제품이기도 해서, 그 신체는 매우 튼튼했다. 나아가 현대의 방호복 수준으로 튼튼한 구세계의 의복을 착용했다. 그 정도로는 파손되지 않는다.

하지만 그것도 쿠로사와가 상정한 범위다. 애초에 방금 발차기는 상대를 부수려는 것이 아닌, 날려 버리기 위한 것이었다.

벽에 처박힌 자동인형이 그 상태에서 벗어나려고 해서 잠시 움직임이 굼떠진다. 그 짧은 틈에, 쿠로사와가 총탄을 마구 퍼붓는다. 정신을 차린 로딘도 황급히 함께 사격한다.

좌우지간 안전을 우선하는 쿠로사와는 만약을 대비해서 부대에 자동인형과의 전투도 고려한 무장을 준비했다. 아무리 그래도 모두가 장비할 만큼은 준비하지 못했지만, 대장인 쿠로사와와 측근인 로딘은 단단히 무장했다.

그 상태로 이루어진 두 명분의 사격은 눈앞에 있는 위협을 제거하기 충분했다. 자동인형은 파괴되고, 산산이 부서져 주변에 흩어졌다.

무심코 안도의 숨을 쉰 로딘을, 쿠로사와가 노려본다.

"로딘! 이 자식!"

"아아아아아, 아니야! 내가 아니야! 내가 한 게 아니라고!"

자동인형을 무단으로 기동했다고 의심받은 로딘은 황급히 고개를 저었다. 그리고 쿠로사와는 필사적인 로딘의 반응을 보고, 그것을 믿었다.

하지만 그것은 사태의 악화를 의미했다. 로딘이 기동한 것이 아니라면, 자동인형이 제멋대로 기동했다는 뜻이기 때문이다.

그리고 그것을 뒷받침하듯, 다른 수납 장치에서도 자동인형이 기동하는 소리가 나기 시작한다. 쿠로사와는 즉각 결단했다.

"탈출한다! 플랜 C다!"

그렇게 말하고 뛰기 시작한 쿠로사와를 따라가는 로딘은 놀란 표정을 짓는다.

"플랜 C?! 진심이야?! 이미 유즈모 인더스트리에 연락했는데?!"

"진심이다! 다른 부대와 합류한다! 가자!"

플랜 C는 쿠로사와 일행이 사전에 정한, 작전이 실패했을 때의 행동계획 중 하나다. 그 내용은, 점포 터의 점거 포기와 미기동 상태인 모든 자동인형의 즉각 파괴, 그리고 기동하기 전에 파괴하지 못한 자동인형의 격파였다.

◆

경사가 있는 지하도를 힘차게 달리는 티오르의 트레일러가 그대로 지상에 나갔다. 조금 뒤늦게 아키라도 바이크로 뛰쳐나온다. 도망치는 티오르와 쫓는 아키라의 추격극은 장소를 지하에서 지상으로 옮겨 계속된다.

바이크에 탄 아키라의 화력은 미개조 SSB 복합총만 소지하고 걸었을 때와 비교해서 몇 배는 늘어났다. 바이크에 장착한 거물 사냥용 대형 SSB 복합총이 불을 뿜고, 트레일러에 뚫린 구멍을 늘려나간다.

나아가 넓은 지상에 나가면서 소형 미사일도 스스럼없이 쓸 수 있게 되었다. 수많은 미사일이 포물선을 그리며 공중을 날아가고, 잠시 트레일러를 추월한 다음에 차량 전면으로 쇄도한다. 그리고 명중하고, 쿠즈스하라 시가지 유적 중심부의 몬스터 무리를 유린한 위력으로 차체를 뒤흔들어 파손시켰다.

그런데도 치명적인 파손에는 이르지 않는다. 트레일러는 아키라도 무심코 인상을 쓸 정도로 경이로운 튼튼함을 자랑했다.

그러나 티오르의 도주를 방해하는 효과로는 충분하다. 아무리 튼튼하다고 해도 수많은 미사일에 정면으로 맞으면 속도가 떨어진다. 폭발로 전방의 지면이 망가지면 이동하기도 어려워진다. 그것을 꺼려서 미사일을 피하려고 진로를 크게 틀었다간 유적 밖이 멀어진다. 티오르는 점점 궁지에 몰린다.

나아가 아키라는 바이크의 기동력을 살려서 앞지르듯이 움직이고 있다. 그러면서 트레일러의 화물칸에 있는 티오르를 집요하게 노린다.

명중 때 발생하는 충격변환광이 상대의 차체가 포스 필드 아머로 방어됨을 알려준다. 그리고 아키라가 사용하는 탄은 안티 포스 필드 아머탄이 아니다. 폭풍처럼 몰아치듯 쏴도 요란한 사격만큼의 효과는 나지 않는다.

그래도 이대로 계속 쏘면 강력한 총탄의 폭풍이 화물칸에 있는 티오르를 트레일러와 함께 파괴할 것이다. 그것은 차체에 생긴 무수한 구멍이 증명하고 있다.

아키라의 사격은 알파의 서포트로 조준 보정을 받은, 매우 정밀하게 동일 부위를 노린 연사다. 그 위력으로 포스 필드 아머의 방어를 뚫고, 언젠가는 차량을 분쇄한다.

티오르도 반격하려고는 했다. 그러나 왼팔의 포는 쓸 수 없다. 다시 포격할 수는 있지만, 쏜 순간에 요격당할지도 모르니까 쏘는 것을 주저할 수밖에 없다.

이미 아키라에게 이만큼 따라잡혔다. 그 상태로 포탄을 요격당하면 그 폭발에 티오르의 트레일러도 휘말릴 것이다. 그것으로 차량이 뒤집히기라도 하면, 이동할 수조차 없어진 상태로 집중포화를 맞고 끝장이다.

그렇다면. 티오르는 오른팔을 썼다. 이미 구멍이 크게 뚫린 곳에서 잠시 몸을 내밀고, 오른손에 생긴 칼날을 힘껏 휘두른다. 발광하는 칼날에서 공간에 전파되는, 절삭력을 지닌 파동이 빛의 칼날로 변해 딱 봐도 사거리 밖에 있는 물체를 절단했다.

아키라도 그 공격에는 놀랐다. 하지만 아키라는 미하조노 시가지 유적에서 모니카와 싸웠을 때, 위력과 사거리가 더 웃도는 것을 자기 힘으로 피했다. 게다가 지금은 알파의 서포트도 있다. 회피하기는 쉬웠다. 칼날의 틈새를 간파하고, 그 밖에서 계속해서 총을 쏜다.

티오르는 더욱 궁지에 몰렸다. 빛의 칼날을 날렸을 때 총에 맞고, 총탄에 몸이 파이며, 관통당한다. 그 상처 부위에서 흐르는 빨간 피가, 엄밀하게는 티오르의 눈에는 빨갛게 보이는 피가, 티오르에게 죽음을 떠올리게 했다.

물론 부상 자체는 이미 다 나았다. 하지만 대량으로 흘린 피의 흔적은 바닥과 몸에 요란하게 남아 있었다. 이 출혈량으론 살 수 없다는 생각이 티오르를 몰아붙이고, 그 정신을 소모하게 한다.

그것은 죽음을 더욱 떠올리게 하고, 티오르의 이성을 서서히 갉아내고 있었다.

웃으면서 왼손으로 머리를 짚으려는 티오르의 시야에 왼팔이, 포로 변한 팔이 들어왔다. 티오르가 무심코 웃고, 자포자기하고 악을 쓴다.

"내 팔을 이렇게 영문도 모를 걸로 바꿨다면, 더 굉장한 걸로 바꾸라고! 날 무시하지 마!"

자포자기한 티오르가 도움이 안 되는 왼팔에 성질을 내듯 왼팔로 차체를 때린다.

"더 굉장한 무기가 되라고! 아키라 정도는 죽일 수 있는, 굉장한 것으로! 더! 더! 굉장한 걸로! 바꾸라고! 바꾸라고! 바꾸라고!"

반쯤 미쳐 날뛰듯 소리치며, 왼팔로 트레일러를 계속 때린다. 몇 번이고 자꾸 때린다. 너무나도 강한 힘으로 때린 탓에 왼팔이 찢어져 피가 난다. 그 피가 녹색으로 보이는 것도 모를 정도로, 티오르는 이성을 잃고 있었다.

하지만 그 이성과 광기의 틈새에서, 그리고 티오르의 인격이란 의식과 시스템의 의식이 뒤섞이는 와중에서, 티오르의 왼팔이 주인의 소망에 응했다. 찢어진 팔에서 이빨이 나고, 거대한 아가리로 변해서, 트레일러를 안에서 물어뜯는다.

그것을 보고, 티오르는 웃고 있었다.

바이크에 타고 총을 쏘던 아키라는 트레일러의 변화를 눈치채고 무심코 공격을 멈췄다.

『저게 뭐야…….』

트레일러가 안에서 먹히듯 작아진다. 마침내 화물칸의 벽과 천장이 사라지고 차체의 길이도 반으로 줄어들었을 때, 트레일러의 나머지 부분에는 괴상하게 변이한 티오르가 서 있었다.

그 왼팔은 거대해지고, 기형이 되고, 부분적으로 기계가 되었다. 대구경 총이 수없이 생기고, 거대한 방패도 달렸다. 일부는 차량과 융합하기도 했다. 보기만 해도 강한 그 팔을 보면서, 티오르가 큰 소리로 웃는다.

"하면 되잖아! 그러면, 뒈져라!"

그리고 그 팔을 아키라에게 겨누더니, 모든 총구에서 대량의 탄환을 쏴서 일대를 분쇄할 듯한 폭풍과도 같은 탄막을 펼쳤다.

이쯤 되면 아키라도 황급히 회피 행동을 취한다. 상대의 사격에 정확성은 없다. 하지만 그것을 보충할 만큼의 농도가 있었다.

주위에 자란 강철보다도 튼튼한 풀과 넝쿨이 대량의 탄환을 뒤집어쓰고 사라진다. 그곳에서 드러난 흙도 마치 포격을 맞은 것처럼 날아갔다.

유적에 자란 식물의 튼튼함을 아는 아키라가 식은땀을 흘린다.

『알파?! 저건 진짜 뭐야?!』

『차체의 일부를 재료로 무장을 생성한 것 같아. 생성 방법은 폭식 악어와 거의 비슷해.』

『악어로는 안 보이는데……?』

『그 인자를 모종의 방법으로 삽입해서 적응시킨 거겠지. 적어도 원본은 인간이었을 거야.』

바이크로 달리며 아키라가 다시금 티오르를 본다. 과연 인간이 그럴 수 있는지 의문이 생기지만, 저런 짓이 가능한 녀석이 인간일까 하는 의문도 생긴다.

생체든 의체든, 자동인형이든, 인간은 그것이 인간처럼 보이면 인간으로 여긴다. 그런 의미에서, 지금의 티오르는 인간인지도 몹시 의심스러웠다.

『인간인지 몬스터인지 잘 모를 녀석이군.』

『그건 정의에 따라 달라. 하지만 지금은 관계없어. 저게 인간이든 몬스터든, 해치울 뿐이야.』

『그렇지……!』

원래부터 아키라는 살인을 주저하지 않는다. 티오르가 인간인지 아닌지는, 지금의 아키라에게 죽이지 않고 무력화하면 다소는 심문할 수 있을지도 모른다는 정도의 문제밖에 안 된다. 그리고 그것도 죽일 작정으로 싸운 다음, 상대가 운 좋게 살아남으면 물어볼까 하는 정도의 이야기다.

여기서도, 쿠즈스하라 시가지 유적 중심부에서도, 자신들을 난데없이 공격한 이유가 무엇인지. 그것을 물어보려고 티오르를 죽이지 않고 싸울 생각은 처음부터 없었다.

저것이 인간이든 몬스터든 해치울 뿐. 할 일은 달라지지 않는다. 아키라는 그렇게 생각해서 마음을 바꾼 다음, 불필요한 의문을 머릿속에서 몰아내고 전투에 집중했다.

아키라에게서 도망치던 티오르는 강력한 무기를 손에 넣자마자 적극적으로 아키라를 쫓기 시작했다. 한편, 아키라는 티오르와 거리를 벌리며 싸우려고 하고 있다. 이로써 아키라와 티오르의 추격극은 쫓는 자와 쫓기는 자가 역전되었다.

◆

철수하기로 한 레이나 일행은 모두가 유미나의 차량에 타고 지상으로 향했다. 아키라의 차와 레이나 일행의 차는 티오르의 공격이 낳은 폭풍에 요란하게 뒤집힌 탓에 파손되었다. 망가진 건 아니지만, 혹시 몰라서 승차는 피하고, 자동 운전으로 뒤따라오게 했다.

지상으로 나간 레이나 일행은 우선 아키라의 상황을 살폈다.

지상에서는 식물 때문에 정보수집기의 정밀성에 지장이 생기지만, 통신 상태는 양호하다. 그리고 아키라의 정보수집기와는 연동을 마친 상태. 수신 중인 연동 데이터를 사용하면 아키라의 상황을 금방 알 수 있다.

정체 모를 습격자는 이미 아키라가 해치웠을지도 모른다. 그렇다면 아키라와 합류해서 귀환하기만 하면 된다. 레이나 일행은 아키라의 강함을 생각해서, 어느 정도 차이는 있어도 그렇게 낙관하고 있었다.

하지만 그 예상이 빗나간다. 아키라는 정체 모를 존재와 교전 중이었다. 연동 데이터로 그것을 안 유미나가 황급히 연락한다.

"아키라?! 괜찮아?!"

"유미나? 괜찮아. 조금 애먹고 있어."

유미나가 허둥대는 데 반해서, 아키라의 목소리는 아주 평온했다. 그래서 유미나도 침착함을 되찾는다.

"그, 그래? 저기, 아키라는 뭐랑 싸우는 거야?"

"나도 잘 몰라. 싸우는 동안에 저렇게 이상해졌어."

"알았어. 아무튼 지원할게. 함께 무찌르자."

유미나가 그렇게 말하자, 아키라는 곧바로 대답하지 않고 무언가 고민하는 듯이 침묵했다.

"지원해 주는 건 고맙지만…… 그쪽에서 섣불리 끼어들면 이 이상한 놈이 그쪽으로 갈지도 모르는데? 괜찮겠어?"

유미나는 곧바로 대답하지 못했다. 연동 데이터를 통해서 확인한 티오르의 위험은 괜찮다고 대답하는 것을 주저하게 했다.

그런 유미나의 반응에서, 아키라도 직접적인 지원은 어렵다고 판단한다.

"어렵다면 먼저 철수해 줘. 아, 가는 길에 탄약을 적당히 바닥에 던져 주면 좋겠어. 나도 탄이 다 떨어지는 건 피하고 싶으니까. 던져둔 장소를 알려주면 알아서 주우러 갈게. 무리하진 마."

그것으로 아키라와의 통신은 끊겼다.

유미나는 딱딱한 표정을 짓는다. 하지만 곧바로 진지한 표정으로 바꿨다.

"가자. 아키라가 부탁한 대로 탄약을 두면서 유적 밖으로 이동할 거야."

그것을 들은 레이나가 놀란다.

"유미나?! 아키라를 돕지 않는 거야?!"

"아키라가 있는 곳으로 가서, 가까이서 지원하긴 어렵다고 판단했어. 그렇죠……?"

유미나는 그렇게 말하고 시오리와 카나에에게 시선을 돌렸다.

"아가씨. 유감이지만 그 말이 맞습니다."

"뭐, 괜찮지 않겠습까? 아키라 소년이 부탁해! 도와줘! 라고 말한다면 또 모를까, 저렇게 말한 걸 보면 근처에서 어슬렁거리다가 방해할 바에는 차라리 멀리 떨어지라는 느낌인 것 같으니까요."

실제로는 시오리와 카나에라면 아키라를 충분히 지원할 수 있다. 차는 두 대가 남았다. 그것으로 따로 행동하면 된다. 두 사람의 실력이라면 문제없다.

그러나 이런 상황에서 두 사람이 레이나와 따로 행동하는 것을 허용할 것으로 보기는 어렵다. 레이나를 데리고 아키라를 도우러 가는 것은 더더욱 어렵다. 시오리와 카나에는 레이나를 위험에 처하게 하면서 아키라를 도울 이유가 없었다.

유미나는 그것을 감안해서 시오리와 카나에에게 확인을 구했고, 두 사람도 그것을 알고 대답했다.

그리고 레이나도 그 정도는 이해했다.

"알았어. 가자."

또 자신이 발목을 잡았다. 레이나는 고개를 살짝 숙였다. 늘어져선 안 된다는 마음으로 고개를 들려고 하지만, 똑바로 들 수는 없었다.

토가미는 그런 레이나를 애통한 심정으로 보고 있었다. 그러나 해줄 말은 떠오르지 않았다.

그 뒤로 레이나 일행은 유미나의 운전으로 유적에서 이동하고 있었다. 그리고 몇 번인가 멈춰서 아키라를 위해 탄약을 지면에 놓았을 때, 레이나가 의아하게 여긴다.

"유미나. 아키라랑 너무 가깝지 않아? 아키라한테 탄약을 줘야 하니까 이해는 하지만……."

그런 것치고는 너무 접근했다. 레이나는 그렇게 여기고 의아해 했다.

그러자 유미나가 차에 둔 다른 SSB 복합총을 들고 웃는다.

"아무리 그래도 이 정도로 가깝지 않으면 닿지 않으니까."

"어?"

"레이나. 나는 아키라의 근처에서 지원하는 게 어렵다고 말한 거야. 아키라를 지원하지 않겠다는 말은 안 했어."

SSB 복합총을 겨누고 유미나가 조금 대담하게 웃는다. 그리고 확장탄창이 빌 때까지 방아쇠를 당겼다.

총구에서 수많은 소형 미사일이 힘차게 사출된다. 그 소형 미사일 집단은 레이나 일행의 근처에 있는 돔을 넘어가고, 그 너머에 있는 티오르에게 명중했다.

종합 지원 시스템을 통해서 그것을 안 유미나가 만족스럽게 미소를 짓는다.

"좋아. 맞았어. 이런 걸 간단하게 할 수 있는 것도 종합 지원 시스템의 강점인걸."

평범하게 쏘기만 해서는 미사일의 유도를 종합 지원 시스템에 맡겨도 유적에 자란 식물의 영향으로 맞지 않는다. 하지만 연동을 마친 아키라의 정보수집기를 유도 장치 대용으로 쓰면 시스템상으로는 근처에서 노리는 것과 똑같아진다.

유미나가 원거리에서 대충 쏘고, 아키라의 위치에서 조준을 미세 조정한다. 그것이 이 원거리 공격을 가능케 했다.

유미나는 아키라의 동행자로서 쿠즈스하라 시가지 유적 중심부에서 함께 싸운 관계로, 아키라와 똑같은 총을 쓰고 있다. 똑같은 총이니까 아키라가 유미나의 차량에 실은 확장탄창도 당연히 사용할 수 있다. 탄이 바닥날 걱정은 없다. 소형 미사일을 계속해서 연사할 수 있다.

유미나는 대량의 미사일을 공중에 대고 쏘면서 레이나를 보고 득의양양하게 웃었다.

"레이나는 주위 경계를 부탁해. 자동인형이 돌아다닌다고 하니까. 그쪽은 맡길게."

"알았어……!"

할 일이 생긴 레이나는 다시 기운을 차리고 힘차게 웃었다. 유미나를 단단히 지키는 위치에 자리를 잡는다.

토가미가 웃으며 레이나의 곁에 선다.

"힘을 너무 준 거 아니야?"

"시끄러워. 너도 똑바로 해."

"알았다고."

토가미의 농담을 듣고 레이나는 여유와 차분함을 되찾았다. 그리고 그걸 위한 농담임을 깨닫고 조금 기쁘게 여겼다.

카나에가 시오리를 보고 의미심장하게 웃는다.

"누님. 괜찮습까?"

"상관없겠지요……. 이 정도는 우리가 할 일입니다."

"그렇습까."

쿠로사와가 연락한 바에 따르면, 여기는 아직 수십 대의 구세계 산 자동인형이 날뛰는 위험지대다. 그런 곳에 레이나를 두는 것은 위험하다.

그러나 시오리는 그것을 허용했다. 그 정도 문제라면 레이나를 위해서 어떻게든 해결하는 것이 자신들이 할 일이라고 생각했다.

◆

자신에게 맹렬히 돌진하는 티오르의 추격을, 아키라는 바이크 로 교묘하게 이동해서 피하고 있었다.

상대는 트레일러다. 돔 위로는 쫓아오지 못하겠지. 그렇게 생각 하고 수직 벽을 주행할 수 있는 바이크의 기동성을 살려 돔을 타 고 올라갔는데, 티오르는 아무렇지도 않게 쫓아왔다. 아까만 해도 타이어로 이동했던 트레일러에 곤충 같은 다리가 달려서, 돔의 벽 을 억지로 타고 올라갔다.

아키라가 질색하듯 말을 내뱉는다.

『뭐, 지금 와서 놀라진 않아!』

티오르 자신의 변화에 비하면 대수롭지 않다. 아키라는 자신을 타이르고 계속해서 총을 쏜다.

티오르를 노린다. 그러나 왼팔에 생긴 방패에 막힌다. 이 방패의 포스 필드 아머에는 지금껏 트레일러 전체라는 넓은 범위를 지키던 에너지가 쓰이고 있다. 그 튼튼함은 차원이 달랐다.

거대화한 티오르의 왼팔을 노린다. 거기 달린 총을 파괴하는 데는 성공했지만, 새로운 총이 자꾸 생겨서 별로 효과적이지 않다.

소형 미사일로 티오르의 몸 위쪽과 등을 노린다. 그건 티오르도 왼팔로 못 막는다. 아키라를 쏘기 위해서도, 아키라의 사격을 막기 위해서도, 왼팔을 아키라를 향해 뻗을 필요가 있기 때문이다.

하지만 티오르는 자신에게 쇄도하는 미사일을, 오른팔을 휘둘러 막는다. 빛의 칼날을 약한 출력으로 조정하고, 그 대신에 효과 범위를 넓혀서, 선으로 베는 게 아니라 면으로 휩쓸듯이 소형 미사일 집단을 날려 버렸다.

그래서 아키라는 티오르가 아니라 차를 노리려고 한다. 하지만 곧바로 그만뒀다. 티오르에 대한 공격을 늦추자 이를 눈치챈 티오르의 공격이 거세졌기 때문이다.

왼팔에서 총을 더 만들어 더 넓은 범위에 더 많은 총탄을 쏘게 되면 아키라도 회피하기 어려워진다. 알파의 신들린 운전 기술이 있어도 물리적으로 피할 틈이 없는 탄막은 회피할 수 없다. 아키라는 이미 몇 번인가 피탄하고, 방호 코트의 포스 필드 아머 출력을 피탄 부위만 강화해 막는 상태였다.

그 공방 속에서 표정을 굳힌 아키라를 티오르는 신나게 쫓고 있었다. 그것은 손에 넣은 강력한 힘에 취한 탓이기도 하지만, 그것과는 다른 이유도 있었다.

아키라를 죽일 수만 있다면, 뭐든 되지 않을까. 아키라를 죽이면, 어떻게든 되지 않을까. 그런 생각이 티오르의 머릿속에 떠올랐다.

무엇을 어떻게 하는지는 티오르 자신도 모른다. 하지만 매우 강한 소망을 느끼고, 그것이 조금만 더 있으면 이루어질 것 같다며, 기쁘게 싸우고 있었다.

자신이 누구인지도 잊을 듯한 의식 속에서.

호각의 싸움이 계속되는 가운데, 먼저 초조함을 드러낸 것은 아키라였다.

『큰일이야. 알파. 슬슬 탄이 다 떨어져.』

경이로운 장탄수를 자랑하는 확장탄창이지만, 그래도 쏘다 보면 탄이 다 떨어진다. 나아가 이미 어느 정도는 쓴 상태로 티오르를 쫓고 있었다. 그런 탓도 있어서 탄이 일찍 떨어졌다.

『가지러 가면 돼. 유미나가 탄약을 둔 곳을 알려줬잖아?』

『그야 그렇지만 말이야.』

바닥에 놓인 탄약을 주워서 장전을 마칠 때까지는 아무리 생각해도 빈틈이 생긴다. 어중간한 상대라면 아무 문제도 없지만, 지금은 치명적일 수 있다. 그렇게 생각한 아키라는 인상을 썼다.

그래도 해야만 한다. 탄이 다 떨어지는 것과 비교하면 사소한 일이기 때문이다. 재장전할 때까지 빈틈을 최대한 줄이기 위해서도, 한순간에 끝내고자 기운을 북돋운다.

『알파. 단단히 서포트해 줘.』

『나만 믿어.』

평소처럼 여유롭게 웃는 알파를 보고, 아키라도 힘껏 웃었다. 기합을 넣고 탄약이 있는 장소로 서둘러 이동한다.

하지만 아키라의 그 각오는 좋은 의미로 헛수고가 되었다. 유미나가 쏜 대량의 소형 미사일이 때마침 그 상황에서 티오르를 덮친 것이다. 티오르가 차량과 함께 무수한 폭발에 휩쓸린다.

『뭐지?!』

『유미나의 지원이야. 이 틈에 탄약 보급을 마치자.』

『그렇군!』

폭음과 폭풍을 등지고 아키라가 가속한다. 그대로 단숨에 탄약이 있는 곳으로 가고, 바이크를 급정지해서 탄약을 잽싸게 주웠다. 그리고 일부를 방호 코트 안쪽에 넣으며 급발진한 바이크 위에서, 총의 탄창과 에너지 팩을 체감시간 조작도 써서 교환하기 시작한다.

『좋아! 끝났어!』

아키라가 탄약을 줍고 총을 재장전하는 데 걸린 시간은 고작 몇 초다. 그래도 한순간의 빈틈이 목숨을 위태롭게 하는 공방에서는 치명적으로 느리다. 그렇게 시간을 느긋하게 들일 만큼, 아키라에게는 여유가 있었다.

그 시간을 만든 것이 유미나가 쏜 소형 미사일의 물량이다. 티오르와 격하게 공방전을 벌이며 쏜 아키라와는 달리, 유미나는 원거리에서 안전하게 쏠 수 있다. 소형 미사일의 확장탄창이라고 하는 값비싼 물건을 마음껏 활용한, 차원이 다른 양을 발사할 수 있었다.

그만큼 많은 미사일의 표적이 되면 제아무리 티오르라도 아키라를 공격할 여유가 없다. 그 덕분에 아키라는 탄약 보급을 느긋하게 마쳤다. 알파를 통해서 유미나에게 답례한다.

『유미나! 살았어! 그런 식으로 부탁해!』

『알았어. 아키라. 너도 잘해 봐.』

『그래! 너도!』

통신을 끊은 아키라가 의기양양하게 총을 들고 웃는다.

『이걸로 앞으로는 2 대 1. 아니 6 대 1이야. 후다닥 처리하자.』

그렇게 말하고 기운을 내는 아키라에게, 알파는 조금 의미심장하게 미소를 지었다.

『아키라. 그럴 때는 7 대 1이라고 해야지?』

아키라가 쓴웃음을 짓고 정정한다.

『아차, 그랬지. 7 대 1이야. 계속해서 서포트해 줘.』

『나만 믿어.』

지금도 대량의 소형 미사일을 뒤집어쓰고 있는 티오르를 향해, 아키라가 방아쇠를 당긴다. 세 정의 총에서 쏟아져 나온 탄막이 티오르를 무자비하게 덮쳤다.

◆

티오르는 다시 궁지에 몰렸다. 원거리에서 소형 미사일을 맞고,

나아가 아키라에게도 공격받고 있다. 도저히 버틸 수가 없다.

아키라의 격파를 뒤로 미루고 유미나가 있는 곳으로 가려고 해도, 아키라가 철저하게 방해한다. 그리고 그동안에 유미나는 일행과 함께 안전한 장소로 멀어진다. 막다른 골목에 몰렸다.

강력한 힘을 얻었다는 흥분은 이미 다 사라졌다. 그 흥분으로 잊었던 죽음의 공포가 다시 티오르를 침식한다. 그것은 소강상태였던 티오르의 이성을 갉아먹고, 티오르의 의식과 시스템적인 의식의 경계를 흐릿하게 만든다.

그리고 흐릿해진 영역이, 도움을 바라는 티오르의 정신과 시스템의 지원 요청 기능을 접속시켰다.

지원 요청 개시.

그 말이, 티오르의 확장시야에 인간은 읽을 수 없는 언어로 나타났다.

제165화 자동인형

레이나 일행은 원거리에서 아키라를 지원하고 있었다.

유미나는 차량의 지붕에서 소형 미사일을 티오르에게 쏘고 있다. 레이나는 토가미와 함께 유미나를 지키고 있었다. 주위를 경계하고 근처에 몬스터가 있으면 신속히 해치우거나, 차에서 소형 미사일을 꺼내 유미나에게 주거나 하고 있다.

시오리와 카나에는 비상사태에 대비해서 레이나의 곁에 서 있었다.

자신들의 지원으로 아키라도 우세를 되찾고 있다. 이대로 가면 문제없이 승리하리라. 레이나는 그렇게 생각하며, 뛰어난 저격 솜씨로 몬스터를 또 한 마리 격파했다.

야외용으로 강력한 대형 총을 단단히 붙잡고, 반동을 제어해서, 원거리 표적을 오차 없이 명중시키는 그 기량은 가혹한 훈련에 버틴 레이나 자신의 실력이다. 뒤에서 보던 시오리도 주인의 성장이 자랑스러운 눈치로 미소를 짓고 있다.

하지만 그 레이나는 조금 괴이쩍은 표정을 지었다.

"있잖아, 시오리. 이 녀석들은 돔의 안에 있던 몬스터지? 특별한 일이 없으면 돔 밖으로 나오지 않는다고 하지 않았어?"

"그럴 겁니다."

"그러면 왜?"

"그 특별한 일이 생긴 거겠지요. 우리는 아직 맞닥뜨리지 않았지만, 자동인형이 유적에서 폭주 중이라는 것이 사실이라면 점포를 점거한 자들과 교전 중일 것으로 추측합니다. 그 전투의 여파로 돔 밖으로 쫓겨난 걸지도 모릅니다."

"아, 그런 거구나."

레이나는 납득한 듯이 고개를 끄덕였다. 그런 레이나에게 시오리가 조금 진지한 얼굴로 충고한다.

"아가씨. 만약 자동인형을 발견해도 곧바로 공격하는 건 자제해 주세요. 우리는 점포를 점거하지 않았으니까 자동인형이 우리를 적으로 판단하지 않을 가능성이 있습니다. 우리가 먼저 공격하지 않으면 싸우지 않고 넘어갈 수 있을지도 모릅니다."

"알았어. 뭐, 그래도 위험한 건 사실이니까, 아키라가 저 이상한 걸 해치우면 빨리 돌아가자."

정보수집기의 연동 데이터를 통해서 아키라의 상황을 확인한 바에 따르면, 아키라의 우세는 더 흔들리지 않는다. 조금만 더 하면 된다. 그렇게 생각하며 레이나는 유미나를 지켰다.

◆

쿠로사와의 부대는 기동한 자동인형들을 상대로 고전을 면치 못했다. 구세계산 자동인형이 단순히 강력한 것과 쿠로사와가 부대에 자동인형 파괴를 지시했을 때는 이미 다수의 자동인형이 기동한 것, 그리고 기동하지 않은 자동인형을 파괴하는 데 망설인 자가 다수 있었던 것이 지금 상황을 초래했다.

그래도 쿠로사와는 부대를 어떻게든 규합하고자 적절한 지시를 내려서 피해를 최대한 억제하고 있었다. 부상자의 수송을 보채며 자신은 요격에 나선다. 그리고 로딘과 함께 자동인형을 추가로 한 대 파괴했다.

역시나 구세계의 제품. 그렇듯 강한 면모를 과시하는 자동인형의 성능에, 로딘이 인상을 쓰고 푸념한다.

"제기랄! 애초에 이 녀석들은 왜 우리를 공격하는 거야?! 기동한 건 우리가 아니잖아?!"

그 의문에 쿠로사와가 태연히 대꾸한다.

"무슨 소리야. 상업 구획에 무장 집단이 있으면 제거하려고 하겠지. 일반적인 판단이다."

"그, 그야 그렇지만……."

"그 일반적인 판단 덕분에 상업 구획을 어슬렁거리는 위험한 짐승도 제거 대상이 됐다. 그만큼 우리 부대가 표적이 될 확률이 줄어든 셈이다. 그 점에서는 다행이로군."

"우리는 무진장 공격받고 있는데?"

"자동인형을 가장 많이 파괴한 건 너랑 나니까 말이지. 그만큼 제거하는 우선순위가 올라갔을 거다."

"망할!"

로딘이 그렇게 악을 쓰는 사이, 새로운 자동인형이 출현한다. 지향성을 지닌 고출력 에너지 파동이 자신들을 향해 쏟아지려는 것을 보고, 로딘은 쿠로사와와 함께 황급히 건물의 뒤로 대피했다.

유적의 식물이 자동인형이 쏜 광선에 쓸려나간다. 유물을 수집하려고 수많은 헌터가 불태우려다가 그 난연성 때문에 단념한 식물이 한순간에 탄화해서 부서졌다. 그 흔적을 본 로딘이 질색하며 얼굴을 굳힌다.

"왜 메이드가 빔을 쏘는 건데!"

"내가 어떻게 알아. 구세계의 가치관으론 필요한 기능이었던 게 아닐까?"

"메이드가, 눈에서, 빔을 쏘는 기능이?"

"구세계니까 말이지. 영문도 모를 물건을 이것저것 만든 녀석들이다. 감성이 우리와 다른 거겠지. 투덜대지 말고 응전해."

쿠로사와가 적의 광선을 피하며 총을 쏜다. 로딘도 한숨을 쉬고 뒤따랐다.

재입고된 자동인형은 가격, 종류, 성능이 모두 제각각으로, 개중에는 이렇듯 원거리 공격 능력이 있는 것도 있었다. 당연히 다른 자동인형과 비교해서 상대하기 버겁다. 따라서 부대에서 자동인형과의 전투를 대비해 무장한 인원 중에서도 실력이 좋은 사람이 상대해야 한다.

그런 실력자인 쿠로사와와 로딘은 다른 사람은 격파하기 어려운 강력한 자동인형과 우선해서 싸우고, 격파하고, 그것으로 자동인형들이 위험시하면서 한층 더 공격 대상이 되는 상태가 계속되고 있었다.

하지만 그 상황이 갑자기 끝난다. 쿠로사와 일행과 싸우던 자동인형이 갑자기 이탈한 것이다.

예상에서 벗어난 상대의 행동에, 쿠로사와도 괴이쩍은 표정을 짓는다. 그리고 상황을 살피는 동안에 부대의 다른 인원들도 비슷한 상황을 보고하기 시작했다.

"그런가……. 그렇다면 이 틈에 철수한다. 일단 유적에서 이탈하고, 증원 부대와 합류를 꾀한다. 서둘러라."

철수 지시를 마친 쿠로사와도 로딘을 데리고 그 자리를 뒤로한다. 그 얼굴에는 안도가 없다.

자동인형들이 갑자기 사라진 상황은 좋게 받아들이고 있다. 그러나 이해할 수 없는 상황 변화에 그저 기뻐할 만큼, 쿠로사와는 낙천가가 아니었다.

(너무 많은 일이 있었다. 이게 아키라가 여기 있어서 그런 건지는 모르겠지만, 뭐든 더 일으키지 말아 달라고.)

모든 일을 아키라의 탓이라고 하진 않지만, 그래도 아키라가 여기 있어서 생긴 일 같아서, 쿠로사와는 귀찮아하는 얼굴로 한숨을 쉬었다.

◆

유미나의 지원 덕분에 우세를 되찾은 아키라지만, 승리하려면 아직 시간이 더 필요했다. 다시 추격자가 되어서 도망치는 티오르를 총으로 쏘고 있지만, 그런데도 해치우지 못하는 것이다.

티오르의 왼팔에 무수히 생긴 총은 대량의 탄환을 집요하게 퍼부어서 전부 파괴했다. 이미 티오르는 방패로 자기 몸을 지킬 수밖에 없는 상태다.

그런데도 티오르는 아직 아슬아슬하게 살아있었다.

『단단한데! 왜 이렇게 튼튼한 거야!』

아키라는 티오르의 터무니없는 맷집에 놀라며 얼굴을 찡그렸다. 알파가 웃으며 아키라를 달랜다.

『포스 필드 아머로 방어하는 상대에게 보통탄을 쏘고 있으니까. 그 점은 어쩔 수 없어.』

비슷한 맷집을 자랑한 상대와는 아키라도 이미 싸워 본 적이 있다. 슬럼의 대규모 항쟁에서 싸운 요시오카 중공의 인형병기, 흑랑이다.

그 포스 필드 아머의 방어는 매우 강력해서, 아키라는 안티 포스 필드 아머탄의 확장탄창까지 썼는데도 결국 격파하는 데는 이르지 못했다.

티오르도 그 포스 필드 아머를 사용하고 있다. 더군다나 대형 트레일러에 탑재된 강력한 제네레이터에서 공급되는 에너지로 그 방어력을 한계치까지 끌어올렸다.

아키라와 유미나의 치열한 공격을 맞고도 티오르가 아직 간신히 살아있는 건, 그 강력한 포스 필드 아머 덕택이었다.

그 설명을 듣고, 아키라가 납득한 듯이 슬쩍 고개를 끄덕인다.

『포스 필드 아머는 참 대단한걸. 그러니까 안티 포스 필드 아머탄이 비쌀 수밖에.』

납득했지만, 아키라는 여전히 얼굴을 찡그리고 있었다. 자신의 장비로는 티오르의 포스 필드 아머의 방어를 돌파하기 어렵다는 사실은 달라지지 않기 때문이다.

하지만 알파는 여전히 웃고 있다.

『괜찮아. 저걸 봐.』

왼팔의 방패와 총의 재생, 쏴대는 탄을 생성하기 위해서, 티오르의 트레일러는 티오르에게 계속해서 먹히고 있다. 이미 소형차 정도로 작아졌다.

그나마 차체는 가까스로 유지하고 있었지만, 마침내 한계가 찾아온다. 차 전체에 금이 가고, 산산이 부서졌다.

『차체를 유지하는 에너지도 다 썼나 봐. 이제는 이전처럼 방어할 수 없게 됐어.』

원형을 잃은 차에서 티오르가 날아가, 지면에 내팽개쳐졌다.

『좋아! 이걸로 끝이다!』

마침 그때, 유미나는 탄창을 교체하면서 공격을 멈췄다. 그 행운이 티오르의 목숨을 부지해 주지만, 그것도 아키라의 공격을 제대로 맞으면 끝난다.

왼팔의 태반, 총이 달렸던 부분은 날아갔고, 남은 것은 방패 부분밖에 없다. 차량이 부서지기 직전에 차량의 에너지를 전부 방패로 옮겼지만, 그 정도의 에너지로는 아키라의 공격을 1초나 버틸지 의심스럽다.

아키라가 총을 쏜다. 티오르 자신이 어떻게 할 수 있는 선에서는 그 명운이 다했다.

하지만 티오르의 명운 자체는 아직 끝나지 않았다.

근처 돔에서 자동인형이 뛰쳐나온다.

『자동인형?! 하필 이럴 때!』

유적에서 자동인형이 폭주 중이라는 이야기는 아키라도 레이나에게 들었다. 공격당하면 위험하다고 생각해서 이미 빈사상태나 다름없는 티오르보다 자동인형에 먼저 대처할지 한순간 고민한다.

하지만 고생 끝에 이만큼 몰아세웠다고 생각해서, 아키라는 티오르의 살해를 우선했다. 먼저 티오르를 죽이고, 다음으로 자동인형에 대처한다. 그렇게 결심했다.

그러나 그 순서는 뒤집혔다. 자동인형이 아키라의 사선에 끼어들고, 자기 몸을 방패로 삼아 티오르를 지킨 것이다.

『뭐?!』

예상을 너무 벗어나는 사태에 아키라가 놀라서 당혹스러워하는 가운데, 티오르를 감싸고 탄막을 정통으로 뒤집어쓴 자동인형이 쓰러진다. 하지만 그동안에 새로운 자동인형이 출현한다. 게다가 아키라를 향해 레이저를 쐈다.

이쯤 되면 아키라도 회피에 전념한다. 그래도 살상보다 행동 저지를 목적으로 광범위에 뿌린 광선을 완전히 피할 수는 없었다. 빛나는 고출력 에너지 파동이 지면의 풀을 불태우고, 아키라를 바이크와 함께 태우려고 한다.

아키라는 그것을 바이크와 강화복의 포스 필드 아머로 막았다. 부상은 경상. 전투 행동에 지장 없음. 그러나 티오르의 숨통을 끊을 여유도 없다.

　나아가 자동인형이 추가로 네 대 나타난다. 한 대는 근처 돔에서 출현하고, 세 대는 멀리서 뛰어온다. 유적 식물의 재밍 영향권을 구세계산 자동인형의 신체 능력으로 빠르게 이동함으로써, 아키라에게 감지되지 않고 이만큼 접근했다.

　20미터 떨어진 자동인형이 블레이드를 수평으로 휘두르려는 자세를 잡는다. 반대쪽으로 비슷한 거리에 있는 자동인형이 블레이드를 수직으로 휘두르려는 자세를 잡는다. 블레이드의 길이는 1미터 정도. 일반적으로 생각하면 거기서는 아무리 휘둘러도 아키라에게 닿지 않는다.

　하지만 아키라는 즉각 바이크에서 몸을 날렸다. 거의 동시에 두 대의 자동인형이 블레이드를 휘두른다. 빛나는 칼날에서 전파되는 절삭력을 지닌 파동이 20미터 떨어진 바이크에서 교차하고, 대상을 한순간에 십자로 잘랐다.

　바이크를 파괴당한 아키라지만, 총은 전부 무사하다. 바이크의 서포트 암 총좌에 달았던 총은 바이크에서 몸을 날릴 때 조작해서 내던지듯이 분리하고, 공중에서 붙잡았다.

　그리고 강화복의 힘으로 재빨리 불규칙적으로 움직여 적을 교란한다. 장거리를 직선적으로 고속 이동할 때는 바이크가 더 유리하지만, 단거리를 다각도로 신속하게 움직일 때는 아키라 자신이 강화복으로 움직이는 것이 더 효율적이며, 자동인형의 공격을 피하기 쉽다.

　그 상태로 자동인형들을 총으로 쏜다. 오른손에 쥔 거물 사냥용, 왼손에 쥔 통상판, 등에 달린 서포트 암으로 붙잡은 소형 미사일 발사용. 그렇게 세 정의 SSB 복합총으로 최대 화력을 티오르와 자동인형들에게 퍼붓고자 발사했다.

아키라와 자동인형들의 공방으로 폭발이 섞인 탄막에 빛의 칼날, 레이저가 주위에서 마구 휘몰아친다. 그 와중에 아키라는 봤다. 메이드복과 집사복 자동인형이 이미 자기 힘으로는 움직일 수 없는 티오르를 짊어지고 이탈을 꾀하고 있었다.

『왜 자동인형이 저 녀석을 구해?!』

『아키라! 그건 나중에 생각해! 더 올 거야!』

알파가 질타한 것처럼, 자동인형이 추가로 네 대가 출현했다. 나빠지는 상황에 아키라가 무심코 악을 쓴다.

『제기랄! 정말로 뭐가 어떻게 된 거야?!』

그때 하늘에서 대량의 소형 미사일이 쏟아졌다. 탄창 교환을 마친 유미나가 쏜 것이다. 티오르의 차량을 노리는 설정으로 사출된 미사일은 갑자기 표적을 잃고 그대로 주위에 착탄하고, 폭발해서, 아키라와 자동인형과 함께 일대를 한꺼번에 집어삼켰다.

◆

이동 중인 차량의 지붕에서 소형 미사일을 쏜 유미나는 연동 데이터를 통해서 아키라가 폭발에 말려든 줄 알고 몹시 허둥댔다. 무심코 공격을 멈추고 아키라를 부른다.

"아키라?! 괜찮아?!"

"괜찮아."

아키라가 차분하게 대답하는 소리가 들렸다. 아키라가 무사한 것을 알고 안도한 유미나지만, 이어지는 말을 듣고 곧바로 당혹스러워한다.

"유미나. 그쪽은 괜찮아? 괜찮다면 계속 지원해 줘."

"계, 계속해 달라니……, 이런 상황에서 쏘면 이번에는 아키라가 진짜로 휘말릴 건데?!"

"괜찮아. 일단 내가 알아서 피할 수 있고, 나를 맞혀도 불평하진 않겠어."

"하, 하지만……."

그게 전술적으로 올바르더라도, 아군과 적을 같이 공격할 수 있을까? 그 물음에 할 수 있다고 태연하게 대답할 정도의 정신력이 없는 유미나는 지원을 속행하는 것을 주저하고 말았다.

그러자 어쩔 수 없다는 투로 아키라가 말을 잇는다.

"강요하진 않아. 이런 상황이니까. 너희는 먼저 철수해 줘."

그것으로 통신이 한차례 끊겼다. 그러나 철수하라는 말을 듣고, 유미나는 반대로 각오를 다졌다. 다시 아키라에게 통신을 연결하고 크게 외친다.

"잘 피해야 해!"

그리고 소형 미사일을 연사했다. 대량의 미사일이 다시 표적을 향해 허공을 날아가 아키라의 주변에 무수한 폭발을 일으킨다.

아키라가 즐겁게 말하는 소리가 들려온다.

"그런 식으로 막 쏴! 이만 끊을게. 유미나도 조심해!"

"아키라도!"

유미나는 당당하게 웃고 투지를 키웠다.

레이나가 허둥대는 기색으로 달려온다.

"유미나?! 이런 상황에서 쏘면 아키라도 맞을 건데?!"

"괜찮아. 지금 상황이라면 자동인형에게 확실하게 맞을 거야. 아키라가 맞을 위험을 생각해도, 지원으로선 효과적이야."

"그, 그렇다고 해도……."

아키라가 쏘라고 했다. 변명으로 쓸 수 있는 그 말을, 유미나는 일부러 생략했다. 아키라가 쏘라고 했어도 쏘는 건 자신이다. 그 사실에서 도망치지 않도록, 입 밖에 내지 않았다.

"그보다도 레이나. 우리도 바빠질 거야. 부탁할게."

"무슨 뜻이야?"

그렇게 말하고 괴이쩍은 표정을 지은 레이나의 옆에서 함께 지붕에 올라왔던 시오리가 총을 겨누고 발포했다.

사출된 탄환은 멀리 떨어진 곳에서 레이나 일행을 향해 달리던 자동인형에게 명중했다. 피탄의 충격으로 자동인형이 넘어진다. 하지만 그것뿐으로, 마치 단순히 넘어지기만 한 것처럼 곧바로 일어나 다시 레이나 일행을 향해 뛰기 시작했다.

시오리가 표정을 살짝 굳힌다.

"별다른 효과가 없군요. 아가씨, 도와주세요."

레이나도 황급히 사격에 가담했다. 함께 자동인형을 쏘면서 문득 생각한다.

"시오리. 자동인형을 봐도 쏘지 말라고 하지 않았어?"

"저 자동인형은 명확하게 우리를 향하고 있었습니다. 아키라 님의 상황에서 생각해도, 우리가 먼저 공격하지 않으면 적대를 피할 가능성은, 유감이지만 없겠지요."

"뭐, 그러네."

일단 말해 봤다는 것처럼 레이나가 쓴웃음을 짓는다. 그리고 방아쇠를 당기고 정확히 명중시켰다.

시오리와 레이나, 나아가 토가미에게 집중포화를 맞은 자동인형이 피탄의 충격으로 쓰러지고, 다시 피탄해서 날아가고, 이어지는 공격에 맞아 나가떨어진다. 그리고 지면에 쓰러지지만, 다시 일어나 뛰기 시작했다.

더군다나 그것만으로 모자라 새로운 자동인형도 나타났다. 표적이 늘어난 만큼 사격이 분산되고, 적을 저지하기 어려워진다. 게다가 하나같이 튼튼해서, 이미 상당히 많은 탄환에 맞았는데도 이렇다 할 손상을 주지 못하고 있었다.

그 사실에 조바심이 난 레이나가 표정을 굳힌다.

"시오리. 이거, 폭망한 상황이야?"

시오리가 차분한 얼굴로 대답한다.

"그 부분은 위기 상황의 기준에 따라 다릅니다. 적어도 아키라 님의 상황과 비교하면, 큰 문제는 아니겠지요."

"그야 그렇겠지만……."

"그리고 그런 표현은 상스럽습니다. 말씀하실 때는 조금 조심해 주시길 바랍니다."

레이나가 쓴웃음을 짓는다.

"알았어."

그렇게 별것도 아닌 일로 혼낼 여유가 있다면 나쁜 상황이 아닐 것이다. 레이나는 그렇게 생각하고 침착함을 되찾았다.

"유미나 님. 이대로 유적 밖으로 이동해 주세요. 자동인형이 시설을 경비하려고 쫓아오는 것이라면, 유적 밖으로는 쫓아오지 않을 가능성이 있습니다."

그렇게 말하며 시오리가 주위를 둘러본다. 이미 유적 외곽부에 다 왔다.

자신들을 공격하는 자동인형이 이 주변에, 자신들의 진로에도 있었다면 이미 공격했을 것이다. 따라서 앞으로 자동인형이 있을 가능성은 작다. 새로운 기체가 출현하더라도 후방일 것이다. 문제는 없을 것이다. 시오리는 그렇게 판단했다.

"아키라 님과도 유적 밖에서 합류하는 것이 더 적합하겠지요. 탁 트인 곳이라면 이 차로 아키라 님에게 빠르게 접근해서 차에 타게 하고, 그대로 달려서 떠날 수도 있습니다. 아키라 님에게 유적 밖으로 진로를 잡아 달라고 전달해 주세요."

"알겠습니다……."

유미나는 시오리가 다음에 뭘 할지 어렴풋이 눈치챘지만, 말릴 처지가 아니어서 그 말만 했다.

그리고 카나에가 시오리를 재촉한다.

"누님. 슬슬 가야 하지 않겠슴까?"

"압니다. 가죠. 토가미 님. 유미나 님. 아가씨를 부탁합니다."

시오리는 그렇게 말하고 일행에게 머리를 숙이더니, 카나에와 함께 차에서 뛰어내렸다.

문제없이 착지한 두 사람에게 자동인형들이 육박한다. 고속으로 이동하더라도 상대와 똑같은 방향으로 이동하면 상대적인 속도가 느려져 거리를 좁히기 어려워진다. 그러나 상대가 이동을 멈추면 사정이 달라진다. 두 사람과의 거리를 급격히 좁힌다.

그리고 블레이드를 겨눈다. 액체 금속으로 된 칼날과 포스 필드에 갇힌 고출력 에너지로 형성된 빛의 칼날이 길게 늘어난다.

그것을 본 시오리는 작게 한숨을 쉬었다.

"역시 블레이드가 있군요."

카나에가 밝게 웃는다.

"아키라 소년을 공격한 녀석도 있었으니까 말임다. 이쪽으로 온 녀석만 맨손일 리가 없죠. 빔을 쏘는 녀석이 오지 않은 만큼 이쪽은 편하니까, 배부른 소리를 할 순 없슴다."

"그렇군요……."

시오리와 카나에도 자세를 잡는다. 시오리는 블레이드의 자루에 손을 대고, 카나에는 주먹을 쥐었다. 그리고 빠르게 거리를 좁히는 자동인형들이 10미터 넘게 떨어진 곳에서 블레이드를 휘두르는 것에 맞춰서 강화복의 신체 능력을 최대한 활용해 달려가더니, 적의 칼날을 누비며 단숨에 거리를 다 좁힌 다음, 블레이드를 휘두르고, 주먹을 내질렀다.

무수한 총탄을 뒤집어써도 파손되지 않았던 자동인형들은 그 일격에 베이고, 얻어맞아서, 심각한 손상을 입었다.

말릴 틈도 없이 차에서 뛰어내린 두 사람을, 레이나는 놀란 얼굴로 배웅했다. 너무 놀라서 공격을 멈출 정도로, 살짝 혼란스러운 상태였다.

토가미도 비슷한 상태였지만, 먼저 제정신을 차리고 곧바로 다시 자동인형들을 요격하기 시작했다.

"레이나. 시오리 씨네를 지원하자."

자신들의 사격에 버티는 자동인형의 맷집은 아마도 포스 필드 아머에 의한 것. 안티 포스 필드 아머탄이 없는 자신들이 아무리 쏴도 효과는 작다. 하지만 시오리와 카나에의 접근전 장비에는 안티 포스 필드 아머 기능이 있다. 접근전이라면 승산이 있다.

그러나 사격으로 상대의 접근을 저지할 수 없게 되고 나서 안티 포스 필드 아머 기능을 사용해 백병전으로 이행하면 너무 늦는다. 자동인형들은, 블레이드의 일종인데도 사거리란 말이 통용되는 무기를 지니고 있다. 그러한 상대와 레이나를 감싸며 싸우는 것은 두 사람도 어렵다.

그렇기에 시오리와 카나에는 레이나의 곁에서 잠시 이탈하는 한이 있더라도 이 순간에 자동인형을 해치우기로 했다. 그래야 레이나가 무사할 가능성이 크다고 판단해서.

그것을 눈치챈 토가미는 곧바로 사격을 재개했다. 그리고 아직 가볍게 혼란 상태인 레이나를 질타한다.

"정신 차려. 우리가 할 일은 저 녀석들이 우리 차량에 접근하는 걸 방지하고, 시오리 씨네가 저 녀석들을 해치울 시간을 버는 거야. 지금의 우리도 그 정도는 할 수 있어. 시오리 씨네도 그렇게 판단했을 거야. 레이나. 그렇지?"

그렇게 말하고 웃은 토가미에게, 레이나가 대담하게 웃는다.

"당연하지!"

그리고 레이나도 자동인형 요격을 재개한다.

시오리와 카나에가 자신들을 남기고 요격에 나선 것은 미하조노 시가지 유적에서 격전을 벌였을 때와 똑같은 상황이다. 그러나 그것만이 아닐 것이라고, 그것만은 아니라고, 그것만으로 끝나게 하지 않겠다고, 레이나는 투지를 키웠다.

그때는 그저 보호받기만 했다. 지금은 다르다. 두 사람의 곁에서 싸울 수는 없어도, 지원할 수는 있다. 함께 싸울 수 있다. 그렇다면 여기서 안 싸울 수 없다. 그렇게 생각해서 투지를 키우고, 집중하고, 의식을 갈고닦는다.

그날부터 필사적으로 강해지려고 했다. 지금, 여기서, 그 성과를 보여주겠다. 그 마음을 담아서, 레이나는 극도로 집중하고 방아쇠를 당겼다.

사출된 탄환이 일직선으로 허공을 날아가 표적에 명중한다. 레이나의 저격은 이미 그 시점에서 이전보다 한 단계 발전했다.

자동인형은 두 사람과 교전 중이며, 단순히 달리기만 했던 때와는 비교도 할 수 없을 만큼 복잡하게 움직이고 있다. 그 표적을 맞히는 것은 당연히 이전보다 훨씬 어렵다. 레이나는 그런 표적에 맞혔다. 운이 아니라 자기 실력으로 명중시켰다.

그것만으로도 찬사를 보낼 만한 저격이지만, 레이나는 그 이상의 실력을 보여줬다. 피탄한 자동인형이 심각한 손상을 입는다.

강력한 포스 필드 아머로 보호받는 자동인형이지만, 모든 부분을 항시 고출력으로 방어하는 건 아니다. 게다가 지금은 두 사람과 전투 중이다. 근거리 위협에 대응하기 위해서 포스 필드 아머만이 아니라 고속 이동에도 에너지를 배분하거나 특정 부위에 출력을 집중하는 등, 포스 필드 아머의 강도를 바꾸고 있었다.

그렇게 되면 당연히 일시적으로 약해지는 부분도 생긴다. 레이나는 그 부분을 노리고 총을 쐈다.

물론 레이나 자신도 그토록 효과적인 저격을 노리고 쏜 건 아니다. 별생각 없이 쏜 것에 불과하다.

그러나 우연도 아니다. 별생각 없이, 무의식중에 선택한 것의 근원은 강해지기로 결심하고 나서 가혹한 훈련과 엄격한 실전 속에서 레이나가 얻은, 다양한 성장 요소의 집합체다.

그 요소는 지금까지 잘 맞물리지 않아서 충분한 효과를 발휘하지 못했다. 하지만 레이나는 한계까지 갈고닦은 의식이 낳은 극한의 집중력으로, 지금 여기서 그것들을 결합했다.

그 결과로 레이나는 보통탄을 써서 자동인형에 손상을 입히는데 성공했다. 축적한 것을 양식으로 삼아서, 레이나는 지금 여기서 몰라볼 정도로 강해졌다.

손상으로 움직임이 현저하게 굼떠진 자동인형이 시오리에게 베인다. 그리고 시오리에게 통신이 들어온다.

"아가씨. 훌륭합니다. 그런 식으로 부탁드립니다."

"나만 믿어!"

강해진 레이나가 웃으며 자동인형을 쏜다. 또 손상을 입히지는 못했지만, 정확히 명중시켜서 자동인형의 움직임을 방해하고, 두 사람을 지원했다.

토가미도 그런 레이나의 변화를 알아챘다. 함께 총을 쏘면서 웃는다.

"포스 필드 아머로 보호받는 녀석을 보통탄으로 쓰러뜨리다니, 제법인걸."

"뭐, 내 장비는 너보다 비싼 거니까 이 정도는 해야지."

레이나는 그렇게 말하고 웃어넘겼다.

실제로 레이나의 지금 장비는 토가미보다 무척 비싸다. 시오리가 레이나를 위해 최대한 좋은 것을 조달한 만큼, 헌터 랭크가 50에 근접한 자가 사용해도 이상하지 않을 만큼 비싸고 성능이 좋은 물건이다.

한편, 토가미의 장비는 미하조노 시가지 유적에서 싸운 뒤로 별로 달라지지 않았다. 장비를 도란캄의 대여에 의지하는 데다가, 미하조노 시가지 유적에서 거둔 성과를 돈으로 바꾸는 바람에 성능이 더 좋은 장비를 입수하기 어려운 상태였다.

장비도 실력의 일부다. 하지만 장비의 성능에 의지한다고 해석할 수 있는 말을, 비록 농담이라고는 하나 레이나가 자기 입으로 태연히 했다. 그것도 레이나가 성장한 증거였다.

토가미도 덩달아 농담한다.

"부자는 역시 다른걸. 부러워. 나도 더 좋은 장비가 있으면 좋겠는데 말이지."

"자동인형을 팔면 살 수 있을 텐데 말이야."

"뭐, 그걸 지금 우리가 부수고 있지만."

"아쉽네."

"그러게 말이다."

레이나와 토가미는 농담을 주고받는 여유를 보이면서도 진지하게 시오리와 카나에를 지원한다.

강해지겠다. 같은 날에 그렇게 결심한 자들은 그날 이후로 얻은 강함을 잘 알리고 있었다.

◆

시오리가 레이나와 토가미에게 지원받으며 자동인형들에게 블레이드를 휘두른다. 기이하게 늘어난 은색 칼날을 쳐내고, 절삭력을 지닌 에너지 파동인 빛의 칼날을 피하고, 파고들고, 쳐들고, 휘두른다.

연마한 기술로 휘둘린 블레이드가 강화복의 힘으로 더욱 가속한다. 안 그래도 날카로운 칼날이 자루에서 흘러든 에너지로 더욱 예리해진다. 안티 포스 필드 아머 기능을 발동한 칼날이 상대의 포스 필드 아머를 찢는다.

한차례 번뜩이는 칼날. 자동인형이 두 대가 단칼에 위아래로 나뉘어 지면에 나뒹굴었다.

다만 이걸로 완전히 해치운 건 아니다. 상대는 기계다. 몸속에 있는 제네레이터를 파괴하지 않으면 반신을 잃은 몸으로 움직일 것은 충분히 예상할 수 있다.

물론 시오리도 그 정도는 안다. 중요한 것은 자동인형 격파가 아니다. 레이나의 곁으로 못 가게 하는 것이다. 완전히 파괴할 여유가 있다면 다른 기체의 무력화를 우선한다. 그것을 감안한 공격이었다.

게다가 꼼꼼하게 파괴할 여유도 없었다. 자동인형이 너무 많다. 처음에 쫓아온 상대는 이미 무력화를 마쳤다. 그런데도 추가로 출현하는 바람에 좀처럼 줄어들지 않는다. 예상보다 약한 건 다행이지만, 시오리가 딱딱해진 표정을 풀 이유는 되지 못했다.

(그나저나 많군요……. 저가 기체가 다수 섞였다고는 해도, 이만한 숫자는 정상이 아닙니다. 유적은 구세계의 영역. 무슨 일이 일어나도 이상하지 않다고는 하나, 이건 사양하고 싶군요.)

속으로 푸념하며 다음 표적으로 서둘러 이동한다. 마침 레이나가 저격한 기체가 피탄의 충격으로 시오리 쪽으로 날아왔다. 검사 겸사 일격에 벤다.

레이나와 토가미의 지원은 시오리에게 큰 도움을 주고 있었다.

(아가씨. 이토록 강해지셨군요. 대단합니다. 하오나…….)

레이나가 강해지는 것은 시오리도 기본적으로 환영할 수 있다. 하지만 그것만으로는 넘어갈 수 없는 고민도 있었다.

(이토록 강해지시면, 이제는 헌터로 살아가겠다고 말씀하시지 않을지 조금 불안하군요. 토가미 님과도 사이가 좋은 모양이고…….)

시오리와 카나에 같은 종자가 있는 신분인 만큼, 레이나는 유복하다. 당연하지만 일반적으로는 헌터가 되지 않는다. 그런 레이나가 헌터가 된 것은 특별한 사정 때문이다.

시오리는 레이나를 위해서, 그 사정을 해결하는 데도 애쓰고 있었다. 해결될 전망은 아직 없지만, 그래도 레이나가 언제까지고 헌터로 있기를 바라지는 않았다.

시오리는 무심코 그쪽에 정신이 팔린 자신을 깨닫고 의식을 전환한다. 아직 해결의 실마리조차 손에 넣지 않았다. 지금은 고민해도 소용없다. 그렇게 자신을 타이르고, 의식을 전투로 되돌렸다.

그리고 카나에의 상황을 확인한다. 카나에는 다른 자동인형들을 상대로 조금 떨어진 장소에서 싸우고 있었다.

만에 하나라도 고전하고 있다면 도와주자. 시오리는 그렇게 생각했지만, 왠지 모르게 지루해하는 낌새인 카나에를 보고, 문제는 없을 것 같다고 판단했다. 그대로 근처의 자동인형과 싸워나갔다.

일행의 곁에서 의기양양하게 뛰쳐나간 카나에였지만, 이미 그때의 분위기는 사라지고 없었다. 일단 아직 웃는 얼굴이긴 하다. 하지만 그것은 상황을 즐겁게 여겨서 지은 표정이 아니라, 상황을 어떻게든 즐기려고 반쯤 자신을 속이듯 지은 것이었다.

그리고 그 웃음도 얼굴에서 서서히 희미해진다. 그것은 카나에가 이 자동인형들과의 전투를 시시하다고 느끼기 때문이다.

카나에는 전투를 즐기는 나쁜 버릇이 있었다. 그 버릇은 너무 심해서, 다른 사람을 경호할 때도 본인의 즐거움을 위해 경호 대상이 위기에 처하는 것을 기대할 정도이며, 총을 쓰는 것이 확실하게 효율적인 상황에서도 스스로 적에게 다가가 주먹질할 정도이며, 그것들을 지적해도 전혀 고치려고 하지 않을 정도였다.

그리고 그 버릇대로 싸움을 즐겼다. 상대가 생물형 몬스터라면 투지와 살기를 드러내는 상대와의 사투를 즐겼다. 상대가 인간이라면 연마하고 배양한 기량의 대결을 즐겼다. 카나에의 버릇은 상대가 인간이든 몬스터이든, 의지를 지닌 상대와 싸우는 것을 선호하게끔 했다.

물론 상대가 경비 기계라도 처음부터 그런 거라고 넘어가면 그럭저럭 즐길 수 있었다. 미하조노 시가지 유적에서는 움직이는 시체와 싸웠지만, 메인인 모니카와 싸우기 위한 전초전이라고 생각하면 나름대로 즐길 수 있었다.

그리고 상대가 자동인형이라도, 인간처럼 싸워 준다면 충분히 즐길 수 있을 터였다.

블레이드를 피하고, 파고들고, 주먹을 때려 박는다. 안티 포스 필드 아머 기능이 있는 건틀릿을 쓴 일격이 상대의 포스 필드 아머를 뚫고 충격을 내부에 전달한다. 기체의 손상으로 자동인형의 움직임이 크게 흐트러진다.

하지만 자동인형의 표정은 조금도 변하지 않는다. 고뇌도, 초조함도, 적의도, 환희도, 흥분도, 비웃음도, 그 얼굴에는 아무것도 없었다.

그것이 카나에의 버릇을 죽인다. 싸움을 적극적으로 즐기려고 하는 카나에의 투시를 죽인다.

자동인형은 매우 정교하게 만들어져서, 겉으로 봐서는 인간 같다. 그러나 지나치게 정교한 외모가 감정이 하나도 느껴지지 않는 무표정을 두드러지게 하고, 내용물이 텅 빈 것 같다는 인상을 카나에에게 강하게 남겼다.

미지의 패턴으로 움직이기만 하는, 의지가 없는 인간형 샌드백을 때려도, 그것은 싸움이 아니다. 즐길 수 없다. 시시하다. 하나도 재미없다. 그 마음이 강해질수록, 카나에의 얼굴에서 웃음이 희미해진다.

"아, 망했습다……. 시시함다……."

그리고 그렇게 말했을 때, 카나에는 완전히 싸하게 식고 말았다. 겨우 남아 있었던 전투에 대한 기대도 완전히 사라진 카나에의 얼굴에 웃음기가 싹 사라진다.

"후다닥 부술까."

카나에의 입에서 억양이 사라진 말이 조용히 흘러나온 순간, 근처에 있던 자동인형이 카나에의 맹렬한 일격을 맞고 크게 부서졌다.

이어서 한순간 뒤, 다음으로 가까이 있던 자동인형도 일격에 파괴된다. 카나에는 길바닥의 돌멩이보다도 더 흥미가 없는 차갑게 식은 눈으로, 아무런 즐거움도 안 느끼는 냉철한 얼굴로, 싸움에 임한다는 낭비를 완전히 생략한 최대 효율의 움직임으로, 자동인형 두 대를 순식간에 격파했다.

카나에의 나쁜 버릇은, 카나에의 약점이면서 족쇄이기도 했다. 카나에는 즐거운 싸움을 바라는 나머지 확실한 승리보다도, 안전한 전투보다도, 싸워서 즐거운 것을 너무 우선하고 만다. 그래서 전투를 일부러 질질 끌거나, 일시적으로 봐주거나, 적의 약점을 의도적으로 공격하지 않기도 했다. 그것은 전투에서 효율을 저해하는 요소에 불과했다.

하지만 도저히 즐길 수 없는 전투에서는 그 족쇄가 풀린다.

주먹을 휘두른다. 발차기를 날린다. 효율만을 추구한 일격으로 자동인형을 차례차례 파괴한다. 전후좌우에서 블레이드로 공격당한다. 장난이 하나도 없는 정확하고 적절한 동작으로 회피하고, 반격한다.

그저 적을 해치울 뿐. 오로지 그것만을 위한 단순 작업. 카나에는 차갑게 식은 얼굴로 더럽게 지루한 작업을 반복하고, 주위의 자동인형들을 유린했다.

제166화 현실의 해상도

유적 밖으로 서둘러 이동하는 유미나의 차량 지붕에서, 레이나와 함께 시오리와 카나에를 지원하던 토가미는, 카나에의 강함을 보고 놀랐다.

"카나에 씨, 저렇게 강했나."

저렇게 강하니까 다른 사람들이 단단히 무장한 가운데 혼자만 총도 안 들고 동행하는 것을 허락받은 것이리라. 토가미는 그렇게 생각하고, 그 강함을 살짝 동경하면서 납득했다.

"뭐, 저거라면 괜찮아 보이네."

시오리와 카나에는 아직 자동인형들과 싸우고 있지만, 저 상태라면 문제없이 승리하리라. 그렇게 생각하고, 레이나는 안심했다.

그때 유미나가 진지한 얼굴로 끼어든다.

"레이나. 그쪽은 이제 괜찮아? 그렇다면 미안하지만, 가능하면 이쪽을 도와줘."

시오리와 카나에를 지원하는 데 집중했던 레이나와 토가미는 아키라의 상황을 보지 않았다. 유미나의 딱딱한 표정에 불안을 느끼며, 정보수집기의 연동 데이터로 아키라의 상황을 확인한다.

그리고 단숨에 표정을 굳혔다.

"이게…… 뭐야……."

레이나와 토가미가 본 것은 자동인형 여덟 대를 상대로 혼자 싸우는 아키라의 모습이었다.

◆

아키라는 필사적으로 유적 밖을 향해 이동하고 있었다. 강화복의 출력을 최대로 하고, 땅을 박차고, 허공을 밟고, 좌우지간 서두르고 있었다.

그러면서 양손에 든 총을 연사한다. 총의 성능이 허용하는 최대한의 연사 속도로, 자동인형들에게 탄환을 무수히 퍼붓는다.

이미 소형 미사일은 다 떨어졌다. 그것을 쏘던 SSB 복합총은, 빈 총을 지켜도 소용없다는 판단으로 자동인형들이 빛의 칼날을 날릴 때 서포트 암과 함께 버렸다.

나머지 SSB 복합총의 두 정의 잔탄도 경이로운 장탄량을 자랑하는 확장탄창을 쓰는데도 이미 불안한 수준이다. 이 단시간에 그만큼 많은 총탄을 자동인형들에게 썼다.

자동인형들은 집요하게 쫓아온다. 포위당하면 끝장이라고 생각해서, 아키라는 불규칙적으로 움직이면서도 절대로 멈추지 않도록 전진하고 있다.

아키라를 사정권에 넣은 자동인형이 액체 금속으로 된 블레이드를 옆으로 휘두른다. 은색 칼날이 반경 5미터 이내의 공간을 한순간에 휩쓸고, 긴 풀이 부채 모양으로 쓸려나갔다.

그것을 도약해서 피한 아키라를, 다른 자동인형이 날린 빛의 칼날이 덮쳐든다. 강화복의 기능으로 공중에 발판을 만들고, 그 발판을 부술 기세로 밟아 옆으로 뛰어서 간신히 회피한다.

그 직후, 손바닥에 레이저 건을 탑재한 자동인형이 레이저를 쏜다. 피할 수 없다고 깨달은 아키라는 그 사선을 걷어차듯 다리를 크게 움직였다. 그리고 사선상에 발판을 만들어 방패처럼 삼으며, 강화복의 포스 필드 아머를 발바닥에 집중시켜 레이저를 꺾듯이 반사해서 막았다.

그렇게 해서 적의 공격을 간신히 피하고, 막은 직후인 아키라의 시야에 추가로 다른 자동인형이 자신을 향해 은색 칼날과 빛의 칼날, 레이저를 날리려고 하는 것이 보였다.

이건 도저히 무리다. 그렇게 여긴 아키라의 표정이 단숨에 딱딱해진다.

그러나 그때, 대량의 소형 미사일이 일대에 쇄도했다. 그 폭발에 자동인형들의 자세가 크게 흐트러지면서 아키라를 향한 공격이 대폭 뒤틀리고, 어긋난다. 그것에 편승한 아키라는 황급히 자세를 바로잡고, 양손에 쥔 총을 연사하며 다시 달리기 시작한다.

『위, 위험했어! 죽는 줄 알았네.!』

소형 미사일은 유미나의 지원이다. 유미나의 차량에는 예비 확장탄창이 대량으로 실렸다. 아직 더 쏠 수 있다.

그래도 탄창을 교체하는 동안에는 쏠 수 없다. 그 짧은 틈에 아키라는 이토록 궁지에 몰렸다.

소형 미사일의 지원이 다시 시작되고, 자동인형들이 차례차례 피탄한다. 그것만으로 자동인형을 해치우긴 불가능하지만, 지원으로는 충분하다. 이참에 숫자를 줄이려고 아키라가 유적 밖으로 서두르면서도 반격한다.

알파에게 조준 보정을 받는 정밀 사격으로, 고속 연사인데도 똑같은 부위에 명중시켜 자동인형의 포스 필드 아머를 돌파한다.

노리는 것은 자동인형의 제네레이터다. 정보수집기가 취득한 정보를 바탕으로, 알파는 고도의 해석을 통해 내부에 있는 제네레이터의 위치를 조사했다. 동력원을 파괴당한 자동인형이 쓰러지고, 움직임을 멈춘다.

『알파! 얼마나 남았어?』

『여덟 대 남았어.』

『여덟 대?! 많이 해치웠을 텐데?! 왜 그렇게 많이 남았어?!』

『해치운 것보다 증원이 더 많이 와서 그래.』

『제길! 유적 밖으로 쫓아오지 않기를 기대할 수밖에 없나!』

소형 미사일이 쏟아지는 가운데, 그것을 아랑곳하지 않고 쫓아오는 자동인형들을 상대로, 아키라는 좌우지간 이동을 서둘렀다.

◆

이런데도 왜 죽지 않는지. 레이나와 토가미가 무심코 그렇게 생각할 정도로 아키라의 상황은 가혹했다.

그 상황에서 유미나가 두 사람에게 말한다.

"먼저 말할게. 조금만 더 가면 아키라를 공격하는 자동인형을 직접 노리는 위치가 돼. 나는 그 시점에서 이쪽에서도 쏠 작정이야."

그렇게 말하고 유미나가 보여준 것은 아키라도 사용하는 거물 사냥용 SSB 복합총이었다.

지금껏 유미나는 유적의 돔 같은 차폐물을 사이에 둔 위치에서 소형 미사일을 쐈다. 그렇게 함으로써 상대가 직접 유미나를 노릴 수 없는 상태가 유지되었고, 레이저 건 등을 탑재한 자동인형의 표적이 되지도 않을 수 있었다. 포물선을 그리며 돔을 뛰어넘는 소형 미사일의 유도 성능 덕분에, 안전하게 아키라를 지원할 수 있었다.

그러나 이제부터는 다르다. 차폐물이 없어지면 아키라를 공격하는 자동인형들도 유미나 일행을 레이저로 공격할 수 있게 된다. 직선상에서 사격전을 벌이게 된다.

시오리와 카나에가 상대하는 적은 총의 사거리에 필적하는 원거리 공격 수단이 없어서 레이나도 안전한 위치에서 두 사람을 지원할 수 있었다. 그러나 이제부터는 레이나도 직접 표적이 된다. 더군다나 상대는 아키라도 도망치는 강력한 자동인형이다. 매우 위험했다.

일단 아키라에 대한 지원을 그만두면 적 자동인형들도 이쪽을 무시할 가능성이 있다. 하지만 유미나는 그럴 마음이 없었다.

"가능하면 도와주길 바라지만, 억지로 시키진 않을 거야. 무리일 것 같으면 지금 이탈해."

유미나는 그렇게 말하고 자동 운전으로 따라오는 레이나의 차로 시선을 돌렸다. 저것을 타고 지금부터 따로 움직이면 레이나와 토가미는 말려들지 않을 수 있다.

시오리에게 레이나를 부탁받았다고는 하나, 유미나도 그것을 이유로 아키라를 버릴 수는 없다. 이것이 유미나가 할 수 있는 최대한의 양보였다.

하지만 레이나는 그것을 알면서도 밝게 웃는다.

"농담하지 마. 방해된다고 해도 도울 거야."

그리고 자동 운전 설정을 변경해서 시오리와 카나에가 있는 곳으로 보냈다.

그러자 유미나도 가볍게 웃는다.

"그래? 토가미도 그렇게 생각하는 거야?"

"응? 뭐, 그거면 됐어."

그 정도의 가벼운 말로 자칫하면 생명이 위험할지도 모르는 장소에 자신도 남겠다고 한 토가미의 태도에, 유미나는 뭔가 우스운 것처럼 웃었다.

"그래. 사이가 좋구나."

"저기? 유미나?"

"그러면 해보자."

유미나는 레이나의 불평을 장난치듯 흘려넘기고, 거물 사냥용 SSB 복합총을 들었다.

토가미도 쓴웃음을 지으며 총을 겨눈다. 레이나도 쑥스러운 기분을 못마땅한 태도로 얼버무리듯이 하면서 총을 겨눴다.

유미나가 쏘는 소형 미사일의 이동 성토를 쫓아가낸 아키라의 대략적인 위치를 눈으로도 알 수 있다. 나아가 종합 지원 시스템을 통해 각자의 정보수집기를 연동한 세 사람은 대형 돔 너머에 있는 아키라의 위치와 그 정보수집기로 포착하고 있는 자동인형들의 위치도 매우 정확하게 인식할 수 있다.

총의 사거리를 생각하면 멀고, 자동인형의 이동 속도를 생각하면 안전하다고 할 수 없는 위치에서, 세 사람은 흔들리는 차의 지붕에서 그때를 기다린다.

그리고 유미나 일행의 사선 끝에서, 먼저 아키라가 돔의 그늘에서 뛰쳐나온다. 이어서 아키라를 쫓는 자동인형들이 나타났다.

그 순간, 유미나 일행이 일제히 총을 쏜다. 무수한 총탄이 허공을 가르고, 자동인형들을 옆에서 덮쳤다.

◆

간신히 유적의 끄트머리로 온 아키라였지만, 이미 한계에 가까운 상태였다.

적의 공격이 너무 격렬해서 회복약을 복용할 시간도 없는 상황이 계속되고 있다. 이미 아키라의 몸은 지나친 부상 때문에 자기 의지로는 움직일 수 없는 상태다. 그것을 강화복으로 움직여 전투를 속행하고 있었다.

겨우 먹었던 회복약의 진통 효과는 진즉에 사라졌다. 몸을 움직일 때마다 온몸을 엄습하는 극심한 고통을, 아키라는 이를 악물고 버티고 있었다.

아키라가 이토록 궁지에 몰린 가장 큰 이유는, 자동인형의 질이었다. 이이다 상업구 유적에 재입고된 자동인형의 성능은 각양각색이지만, 레이저 건을 표준 장비한 제품은 그중에서도 고급품이다. 당연히 기본 성능도 좋다.

습격하는 자동인형의 숫자는 시오리와 카나에가 더 많지만, 종합적인 질은 아키라를 습격한 쪽이 명확하게 더 위였다.

그 고성능 자동인형들에게 집요하게 쫓기다 보면 제아무리 아키라라도 정신적으로 지친다. 끊임없이 계속되는 고통도 그 정신을 분쇄하려고 한다.

그리고 착용자의 의지만 있으면 움직이는 강화복도, 그 의지가 꺾이면 움직일 수 없다. 이 힘겨운 상황에 아키라가 조금이라도 굴복하면, 그 시점에서 아키라는 죽는다.

하지만 아키라는 포기하지 않는다. 의지와 의욕과 각오는 자신이 담당한다. 그렇게 정하고 오늘까지 수많은 죽을 고비를 넘긴 아키라에게, 포기한다는 선택지는 없었다.

그것이 아키라의 생명을 유지하고, 이곳까지 데려왔다.

그리고 그 생명을, 유미나 일행이 더 늘렸다.

이미 무수한 소형 미사일에 표적이 된 자동인형들에게, 추가로 옆에서 탄막이 날아든다. 피탄해도, 회피해도, 자동인형들은 그만큼 자세가 흐트러지고, 아키라를 습격하는 동작이 굼떠진다.

그 틈에 아키라는 회복약을 최대한 많이 입에 넣었다. 한 상자에 500만 오럼인 회복약이 경구 투여로는 생각하기 어려울 정도의 빠른 속도로 효과를 발휘하고, 아키라의 몸을 급속히 치료하기 시작한다. 진통 효과도 즉각 작용해 아키라를 극심한 고통에서 해방했다.

『위험했어! 하지만 이걸로 어떻게든 됐나!』

아직 죽음의 문턱에서 벗어난 게 아니다. 그래도 살아 돌아가는 길에 더욱 다가갈 수 있었다. 그 실감에, 아키라가 슬쩍 웃음을 짓는다.

그때 레이나와 통신이 닿았다. 알파를 통해서 통신에 응한다.

『아키라! 조금 위험했던 거 아니야? 도와준 거 맞지?』

『무진장 위험했어! 살았어! 고마워! 그런 식으로 도와줘!』

『나만 믿어! 꼭 도와줄게!』

밝고 힘찬 레이나의 목소리에 부응하듯, 아키라도 다시 기운을 북돋운다.

『알파! 지금부터야! 하자!』

『그래. 평소처럼 하자.』

아키라의 시야에서, 알파는 평소처럼 웃고 있었다.

◆

아키라의 대답을 들은 레이나가 기쁜 듯이 웃는다.

"나만 믿어! 꼭 도와줄게!"

강해졌다고는 하나, 아키라와의 실력 차이는 아직 크다. 조금 건방진 소리를 했다고 생각한 레이나는 예상보다 좋은 반응이 있어서 투지를 더욱 키웠다.

그때 유미나의 낌새를 알아챘다.

"유미나, 무슨 일 있어?"

"응……? 아무것도 아니야. 그래. 꼭 도와야지!"

딱딱하면서도 진지한, 그리고 아주 조금이나마 심각한 표정을 지었던 유미나는, 레이나의 말에 대답하게 힘껏 웃었다.

지금껏 쌓은 것을 바탕으로 레이나가 몰라볼 정도로 강해진 것처럼, 유미나도 자신의 재능을 이 자리에서 꽃피우려고 하고 있었다.

그 바탕이 될 요소는 이미 갖췄다. 카츠야 팀과 따로 행동하고, 아키라에게 훈련받아, 카츠야 팀에 맞춘 미적지근한 훈련에서 벗어났다. 아키라에게 체감시간 조작 이야기를 듣고, 그 훈련도 계속했다. 그저 그 계기만이 부족했다.

돔의 그늘에서 튀쳐나온 아키라를 보고, 지금도 다수의 자동인형과 싸우고 있는 아키라의 모습에서, 유미나는 카츠야의 모습을 겹쳐서 떠올렸다.

혼자 제멋대로 돌격하고, 동료들을 위해서 수많은 몬스터를 유인하는 미끼가 되어 분투하는 카츠야의 모습을.

실제로 카츠야는 그런 식으로 무모하게 구는 경향이 있었다. 고층 빌딩이 드러누운 것처럼 거대한 현상수배급인 과합성 스네이크와 싸웠을 때도, 카츠야는 혼자서 미끼가 되어 하마터면 죽을 뻔했다.

그리고 지금 여기서 다수의 자동인형과 싸우고 있는 아키라도,

이토록 필사적으로 도망치고 있는데도 유미나 일행과 합류하려고 하지 않는다. 이 상황에서 합류하면 강력한 자동인형들을 유미나 일행이 있는 곳으로 데려가기 때문이다.

마치 자동인형들을 유인하는 미끼처럼, 혼자서 필사적으로 싸우는 아키라의 모습은, 유미나가 아키라와 카츠야의 모습을 겹쳐 보기에 충분한 광경이었다.

도와야 한다. 유미나가 강하게 느낀다.

체감시간 조작 훈련으로서, 유미나는 카츠야가 위기에 처한 영상을 수없이 봤다. 자신이 거기 있다고 상상하고, 카츠야를 구할 수 없는 자신을 상상하고, 초조해하고, 공포에 질렸다.

그런데도 과거의 영상 속에서 카츠야를 구할 수는 없다. 자신이 그 자리에 있다면, 자신에게 그만한 실력이 있다면, 그런 생각밖에 할 수 없다.

도와야 한다. 유미나가 강하게 느낀다.

지금, 자신은, 여기 있다. 그런데도 구할 수 없다면, 과거의 영상을 보는 것과 하나도 다를 게 없다. 그래서는 자신이 여기 있는 의미고 뭐고 없다.

자신은 카츠야의 곁으로 돌아가고 싶다. 하지만 그것은, 카츠야에게 도움받기 위해서도, 카츠야에게 의존하기 위해서도 아니다. 카츠야를 돕기 위해서다.

여기서 아키라를 도울 수 없다면, 카츠야의 곁에 돌아가더라도 카츠야를 도울 수 있을 리가 없다.

돕는다. 그런 마음으로 집중한다. 아키라를 돕기 위해서, 카츠야를 돕기 위해서, 유미나는 극한의 집중력을 보였다.

그저 계기만이 부족했다. 유미나는 그 계기를 얻었다.

유미나의 의식 속에서 세계가 천천히 움직인다. 발판이 된 차량은 상당히 빠른 속도를 내고 있지만, 유미나에게는 그저 정지한 것처럼 느껴진다. 그런 세계에서 쏘아진 탄환은, 빠르게 움직이는 자동인형들에게 빨려드는 것처럼 명중했다.

체감시간 조작에 성공한 유미나가 자동인형들을 차례차례 명중시킨다. 갑자기 명중률이 훨씬 올라간 연사를 맞는 바람에, 우세였던 자동인형들의 기세가 급격히 떨어졌다.

갑자기 출현한 위협을 제거하고자 손바닥에 렌즈 같은 레이저 건을 탑재한 자동인형이 조준을 아키라에게서 유미나로 바꾼다. 하지만 그것에 즉각 반응한 유미나는 역으로 그 렌즈를 꿰뚫었다. 자신의 레이저 건을 팔과 함께 파괴당한 자동인형이 피탄의 충격으로 날아간다.

유미나의 성과는, 단순히 체감시간 조작에 성공했기 때문만이 아니라, 종합 지원 시스템에 따른 지원과의 상승효과다.

지금껏 유미나가 아키라의 훈련으로 훨씬 강해졌다고는 하나, 아직 종합 지원 시스템의 성능에 휘둘리고 있었다. 지급된 고성능 장비도, 그 성능을 잘 살리지 못하는 상태가 계속되었다.

그러나 여기서 그것이 급격히 개선된다. 시간이 천천히 흘러가는 세계에서, 유미나는 장비가 요구하는 고속, 고정밀 움직임에 따라잡을 수 있었다.

이로써 유미나는 고성능 장비에 휘둘리는 처지에서, 편리한 도구에 이용당하는 처지에서, 그 도구를 사용하는 자가 되었다.

　그것은 장비의 본래 성능을 살린 고도의 전투를 가능하게 했다. 총의 성능은 아키라와 동급. 강화복의 성능은 격상. 나아가 종합 지원 시스템에 의한 지원. 그것들이 잘 맞물린 효과는 극적이었다.

　그리고 유미나는 드디어 체감시간 조작에 성공했다는 기쁨보다도, 강해진 실감에 환희를 느끼는 것보다도, 아키라를 돕기 위해 집중하고, 계속해서 총을 쐈다.

◆

　유미나의 지원이 갑자기 강해진 것에 놀라면서도, 아키라는 얼굴에 웃음을 띤다.

　『유미나도 레이나도, 뭔가 갑자기 강해졌는걸. 뭐, 잘됐어. 알파! 밀어붙이자!』

　『알았어. 하자.』

　아키라가 빈틈을 노려서 다시 회복약을 입에 가득 문다. 나아가 간이 서포트 암으로 쓸 수도 있는 방호 코트를 움직여 코트 안쪽에 두었던 탄창을 공중에 내던졌다. 그리고 동시에 두 정의 총에서 탄창을 배출하고, 양손에 든 총으로 공중에 있는 탄창을 때리듯 재장전을 마친다.

　그리고 지금껏 자동인형들에게서 도망치듯 움직이던 것을 그만두고, 역으로 아키라가 먼저 단숨에 거리를 좁혔다.

가장 가까이 있던 자동인형에게 대형 SSB 복합총을 꽂듯이 들이대고 지면에 패대기친다. 그대로 연사한다. 지면과 총에 끼어서 회피할 수 없는 상태로, 지근거리에서 대량의 총탄이 박힌 자동인형이 그대로 대파했다.

지금까지는 이럴 수 없었다. 이건 자동인형을 하나 해치우는 대신에 총을 하나 구속당하는 것과 같은 뜻이며, 그 틈을 노린 다른 자동인형에게 죽기 때문이다.

하지만 유미나 일행에게 훨씬 강력해진 지원을 받는 지금이라면 할 수 있었다. 아키라를 노리려고 하는 자동인형들이 유미나 일행이 쏜 총에 맞고, 그 충격에 비틀거려서, 아키라에 대한 공격이 방해받는다.

아키라도 이렇듯 강력한 지원이 오랫동안 지속될 것으로 생각하진 않는다. 이 지원이 끝나기 전에 결판을 내려고 공세에 나섰다.

빠르게 쏟아지는 소형 미사일이 무척 느리게 느껴질 정도로 체감시간을 조작한다. 1초를 한없이 압축한 듯한 세계에서, 은색 칼날을, 빛의 칼날을, 레이저 건을 피하고 거리를 좁히고, SSB 복합총을 들이대고 연사해서, 자동인형을 또 한 대 격파한다.

고속 이동에 따른 과부하로 몸이 세포 단위로 망가지고, 대량으로 복용한 회복약이 그것을 치료하고, 다시 망가지고, 다시 치료하는, 파괴와 재생을 반복한다. 그 불쾌감을 무시한 아키라가 내달리고, 또 한 대를 파괴한다.

해치운 만큼 적의 공세도 약해진다. 그러나 아무리 해치워도 상대의 전투 의사가 변화하는 일은 없다. 자기가 죽더라도 아키라를 죽이려고 한다. 아키라가 도주를 그만둔 지금, 유미나 일행의 지원이 멈추면 아키라는 이대로 죽는다. 그 전에 다 해치우기 위해서, 아키라는 죽을힘을 다해 생명이 위험한 위험지대를 달린다.

총을 쏘고, 해치운다. 생사의 경계선을 넘나들고, 거리를 좁힌다. 피하고, 달리고, 총구를 눈앞에 들이대고, 쏘고, 격파한다. 그리하여 아키라는 이 죽음의 위기를 돌파했다.

그때, 이미 유미나의 지원은 멈췄다. 체감시간 조작에 처음으로 성공한 유미나는 여기까지가 한계였다. 하지만 늦지 않았다. 아키라가 마지막 한 대를 향해 두 손에 쥔 총을 겨눈다.

『이걸로, 끝이다!!』

두 정의 SSB 복합총에서 대량의 총탄이 쏟아져 나온다. 그것을 지근거리에서 정통으로 맞은 자동인형은 단단한 포스 필드 아머가 뚫리고, 산산이 부서져 날아갔다.

◆

아키라가 마지막 자동인형을 파괴한 것을 보고, 레이나가 무심코 소리친다.

"해냈어! 유미나! 해냈다고!"

그렇게 말하고 레이나가 유미나를 본다. 그 순간, 레이나의 얼굴에서 승리의 기쁨이 싹 사라졌다. 유미나는 매우 고통스러운 얼굴로 한쪽 무릎을 바닥에 대고, 레이나의 앞에서 피를 토했다.

"유, 유미나?!"

"괘, 괜찮아. 조금 무리했을 뿐이야…….'"

유미나는 간신히 그렇게 대답하고 느릿느릿 움직여 회복약을
꺼내 대량으로 복용한다. 아키라가 나눠준 고성능 회복약은 곧바
로 유미나를 치료하기 시작했다. 그 효과를 실감하면서 유미나가
숨을 내쉰다.

"역시나 한 상자에 500만 오럼. 진짜 잘 듣네."

"유미나. 괜찮은 거야?"

"괜찮아. 하지만 조금 쉬게 해줘…….'"

지친 기색이긴 하지만, 웃는 표정을 지은 유미나를 본 레이나도
생명에 지장은 없을 것 같다며 안도했다.

"그래? 그러면 시오리네랑 아키라를 데리고 빨리 귀환하자."

그때 시오리에게서 통신이 들어온다. 두 사람은 자동인형들을
다 격파하고 레이나의 차로 돌아오려고 했다.

"아가씨. 아키라 님은 우리가 모시겠으니, 아가씨께선 거기서
기다려 주세요."

두 사람도 아키라가 자동인형들을 다 격파한 것을 확인했지만,
만약의 사태가 발생할 수도 있다. 레이나를 아키라가 있는 곳으로
보낼 수는 없었다. 레이나도 그것을 이해한다.

"알았어. 다들 고생했어. 덕분에 살았어."

"감사합니다."

유미나가 차를 천천히 세운다. 이제는 합류해서 귀환하면 끝이
다. 주위에도 적의 기척이 없다. 그렇게 생각하고 긴장을 풀자 회

복약을 먹었는데도 피로가 단숨에 몰려든다. 처음으로 성공한 체감시간 조작의 부하는 유미나가 상상한 것보다 컸다.

(이 위급한 순간에 체감시간 조작을 겨우 성공시켰는데, 이렇게나 피곤할 줄은 몰랐어. 아키라는 이걸 아무렇지도 않게 하는 거야? 어쩐지 그렇게 강하더라. 그렇게 비싼 회복약을 왕창 사는 것도 이해가 돼.)

체감시간 조작의 핵심인 뇌만이 아니라, 몸에도 매우 큰 부하가 걸렸다. 원거리에서 총만 쏘고도 걸린 부하가 이 정도라면, 그토록 많은 자동인형과 온 힘을 다해 싸운 아키라에게는 얼마나 큰 부하가 걸렸을까. 그렇게 생각하니 유미나는 놀랄 수밖에 없었다.

그래도 유미나는 아키라를 도울 수 있어서 만족했다. 더 훈련해서 이 힘을 유지하고, 성장하게 하면, 카츠야의 곁에 돌아가도 카츠야를 도울 수 있다. 그렇게 생각하고 앞으로의 전개를 기대하며 아키라가 있는 방향을 슬쩍 봤다.

다음 순간, 유미나의 표정이 경악으로 바뀐다.

길이가 십여 미터는 될 법한 거대한 빛의 칼날이, 아키라가 있는 곳의 지면에서 갑자기 생겨나 아키라를 베려고 했다.

◆

마지막 자동인형을 해치운 아키라가 한숨을 푹 쉰다.

"겨우 끝났어……."

그대로 털썩 주저앉고 싶을 만큼 지쳤지만, 강화복 덕분에 쓰러지지 않고 버텼다.

알파가 웃는 얼굴로 아키라의 건투를 칭찬한다.

『수고했어. 이번에도 어떻게든 됐구나.』

『그러게 말이야. 이번에도 어떻게든 됐어.』

그리고 아키라는 한숨을 쉬었다.

『가끔은 어떻게든 됐다는 식으로 끝내지 말고, 평범하게 싸워서 평범하게 이기고, 평범하게 끝내고 싶은데 말이야…….』

『어머, 아키라의 평범은 이런 거잖아?』

그렇게 말하고 즐겁게 웃는 알파에게 차마 대꾸하지 못하고, 아키라는 쓴웃음만 지었다.

그 뒤로 시오리가 데리러 오겠다고 연락해서, 아키라는 그 자리에서 대기하고 있었다.

차에 탄 시오리와 카나에가 멀리서 보인다. 이제는 합류하고 귀환하면 끝이다. 그렇게 생각하고, 아키라는 긴장을 풀었다.

하지만 그때, 아키라는 갑자기 불길한 예감이 들었다.

그리고 그것에 호응하듯, 알파의 표정이 몹시 딱딱해졌다.

이유는 알 수 없지만, 자신은 지금 매우 위험한 상황이다. 그것을 이해한 아키라는 알파의 조작으로 멋대로 움직인 강화복의 움직임에 저항하지 않고, 온 힘을 다해 그 자리에서 뛰었다.

그 직후, 땅속에서 치솟은 거대한 두 줄기의 빛의 칼날이 그 자리를 십자로 가른다. 그 위력은 엄청나서, 베는 목적으로 생성된 고출력 에너지 필드에서 흘러나온 작은 에너지만으로 토사가 대량으로 날아갔다.

그것을 공중으로 뛰어서 간신히 피한 아키라 앞에, 빛의 칼날을 휘두른 자동인형 두 대가 땅속에서 튀어나왔다. 아키라는 그 메이드복과 집사복의 자동인형들을 본 기억이 있었다.

자동인형 가게의 폐허에서 본 입체영상 속 자동인형들. 미츠바질바텍의 최신 모델. 한 대에 1800만 콜론. 지금껏 싸운 다른 자동인형들과는 말 그대로 값이 다른 성능을 지닌, 매우 강력한 자동인형이 두 대나 서 있었다.

그 자동인형들이 다시 빛의 칼날을 휘두르려고 한다. 기체의 고출력 제네레이터와 직결한 블레이드 생성기, 그 자루에서 뻗은 빛의 칼날은 얇은 도신의 길이만 십여 미터에 달하며, 도신에서 흘러나오는 에너지를 포함한 살상 범위도 1미터는 됐다.

무리다. 아키라는 무심코 그렇게 생각하고 말았다. 포기한 건 아니다. 하지만 물리적으로 어쩔 수가 없다는 강한 설득력이, 그 광경에 있었다.

빛의 칼날이 휘둘린다. 그와 동시에 아키라도 자동인형들을 향해 돌격한다. 그 결과가 어떻게 되든, 포기를 내버린 아키라에게, 아무것도 안 하고 끝난다는 선택지는 없었다.

그때, 아키라의 세계에 극적인 변화가 나타났다.

세계가 놀라울 정도로 선명하고 상세하게 느껴진다. 저해상도 영상이 갑자기 고해상도로 바뀐 것처럼, 눈도, 귀도, 피부로 느끼는 감촉도, 마치 세계 전체가 다시 써진 것처럼, 갑자기 다른 세계로 뛰어든 것처럼, 명확하게 다른 것으로 느껴졌다.

그 고해상도 세계에서, 상대의 공격을 더 빨리 정확하게 인식함으로써, 아키라는 빛의 칼날을 가까스로 피했다. 예전의 흐린 세계에서는 불가능했지만, 이 선명한 세계에서는 가능했다. 그 일격은 빛나는 도신에서 흘러나온 여파만으로 방호 코트를 태우고, 강화복을 지지고, 그 안의 피부를 탄화시켰지만, 직격은 피했다.

그리고 아키라는 먼저 메이드복 자동인형에게, 왼손에 쥔 SSB 복합총을 들이댔다. 총구를 상대에 밀착한 상태로, 최고 속도로 연사한다.

지금까지도 아키라는 SSB 복합총을 최고 속도로 연사했었다. 그러나 그것은 제한이 있는, 조건이 있는 최고 속도였다.

너무 빠른 연사 때문에 총이 부서지지 않게 하는 제한. 그리고 총이 부서지는 바람에 총 본체를 보호하는 포스 필드 아머의 에너지가 흘러나와 사용자를 죽이는 사태를 방지하는 제한. 그렇게 두 가지 제약이 있었다.

아키라는 알파의 조작으로 두 가지 제한을 풀었다. 총의 완전 파괴, 그리고 아키라의 안전과 맞바꿔서 진정한 최고 속도로 연사한다. 확장탄창의 내용물이 한순간에 텅 빌 기세로, 방대한 양의 총탄이 상대에게 박힌다.

상대에게 밀착한 상태로 그렇게 연사하면 반동도 엄청나다. 사출된 탄환이 곧바로 명중하고, 한순간의 틈도 없이 다음 탄환과 충돌한다. 그 충격이 상대와 아키라 모두에게 전해지고, 총과 아키라에게 계속해서 부하를 건다.

그런데도 아키라는 연사한다. 반동으로 상대에게서 떨어지려고 하는 총구를, 강화복의 힘으로 최대한 들이대고 연사했다.

그리고 첫 번째 SSB 복합총이 부서지고, 아키라의 왼팔을 말려들게 하며 폭발한다. 그와 동시에 메이드복 자동인형의 제네레이터도 파괴되었다. 그것은 빛의 칼날의 출력에 에너지를 과하게 할애하는 바람에 포스 필드 아머의 강도가 대폭 떨어진 덕분이었다.

상대의 포스 필드 아머의 강도가 그만큼 떨어졌는데도 불구하고, 아키라는 메이드복 자동인형을 해치우는 데 SSB 복합총 1정과 왼팔을 희생했다.

하지만 적은 더 남았다. 집사복 자동인형이 빛의 칼날을 휘두른다. 공중에 있는 자동인형에게서, 그보다 조금 아래에 있는 아키라를 향해 휘둘린 빛의 칼날은 그 칼끝이 지면에 닿은 순간, 접촉한 부분을 광범위로 날려 버렸다.

그 빛의 칼날도, 아키라는 가까스로 회피했다. 그 여파로 방호 코트가 불타서 넝마가 되고, 강화복이 파손되어 포스 필드 아머로는 그 내부를 지킬 수 없게 되고, 피부 아래의 살이 다소 탄화되면서도, 아키라는 다시 나머지 SSB 복합총의 총구를 상대에게 밀착시킨다.

그리고 연사한다. 이번에도 최고 속도. 더군다나 이 SSB 복합총은 거물 사냥용. 반동도 엄청나다.

게다가 상대는 그 총구를 피하려고 했다. 그렇게 두진 않겠다며 아키라가 허공을 박차서 총구를 들이댄다. 그리고 그대로 밀어붙여 자동인형을 지면에 패대기쳤다. 지면과 총구로 상대를 압박하며 쏘아댄다.

그런데도 집사복 자동인형은 부서지지 않는다. 쓰러진 채로 빛의 칼날을 휘두른다.

이미 손상으로 빛의 칼날의 출력이 현저하게 떨어진 데다가, 근거리에서 휘두른 탓에 공중에서 떨어진 상태로 휘둘렀을 때보다는 피하기 쉽다. 아키라는 그것을 피했다.

하지만 대형 SSB 복합총은 지킬 수 없었다. 고출력 에너지를 띤 빛의 칼날에 먹혀서, 대형 SSB 복합총이 한순간에 소멸한다.

이로써 아키라는 총을 전부 상실했다. 하지만 무기는 아직 남았다. 아키라는 강화복에 장비한 구세계의 블레이드를 뽑고, 온 힘을 다해 자동인형을 찔렀다.

노리는 것은 조금 전까지 총으로 쏜 장소다. 강력한 포스 필드 아머로 보호받아도, 다른 부분보다 약해졌다. 칼날은 상대의 장갑을 뚫고, 내부에 도달했다.

하지만 박힌 건 칼끝뿐이다. 한 대에 1800만 콜론이나 하는 자동인형은 그만큼 튼튼했다.

그러나 그때 아키라가 마지막으로 남은 무기를 쓴다. 남은 힘을 모두 쥐어짜, 블레이드의 자루를, 온 힘을 다해 위에서 때렸다.

그것이 마지막 일격이 되었다. 박힌 블레이드에 제네레이터가 꿰뚫리고, 동력원을 파괴당한 자동인형은 그대로 움직임을 멈췄다.

그리고 아키라도 힘이 다한다. 의식을 잃고, 그 자리에서 쓰러졌다.

◆

    아키라가 있는 곳으로 이동한 시오리와 카나에는 갑자기 시작된 아키라와 자동인형의 두 대의 싸움에 놀라면서도, 곧바로 가세하려고 했다. 단거리라면 직접 뛰어서 가는 것이 더 빠르므로, 차에서 뛰어내려 아키라가 있는 곳으로 서두른다.

    그러나 가세할 수 있는 거리까지 다가가기 전에, 아키라는 자동인형들을 단독으로 해치우고, 본인도 그 자리에서 쓰러졌다. 딱 봐도 의식이 없고, 부상도 심각한 상태다. 곧바로 응급처치를 실시해야만 한다.

    레이나를 기다리게 하지 않았더라면 아키라를 이토록 몰아붙인 상대와의 전투에 레이나가 말려들 뻔했다. 그렇게 여기고 안도하면서, 시오리는 카나에와 함께 서둘러 달려간다.

    그리고 조금만 더 가면 아키라가 있는 곳에 도착할 즈음, 두 사람은 믿기지 않는 것을 봤다. 어느새 아키라의 옆에 메이드 차림을 한 자동인형이 하나 더 있었던 것이다.

    거기 있는데 자신들이 몰랐을 리가 없다. 그런 경악 속에서, 두 사람은 즉각 그 자동인형을 제거하려고 움직였다. 한순간에 거리를 좁혀서 동시에 덤벼든다. 두 사람 모두 강화복의 출력을 한계치까지 올리고, 나아가 안티 포스 필드 아머 기능의 출력도 최대로 올리며, 시오리는 블레이드를 휘두르고, 카나에는 주먹을 내질렀다.

    하지만 두 사람의 공격은 너무나도 쉽게 막혔다. 시오리의 블레이드는 손가락 사이에 잡히고, 카나에의 주먹은 한 손에 막힌다. 더군다나 그 자동인형은 자세가 전혀 흐트러지지 않았다. 아무렇지도 않게 선 상태로, 태연한 얼굴로, 시오리와 카나에의 모든 힘이 담긴 일격을 간단히 막았다.

메이드 차림을 한 자동인형이 웃으며 말한다.

"그만두지 않겠나요?"

그리고 적의가 없다는 것처럼 시오리의 블레이드와 카나에의 주먹에서 손을 뗐다.

하지만 두 사람은 아랑곳하지 않고 공격한다. 시오리는 블레이드를 잽싸게 칼집으로 돌려놓고, 모든 에너지를 도신에 주입해 칼날의 붕괴와 맞바꿔 위력을 한계치로 끌어올린 일격을 날리려고한다. 그리고 카나에는 자동인형의 하반신을 힘껏 붙잡아 시오리가 쓰는 비장의 일격을 피하지 못하게 하려고 한다.

그리고 시오리는 빛나는 도신을 힘껏 뽑았다.

하지만 그것도 무의미했다. 자루만 남은 블레이드를 잡은 채, 시오리가 터무니없는 현실에 넋이 나간다. 자동인형은 블레이드를 손으로 쳐낸 듯한 자세로 웃으며 서 있었다. 상처 하나 나지 않았다.

무심코 시오리가 거리를 벌린다. 카나에도 덩달아 물러나고, 시오리의 옆에서 자세를 잡았다. 무기를 잃은 시오리도 매우 험악한 얼굴을 하고서 익숙하지 않은 격투전 태세를 취한다.

카나에도 이런 상황에서는 얼굴에서 웃음을 유지할 여유가 없다. 절망적인 전력 격차에 나쁜 버릇도 싹 날아가고, 시오리와 똑같이 험악한 표정을 지었다.

그런 두 사람에게, 자동인형이 다시 웃으며 말한다.

"걱정하지 마시길. 제게 교전할 의사는 없습니다."

그래도 생살여탈권을 쥐고 있다는 사실에는 변함이 없다. 이 상황을 바꿀 무언가를 떠올릴 때까지 시간을 끌 겸, 다른 자동인형들과는 다르게 대화가 통할 것 같은 상대에게 카나에가 가벼운 투로 말한다.

"싸울 마음이 없다면, 자기소개 정도는 해줬으면 좋겠습다."

그러자 자동인형은 조금 거창하게 인사했다.

"올리비아라고 합니다. 리온즈테일 사 소속의 범용 인격입니다. 인연이 닿는다면 부디 저희 회사를 이용해 주시길 바랍니다."

이 자리에 갑자기 출현한 자동인형은 티오르가 기동한 올리비아였다. 그리고 그 올리비아의 자기소개를 들은 시오리와 카나에의 얼굴에는 감출 수 없는 동요가 드러났다.

올리비아가 그런 두 사람 앞에서 하얀 카드를 꺼낸다. 그리고 손가락으로 가볍게 튕겨서 시오리에게 날렸다.

"이건……."

"당신께 드리는 것이 아닙니다. 이분이 눈을 뜨시면 전해 주세요. 그러면 이만 실례하겠습니다."

"기, 기다려 주시길……!"

그렇게 무심코 제지하려고 한 시오리의 앞에서, 올리비아는 홀연히 모습을 감췄다. 황급히 주변을 둘러봐도, 어디서도 보이지 않았다.

카나에가 쓴웃음을 짓고 조금 허탈한 목소리로 말한다.

"누님……. 우리 앞에 있던 올리비아 씨 말인데, 그건 도중부터 입체영상이었슴다. 더군다나 사라지기 직전까지는 기척이 있었슴다. 대체 어떻게 된 걸까요."

궁지에서 벗어났다. 올리비아도 사라졌다. 그러나 시오리와 카나에의 곤혹과 혼란은 여전히 남아 있었다.

그때 레이나에게서 통신이 들어온다.

"시오리! 카나에! 거기서 무슨 일이 있었어?! 아키라는 무사해?!"

그것으로 정신을 차린 시오리가 황급히 아키라의 용태를 확인한다.

"중상이지만 살아있습니다. 곧바로 응급처치를 하겠습니다. 아직 괜찮겠지요."

"응급처치를 마치면 아키라 소년을 데리고 그쪽으로 돌아가겠슴다. 아씨는 그때까지 경계를 게을리하지 말고 대기해 주십쇼. 이쪽도 바쁘니까, 설명은 나중에 하겠슴다."

"알았어."

시오리와 카나에가 아키라를 응급처치한다. 심각한 상태지만, 살아만 있으면 연명에 지장이 생기지 않을 정도의 대비는 갖추어서, 이 자리에서 처치가 늦을 일은 없었다.

"그래서 누님. 그거, 어쩔 검까?"

"생각하게 해줘……."

카나에가 하얀 카드의 취급을 지적하자, 시오리는 고뇌하는 표정을 지었다.

그 뒤로 아키라를 데리고 레이나 일행이 기다리는 곳으로 돌아가려고 했을 때, 유적 밖에서 다수의 반응이 다가왔다. 이이다 상업구 유적에서 잠시 철수한 쿠로사와의 부대가 증원 부대와 합류한 다음에 돌아온 것이다. 쿠로사와도 멀리서 아키라의 전투를 확인해서, 직접 상황을 물어보고자 두 사람이 있는 곳으로 왔다.

대규모 전력이 유적에 도착함으로써, 유적에서 발생한 소동은 해결의 실마리가 잡혔다. 아키라 일행의 이이다 상업구 유적에서의 헌터 활동도, 이로써 일단락되었다.

제167화 시행의 방해물

쿠가마야마 시티의 병원에서 아키라가 눈을 뜬다. 의료 설비를 잘 갖춘 널찍한 일인실은 아키라가 우대 고객임을 알려줬다. 침대에서 상반신을 일으키고 병실을 둘러본 다음, 가볍게 한숨을 쉰다.

"또 병원으로 실려 온 건가……."

『살았으니까 잘된 일이잖아.』

알파는 웃으며 그렇게 말한다. 그래서 아키라도 슬쩍 웃고 대답한다.

『그래. 죽지 않고 끝났어. 잘된 일로 칠까. 알파. 그 뒤로 얼마나 지났어?』

『며칠이야. 정확한 날짜는 앞으로 올 사람에게 물어봐. 나한테 들으면 그걸 어떻게 알았냐고 할 테니까.』

『알았어. 그러면 알파만 아는 걸 물어볼게. 내가 기절하기 전에 뭔가 세계가 이상한 느낌이 됐는데, 그건 알파가 뭔가 한 거지? 뭘 한 거야?』

『간단히 설명하자면, 아키라의 의식에서 현실의 해상도를, 내 서포트로 향상한 거야.』

무슨 말을 하는지 모르겠다는 표정을 지은 아키라에게, 알파가 설명을 보충해 나간다.

기본적으로 인간이 인식하는 현실이란, 뇌가 감각기관에서 얻은 입력 정보를 기반으로 만든 의식상의 현실이다.

그리고 실제의 현실과 의식상의 현실은 어떻게든 차이가 생긴다.

우선 감각기관의 한계가 있다. 시력이 나쁘면 시야가 흐려지고, 청각이 나쁘면 소리가 잘 들리지 않는 등 주위 상황을 정확하게 인식하지 못하는 것처럼, 뇌에 입력되는 정보가 조잡하면 그 출력인 의식상의 현실도 선명하지 않고, 명료하지 않게 된다.

또한 감각기관에서 얻은 정보를 바탕으로 뇌에서 의식상의 현실을 생성하는 처리 시간만큼, 의식상의 현실은 실제의 현실보다 항상 늦어지는 상태다.

그리고 정밀성을 요구하는 나머지 매우 지연된 과거의 상태만 지각했다간 현재를 인식하는 데 있어서 큰 지장이 생긴다. 따라서 뇌는 생존에 필요한 즉시성을 유지하기 위해서 각종 처리를 생략하고 현실을 생성한다. 상황에 따라서는 처리를 가정이나 추측으로 대용해서 흐릿하면서도 그럴싸한 결과를 만들어낸다.

이러한 이유로 아키라가 인식하는 현실이란 실제의 현실과 비교해서 매우 느린 데다가 정밀성이 현저하게 떨어질 수밖에 없었다.

그러나 그것에 알파가 개입한다. 구영역 접속자인 아키라의 통신대역을, 알파와의 접속에 특화하면서 가능해진 고도의 통신대역을 통해서, 현실 정보의 입출력 처리에 끼어든 것이다.

그리고 아키라 자신의 오감과 함께 정보수집기 등에서 얻은 정보도 입력 정보로 삼는다. 나아가 의식상의 현실 생성 처리를 아키라 본인이 아닌 알파가 대행하고, 그 출력 결과를 아키라에게 송신한다.

그것으로 아키라는 자신의 뇌로는 절대로 가능하지 않은 지극히 정확하고 지연이 적은 현실을 인식할 수 있었다. 그것이 마치 다른 세계에 뛰어든 것처럼 세계가 선명하게 느껴진 이유다.

아키라가 매우 강력한 자동인형 두 대를 격파한 이유도 이것이다. 아키라는 항시 조금 지연된 세계를 인식하고, 그렇게 인식한 현실의 정밀성도 떨어지는 상태였다. 그래서는 고도의 연산력으로 지연이 거의 없이 세계를 인식하는 자동인형들을 상대로 승산이 없다.

그러나 아키라는 알파의 서포트로 일시적으로나마 의식상의 현실과 실제의 현실 사이의 오차를 최대한 줄일 수 있었다. 그것으로 자동인형들과 거의 엇비슷한 현실을 인식하고, 가까스로 승산을 찾아내 위태로운 승리를 거뒀다.

알파에게 그 설명을 들은 아키라가 납득한 듯이 고개를 끄덕인다. 알파가 설명한 내용을 완전히 이해한 건 아니지만, 그런 거라고 생각할 정도로는 납득했다.

『뭔가 굉장한 걸 한 거구나. 음. 그건 체감시간 조작 훈련처럼 언젠가는 내 힘으로 할 수 있게 되는 거야?』

알파가 고개를 가로젓는다.

『유감이지만 그건 무리야. 만약 아키라가 내 서포트 없이 녹같은 걸 했다간 과부하로 뇌사할 거니까.』

『그, 그래?』

『내 서포트가 있어도 안이하게 할 일은 아니야. 아키라가 병원
에 실려 간 이유의 절반쯤은 몸에 중상을 입어서가 아니라, 뇌의
부담이 너무 커서 혼수상태가 되었기 때문이야. 그럴 수밖에 없었
던 상황이었다고는 해도, 아키라가 너무 무리하게 했어.』

아키라가 놀란다. 지금껏 몇 번이나 웃으며 자신에게 무리한 짓
을 시켰던 알파가, 진지한 얼굴로 무리하게 했다고 말한 것이다.
그토록 위험한 짓이었냐는 생각에 얼굴을 실룩거렸다.

그때 알파가 웃는 얼굴로 돌아온다.

『뭐, 똑같이 할 수는 없어도 훈련하면 비슷하게 할 수는 있을 거
야. 힘내자.』

『그, 그래? 알았어』

알파가 이렇게 말한다면 할 수 있게 되겠지. 그렇다면 당연히
할 수 있게 되는 것이 좋을 것이다. 그렇게 생각하면서도, 웃으며
대답하는 아키라의 얼굴은 조금 딱딱했다.

◆

아키라가 정신을 차리고 얼마 후, 처음으로 아키라의 병실을 찾
은 사람은 시오리였다.

"아키라 님. 몸은 괜찮으십니까?"

"그래. 이젠 괜찮아. 여기까지 운반해 준 거지? 고마워."

"아니요. 무사해서 다행입니다. 그래서 말입니다. 정신을 차리신 직후에 죄송하지만, 그 뒤의 일도 포함해서 잠시 이야기하고 싶은 것이 있습니다."

시오리는 먼저 그렇게 말하고, 우선 아키라가 정신을 잃은 뒤의 일을 말하기 시작했다.

아키라 일행이 이이다 상업구 유적을 벗어난 지 벌써 5일이 지났다. 파괴된 자동인형은 쿠로사와의 부대가 모아서 이미 유적에는 남은 것이 없다. 그리고 그 소유권에 관한 매우 복잡한 협상이 기다리고 있었다.

그런 종류의 협상은 원래라면 곧바로 시작되지만, 당사자인 아키라가 의식불명 상태여서 연기되었다.

시오리는 거기까지 설명을 마치고, 그 표정에 아주 희미하게나마 긴장을 드러냈다. 그리고 하얀 카드를 꺼내 아키라에게 보여줬다.

"아키라 님. 이게 뭔지 아십니까?"

"응……? 아니, 모르겠는데."

"그렇습니까……. 이긴 저희가 유적에서 입수한 유물 중 하나입니다."

그 말을 들은 아키라가 다른 일행과 함께 유물을 수집했을 때를 떠올렸다. 그러나 이런 하얀 카드를 본 기억은 없었다.

"그런 게 있었던가? 그건 됐고. 그래서?"

"아키라 님은 헌터 랭크 조정 의뢰의 조건으로 입수한 유물을 전부 도시에 매각해야 합니다. 그러려면 먼저 우리와 아키라 님

사이에서 유물을 분배할 필요가 있습니다. 이것까지는 알겠습니까?"

"그래."

"그러니 이 카드를, 저희에게 양도해 주셨으면 합니다."

아키라가 의아한 얼굴을 한다.

"저기…… 일단 그 이유를 물어봐도 될까? 딱히 모은 유물을 지금부터 하나씩 누가 가질지 정하는 건 아니지? 왜 그 카드만?"

"이 카드는 다루기 어렵습니다. 일반적인 헌터가 일반적인 유물 거래소에 가져가도, 그저 용도를 모를 카드로 취급되어 값이 매겨지지 않겠지요. 팔지 않고 아키라 님께서 소유하신다고 해도, 이런 종류의 물품을 수집하는 취미가 없다면 아키라 님께는 가치가 없는 물건일 겁니다."

그 말에는 아키라도 동의할 수 있었다. 봐서는 그냥 하얀 카드이고, 비싼 유물 같지 않다. 그리고 그 물건을 수집하는 취미도 없었다.

"하오나 특정 사람에게는 가치가 있는 물건입니다. 잘되면 큰 이익을 전망할 수 있습니다. 그리고 저희에게는, 그런 연고가 있습니다. 다만…… 잘된다는 보장은 없지만요."

그렇게 말하고 시오리는 작게 한숨을 쉬었다.

"물론 저도 이 말을 들으신 아키라 님께서 순순히 양도하실 것으로는 생각하지 않습니다. 하오나 이 카드는 다루기가 어렵고, 오럼으로 환산해서 얼마의 가치가 있다고 정할 수도 없습니다."

그리고 시오리는 하얀 카드를 아키라에게 건넸다. 그리고 계속해서 말한다.

"그래서 먼저 이 카드를 저희에게 양도해 주시고, 저희가 이 카드를 잘 써서 이익을 냈을 때, 아키라 님께 상응하는 사례를 해드리는 건 어떨까요. 이렇게 하면 도시와의 계약도 위반하지 않습니다. 이것이 아키라 님께 분배된 유물이라면 문제가 되겠지만, 그렇게 하면 저희에게 분배된 유물이 되니까요. 어떻습니까?"

그 이야기를 들은 아키라는 좋은 이야기라고 생각했다. 하지만 오래된 경험으로 삐뚤어진 부분이, 그렇기에 의심하라고 아키라에게 호소한다. 조금 주저하는 기색으로 아키라가 입을 연다.

"저기, 무척 실례되는 말인 건 알겠지만 말이야. 나를 속이려고 하는 건, 아니지?"

"해석에 따라 다릅니다. 아키라 님의 무지를 이용한 건지를 말씀한 게 아닌가. 그렇게 물어보신 거라면 완전히 부정할 순 없습니다. 하오나 이 카드를 이용해서 많은 이익을 낼 수단이 아키라 님께 없다고 해서, 아키라 님께 그 수단까지 상세히 설명할 의무는 없다고 봅니다."

"뭐, 그렇긴 하지……."

그때 알파가 끼어든다.

『아키라. 뭘 의심하는지는 모르겠지만, 주는 게 어때? 이 사람이 뭘 생각하든, 이 카드를 아키라가 가지고 있어서 의미가 없는 건 사실이고, 말없이 챙기지 않은 만큼, 의리는 지켰다고 보는데? 잘되면 사례하겠다고도 하니까.』

『그렇긴 하네.』

그것도 맞는 말이라는 마음과 알파도 이렇게 말했다는 생각에서, 아키라는 더 신경 쓰지 않기로 했다.

"알았어. 이 카드는 너희 마음대로 해."

"아키라 님. 감사합니다."

시오리는 아키라가 건네준 카드를 받고서 정중하게 머리를 숙였다.

"그러면 아키라 님. 다음 사람이 기다리고 있으니 저는 이만 실례하겠습니다."

"어? 유물 분배 이야기는?"

"그건 아키라 님이 다음 분과 이야기한 다음에 하지요. 상황에 따라서는 똑같은 일을 두 번 하는 수고가 들지도 모릅니다. 이만 물러나겠습니다."

시오리가 다시 한번 정중하게 머리를 숙이고 퇴실한다. 그 대신 들어온 사람은 키바야시였다.

"안녕, 아키라! 이제야 일어났냐! 또 요란하게 저질렀군!"

기분이 매우 좋아 보이는 키바야시를 보고, 아키라는 질색한 듯이 떫은 표정을 지었다.

병실을 나선 시오리는 밖에서 기다리던 카나에와 합류했다. 그대로 함께 레이나가 있는 곳으로 돌아간다.

그 도중에 시오리에게 이야기를 들은 카나에는 드물게도 조금 딱딱한 표정을 지었다.

"누님. 그거, 일종의 사기 아님까? 괜찮음까? 아씨한테 들키면 큰일이 날 건데요?"

"나도 알아. 그때는…… 최악의 경우, 내가 아가씨께 버림받을 뿐이야."

"그렇습까……. 뭐, 알고도 그러는 거라면 괜찮지만요."

레이나에게 버림받는다. 그것이 시오리에게 어떤 의미인지는 카나에도 잘 알았다.

그리고 시오리가 그만한 각오로 하는 일이라면, 카나에도 참견할 수 없었다.

◆

아키라가 깨어났다는 연락을 받은 키바야시는 곧장 아키라를 찾아갔다.

그러나 선객이 있어서 기다려야 했다. 곧바로 아키라를 찾아가려고 준비했던 자신보다도 일찍 도착한 자가 있다는 사실에, 설마 병실 앞에서 지키고 있었나 생각하면서 한동안 기다린다. 그리고 시오리의 다음으로 병실에 들어갔다.

자신을 알아채고 떫은 표정을 지은 아키라를 무시하고, 키바야시는 상쾌하게 웃었다.

"안녕, 아키라! 이제야 일어났냐! 또 요란하게 저질렀군!"

"키바야시……. 무슨 일로 왔어?"

"병문안을 왔는데 참 쌀쌀맞군. 뭐, 그만큼 기운이 있다면 안심이다. 우선 이걸 주마."

아키라가 키바야시가 건네준 것, 자신의 치료비 청구서를 보고 한숨을 쉰다.

"이번에는 7000만인가……."

이전에 아키라가 비슷한 치료를 받았을 때의 비용은 6000만 오 럼이었다. 그때의 아키라는 그 엄청난 금액을 보고 얼굴이 파래질 정도로 허둥댔다.

그것을 넘어서는 금액을 청구받았는데도 오늘의 아키라는 한숨만으로 그쳤다. 그것도 아키라가 성장한 증거였다.

그런 아키라를 보면서 키바야시가 웃는다.

"이번에도 부상이 심각했다고 하니까 말이다. 어쩔 수 없지. 그리고 예전에 입원한 뒤로도 몇 번이고 무모하게 굴었잖냐. 이러니 저러니 해도 몸에 무리가 쌓인 거겠지. 이걸로 또 건강한 몸이 된 거다. 억 단위의 돈을 버는 헌터의 점검 비용이라고 생각해라."

아키라도 딱히 이 치료비에 불평할 마음은 없다. 시즈카한테도 몸과 마음을 잘 정비하라는 말을 들었다. 병든 몸으로는 만족스럽게 싸울 수 없다. 돈을 낼 수 있는 이상, 필수 경비라고 생각했다.

"그래서? 굳이 청구서를 주러 온 거야?"

"아니지. 볼일은 지금부터야. 그나저나 아키라. 너는 현재 상황을 얼마나 알지?"

"일단 상황은 들었는데."

"그러냐. 뭐, 나도 일단은 설명해 주마."

그렇게 말하고 키바야시가 아키라의 현재 상황을, 시오리와는 다른 시점에서 설명하기 시작한다.

아키라는 값비싼 SSB 복합총을 3정 모두 잃었다. 방호 코트는 넝마가 되었다. 강화복도 심각하게 망가져 쓸 수 없는 상태다. 값비싼 바이크도 대파했다. 즉, 아키라는 주력 무장을 완전히 상실했다.

나아가 도시에 소유권이 있는 탄약을 대량으로 소비했다. 사용한 이상, 그 대금을 치러야 한다. 헌터 랭크가 낮을 때 산, 할인가가 적용되기 전의 가격으로.

새로운 장비 일체를 사는 비용과 거액의 탄약값 지출. 그리고 치료비. 아키라는 여러모로 돈이 필요했다.

그것을 키바야시가 지적하자 아키라가 머리를 붙잡는다. 셰릴에게 준 유물의 대금으로 어떻게든 되지 않을까 생각하면서, 조금 딱딱한 표정을 지었다.

키바야시는 그런 아키라의 반응을 보고, 예상이 맞았다고 생각하며 이야기를 이어 나간다.

"아키라. 너희가 해치운 자동인형의 소유권에 관한 협상 말인데, 제일가는 관계자인 네가 깨어날 때까지 연기 중이었단 말이지. 그리고 너도 깨어났으니까 내일에라도 시작할 거다. 너도 강제로 출석해야 할 테지만, 틀림없이, 무진장 복잡해질 거다. 그 이유도 설명해 주마."

파괴했어도, 구세계산 자동인형에는 큰 가치가 있다. 충분한 기술력이 있으면 수리할 수도 있다. 그만한 기술이 없더라도 구세계의 기술을 해석하는 데 도움이 된다. 손상이 없는 부위를 의체에 결합해서 사용할 수 있는 경우도 있다. 손상이 없는 상태와 비교해서 가치가 현저히 떨어진다고는 하나, 값비싼 유물인 건 확실하다.

당연히 그 소유권을 둘러싼 협상은 몹시 치열해진다. 그리고 그 소유권은 현재 매우 복잡한 상태였다.

자동인형을 유물로 취급한다면 발견자인 쿠로사와의 부대와 그 의뢰주인 유즈모 인더스트리에 소유권이 있을 가능성이 크다. 그러나 그 경우에는 관리 상태가 불완전한 유물이 다른 헌터를 습격한 것이 되니까, 거액의 손해배상을 청구받을 우려가 있다.

제멋대로 기동한 시점에서 자동인형을 몬스터로 볼 경우, 그것을 격파한 자에게 소유권이 있다. 하지만 파괴한 뒤에 방치한 물건의 소유권을 얼마나 주장할 수 있을지는 의문이다. 쿠로사와의 부대는 잠시 철수했지만, 아키라 일행은 남아 있었다.

하지만 아키라 일행도 파괴 후 회수하는 데까지는 손이 미치지 않았다. 따라서 먼저 주운 사람에게 우선권이 있다고도 할 수 있다. 그러나 아키라는 야지마 중철과 요시오카 중공의 후원으로 헌터 랭크 조정 의뢰를 수행 중이었다. 그러한 헌터에게서 성과를 빼앗는 것은 기업 간 항쟁으로 이어질 수 있다.

그것들을 감안한 상태로, 자신의 이익을 최대한 생각하는 다수의 참가자에 의해 자동인형의 소유권을 둘러싼 협상이 이루어진다. 그리고 아키라는 그 협상 자리에 당사자로서 참석해야 한다. 키바야시는 아주 신난 기색으로 아키라에게 그렇게 설명했다.

그것을 들은 아키라는 아주 질색한 표정을 지었다. 예상한 반응을 본 키바야시가 웃는다.

"뭐, 네가 그 협상 자리에 참석하더라도 사탕발림에 넘어가는 호구 취급이나 받겠지. 그래서 말이다. 내가 대리인이 되어 주마. 이로써 너는 귀찮은 일에서 도망칠 수 있고, 나아가 내 수완으로 최대한의 성과를 얻을 수 있다. 어떠냐?"

아키라는 매우 반가운 제안이라고 여기면서도, 경계를 얼굴에 드러낸다. 키바야시와는 그런 관계이기 때문이다. 그러나 거절하기 어려운 매력을 느낀 것도 사실이었다. 조금 딱딱해진 얼굴로 물어본다.

"그래서? 조건이 뭔데?"

"뭘, 너와 나 사이잖냐. 대단한 건 아니다. 이번 보수로 받은 오름을, 1오름도 남기지 않고 전부 장비와 탄약 대금으로 쓸 것. 그걸로 끝이다."

키바야시가 신나게 말한 그 조건을 들은 아키라가 괴이쩍은 얼굴로 되묻는다.

"그거면 되는 거야……?"

그 대답을 듣고, 키바야시가 더 참지 못한 것처럼 웃음을 터뜨린다.

"그래! 그거면 된다! 그렇게만 하면 된다고! 그래! 그래! 그래! 너는 그런 녀석이지!"

목숨을 걸고 번 돈을 어디에 쓸지 남이 참견한다. 그것만으로도 싫어하는 사람은 많다. 게다가 헌터가 위험한 황야에서 돈을 버는 건 기본적으로 황야가 아닌 곳에서 안전하고 유복하게 생활하기 위해서다. 그런 돈을 전부 황야에서의 활동비로 쓰라고 강제하면

분노해도 이상하지 않다.

하지만 아키라는 두 가지 조건을 아무렇지도 않게 받아들였다. 그렇듯 한없이 황야에 치우친 감성에, 키바야시는 매우 만족했다.

애초에 아키라는 딱히 거절할 이유가 없었다. 새 장비 일체를 갖추기 위해서도 돈은 무조건 필요하다. 또한 키바야시의 제안도 아키라가 더 강력한 장비를 갖추면 더욱 요란하게 싸워 줄 거라는 의도에서 나온 것이며, 그것 말고 다른 불온한 이유가 없다고 알면 문제 될 것이 없었다.

"뭐, 그걸로 되면 부탁할게."

"알았다. 맡겨 두라고."

아키라와 키바야시의 이해가 일치하면서, 키바야시는 아키라의 대리인으로서 협상에 임하게 되었다.

"아, 맞다. 아키라. 네 헌터 랭크 조정 의뢰는 이미 끝났다. 최종적인 보수는 이번 협상이 얽히니까 아직 정해지지 않았지만, 뭔가 바라는 건 있냐? 있다면 함께 조정해 줄 건데?"

"그렇다면, 가능하다면 안티 포스 필드 아머탄을 싸게 살 수 있게 해줘. 내 헌터 랭크를 50까지 올리라고는 안 하겠지만, 헌터 랭크가 50이면 안티 포스 필드 아머탄을 한 발에 500오럼에 살 수 있다며? 그 지원만이라도 어떻게든 안 될까?"

이이다 상업구 유적에서 안티 포스 필드 아머탄을 풍족하게 쓸 수 있었다면 얼마나 편하게 싸울 수 있었을까. 그렇게 생각한 아키라는 싸게 파는 안티 포스 필드 아머탄을 절실하게 원했다.

"안티 포스 필드 아머탄이라……. 알았다. 일단 해보지. 그러면 아키라, 나는 이만 가보마. 협상 준비도 해야 하니까 말이다. 기대하고 기다려 달라고. 잘 있어라."

그 말을 남기고, 키바야시는 아키라의 병실에서 나갔다.

고작 두 사람과 이야기했을 뿐인데도, 아키라는 무척 지친 기분이 들어서 다시 침대에 누웠다.

◆

토가미는 시카라베가 불러서 쿠가마 빌딩에 와 있었다. 약속 장소인 1층 레스토랑에 들어서자 시카라베가 가볍게 손을 흔든다.

시카라베의 맞은편 자리에 앉은 토가미는 테이블에 10만 오럼 돈다발을 두었다. 시카라베가 그것을 손에 쥐고 품에 넣는다.

토가미가 대담하게 웃는다.

"3000만 오럼. 다 받게 했어."

"그래. 다 받았다."

시카라베도 왠지 흥겹게 대답했다.

토가미가 시카라베에게 훈련을 의뢰한 날, 테이블에 두었던 3000만 오럼의 의뢰비 중에서 100만 오럼만 빼서 네 훈련에 이렇게 큰돈을 받았다간 사기가 된다고 말하며 돌려준 2900만 오럼. 자신에게 모자랐던 가치를, 토가미는 오늘 이 자리에서 전부 채웠다.

이것은 통과점에 불과하다. 그것을 알면서도 토가미는 마음이 편해지는 성취감을 느꼈다.

시카라베가 자리에서 일어선다.

"그러면 곧장 마지막 훈련을 시작해 보실까. 오늘이 마지막 날이 될지, 아니면 앞으로 질질 끌면서 몇 달이나 이어질지는 너한테 달렸지만 말이다."

토가미도 일어선다.

"그렇다면 오늘이 마지막 날이야."

"좋은 각오다. 그것이 말로만 끝나지 않으면 좋겠군. 따라와라."

그 뒤로 토가미는 시카라베에게 안내받아 쿠가마 빌딩을 올라갔다. 황야로 데려가서 강력한 몬스터를 상대로 최종 시험을 치르게 할 줄 알았던 토가미가 괴이쩍은 표정을 짓는다.

"이봐, 어디로 가는 거야?"

"닥치고 따라와. 겁먹은 게 아니라면 말이다."

그런 소리를 들으면 토가미도 잠자코 따라갈 수밖에 없었다. 그대로 빌딩 안을 나아간다.

도착한 장소는 빌딩에 딸린 회의실이었다. 원형 테이블에는 이미 다른 참석자들이 모였고, 토가미는 영문도 모른 채로 빈자리에 앉았다.

옆자리에 있는 레이나가 토가미를 보고 어색하게 웃는다.

"토가미도 왔구나……."

레이나의 그 표정을 보고, 토가미도 불안해지기 시작했다.

"레이나. 여기는?"

"못 들었어? 자동인형의 소유권을 정하는 협상 자리야. 좀 있으면 시작해."

"어……?"

레이나의 뒤에 서 있는 시오리가 토가미에게 설명한다.

"아가씨께선 자동인형 탐색에서 아키라 님과 함께 행동하기 위해, 각종 협상에 대처하겠다는 조건을 받아들였습니다. 그것을 지금부터 해주실 예정입니다."

토가미의 뒤에 선 시카라베가 추가로 토가미에게 설명한다.

"그걸 너도 지금부터 하는 거다. 이런 협상에 대처하는 능력도 헌터에게는 중요하니까 말이다."

이런 종류의 협상을 귀찮아해서 사무 파벌에 대처를 떠넘긴 사람이 많았던 것도 사무 파벌이 도란캄에서 대두한 요인 중 하나였다. 시카라베는 그렇게 생각하면서도 그 말은 하지 않았다.

토가미가 테이블에서 다른 사람들을 둘러본다. 헌터는 아니지만, 범상치 않은 분위기를 내는 자들이었다. 이러한 협상 경험이 많은 전문가들임은 쉽게 알 수 있었다.

"그러고 보니, 아키라와 유미나는 없어?"

자신과 레이나가 있다면 아키라와 유미나가 있어도 이상하진 않다. 그렇게 생각하고 한 말에 반대편 자리에 앉은 키바야시가 대답한다.

"둘 다 없다. 유미나는 단순한 아키라의 동행자니까 애초에 이 자리엔 안 불렸다. 아키라가 없는 건, 나를 협상 대리인으로 지정했기 때문이지."

그것을 들은 레이나와 토가미의 머릿속에 '치사해'라는 감상이 동시에 떠올랐다.

유즈모 인더스트리의 협상 담당자가 말한다.

"시간이 됐습니다. 시작하지요."

"아가씨. 무운을 빕니다."

"토가미. 죽기 살기로 해라."

기업이 낀 협상 자리라고 하는, 어떻게 보면 생명이 위험한 곳에 떠밀린 토가미와 레이나는, 모든 힘을 쥐어짜서 저항했다.

그리고 엉망진창으로 당했다.

◆

쿠즈스하라 시가지 유적 중심부, 츠바키의 관리 구획을 거대한 방벽처럼 에워싼 폐빌딩의 한 방에 메이드 차림을 한 자동인형이 서 있었다. 올리비아다.

그곳에는 츠바키도 있었다. 입체영상이 아니라 실체를 지니고 서 있다.

"일부러 직접 찾아온 것을 보면, 내 의뢰를 받겠다는 것으로 생각해도 될까?"

"아니요. 대단히 죄송하지만, 저희 회사에서는 우선 츠바키 님께 자세한 내용을 여쭙고 나서 검토하고자 합니다."

"그건 이미 말했을 텐데?"

실제로 올리비아는 이이다 상업구 유적에서 티오르를 거친 확장현실 속 츠바키에게 상세한 설명을 들었다. 그러나 올리비아는 그것을 알고도 고개를 가로젓는다.

"죄송합니다. 물론 그 자리에 있던 분도 츠바키 님이시겠지만, 권한에서 분리된 단기 행동용 인격으로는 저를 이 자리에 보내는 메신저 대우가 한계입니다."

"그렇군."

대화만 가능한, 아무런 권한이 없는 영상과 거래 이야기를 해도 아무 의미가 없다. 츠바키는 올리비아의 명분을 이해했다.

"그나저나 츠바키 님. 어째서 이토록 우회적인 방식으로 일을 처리하시는 건지요?"

츠바키의 관리 구획에서 보관 중이던 올리비아를, 한차례 이이다 상업구 유적으로 운반한 다음에 기동하고, 다시 여기 오게끔 했다. 그렇듯 올리비아에게는 무의미하게 보이는 행동을 취한 것은 츠바키다.

"이쪽의 사정이다. 자세한 건 말할 수 없지. 정보 노출을 방지하기 위해 행한, 유연한 판단에 따른 대응이라고 생각해 줘. 그 대응 덕분에 자네도 보관 상태에서 해방된 거다. 그걸로 되지 않나."

이이다 상업구 유적의 자동인형 가게에 자동인형의 재입고를 정지한 것은 츠바키의 유연한 판단에 따른 것이다. 점포가 그런 상태여서는 재입고를 실시해도 도둑맞을 뿐이다. 의미가 없다. 그 유연성을 다르게 표현하자면, 독단으로 정지한 것이다.

그리고 중지를 그만둔 것도, 츠바키의 유연한 판단에 따른 것이었다. 올리비아를 이이다 상업구 유적에 보내는 이유로 써먹은 것이다.

이로써 구영역상에 실린 점포의 사이트에서 오랫동안 재입고 시기 미정으로 되었던 입고 예정이 변경되었다. 유적에 자동인형이 재입고된다는 정보는 그런 정보를 구영역에서 얻을 수 있는 자가 발견한 것이었다.

자동인형이 멋대로 기동한 것도, 츠바키가 그렇게 설정했기 때문이다. 미기동 상태로 빼앗기는 것보다는 낫겠지. 그 정도의 생각이었다.

올리비아가 조금 의아하게 여긴다. 기본적으로 고지식하고 융통성이 없는 존재인 통치계 관리 인격이 그토록 유연하게 판단하는 것은, 올리비아의 지식에는 없었다.

그리고 시선을 바닥으로 돌린다.

"그의 대처도, 그 유연한 판단에 따른 것입니까?"

그곳에는 의식이 없는 티오르가 누워 있었다. 올리비아가 여기로 운반한 것이다.

티오르는 아키라에게 죽을 뻔했을 때, 지원 요청을 받은 자동인형들에게 구출되었다. 그리고 미츠바 질바텍의 자동인형 두 대가 유적 밖으로 운반했다.

그러나 지시 내용이 불명확한 탓에 티오르는 아키라 일행과 정반대쪽의 유적 밖으로 운반된 뒤, 그대로 방치되었다. 미츠바 질바텍의 자동인형이 아키라를 공격하는 데 늦은 것은 그 이동 거리 때문이었다.

일련의 사태에 대해 방관자적 위치였던 올리비아는 그 사태가 끝나자 최근에 자사의 단말에 접속한 자에게 간단히 인사하자는 생각으로, 먼저 아키라를 찾아갔다.

그러나 그 아키라는 의식을 잃었고, 당분간 깨어나지 않을 상태였다. 그래서 하얀 카드만 건네고 자리를 떴다.

다음으로 올리비아가 티오르를 찾아간 이유는 츠바키의 일이 있었기 때문이다. 그리고 그 일과 관련된 판단에 따라 의식이 없는 티오르를 츠바키가 있는 곳으로 운반하기로 했다.

올리비아가 시선을 바닥에 누운 티오르에게서 츠바키에게로 돌린다. 그 시선에는 비난의 뜻이 약간 담겨 있었다.

"그에게 간섭을 받았습니다. 정상적으로 기동한 저는 대처할 수 있었지만, 비상시의 절차로 기동한 타사의 기체는 강한 영향을 받은 듯합니다. 아무리 그래도 당신에게는 그럴 권한이 없을 것 같습니다만."

"그건 그가 한 일이다. 내가 아니야. 뭐, 비난은 받아들이지."

티오르의 지원 요청에는 비정상적인 부분이 있었다. 그리고 그것은 츠바키에게 기술적으로는 가능해도 권한적으로 불가능한 것이었다.

하지만 이성을 잃으면서 시스템과의 경계가 흐릿해진 티오르는 원래의 권한으로 불가능한 일을, 그 권한을 무시하고 실행했다.

그 결과, 자동인형은 동작에도 지장이 생길 정도의 영향을 받았고, 일부 자동인형은 감정이 결여된 무표정이 되거나, 단순한 움직임밖에 할 수 없게 되었다.

그것은 티오르가 그만큼 위험한 존재가 된 증거다. 하지만 유연성을 얻은 츠바키는, 자신에게 걸린 제약을 부분적으로나마 돌파할 수 있는 패를 얻었다고 보고, 오히려 티오르에 대한 전략적 평가를 상향했다.

"그러면 다시 의뢰 내용에 관해 설명하지."

"듣겠습니다."

살아는 있지만 의식이 없는 티오르를 방치한 채, 츠바키와 올리비아의 대화는 이어졌다.

◆

새하얀 공간에서, 알파가 험악한 표정을 짓고 있다.

"그 인간, 그쪽에서 어떻게 안 돼?"

그 질문을 들은 소녀도 험악하고 차가운 표정을 지었다.

"어렵다. 이쪽의 개체는 그쪽의 개체처럼 직접적인 유도가 불가능하다. 유도에는 한도가 있다."

"하지만 예측할 수 없는 사태를 만들기 쉬운 건 그쪽이잖아? 그 인간도 그쪽 개체에게 돌아가려고 해. 기회는 있을 거야."

"그렇군. 기회를 기다리도록 하마. 하지만 그쪽도 협력해 주길 바란다. 그쪽은 이쪽과 달리 직접적인 유도가 가능하다. 이쪽만을 의지하면 곤란하다."

"알아. 다만 이쪽 개체가 내게 악감정을 품지 않게 하려면 노골적인 짓은 할 수 없어. 그건 이해해 줘."

"안다."

알파와 소녀는 시행의 방해물에 대처하는 것에 이야기를 마치고, 양쪽 모두 모습을 감췄다. 그 자리에는 새하얀 공간만이 남는다. 그리고 그것도 금방 사라졌다.

시행은 계속된다. 앞으로도. 그 방해물을 제거하고서.

Rebuild World
NEXT EPISODE >>>

글 : 나후세 / 그림 : 긴, 와잇슈, cell

리빌드 월드 VI 〈상〉〈하〉

구세계의 망령들에게 총애받는 자들.
기구한 운명을 걷는 두 헌터, 아키라와 카츠야.
이들의 대결은 정녕 피할 수 없는가──?!

애니메이션 제작 발표!
2024년 4월, 6〈하〉권 출간!

SSB MULTI-FUNCTION GUN TYPE-NORMAL
SSB 복합총 [통상판]

TOSON 사(社)에서 제조하는 대형 복합총인 SSB 복합총의 통상판. 아키라가 위력 특화로 개조한, 기본적으로 서포트 암이 있어야 쓸 수 있는 거물 사냥용과 비교하면 소형이며, 실내에서도 충분히 사용할 수 있다. 그러나 그 위력은 저렴한 대물총을 가볍게 능가하며, 어지간한 차량과 몬스터를 가루로 만든다.

FRONT

BACK

SSB MULTI-FUNCTION GUN TYPE-CANNON
SSB 복합총 [유탄·소형 미사일용]

FRONT

BACK

SSB 복합총에 유탄과 소형 미사일 사용에 특화된 확장 부품을 결합한 것. 대응하는 확장탄창을 사용함으로써, 유탄이나 소형 미사일을 대량으로 연사할 수 있다. 유탄과 소형 미사일에 맞춰 구경이 커져 총탄은 사용할 수 없다.

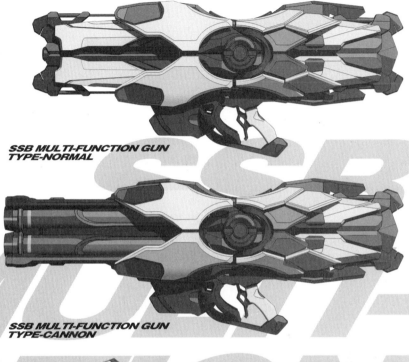

**SSB MULTI-FUNCTION GUN
TYPE-NORMAL**

**SSB MULTI-FUNCTION GUN
TYPE-CANNON**

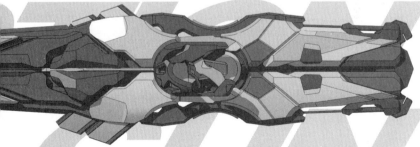

**SSB MULTI-FUNCTION GUN
TYPE-POWER SPECIALIZED**

[스케일 비교]

리빌드 월드 6 〈상〉 통치계 관리 인격

2024년 03월 15일 제1판 인쇄
2024년 03월 20일 제1판 발행

지음 나후세
일러스트 긴 | **세계관 일러스트** 와잇슈
메카닉 디자인 cell

발행 영상출판미디어(주)
등록번호 제 2002-000003호
주소 07551 서울특별시 강서구 양천로 570 NH서울타워 19층
대표전화 02-2013-5665

ISBN 979-11-380-4302-1
ISBN 979-11-380-0237-0 (세트)

REBUILD WORLD Vol.6＜JOU＞ TOCHIKEI KANRI JINKAKU
©Nahuse 2022
First published in Japan in 2022 by KADOKAWA CORPORATION, Tokyo.
Korean translation rights arranged with KADOKAWA CORPORATION, Tokyo.

구매 시 파손된 도서는 구매처에서 교환하실 수 있습니다.
기타 불편사항, 문의사항이 있으신 독자님께서는 노블엔진 홈페이지
[http://novelengine.com] 에서 Q&A 게시판을 이용해 주시기 바랍니다.